BEST SELLER

Nerea Riesco es escritora y periodista. Nacida en Bilbao, a muy temprana edad se trasladó a Valladolid, donde transcurrió su infancia y adolescencia. Con dieciocho años se instaló en Sevilla, ciudad en la que estudió periodismo, actividad que compagina con su trabajo en diferentes medios de comunicación. En la actualidad continúa colaborando en prensa y radio e imparte talleres de creación literaria. En 2002 publicó su primer libro de relatos bajo el título *La ladrona de almas*. En el año 2004 ganó el IX Premio Ateneo Joven de Novela de Sevilla con la obra *El país de las mariposas*. Su siguiente novela, *Ars Magica*, fue publicada en el año 2007 y se ha traducido a alemán, italiano, ruso, portugués, polaco, rumano y holandés. *Ars Magica* además fue finalista del prestigioso Premio Espartaco 2008. En 2010 se publicó *El elefante de marfil*, su última novela.

Biblioteca

NEREA RIESCO

El elefante de marfil

DEBOLS!LLO

Segunda edición en Debolsillo: marzo, 2011

Printed in Spain – Impreso en España

ISBN: 978-84-9908-736-8 (vol. 770/2)
Depósito legal: B-12072-2011

Compuesto en Lozano Faisano, S. L. (L'Hospitalet)

Impreso en Liberdúplex, S. L. U.
Sant Llorenç d'Hortons (Barcelona)

P 887368

A la memoria de José Miguel Vicente Navarro,
que merecía (al menos) sesenta años más

N. R.

No hay judío, ni griego, ni siervo, ni libre, ni hombre, ni mujer. Porque todos vosotros sois uno en Cristo Jesús.

Carta de san Pablo a los Gálatas,
capítulo 3, versículo 28

¡Oh, gentes! Ciertamente os hemos creado a todos de varón y hembras, y os hemos hecho naciones y tribus para que os reconozcáis unos a otros.

Corán, Sura 49; al-Huyurat, 13

يا أيها الناس إنا خلقناكم من ذكر وأنثى وجعلناكم شعوبا وقبائل لتعارفوا

سورة الحجرات الآية 13

Prólogo

Llevaban mucho tiempo jugando al ajedrez. El toque de las campanas y el olor a leche hervida y pan recién tostado les recordó que era la hora prima y que no habían probado bocado desde que comenzaron la partida. Aquel lugar tenía el aire clandestino de las antiguas catacumbas romanas. Sobre las largas mesas que rodeaban la estancia se mezclaban, sin orden aparente, legajos, libros, mapas, anotaciones y tableros de ajedrez alineados que esperaban con impaciencia convertirse de nuevo en un campo de batalla. Los gruesos muros de piedra estaban decorados con frescos que reflejaban escenas profanas: diversas representaciones de la Giralda evolucionando a través del tiempo, barcos luchando contra tempestades, paladines atacando al enemigo espada en mano, almenas asediadas... quizá por eso los hermanos de la Orden llamaban a ese lugar el «Krak de los Caballeros».

Los dos contrincantes se miraron con recelo. El rey blanco estaba en peligro. La amenaza de la intrépida reina negra lo mantenía inmovilizado tras dos peones y un caballo, pero el ataque era abrumador y no tenía ni idea de cuánto tiempo podría continuar así. El jugador más joven suspiró, apaciguando su ansiedad. Levantó su alfil negro con la mayor delicadeza, atrapándolo con el índice y el pulgar, arrastrándolo hasta el escaque preciso. Una imperceptible sonrisa iluminó su rostro juvenil. Ya era seguro: su adversario no tenía escapatoria.

—Jaque mate —anunció despacio, intentando que la satisfacción no le empujase a pecar de orgullo.

—No hay duda, hermano —le dijo el comendador de la Orden—. Habéis ganado todas las partidas. Sois el mejor.

—Os agradezco el cumplido —respondió el muchacho.

—No, no se trata de un cumplido: es justicia. Contáis con un talento innato para el ajedrez. Os he venido observando desde que erais un niño. Mi misión consiste en encontrar al mejor, y vos sois el mejor. Necesitamos al mejor para poder ganar… y yo os elijo a vos.

—¿Cuándo? ¿Dónde? ¿Quién será mi rival?

—Tened calma —musitó el comendador colocando su mano sobre el hombro del joven—. Aún no hay respuestas para esas preguntas. Sólo una cosa es segura: algún día habrá que jugar esa partida… y tendremos que ganarla.

APERTURA

1

El día del terremoto

Alfil es cada labio que se toca;
caballo es todo beso perpetrado;
los dientes torres son que el tiempo enroca;
la lengua es dulce jaque inesperado.

ENRIQUE GONZÁLEZ

El terremoto fue el día de Todos los Santos. Como cada año, los sevillanos aprovechaban la fecha para desempolvar casacas de terciopelo y mantillas de blonda y se ataviaban de negro desde el sombrero hasta lo más profundo del alma, de modo que su desazón por lo efímero de la vida humana quedase reflejado en el ambiente de la calle. El ritual de la jornada consistía en acercarse a visitar a los difuntos flores en mano, parlamentar con ellos para ponerlos al tanto de los últimos acontecimientos familiares y sociales y dirigirse a misa de doce mostrando actitud devota. Después sólo quedaba esperar la hora de la merienda, en la que los mortales se entregaban a devorar esponjosos buñuelos de viento y almendrados huesos de santo que en su aspecto recordaban a lo que les daba nombre, aunque su porosidad tuviese la textura azucarada del dulce de yema.

La mañana había despertado con una ligera niebla. La gente surgía de improviso, como sombras de las brumosas esquinas, caminando en silencio para que el frío del otoño no les entrase en la boca. Parecían seguir un itinerario organizado con tiempo, una estudiada coreografía que los dividía en grupos: unos hacia el cementerio del Prado de San Sebastián, otros al de los Pobres, ésos al de los Canónigos, aquéllos al Eclesiástico, los demás al de de San José en Triana…

Doña Julia, la joven viuda de Haro, no podía ser menos. A eso de las nueve y media de la mañana salió de su casa-imprenta de la calle Génova asida al apretado brazo de mamita Lula, la criada negra que recordaba al servicio de su familia desde que tuvo uso de razón. Lula, ese día, se había levantado con el corazón alborotado.

—Hoy se acaba el mundo —advirtió bien temprano lanzando un suspiro resignado mientras acercaba la bandeja con el desayuno a la cama de la señora, meneando su enorme trasero.

—Por decir este tipo de cosas es por lo que la gente te evita —le respondió doña Julia antes de mordisquear con desgana la tostada.

El chismorreo popular aseguraba que mamita Lula llegó al puerto de Sevilla en un navío de esclavos que olía a marfil y tiranía procedente de un pueblo africano llamado Yoruba, cuna del vudú. Decían que venía escuálida, que en su cabello enredado como cuerda hacían nido los piojos, que traía pústulas supurantes en los ojos y en los labios y que emitía chirridos de criatura salvaje. Al parecer el padre de doña Julia, el respetado boticario Juan Nepomuceno Gil de la Sierpe, la descubrió cuando daba uno de sus habituales paseos por el puerto de Mulas esperando a que algún barco llegado de Nueva España trajese un remedio milagroso que pudiera curar, de una vez por siempre, las fiebres palúdicas que ya comenzaban a convertirse en un mal endémico en la ciudad. Juan Nepomuceno era estudioso de las plantas y estaba convencido de que en ultramar había arbustos medicinales capaces de acabar con las enfermedades del continente europeo.

—Si no fuese porque tengo una familia que depende de mí, allá que me embarcaba yo y volvía con la cura a todos los males. Si es que los individuos que fueron a esas tierras de promisión son todos unos borricos sin cultura que sólo saben liarse a mamporros con los pobres indios —aseguraba—. ¡Qué desperdicio, Señor! ¡Si dicen que las plantas terapéuticas crecen en esas tierras hasta debajo de las piedras! Si es que estamos del todo equivocados. Tanto traernos oro y plata y lo que realmente tiene valor es lo que nos da la salud. ¿Para qué sirve el dinero si no se tiene salud, eh? —les decía a sus amigos, que asentían sonrientes a sus peroratas más por simpatía que por convencimiento.

Y es que el señor Gil de la Sierpe era de tendencia humanista y partidario de recuperar la identidad moral del ser humano. Por eso, nada más ver a la muchacha negra subida sobre un cajón de madera con gesto de lástima, cubriendo sus vergüenzas con un harapo inmundo, con una gargantilla de hierro oxidado que la encadenaba con grilletes a tobillos y muñecas mientras el negrero de turno proclamaba sus cualidades como si estuviese vendiendo un saco de cebada, se apiadó de ella. Pagó sin rechistar lo que le pidieron y la llevó a su casa sin hacer caso de las protestas de su esposa. Una vez limpia y vestida, pudieron constatar que debía de rondar los catorce años, que desconocía por completo los rudimentos de la alimentación con cubiertos y que la única palabra que emitía con un mínimo de claridad y de forma repetitiva era «Lula».

Doña Julia, que en aquel momento apenas contaba cinco años de edad, quedó encantada con la nueva habitante de la casa. La tomó de la mano y ambas desaparecieron escaleras arriba. Nadie volvió a verlas ni oírlas en dos horas y media. Las llamaron a gritos, buscaron debajo de las camas, en el desván, en la despensa. La madre de doña Julia le echó en cara a su marido haber traído a la casa a una antropófaga de esas que se comían a los niños blancos con guisantes, pobre de mi niña, pobre, pobre... hasta que el jardinero vio un rastro de ropa que iba de la cocina al patio trasero. Allí encontraron a las chiquillas como Dios las trajo al mundo, parloteando en un idioma hereje, riéndose, embarradas hasta las orejas, comiéndose a puñados la tierra de las macetas.

—Mira lo que has conseguido con tu manía de la compasión —le gritó la madre de doña Julia a su esposo mientras levantaba a su hija en vilo sujetándola por un brazo y cubriéndola con su chal—. Hay que deshacerse de este engendro... va a convertir a la niña en una salvaje. La quiero fuera de esta de casa, ¡ya!

La firmeza de su mujer pareció convencer a Juan Nepomuceno pero, cuando la niña Julia vio que la separaban de su nueva amiga, le dio una rabieta. Enrojeció, se tiró al suelo y nadie la podía levantar porque daba mordiscos y patadas a todo el que se acercaba. Entre berridos, hipos y sorber de mocos lo único que se le entendía era que si se iba mamita Lula, ella se tiraba al río. Al final la muchacha bruna se quedó en la casa.

Con el paso de los años, mamita Lula aprendió a hablar con acento andaluz y se hizo camarera de Nuestra Señora de los Ángeles en la Hermandad de los Negritos. Preparaba como nadie el gazpacho añadiéndole el toque personal de las naranjas amargas y se ejercitó lo bastante con el tenedor y el cuchillo como para no suponer ningún peligro para ella misma o para los demás. Pero la gente la miraba con suspicacia, en parte por los sutiles comentarios que soltaba la madre de doña Julia en las reuniones sociales, en los que aseguraba que su criada negra escondía bajo la cama un muñeco de trapo atravesado por alfileres con el que era capaz de provocar dolores de vientre a los que le resultaban fastidiosos.

Mamita Lula era muy observadora. Llevaba más de una semana fijándose en el extraño comportamiento de los perros que se pasaban las noches aullando a la luna; de los pájaros que anidaban en lo más alto de los campanarios de las iglesias y que se habían marchado espeluznados, dejando a sus crías con los picos abiertos, demandando comida; de los caballos que se erguían tensos, con los ojos brillantes cuando intentaban colocarles el bocado. Incluso Juan el Menesteroso se había vuelto loco la tarde anterior. Se puso a recitar una plegaria de angustia, arrodillado en medio de la calle Génova, tirando del vuelo del vestido de las señoras que le pasaban cerca, asegurando que iban a morir miles de personas. No paró hasta que las fuerzas del orden vinieron a por él. Le dieron dos cachetadas y, como no había forma de tranquilizarle, terminaron por encerrarle en las mazmorras de Triana hasta que se le pasó el arrebato.

—Hoy se acaba el mundo —repitió con firmeza mamita Lula mientras caminaba junto a su señora en dirección a la catedral para escuchar la misa de Todos los Santos—. Lo sé porque las bestias están raras. Los asnos están tercos. Los perros alborotan como desquiciados…

—¡No me digas! —replicó doña Julia llevándose la mano izquierda a la mejilla con teatral gesto de sorpresa—. ¿Los asnos se obstinan y los perros ladran? ¡Qué cosa más rara! Cuidado, cuidado…

—Los estorninos se han ido. Hace tres días que no se ve ni uno y…

—Oh, ya basta, ¡por Dios bendito! Estos desvaríos de tarada me ponen los nervios de punta. Como sigas diciendo sandeces te encierro en el hospital de San Cosme y San Damián, que me han dicho que allí se hacen cargo de las criadas locas como tú.

Mamita Lula decidió morderse la lengua a pesar de la inquietud que bullía en su interior. Siguió caminando en silencio y subió la escalera de acceso al templo midiendo de reojo el enfado de la señora. Cuando llegaron a la altura de la puerta de entrada, doña

Julia se adelantó para empujar uno de los batientes. Entonces mamita Lula esperó un instante aferrada a su cesto de mimbre, con los brazos cruzados, el ceño fruncido y el labio inferior más sobresaliente de lo habitual. Vio avanzar a su señora delante de ella.

—Sí, sí... llámeme loca —murmuró para sí antes de atravesar el umbral—. Pero hoy se acaba el mundo.

Mamita Lula detestaba no decir la última palabra cuando sabía que llevaba la razón.

Entraron en la catedral por la puerta del Perdón ante las suspicaces miradas de las estatuas de san Pedro y san Pablo. San Pedro se situaba a la izquierda con el gesto adusto, los pelos alborotados y las llaves del cielo en la mano. Estaba justo al lado de la ventanita enrejada por la que se avisaba al cura para que ungiera los Santos Óleos a los feligreses que habían decidido dejar este mundo a horas intempestivas. San Pablo, por su parte, iba armado con una espada que sujetaba con su mano derecha dejando la izquierda escondida a su espalda en actitud de espadachín chulesco. Pero lo más sospechoso de él era que esa mano que desaparecía entre los pliegues de sus ropajes parecía estirarse milagrosamente y reaparecía por debajo de la figura, sujetando la peana. Los dos apóstoles, junto con el arcángel Gabriel, la Virgen Anunciada y el altorrelieve de la parte superior en el que Jesús expulsaba a los mercaderes del templo, en clara contradicción con la tradición popular de utilizar las gradas de la catedral como lonja de la ciudad, eran el marco cristiano en el que se ensamblaba aquella entrada híbrida, la más antigua del templo. Al cruzar el umbral, se ingresaba en un mundo mestizo, un patio de Naranjos que en otro tiempo sirvió de *sahn* de la Mezquita. Allí los fieles hacían sus abluciones en una pila que perteneció a unas antiguas termas romanas y que aún se mantenía en el centro. Las civilizaciones del Mare Nostrum enlazaban sus caminos en el patio de los Naranjos de Sevilla.

Las dos mujeres caminaron en diagonal, sorteando las naranjas caídas, hasta llegar a la nave del Lagarto, el lugar en el que indefectiblemente mamita Lula siempre miraba hacia arriba.

—Lagarto, lagarto —dijo tocándose la cabeza con los dedos índice y meñique de la mano derecha.

La pobre era de talante supersticioso. Le parecía un completo error permitir que un cocodrilo disecado llevase colgado del techo de la catedral desde los tiempos en que el sultán de Egipto lo envió como regalo al rey Alfonso X, el día que le pidió la mano de su hija Berenguela. El Rey Sabio rechazó la proposición matrimonial pero se quedó con el cocodrilo, que, en pocas semanas, se volvió perezoso por culpa del olor a azahar y el sopor veraniego. Aprendió a comer de la mano de sus cuidadores, dormía la siesta bajo un plátano de sombra en la placidez vespertina de los Reales Alcázares y algunas crónicas aseguraban que meneaba su enorme colaza de reptil cuando veía llegar al rey, como si fuese un perrillo faldero. Le cogieron tanto cariño que, cuando murió, lo destriparon, lo rellenaron de paja y lo colgaron del techo de la catedral para que trajese suerte.

Atravesaron la puerta del Lagarto para sumergirse en la oscuridad azulada de la iglesia, apenas vencida por la tibia luz que se filtraba por las vidrieras. Caminaron en línea recta sobre el enlosado de mármol blanco y negro, dejando a su izquierda la entrada de la Giralda, la puerta de los Palos, la capilla de San Pedro, la capilla Real... Justo a espaldas de la capilla Mayor, se encontraba la capilla funeraria de la familia de López de Haro. Doña Julia se soltó del brazo de mamita Lula, le pidió que le sujetase el ramo de flores de bignonia rosada que acababan de cortar del patio de la casa y sacó la llave del bolsillo de su basquiña para abrir la cancela. Antes de hacerlo percibió los brillantes ojos de vidrio del san Juan Evangelista que presidía el altar con su beatífico rostro de discípulo preferido de Jesús. Su difunto esposo le tenía mucha fe, no sólo por haberse convertido en el patrón de los impresores tras redactar el cuarto evangelio; también le admiraba por soportar, con estoicismo de héroe, que el emperador romano Domiciano le echase por encima un caldero de aceite hirviendo. Según los sabios juicios del señor De Haro, eso demostraba que los impresores eran una especie de mártires abnegados perseguidos desde el comienzo de la cristiandad por dejar constancia escrita de las verdades incómodas. Pero, pese a las positivas referencias del santo, cada vez que doña Julia veía el contorno menudo de aquella figura de loza envuelta en terciopelo bermellón, con su larga melena de pelo natural, sus alhajas engastadas con vidrios de colores y su boquita entreabierta de labios y lengua impúdicamente brillantes gracias a una gruesa capa de barniz escarlata, no podía eliminar de su mente la imagen de las mujeres de vida disoluta que vivían en las mancebías cercanas al puerto.

Apartó la mirada para volver a prestar atención a la cerradura y le dio la vuelta a la llave. Justo cuando la puerta comenzaba a ceder, el piso del templo se meció como si fuese una balsa flotando sobre un lago de aceite. A doña Julia le sobrevino una sensación de mareo y se aferró a los hierros de la verja.

—¡Dios se apiade de nosotros y nos perdone los pecados! ¡Amén! —Mamita Lula se santiguaba con una rapidez inusitada.

El estremecimiento duró apenas unos segundos pero el silencio posterior se alargó durante un buen rato. Las miradas de los visitantes de la catedral se cruzaron interrogantes con la esperanza de que alguno pudiera dar una explicación lógica a lo que acababa de ocurrir, pero nadie dijo nada. La sensación de vértigo se fue diluyendo y los feligreses retomaron sus quehaceres, dudando de si realmente el suelo se había movido.

Doña Julia empujó la verja de la capilla y entraron. Sacó unos trapos y un frasco de agua jabonosa del cesto que cargaba mamita Lula y ambas se dispusieron a adecentar la piedra que cubría el sepulcro de su marido con la misma competencia con que sacudían el polvo del aparador de la casa. Una vez limpia, doña Julia retiró las flores secas de los floreros que custodiaban la imagen de san Juan Evangelista y las cambió por las que sujetaba mamita Lula. Las atusó como si estuviese cardando un peinado y, cuando creyó que ya estaban lo suficientemente vistosas, soltó un suspiro. Se volvió y miró las letras grabadas sobre la lápida. Quiso llenar sus pensamientos de imágenes pías, algo relacionado con el difunto y sus virtudes terrenales, deseando que le viniese a la cabeza una oración, pero toda su mente estaba ocupada por los quehaceres de ese día. Se resignó a la certeza de que no tenía nada más que hacer allí. Aun así, se mantuvo inmóvil, silenciosa, delante de la tumba. No quería que alguien la viera salir demasiado temprano del lugar en que descansaba para la eternidad su esposo, precisamente en una festividad tan señalada como aquélla. Pasado un tiempo que ella consideró prudente, se santiguó, salió con mamita Lula y cerró con llave. Volvieron a tomarse del brazo y juntas caminaron en dirección a la capilla Mayor para ocupar un buen sitio.

Como era un día especial, la misa la iba a oficiar el padre Zacarías, el poeta ciego célebre por sus recalcitrantes sermones. El predicador contaba con una amplia lista de devotos que lo seguían a todas partes como si fuese un visionario omnipotente. Ciertos círculos de la ciudad garantizaban que su ceguera física le facilitaba el poder ver con los ojos del alma y que eso le hacía cien veces más perceptivo que el resto de los mortales. Su fama era tanta que doña Julia contrató a un joven copista que se sentaba en la primera fila de las iglesias para transcribir sus sermones más líricos. Después, la imprenta se encargaba de editarlos en pliegos de cordel para que, los que supieran leer, pudieran adquirirlos, estudiarlos, descuartizarlos y absorberlos en la intimidad de su alcoba. No había problema si alguien se perdía la última homilía del padre poeta porque pronto podía escucharse recitada con música por las esquinas de la ciudad gracias a los panfletos que comercializaba la viuda de Haro.

Aquel sábado el padre Zacarías subió al púlpito con gesto resignado.

—Hermanos —comenzó con voz casi llorosa—. Ya me gustaría a mí asegurar que todas las almas que abandonan este valle de lágrimas están en el cielo. —Hizo una pausa, cambió de actitud y lanzó un grito que despabiló a un hombre que cabeceaba en la tercera fila—. ¡No puedo! El ser humano está lleno de vanidad, de engreimiento, de vileza… Por eso existe la condenación. ¡El infierno! —bramó agitando el puño por encima de su cabeza.

Las mujeres se quedaron sin respiración y los hombres abrieron los ojos y tensaron los dedos aferrándose las rodillas. Pero las homilías seguían un estudiado ritmo de rigidez y alivio. Cuando el padre Zacarías percibía que su auditorio estaba al borde de la angustia, esperaba un poco, alargaba ese momento de placentero dolor, cambiaba el gesto sombrío por uno tranquilizador, y concluía que aún había un lugar para la esperanza.

Doña Julia conocía las fórmulas de los sermones a la perfección y por eso no terminaban de impresionarle. Ella era más pragmática. Estaba convencida de que Dios la consideraría mejor cristiana si hablaba personalmente con él durante cinco minutos al día en vez de exigirle que escuchase hablar de él a todas horas. Segura de que pocos llegarían a comprender la sensatez de sus opiniones, se sentaba en la segunda fila para dejarse ver. Allí el oficiante la tenía a tiro de piedra y los de los bancos vecinos eran testigos de su gesto severo, digno reflejo de su alma compungida por la muerte de su esposo, pobrecilla, tan joven, la ha dejado sin hijos, a cargo de un negocio tan complicado. Los rezagados que ocupaban los últimos bancos podían intuirla por la simetría casi meridiana de su moño castaño alineándose con su esbelto cuello. Doña Julia era inconfundible aun en la distancia. Vestida siempre de negro riguroso, alta, delgada, el rostro aún fresco como fruta de temporada, con la espalda bien recta, indicio, según aseguraban los más susceptibles, de que tenía alma de arrogante por muy recatada que se mostrase en público.

Cuando el padre Zacarías llegó a la parte de la resurrección de los muertos, a ella le sobrevino un bostezo. Intentó reprimirlo con el dorso de la mano, pero terminó por escapársele produciendo un sonido parecido al lamento de un gatito. Los de la primera fila se volvieron a mirarla. Mamita Lula suspiró en alto para disimular y le dio un par de palmaditas en el hombro. Algunos confundieron el gesto de las mujeres con un piadoso sollozo en recuerdo del longevo esposo fallecido cinco años antes y la miraron con ojos de compasión. Ella asintió en señal de agradecimiento.

Doña Julia estaba deseando que terminase la misa. Tenía mil cosas que hacer en la imprenta: concluir con el encargo de una relación en la que se daba cuenta de la refriega entre los ejércitos del rey Fernando VI y la secta mahometana en la plaza de Ceuta, hacerse cargo de la reimpresión de la zarzuela *El juicio de Paris* y *Elena robada*, terminar la carta del conde Nolegar Giatamor en referencia al último sacudimiento de tontos y botarates… Le apetecía llegar a casa, liberarse de los zapatos y sentarse en el patio para dejarse invadir por el intenso aroma de los geranios, que siempre le recordaba al olor de los libros antiguos. Desde allí podía observar sin problemas los tejemanejes de la imprenta. Disfrutaba con el sonido rítmico de la nueva prensa de imprimir que había hecho traer de Génova y que era un auténtico ingenio moderno, desconocido en Sevilla hasta ese momento. Estaba impulsada por muelles para ayudar a levantar rápidamente la platina y era capaz de producir unas doscientas cincuenta copias a la hora. Gracias a ella, la suya sería la imprenta más destacada de la ciudad.

Pero sobre todo, lo que más le apetecía era distinguir la sombra de León mezclándose con el resto de los empleados. Intuir la curva de su barbilla, el color azul mar de sus ojos, la musculatura vibrante de sus brazos. Al principio puso cuidado en que el muchacho no se diese cuenta de su interés, pero a esas alturas ya no le importaba si él de pronto percibía la presión de su vigilancia en la nuca y se daba la vuelta. Cuando León la descubría observándole en sus idas y venidas, paralizada entre las sombras, con la expresión dura de la patrona que controla el trabajo de su personal, él también se quedaba quieto y le sostenía la mirada. No era un desafío; más bien se trataba de un interrogante. Los ojos de doña Julia lo tenían fascinado; intentaba averiguar por qué aquella mujer desprendía ese brillo palpitante que sólo él creía percibir. La pugna visual que ambos mantenían solía terminar con ella vencedora. Él agachaba la cabeza apabullado y retomaba sus quehaceres con media sonrisa en la boca. Cuando León dejaba de mirarla, ella aprovechaba para volver a respirar.

Nadie conocía los orígenes de León. Había surgido de la nada meses antes, envuelto en un velo de misterio. La primera vez que se le vio en la ciudad, estaba deambulando por los alrededores de la catedral con aspecto de marino a la deriva. Traía el cabello largo, de un dorado casi blanco, seguramente a causa del salitre y el sol del mediodía. Poseía una belleza turbadora. La mayor parte de las personas que entablaban una conversación con él no podían soportar la presión de aquellos ojos de cielo y terminaban mirando al suelo, farfullando palabras inconexas. León era una de esas personas nacidas para ser recordadas por el resto de los mortales. Su apostura de escultura griega, sus silencios, sus movimientos lentos y efectivos, no hacían más que afianzarlo en esa condición de ser indescifrable que apoca a los cobardes y fascina a los intrépidos. Los más suspicaces aseguraban que León fue tripulante de un barco que navegaba bajo una bandera negra decorada con una calavera y dos tibias cruzadas, acatando las órdenes del pirata Calico Jack. Pero los hombres del bergantín en el que había llegado a Sevilla contaron borrachos en una taberna del puerto lo que él les había dicho durante la travesía; afirmaba haber nacido en la isla de Malta donde fue secuestrado por los otomanos que le cambiaron el nombre de León por el de Asad, su equivalente en árabe. Aquello puso los pelos de punta a los más catastrofistas. Las alusiones a barcos piratas, a soldados turcos y mares revueltos les trajeron a la memoria que, allá por el año 844, los vikingos remontaron el Guadalquivir con sus cabelleras doradas y su intratable carácter nórdico para destrozar en menos de una semana la ciudad aprovechando el confiado talante sevillano.

—Este joven... de aquí no es —apuntaron los más viejos—. Habrá que vigilarlo.

Doña Julia recordaba muy bien la primera vez que lo vio. Aquel día Cristóbal Zapata, el maestro de taller de la imprenta, salió para solucionar algunos asuntos y ella se había quedado a cargo de todo. Jamás olvidaría esa imagen de corsario de fábula atravesando la puerta de su negocio. Nunca se sintió tan intimidada por la belleza de nadie. A veces se permitía fantasear con él. Lo imaginaba forzando la puerta de su alcoba en plena noche, avanzando hacia ella, serio, firme, seguro, iluminado únicamente por la metálica luz de una enorme luna llena. León apartaba de un tirón certero las sábanas que la cubrían y la tomaba en sus brazos con la dulzura con que se mece a una criatura. Ella entonces le rodeaba el cuello y hundía el rostro en el pecho moreno aspirando su olor ahumado mientras él caminaba hacia el puerto para subirla en un navío fantasmagórico que zarparía dirección al mar Caribe. Una vez allí, aún con su camisón de puntillas monásticas abrochado hasta el cuello, ella quedaba a su merced, negándole sus encantos con la boca pequeña. Nunca se permitió llegar más lejos en su fantasía.

—Vengo buscando a don Diego de Haro —se presentó al entrar en la imprenta—. Mi nombre es León. León de Montenegro.

Ella lo observó de arriba abajo.

—Llega usted tarde. Mi marido murió hace casi cinco años —aclaró—. ¿Puedo ayudarle yo?

Él pareció sobrecogido pero, al poco, respiró hondo y continuó hablando.

—Estoy buscando trabajo.

—Esto es una imprenta —dijo ella—. ¿Sabes algo sobre el arte de imprimir?

—Puedo aprender.

Por aquellos días, el cajista que había trabajado desde siempre para el señor De Haro comenzaba a perder la vista por la edad. Confundía las «eles» con las «efes» y éstas con las «jotas», le temblaban las manos cuando utilizaba el componedor. El trabajo frente al chibalete, donde se colocaban las cajas para formar las líneas del texto que se iban a imprimir, tenía que hacerlo sentado porque las rodillas le flaqueaban. Doña Julia llevaba tiempo observándolo, convencida de que antes o después tendría que buscar a alguien que lo sustituyera. Pero ser cajista requería cierto adiestramiento y un largo período de aprendizaje. Los cajistas eran el alma de las imprentas. Ellos aplicaban el estilo de la casa, debían tener buenos conocimientos de los aspectos técnicos, ser óptimos ortógrafos... los cajistas eran copistas. Su responsabilidad y sus funciones eran las mismas que las de los amanuenses del medievo; primero debían leer un fragmento del texto original, aprenderlo de memoria y a continuación escribirlo. La única diferencia era que unos reproducían sus citas con pluma y los otros utilizaban las letras de metal.

—¿Sabes leer y escribir? —preguntó doña Julia a León, mirándole con soberbia.

—En cuatro idiomas —respondió él sin arrogancia.

—Necesito que lo hagas en castellano y sin faltas de ortografía.

—No hay ningún problema.

Doña Julia tomó a León como aprendiz de cajista sin exigir ninguna referencia y dejó que se instalara en el sótano con la excusa de que era necesaria la presencia de un hombre en la casa las veinticuatro horas del día. Cuando Cristóbal Zapata regresó y se enteró de la decisión que había tomado doña Julia en su ausencia, puso el grito en el cielo. Aseguró que su responsabilidad como maestro de imprenta desde los tiempos en los que el señor De Haro estaba vivo, pasaba por decidir a quién se debía o no contratar, así como proteger el negocio y a la señora de la casa como un perro guardián. Se puso moralista, le insinuó que en absoluto era bueno para la reputación de ninguna mujer, y menos aún la de una viuda honorable, poner bajo su techo a un muchacho de origen dudoso y cuerpo de Adonis.

—Yo soy la dueña de esta imprenta —le espetó ella con los ojos llenos de una pasión que él jamás había visto antes—, y hago y deshago en ella lo que me parece.

No volvió a discutir con Cristóbal sobre el asunto de León y pronto olvidó la insinuación del encargado en lo referente a las posibles críticas de los vecinos porque la presencia del nuevo ayudante ponía una chispa de luz a sus días. Doña Julia tenía tendencias epicúreas. Disfrutaba con la belleza. No sólo con la que se podía percibir por los ojos; también disfrutaba de la que apreciaba con el resto de sus sentidos. Se recreaba olfateando el aire de la imprenta para captar los sutiles olores del papel. Se entrenaba en distinguir el aroma de su joven ayudante mezclado con el de la tinta fresca. Sentía el placer de la expectación cuando veía a mamita Lula dirigirse a la cocina para preparar el chocolate de la tarde y esperaba ansiosa a que empezara a calentarse porque casi podía visualizar sus efluvios dulzones. Se le hacía la boca agua pensando en el momento en el que ofrecería a los trabajadores el cálido brebaje, el premeditado instante en el que pudiese rozar los dedos de León con los suyos cuando le tendiese la taza. Le gustaba observarlo en la distancia mientras él trajinaba a un lado y a otro moviéndose con cadencia gatuna, cuando apartada de su frente un mechón rebelde con el dorso de la mano porque tenía los dedos manchados de tinta, cuando sonreía para sí mismo escuchando las bromas de los otros empleados. A doña Julia le gustaba la voz del muchacho porque no se captaba sólo con los oídos. La voz de León sonaba por dentro. Cuando él hablaba, lanzaba al aire vibrantes ondulaciones que anidaban en el estómago, como cuando el órgano de la catedral tocaba en clave de *fa*.

Por las noches, después de la cena, mamita Lula y doña Julia se sentaban en el patio trasero a charlar mientras esperaban la llegada del sueño. De vez en cuando le pedían a León que les acompañase. Entonces él se relajaba y se extendía en explicaciones sobre puertos asiáticos que olían a curry y a pescado salado. Les hablaba de una curiosa tribu africana cuyos hombres eran más altos que la luna, de otra en la que no levantaban dos palmos del suelo, de aquella que disponía de una fórmula mágica para dejar las cabezas de los enemigos con el tamaño y el aspecto de una castaña pilonga. Alguna vez les contó, con la boca pequeña, la historia de cómo los turcos lo secuestraron con apenas quince años con la intención de convertirlo en soldado del sultán; cómo fingió, durante mucho tiempo, estar entregado a su destino de cimitarra y bigotón y cuánto se parecían los jenízaros a las órdenes monásticas cristianas de guerreros-monjes.

—La traducción de mi nombre en árabe es Asad.

—¿Asad? ¿Lo he dicho bien? —preguntó doña Julia.

—Perfecto. En realidad es así como me llamé durante muchos años… hasta el momento en el que pude escaparme.

—Es precioso —murmuró ella enfrentándose a sus ojos.

Mamita Lula escuchaba las épicas historias de León con el corazón encogido y se lo creía todo, por muy estrafalario que sonase. Le caía bien el muchacho. Enseguida reconocía a los menospreciados por la sociedad ya que ella también formaba parte de ese selecto grupo. Sabía que la mayor parte de la humanidad estaba compuesta por individuos vulgares que se sentían intimidados por la presencia de los pocos seres extraordinarios que habitaban en el planeta.

En cambio doña Julia estaba convencida de que las historias que contaba León eran pura fantasía, lo cual para ella no tenía la más mínima importancia. Todo ese universo ultramarino que surgía a borbotones de la boca del muchacho, que le servía para disfrutar de su compañía y llenar sus aburridas noches, le divertía fuese o no real. Consideraba su mundo tan vacuo que la imaginación era su única forma de escapar. Para doña Julia siempre fueron más reales sus reinos de fábula que la casa de los vecinos. Una mentira apasionante la conmovía muchísimo más que una verdad tibia.

Un minuto antes de que comenzase a cimbrearse la catedral como si fuese a derrumbarse, mamita Lula sintió el movimiento telúrico en las tripas. Se estaban entonando los kyries de la misa y un conjunto armonioso de voces y órgano le rogaba piedad al Señor cuando la criada negra agarró a doña Julia por la muñeca y la arrastró hasta tumbarla debajo del altar. Se colocó a su lado y la resguardó bajo su maternal brazo mientras le besaba la nuca farfullando una letanía ininteligible ante el pasmo del resto de feligreses. No les dio tiempo a sorprenderse más por la alocada actitud de la criada porque un burbujeo que provenía de poniente fue apoderándose del templo gradualmente hasta que los vaivenes arrancaron de las paredes un ensordecedor ruido como de rechinar de dientes.

El desastre comenzó a las diez en punto de la mañana. Las campanas de la Giralda tañían solas, como locas. Los bancos del templo se agitaban sin importarles el peso de los fieles que estaban sentados sobre ellos y los que estaban de pie cayeron sorprendidos porque la tierra les faltaba. El púlpito amenazaba con descolgarse de su columna y un par de monaguillos asustados se acercaron tambaleantes al padre Zacarías para ayudarle a bajar la escalera.

—Apocalipsis, Apocalipsis, Apocalipsis —sentenciaba tanteando el aire en busca del crucifijo que normalmente descansaba sobre el altar mayor pero que ahora estaba en el suelo, dando vueltas sobre su peana, cerca de las cabezas de mamita Lula y doña Julia.

Alguien lo recogió y se lo ofreció al párroco ciego. Se aferró a él y por un momento pareció tranquilizarse.

El barandal de piedra que adornaba el exterior se desplomó sobre las bóvedas del crucero y una lluvia de cascotes chocó contra el suelo del templo. El ambiente se empezó a llenar de polvo, envolviéndolos a todos en una intensa niebla terrosa que les impedía ver un palmo más allá de sus narices. Más tarde se supo que lo que caía eran las piedras del cimborrio que, desde entonces, quedó herido de muerte. Los que estaban dentro querían salir por si el padre Zacarías tenía razón y aquello era realmente el preludio del Apocalipsis. No querían morir aplastados bajo un manto de piedra. Por el contrario los que estaban fuera querían entrar convencidos de que el Señor pondría en la catedral su omnipotente mano para protegerlos. Las puertas se taponaron por la aglomeración de personas horrorizadas. Algunos gritaban, otros suspiraban, otros se abrazaban, otros rezaban…

La tierra tardó unos cinco minutos en acomodarse y, cuando terminó de hacerlo, lanzó una especie de suspiro lánguido que dio paso a un silencio estridente. Una tranquilidad polvorienta que poco a poco se fue diluyendo entre pequeñas quejas, entre Dios míos, lloriqueos de bebé, gritos de adultos, berrinches de beatas que aumentaron su volumen hasta alcanzar un sonido de angustia ensordecedora. Un clamor de voces desesperadas solicitaba al unísono misericordia, piedad y confesión. Una balada triste y dolorida que encogía el alma.

Doña Julia y mamita Lula se mantuvieron bajo el altar mucho tiempo después de que la tierra se relajase, no del todo seguras de que el cataclismo hubiera terminado. Dejaron que la polvareda y sus corazones se asentaran ligeramente y salieron de su escondrijo reptando entre los cascotes que cubrían el suelo. Uno de ellos se le clavó a doña Julia en un costado. Cuando lo palpó para apartarlo vio que se trataba de una piedra circular con forma de moneda gigante y un diámetro algo superior a una cuarta. Estaba labrada con un bajorrelieve que no pudo apreciar con claridad. Se la llevó al pecho y la aferró como si se tratase de una tabla de salvación. Volvió a sentir la fuerza de mamita

Lula tirando de ella y ambas avanzaron como sonámbulas, más por intuición que por certeza, buscando una escapatoria en la penumbra del templo. La luz mortecina resbalaba de las alturas filtrándose por los rosetones de las vidrieras, unos rayos acobardados en los que se suspendían las partículas de polvo. Intuyeron una débil claridad frente a sus ojos, al fondo de aquel túnel lóbrego en el que estaban inmersas. Se dirigieron a ella tambaleantes y lograron salir a la calle a empujones, serpenteando entre los cuerpos de sus vecinos que se habían convertido en irreconocibles fantasmas empolvados, borrachos de sorpresa y de miedo.

Ninguna de las dos mujeres había pronunciado una sola palabra desde que comenzó el cataclismo. Ya en el exterior, se contemplaron una a la otra a la luz del día como si acabaran de verse por vez primera. Se palparon la cara, los hombros, los vientres hasta comprobar que ambas estaban enteras; entonces mamita Lula sacó del bolsillo de su basquiña un pañuelo de hilo, se envolvió los dedos índice y corazón con él, lo chupó y lo llevó a la cara de doña Julia para frotarle los berretes mugrientos que le surcaban las mejillas, tal y como había hecho muchos años antes, cuando era una niña a su cargo. Pero la señora ya estaba mayor para eso y se alejó a trompicones, apartándose de la gente. Miró hacia arriba. Entre el velo del cielo encapotado pudo intuir el disco solar luchando por brillar. La presencia del sol siempre le había proporcionado una indescriptible sensación de renacimiento. Respiró hondo, abrazada aún a la piedra que había rescatado de entre los cascotes del templo. Cerró los ojos y una mueca parecida a una sonrisa se dibujó en su rostro ceniciento. Estaba viva. Viva.

—¡Estoy viva! —exclamó emocionada.

—¡Vámonos! —le gritó mamita Lula sacudiéndole los hombros para sacarla de su ensimismamiento—. La torre se cae.

Habían salido por la puerta de los Palos y un grupo de personas apuntaba en dirección a una brecha que atravesaba la

Giralda. Daba la impresión de que un hacha de proporciones descomunales había golpeado el muro resquebrajándolo desde el cuerpo de campanas hasta los primeros balcones. Mientras tanto, la inflexible voz del padre Zacarías resonaba como nunca. Caminaba empuñando el crucifijo por encima de su cabeza seguido de una comitiva de vacilantes ciudadanos que parecían hechizados por la inusitada fortaleza del sexagenario cuerpo del religioso. Su ceguera le hizo inmune al pánico. Marchaba con seguridad en dirección a la plaza, exigiendo a gritos que le siguieran porque la misa que el terror había interrumpido iba a terminarla él en donde fuera.

—Va a resquebrajarse y partirse en dos —gritó alguien señalando la Giralda.

—Vámonos a casa antes de que se nos venga encima una campana —le dijo mamita Lula a doña Julia con dulzura.

—Te equivocaste, ¿lo ves? El mundo no se ha acabado. Estamos vivas, ¿te das cuenta? ¡Vivas! —respondió ella sonriente.

—Claro que sí. Ea… vayamos a casa.

—Estoy viva, estoy viva, estoy viva —repitió doña Julia con los ojos perdidos y sonrisa bobalicona, dejándose guiar por mamita Lula.

Los desperfectos sufridos en el negocio de doña Julia se dejaban ver en la distancia. El cartel de madera sujeto con dos cadenas en el que dos horas antes se podía leer: «Imprenta de Haro», se había caído. Los vidrios coloreados de los ventanales que daban a la calle se rompieron en su mayor parte. Tanto el suelo de la acera como el del interior del taller estaban plagados de papeles, igual que si hubiese entrado un huracán. Los tipos móviles se salieron de sus cajas y parecían insectos despanzurrados con formas de letras de metal. La nueva prensa de imprimir con la que doña Julia pensaba modernizar su negocio resultó dañada, y una grieta preocupante atravesaba en diagonal la pared del patio. Pese a todo, la viuda de Haro no borraba el radiante gesto de placidez de su rostro.

—¡Alabado sea Dios! —suspiró Cristóbal Zapata al verla entrar, reclinada en el hombro de mamita Lula.

Apartó a la criada sin cortesías y tomó a doña Julia a la altura del codo para acompañarla hasta una silla. Caminaba a su lado musitándole palabras de aliento, como si fuese un niño que da sus primeros pasos. Le quitó la piedra circular que traía debajo del brazo para dejarla en una esquina del patio y la ayudó a sentarse. Una vez la vio asegurada, se puso a dar órdenes a las sirvientas para que trajesen una tila con azahar, con rapidez, tarugas, que la señora no se encuentra bien. Sujetó la taza de la infusión mientras ella le daba sorbitos, le dio palmadas en el dorso de la mano asegurando que no tenía color en las mejillas, le puso la mano en la frente por ver si el espanto le había provocado fiebre, se obstinó en que ese traumático trance geológico por fuerza tenía que haber afectado a la estabilidad y la armonía de una persona tan dulce y sensible como ella.

—Tiene que descansar —concluyó el maestro de taller con firmeza.

Como doña Julia seguía impasible, ida, luciendo el rictus de los asilados en el hospital de San Cosme y San Damián y sin pronunciar ni una sola palabra, mamita Lula también acabó convencida de que lo mejor era que se acostase mientras ellos ponían un poco de orden en la casa. Y la llevaron a su cama.

A doña Julia la despertaron, a eso de las dos de la mañana, los latidos de su corazón. Abrió los ojos sin saber dónde estaba ni qué hora era. Le vino a la mente el recuerdo remoto de un cataclismo, pero tardó un rato en decidir si fue real o lo había soñado. Cuando se dispersaron las nubes de la desorientación y se dio cuenta de que el terremoto era cosa cierta, le entró la congoja. Comenzó a pensar qué habría pasado de haber muerto aquella mañana. ¿Dónde estaría su alma? ¿Alguien lloraría por ella? Y si fuese así, ¿por cuánto tiempo lo haría? Treinta y dos años de vida habían transcurrido en un suspiro y no había hecho nada de lo que pudiera sentirse realmente orgullosa. ¿Era feliz? ¿Su existencia había hecho feliz a alguien? Ni siquiera su matrimonio fue por amor. Su madre eligió para ella un marido viejo y opulento al que no pudo llegar a amar, un marido que jamás la vio desnuda, que jamás la besó en los labios… un marido al que no pudo dar hijos. Se estaba secando. La piel se le cuarteaba de puro hastío entre esas paredes que imprimían historias que hacían soñar a los demás, pero no a ella.

Se incorporó del lecho negándose a pensar más. Posó los pies desnudos en el suelo y el frío del mármol le provocó un estremecimiento. Caminó descalza hasta la puerta de su alcoba y salió al corredor sólo cubierta con el camisón. Llevaba el cabello suelto, cayéndole como una cascada por debajo de su cintura. Recorrió el pasillo, bajó la escalera y, cuando llegó al patio, se sorprendió al ver amontonados, bajo las arcadas, todos los materiales de la imprenta: las máquinas, los pliegos en blanco y los impresos, las tinas de tinta, la caja con los tipos móviles… Supuso que los habían dejado allí para evitar robos hasta que las vidrieras que daban a la calle se arreglasen, ya que la casa estaba protegida por la verja de hierro que separaba el zaguán del patio. Serpenteó entre los cachivaches y llegó a la altura de la cicatriz que el terremoto había dejado en la pared de su casa. La tocó con el dedo índice con gesto de lástima. Miró a su derecha; justo allí estaba la escalera que descendía al sótano y una fuerza inexplicable la empujó hasta ella. Se dio cuenta de que la estaba bajando cuando ya había recorrido el primer tramo. Llegó al final casi sin aire, ahogada por la ansiedad.

Se quedó más de un minuto parada frente a la puerta de la alcoba de León. Estaba llena de miedo y excitación, con la cabeza apoyada en la madera y la mano posada sobre el picaporte hasta que notó que éste cedía sin que ella imprimiese ninguna fuerza. León había escuchado ruidos y abrió con una vela en las manos. La luz dorada bañaba su rostro otorgándole el aspecto irreal del personaje de un cuento. El muchacho la observó sorprendido.

—¿Necesita algo, señora?

Doña Julia cerró los ojos y posó delicadamente el dedo índice en los labios de León. Sólo quería que dejase de hablar pero sentir el contacto cálido de la piel de su boca le provocó un estremecimiento en el vientre, una deliciosa congoja que la obligó a lanzar un suspiro seco. Comenzó a caminar en silencio, presionándole para que la dejase atravesar el umbral de aquel humilde cuarto de aprendiz sin ventanas y cerró la puerta tras ella mirándole a través de sus párpados entornados. Tenía la boca entreabierta, la respiración agitada. Doña Julia no parecía doña Julia. Un centelleo desconocido la hacía resplandecer de una forma tan turbadora que León era incapaz de apartar sus ojos de ella. Se contemplaron inmóviles el uno al otro, sin un gesto ni una pregunta, porque en aquellos movimientos cadenciosos que les acercaban poco a poco estaban todas las respuestas. Ella desabotonó su camisón empezando por el cuello y el simple roce de la tela resbalando por su cintura revolvió sus entrañas. Cada poro de su cuerpo estaba alerta, tenía sed de caricias, hambre de carne húmeda y cálida.

Quedó desnuda, con la piel rojiza y vibrante bajo la luz de las velas, rendida ante aquel hermoso desconocido que le llenaba el alma de fuego. Atrapó la barbilla de León con su mano derecha y acercó su boca como el que intenta apurar el último trago de vino de la copa. El aire que había en la habitación no era suficiente y tuvo la certeza de que necesitaba el aire que León llevaba en sus pulmones para seguir viviendo. Quería aspirarlo, bebérselo a sorbos, que los cuerpos desaparecieran, quería ser León, vivir dentro de León. Permanecían muy juntos, con los labios casi pegados mientras ella murmuraba el nombre árabe del muchacho. Desde aquel cautivador momento y hasta que alguien le arrebató de forma infame la vida, doña Julia siempre utilizó ese nombre en el ritual de la intimidad.

—Asad.

—Hace mucho que nadie me llama así —respondió él jadeante.

—Estoy viva —le informó doña Julia con pasión—. ¡Viva!

Y entonces León abandonó el gesto grave que había mantenido durante todo ese tiempo y lanzó una de sus enormes sonrisas de blancos dientes y rojos labios.

—Nunca tuve la menor duda.

Fue lo último que dijo antes de besarla.

2

El Krak de los Caballeros

> … un mundo donde te movías como un caballo de ajedrez que se moviera como una torre que se moviera como un alfil.
>
> JULIO CORTÁZAR, *Rayuela*

El terremoto pasó a la historia como «el de Lisboa» porque allí se contaron entre sesenta y cien mil muertos, y la mayor parte de los edificios del casco urbano terminaron desparramados por el suelo. Pese a todo, el movimiento telúrico se dejó sentir en toda la península, aunque donde más se apreció fue en la mitad sur. En Cádiz, el primero que advirtió que se avecinaba un desastre fue el mar. Comenzó por replegarse alejándose de la costa más de media legua, dejando al descubierto su lecho, que quedó con el aspecto sereno de una alfombra de terciopelo tostado. Las gentes observaban la retirada del agua sumergidos en un silencio sepulcral, petrificados, sin capacidad de reacción. El gobernador intuyó que tarde o temprano el mar tendría que regresar con fuerza renovada y ordenó que se cerrasen las murallas. Media hora después, tres olas gigantes inundaron la ciudad. Quedaron peces varados sobre los tejados más altos, carruajes y caballerías despanzurrados en la playa, más de seiscientas personas que faenaban con sus embarcaciones desaparecieron sin más. La muralla intentó resistir el embate temblando como una hoja, pero terminó por desmoronarse como si estuviese hecha con terrones de azúcar. Días más tarde se pudieron encontrar las piedras más pesadas a varias leguas de distancia.

Las olas fueron tan bravas que se colaron por la desembocadura del Betis, remontaron el río y durante varios días el aire de Sevilla, que por lo general transportaba fragancias de azahar y claveles, se impregnó del tufo del salitre y el espanto. Quedaron en ruinas más de trescientas casas y se consideró que otras cinco mil necesitarían reparaciones urgentes, pero no les dio tiempo. A la gran sacudida le siguieron réplicas menores que hacían vibrar la ciudad con tiritonas de enfermo. El asistente intentó tranquilizar a la población asegurando que los movimientos no eran más que el reacomodo de la tierra, pero la gente estaba sobrecogida y al más mínimo indicio de oscilación salía a la calle pidiendo clemencia anegada en llanto. Santa Justa y santa Rufina, las santas alfareras, se convirtieron en heroínas. Muchos aseguraron haberlas visto sujetando de nuevo la Giralda, como ocurrió durante el terremoto de 1504, y que por eso la torre se mantuvo firme. Los artistas más afamados se pusieron manos a la obra para plasmar el milagro en cuadros, tallas de barro y de madera, tapices y azulejos. Así quedaron para la posteridad, representadas en tamaño ciclópeo, más altas que la Giralda, con pucheros de barro a sus pies y hojas de palma en las manos.

La población de Sevilla, predispuesta a buscarle explicaciones divinas a las desgracias terrenas, echó la mirada al cielo. Los gitanos lamentaron su triste suerte haciendo penitencias a ritmo de sentidos cantes y palmas en sordina, los ciegos recitaron arrepentimientos por las calles, en Triana veinte sacerdotes atendieron unas seis mil confesiones generales y se habilitaron siete iglesias para hombres y siete para mujeres donde poder escuchar la palabra de Dios durante nueve noches consecutivas. Una aclaración pastoral puso en conocimiento público que el terremoto era un aviso. Al parecer el Todopoderoso estaba escandalizado por la pérdida de las buenas costumbres, por las indumentarias inadecuadas que en los últimos tiempos lucían las mozas, por la inmoralidad de los muchachos que se divertían bebiendo y haciendo bufonadas, lo cual entraba en contradicción con el exigido recato cristiano. Los religiosos precisaron que había que dar gracias al Señor por su clemencia al enviar una reprimenda en forma de temblor de tierra en lugar de lanzar sin aviso un diluvio universal, como hizo en tiempos de Noé. Y fue así como decidieron edificar un templete conmemorativo de aquella desgracia catártica con la imagen de la Virgen y el Niño junto al ala sur de la catedral, en la plaza de la Lonja, en el mismo lugar en el que el padre Zacarías terminó los oficios tras la sacudida. Lo llamaron del Triunfo, lo remataron con una cruz patriarcal, y en su base de piedra hicieron imprimir:

> Sábado, 1 de Nov. Año 1755 a las 10 de la mañana huvo general y pavoroso terremoto el que se creyó asolaba la Ciudad, y sepultaba a sus moradores en la ruina, pues se estremecieron violentamente los edificios cayendo algunos y parte de las iglesias. En la Patriarcal con espantoso horror llovieron parte de sus bóvedas, cayeron pilares de los elementos de su Torre. Siendo sin número el concurso nadie se sintió lastimado. En toda Sevilla sólo 6 personas perecieron deviendo las demás sus vidas, la Ciudad su consistencia al Patrocinio de la que es Madre de Dios y Misericordiosa María Stma. en cuyo honor y perpetuo agradecido monumento mandaron poner los Ilmos. Sres. Deán y Cabildo e hacer este Triunpho en el sitio mismo que se dixo la Misa y cantó Sexta en aquel día.

La vajilla que doña Julia llevó en la dote el día de su boda, valorada en cuarenta mil reales, también quedó maltrecha por culpa del terremoto. Se habían salvado los platillos de postre, algunas tazas, una fuente grande y parte de la sopera, porque la tapadera quedó partida a la mitad. Aun así, mamita Lula seguía sirviendo la mesa con la misma solemnidad de siempre. Ese día repartió equitativamente la sopa en los tazones del chocolate en lugar de en los minúsculos platos de postre comenzando por la señora, siguiendo por León y terminando con ella. Doña Julia esperó a que la criada se acomodase en la silla. Después cruzó las manos, cerró los ojos y se dispuso a darle gracias a Dios por los alimentos que iban a recibir en las pocas piezas de menaje que les quedaban. Cuando acabó, lanzó un suspiro resignado, estiró la servilleta sobre sus rodillas y comenzó a dar vueltas a la cuchara. Estaba nerviosa. Tenía un secreto. El secreto más grande y emocionante de toda su vida. Las manos le temblaban. Intentó concentrarse en un trozo de huevo duro que trazaba círculos perfectos sobre la superficie del caldo, pero no podía. Sentía la mirada de León clavada en ella. El muchacho la observaba con media sonrisa en los labios. Él era capaz de ver la belleza que se escondía tras su gesto áspero, bajo su traje negro y su peinado altanero. Para él era fácil dar de lado, gracias al poder de la imaginación, esos complementos aburridos que la mantenían disfrazada de dama encopetada durante el día porque hacía un par de semanas que la deshojaba como si fuese una margarita. Doña Julia esperaba con ansia la llegada de la noche. Cuando todo quedaba a oscuras y en la casa sólo se escuchaba el murmullo del silencio, se deslizaba cautelosa hasta la habitación de su joven amante. León la recibía jovial, apretándose contra su cuerpo. La besaba en los labios, le lamía la lengua, le robaba el aire. Se colocaba tras ella y desabrochaba uno por uno, con tranquilidad pasmosa, la infinita hilera de minúsculos botones que sujetaban su enlutado vestido, desde el cuello hasta la cintura. Después empujaba suavemente la tela y acariciaba con la yema de los dedos la delicada ropa interior alargando ese momento, conteniendo el deseo. Acercaba la nariz al cabello de doña Julia y aspiraba con fuerza para inundarse de la esencia de almizcle antes de posar los labios en la nuca y en los hombros blancos, que a esas alturas ya estaban trémulos de impaciencia. Le sacaba con cuidado las horquillas que retenían el moño, dejando que el rodete se desenroscara en espirales concéntricas mientras medía la intensidad de las respiraciones de la dama para captar el momento exacto en el que ella moría de ganas por zambullirse junto a él bajo las sábanas. Cuando terminaban de amarse, le gustaba mirarla. Sin ropa, no parecía tan estirada y huesuda. Sin la impertinente luz del día, bajo el fulgor de las velas, las mejillas de doña Julia destilaban brillos de melocotón glaseado. Había que observarla en esos momentos íntimos, cuando tenía los párpados pesados, la boca entreabierta, la piel erizada, moviéndose rítmicamente bajo él, para apreciar la plenitud de su belleza de hembra.

Doña Julia no pudo soportar más la presión de la mirada de León y se enfrentó a él mientras le preguntaba a mamita Lula si había terminado ya de comer.

—Sí, señora.

—Entonces déjanos solos.

La criada se levantó con parsimonia sevillana apartando la servilleta, doblándola con cuidado, recogiendo los cubiertos, colocando los platos vacíos unos encima de los otros, los tazones de chocolate, la sopera...

—Ya recogerás luego —le apremió doña Julia—. Vete, haz el favor.

Mamita Lula la miró de soslayo porque conocía a su señora desde que caminaba a trompicones y supo percibir su urgencia. Se dio la vuelta murmurando algo sobre pasiones que son como vientos, que terminan convirtiéndose en huracanes. Doña Julia esperó a escuchar la puerta cerrándose.

—Quiero que te cases conmigo —espetó sin miramientos, con la misma voz imperturbable que utilizaba para dar órdenes a los empleados de la imprenta.

—La gente hablará —respondió León, sorprendido.

—Siempre habla.

Ella era muy consciente de la fuerza del qué dirán; del poder de las apariencias. Le habían enseñado a obedecer a los padres, a agradar a los vecinos, a parecer honesta, pura, sincera, complaciente. La habían educado para ser lo que los demás esperaban que fuera, para acallar sus propios deseos anteponiendo siempre los de aquellos que tenían más autoridad que ella, que en el caso de una mujer joven eran la mayoría. Recordaba perfectamente la calurosa tarde de primavera en la que todo cambió. Acababa de cumplir diecisiete años y la dicha de los que nada tienen que pedirle a la vida. Estaba cortando gladiolos y rosas en el jardín de sus padres: quería llenar de flores los jarrones del salón para que la primavera también estuviese dentro de la casa. Mamita Lula la ayudaba pero, en ese preciso instante, las dos se habían enfrascado en un juego pueril de empujones que se tradujo en alboroto de hiedras, traspiés en la tierra mojada y salpicaduras de agua que las dejó agotadas de risa, con el aspecto de dos jornaleras. Cuando entró en el salón con las mejillas sonrojadas por el sofoco, aún sonriente, vio a un hombre de la edad de su padre que se levantó del sofá como impulsado por un resorte y le tendió el ramo de claveles reventones que llevaba en una mano y la caja de chocolates que traía en la otra.

—Este señor es don Diego López de Haro, cariño —le dijo su madre—. ¿Lo recuerdas? Es el dueño de la imprenta. ¿Te acuerdas que su mujer se murió hace poco? Pobrecilla, ¡qué lástima! ¿Que te regalaba poemitas cuando eras pequeña? Sí, mujer, que fuimos al entierro. —Ante la cara impasible de su hija añadió—: Bueno… que ha venido a merendar con nosotros para conocerte mejor.

Se sentaron en el patio. Mamita Lula trajo una bandeja de merengues y una jarra de limonada bien fría, lo que dio pie a que la madre de Julia y don Diego se enfrascaran en una discusión sobre la dificultad extrema que suponía el abastecimiento de hielo de la ciudad.

—Lo traen nada menos que de Constantina —aseveró el viudo—. Han instalado tres pozos que en las noches de invierno recogen la nieve. Luego se transporta en unas cestas con angarillas y de allí la llevan a los almacenes donde unos hombres estimulados por bebidas espiritosas, la pisotean hasta convertirla en bloques. Si a los bloques de hielo les entra el aire se derriten —aclaró—. Después los sacan en subasta pública por Corpus. Este año los han vendido antes porque el calor estaba apretando mucho —dijo sorbiendo un poco de limonada de su vaso y enjugando con el pañuelo su sudorosa frente antes de añadir—: ¡Ha salido a seis reales la arroba de hielo! Yo he comprado veinte.

—Cuánto trabajo para dejar el agua dura.

Ésa fue la primera frase que Julia le dirigió a su futuro marido y él se carcajeó abriendo toda la boca, mostrando un par de muelas picadas y un par de dientes mellados.

—La niña es tan inocente... Pobrecilla, no sabe nada de la vida —dijo su madre mirándola con sonrisa socarrona.

—Esta candidez resulta adorable —sentenció don Diego López de Haro con aire embelesado.

Después de aquello, Julia comenzó a medir sus palabras para que no volvieran a reírse de ella. Durante los siguientes meses se esforzó mucho por mantener una actitud formal, por alzar el mentón, por lucir sonrisa apática, de esa que no deja ver los dientes. Hasta que ya no le hizo falta disimular porque, de tanto aparentar sobriedad, el carácter se le volvió adusto.

Cuando don Diego López de Haro se despidió aquella tarde, su madre aprovechó para desplegar ante la muchacha el abanico de virtudes del viudo; lo erudito de su trabajo, nada más y nada menos que el dueño de la imprenta de más prestigio de la ciudad, menuda suerte, serás la envidia de todas las mozas casaderas, con lo que a ti te gustan las letras y los libros, Julita, cariño, por no hablar de su solvencia económica que asegura tranquilidad para dos o tres vidas. Llegados a ese punto, Julia se dio cuenta de la situación.

—¿Quieren que me case con don Diego?

—Sólo si es tu deseo. —Su madre la tomó de la mano y le dio un par de palmaditas en el envés—. Pero tienes que tener en cuenta que atravesamos una etapa muy mala. Cada vez es más difícil encontrar hombres decentes y si no te espabilas te quedas para vestir santos, como la hija de doña Elvira, la pobrecilla, que ya roza los treinta y ahí la tienes, soltera… aunque dicen que no entera, que ya lleva recorrido lo suyo. En fin… es que la pobre tiene mucho vello facial; en eso ha salido a su padre… Pero tú que eres bonita… —Le sujetó por la barbilla para mirarla con firmeza—. Las oportunidades hay que atraparlas al vuelo, Julita.

—Pero ese señor es muy mayor, yo…

—Uy… ¡válgame Dios!, si eso es una ventaja —le interrumpió la madre—. Así tiene las ideas claras. No como yo que me casé con uno que tenía mi edad y hasta que lo domé…

—¿Quiere que me case con el impresor, padre? —Julia lo miró con cara de lástima mientras ambos sentían la presión de los ojos de la madre.

—Es un buen hombre —musitó don Juan Nepomuceno agachando la cabeza, arrepintiéndose de no tener el valor suficiente para enfrentarse a su mujer y exigirle que dejase en paz a la niña.

Los preparativos del enlace duraron tres meses, tiempo que don Diego aprovechó para acometer el cortejo clásico que pasaba por cinco fechas señaladas. El día de las gracias le regaló a su futura esposa un reloj de repetición de esmalte azul guarnecido de brillantes. El día de las capitulaciones, un broche de diamantes. El día del dicho, seis rosas de turquesas. Por feria, un ramo de flores de Italia, dos sortijas de corales y un juego de cintas y, el día de la boda, un cofre grande con un vestido de Corte bordado en plata, dos abanicos ingleses y un aderezo de perlas.

—No hubo jamás un novio tan espléndido —exclamó la madre de la novia.

La familia de Julia ofreció como dote una vajilla, una cubertería de plata, diez candelabros, dos mantelerías de hilo, varios juegos de sábanas con encaje de ñandutí y la promesa de que se podría llevar a mamita Lula a su nuevo hogar como ama de llaves. Para la madre de Julia eso último fue más un alivio que un sacrificio. No se entendía con aquella muchacha de piel oscura que jamás la miraba directamente a los ojos. La soportaba más por moda que por necesidad. En aquellos tiempos ninguna familia que se preciara podía prescindir de tener al menos un criado negro. Pero la madre de Julia consideraba que esas personas no estaban hechas de su misma pasta.

—¿De dónde han salido estos seres? —le preguntaba al aire—. Dios hizo al hombre a su imagen y semejanza y está claro que no nos parecemos a *ellos* así que… humanos no son.

Julia pasó la noche anterior a su enlace llorando. Se casó en la catedral de Sevilla, en la capilla Mayor, ante uno de los más importantes retablos de la Iglesia católica. Centenares de relieves de santos fueron testigos de los moqueos de la novia.

—Es por la emoción —la justificó su madre—. ¡Está tan enamorada!

La celebración fue todo un acontecimiento social. Hubo más de doscientos invitados entre los que se contaba el obispo, el asistente, el cabildo en pleno y los caballeros veinticuatro, una institución rancia a la que pertenecían los descendientes de los hombres que ayudaron a san Fernando a conquistar Sevilla y que luego se asentaron en la ciudad para repoblarla de buenos cristianos. A los caballeros veinticuatro pertenecían las familias de mayor abolengo, entre ellas la de don Diego López de Haro. En el convite que se celebró tras la ceremonia, se sirvieron tortas de bizcocho con vino, perdices en manjar blanco, ternera en fricandó y añotes rellenos. Una corte de mulatos con el torso descubierto y pantalones de seda roja desfilaba entre las mesas con bandejas de jamón lampreado y pierna de cordero mechada, y una fuente instalada en la mesa de los novios despilfarraba un cantarín chorro de vino añejo. De postre se sirvió crema de leche, torta real y pirámide de naranja amarga.

Ni el agasajo de los novios, ni que la novia se mantuviese sentada durante toda la celebración con el gesto compungido y los ojos vidriosos, sirvió para acallar los comadreos. Dos días después de la boda, toda la ciudad estaba convencida de que la nueva esposa del impresor era una arribista.

Por eso doña Julia sabía que daba igual lo que hiciera o dijera; la mayoría de la gente vivía cómoda aferrándose a los tópicos que le permitía ordenar el mundo. Ella siempre se había comportado acorde a lo que se esperaba de ella anteponiéndolo a su felicidad, y al final siempre habían murmurado a sus espaldas.

—Quiero que te cases conmigo —le repitió a León.

—No hace falta que te enfrentes al mundo por mí. —Él sonreía orgulloso. Se sentía dueño de la situación. Ya no tenía dudas: esa inquietante mujer le amaba.

—No me estoy enfrentando al mundo. Lo estoy rechazando —dijo ella. Arrebujó la servilleta sobre la mesa y suspiró—. En realidad odio el mundo. Odio a la gente, odio sus imposiciones y sus reglas... odio todo lo que queda fuera de esta casa.

—Yo no me moveré de ella, si es lo que temes —respondió León—. No hace falta que desates las lenguas de tus vecinos. Ya he huido bastante en mi vida. Éste es mi hogar. Estaré siempre a tu lado.

—No lo entiendo —protestó doña Julia sacudiendo la cabeza con gesto de rabia—. ¡Quiero que te cases conmigo! Me hubiera gustado nacer hombre para que una proposición como ésta se contestase con un sí o un no... no con toda esta palabrería que me está mareando.

—De acuerdo, de acuerdo... está bien. —León soltó una carcajada—. Sí... quiero casarme contigo.

León se levantó temprano la mañana siguiente. Aún brillaba alguna estrella en el cielo cuando salió de la imprenta sin hacer ruido. A esa hora no se veía un alma y el juego de luces y sombras hacía más cruda la devastación que el terremoto dejó a su paso. Miró a ambos lados de la calle, tomó el camino de la derecha en dirección a la plaza de San Francisco y llegó a la altura de la Cárcel Real, que estaba convertida en un montón de escombros. Los presos aprovecharon que se habían venido abajo los muros para salir a escape de aquel recinto inmundo en el que llevaban años hacinados. Uno de los huidos más ilustres fue el «Príncipe de Módena», un extranjero pomposo que llegó a la ciudad entre oropeles y se hospedó en la posada de la Reina proclamando a los cuatro vientos su linaje glorioso. Acudía diariamente a escuchar misa a San Pablo en el coche que el propio asistente había puesto a su disposición y los frailes dominicos lo recibían y despedían con repique de campanas y reverencias. La flor y nata de la sociedad sevillana quería presumir de contar entre sus amistades con un individuo de su alcurnia y lo agasajaba con lucidas fiestas al mediodía, saraos que se alargaban hasta la madrugada, lechones rellenos y dátiles con miel. Los padres le presentaban a sus hijas casaderas porque se morían de ganas de entrar a formar parte de la realeza, convencidos de que las flatulencias aristocráticas despedían aromas de jazmín y de que sus apellidos estaban llamados a los más altos destinos. Pero él nunca se comprometió ni rehusó y se dejó querer durante meses manteniendo una exquisita actitud diplomática. Tras medio año de recepciones y homenajes, por pura casualidad, se descubrió que el Príncipe de Módena era un fanfarrón. La alcurnia de su padre no le llegaba más que para ser un simple mercachifle borracho y un experto en geografía e historia les puso al corriente de que Módena era célebre por su vinagre balsámico, no por su principado. Pese a que al falso príncipe sólo se le podía acusar de delirios de grandeza, lo encerraron sin miramientos en la cárcel porque jugársela a lo más selecto de la ciudad estaba peor considerado que robarle un pedazo de pan a un niño hambriento. Desde el día del terremoto no se había vuelto a saber nada de él.

León continuó caminando por la calle de Sierpes dejando que el aire fresco de la mañana le despejase las ideas. Acariciaba la cruz octogonal de oro que llevaba colgada al cuello que el gran maestre le entregó antes de enviarle a Sevilla. Su vida parecía guiada por un Dios loco que a cada rato se contradecía a sí mismo tomando decisiones distintas sobre su destino. Tenía buena memoria, por eso recordaba perfectamente su infancia en la isla de Malta, protegido por los Hospitalarios de la Orden de San Juan de Jerusalén. Ellos le hablaron de sus misteriosos orígenes: lo encontraron abandonado el día de San León Magno en la puerta de su fortaleza cuando aún era una criatura de pecho. Estaba dentro de una cesta de mimbre, envuelto en un sobrepelliz en el que aparecía bordada esa misma cruz ochavada: el símbolo de la orden hospitalaria desde el año 1048, cuando unos mercaderes de Amalfi obtuvieron del califa de Egipto el permiso para construir en Jerusalén un hospital en el que asistir a los peregrinos de cualquier fe o raza que acudieran a Tierra Santa. La cruz tenía los cuatro brazos del mismo tamaño, con ocho ángulos y ocho puntas. Sólo los caballeros de la Orden llevaban esa cruz en sus hábitos. Si uno de los freires había tenido un desliz con alguna de las muchachas de la isla y esa criatura era su fruto, desde luego nadie lo confesó.

Los Hospitalarios lo alimentaron con miga de pan empapada en leche, arrullándolo con cantos gregorianos en maitines. Le enseñaron a jugar al ajedrez; a leer y escribir en latín para que pudiera comprender la Biblia; en italiano para que se relacionase con los isleños; en castellano porque, siglos atrás, el emperador Carlos V había cedido a la Orden el archipiélago de Malta pero no renunció a la soberanía sobre él. Creció imbuido de una paz infinita, convencido de que pasaría allí el resto de su vida exaltando la gloria de Dios y defendiendo a la cristiandad con el nombre de frey León. Pero con apenas quince años su destino se truncó. Los temidos jenízaros, la infantería selecta del sultán otomano, organizaron su habitual caza de jóvenes cristianos que ellos llamaban *devshirmeh*. Su táctica consistía en navegar cerca de la costa mediterránea recorriéndola con mirada atenta para seleccionar a muchachos aguerridos y fuertes, buenos para la lucha. Atraparon a León en la playa, a última hora de la tarde. No tenía que estar allí. Se había escabullido a buscar coquinas. Le gustaba ver el rastro de burbujas que dejaban en la arena cuando la ola se alejaba, escarbar hasta encontrar su presa, entregarle luego una bolsa llena al cocinero para que las condimentase con vino blanco, ajo y perejil y comerlas a la hora de la cena. Estaba demasiado entretenido buscándolas, por eso ni siquiera los vio aparecer. Cuando quiso darse cuenta, se encontró atado de pies y manos en la oscura bodega de un barco, escuchando hablar en un idioma extranjero.

Desde ese instante su vida cambió. Los jenízaros lo llevaron a una escuela donde lo adiestraron en el manejo de las armas, en tácticas militares, en ajedrez, literatura, contabilidad. Le alentaron para que se convirtiera al islam y, aunque nadie le obligaba, todo era más sencillo si lo hacía. Durante un tiempo pareció asimilar bien una religión ajena en la que se glorificaba a un único Dios por encima de todas las cosas, en la que se debía respetar al prójimo, condenar los crímenes y la crueldad, en la que se recompensarían las acciones virtuosas. Esa religión no le parecía tan distinta de la suya. Se dejó crecer sólo el bigote, porque la barba estaba prohibida, juró que el Cuerpo de Jenízaros era su hogar y que el sultán era su verdadero padre terrenal. Se hizo tan fuerte, tan severo, su convicción parecía tan firme que, tras superar el período de instrucción, le nombraron jenízaro verdadero con diecinueve años. Tiempo después, cuando al fin sus superiores confiaron en él levantando su eterna vigilancia, llevó a cabo la huida que había planeado durante años. Esperó a que se hiciese de noche y robó una goleta del puerto. La había elegido por ser una embarcación lo suficientemente fuerte como para soportar las olas de mil tempestades y lo bastante ligera como para poder manejarla él solo. Navegó durante varios días comiendo los peces crudos que lograba atrapar, durmiendo a trompicones, temiendo que en cualquier momento un barco otomano apareciese en el horizonte con una tripulación dispuesta a rebanarle el cuello por traidor. Cuando ya no le quedaba más agua dulce, una fragata lo descubrió navegando a la deriva. Estaba tirado en la cubierta sin camisa ni conocimiento, con los labios cuajados de calenturas, achicharrándose bajo el sol de justicia del mar Mediterráneo, delirando en latín que lo devolviesen junto a sus hermanos, a la isla de Malta.

Ahora que estaba a salvo, caminando por las calles de Sevilla, pensaba que su destino sufría los mismos vaivenes que las corrientes marinas. Un año antes hubiera jurado que su cometido en la vida pasaba por cumplir la misión que se había impuesto desde que, en tierras de moros, oyó hablar del pacto de Axataf, el hombre que perdió Sevilla contra las tropas de Fernando III. Pero a estas alturas, y aunque su empeño no había flaqueado, sabía que ya no podría vivir sin el calor de Julia.

León llevaba un buen rato caminando. Se llevó la mano al bolsillo y sintió el tacto suave de la figurilla de marfil que iba con él a todas partes. Estaba cerca del río, podía olerlo. Poco a poco la ciudad despertaba y la gente tomaba las calles. Se cruzó con un par de mendigos que le pidieron una ayudita por el amor de Dios con el uniforme de los desventurados: traje de paño oscuro con un corazón rojo en el pecho. Los dueños de los puestos ambulantes se apresuraban para encontrar un buen lugar en las gradas de la catedral porque de eso dependían sus ganancias de la jornada. Los empleados de la fábrica de tabaco bostezaban medio dormidos, espantándose las legañas. Se cruzó con algunos de los escribanos que instalaban sus pequeñas mesas debajo de la Giralda para ejercer su oficio de redactar cartas, contratos, escrituras… o cualquier documento ajeno. Sin embargo, pese al incipiente bullicio, mientras avanzaba esquivando el ir y venir de los transeúntes, León sintió que lo seguían. Tantos años de temores lo habían convertido en un ser pasmosamente hábil para percibir amenazas. Aguzó el oído y todos y cada uno de los músculos de su cuerpo se tensaron. Volvió a él esa terrible sensación que creía ya olvidada, esa en la que intuía que su vida se debatía entre dos terribles decisiones: morir o matar. Los recuerdos del pasado regresaron vívidos, como si no hubiera transcurrido el tiempo. Regresó el rumor del mar, el sobresalto de saber que la tierra firme estaba muy lejos. Le volvió a la boca el sabor salado del océano mezclándose con el de la sangre, la desesperación, la falta de aire. El Miedo con mayúsculas, la certeza de conocer de lo que son capaces algunos seres humanos para conseguir sus objetivos. León sabía que el valiente tiene miedo de su enemigo y el cobarde de su propio espanto.

Los ciudadanos anónimos caminaban aparentemente abstraídos en sus quehaceres cotidianos; inocentes, simples, necios, bobalicones. Se cruzaban con él, lo sobrepasaban por la derecha, por la izquierda, rozándole en ocasiones. Pero en esos momentos, lo único que León podía percibir era la presencia excepcional y furtiva de la persona que le estaba observando. Los freires le habían advertido que tal vez su vida corriera peligro, pero hasta ese momento se había tomado sus advertencias como malos augurios sin fundamento.

Se detuvo, quedándose muy quieto antes de mirar a su alrededor. Su actitud hizo que algunas personas lo observaran con curiosidad. León volvió a caminar, aminorando el paso. Ya estaba cerca de su destino pero utilizó la lógica, cambió de dirección y se deslizó por la calle del Hombre de Piedra, que a esas horas estaba vacía. Entonces constató que quien lo acechaba estaba cerca. Escuchó tras él pisadas sigilosas de felino taimado. Casi podía intuir su sombra, alargándose para atraparle. Sintió la boca seca, la sangre golpeándole las sienes. El miedo dio paso a la conmoción por saberse descubierto. Cuando estaba a la altura de la imagen del hombre petrificado que le daba nombre a la calle, León se dio la vuelta de pronto y le vio. Era muy joven, moreno, alto, delgado; un mechón de cabello insistía en caerle tozudamente sobre los ojos pardos, atrincherados tras unos quevedos.

—¿Por qué me sigue? —le gritó León, aproximándose a él con los puños apretados.

El muchacho se sobresaltó. Con el rostro demudado levantó muy despacio las manos en señal de apaciguamiento. Entonces León vio que llevaba colgada al cuello una caja de madera, de las que normalmente utilizaban los escribanos para guardar las plumas y el tintero.

—Discúlpeme señor, yo… yo… —balbuceaba temeroso.

León le miró las manos. Eran delgadas, elegantes, con las uñas cuidadas y las palmas manchadas de tinta. No parecían las manos de un asesino.

—¿Quién es? ¿Qué quiere?

—Yo… me llamo Fernando Álvarez… y busco trabajo —tartamudeó—. Sé que trabaja en la imprenta de la viuda de Haro y hace mucho que deseo que contraten mis servicios profesionales. Pensé que quizá sería tan amable de hablar en mi favor. No pido demasiado. Unos pequeños encargos, reseñas para un pliego, cartas, crónicas… Convertirme en pluma habitual de la imprenta me permitiría dejar de trabajar en la calle, dejar de pasar frío en invierno y calor en verano, dejar de instalar mi mesa en los soportales conteros de la catedral. —El escribiente parecía relajarse con cada palabra y fue bajando las manos. El susto se borraba de sus ojos dando paso a algo que León creyó era satisfacción—. Ahora tengo que compartir acera con pescaderos y fruteros, tengo que soportar sus ofertas a gritos. Lo que realmente me gusta es crear y no pasarme las horas con los aburridos encargos de la gente. Trabajar para la imprenta de la viuda De Haro aseguraría mi futuro ahora que estoy a punto de casarme —concluyó.

—¿Me seguía porque busca trabajo? —León parecía sorprendido.

Se había pasado más de la mitad de su vida convencido de que los enemigos se escondían en las esquinas, temiendo que llegara el día en el que su astucia no le alcanzase para sortear un ataque. Se echó a reír mirando al suelo, moviendo la cabeza a los lados.

—Si usted fuese tan amable de hablar en mi favor... —repitió el muchacho.

—Tiene que comprender que no puedo hablar en su favor sin antes asegurarme de que es realmente bueno en lo que hace. Me ha dicho que va a casarse dentro de poco, ¿no es así?

—Pues sí... estoy a punto de...

—Eso me basta —le interrumpió León—. Le pondré a prueba. Quiero que redacte una carta de petición de mano para una dama. Quiero que describa, con letras, besos tan perfectos que duelen como lágrimas, que hable de una mujer que se entrega venciendo, de un amor presagiado, del nombre de Julia que pronunciado despacio suena como acuoso, como el murmullo de las olas marinas, y que quizá por eso el mar terminó por acercarme a ella. Quiero poesía, amor derramándose en cada línea, felicidad eterna, belleza... quiero la curva elegante de su caligrafía. Yo sólo sé escribir con letras de metal, todas iguales, frías, rectas... necesito una joya plasmada sobre un pergamino. ¿Puede hacer eso?

—Claro que sí —aseguró el muchacho.

—Entonces tómese este encargo como una valoración de su talento. Si lo hace bien, hablaré con el maestro de taller para ver si puede ofrecerle algún trabajo. Iré a buscarle a los soportales que hay enfrente de la catedral al final de la mañana.

La encomienda de San Juan de Acre estaba exenta en todo su distrito de la jurisdicción arzobispal de Sevilla. Era una pequeña ciudad dentro de la ciudad. Delimitada por una muralla con arquillos, albergaba en su interior el convento de Santiago de la Espada y los monasterios de Santa Clara y San Clemente. Pero por encima de todo, destacaba el de San Juan de Acre y el edificio del priorato que hacía las veces de residencia de los freires, de oficinas, de juzgado y de prisión. La espadaña de la entrada resaltaba orgullosa sobre el portón de madera remachada con clavos de hierro negro. León recordó que ése fue el lugar que le acogió la primera noche que llegó a Sevilla, cubierto de salitre, con aspecto de lobo de mar. Ya había pasado más de un año. Suspiró. Los religiosos que habitaban esa jurisdicción eran su familia, hermanos de la comunidad que le crió. Pocos recordaban ya cómo habían llegado los caballeros de la Orden de Malta a la ciudad, pero su historia se confundía con la conquista del rey Fernando III el Santo, las batallas, las luchas y las capitulaciones que llevó a cabo en compañía de sus hombres, junto a su hijo Alfonso, conocido, tiempo después, como el Sabio. El Rey Santo se había propuesto liberar la península Ibérica del dominio mahometano y para ello pidió ayuda a las órdenes militares, entre las que se contaban la de Santiago, la de Calatrava y la de San Juan de Jerusalén. Atravesó junto a aquellos caballeros cristianos la geografía ibérica, desde el castillo de San Servando hasta la ribera del Tajo. Conquistaron a su paso villas, capitales, reinos hasta llegar al Guadalquivir y, una vez allí, concluyeron que no se podrían marchar hasta que no colocasen a un rey cristiano en el trono de Sevilla. Comenzaron su asalto por los puntos más débiles de la defensa de la ciudad y así encontraron una puerta que llamaban Wi-Alfat en honor a un santón musulmán. Los caballeros decidieron que eso era una aberración que rozaba la herejía y que no quedaba más remedio que cambiarle el nombre aunque hubiese que entregar a cambio la vida. Cabalgaron en dirección a ella bajo una lluvia de flechas y piedras enemigas y, cuando la alcanzaron, uno de los ellos hizo la señal de la cruz, alzó su espada con las dos manos y golpeó el tablero de madera anunciando a voz en grito que la puerta de Wi-Alfat se llamaría a partir de ese momento de San Juan. Después de la conquista el barrio recibió el nombre de San Juan de Acre. El Rey Santo decidió donar parte de las tierras conquistadas a las órdenes religiosas que le habían ayudado en sus cruzadas, y, así, muchos terrenos de la provincia se repartieron entre los caballeros. Los más próximos a la abadía cisterciense de San Clemente y a la puerta de San Juan dieron origen al priorato de San Juan de Acre.

Los hombres más sabios del mundo occidental de los que León tuviese noticia, los más perspicaces, sesudos y, sobre todo, los más talentosos en el arte del ajedrez, vivían en Sevilla, en aquella jurisdicción.

Subió los dos escalones de la entrada, alcanzó el llamador y lo golpeó dos veces, esperó cinco segundos y volvió a golpear. Nada. Miró a los lados. A su derecha vio una cuerda atada a una campanilla. Tiró de ella y escuchó su tintineo en el interior con compás de cascabeles. Iba a golpear de nuevo el llamador cuando sintió el sonido de unos pies que se acercaban arrastrándose y el chirriar de la herrumbrosa cerradura cediendo. Un viejo religioso asomó su nariz aguileña por la ranura de la puerta entreabierta. Le miró fijamente con cara de sospecha.

—¿Qué haces aquí a estas horas? —espetó como saludo, con voz arenosa.

—Buenos días, hermano Lorenzo. Vengo a hablar con el prior —respondió apoyándose en la puerta con intención de atravesar el umbral.

—¿Alguien te ha seguido? —le preguntó el clérigo con un ojo medio cerrado, sin hacer ademán de apartarse.

—¡Claro que no! Permítame entrar antes de que me vean.

El viejo caminó torpemente de espaldas para dejarle pasar, mascando el aire, farfullando palabras inaudibles. Antes de volver a cerrar la puerta, asomó la cabeza para mirar la calle a ambos lados con ojos suspicaces. León se deslizó dentro del zaguán y esperó a que el hermano Lorenzo terminase de dar vueltas a la llave.

—Estamos en hora tercia —protestó el clérigo empujando la verja de hierro forjado que daba paso al patio—. Siempre tan oportuno.

León sabía que se trataba de una hora menor. Ése era el momento en el que una campana avisaba a los freires para que interrumpiesen sus labores y se pusieran a orar en el lugar en el que se encontraran, algo similar a lo que había visto hacer a los musulmanes durante el tiempo que estuvo cautivo.

—Es apremiante que hable con la junta de gobierno —se justificó.

—Tiene que ser urgente para pasar por alto las mínimas normas de corrección y protección de la casa —rezongó el hermano Lorenzo—. Están reunidos... ya sabes dónde.

Y se dio la vuelta sin despedirse. Se alejó en dirección a la cocina mascullando algo sobre una juventud plagada de tarambanas de cuidado que abocaban al desastre a la humanidad al completo. León sonrió.

Atravesó el patio que hacía las veces de claustro, rodeando las columnas, pasando bajo los arcos de mármol blanco, acompañado por el frescor alegre de la fuente. Un tímido rayo de luz invernal hizo brillar las hiedras que trepaban por la tapia y la umbría de los tiestos que colgaban de los muros. Dejó la biblioteca a la derecha y se introdujo en el oscuro pasillo que olía a pan tostado y madera de boj camino de la sala capitular o, como ellos lo llamaban, el Krak de los Caballeros. Aquella estancia rompía con la imagen piadosa de un monasterio cristiano. Los muros no lucían frescos de santos en actitud devota, ni cristos sufrientes, ni vírgenes llorosas. Las pinturas del techo representaban castillos de enormes almenas, barcos con velas henchidas por el viento, mares embravecidos. Empapelaban las paredes mapas del Mediterráneo, de Europa, de América... plagados de flechas, anotaciones, cruces y medias lunas. Tres largas y estrechas mesas con bancas a ambos lados reposaban sobre un suelo cuadriculado de mármol negro y blanco. Allí estaban sentados los nueve miembros que formaban la junta de gobierno junto con un buen número de clérigos que pasaban el tiempo concentrados frente a sus tableros de ajedrez, rascándose la barbilla. Cuando León llegó, alguien leía en voz alta la desdichada crónica de la toma del Krak de los Caballeros, la gran fortaleza de Tierra Santa que durante un tiempo había pertenecido a los Hospitalarios y que resistió al menos doce asaltos de los musulmanes antes de caer en manos del sultán egipcio Baibars. El soniquete melancólico del lector los tenía sumidos en una especie de ensoñación de la que salieron de golpe al ver entrar al muchacho. El carácter secreto de su misión en Sevilla le obligaba a guardar cuidado en sus visitas, siempre amparado de las miradas indiscretas por la oscuridad de la noche.

—Querido hermano. ¿Ocurre algo? —Frey Dámaso, prior de la jurisdicción de San Juan de Acre, un hombre pocos años mayor que León, se levantó para recibirlo con dos besos en las mejillas.

—Sí, frey Dámaso —le saludó—, ha ocurrido algo. Pero no se preocupen. No es nada que afecte a nuestra misión —aclaró—. Vengo a darles una noticia. Voy a contraer matrimonio con la viuda de Haro.

—¡Casarte! —Los clérigos más alejados, que hasta ese momento se habían mantenido sumergidos en los entresijos de los escaques blancos y negros de sus tableros, levantaron la vista al escuchar la exclamación del prior—. No puedes casarte, formas parte de una orden religiosa, tu vida no te pertenece, has hecho voto de…

—No, no he hecho voto de nada —interrumpió—. Cuando escapé de los jenízaros arriesgando mi integridad para regresar a Malta, intenté volver a mi vida anterior de retiro y oración. Me esforcé durante varios años, pero lo que había averiguado en tierras otomanas hizo que me volcara en una causa nueva. Por eso, en cuanto el gran maestre me dio su permiso, decidí aceptar esta carga: abandoné Malta y viajé hasta Sevilla. Y aquí estoy... Aunque no puede decirse que haya hecho progreso alguno —concluyó León aparentemente afligido.

—No lo digas así, querido hermano. —Frey Dámaso parecía lamentar su disgusto—. La inteligencia de un humano se mide por su capacidad para ponerse en la piel de otro, en su maestría para sentir como propios el dolor, el miedo, la dicha, el deseo de venganza o el amor que sienten sus semejantes, para así poder comprenderlos. Y tú conoces los dos mundos: el cristiano y el musulmán. Juegas con ventaja. Tú eres mucho más preciado que cualquiera de nosotros, que nos hemos pasado la vida entre estas cuatro paredes analizando mil partidas de ajedrez, mil jugadas, enroques, jaques y mates. Por eso hemos depositado en ti toda nuestra confianza. Por eso serás tú quien...

—Confianza que os agradezco —le interrumpió León, y sus dedos volvieron a acariciar mecánicamente la figura de marfil de su bolsillo—. Sabéis que daría cualquier cosa por llevar este empeño a buen puerto.

—¿Acaso crees que conseguirás más información estando casado con la viuda de don Diego López de Haro? ¿Tendrás acceso a más lugares de la casa? —preguntó frey Dámaso volviendo al tema del matrimonio—. ¿Has descubierto algo nuevo?

—No, ésa no es la razón por la que voy casarme —respondió León—. Realmente fue decepcionante cuando llegué a la imprenta por primera vez y me enteré de que don Diego había muerto. Creí que mi misión se iba al traste —suspiró resignado—. Después me repuse, pensé que su mujer podría saber algo. Por eso me ofrecí para trabajar allí. Supuse que viviendo en la imprenta descubriría con mayor facilidad si había algo escondido. Pero ya he buscado por todas partes y no hay nada —aclaró—. Las reglas del juego no están en ese lugar y doña Julia no tiene ni idea de la cuestión.

—Pero entonces —le interrumpió frey Dámaso— no comprendo a qué viene está locura del matrimonio. Cuando llegaste parecías decidido a consagrar tu vida a esta causa... Eso fue lo que te trajo hasta aquí: sabías cuál era nuestra responsabilidad, y querías advertirnos del peligro y ayudarnos a recuperar el honor perdido... No puedes dejarte deslumbrar por embelesos mundanos. Tú no eres como los demás.

—Lo que siento por doña Julia no es un «embeleso mundano». —León parecía ofendido—. Ya no soy yo mismo si ella no está cerca. Espero que hagan gala de esa inteligencia de la que hablaban antes y que alcancen a comprender lo que amar a esa mujer supone en mi vida. —Suspiró y elevó la voz, cambiando de tema—. Podrán contar conmigo para lo que quieran. Saben perfectamente que puedo ser seglar y a la vez hermano de la Orden y que no les fallaré en ese aspecto. Me tienen aquí, soy fiel a mi juramento, sé cuál es mi misión, mi búsqueda. Mi dedicación está asegurada. Pero el destino ha querido que sea un cristiano seglar, y como tal puedo casarme.

—Tendremos que llevar este tema a consultas —dijo el prior un tanto azorado—. Habrá que escribir a Malta, informar al gran maestre de tus intenciones, pedirle permiso...

—No he venido a pedir permiso, frey Dámaso —aclaró León—. Sólo quería que supieran que me caso en un mes.

Antes de regresar a la imprenta, León se pasó por las gradas de la catedral en busca del escribano al que había encargado la carta de amor. La zona volvía a recobrar la normalidad de su ajetreo comercial habitual, pero se podía intuir un silencioso temor a un nuevo temblor de tierra flotando en el ambiente. Por razones de seguridad se había suspendido durante tres meses el paso de carruajes por el centro de la villa. Las rampas, que en tiempos de los árabes permitían al anciano muecín subir a caballo hasta lo más alto de la Giralda cuando tenía que llamar a la oración, habían quedado muy afectadas por el terremoto. León vio que había grietas de consideración que comenzaban en la rampa número seis y que fracturaban los balcones de la cara norte de manera que, a partir de la rampa dieciocho, los daños eran enormes. En el campanario, algunas de las dovelas se deformaron de tal forma que el toque de campanas, con sus movimientos y con la vibración del sonido, se convirtió en un peligro no sólo para la salud del edificio sino también para la de los transeúntes. El maestro mayor de la catedral aseguró que el sector más dañado era el Cuerpo del Pozo, que al parecer sólo podría mantenerse en pie si la Divina Providencia ponía de su parte. Por si el desastre del terremoto no fue suficiente desgracia, días después un vendaval sacudió la ciudad y obligó a realizar un nuevo informe en el que se señalaron aún más daños en la Giralda de forma que todas las caras del cuerpo almohade quedaron abiertas y tuvieron que reparar el desperfecto con yeso y ladrillos.

Los escribientes, como medida de protección, se habían instalado en la intrincada red de callejuelas que quedaban frente a la torre, en la zona llamada Corral de los Olmos. Por eso León tardó un buen rato en encontrar al que le había abordado aquella mañana en busca de trabajo. Lo descubrió a lo lejos, ultimando los detalles de la carta.

—Espero que le guste —le dijo a León antes de mostrársela orgulloso—. Sólo tiene que firmarla.

Estaba escrita sobre un pergamino decorado en su margen izquierdo por una greca multicolor de la que colgaban bestias inauditas, mitad aves zancudas y mitad damas, cuerpos de jirafa y cabezas de duende. Aquellos seres de constitución imposible, retozaban en un edén de árboles frutales, uvas doradas y flores en tonos cian. El texto se dividía en dos columnas escritas con tinta negra, a excepción de las tres primeras palabras de cada punto y aparte, que lucían el color carmesí de la sangre.

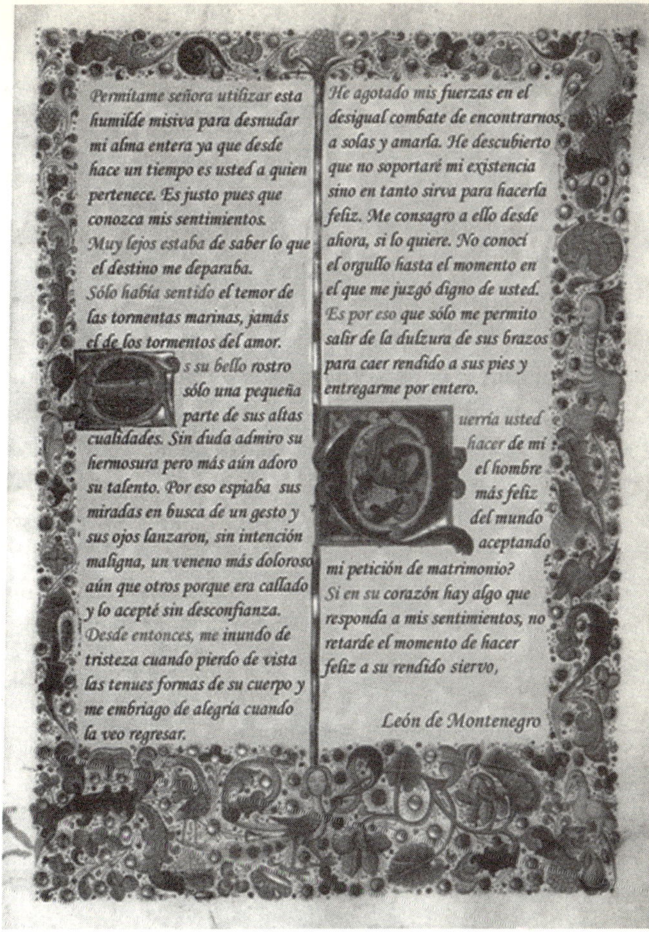

Permítame señora utilizar esta humilde misiva para desnudar mi alma entera ya que desde hace un tiempo es usted a quien pertenece. Es justo pues que conozca mis sentimientos.
Muy lejos estaba de saber lo que el destino me deparaba.
Sólo había sentido el temor de las tormentas marinas, jamás el de los tormentos del amor.
Es su bello rostro sólo una pequeña parte de sus altas cualidades. Sin duda admiro su hermosura pero más aún adoro su talento. Por eso espiaba sus miradas en busca de un gesto y sus ojos lanzaron, sin intención maligna, un veneno más doloroso aún que otros porque era callado y lo acepté sin desconfianza.
Desde entonces, me inundo de tristeza cuando pierdo de vista las tenues formas de su cuerpo y me embriago de alegría cuando la veo regresar.
He agotado mis fuerzas en el desigual combate de encontrarnos a solas y amarla. He descubierto que no soportaré mi existencia sino en tanto sirva para hacerla feliz. Me consagro a ello desde ahora, si lo quiere. No conocí el orgullo hasta el momento en el que me juzgó digno de usted. Es por eso que sólo me permito salir de la dulzura de sus brazos para caer rendido a sus pies y entregarme por entero.
Querría usted hacer de mí el hombre más feliz del mundo aceptando mi petición de matrimonio?
Si en su corazón hay algo que responda a mis sentimientos, no retarde el momento de hacer feliz a su rendido siervo,

León de Montenegro

—¡Perfecta! —exclamó León sonriente después de leerla dos veces—. Su trabajo es realmente bueno. Como lo prometido es deuda, hablaré bien de usted ante el maestro de taller. Preséntese mañana por la mañana y pregunte por Cristóbal Zapata. Él le atenderá. Es perfecta —volvió a repetir sin dejar de mirarla, dejando sobre la mesa dos reales en concepto de pago.

El escribiente vio cómo León se alejaba en dirección a la imprenta.

—Por supuesto que estaré en la imprenta mañana —musitó para sí—. No te quepa la menor duda, León.

Aquella noche, antes de amarla, León se arrodilló delante de doña Julia.

—Nunca debí permitir que fueses tú quien se declarase.

—Eso no tiene importancia —le interrumpió ella acariciándole el cabello, pero él sujetó sus manos y le puso el dedo índice en los labios para que lo dejase hablar.

—Tengo pocas cosas que ofrecerte: un cuerpo que sabes te pertenece, el alma que lo habita y… esta carta. —Sacó del primer cajón de su mesita de noche el pergamino enrollado, atado con una cinta de color rojo—. Las palabras se las lleva el viento, así que olvidaremos quién hizo la petición en primer lugar. Cuando seamos ancianos y la memoria nos falle, podremos mirar este papel que nos confirmará que fui yo quien te pidió en matrimonio.

León le entregó la carta. Ella desanudó el lazo, extendió el pergamino y leyó despacio, sin un gesto, callada y cabizbaja, hasta que una impertinente lágrima rodó por su mejilla.

—¿Qué me respondes? —León se impacientaba.

—Sí… quiero casarme contigo —murmuró.

Cristóbal Zapata se llenó de indignación cuando León le explicó que había conocido a un muchacho de gran talento que quería escribir para la imprenta. No dijo nada porque estaba delante de doña Julia y a ella le pareció interesante contar con una pluma más, pero en su interior bulló el desasosiego.

—Pero ¿quién se ha creído que es? —murmuró para sus adentros—. Decirle que venga a hablar conmigo, como si él fuera mi jefe. El maestro de taller soy yo, ¡el jefe soy yo! Sinvergüenza, despreciable...

Por eso, cuando uno de los trabajadores de la imprenta fue a avisarle de que un tipo con aspecto de petimetre lo esperaba en el zaguán, se entretuvo más de lo necesario en atenderle. Contó hasta diez para tranquilizarse y, como eso no resultó, continuó hasta veinte. Cuando llegó a ciento noventa y ocho, aún con la respiración acelerada, se asomó a la vidriera y vio al muchacho de pie en el patio, sacándose brillo a las uñas en la solapa de la casaca, lo que terminó de inflamar la rabia que bullía en su interior. Detestaba a los que iban de señoritingos, creyéndose mejores que nadie. Eso le dio fuerzas para salir dispuesto a echarle con viento fresco.

—¿Quién eres tú? —le preguntó con desprecio, sabiendo de antemano que se trataba del recomendado de León.

—Me llamo Fernando Álvarez.

—¿Qué es lo que quieres? Habla rápido —escupió con desprecio—, no tengo mucho tiempo.

En ese momento, doña Julia salió de la cocina atravesando el patio. Pasó justo por el lado de los dos hombres y les saludó con un leve movimiento de cabeza. El joven Fernando se dio cuenta de la transformación que sufría el rostro de Cristóbal al observar el paso de la mujer. Por unos segundos, el maestro de taller cambió el gesto adusto por el de pesadumbre. La acarició con los ojos, dejando caer los párpados, con una de esas miradas que no se suelen sostener durante mucho tiempo. Una mirada esquiva, atormentada, y al mismo tiempo siempre vigilante. Una de esas miradas que se quedan fijas si su dueño cree que nadie las percibe y que cambian de dirección cuando se sienten descubiertas. Aquella mirada no era fruto de la casualidad, ni del respeto, ni siquiera de la curiosidad. Fernando supo reconocer en ella el martirio del amor no correspondido.

—Vengo buscando trabajo, soy escribiente —dijo de pronto, sacando a Cristóbal de su ensimismamiento.

—Lo siento —respondió el maestro de taller recuperando la desdeñosa compostura del principio—. Tenemos más escritores de los que necesitamos.

Dio la vuelta dando la conversación por concluida pero, entonces, escuchó la voz del joven Fernando a su espalda.

—La dueña de esta imprenta... la viuda de Haro...

La frase quedó flotando en el aire. Cristóbal se giró bruscamente al escuchar que la aludía.

—¿Su nombre de pila es Julia? —preguntó con fingida inocencia.

—¿Cómo se atreve a nombrarla siquiera? —murmuró el maestro de taller.

—Oh... ¡por favor! Un servidor no se ha atrevido. —Fernando Álvarez sonreía de forma triunfal—. En realidad el que se ha atrevido es otro.

Cristóbal Zapata sintió que justo en ese momento se cambiaban los papeles. Ahora era él el inseguro y achicado muchacho. Vio cómo Fernando Álvarez dejaba atrás su candor para hacerse dueño de la situación.

—León me encargó que redactase una carta para una tal Julia —dijo el escribiente—. Quizá le interese conocer los términos de la misma.

Y se lanzó a revelarle los entresijos del encargo con todo detalle. Le habló de peticiones de mano de un hombre que llegaba del mar, y sus insinuantes palabras hicieron que la mente de Cristóbal se llenase de besos furtivos, caricias nocturnas, carnes apretadas, escalofríos de placer, gemidos de dicha, saliva, sudor, fluidos intercambiados... técnicas amatorias propias de los infieles que aquel pirata renegado seguro que dominaba a la perfección. El escribiente supo describir la escena como sólo pueden hacerlo los narradores virtuosos, poniendo el énfasis en el lugar apropiado, haciendo pausas cuando su interlocutor no podía soportar más el ramalazo candente de los celos, que se mezclaba incomprensiblemente con un delirio de excitación.

—Desgraciado —fue lo único que se le escuchó decir a Cristóbal cuando Fernando Álvarez terminó con su narración.

—¿Lo ve? Yo no soy su enemigo —concluyó Fernando Álvarez de forma paternal—. León es su enemigo. Enemigo de nuestra fe. Y también el enemigo de mis amigos... unos amigos muy influyentes, por cierto. Si me permite trabajar para la imprenta, podré vigilarlo. Usted me ayuda a mí y yo le ayudo a usted. —Miró a ambos lados, acercándose al maestro de taller para susurrarle en el oído—. León es un hombre muy peligroso. Tenemos que desenmascararlo.

—Desenmascararlo —musitó Cristóbal con la mirada perdida.

Doña Julia, que se mantenía firme en la teoría de que no había mal que por bien no viniera, se dio prisa en restituir los vidrios del escaparate, en poner de nuevo a punto sus máquinas y reorganizar el trabajo de la imprenta. Intuyó, con buen criterio, que pasados los primeros momentos de conmoción, a la gente le complacería informarse de lo que había ocurrido exactamente en el interior de la tierra para que temblase de esa catastrófica manera.

—Los seres humanos son morbosos por naturaleza —aseguraba—. Pronto querrán saber cuántas ciudades, además de Sevilla, se han desmoronado, el número total de fallecidos, cómo de grandes son las desgracias sufridas por personas ajenas. Querrán conocer daños, penas, dolores... el mal de los demás mengua el propio, aunque jamás lo reconozcamos en voz alta.

Estudió a su competencia y vio que *La Gaceta de Madrid*, el único medio de información oficial del momento, se había limitado a redactar una somera referencia insustancial al terremoto en su última página. En ella abundaba en la opinión de que la vida de los ilustres tiene más valor que la de los plebeyos, aclarando que la reina y el señor infante don Luis no habían sufrido ningún daño, por la gracia de Dios. Doña Julia se decidió entonces a llenar ese vacío de noticias y le encargó a Cristóbal Zapata la búsqueda de los mejores literatos con la intención de que elaborasen reseñas detalladas y sesudas sobre el desastre del terremoto.

Fernando Álvarez fue el elegido para redactar las relaciones de sucesos más líricas que se distribuyeron en la ciudad. Firmaba sus obras con el seudónimo del Sabio Añejo para proteger su anonimato.

—Para que no descubran nuestra alianza —le aclaró a Cristóbal.

Uno de sus romances se convirtió en talismán. Se corrió la voz de que todas las personas, sin importar el sexo o condición social, que leyeran con devoción ese papel, tenían asegurados ciento ochenta días de indulgencia. Se formaron largas colas en la puerta del negocio de doña Julia. La hojilla con el romance se llevaba siempre encima, ya fuera entre las páginas de los misales, en las ligas de las señoras, en las faltriqueras de los caballeros o incluso se colocaba bajo la cama para echarle un vistazo de cuando en cuando si uno sufría un desasosiego en medio de la noche. Los sevillanos se convencieron de que nada malo podía suceder si se vivía bajo el influjo del papelito en el que doña Julia también había hecho imprimir una cruz ochavada como la que su amado llevaba al cuello.

Cuando le pidió a Cristóbal que le presentase al escribano que tanta fama les estaba proporcionando, el maestro de taller se excusó diciendo que se trataba de un tipo de carácter tímido que no salía de casa por culpa de su rostro desfigurado por la viruela.

—Eso le hace retraído y desconfiado. Sólo encuentra la paz interior a través de las letras —explicó— y no quiere tratar con nadie más que conmigo.

Y así fueron pasando los días. Sus relaciones de sucesos tomaron fama, empezaron a influir tanto en la sociedad que se convirtieron en un modelo y, poco a poco, se fueron transformando en críticas obcecadas contra el pensamiento ilustrado. Mucho más tarde, en los tiempos de la peste, cuando ya nada tenía remedio, Cristóbal le contó a doña Julia la historia real del Sabio Añejo y de la relación que los unía. Pero eso fue mucho más tarde.

En apenas un mes, la imprenta recuperó el ritmo de trabajo como si nada hubiera pasado. Todo quedó igual. Todo menos el cartel de madera que llevaba años colgado delante de la puerta del negocio, ese que no soportó el seísmo y en el que estaba grabada a fuego la frase «Imprenta de Haro». La cadena que lo sujetaba se había roto, así que lo arrinconaron en el desván y se olvidaron de él. Cristóbal fue el único que se dio cuenta de que doña Julia no tenía prisa en colocarlo de nuevo.

3

Rd2++

Un buen jugador siempre tiene buena suerte.

José Raúl Capablanca

La madre de doña Julia puso el grito en el cielo cuando se enteró de los planes de boda de su hija gracias al método infalible del cotilleo popular. A la pobre casi le da una apoplejía. Perdió el conocimiento y su marido tuvo que darle a beber sorbitos de aguardiente de guindas, que era lo único que en los últimos tiempos le ayudaba a sobrellevar los disgustos.

—Pero ¿qué hice yo para merecerme esto? —preguntó a su hija con cara de mártir cuando recuperó el color—. Seremos el chisme predilecto de todas las reuniones. Ya eres mayorcita para andar en locuras de adolescente. Con lo que nos esforzamos tu padre y yo para encontrarte un marido de buena posición y ahora que eres una viuda respetable, con un nombre y un prestigio, quieres casarte con un… un… ¡Dios!, nadie sabe quién es ni de dónde ha salido. Sin orígenes bienquistos y además tiene aspecto como de… de… salvaje. ¡No te rías, desgraciada, que te desmoño! —gritó a una de las sirvientas que le traía una tila—.

¡Qué castigo más grande! La niña ha tenido que heredar esta chifladura de ti... sin duda —acusó a su marido antes de dar el primer sorbo a la infusión—, porque en mi familia siempre fuimos personas muy equilibradas. ¡Vas a matar a tu padre de un disgusto! —increpó de pronto, señalando a doña Julia entre gimoteos, enjugándose una inexistente lágrima con el pañuelo.

—A mi padre le importa un comino con quién me case.

Y era cierto. Don Juan Nepomuceno contemplaba el berrinche de su esposa consternado por su disgusto, pero en absoluto preocupado por el nuevo matrimonio de su hija. Con el pasar de los años, al boticario le fueron interesando cada vez menos los rituales humanos. Le dejaban frío los bautizos, comuniones, días del Corpus o compromisos matrimoniales y sólo se emocionaba realmente si descubría en un gesto espontáneo la bondad innata del hombre. Era partidario de solucionar los conflictos de forma amigable y pregonaba su convencimiento de que el cuerpo femenino representaba la belleza, el goce y la vida, contradiciendo a los que lo tachaban de instrumento luciferino. Pero quizá lo que le llevó a labrarse fama de excéntrico fue su tozudez en apoyar la teoría pitagórica de que comer carne era un delito.

—Alimentar el cuerpo con otros cuerpos y conservar la vida dando muerte a otro ser vivo es un pecado... ¡y de los gordos si me apuran! —advertía a sus colegas del hospital de la Santa Caridad—. Ya dice el Génesis (1:29) que a los hombres y a los bichos les dejó el Señor en el paraíso rodeados de hierbas, semillas y árboles frutales para que se alimentasen de ellos.

Las revoltosas afirmaciones que Juan Nepomuceno vertía a diestro y siniestro eran de lo más inconveniente, como señaló su esposa el día que le llamaron al orden desde el Tribunal de la Inquisición. Para evitar malos entendidos, concertó un encuentro con el arzobispo para explicarle los beneficios de comer vegetales. Incluyó una lista con comentarios de célebres pensadores como Porfirio, que sostenía que la carne de las bestias brutalizaba al hombre; Ovidio y Plutarco, que deploraban la matanza de criaturas inocentes; Leonardo da Vinci, que vaticinaba que las personas terminarían comiendo sólo vegetales porque matar un animal era un crimen de la misma categoría que el asesinato de un ser humano, o el propio Miguel de Cervantes, que pensaba que la alimentación debía fundamentarse en frutos y raíces.

—El sentido común y las enseñanzas obligan al cristiano a ser pacífico —le explicó Juan Nepomuceno al arzobispo—. Por no hablar de los beneficios digestivos de la ingesta de verduras.

El religioso lo dejó hablar sin interrumpirle ni una sola vez, con los dedos de ambas manos juntos sobre el pecho y gesto de beatífica paciencia, hasta que el boticario dio por concluida su exposición y lanzó un suspiro complaciente. La sala se inundó de silencio.

—El emperador Constantino, que por algo era santo —comenzó a explicar el arzobispo por si hubiera alguna duda—, ya se ocupó en su momento de todos esos revolucionarios que se negaban a comer carne y beber vino. ¿Dónde se habrá visto eso? —preguntó retóricamente estirando los brazos y perdiendo por un momento su augusta compostura—. Sólo la secta mahometana se niega a ello. ¿Y sabe lo que el emperador Constantino les hizo a esos herejes? —Juan Nepomuceno negó con la cabeza un tanto titubeante—. Pues les introdujo plomo líquido por la garganta. Sí, así… sin más. Para que aprendieran a no andar diciendo sandeces de categorías monumentales. Ándese con ojo, señor Gil de la Sierpe, que por afirmaciones mucho menos subversivas hay gente encerrada en el castillo inquisitorial de San Jorge —le advirtió señalándole con su huesudo dedo índice.

Pero no fueron los tirones de orejas eclesiásticos los que frenaron las ansias de Juan Nepomuceno de expandir sus ideas, sino la actitud plañidera de su mujer, que no paraba de repetirle que sus rarezas los ponían en evidencia. Por amor a su esposa no volvió a hablar más delante de desconocidos de los perjuicios del vino y la carne, ni manifestó que prefería mil veces el aceite de oliva a la manteca de cerdo. Pese a estar convencido de que él llevaba razón y traerle sin cuidado el qué dirán, por ella cedió y dejó de exponer sus ideas en público. En el trabajo y delante de las visitas se comportaba como las imposiciones sociales decían que Dios mandaba pero, en la intimidad del hogar, se relajaba y perdía la compostura. Desequilibraba el orden doméstico aterrorizando a las criadas con insectos nunca vistos que él cobijaba en frascos de vidrio con idea de estudiar su naturaleza, hablándoles igual que si fueran criaturas de pecho. Construyó un intrincado laberinto en miniatura en cuyo centro colocó un trozo de queso que un ratón debía encontrar en menos de tres minutos, lo cual demostraría que el ser humano es mucho más torpe que el roedor común. Por desgracia el ratón se escapó de su caja organizando un barullo de carreras por los pasillos, un griterío de mujeres que terminó cuando el escobón implacable del jardinero puso fin al sufrimiento colectivo. A Juan Nepomuceno le dio tanta lástima ver al pobre roedor despanzurrado en el suelo que decidió no volver a experimentar con seres que pudiesen hacerle reproches con la mirada. De nuevo concentró toda su atención en los vegetales. Llenó el patio de plantas sin abolengo ni nombre conocido que, ni eran fragantes, ni daban flores, ni adornaban, pero que él aseguraba tenían propiedades medicinales. Se las llevaba a la boca masticándolas con deleite y se chupaba después los dedos entre exclamaciones de gozo antes de lanzarse al suelo para hacer los ejercicios físicos que demostraban lo sano que estaba. A veces desaparecía durante horas, se encerraba en su despacho y no había para él ningún asunto lo suficientemente significativo que justificara una interrupción. Allí rebuscaba recetas en los libros de Paracelso, mezclaba potingues en tubos de cristal, los removía, los vigilaba y los calentaba con una llamita hasta que terminaban por estallar envolviéndole en una humareda hedionda. Salía al pasillo tosiendo, convertido en un personaje diabólico de cara tiznada, con los pelos de punta y el gesto desorientado.

Gracias a mamita Lula y al insólito Juan Nepomuceno, doña Julia no había sucumbido a una infancia aburrida de hija única. Con tan sólo cinco años, su padre extendía delante de sus ojos mapas de territorios lejanos para hablarle de países en los que vivían reptiles cuyos dientes inoculaban un veneno tan terrible que los que sufrían una de sus mordeduras caían fulminados sin que les diese tiempo a terminar de santiguarse.

—Nada que ver con las culebras de agua del Guadalquivir, que son de temperamento asustadizo —le explicaba a la niña.

Si se portaba bien durante el día, su padre subía a contarle las historias que escuchaba a los marineros del puerto. Cuentos sobre mujeres con cola de pez y voces tan deliciosas que enloquecían a los hombres. Leyendas de islas lejanas y fuentes de las que manaba el elixir de la eterna juventud. Cuando la niña sentía el peso insufrible de la cotidianidad en su existencia, sólo tenía que cerrar los ojos e imaginarse que vivía en el universo de las exóticas historias que le contaba su padre. Quizá por eso perdió la cabeza por el enigmático León nada más verlo. Quizá llevaba ya mucho tiempo adorándole en un mundo de fantasía.

En su fuero interno, Juan Nepomuceno se sintió aliviado al saber que su hija estaba por fin enamorada. Aún le remordía la conciencia no haber puesto objeciones a aquella boda con un añoso viudo. Era consciente de que su mujer tenía la habilidad de anular la personalidad de la gente que la quería, pero no podía evitarlo: realmente la amaba. Amaba su carácter intratable y petulante, sus caprichos, sus despilfarros, sus colosales ataques de ira que sólo eran comparables a los de pasión en los momentos íntimos. Por amor a su mujer, Juan Nepomuceno dejó de ser él mismo. Se arrinconó para intentar convertirse en la persona que ella quería que fuera. Y fingió. Fingió con tanta fuerza que su vida terminó convirtiéndose en un teatro en el que él representaba un papel que agradaba a todos aunque, en secreto, le deseó a su hija toda la felicidad del mundo en su nuevo matrimonio y continuó con su dieta de conejo.

A doña Julia no le influyó en absoluto el disgusto de su madre. Estaba harta de acatar sus órdenes. Ya se había sometido años antes a aquel matrimonio pactado que la sacó a trompicones de una mocedad feliz, en la que era la reina de una casa encantada, para situarla en la posición de cuidadora de un anciano. Pasó nueve años durmiendo en la habitación contigua a la de su esposo, escuchando sus ronquidos, atenta a sus toses, sus flemas, siempre pendiente de la hora a la que había que darle sus remedios o colocarle sus cataplasmas. En un principio se sintió furiosa. Odió a sus padres y a su esposo en la misma proporción por obligarla a resignarse a esa vida de entrega. Lloraba a escondidas y se mordía la lengua cuando le preguntaban cómo estaba, pero en poco tiempo aceptó su destino con estoicismo y se convenció a sí misma de que, gracias a ese sacrificio, tendría el Cielo ganado. Se le habituaron los ojos a la oscuridad de la alcoba del enfermo, a ese olor a medicamentos mezclado con el de la piel sudorosa de las noches febriles, a los bisbiseos para no espantar el descanso. En los últimos momentos, cuando el impresor dejó de levantarse de la cama, de reconocerla, cuando tenía que darle friegas cada media hora en las esqueléticas piernas para que le circulase la sangre porque los talones, codos y nalgas se le llenaron de pústulas, cuando hubo que recoger sus evacuaciones con una bacinilla… ella se negó en redondo a que nadie la ayudase. Atendió a su marido sin quejarse, sin un mal gesto, sin un reproche. En ese camino doña Julia perdió la capacidad de conmoverse y se transformó en una persona gris de rostro céreo y cercos bajo los ojos. Los vecinos, que tenían tendencia a sospechar de las personas que lucían radiantes, concluyeron que esa estampa de lánguida virtud sólo podía indicar que era una santa.

Una semana después de enterrar a su esposo, doña Julia donó todo el vestuario del difunto a la Casa de la Misericordia. Mandó quemar las sábanas y el colchón que habían acogido su agonía y regaló el tablero, las patas y la cabecera de la cama de matrimonio al hospital de la Santa Caridad, que era el lugar en el que estaba la botica de su padre. Abrió de par en par las puertas y ventanas de la casa y, cuando se dio cuenta de que, ni la ventilación, ni los sahumerios de incienso despegaban de las paredes el olor a viejo moribundo, ordenó pintarlas de nuevo y encalar el exterior. Pronto los vecinos se percataron de que el color había vuelto a las mejillas de la viuda de Haro. Se consultaron los unos a los otros y certificaron que nadie la había visto llorar su desgracia por las esquinas, ni siquiera el día del sepelio. Ya no tenía ojeras y tomaba decisiones en la imprenta con la soltura de un hombre. Concluyeron que era una desvergonzada.

Habían pasado cinco años desde que el señor De Haro dejara este valle de lágrimas y nadie había pretendido formalmente a doña Julia pese a ser una mujer aún joven de posición social envidiable. Era habitual que las viudas de los impresores terminaran casándose con sus maestros de taller. Cristóbal Zapata lo sabía y hacía tiempo que la agasajaba con nimios detalles. Confiaba en que la fuerza de la tradición y la sutileza del cortejo terminarían por derrumbar aquella muralla infranqueable que envolvía a la mujer de sus sueños y que él se esforzaba en confundir con recato. Pero en ocasiones se tomaba dos copas de más en el Punta de Diamante y se sentía terriblemente solo. Entonces se odiaba a sí mismo y su mente le jugaba malas pasadas haciéndole ver, en la exagerada cortesía que la viuda le dispensaba, el desprecio de la dueña ante su subordinado.

Si doña Julia se percató alguna vez del interés que despertaba en su maestro de imprenta, nunca lo manifestó. Por primera vez desde que tenía uso de razón se sentía la dueña absoluta de su existencia y concluyó que, si se quería disfrutar realmente de la vida, o se nacía hombre o se era viuda. Aunque eso fue antes de conocer a León, antes de inflamarse bajo la presión de sus ojos garzos posados en su piel enlutada, antes de descubrir que había rincones íntimos de su anatomía que desfallecían ante la idea de sentir el roce de aquella boca de marino a la deriva. Cuando doña Julia intentó razonar lo que le pasaba con ese muchacho seis años más joven que ella, se dio cuenta de que no era su cuerpo excepcional lo que le hacía anhelarlo como si fuese la última gota de agua en medio de un desierto. Tampoco su sonrisa azucarada, ni sus manos morenas, ni su voz profunda… no, no era eso. Era algo mucho más sublime, algo que sobrepasaba lo físico. Estaba enamorada de la persona que era ella misma cuando León estaba cerca. Y ahora que se gustaba tanto, no estaba dispuesta a perderse.

Doña Julia se encargó personalmente de organizar los preparativos de su nueva boda con la ilusión de una adolescente. Lo primero que hizo fue comprar una cubertería que cumplía con todas las normas de protocolo que exigían las casas europeas de postín, según le informó el vendedor. Era de plata repujada con empuñaduras de cristal de roca, pero lo que llamaba la atención era la abundancia de cuchillos para pescado, para postre, para trinchar aves, para carnes de caza… Mamita Lula nunca los llegó a distinguir. Uno de los clientes de la imprenta, experto en heráldica, le regaló a la viuda los escudos de armas de los apellidos Montenegro y Gil de la Sierpe. Doña Julia ordenó que los grabaran a fuego entrelazados con volutas doradas en una vajilla de porcelana de Meissen que sólo pensaba utilizar en fechas señaladas y, por eso mismo, encargó otra de diario a los alfareros de Triana. Pidió a las hermanas agustinas que bordasen con urgencia tres mantelerías, cuatro juegos de cama, ropa interior con sus iniciales y una docena de mudas con encaje para León que él se negó a utilizar alegando que le provocaban picazón. Por suerte, doña Julia no insistió. Cuando fue a recogerlas, le parecieron demasiado femeninas y sin duda menoscababan la seductora aura de bucanero que tanto le gustaba de él. Aun así, puso en manos de la sastrería el encargo de renovar el vestuario de su futuro esposo. En dos semanas la casa se les llenó de paquetes que contenían una docena de corbatines de raso, botones forrados en tela adamascada, hebillas de brillantes, una chupa de glasé de plata, dos casacas de terciopelo; una color vino tinto y otra negra. La armería envió, como regalo de bodas para el novio, una pistola de arzón que León consideró una indirecta de auténtico mal gusto teniendo en cuenta la fama de pirata que tenía labrada.

—¡Qué susceptible! —le dijo doña Julia con una sonrisa de oreja a oreja mientras le plantaba un sonoro beso en los labios.

Al ver a su futura esposa y a mamita Lula sumergidas en ese trajín de preparativos, de nervios, de corre-corre, aquel guirigay de ropas revueltas, de muebles amontonados, de invitaciones… se sintió extenuado. Se preguntaba por qué ellas consideraban tan importante comprar tal cantidad de chismes antes de la boda cuando hasta entonces habían podido vivir perfectamente sin ellos.

—¿Seguro que no necesitas nada? —le interrogó su prometida un tanto extrañada.

—Bueno —dijo él—, echo en falta un ajedrez. Debería haber uno en cada casa. Conocer los rudimentos de ese juego sacia la sed de vacío del alma humana y acalla la nostalgia de saberse mortal. —León cerró los ojos y puso gesto metafísico mientras describía el placer de librar una batalla en un espacio limitado, como si quisiera atrapar el infinito en un tablero de sesenta y cuatro escaques—. Jugar al ajedrez es como intentar escribir *La Divina Comedia*, pretender tallar el *Discóbolo* o componer una sonata de Scarlatti, sabiendo que todas esas cosas son imposibles para un ser humano corriente. La variedad de movimientos que se pueden hacer en el ajedrez son tan ilimitados como las posibles manifestaciones del arte, con la desventaja de que en el juego no se está solo. —Apretaba los puños y se los llevaba al pecho con pasión—. Jugando al ajedrez tenemos frente a frente a nuestro Némesis que nos persigue, nos acosa, intenta destruirnos, asesinarnos… y en esa lucha lo que realmente queda comprometido es la personalidad de uno mismo. Todos luchamos contra nuestro enemigo interior.

León abrió entonces lentamente los ojos y vio a las dos mujeres paradas frente a él, mirándole de forma interrogante.

—Ya que me lo preguntas, me gustaría un ajedrez —concluyó él sonriendo con naturalidad.

—Pues habrá que darse prisa —exclamó de pronto doña Julia retomando de nuevo el trajín de los preparativos—. Iremos esta misma tarde a la calle de la Carpintería, al negocio del ebanista ese que imita los diseños de Chippendale. Espero que pueda tenerlo todo para dentro de dos semanas. Deberías haberme dicho antes que te habías encaprichado de un jueguecillo de esos —le reprochó.

—¿A qué viene tanta prisa? No pasa nada por retrasar la boda un mes —suspiró León.

—Sí pasa... vaya si pasa —le espetó mamita Lula meneando la cabeza, con los brazos en jarras—. Cómo se nota que los hombres viven en la dicha de la ignorancia, aposentados en la creencia de que sus actos no tienen consecuencias. Que no pasa nada dice... ¡ja!

León no hizo mucho caso al desplante de la criada. Ni siquiera sospechó de lo que estaba hablando.

Para Cristóbal Zapata el anuncio de la boda de doña Julia fue mucho más traumático que la catástrofe del terremoto. Los proyectos de toda su vida se desvanecían por culpa de la extravagancia de la viuda. Cuando el escribiente le habló de la carta de petición de matrimonio que León había encargado, sintió rabia por el atrevimiento del aprendiz, pero nunca creyó que ella le aceptaría. Era cierto que a veces descubrió alguna de las miradas furtivas que intercambiaban, las medias sonrisas, los sutiles roces, pero jamás imaginó que las cosas pudieran sobrepasar ese límite. Pensó que conocía lo suficiente a doña Julia como para asegurar que la osadía de aquella declaración de amor despertaría sus iras, se sentiría ofendida, agraviada por la confianza traicionada. Cristóbal entonces se relajó convencido de que ella echaría a la calle con viento fresco al tal León de Montenegro por desvergonzado. Pero la reacción de la mujer quedó muy lejana de sus suposiciones.

A los pocos días doña Julia comenzó a canturrear mientras trabajaba y se le dulcificó el carácter. Suspiraba de vez en cuando como si el aire le faltase; se quedaba mirando al infinito con sonrisa pánfila atrapada en los labios; caminaba de forma cadenciosa, más redondeada, opulenta, con las mejillas sonrojadas y el gesto de la hembra satisfecha. Cristóbal no quiso siquiera imaginar que todo estaba provocado por la insolencia de un don nadie. Intentaba encontrar justificaciones a la dicha de la mujer: que si es feliz porque hoy los malditos proveedores han venido por fin a su hora, que si las máquinas han funcionado a la perfección, que si parece que va a dejar de llover… Pero pronto se conoció la noticia del compromiso y Cristóbal se atormentó pensando que fue un error no haberle declarado jamás su amor a la viuda. No mostrarle su pasión, su deseo, no haber intentado besarla en la penumbra de la imprenta en alguna de las ocasiones en las que se quedó trabajando hasta tarde mientras ella repasaba los libros de cuentas. Él, que había evitado sobrepasarse, que se había comportado como un hombre decente atendiendo sus más mínimos deseos sin que ella se lo pidiese, arrimando el hombro cuando se le necesitaba y cuando no. Llevaba años cuidando a sus clientes, entregando en fecha sus encargos, ordenando sus papeles, solucionando sus problemas, espiando sus tristezas, deseando sus encantos. Había esperado paciente, sin apremiarla, sin molestarla. Quería que ella se despertase un buen día con la certeza de que él era el hombre adecuado. ¿Cómo iba a imaginar que doña Julia podría sentirse atraída por la chabacanería, el descaro, la desfachatez? Era de ley. Ella le pertenecía. Todo el mundo sabía que las viudas de los impresores terminaban casadas con los maestros de taller de sus imprentas. Era él con quien debía casarse. Se lo debía.

Cristóbal se sintió perdido. No sólo no podría formar una familia con la persona que deseaba, sino que además el matrimonio de su patrona hacía tambalear su seguridad laboral. León había terminado por sustituir en pocos meses al cajista de toda la vida. Ahora que iba a convertirse en dueño consorte podría ir poco a poco haciéndose cargo de las responsabilidades del taller. Cristóbal no se sentía con fuerzas para dar tumbos en busca de un nuevo trabajo. El puesto destacado que él desempeñaba en la imprenta de Haro ya estaría ocupado en el resto de las imprentas de la ciudad que se regían por un estricto orden gremial. De manera sutil, comenzó a hacer comentarios negativos a doña Julia sobre León exagerando sus defectos, soslayando sus virtudes, pero ella no parecía prestarle demasiada atención cuando la conversación se adentraba por esos derroteros. A medida que se acercaba la fecha de la boda, Cristóbal sentía balancearse sobre su cabeza la espada de Damocles que decidiría su destino, y una suerte de angustia se le aferraba al pecho. Por eso un día buscó la ocasión de quedarse a solas con la viuda. La asaltó azorado, evitando mirarla de frente. Detestaba reconocer que ella estaba más hermosa desde que León había aparecido en sus vidas. Parecía una niña resplandeciente, con los labios rojos por el fluir de la sangre inflamada, los ojos brillantes, la piel rosada. Se aborrecía a sí mismo por no ser él el causante de tanta belleza tanto como aborrecía a León por provocarla. No sabía cómo comenzar a hablar, tenía la garganta reseca, el corazón acelerado, las manos frías y sudorosas. Ella intuyó su desasosiego y le frotó el hombro con actitud maternal.

—No se preocupe, Cristóbal, usted siempre estará con nosotros. Para mí su presencia es imprescindible y mi boda no cambia nada. No hay ningún maestro de taller en toda Sevilla mejor y no pienso perderle. ¿No era acaso ya el maestro en tiempos de don Diego? —Cristóbal asintió con la mirada baja—. León será ahora lo que don Diego fue en su día —musitó doña Julia acariciando la cabeza del hombre con la misma ternura con la que se atusa a los cachorros.

Cristóbal no pudo más y atrapó las manos de la mujer para esconder en ellas su rostro. Lloró un buen rato sin mucho acierto porque no tenía práctica. No recordaba haberlo hecho desde que se calzó sus primeros pantalones largos. Entre hipos y jadeos, murmuró algunas frases sueltas, palabras inconexas sobre la soledad de los hombres, el tiempo que pasa en un suspiro, las oportunidades perdidas…

—Lo que le ocurre, Cristóbal, es que está usted muy solo. No es bueno que un hombre esté solo… y encima es muy reservado. Mire que los malestares son como los granos de pus, que si no se sacan a tiempo se le enquistan a uno dentro. Debería buscarse una buena mujer, casarse y tener hijos.

—Es lo que siempre he querido —suspiró él aspirando el aire a sorbos, mirándola por primera vez a los ojos—. Siempre he querido formar una familia, una seguridad, una vida, pero todo se ha complicado…

—Se pasa usted mucho tiempo en el trabajo y, claro, así es difícil cortejar a una dama… pero déjelo en mis manos. Le encontraré a la muchacha perfecta: buena, trabajadora, limpia… Se enamorará y será feliz. Como me ha pasado a mí… ya lo verá.

Doña Julia le sonrió con ternura mientras él se daba cuenta del lugar que ocupaba en el mundo, el rincón al que se vería desterrado por el resto de su existencia por culpa de ese maldito marino. Aquel gesto compasivo de la mujer de sus sueños, aquella afable deferencia, aquella oferta de celestina, le dolió más que una bofetada.

La boda de doña Julia Gil de la Sierpe y León de Montenegro se celebró en cuanto terminaron de desembalar el ajuar de novios y cubrieron con guirnaldas de flores las cicatrices que el terremoto había dejado en las paredes del patio, de manera que el banquete de bodas pudiera festejarse allí sin la sensación de estar de pie en medio de un cataclismo. Fue una ceremonia discreta.

—Ir de blanco y entre azahares es para muchachas, mi niña. Una viuda ha de desposarse con recato —le recomendó mamita Lula.

Apenas había una veintena de invitados. Fue un triunfo que Juan Nepomuceno convenciese a su esposa para asistir a aquella boda que la mujer llevaba días dando de lado por ver si así, de no nombrarla, conseguía convertirla en un mal sueño. El boticario intentó engatusarla con conmovedores recuerdos paterno-filiales, con amenazas de rencores inolvidables que les dejarían solos en la vejez, con extorsiones morales, alusiones al infierno y promesas de un nuevo trinchero para el saloncito rosado pero, en realidad, lo que terminó de persuadirla fue la insinuación de que no presentarse en el enlace matrimonial de su única hija suponía reconocer ante toda la ciudad que había desavenencias en la familia. La madre de doña Julia no estaba dispuesta a permitir que cuchicheasen a sus espaldas. Se tragó el orgullo a sorbitos, ayudándose con el aguardiente de guindas, y sacó del armario sus mejores galas y una sonrisa amplia que no borró en toda la celebración y que le provocó agujetas a la mañana siguiente por la falta de costumbre.

Tras la boda, los recién casados se retiraron a Carmona, a la casa familiar en la que doña Julia había pasado los veranos de su infancia. Hacía años que no había estado allí, pero se vio forzada a aceptar el generoso e inesperado ofrecimiento de sus padres cuando supo que las obras de restauración de la imprenta se alargarían un par de meses. El obrero que evaluó los daños se quedó mirando las grietas con mala cara y gesto de hastío.

—¿Está muy mal? —le preguntó mamita Lula, inquieta.

—Uf —respondió él lacónicamente sacudiendo la cabeza a un lado y a otro, rascándose la barba de tres días.

Comenzó a palpar las paredes. Les daba golpecitos con los nudillos mientras ponía la oreja para escucharlas, como hacía el médico con los enfermos. Avanzó por el comedor, recorrió el pasillo, luego el patio, subió la escalera provocando una preocupación inusitada en los habitantes de la casa que lo seguían expectantes, como si fuese el flautista de Hamelín. Dio la vuelta al edificio y, cuando regresó al punto de partida, sacó de su cartera unos finísimos papeles de arroz. Sin decir una palabra, se limitó a pegarlos a lo largo de las fisuras, como si intentase sujetarlas con ellos. Eso terminó con la frágil paciencia de doña Julia.

—¿Quiere hacer el favor de explicarnos algo, hombre, por Dios?

—Si los papelitos ceden es que la casa también está cediendo —fue lo primero que dijo—. Si eso ocurre, se terminará por partir en dos sin remedio... como una cáscara de huevo antes de hacer tortilla —detalló—. Ni el mejor maestro de obras puede hacer nada para impedirlo si los papelillos ceden.

—¿Y si no ceden? —preguntó León, más sereno.

—Bueno... Si en un par de semanas siguen enteros es que la cosa tiene arreglo y comenzaré con las reparaciones —concluyó.

Los papelillos no cedieron y el matrimonio tomó el camino de Carmona el mismo día que la cuadrilla de carpinteros, yeseros, plomeros y pintores llegó envuelta en una batahola de escaleras de mano, martillos, cal y piropos a las sirvientas.

—En esta casa no se permite una voz más alta que otra —advirtió mamita Lula, que iba a quedarse controlando las obras—. La ausencia de la señora no impedirá que hagáis bien vuestra labor. ¡Habrase visto! A estos blancos calamitosos de carácter flojo y lengua ligera los espabilo yo en un par de horas. Diga usted que sí, señora Julia, ¡menuda desfachatez! Váyase tranquila que a éstos les pongo yo más derechos que una vela.

Antes de despedirse, doña Julia le entregó a mamita Lula veinte mil reales para que comprara los muebles que estimase adecuados una vez terminadas las obras y exigió a los obreros que reconstruyesen la casa de tal forma que ni el terremoto más terrible pudiera tumbarla. Quería que durase en pie mil años, que pintasen el patio de blanco radiante, que agrandasen las ventanas para que entrara la primavera sin reservas, quería las paredes cubiertas con los frisos de grecas más flamantes y tornasoladas que hubiese en la mejor fábrica de cerámicas de Triana. Quería que su casa fuese el reflejo de su nueva vida llena de luz.

Los recién casados pasaron las siguientes semanas flotando en una ensoñación atolondrada que los cegó hasta el punto de impedirles ver lo que los años de abandono humano habían hecho con la casa de Carmona. Los matojos crecían salvajes, incluso en el interior de los cobertizos. No había ni rastro de los rosales que antaño crecían junto a la tapia y la vivienda surgía desconchada de entre la maleza, como un fantasma brumoso de tejas rotas y postigos desvencijados. Nada más atravesar la verja que circundaba la propiedad, León tomó a su esposa en brazos para evitar que tropezara. Caminó manteniendo el equilibrio sobre la mala hierba que se había apoderado del sendero y abrió de un codazo la puerta principal. No tuvo que empujarla demasiado porque estaba descolgada, deslucida y agujereada, con la apariencia de ser el paraíso soñado de las carcomas. Cruzaron el umbral sin fijarse siquiera en que el suelo estaba alfombrado de tierra, hojas, hierba y que las hiedras se enredaban en los antiguos retratos de los tatarabuelos. León miraba a su esposa con los ojos llenos de mar azul, de sal y de promesas mientras subían la escalera de madera, tal y como ella lo había bosquejado en sus sueños escabrosos. La pasión contenida les impidió escuchar el preocupante crujir de las tablas bajo sus pies. No hicieron caso del olor a cerrado y humedad, las goteras, las paredes mohosas, los perros vagabundos y los gatos salvajes que huyeron asustados cuando vieron que los humanos regresaban para arrebatarles su fundo. Encontraron por puro instinto la habitación de matrimonio y cayeron sobre la antigua cama de hierro forjado que había servido de nido de amor a los padres de doña Julia y que aún irradiaba promesas de resistir unos cuantos embates de pasión más. En ella se desearon, se adoraron, se babosearon, primero con desesperación y luego con ternura, como si se tratase de una danza perfecta de ritmos estudiados en la que no sobraba ni un solo movimiento de brazos, ni una sola pierna en mala posición, las frentes unidas, los labios abiertos. Quedaron extenuados.

La luz era como un enjambre de abejas aquella mañana. Se coló por un boquete de la apolillada cortina de terciopelo y despertó a doña Julia. Su ropa y la de su esposo se esparcían por el suelo sin ningún orden y en el aire flotaban imperceptibles motas de polvo. No quería moverse para no despertar a León. Estaba tumbado detrás de ella. Notaba su pecho acariciando su espalda con cada respiración. Con el brazo le rodeaba la cintura. Miró en dirección al robusto armario con espejo de luna. Había perdido su brillo original y unas manchas negras delataban la caída del azogue, pero aun así pudo verse reflejada; el pelo revuelto, los ojos brillantes, la piel fresca... y se gustó. Tuvo la certeza de que ya no necesitaría fingir nunca más, segura de que acababa de encontrarse con su vida.

Regresaron tres meses después. Mamita Lula los esperaba en la puerta de la imprenta, satisfecha, deseosa de enseñarles la nueva casa. No quedaba señal alguna del terremoto. Olía a pintura y madera nueva. Había claveles en los jarrones, un centro con frutas sobre la mesa del comedor y jilgueros en las jaulas que trinaban con gracia, como si intuyesen que habían llegado los dueños. El patio deslumbraba y sólo los arcos rompían la uniformidad lechosa con los detalles amarillo albero en las acanaladuras de los capiteles. En el centro habían colocado una cantarina fuente en la que tres regordetes angelitos de piedra jugueteaban a pasarse el agua unos a otros ayudados por cántaros y escudillas. Y, pegado a la pared norte, instalaron un grifo que abastecía la casa del agua potable que llegaba directamente desde los caños de Carmona, para que las muchachas del servicio no tuviesen que ir a partirse el espinazo con botijas hasta la fuente de la plaza de San Francisco todos los días.

—Igualito que en el palacio de la plaza del Duque —les informó, emocionada, mamita Lula.

—¡Es maravilloso! —exclamó doña Julia—. Parece un milagro.

—¿Qué es eso? —León se quedó muy serio. Señalaba una de las paredes del patio.

Entre dos macetones de flores de azahar, estaba colgada la piedra con forma de moneda gigante que cayó del techo de la catedral el día del terremoto, aquella que doña Julia rescató de los escombros. Mamita Lula había ordenado a los obreros que colocasen un enganche en su parte posterior para que pudiera colgarse y servir de adorno. León se acercó para observar con curiosidad el bajorrelieve representado en su superficie. Por la expresión de las figuras y el uso de la perspectiva, le pareció que podría datarse entre finales del XV y principios del XVI. Se trataba de una curiosa escena en la que dos hombres de aspecto noble destacaban en primer plano, cada uno a un lado de un tablero de ajedrez, aparentando jugar una relajada partida. Uno vestía larga túnica y turbante y estaba sentado en el suelo, sobre sus piernas. El otro se recostaba en un trono y lucía corona de rey. Tras él, en un segundo plano, había tres hombres. Uno de ellos también llevaba corona, los otros dos tenían el cabello cortado al estilo medieval y sujetaban espadas en sus manos. Pese al reducido tamaño, el tablero y las piezas de ajedrez se habían tallado de forma nítida, de tal manera que podía distinguirse quién estaba ganando esa partida. Envolviendo la escena se podía leer una frase grabada en latín:

HIC LATENT LUDI REGULAE

—Aquí están las reglas del juego —murmuró León, traduciendo al castellano de forma inconsciente la frase—. Es increíble. ¿De dónde ha salido esto?

—Lo encontré en la catedral. Cayó del techo durante el terremoto, ¿qué te pasa? —Doña Julia estaba sorprendida por la reacción de su marido. Nunca le había visto tan sobrecogido por nada.

—Es increíble —repitió.

León estuvo un buen rato analizando el relieve, palpándolo con la yema de los dedos, golpeándolo con los nudillos para ver si estaba hueco.

—*Hic latent ludi regulae.* Aquí están las reglas del juego —repetía mientras acariciaba las letras impresas de la piedra.

—¿Me quieres explicar qué es lo que pasa? —Doña Julia lo miraba sin comprender a qué venía tanta conmoción.

—Esta piedra... su grabado —comenzó a explicar casi tartamudeando—. Estos dos hombres... juraría que el que está sentado en el suelo es musulmán. El otro, sin duda alguna, es cristiano. Se trata de un rey, lleva corona, su altura es superior a la del resto, en señal de grandeza. Seguro que esto lo esculpió un cristiano. —Se quedó un momento en silencio—. Si estaba en la catedral, es más que posible que se trate de san Fernando.

—¿Con quién está jugando al ajedrez? —preguntó doña Julia.

—Creo que esta escena representa el día de la toma de Sevilla: 23 de noviembre de 1248. Si eso es así, el que está frente a san Fernando es el mandatario musulmán Axataf, que, hasta la llegada de los cristianos, gobernaba la ciudad.

—¿Y quiénes son los tres hombres que están detrás?

—El de la corona seguramente sea Alfonso X el Sabio, que por aquellos tiempos aún era príncipe. Secundaba a su padre en su empeño por conquistar todo del valle del Guadalquivir. —León miró de nuevo el relieve, sopesando las posibilidades—. Cabe que los otros dos personajes sean los caballeros Garci Pérez de Vargas y Pelay Correa. Ellos fueron piezas fundamentales en la toma de Sevilla. Cuentan las crónicas que treparon por las murallas y entraron hasta la torre de la Giralda con la espada en la mano.

Mamita Lula no dejaba de escuchar las explicaciones de León sin decir una palabra, realmente intrigada. Descolgó la piedra de la pared y recorrió con los dedos sus contornos.

—Y esto ¿qué significa? —preguntó de pronto.

Le había dado la vuelta al bajorrelieve y por detrás, escrito con caracteres góticos, aparecía una especie de combinación de letras, cifras y números.

—¿Rd2++? —leyó despacio doña Julia—. ¿Qué es Rd2++?

—Es un movimiento de ajedrez —dijo León, sorprendido.

—¿Un movimiento de ajedrez? —Su esposa le dedicó una mirada escéptica.

Hasta que conoció a León, para ella aquel juego era una diversión abstracta, una combinación de casillas blancas y negras sobre las que se movían figuras que no sabía diferenciar. Cuando encargó al ebanista que fabricase un ajedrez para su futuro marido, él le propuso hacer una mesita de café que tuviera taraceado el tablero en la parte superior con un cajón lateral que permitiese guardar los trebejos. Fue entonces cuando doña Julia tuvo la oportunidad de observar el juego con tranquilidad. Estaba compuesto por dos bandos, divididos en figuras blancas y negras. Los dos tenían el mismo número de piezas: ocho peones, más pequeños que el resto de las figuras; dos torres y dos caballos cuyas formas recordaban a lo que representaban; dos alfiles que aludían a los obispos; un rey y una reina. Dieciséis piezas en cada bando. Treinta y dos en total.

—Pensé que los movimientos del ajedrez se trazaban con figuras, no con letras y números y signos —se revolvió decepcionada.

—Bueno, no estás equivocada, así es. Estos números y esas letras que ves son una manera de simplificar la lectura de una jugada —aclaró León—. A lo largo de los siglos, muchas personas han jugado al ajedrez en la distancia, a través de cartas. Otros han querido perpetuar partidas épicas y que quedara constancia escrita de ellas para la posteridad. —León hizo una pequeña pausa y continuó hablando—. Representar los movimientos dibujando cada pieza sobre un tablero, era algo realmente engorroso, así que se ideó un sistema para resumirlo. Un código pactado como la notación musical sobre un pentagrama. Los árabes crearon un sistema algebraico muy sencillo para que todo el mundo pudiera comprender mejor una jugada de ajedrez.

—¿Rd2++ es sencillo? —preguntó sorprendida doña Julia.

—Claro que sí. En cuanto te lo explique lo verás.

Fue a la imprenta y cogió un lápiz y un papel. Con habilidad, trazó líneas paralelas que se cruzaban con otras perpendiculares hasta componer un tablero de ajedrez en el que representó la partida que se estaba jugando en el bajorrelieve. Después, añadió cifras y números en los laterales.

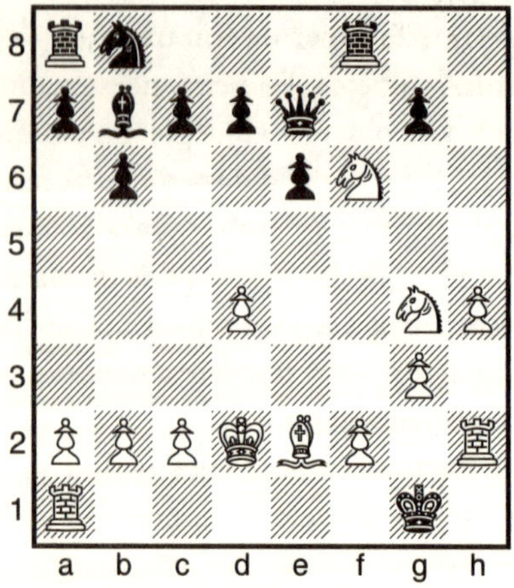

—Utilizando la notación algebraica —comenzó a explicar León—, aunque se sepa muy poco de ajedrez, se puede ver que Rd2++ es un movimiento en el que el ejército blanco aúna sus fuerzas para ayudar a su rey a dar jaque al rey del bando contrario. Los dos signos de suma significan que le dan un jaque mate al rey negro.

León miró emocionado a su recién estrenada esposa. Le cogió el rostro con ambas manos y le plantó un sonoro beso en la frente.

—¿Me quieres explicar a qué viene tanta emoción? No es más que una piedra tallada —protestó con la boca pequeña doña Julia.

Pero él no podía apartar la mirada de aquella frase escrita en latín.

HIC LATENT LUDI REGULAE

—Aquí están las reglas del juego —repitió emocionado.

—¿Y se puede saber qué diantre significa esto?

León tardó unos segundos en contestarle.

—Significa que al fin lo hemos encontrado —musitó León sin que ella alcanzase a escuchar la respuesta.

4

La Piedra Postrera

Un mal plan es mejor que no tener ningún plan.

Frank James Marshall

Mamita Lula había aprovechado las semanas de ausencia de doña Julia para establecer la distribución y decoración de la casa a su gusto. Lo primero que hizo fue arrumbar en el desván los muebles sobrios que aún se conservaban desde los tiempos del señor De Haro y que a ella siempre le parecieron tremendamente sosos. Se sentía incómoda viviendo en una casa que insinuaba esencia de claustro monacal. Le gustaban las volutas, los roleos, los candelabros retorcidos, los espejos que multiplicaban el espacio, las líneas curvas churriguerescas. Quería engañar al ojo humano creando clima de mansión solariega, estableciendo el infinito en el fondo de un pasillo, deteniendo el tiempo en un tríptico de marco repujado. Encargó pesadas cortinas de terciopelo escarlata ribeteadas de flecos y borlones dorados y ordenó colocar camas con dosel envueltas con tules en todas las alcobas. Como le tenía aversión a los espacios vacíos, le compró a un buhonero que se pasaba de vez en cuando por la casa un lote de biombos de madera pintados al óleo con alegorías. Pronto los pasillos, el hueco de la escalera, la entrada a la imprenta y el zaguán se llenaron de seres mitológicos: bacos, grifos, apolos, medusas, sátiros y sibilas. Como aún le sobraba dinero cuando ya no quedaba un solo espacio libre en el que colocar un jarrón de porcelana china o una figurilla de loza, mamita Lula se permitió el capricho de adquirir algunos muebles para su habitación: una mecedora con escabel de estilo neoclasicista en la que sentarse a tejer y una de las mesitas guerridón apoyada en cuatro patas antropomórficas de marcados rasgos negroides, que se habían puesto muy de moda. Ella no le daba importancia a esos humillantes detalles. No le quitaba el sueño que existiesen personas lo suficientemente mentecatas como para hacer paralelismos entre la condición a la que el hombre blanco la había postergado y la actitud porteadora de las patas de la mesita. Si alguien pensaba que su tono de piel era indicio de que sólo servía para atender el trabajo doméstico, era porque padecía el mal de la estupidez supina. Que fuese ama de llaves no significaba que su inteligencia sólo le permitiese ser ama de llaves. Aunque ella nunca tuvo mayores aspiraciones. Se sentía feliz aposentada en su condición de dueña y señora oficiosa de la casa. El resto del servicio la obedecía sin rechistar porque, con el paso de los años, se le acrecentó el vozarrón y sus órdenes se escuchaban a distancia con fragor de volcán africano. Aquel lugar era su hogar y doña Julia, su familia. Llevaba más de veinticinco años preocupándose de su alimentación, de que su ropa siempre estuviese limpia y planchada, de escucharle los problemas y acompañarla en sus duermevelas. Estaba segura de que era imprescindible, que doña Julia no podía vivir sin ella, mucho menos ahora que había regresado de su viaje de novios tan alunada que no hizo un solo comentario sobre la profusa decoración. Apenas reparó en los cortinones o en los intrincados dibujos de las alfombras persas que provocaban mareos a quien se las quedaba mirando fijamente. Tanta indiferencia por parte de la recién casada era muy sospechosa y pronto fue evidente que estaba encinta.

—Vaya... parece que trae dos —le dijo alguna vecina descarada mirando el abultado vientre que ella aseguraba de dos meses.

Mamita Lula se volcó entonces en mimar a doña Julia con el mismo afán que usó toda la vida pero por partida doble, consintiéndola como hizo durante su infancia. Se levantaba antes de la salida del sol, se vestía y bajaba a encender la nueva cocina de carbón, porque era la única que la comprendía y además se negaba a que nadie más le pusiera un dedo encima. Mientras las brasas tomaban fuerza, cortaba el pan en rebanadas para preparar las tostadas. Luego calentaba el agua para su café y se lo tomaba en el patio, sentada en una mecedora, a pequeños sorbos, mirando el infinito. Ése era para ella el mejor momento del día. Allí esperaba pacientemente a que el resto de los habitantes de la casa se acompasaran a su ritual diario. Cuando ya habían llegado a la imprenta todos los trabajadores y las tareas del hogar estaban encauzadas, le subía el desayuno a doña Julia, que aún continuaba dormida porque el embarazo le provocaba modorra. Mamita Lula abría las cortinas despacio para no deslumbrarla, le acomodaba los almohadones tras la espalda, le apartaba el cabello de la cara y se lo sujetaba con horquillas para que no le molestase al llevarse la taza a la boca, le colocaba la bandeja sobre las piernas y se sentaba a su lado para untarle el pan con manteca «colorá». Mientras desayunaba, le contaba la historia del hombre tan delgado tan delgado que se acostaba en una aguja y se tapaba con el hilo o aquella otra del bicho que tenía pico de pato, plumas de pato, patas de pato, hacía cua-cua como los patos, caminaba como un pato... y que al final era un pato, sin importarle que doña Julia se supiese al dedillo esos cuentos desde hacía años y que además los encontrase tremendamente tontos. Pero a ella le traía sin cuidado la opinión de la señora. Estaba convencida de que los nonatos eran capaces de escuchar y razonar las conversaciones de los adultos a través del vientre de la madre y que, por lo mismo, había que hacerles creer que todo en el exterior era muy divertido.

—Si se entera del asco de mundo al que viene, es capaz de aferrarse a las costillas y no salir —aseguraba señalando la abultada panza.

—Menuda majadería —opinó doña Julia.

Mamita Lula impuso entre los sirvientes una inquebrantable lista de normas a seguir hasta que el bebé llegase al mundo. En primer lugar estaba prohibido incomodar a la señora con asuntos de la imprenta, que para eso está Cristóbal; no había que arrancar las máquinas antes de las diez de la mañana, que hay que dejar que la señora despierte acariciada por la luz del sol y no por el bochinche que forman esos trastos; era fundamental evitar flores demasiado fragantes en la mesa del comedor, que a la señora le provocan ascos; nada de servir arenques ahumados, que a la señora le provocan ascos... Doña Julia se dejaba consentir. Que otro ser vivo estuviese creciendo en su interior la tornó dulce como un pastel de fresas con nata, nada que ver con la salsa de pepinillos amargos que era antes. Años después, doña Julia recordaría esa etapa de su vida como algo borroso e inconcreto, un sueño tranquilo, suave, en el que caminaba sobre esponjosas nubes blancas.

Mamita Lula siempre había tratado a doña Julia como si fuese su propia hija. No le importaba que su diferencia de edad distase apenas nueve años, ni que cada una hubiera nacido en mundos distintos, ni que la sangre que corría por sus venas o que su color de piel fueran diferentes. Desde el momento en el que desembarcó en el incomprensible mundo de los blancos, el único ser con el que realmente se sintió identificada fue con la pequeña Julia. Aprendió con ella a chapurrear el nuevo idioma, a rezar el rosario, a utilizar los cubiertos, a abrocharse los botones y hacerse el lazo de los zapatos. En aquellos años, ambas formaban una pareja extravagante. Caminaban por la ciudad cogidas de la mano, iban hasta el río y allí arrancaban los juncos de la orilla para chuparles la raíz. Jugaban a la pelota con las naranjas amargas que caían de los árboles y dormían juntas la siesta en las bochornosas tardes de verano, abrazadas y sudorosas hasta que la madre de Julia venía a separarlas poniendo el grito en el cielo.

—Esto no es normal —protestaba—. Bien está que tengamos una negra en el servicio, pero de ahí a que se pase todo el día con la niña... que no sabemos de dónde viene, que a lo mejor le pega algo, una enfermedad o algo... Tú que sabes de esas cosas deberías entenderme —le decía encrespada a su marido.

—Sí, cariño —respondía él un tanto distraído sin apartar los ojos del libro que estuviese leyendo en ese momento y sin la menor intención de hacer nada al respecto.

Y, efectivamente, Juan Nepomuceno no hizo nada por distanciar a las chiquillas. Como el cariño no lo dan ni la sangre ni el tono de la piel comunes sino la afinidad, y la madre de Julia sólo le limpiaba los mocos a su hija cuando había alguien delante que pudiera valorar el esfuerzo, al final la niña creció llamando «mamita» a Lula, montando pataletas si la criada negra no cenaba en la misma mesa que ellos en Nochebuena y exigiendo, como requisito sine qua non para aceptar el matrimonio con don Diego, llevársela con ella a su nueva casa.

Con el tiempo mamita Lula se convirtió en el báculo en el que doña Julia se apoyaba cuando tenía mucho trabajo, o mucho miedo, o mucha necesidad de cariño. La criada se entregó a su servicio en cuerpo y alma con una dedicación casi mística que sólo podía compararse con la abnegación de las monjas de clausura. Su naturaleza vehemente le impedía entender la vida de otra forma. Olvidó sus meridionales orígenes para hacer suyos los de su señora. Obvió que León era el padre de la criatura que aún no había nacido porque para ella esa nueva vida era una continuación de doña Julia, prácticamente un milagro. Concluyó que el bebé era de su propia estirpe y juró ante el Santísimo Cristo de la Fundación protegerlo con uñas y dientes, poniendo la vida a su disposición si fuera necesario. Por eso se le ponían los nervios de punta cuando llegaba la noche, la calma, la intimidad, la penumbra, la tibieza de las sábanas. Se le quedó oído de tísica intentando descubrir sonidos secretos en la alcoba de los esposos y, a la mañana siguiente, le lanzaba a doña Julia insinuaciones sobre niños que habían nacido con cola de cerdo por culpa de la incapacidad de sus padres de contener su lujuria.

—¿Cola de cerdo? —se extrañaba doña Julia—. ¿Quién te cuenta esas cosas?

—Lo he visto yo —aseguraba.

—Que sepas que también hay un castigo en el más allá para los embusteros.

Pero en poco tiempo doña Julia dejó de discutir. Se sacudía de un plumazo las cosas que antes le quitaban el sueño y al fin alcanzó a comprender la actitud de anacoreta de su padre porque ella también se volcó hacia su interior, centrándose en prestar atención a los cambios de su cuerpo. Se pasaba las horas muertas sentada junto a la ventana de su habitación, acariciándose la barriga, tarareando musiquillas inventadas. Tejía, en pura lana de oveja, juboncitos, calcetines, gorritos, bufanditas y toquillas de tamaño mínimo, sin importarle las cuentas que indicaban que la criatura llegaría al mundo en pleno mes de agosto sevillano. Sentía que toda su fuerza se licuaba para enviar energía al ser que prosperaba en su interior; por eso apenas se movía, estaba agotada, pero era feliz.

Según pasaron las semanas sus manías se multiplicaron. Aborrecía el cazón en adobo, las sardinas, la carne de liebre, los membrillos, el queso de Bienvenida, el queso de Irlanda, el queso de cabra, el de oveja... Llegó un momento en el que sólo se alimentaba con el bizcocho de naranja que mamita Lula preparaba en el horno de leña. Lo mordisqueaba de forma inconsciente, mojándolo de vez en vez en leche de tal manera que el ama de llaves comenzó a cocinarlo con más yemas de huevo, más nata, más miel... Introdujo una variante en la receta que incluía la ralladura de una manzana y de una calabaza además de la naranja, preocupada de que las nuevas costumbres alimentarias de su niña pudieran afectar al ser que aún no había nacido.

Pero lo más curioso fue que doña Julia también perdió el apetito por León. Dejó de encontrar interesantes sus miradas, no le conmovían sus estremecimientos, ni sus dedos le parecían ya de terciopelo. Las palabras prohibidas que él le murmuraba en el oído en los momentos de mayor pasión y que hasta entonces la habían trastornado hasta la agonía, le parecían insulsas, carentes de sentido. Le fue expulsando lentamente de su lecho con la excusa de que estaba muy incómoda, que le daba mucho calor, que la despertaba temprano... hasta que él terminó por instalarse de nuevo en el cuartillo de aprendiz del sótano. Aquel que en otros tiempos fue su secreto nido de amor.

—Hasta que venga al mundo la criatura —le dijo mamita Lula satisfecha, mientras le ayudaba a trasladar sus cosas.

León aprovechó su exilio en el sótano y la intimidad que eso le proporcionaba para envolver en un saco de esparto la piedra labrada y salir en medio de la noche, sin que nadie de la casa se diese cuenta. Caminó una vez más en dirección a San Juan de Acre, oculto entre las sombras de las estrechas callejuelas. Había cargado ilusionado con el pedrusco, convencido de que al fin había dado con el extremo del hilo por el que empezar a tirar, seguro de que esa piedra caída del cielo, con su talla misteriosa en relieve, tenía relación directa con su búsqueda. Entró en la jurisdicción como un vendaval al grito de «lo tenemos», pero la reacción de los religiosos no fue la que él esperaba. Depositaron la piedra circular sobre la gran mesa que presidía el Krak de los Caballeros y se arremolinaron alrededor de ella sin decir una palabra, rascándose la barbilla y sacudiendo pesadamente la cabeza de un lado a otro sin dar indicios de llegar a ninguna conclusión.

—Estaba en el techo de la catedral —dijo León de pronto, harto ya de tanto silencio—. Cayó por el movimiento del terremoto.

—¿Sabes el lugar exacto en el que estaba? —le preguntó el suspicaz hermano Lorenzo, mirándole con su ojillo medio cerrado—. Porque la catedral de Sevilla no es una menudencia. Es la catedral gótica mayor de toda la cristiandad —aclaró levantando la voz—. ¿Sabes lo que dijo el cabildo el día que propusieron derribar la antigua mezquita para construir en ese espacio un templo acorde al esplendor de la ciudad? —Y sin esperar respuesta recitó—: «Hagamos una iglesia que los que la vieren labrada nos tengan por locos».

—Por el estado de conservación yo diría que esta piedra tiene al menos dos siglos —interrumpió uno de los hermanos pasando el dedo índice por los bordes redondeados en los que aún se percibía la sombra de una cenefa sencilla, esculpida para que hiciese las veces de marco.

—Desde luego… cuanto menos es inquietante descubrir en el interior de una catedral la escena de dos reyes jugando al ajedrez —añadió frey Dámaso—. Además, ¿por qué poner la imagen de un musulmán en un templo cristiano? Y esa frase en latín: «Aquí están las reglas del juego» —dijo impostando la voz—. Es posible que estemos ante nuestra primera pista firme respecto a su paradero. Las reglas del juego —suspiró—. Nos hemos criado con la culpa de haberlas perdido… Por eso me da miedo que veamos alusiones a ellas en cada cosa.

—¡Pero esto es algo más que una simple alusión! —exclamó León—. ¿O acaso soy yo el único que se da cuenta del claro mensaje que nos lanza esta piedra? Creo que la escena corresponde al día de San Clemente de 1248, cuando los cristianos entraron en Sevilla. Sin lugar a dudas se trata del momento de las capitulaciones, cuando el rey musulmán Axataf y el rey Fernando se sentaron frente a frente en una tienda de campaña para redactar el documento en el que se declaraba que Sevilla era definitivamente territorio cristiano. Observen la expresión de sus rostros —les instó León señalando con emoción las figuras talladas—. Parece que estén escuchando en el exterior el llanto de los musulmanes sevillanos, los gritos de sus mujeres que se mesaban los cabellos y se arañaban el rostro en señal de dolor porque sabían que iban a expulsarlos de su tierra amada.

Y León pensó entonces en la fascinante historia que había oído por vez primera durante su cautiverio entre los turcos y que luego el gran maestre le confirmó en Malta. Ambos relatos coincidían en lo esencial; hablaban de cómo el último dirigente musulmán de Isbiliya se mantuvo firme, sereno y silencioso, soportando con estoicismo la situación, mientras veía cómo el secretario del rey cristiano redactaba las capitulaciones de la rendición en una hoja de pergamino. Lo único que Axataf exigía antes de abandonar su ciudad era que les dejaran al menos derribar la hermosa torre de la mezquita mayor para no tener que sufrir la vergüenza de verla en manos cristianas. Pero el príncipe Alfonso, el que llegó a ser conocido como el Rey Sabio, se levantó de un salto para asegurar que cortaría la cabeza a todo aquel que se atreviese a tocar un solo ladrillo de aquella majestuosa torre. La había estado observando desde la distancia de su campamento en Tablada durante los largos meses que duró el asedio a la ciudad, y le cautivó. Le gustaba su piel tostada que evocaba la piel de las cálidas mujeres del sur. La veía espléndida, adorable con su remate de enormes manzanas de bronce doradas con panes de oro fino que resplandecían como el sol durante el día y semejaban Selenes en medio de la noche. Él, que era amante de la astronomía, dedujo que desde aquel privilegiado observatorio, situado a un solo paso del cielo, podría vislumbrar las estrellas como no lo hizo nadie antes. Algo en su interior le decía que esa torre tenía que ser suya. Estaba convencido de que su alma no descansaría tranquila si se alejaba de ella. Amarla le hizo entender lo que quería decir la frase bíblica que aseguraba que los seres humanos eran polvo; el mismo polvo con el que estaban hechos todos los astros del universo, los animales, las plantas y el barro de los ladrillos con los que se edificó aquella torre. El mismo polvo con el que Dios modeló su cuerpo y el de sus adversarios. Y sintió como propio el dolor que padecían los musulmanes al tener que abandonar la tierra que los había cobijado durante cinco siglos, porque la piedad no entiende de guerras ni conflictos. Así que solicitó de su padre un pequeño favor: buscar una fórmula con la que intentar aliviar el terrible sufrimiento de sus enemigos.

Como era un gran jugador de ajedrez y además seguidor de la Cábala, le propuso apostarse la torre de la mezquita mayor de Sevilla con Axataf al primero que ganase tres partidas. Los caballeros del Temple y las órdenes hospitalarias que ayudaban al rey Fernando en la conquista de los territorios peninsulares para la causa cristiana, presentes en las capitulaciones, se llevaron las manos a la cabeza. Sobre todo los caballeros de la Orden de Calatrava, que consideraron esa apuesta una soberana e innecesaria estupidez teniendo en cuenta que se había ganado Sevilla con limpieza. De nada sirvió que el infante Alfonso los tranquilizase certificando sus buenas mañas de jugador de ajedrez. Ellos abandonaron la tienda de campaña enfebrecidos, rabiosos, envueltos en una batahola de protestas, de «esto es una locura», de «hombre, por Dios, dejarle una puerta entreabierta al enemigo, ¿qué necesidad habrá de arriesgarse?». Los únicos que se quedaron como testigos y responsables de redactar el anexo de las capitulaciones en el que quedaba constancia de los términos de la apuesta, fueron los caballeros de la Orden de San Juan de Acre. Se llegó al acuerdo de que los cristianos jugarían con blancas y los musulmanes, con negras. El ganador decidiría qué hacer con la torre, ya fuera conservarla en el caso de que ganasen los cristianos o destruirla si los musulmanes lograban la victoria. Las partidas de ajedrez se jugarían a distancia, utilizando para ello el correo o las palomas mensajeras y no habría un tiempo preestablecido de duración para cada una; podían alargarse durante semanas o incluso años. Ambos contrincantes deberían dejar constancia en sus testamentos de quién o quiénes se harían cargo de continuar con la apuesta en el caso de que cualquiera de los dos falleciese antes de haber ganado tres partidas…

La voz del hermano Lorenzo sacó a León de sus cavilaciones.

—Gracias por esa descripción tan lírica. Ahora nuestro verdadero problema es encontrar el famoso pergamino en el que ambos reyes dejaron constancia de las capitulaciones y en el que figuran las reglas del juego. Así que volvamos al asunto de la piedra.

—¡Estupendo! —exclamó León—. Entonces estamos de acuerdo en que la piedra es una pista fiable. Y ese grabado: Rd2++, en su parte posterior, parece dejar bien claro que se trata de un movimiento de ajedrez.

—También podría ser la marca de un cantero —añadió de pronto uno de los religiosos que hasta ese momento se había mantenido en silencio—. Si se trata de una piedra que ha salido de la catedral, podría ser así. En las construcciones de gran magnitud había muchos trabajadores. A veces los canteros grababan signos diferenciadores en las piedras que ellos manipulaban para demostrar así su laboriosidad y cobrar por su trabajo.

—O puede ser la marca de la posición que la piedra debía ocupar en la obra —dijo otro palpando el relieve—. Las hacían para que el albañil encargado de colocarlas supiera el lugar exacto y al lado de qué otra piedra debía estar.

León se dejó caer derrotado sobre una de las sillas.

—No intentamos desanimarte, León —replicó frey Dámaso en tono afectuoso—, pero no hay que dejarse dominar por la emoción, debemos tomarnos las cosas con calma. Volvamos a la piedra, seamos razonables. Si la tallaron con la idea de informar del lugar en el que estaban las reglas del juego, ¿por qué colocarla en el techo de la catedral? Con esa altura no podríamos leer el mensaje.

—No sé… puede que la piedra sea una especie de equis sobre el mapa de un tesoro —interrumpió León.

—Entonces, tendríamos que averiguar el lugar exacto en el que estaba colocada —añadió frey Dámaso.

León no se dio cuenta de que, mientas hablaban, el maestro de música, un clérigo medio ciego, tanteaba la superficie de la roca con sus nudosos dedos.

—Creo que sé lo que es esto —dijo de pronto—. A lo mejor el muchacho tiene razón.

Todos se dieron la vuelta y centraron sus ojos en él. Observaron expectantes su exploración, viendo cómo avanzaba por las curvas de la piedra, con qué delicadeza la acariciaba leyendo cada surco con la misma maestría con la que palpaba las teclas del órgano de la iglesia.

—Ilústrenos, hermano, se lo suplico —le interrumpió el prior, impaciente.

—La catedral se terminó de construir en 1506 pero dejaron un pequeño hueco en el techo. Querían que un personaje ilustre colocase la clave de bóveda y organizar así un acto que diera solemnidad a la finalización de las obras. Pura parafernalia —sentenció el viejo ciego antes de continuar con la historia—. Era sábado. Don Diego Deza era el arzobispo de Sevilla por aquellos años, pero no pudo subir al techo para la ocasión porque estaba ya muy mayor y le dolían los huesos... como a mí cuando va a llover. Los cambios bruscos de temperatura son muy malos y yo...

—No nos desviemos, hermano —rogó el prior.

—Sí... bueno. ¿Por dónde iba?... Sí. El caso es que, el duque de Medina Sidonia, don Fadrique Enríquez, y don Manuel López de Haro, el hombre que supuestamente escondió esos documentos y uno de los antepasados de nuestro impresor —aclaró—, fueron los elegidos para subir a la parte alta del andamio y colocar la clave de bóveda mientras abajo se cantaba el *Te deus laudamus*. —El músico ciego se puso a tararearlo moviendo las manos como si estuviese dirigiendo a un imaginario coro y escuchase a la perfección sus voces—: *Te Deum laudamus: te Dominum confitemur. Te aeternum patrem, omnis terra veneratur...*

—Hermano... —El prior volvió a llamarle la atención.

—Eh… sí, sí, discúlpenme, caballeros. El caso es que los actos festivos para celebrar la finalización de las obras pensaban alargarse durante un mes, pero tuvieron que suspenderse. Por desgracia el príncipe Felipe el Hermoso murió esa semana y su esposa la reina Juana quedó como loca la pobre, no quería que lo enterrasen. Una desgracia sin duda. ¡Qué pena!, claro, es que el joven tenía sólo veintiocho años y ella lo quería mucho y…

—¡Hermano! Por el amor de Dios, nos tiene en ascuas.

—Sí… bien. —Carraspeó mientras palpaba de nuevo la piedra que aún descansaba sobre la mesa—. Creo que ésta no es una piedra normal. Si mi instinto no me falla, ésta es la clave de bóveda que se colocó ese sábado de comienzos del dieciséis en el techo de la catedral. Si tengo razón, este grabado no tendría nada que ver con marcas de canteros. Quien talló esta piedra lo hizo de forma individual. ¡Nunca una clave de bóveda fue tallada por un simple cantero! Es obra de un escultor que sin duda tuvo la intención de enviarnos una señal. Si además añadimos a todo esto que fue don Manuel López de Haro uno de los encargados de colocarla, la conclusión lógica es creer que quizá quisiera decirnos algo con ello. Otra cosa es que el Señor tenga a bien otorgarnos la suficiente perspicacia como para comprender el mensaje que se oculta en la talla. Señores. —Hizo una pausa solemne—. Estoy convencido de que lo que tenemos sobre la mesa es la piedra con cuya colocación se dieron por concluidas las obras de la catedral de Sevilla. Lo que en su tiempo se dio en llamar la Piedra Postrera.

Hubo un momento en el que León pensó que sus hermanos de la jurisdicción de San Juan de Acre iban a desechar la idea de que la Piedra Postrera fuera la señal inequívoca de que las reglas del juego estaban dentro de la catedral. Por eso se alegró cuando los freires comenzaron a entusiasmarse con esa posibilidad. Tomaron un pliego de grandes dimensiones, lo colocaron sobre relieve y restregaron contra él un grafito hasta que quedó perfectamente impresionado en el papel. La intención era que León pudiera devolver la piedra a la pared del patio de la imprenta antes de que alguien la echara de menos. Dos días después, los hermanos tenían ya un par de teorías sobre la escena tallada y las barajaban recluidos en la intimidad del Krak de los Caballeros. Estuvieron horas observando el papel. Los enormes candelabros colocados en las esquinas de la sala inundaban de un brillo dorado y de titilantes sombras las paredes, los mapas, los contornos de los libros y el rostro de los hombres.

—Da la sensación de que sea una partida de ajedrez dentro de otra partida de ajedrez —señaló el prior.

—Siga, por favor, frey Dámaso —suplicó León.

—Bueno... —Inspiró para tomar fuerzas y poder explicar con claridad lo que llevaba un buen rato rondándole la cabeza—. Está claro que el grabado reproduce una partida de ajedrez. Una en la que el rey blanco le da jaque mate al rey negro con la perspicaz ayuda de dos caballos. Pero todos sabemos que los caballos son animales... seres irracionales que no saben jugar al ajedrez y mucho menos planear una estrategia. ¿No es cierto?

—¿Adónde quiere llegar vuestra reverencia? —se impacientó el hermano Lorenzo.

—Alfonso X el Sabio era un gran amante de este juego. Él fue quien convenció a su padre de que la única manera de vencer al enemigo era utilizar la estrategia del ajedrez en el asedio de Sevilla. Propuso dividir el contorno de la ciudad en escaques imaginarios blancos y negros para concretar una maniobra que les ayudase a situar sus «piezas» en el lugar preciso. El rey Fernando, entonces, utilizó al ejército llano como sus peones y a los Caballeros Templarios, a la Orden de Calatrava, a la de Santiago y a nuestros hermanos de la Orden de San Juan de Jerusalén, como su caballería. El bando blanco se completaba con los alfiles, que no eran otros que su propio hijo el príncipe Alfonso y don Remondo, el capellán de su ejército.

—Que, por cierto, después de la conquista de la ciudad, fue nombrado obispo de Sevilla —apostilló León—. El alfil estaba considerado como la representación de un obispo. En la época medieval era la figura que más cerca estaba del rey.

—Y, en francés, el caballo del ajedrez se hace llamar *cavalier*, que se traduce como caballero, no como caballo —continuó frey Dámaso—. Siendo así, en esta escena labrada en la piedra, lo que yo veo son cuatro caballeros cristianos. Los dos blancos que hay sobre el tablero y los dos que están de pie, junto al rey Fernando. Una de las estrategias militares que más se ha recordado de la toma de Sevilla fue cuando dos hidalgos llamados Garci Pérez de Vargas y Pelay Correa se colaron en la ciudad disfrazados de musulmanes aprovechando que la puerta de Córdoba se abría a ciertas horas de la madrugada para que entrasen las vituallas. Lo planearon como táctica para observar el sistema defensivo del enemigo.

—Como en el ajedrez —indicó León.

—Efectivamente. La estrategia de esos dos caballeros fue definitiva para que su rey tuviera éxito en la toma de Sevilla —continuó frey Dámaso emocionado—. Si se fijan, el movimiento representado en el tablero de la Piedra Postrera es ése: Rd2++. Pero es que además, el suelo sobre el que descansan los personajes forma una cuadrícula perfecta.

Los hombres miraron de nuevo el papel y vieron unos ligerísimos surcos labrados en la superficie de la piedra que mostraban la marca de las losetas.

—Entonces —continuó diciendo uno de los hermanos—, eso quiere decir que los personajes principales que aparecen en la escena, también están representados dentro del tablero: dos reyes, dos caballeros, un alfil blanco…

—Un tablero de ajedrez que contiene otro tablero de ajedrez —musitó León—. ¿Acaso el mundo no es más que eso? Un gran tablero que nos acoge. Nosotros creemos que manejamos las piezas de nuestra vida, pero eso no es cierto. ¡Nosotros somos las piezas!

De pronto se dio cuenta de que los hermanos le estaban mirando sin comprender.

—Lo que quiero decir —aclaró saliendo de su ensimismamiento—, es que tenemos que alejarnos y mirar esta pista con perspectiva. La Piedra Postrera no sólo nos indica un movimiento de ajedrez. Nos informa que los personajes representados en su superficie son importantes, aluden a un determinado momento de la historia, y ese momento es el punto de inicio de nuestro compromiso ancestral... nuestra búsqueda.

—Hagamos resumen de lo que tenemos —dijo el prior levantando la voz—. El día de la toma de Sevilla se redactaron unas capitulaciones en las que se incluía el anexo con los términos de la controvertida apuesta. El entonces príncipe Alfonso designó a la Orden de San Juan de Jerusalén para custodiarlas y, durante dos siglos y medio, nuestros hermanos fueron los orgullosos depositarios de ese documento. Lo escondieron en la biblioteca, uno de los lugares más seguros y carismáticos de la jurisdicción de San Juan de Acre. Pero en el año 1500 la desgracia se cernió sobre ellos y un incendio devoró aquella sala llena de conocimientos. Por fortuna lograron salvar las capitulaciones antes de que las llamas las destruyesen, aunque sospecharon que se trataba de un desastre provocado por los que siempre se opusieron a la apuesta: los caballeros de la Orden de Calatrava. Temerosos de que pudieran atentar de nuevo contra el documento, decidieron sacarlo de la Jurisdicción. —Carraspeó un par de veces y continuó hablando—. Según consta en los archivos secretos, se lo entregaron a don Manuel López de Haro, hermano de nuestra orden, caballero veinticuatro, descendiente directo de los primeros pobladores de la ciudad y dueño de una de las imprentas con mayor prestigio de Sevilla... Un hombre de honor, sin duda. Muy pocos fueron informados de que él se convertía, a partir de ese momento, en el receptor de nuestro mayor compromiso. El prior de aquellos tiempos creyó que las capitulaciones estarían seguras en las manos del impresor, y efectivamente así fue durante un tiempo... pero infravaloró el poder de sus opositores. Tres años más tarde, la imprenta de los López de Haro también era pasto de las llamas. Ya no cabía duda de que había traidores por todas partes. El documento volvió a salvarse milagrosamente, pero corría serio peligro. Así que don Manuel López de Haro se comprometió a esconderlo en un lugar seguro que no revelaría a nadie hasta que tuviesen la certeza de que las capitulaciones no estaban en peligro. Y ahí es cuando les perdemos el rastro. Lo único que sabemos es que, en 1509, don Manuel López de Haro emigró a América con el encargo de llevar las primeras imprentas a México. En Sevilla se quedaron sus hijos, atendiendo el negocio familiar. Tres años después, murió al otro lado del océano sin revelar si se llevó con él el documento al Nuevo Mundo o si lo dejó aquí, a buen recaudo. Un gran misterio...

—Eso por lo que respecta a nuestra copia —le interrumpió León—. Sabéis que durante mi cautiverio oí hablar de esa apuesta, una afrenta más que los musulmanes nos echaban en cara. Y, aunque no llegué a ver el documento, circulaba entre ellos el rumor de que poseían una copia de las capitulaciones y un recuento de partidas que los convertía en los legítimos dueños de la Giralda.

Frey Dámaso negó con la cabeza.

—Ya sé lo que va a decirme —prosiguió León—. Según lo que sabéis, el rey Alfonso y Axataf solamente llegaron a jugar cuatro partidas. Al parecer el Rey Sabio ganó las dos primeras y el musulmán las otras dos: un empate. Por desgracia, los derroteros de la vida les impidieron jugar la última partida que decidiría quién era el vencedor.

—Exactamente. Sería absurdo que nuestra Orden llevase tantos siglos dedicada a formar a futuros jugadores... siglos buscando al mejor. Todo esto no tendría sentido si la apuesta ya hubiera quedado zanjada —le dijo frey Dámaso a León con una sonrisa cómplice en sus labios.

—Sí, tiene mucha razón. Pero eso no nos sirve de nada; las palabras se las lleva el viento... ¡hay que demostrarlo! Y ésa es mi misión. Por eso vine a Sevilla. Tenemos que encontrar nuestra copia de las capitulaciones con el documento anexo donde queda constancia de que ninguno de los dos mandatarios logró ganar tres partidas. Sin eso no podemos probar nada. —Y continuó con un atisbo de emoción en la voz—: Y si es cierto que falta una partida por jugar... será un honor para mí mover los trebejos del bando cristiano.

—Lo sé, León. —Frey Dámaso no pudo evitar un suspiro de pesar—. Vivimos soportando el peso de la culpa por haber perdido lo que el rey nos confió. Para no sentir que estamos de brazos cruzados e intentar purgar en cierta forma nuestro error, hemos jugado al ajedrez sin descanso, generación tras generación. Hemos intentado ser los mejores, preparándonos por si esa partida llegaba a celebrarse. Me siento dichoso y tranquilo de que tú seas el elegido —concluyó poniendo su mano en el hombro de León.

—Pero no habrá partida si no encontramos las capitulaciones —respondió él, retomando el tema que le rondaba la cabeza—, y cada vez estoy más convencido de que se hallan dentro de la catedral. Repasando antiguas crónicas que encontré en la imprenta, he podido certificar que el sábado 10 de octubre de 1506, a las doce en punto del mediodía, don Manuel López de Haro se encontraba subido a un andamio, bajo la bóveda más alta de la catedral de Sevilla, junto al duque de Medina Sidonia y al marqués de Tarifa para colocar la piedra con la que se declaraban concluidas las obras de construcción de la iglesia. —Se puso solemne para añadir—: Nuestro hermano impresor no murió sin revelar dónde escondió las capitulaciones. Creo que dejó su testamento a la vista de todo el que visitase el mayor templo gótico de la cristiandad, inscrito en una piedra: en la Piedra Postrera. Ahora sólo tenemos que descifrarla.

5

Aquí se imprimen libros

> Ajedrecista: los elegidos de la duda. Cada hombre deberá buscarse un fin propio, válido solamente para él y realizar su proyecto particular, que tiene un valor meramente subjetivo. Elegimos todo lo que somos, y somos eso que elegimos.
>
> JEAN PAUL SARTRE

Doña Julia dio a luz a un niño un 5 de agosto; nueve meses después del terremoto. Eso sacudió las lenguas más suspicaces de la ciudad, pero no le importó en absoluto. Nada en el mundo le había hecho tan feliz como la llegada de su hijo. Ella, que durante mucho tiempo se resignó a creer que los derroteros de su vida la condenaban a ser un terreno baldío, se había pasado las últimas semanas plena y jugosa, como fruta madura. Sentía que un pequeño lago anegaba sus entrañas y en él percibía, cada día con mayor nitidez, el movimiento de un renacuajo que terminó por degenerar en pez de enormes dimensiones, hasta que fue evidente que la panza de doña Julia no tenía la capacidad oceánica que esa criatura necesitaba.

El parto comenzó a las dos de la mañana, pero ella se encontraba incómoda desde las dos de la tarde. Se levantó porque sintió una presión fuerte en el vientre y nada más poner los pies en el suelo, el pantano de su interior escapó a toda velocidad, precipitándose con la fuerza de una cascada. Llamó a gritos a mamita Lula y una comitiva de sirvientas inició el ritual del nacimiento rasgando su camisón para dejar sitio, estirando a la madre en la cama, trayendo y llevando agua caliente en palanganas, más trapos, gasas, voces, jadeos, sangre y sudor, hasta que la coronilla de la criatura empezó a asomar entre las piernas. Mamita Lula apartó a las mujeres a manotazos y fue ella la que le dio la entrada al mundo cortándole el cordón umbilical. Mientras tanto León esperaba fuera del dormitorio, impaciente, pegando a ratos el oído a la puerta, sintiéndose desterrado, por culpa de la biología, de aquel cónclave femenino en el que se había convertido la casa.

—Es un niño —anunció mamita Lula con una sonrisa de oreja a oreja asomando la cabeza y volviendo a cerrar de un portazo.

Nació enorme, rosado, sin cejas ni pestañas, con la melena rubia del padre y con el mismo porte del niño Jesús, según dijeron las muchachas del servicio, ignorando por completo que san Lucas y san Mateo aseguraban que Jesucristo llegó al mundo en Belén, tierra de gente morena. No hizo falta que le sacudiesen el trasero porque ya venía llorando, berreando como un poseso, enseñando sus encías peladas, con los puños cerrados.

—Lo llamaré Abel —dijo la madre mirándole embelesada.

El pequeño se aferró a su pecho y no se soltó de él hasta muchas semanas después. Ella estaba encantada. Le desapareció la pesadez, la somnolencia y la mansedumbre, pero no regresó a sus anteriores ocupaciones. Desatendió la imprenta, abandonó el interés por la moda, se olvidaba de hacerse el moño y paseaba por los corredores con el cabello al aire, ondulado, largo, luciendo ropas holgadas que le facilitasen su labor de madre por si Abel reclamaba su alimento en cualquier momento o a cualquier hora. Se tomó la crianza del niño con la misma formalidad que antes le dedicaba a su negocio. No le gustaba que manos ajenas a ella lo tocasen. Intuía suciedad, enfermedades y posibles males de ojo que perturbarían su buen desarrollo. Mamita Lula era la única que tenía permiso para besarlo, cambiarle los pañales o hacerle pedorretas en la barriga. Ni siquiera le conmovían las habituales visitas de su madre, que renunció al resentimiento provocado por el precipitado matrimonio con el pirata ante la llegada al mundo de un varoncito que llevaba su sangre. Pero doña Julia le dejaba coger al niño con reparos, sólo si prometía tener mucho cuidado, arrebatándoselo con la primera excusa.

—Traiga, madre, que con su edad no es bueno cargar con tanto peso —le decía—. Le va a doler la espalda.

Pese a todo, la madre de doña Julia no cejaba en el empeño de ver crecer a su nieto. Cada tarde, después de la siesta, se tomaba su lingotazo de aguardiente de guindas, que para entonces ya se había convertido en el hábito secreto que le permitía sobrevivir al día a día, y se componía para hacer una visita a la imprenta. No podía intuir siquiera que esa costumbre alcohólica le resultaría fatal.

La nueva moda, que exigía a las familias de alto copete utilizar carruaje para sus traslados, estaba llenando la ciudad de apestosas bostas de caballo, de paseantes asustados que no sabían el lugar por el que debían caminar y de mujeres enojadas por culpa de la polvareda que desbarataba sus peinados.

—Tanta novedad nos pone a todos la cabeza loca —protestaba—. Por eso están los jóvenes cada vez más atolondrados; por culpa de la velocidad. Hay que desplazarse como dicta la naturaleza: andando. Si el Señor hubiera querido que nos moviésemos más rápido nos habría colocado ruedas en lugar de pies. ¡Adónde iremos a parar!

Por si el ajetreo de los coches no fuese suficiente, la tarde en la que la madre de doña Julia se encontró con la desgracia, acababa de llegar a la ciudad el cráneo de san Gregorio Ostiense y las calles se abarrotaron de gente. Fernando VI había promulgado un edicto que obligaba a pasear la reliquia por toda la nación. El monarca estaba convencido de que tenía poderes curativos así como capacidad para eliminar las plagas de pulgones y langostas de los campos de cultivo. Y Sevilla, siempre dispuesta a acoger un festejo, se preparó para recibir la sagrada calavera.

El día estaba nublado pero eso no empañó en lo más mínimo la expectación. Una procesión recorría las calles del centro de la ciudad con la reliquia en andas. Las autoridades tomaron sus varas de mando y los vecinos pasearon sus mejores galas al ritmo alegre de la banda municipal. Los caballeros veinticuatro se unieron al desfile en el que el arzobispo iba salpicando a los vecinos a diestro y siniestro con un hisopo empapado en el agua en la que el cráneo había pasado la noche. Los más altos cogían en hombros a los niños pequeños y los niños grandes trepaban a los tejados para dejar sitio en las primeras filas a los tullidos, por ver si la reliquia les concedía el milagro de la curación. Le cantaron aleluyas, le lanzaron romero, le suplicaron quimeras, la subieron al campanario de la Giralda y desde allí la mostraron a los cuatro puntos cardinales. Después situaron la calavera sobre un cojín de terciopelo grana, en un lugar prominente de la sacristía mayor de la catedral, y los representantes de todos los pueblos de las cercanías hicieron cola para tenerla cerca. Querían llenar recipientes con el agua en la que había estado a remojo para que los vecinos de sus municipios pudieran persignarse y asperjar las tierras de labranza. Antes de que se llevaran la cabeza a otra ciudad, estaba previsto introducirla en el estanque del patio de los Naranjos y rellenar con esa agua la pila bautismal. Un pequeño grupo de mentes ilustradas puso el grito en el cielo. Aseguraron que confiar en que las cosas irían mejor por sumergir calaveras en las fuentes era pura superstición, además de una auténtica cochinada. Como eran los mismos que un año antes pusieron en entredicho la conclusión de la divina venganza con la que los canónigos explicaron el desastre del terremoto, no les hicieron el más mínimo caso.

Toda aquella parafernalia mantuvo tan entretenida a la gente que, tiempo más tarde, nadie supo explicar con claridad cómo sucedieron los luctuosos hechos que llevaron a la muerte a la madre de doña Julia. A pesar de que ese día se prohibió el acceso con caballos a las calles por las que transcurría la procesión, las familias de postín se acercaron al centro tanto como pudieron con sus carruajes para dejarlos en espera de su regreso, vigilados por los cocheros. Las zonas aledañas a la plaza de San Francisco, la calle Génova, las gradas y la puerta de Jerez, se atocharon de bestias sudorosas que relinchaban impacientes dándole coceaduras al suelo. A parecer, a la altura del postigo del Carbón, un acontecimiento inesperado provocó la estampida de uno de los caballos. Corrió desbocado arrastrando con él una berlina de cuatro plazas que rodó sin control como alma que lleva el diablo, causando el pavor en los transeúntes que chillaban apartándose de su camino. Dijeron que la madre de doña Julia ni siquiera se enteró de lo que se le venía encima porque iba algo aturdida, dando bandazos de un lado a otro de la calle, seguramente por culpa del calor del membrillo, qué lástima, si es que estas temperaturas propias del averno aturden a los más cuerdos. A la altura de la plaza de Santo Tomás, el caballo la arrolló haciéndola rodar bajo las finas ruedas de la berlina. Logró superar las delanteras, pero no pudo evitar que la derecha trasera le pasara por encima.

Cuando llegaron a la imprenta para darles la mala noticia, en lo primero que pensó doña Julia fue en su padre. Le habían explicado de forma resumida los detalles del accidente y decidió con prontitud que los restos mortales de su progenitora debían ocultarse antes de que él pudiese verlos. En un par de horas se vistió de luto, organizó un velorio en el patio de su casa, encargó las flores, encendió los cirios y se sentó allí, junto al ataúd que ella había ordenado mantener cerrado. Atendió al desfile de familiares, amigos, conocidos y curiosos que se acercaron para darle el pésame mientras miraba por el rabillo del ojo la actitud difusa de su padre que se mantuvo impávido, con la cabeza baja. No había dicho ni una sola palabra desde que le pusieron al tanto de la desgracia; únicamente movía los labios sin hacer ruido. Eso la asustó un poco ya que dedujo que no estaba rezando porque nunca fue lo suficientemente piadoso como para hablar con Dios en privado, cuando menos para hacerlo en público. Doña Julia se pasó la noche presidiendo el velatorio, como una buena hija, sorprendida por lo poco apenada que estaba y lo mucho que le preocupaba la espinosa cuestión de decidir el lugar donde iba a enterrar a su madre. Como era una mujer eminentemente práctica, recordó que aún había espacio en el panteón de la familia De Haro, dentro de la catedral, que por herencia le pertenecía. Pero no dejaba de darle vueltas al asunto. No estaba segura de que fuese ético utilizar la capilla funeraria de su primer esposo, en la que también descansaba la primera mujer de este, para sepultar a su madre ahora que ella se había casado con otro.

—¿Crees que será mucho lío de difuntos? —le preguntó a mamita Lula intranquila—. ¿Qué pasará el día de la Resurrección de los Muertos? A lo mejor no se reconocen y hasta que llegue yo con la llave de la verja tendrán que quedarse dentro y no sé si podrían echarse algo en cara…

—La verdad… yo creo que en un trance como ése no estarán para reproches —le respondió el ama de llaves con muy buen criterio.

Tiempo más tarde se siguió hablando del espantoso accidente que le costó la vida a la esposa del boticario, pero la historia terminó distorsionada por completo. Se olvidaron de la visita del cráneo de san Gregorio Ostiense, de los cortes en las calles y de la aglomeración de gente. Los hechos verídicos se fueron diluyendo como una humareda. En apenas dos semanas, lo único que la memoria colectiva recordaba del suceso era que, a la mamá de doña Julia, qué pena, la había aplastado un carro por ir despistada, claro, la desdichada tenía la cabeza a las tres de la tarde por culpa de su única hija que, contraviniendo todas las reglas del recato, se había casado con el pirata aquel de ojos venenosos y nombre de bestia salvaje.

—La pobre mujer se había quedado tocada del disgusto —certificaron—. Y su padre está alelado por lo mismo.

Tenían parte de razón en lo segundo. Juan Nepomuceno, que siempre tuvo fama de excéntrico, desde ese momento multiplicó sus rarezas. Como ya no había nadie para reclamarlo desde el lecho conyugal, se pasaba las noches espiando el cielo con un telescopio que acababan de traerle de Italia, hablando con las estrellas, riéndose a carcajadas. Aprovechó que su esposa ya no le hacía reproches y comenzó a utilizar los enseres de la cocina para sus experimentos; cambiaba la sal por el azúcar, escondía trozos de pan mojado por las esquinas para estudiar el avance del color verdoso que se formaba en la corteza, mezclaba la canela con la pólvora con el considerable peligro para la salud de todos los habitantes de la casa. Dejó de asearse. Decía que era absurdo perder el tiempo en ponerse guapo cuando la única dama a la que quería impresionar ya no estaba en el mundo de los vivos. El día que comenzó a caminar por los pasillos con pelos de haber visto al demonio, barba de chivo y en ropa interior, sin asomo alguno de pudor, fue cuando las criadas se acercaron a la casa de doña Julia para informarle de que renunciaban a seguir trabajando para el señor Gil de la Sierpe. Ella entonces decidió acondicionar uno de los cuartos de invitados de la primera planta. Trasladó hasta allí todos los mejunjes del boticario: sus probetas, sus polvos mágicos, sus plantas aromáticas y los frascos de insectos, y colocó el telescopio en el desván, apuntando a la claraboya del techo. Tres meses después de la muerte de su esposa, Juan Nepomuceno ya estaba instalado en la casa de su hija.

Todo aquel trajín devolvió a doña Julia a la prosaica realidad que había abandonado desde que se casó. Con el disgusto se le retiró la leche, así que ordenó que empezasen a alimentar a Abel con papillas de harina tostada. Encargó en la sastrería dos mantillas: una blanca para la mañana y otra negra para la tarde, guantes de seda, enaguas de color negro y un abanico de hueso y blonda con lentejuelas plateadas. Un buen día, León la vio recogerse de nuevo el pelo en un moño bien alto, la escuchó canturrear mientras bajaba la escalera y reconoció su andar cadencioso y su mirada enigmática. Esa misma noche, el niño Abel durmió por primera vez en una alcoba para él solo y León regresó del exilio del sótano para escuchar de nuevo su nombre árabe secreto murmurado con deseo en el oído.

A partir de ese momento fue mamita Lula la que se encargó de que Abel superase la infancia sin partirse la crisma, porque el niño era un amante del riesgo. Dejó el gateo muy pronto. Ayudándose de sus pequeños bracitos, se aferraba a las columnas, a las patas de las camas, a las mesas y a las sillas para incorporarse. Había que vigilarle a cada momento para que no cayese rodando por la escalera, para que no se volcase encima un tarro de tinta, para que no terminase aplastado por la prensa de la imprenta, para que no se tragase las zetas de la caja de tipos. Se volvió impertinente. Detestaba los abrazos y los arrullos y, si alguien intentaba atraparle para darle un beso, arqueaba la espalda, se ponía rígido, se zafaba a manotazos y patadas, gimiendo como un animal acorralado, morado de la rabia. El crío comenzaba por las mañanas su recorrido titubeante por las instalaciones de la casa farfullando gruñidos incoherentes, en absoluto parecidos a los balbuceos de los otros niños, con las cejas fruncidas, poniendo morros, luciendo el mismo gesto de viejo cascarrabias que conservó hasta el fin de sus días.

—Parece que esté enojado —decía a veces doña Julia.

—No está enojado —replicaba León—. Frunce el ceño porque está pensando. No es como esos niños atontados que van sonrientes de un lado a otro, llenándolo todo de babas. Él no se deja embaucar con colorines y dulces. Abel indaga, se hace preguntas. Está explorando el mundo.

—Igual que su padre —replicaba entre dientes mamita Lula.

Doña Julia, mientras tanto, siguió ahondando en su idea de

ampliar el negocio. Al fin restituyó el cartel de la puerta y, en al lugar en el que antes se podía leer IMPRENTA DE HARO, colocó uno que decía AQUÍ SE IMPRIMEN LIBROS. Se estaba haciendo célebre por contar con las plumas más destacadas de la ciudad. Había personas que se adherían a las opiniones expresadas por sus escritores y esperaban con impaciencia la salida de *Los ejercicios espirituales* que proponía Thomas Ortiz de Garay, las *Pepitorias críticas* de Juan de Quevedo y, sobre todo, las últimas y siempre polémicas opiniones del Sabio Añejo, que poco a poco se revelaba como recalcitrante guardián de la fe describiendo con un fervor, que casi rozaba el drama, la última procesión del Corpus en la que las mozas sonreían demasiado, adónde vamos a llegar. Las gentes compraban los pliegos de cordel, los ordenaban por fechas y, cuando ya tenían bastantes, los mandaban encuadernar. Doña Julia entonces pensó que, si en la imprenta eran capaces de plasmar letras en pliegos sueltos, del mismo modo conseguirían unir esas hojas para formar volúmenes y que, llegados a ese punto, también podrían ponerles tapas, encuadernarlos, convertirlos en libros y venderlos directamente. Como eso era para ella una auténtica novedad, solicitó la ayuda de un experto en materia de encuadernación que viajó desde Alemania, todo alto y ancho él. Trajo un insano tono de piel nacarado que pronto se tornó rosáceo a causa de las tardes de calor y del sofoco que le producía el intentar comprender el español seseante de los trabajadores de la imprenta, mientras se esforzaba en explicarles, con todo lujo de detalles, cómo había que trabajar y teñir los pellejos de vacas, cabras o cerdos de forma que quedasen finos y suaves como culitos de recién nacidos.

—La envoltura perfecta para un libro —decía con su acento de erres arrastradas—. Una vez que la piel esté teñida, puede decorarse con gofrados y dorados de estilo plateresco… incluso con arabescos, si es que algún libro se considera lo suficientemente prominente y se le quiere dar acabado de lujo.

Pero doña Julia le aclaró que no tenía la más mínima intención de forrar sus libros con cueros porque le parecía de mal gusto que la gente tuviera las estanterías recubiertas de desuellos de animales.

—Yo lo que pretendo es encuadernar los libros con terciopelos y telas adamascadas —le explicó—, de esas que llegan en los barcos de Oriente y que huelen a sándalo y comino. Y si hay que abaratar los costes, pues se encuadernan con cartón decorado de colores vistosos. ¿Puede ser?

—Bueno… —titubeó el teutón rascándose la barbilla—. Se puede usar la percalina. Es un tipo de forro… lo hay en diferentes tonos. Tiene un lado de tela y otro con brillo. El lado tela es la parte donde se pone la cola para adherirla al cartón y el lado de brillo forma la parte exterior del forro, pero no es muy…

—Eso me parece perfecto —le cortó doña Julia—. Póngase enseguida a enseñar a mis empleados cómo hacerlo —concluyó haciendo señas con la mano de que se alejara, sin mirarle siquiera, segura de que Cristóbal andaba cerca para indicarle el lugar en el que debía impartir las clases.

El maestro de taller había aprovechado la locura reformista de la imprenta para convertirse en la sombra de doña Julia. Era su máximo valedor. Le decía que sí a todo, buscaba solución a los problemas y daba la cara por ella ante el resto de los impresores de la ciudad que veían cómo la ampliación del negocio de la competencia los dejaba malparados.

—Sus ideas son excelentes, señora —le declaraba Cristóbal con ojos embelesados—. ¿Cómo puede ser tan perspicaz, sabia e imaginativa? De haber nacido hombre ya estaría en el ayuntamiento poniendo orden en esta ciudad de pelanas.

Si ella quería aquí una máquina, aquí se ponía; si había que despedir a un empleado, él se encargaba de hacerlo; si las cuentas no cuadraban, él se quedaba hasta las tantas de la madrugada estudiando números, poniéndolos del derecho y del revés, seguro de que ella un día tomaría conciencia del terrible error que había cometido al casarse con ese filibustero que se pasaba el día más preocupado por los trebejos del aquel estúpido juego en blanco y negro que había en el salón de la casa que por el fructífero negocio. Y es que el ajedrez era lo único por lo que León parecía mostrar interés. Aprovechó las nuevas ideas comerciales de su mujer para proponer la edición de obras como *El tratado sobre la invención y el arte liberal del ajedrez* de Ruy López, *El ajedrez moralizado* de Jehan Ferron o la *Repetición de amores e arte de axedres*, en el que un estudiante de Salamanca llamado Lucena, comparaba las triquiñuelas del amor con las del juego. Para sorpresa de doña Julia, fueron un éxito de ventas.

Pero por lo demás, León no participaba en las decisiones del negocio y Cristóbal vio en ello un atisbo de esperanza. Era constante para las cosas que le interesaban. Soñaba despierto con el momento idílico en el que doña Julia le dijese que él era el hombre al que realmente siempre había amado. Había perdido el miedo a que León le arrebatase el puesto, convencido de que ese ladrón que le había robado a la mujer de sus sueños no estaba preparado en absoluto para afrontar los tejemanejes de la imprenta. Lo consideraba un advenedizo que dejaba un importante vacío en la vida de su esposa, precisamente en el aspecto en el que ella parecía más interesada: su negocio. Él estaba dispuesto a cubrir ese hueco. Secundarla en los asuntos laborales le hacía sentir su cómplice. No intuía siquiera que había cosas de su esposo que doña Julia encontraba mucho más atractivas que su posible ayuda en la imprenta. Cristóbal, por una simple cuestión de protección emocional, se negó a imaginar lo que hacían en la intimidad de su alcoba matrimonial.

El maestro de taller se comprometió a informar al Sabio Añejo de los movimientos de León con la esperanza de pillarlo en un descuido que lo desenmascarase ante los ojos de su esposa. A Álvarez le había costado poco convencer a Cristóbal de que León era en realidad un hereje, capaz cometer los peores actos, y el maestro de taller aprendió a leer los pequeños detalles que indicaban que se aproximaba una de sus salidas secretas. Lo sabía porque, en esas ocasiones, el joven se pasaba la tarde nervioso, pensando en las musarañas, con un velo de ocultación en su mirada. A veces lo descubría enfrascado en los vericuetos de algún plano o mapa, pero no le daba tiempo a ver de qué se trataba porque León, en cuanto percibía la presencia cercana de alguien, lo doblaba para guardárselo en el bolsillo y continuar su trabajo como si no hubiera pasado nada. Cristóbal intuía que encerraba un misterio y pretendía encontrar en sus actividades un resquicio de traición, falsedad, delito o ilegitimidad del que poder beneficiarse. Pero hasta entonces lo único que había descubierto eran visitas a la jurisdicción de San Juan de Acre. Todo parecía piadoso, espiritual, inocente pero él entreveía algo oculto, prohibido, maligno. Y aquella noche estaba dispuesto a descubrirlo.

Cristóbal salió del trabajo y, en lugar de marcharse a casa, esperó escondido entre las sombras de las calles oscuras. Observó cómo se iban apagando las luces de la imprenta conforme sus moradores se retiraban a dormir. Primero las del taller, las del patio, después las de la habitación de mamita Lula, las de la alcoba de matrimonio... Calculó que León esperaría un rato a que su esposa estuviese dormida antes de salir y se mantuvo agazapado en la curva de la esquina, al menos durante una hora más. Quizá una hora y media. Comenzó a perder la paciencia. Hacía frío, tenía sed y, desde el lugar en el que estaba, podía escuchar el ronroneo del Punta de Diamante, que seguramente estaría lleno de gente divirtiéndose. Pensó que quizá había interpretado mal los signos y que León no tenía intención de salir esa noche, pero justo en el momento en el que hizo el ademán de marcharse, se percató de que la puerta de la imprenta se abría sigilosamente.

León salió cerrándola con cuidado y le dio una vuelta a la llave muy despacio. Echó a andar con paso ligero, torciendo en la primera calle a la izquierda, camino de la catedral. Avanzaba con pasos largos, sin mirar atrás, cargando sobre su hombro un saco de esparto, con la boca escondida en la bufanda. La silueta de León parecía una sombra fantasmagórica que se alargaba adelantándose a sus pisadas. Rodeó el templo antes de empujar la primera verja que encontró a su derecha. Cristóbal le vio extraer del saco unas enormes llaves de hierro y abrir con ellas la puerta de Palos con la tranquilidad del que se interna en una casa de su propiedad.

El maestro de taller quedó paralizado. Las preguntas se agolpaban en su cabeza intentando encontrar respuestas. Por culpa del encanto de la noche, de la enorme luna que lamía el tejado de las casas otorgándoles apariencia metálica y de la brisa que traía consigo aromas de naranjas amargas, le costó un rato recuperarse de la sorpresa. En la actitud de León reconoció la entereza de quien había realizado esa acción con asiduidad. En lo que él había visto esa noche no había premura, ni nerviosismo, ni temor a ser descubierto. ¿Acaso se trataba del robo de reliquias sagradas? ¿Profanaciones de tumbas? Según pasaba el tiempo se le fueron ocurriendo más cosas, muchas de ellas tan escabrosas y retorcidas que le revolvieron las tripas. Tenía razón el Sabio Añejo: León era un ser depravado. El día que pudiese demostrarlo, cuando tuviese las suficientes pruebas, las envolvería en papel de regalo, les pondría un enorme lazo y se las ofrecería a doña Julia como prueba de su amor incondicional. Se conmovería tanto, estaría tan agradecida, que le entregaría su cuerpo y su alma para siempre. Daba igual que ella siguiera empeñada en buscarle una esposa. Antes o después doña Julia sería suya. Así sería. Sin lugar a dudas.

El priorato de San Juan de Acre tenía una junta de gobierno compuesta por dos alcaldes, un mayordomo, un prior, un fiscal, un padre de ánimas seglar, dos contadores y un diputado de cuentas. Pero entre sus filas también había muchos laicos que ocupaban puestos destacados de la ciudad. Los requisitos para formar parte de la Orden pasaban por residir en Sevilla, ser decente, pertenecer a una familia que hubiese demostrado fehacientemente llevar una buena y honrosa vida y no tener en las venas sangre de moriscos, mulatos o penitenciados por la Santa Inquisición. No había exclusión de sexos pero las mujeres tenían que estar casadas, ser viudas o beatas y debían pagar más dinero al ingresar en la Orden, ya que no ejercían cargos en la junta ni tenían la obligación de pedir limosna. Los clérigos, letrados y escribanos pagaban su entrada en la hermandad con su trabajo, y los marineros tenían el compromiso de llevar en sus viajes a las Indias huchas petitorias que luego donaban. En la larga lista de hermanos se podían encontrar caballeros de la Orden de Malta, militares, plateros, cirujanos y sangradores, artesanos, comerciantes, abogados y jueces de la Audiencia hispalense.

Gracias a la variedad de oficios y cargos de los hermanos fieles a la jurisdicción, fue como el prior se enteró de que el cabildo catedralicio había planteado una serie de proyectos para acometer reformas en el interior del templo con la intención de solucionar la devastación provocada por el terremoto. Habían tenido en cuenta la gravedad de los destrozos, el coste económico y las nuevas necesidades de la ciudad. Unos arquitectos experimentados llegaron a la conclusión de que se debían derribar los arcos arzobispales para poner unos muros, quitar otros muros para poner una casa, demoler la casa que estaba junto a la puerta de San Miguel y que lindaba con uno de los muros de la catedral para poner allí los arcos arzobispales... El cabildo civil y el eclesiástico entraron de nuevo en el debate de qué hacer con el Corral de los Olmos, aquella red de enmarañadas callejuelas que nacían del ala oriental de la catedral y que poco a poco se iban estrechando, convirtiéndose en el escondite perfecto para vagos y maleantes. Los días de lluvia, el suelo se llenaba de charcos que degeneraban en arroyuelos de agua sucia sobre los que flotaba la basura que los vecinos tiraban desde las ventanas. En verano, esa misma basura se apilaba en las esquinas inundando el ambiente de un olor repugnante; montañas de desperdicios entre los que las ratas criaban a su prole. Decidieron que había que derruir la zona y las obras comenzaron pocas semanas después.

Los vendedores ambulantes, que hasta ese momento habían hecho su negocio en las gradas de la catedral, tuvieron que reubicarse con el consiguiente despiste para los clientes que deambulaban calle arriba, calle abajo preguntando dónde comprar castañas verdes, garbanzos secos o por dónde quedaba el puesto del jabonero. A las vendedoras de mazapanes y rosquillas no les quedó más remedio que emigrar a la plaza del Pan, los escribientes instalaron sus mesas de trabajo en los alrededores de las imprentas y los niños huérfanos de caritas sucias, qué lástima los pobrecillos, mira qué bracitos de hambre, tuvieron que irse a limpiar botas a las puertas de otras iglesias porque la pena que inspiraban no alcanzaba como para poder comer todos los días sin tener que deslomarse limpiando la mugre de los ricos.

El prior de la jurisdicción de San Juan de Acre movió algunos hilos y logró que unos cuantos colaboradores de la Orden consiguieran trabajo en las obras de restauración de la catedral. Establecieron un grupo que arrimaba el hombro durante el día con la misión de mirar debajo de cada piedra que se removiese y organizaron otro, clandestino, que entraba en la catedral a horas intempestivas, en silencio, con nocturnidad y con el permiso explícito de la junta de gobierno para mancillar lugares sacros, siempre que fuese en pro de un bien mayor.

León formaba parte de esa cuadrilla furtiva. Esperaba a que su esposa se quedase dormida para deslizarse por las calles solitarias y entrar a hurtadillas en la catedral gracias a las llaves que les dejaban los compañeros del turno de mañana. Allí solía esperarle frey Dámaso, que pronto se reveló como un gran historiador. Una vez que aceptaron que la Piedra Postrera les ponía en el camino de las reglas del juego y que el rastro comenzaba con la conquista de Sevilla, convinieron que el lugar en el que más símbolos alusivos a ese tema había dentro de la catedral era la capilla Real.

Aquel espacio hacía las veces de cabecera del templo, porque se creó arquitectónicamente para sustituir al antiguo ábside gótico. Era un recinto cuadrado, cerrado por un altar semicircular y cubierto por una cúpula que acogía a los protagonistas de la historia que les había llevado hasta allí. Presidiéndolo, estaba la urna con el cuerpo del rey Fernando III. San Fernando. Un Rey Santo. Un rey blanco.

El primer día, León y frey Dámaso se plantaron en el centro de la capilla Real y extendieron sobre el suelo de mármol los planos del templo para devanarlos, ponerlos del derecho y del revés, buscarles las cosquillas y terminar concluyendo que eso no les llevaba a ninguna parte.

—Creo que deberíamos empezar por la tumba del rey —dijo León con firmeza—. No hay un lugar con mayores alusiones al ajedrez en todo el templo.

—No sé si te das cuenta, querido León, pero eso es ligeramente sacrílego —respondió frey Dámaso.

—Es por una buena causa —sentenció caminando en dirección al sarcófago sin titubeos.

León se puso a tantear el sepulcro. Lo rodeó pegando la oreja a los laterales, dando pequeños golpecitos con los nudillos, tocó la cara a los plateados infantes rollizos que adornaban su crestería sosteniendo con una mano las armas de Castilla y León y con la otra apartando una foresta de tallos vegetales. Tiró de la corona, la espada y el bastón de mando que representaban los atributos del monarca. Presionó el detalle central del arca, un medallón en el que se podía ver representada la rendición de Sevilla.

—Esta urna —le explicaba mientras tanto frey Dámaso, sin quitarle ojo— está considerada como la obra cumbre de la orfebrería barroca sevillana. Consta de varias piezas de plata y bronce dorado apoyadas en una peana de jaspe rojo. Es un arca insólita. Puede estar abierta o puede estar cerrada para mostrar su interior, porque el cuerpo está protegido por una segunda urna de vidrio. En realidad el sepulcro está cerrado la mayoría de los días del año, pero se abre por la merced de una cédula real firmada por Felipe II para que los fieles puedan ver el cuerpo incorrupto de san Fernando el día de la celebración de su onomástica, en san Clemente, en la Octava de la Asunción y el… ¡Dios nos asista! —gritó.

León había tocado algún resorte que hizo que la cubierta lateral del sarcófago saltase de pronto, dejando a la vista al rey coronado de oro, vestido de raso y puntillas, aferrado a su vara de mando. La vibración de las velas produjo un extraño juego de luces y sombras en el rostro del monarca muerto y por un momento León creyó que los miraba directamente a los ojos, con gesto de pesadumbre.

—Santo cielo —suspiró frey Dámaso sujetándose el pecho—. Menudo susto.

—Está aquí… dentro de la catedral. Lo sé. Puedo sentirlo —murmuraba León—. Todas las señales lo indican. El rey está situado en la cabecera, acompañado por la Virgen de los Reyes. Como en el comienzo de una partida de ajedrez.

—Cuenta una leyenda que el rey vio a esta Virgen en sueños mientras cercaba Sevilla. Ella le aseguró que le ayudaría a conquistar la ciudad. Como la promesa se cumplió, san Fernando le encargó a los más afamados imagineros que le tallasen aquella imagen que soñó, pero ninguno fue capaz de plasmar la belleza virginal que el rey recordaba. Un buen día, se presentaron ante él dos peregrinos escultores que decían haber recorrido Alemania y Francia y que entonces querían aprender las técnicas artísticas españolas. Como el rey Fernando les dio facilidades y les acogió con afecto, ellos le ofrecieron labrar una imagen para su capilla. Se encerraron en una cámara del Alcázar. Desde fuera no se escuchaba ruido alguno relacionado con su arte. Sólo se les oía entonar plegarias. Entonces fue cuando el rey, intrigado, abrió la puerta. Le cegó un resplandor. En el centro estaba la Virgen de los Reyes.

—¡Una reina! —León estaba emocionado—. San Fernando

nombró a esa imagen patrona de Sevilla. En aquellos años el ajedrez no se jugaba de la misma forma que ahora. Había ligeras variaciones y una de ellas era la del movimiento de la reina. Su papel en las partidas era el de acompañar al rey de forma silente y constante. Sin ostentación pero inquebrantable, moviéndose un solo escaque, siempre en lateral. —Miró de nuevo la imagen—. La Virgen de los Reyes acompañó al rey Fernando en sueños durante el tiempo que duró la batalla. ¡La Virgen de los Reyes es la reina!

—¿Eso piensas? —preguntó frey Dámaso.

—¡Por supuesto! —Y comenzó a dar vueltas por la capilla Real, señalando cada esquina, como loco—. A derecha e izquierda del rey están los sepulcros reales de su esposa, Beatriz de Suabia, y del hijo de ambos, Alfonso X el Sabio. No me cabe duda de que son los alfiles —decía emocionado—. Y sobre los arcos de acceso al coro y la Sala Capitular están los bustos de Garci Pérez de Vargas y Pelay Correa, los dos caballeros, los dos caballos, que le ayudaron en la conquista, los únicos personajes que aparecen representados en este lugar y que no son santos o realeza. Dan jaque mate a un rey negro que defiende una torre. —León salió corriendo de la capilla señalando hacia arriba—. La Giralda queda a la izquierda. ¿Se da cuenta, padre Dámaso?

Los días siguientes los dedicaron a poner patas arriba la capilla Real sin aparentes resultados. Después de abrir el sepulcro de san Fernando y tantear entre sus piadosos restos, descubrieron que allí no había ningún pergamino con las reglas del juego. En un principio quedaron conmocionados. Habían puesto tantas esperanzas en encontrarlo allí que un soplo de desánimo los dejó cabizbajos. Pero León no era de los que se dejaban amilanar con facilidad y pocos días después se presentó con entusiasmos renovados, con nuevas ideas y con un saco en el que guardaba un escoplo y un martillo para llevarlas a cabo.

Aquella noche la capilla Real parecía más silenciosa de lo que lo estaba habitualmente, pese a todo, la luz de una enorme luna llena se filtraba por las vidrieras, dando al habitáculo semicircular cierto aire de irrealidad. El olor a incienso y a cirio eclesiástico mareaba levemente.

—¿Qué le ocurre? —preguntó León preocupado, percibiendo la intranquilidad en el rostro de frey Dámaso.

—¿Para qué has traído esas herramientas?

—¿Contesta a mi pregunta con otra?

—Tú también lo haces.

—Bueno —aclaró León—, quizá nos equivocamos de lugar. He pensado que si lo que buscamos ha de estar en algún sepulcro, seguramente sea en el de Alfonso X. A fin de cuentas él fue el que propuso la apuesta y dictó las reglas del juego.

—Estamos profanando el descanso eterno de los muertos —interrumpió frey Dámaso compungido—. Si nos estamos equivocando…

León suspiró.

—Eso no es cierto. Si lo piensa con frialdad se dará cuenta de que el Rey Sabio no está descansando. —León le aferró el brazo buscando que el prior le enfrentase la mirada—. Todo lo que ha pasado por culpa de aquel pacto, que él firmó hace años y que luego se tergiversó, le impide descansar en paz. Lo que hacemos es lo más piadoso que se puede hacer. Por él, por nosotros y por los que vengan detrás.

Frey Dámaso esperó un momento antes de hablar. Parecía estar rumiando las palabras que acababa de escuchar. Miró las herramientas. Estaban tiradas en el suelo de la capilla, se agachó a por ellas y se acercó un poco más a León.

—Acepto la justificación… y que Dios se apiade de mi alma si estoy obrando mal.

Fue una larga noche en la que los dos hombres recorrieron la capilla admirados por su belleza y alterados por la emoción. Sabían que estaban solos en ese lugar santo, pero sentían la presencia de los siglos espiándoles por encima del hombro. Abrieron el sepulcro de Alfonso X el Sabio y desilusionados descubrieron que allí tampoco estaba lo que andaban buscando. También abrieron el de su madre, Beatriz de Suabia. Nada. Decidieron buscar en el altar de la Virgen de los Reyes, la reina de aquel particular tablero de ajedrez. Ella los miró con superioridad, con su cabellera de hilos de seda dorados y su niño sobre las rodillas. Lucía sonrisa traviesa, parecía saber algo. Recordaron que se trataba de un maniquí de madera articulada que se podía vestir y desvestir según las necesidades del momento y que sólo estaba policromada en la parte visible, que era su cara y sus manos.

—Miremos bajo el vestido —propuso León.

—¡Virgen Santísima! —se santiguó frey Dámaso.

Levantaron su manto dorado, su traje de raso bordado en tonos vainilla y plata, sus enaguas de puntillas... descubrieron el artilugio escapular que permitía sus movimientos. Allí tampoco encontraron nada. Sus esperanzas se desvanecían. Quizá llevaban razón aquellos miembros del Krak de los Caballeros que aseguraban que Rd2++ no era más que la marca de un cantero. Quizá no se trataba, como León suponía, de un movimiento de ajedrez. Es posible que la piedra circular que su esposa encontró el día del terremoto, y que colgaba del patio de la imprenta, no escondiese un mensaje. Quizá ni siquiera se trataba de la Piedra Postrera que don Manuel López de Haro colocó en la bóveda de la catedral a comienzos del XVI.

León volvió la vista en dirección a la tumba del Rey Santo. Allí estaba su epitafio, el que su hijo Alfonso X hizo escribir en cuatro idiomas: castellano, árabe, latín y hebreo. San Fernando, el rey que el historiador musulmán al-Himyari definió como dulce, con un admirable sentido político; el gobernante que no se recreó en su victoria y que certificó en las capitulaciones de la toma de Sevilla que se protegería a los mahometanos que saliesen de la ciudad. San Fernando, el rey de las tres culturas, el rey de las tres religiones... León se sintió terriblemente abatido. Si las reglas del juego no estaban allí, él ya no tenía ni idea de por dónde seguir buscándolas. Y ahora tenía una familia: una esposa y un hijo pequeño que le necesitaban. Tal vez, se dijo, había llegado el momento de olvidarse de búsquedas quiméricas, de remotos pactos de honor entre reyes y de amenazas que aún no se habían materializado. Tal vez, concluyó con tristeza, había llegado el momento de olvidarse para siempre del elefante de marfil y de lo que esa figura representaba.

6

El hijo del pirata

Cada peón es potencialmente una reina.

James Mason

Pasaron las semanas, el invierno le dio paso a la primavera y el patio de la imprenta se llenó de flores. Las macetas salpicaron el blanco de las paredes de manchas rojas, amarillas, violeta... los jilgueros se volvían locos en sus jaulas buscando una salida y mamita Lula no hacía más que protestar porque en esa época el aire le provocaba estornudos, picores de ojos y moqueos. Pero doña Julia estaba tan contenta con su nueva vida que ni la insistente plaga de hormigas que cada año sin piedad se instalaba en la despensa de la casa para devorar los cereales y colarse en los botes de miel convirtiéndola en un engrudo ambarino salpicado de motas negras; ni el creciente calor de las cuatro de la tarde, que no se combatía ni con limonada fresca ni con golpes de abanico, le empañaban la sonrisa. Por eso no se dio cuenta del imperceptible rumor del rencor de Cristóbal, de su infelicidad, de sus malos modos con los empleados, de sus miradas recelosas. El maestro de taller se sentía un actor de segunda en medio de un decorado que no reconocía como propio; un mal trance que la vida le obligaba a pasar y que intentaba sobrellevar con la mayor dignidad posible. Su único consuelo era concentrarse en ella. Doña Julia seguía pareciéndole irreprochable en su sereno decoro, en su perfecto porte de dama, en su ropa siempre pulcra, en el tenue aroma de almizcle, estoraque y benjuí que la envolvía y que él luchaba por retener cuando la tenía cerca. Por eso se negaba a aceptar que Abel fuese fruto de sus entrañas. No soportaba que aquella criatura trastease entre sus piernas. Era la evidencia viva de su fracasado intento de enamorar a la mujer de sus sueños. El niño tenía prohibida la entrada a la imprenta, pero se saltaba la norma habitualmente sin que nadie se molestase por ello. Cristóbal intentaba fingir que no lo veía, que no existía, pero todo su empaque se derrumbó el día del primer cumpleaños de Abel.

Llevaban dos semanas preparando la fiesta. Colocaron un toldo en el patio para que el sol del mes de agosto no derritiese ni el merengue ni a los invitados. Trajeron un barril de vino de Villarreal, sangría y limonada. Cocinaron gañotes rellenos de pasas de corinto, meolladas agridulces, picatostes, ensalada, perdices en manjar blanco y una enorme tarta de tres pisos. Colocaron las mesas formando un cuadrado debajo de los arcos del patio y allí situaron las viandas. Al mediodía la imprenta se llenó de parientes, empleados, amigos, conocidos, vecinos y clientes que se enfrascaron en conversaciones absurdas y risas hasta que llegó la hora de sacar la tarta. Mamita Lula le había reservado un lugar presidencial junto a la fuente de los angelitos obesos, pero algunos invitados despistados habían dejado allí sus vasos y platos y hubo que recogerlos deprisa y corriendo. Cristóbal entonces se ofreció con cortesía a ir a buscar la tarta a la cocina. Aquel pastel era tan monumental que cuando el maestro del taller avanzaba con él sobre sus brazos, lo único que se veía era una enorme mole merengada, como una montaña nevada, avanzando sobre dos piernas. Justo en ese momento, Abel se lanzó a una de sus habituales caminatas. Avanzaba torpemente, balbuciendo incoherencias en dirección a su tarta de cumpleaños sin que nadie en la fiesta se diese cuenta. Cristóbal Zapata lo vio en el último momento, cuando ya tenía la pierna derecha en el aire para dar su siguiente paso. No le dio tiempo a reaccionar. Hizo un primer quiebro que le llevó a golpearse con una silla. Los reflejos le impidieron soltar el pastel y lo único que los invitados veían era un ir y venir de merengue que nadie podía controlar. Dio una vuelta, tropezó con su propio pie, trastabilló en dirección a la mesa... por un segundo creyó que la alcanzaría sin peligro para su integridad física, pero en el último momento, resbaló y cayó al suelo en medio de un estropicio de vasos rotos, con tan mala fortuna que su cara se aplastó contra la tarta. Se hizo el silencio. Fue entonces cuando Abel, aún tambaleándose, se acercó a Cristóbal, arrimó su pequeño dedo índice a la nariz del maestro de imprenta, le quitó un poco de merengue y se lo llevó a la boca ante la explosión de risas y de «qué ricura» de los asistentes. Las damas corrieron a coger al niño en brazos para hacerle cuchufletas y los señores le daban pellizquitos en las mejillas mientras el maestro de taller buscaba un punto de apoyo para poder levantarse solo del suelo, mordiéndose los labios para no echarse a llorar, controlando ese primer impulso que le empujaba a salir de aquel lugar para siempre, dando un portazo.

Pero no lo hizo. Se había comprometido con el *sabio añejo* a mantenerle informado de lo que ocurría en la imprenta. Además no quería separarse de doña Julia. Sólo ella le hacía perder el carácter agrio y severo, sólo con ella se permitía lucir una leve mueca que no alcanzaba a llamarse sonrisa. En la ciudad tenía fama de pendenciero. Cristóbal Zapata era un asiduo de las timbas de cartas que se organizaban a escondidas en las cercanías del puerto y que las autoridades no podían evitar pese a haber prohibido desde hacía tiempo los juegos de azar. También visitaba el Punta del Diamante que estaba al lado de la imprenta y en el que, además de café, té y chocolate, se servía fino de Sanlúcar, del que Cristóbal era el máximo consumidor. Se hablaba de sus habituales visitas al Compás de la Mancebía, donde cambiaba su salario por el amor venal de mujeres opulentas que le acunaban en sus brazos de matronas, sobre las que navegaba en un vaivén de barco en una noche de tormenta, dejándose guiar por sus aguardentosas voces de sirena, ahogándose en el profundo remolino que se escondía entre sus piernas para resurgir de golpe como un recién nacido, húmedo, tibio y oliendo a marisco. Después dormía la mona junto a ellas y despertaba aturdido, extenuado, como un náufrago recién llegado a la playa. Cuando regresaba a la realidad de la tierra firme y se descubría a sí mismo junto a la hembra de turno, que en nada se parecía a la orgullosa y estirada doña Julia, se volvía iracundo. Echaba espumarajos por la boca sacando de sí todos los epítetos denigrantes que aludían a mujeres de la mala vida y se liaba a trancazos con los muebles o con ellas, hasta que lo echaban. Pero doña Julia no era capaz de relacionar todo ese mundo de crápulas y amantes asalariadas con su maestro de taller. Para ella, la cara de vinagre que Cristóbal lucía con asiduidad tenía mucho que ver con su pertinaz soltería. Por eso, tras el ridículo accidente del cumpleaños, se afanó en buscarle novia.

Ante el creciente número de ahogados que cada día aparecían flotando en el Guadalquivir, sobre todo en verano, el ayuntamiento decidió contratar el servicio de unos buzos expertos en natación y en corrientes que se dieron en llamar «maestros del agua». Trabajaban a las órdenes del capitán del puerto; revisaban el fondo del río para señalar los lugares más peligrosos, vigilaban los baños y acudían al auxilio de quien los necesitase. Si alguien se ahogaba, lo llevaban al hospital de la Caridad en el que había trabajado toda la vida el padre de doña Julia. Precisamente fue allí donde ella conoció al maestro del agua con el que se presentó ese día en la imprenta. Venía ataviado con su uniforme de faena: los calzones de lienzo que le llegaban más abajo de la rodilla y que le permitían estar siempre dispuesto a echarse al río sin desnudarse y, colgando del cuello, el caracol de campo, una especie de silbato con el que avisaban de la presencia de un ahogado. El hombre venía acompañado de su hija, una muchacha apocada con ojos de carnero triste.

—Ésta es Consuelito Alcántara —le presentó doña Julia a Cristóbal con gesto picarón, olvidando por completo que ella estaba repitiendo el mismo ritual de alcahueta que tiempo atrás llevaran a cabo sus padres—. ¿A que es bonita?

Cristóbal no dijo nada. Se quedó mirando al suelo durante toda la conversación. El maestro del agua se frotaba nervioso las manos, Consuelito daba pequeños sorbos a su taza de chocolate y doña Julia hacía de puente entre ellos, riendo las gracias de una, destacando las virtudes del otro. Cristóbal Zapata continuó en silencio cuando se despidieron en la puerta de la imprenta, cuando caminó sin prisa de vuelta a su puesto de trabajo. Asintió cuando doña Julia le explicaba que aquella chica era de familia honrada, lo que para Cristóbal no era lo mismo que ser de buena familia. Una muchacha que con total seguridad traería al mundo hijos fuertes, hermosos y sanos. Cristóbal no comentó nada del asunto al resto de los trabajadores de la imprenta pese a que lo miraban de reojo con media sonrisa. Cuando llegó la noche, fue el último en marcharse. Apagó las luces y cerró la puerta con llave. Se dirigió con paso lento al Punta de Diamante y pidió un vaso de vino. Se lo bebió de un solo trago. Luego pidió otro, y luego otro y luego otro, hasta que la vida se volvió borrosa.

—La hija de un buzo —le escucharon murmurar con desprecio enjugándose el vino de los labios con la manga de su camisa.

Durante los siguientes años, doña Julia convirtió su imprenta en el mejor negocio editorial de Sevilla. Parecía que los impresores de la ciudad comenzaban a respetarla al fin como colega, y no sólo como mujer. Fue lo suficientemente lista como para reconocer que la demanda de cultura aumentaba día a día. Cada vez había más gente que sabía leer y, por lo tanto, cada vez había más personas deseosas de recibir información. La imprenta era un próspero negocio. Se compraron nuevas máquinas, se contrató más personal y se duplicó el volumen de producción. Doña Julia siguió alimentando su fama de estirada y déspota. Miraba a todo el mundo por encima del hombro, no hablaba directamente a los empleados sino que utilizaba a Cristóbal como intermediario y empezó a tomarle repulsa a que los caballeros la saludasen besándole el dorso de la mano. Estaba tan ocupada que mamita Lula terminó de tomar por completo el mando de la casa. Los demás sirvientes la obedecían como peleles asustados y corrían sin orden ni concierto de un lado a otro, chocando entre ellos cuando se ponía con los brazos en jarras. Les exigía perfección absoluta, «limpiad la plata que se está poniendo verde... ya os dije que una vez por semana, ¡menuda pandilla de gandules!, poned aquí esas flores, cuidado con el jarrón, atontada, que es de porcelana china, no me toquéis al niño, que es cosa mía...».

Abel mientras tanto se criaba en la imprenta junto a hombres cubiertos de tinta, pasquines y ruidosas máquinas. Se movía con soltura, deslizándose entre los trabajadores con la apariencia de un viejo enano, llevando y trayendo cosas, siempre con el ceño fruncido. Aprendió a reconocer las letras antes que hablar. Tomaba la caja de los tipos móviles con su mano regordeta, su padre le pedía las aes, las jotas, las uves dobles y el niño se las entregaba en orden, sin ninguna equivocación. Cuando comenzó a balbucear, se ejercitó en el deletreo de palabras tan aparatosas como «barbiponiente» y «oprobio» ante la indignación de mamita Lula.

—Las primeras palabras que un niño educado como Dios manda tiene que lanzar al mundo son: «madre» y «padre» —aseguraba—. ¿Qué diantre es un «oprobio»? —preguntaba retóricamente con cara de asco para terminar concluyendo—: Una cochinada, seguro.

Abel creció entendiendo que ella era la que mandaba. Aprendió desde bien pequeño que atender las necesidades, mimos y exigencias de un crío no eran responsabilidades de su madre. Mamita Lula lo agasajaba con ternuras, lo despertaba por la mañana apartándole las sábanas de golpe para luego echársele encima y hacerle cosquillas bajo los sobacos. Le preparaba el desayuno colando bien la leche para que no tuviese telilla, le ponía ropa de niño fino, le sonaba los mocos, le limpiaba la cara tiznada chupando el pañuelo que siempre llevaba apretujado en la manga y lo incorporaba del suelo cuando tropezaba sin que sus cincuenta años y su enorme trasero parecieran restarle agilidad. Estaba convencida de que recaía sobre ella el compromiso de educarlo en la fe cristiana. Sus padres estaban demasiado embrollados en los asuntos del día a día como para andar preocupándose en poner el alma del niño a buenas con Dios. Ella le enseñó el padrenuestro, el avemaría y los mandamientos y lo llevaba a la catedral un día sí y otro también para que conociese las vicisitudes de la vida del Señor de la misma manera que las aprendió ella, mirando las vidrieras del templo, las esculturas de los tímpanos y de las puertas y las tallas de madera. Le aupaba para que le tirase besos a la Virgen del Cojín y le obligaba a ponerse de rodillas frente al Retablo Mayor con las manos juntas.

—Dios te está escuchando —le indicaba—. Puedes decirle todo lo que quieras.

Y en esa postura se pasaba el niño mucho tiempo, fermentando en su interior el misticismo que le provocaba el olor a incienso y a cera quemada mezclado con el murmullo de los rezos de mamita Lula. A Abel le conmocionaba la imagen descarnada del Cristo del Millón que lo miraba desde lo más alto del retablo. Aun a esa distancia podía distinguir la delicadeza de sus formas más allá del sufrimiento, la cabeza reclinada de la que pendían largos y ondulantes cabellos.

—Está muy triste. Se está muriendo —le decía el niño al borde del llanto.

—¡Qué va! —respondía la criada—. Tiene la cabeza torcida porque está escuchando a los que estamos aquí abajo. De ahí le viene el nombre. Se llama Cristo del Millón por el millón de milagros que concede —aseguraba.

Y Abel escuchaba las historias de mamita Lula admirado de lo lista que era, sin imaginar siquiera que la sociedad en la que vivían no valoraba en su justa medida los conocimientos de gente como ella. Ni siquiera se dio cuenta de que mamita Lula y él tenían diferente tono de piel. Tomó conciencia de ello mucho tiempo después, el día que un niño le dijo en el colegio, con desprecio, que su criada era una negra. En ese momento no le dio demasiada importancia pero con los años aprendió que los tonos de piel de las personas decidían en gran medida su destino.

Entretanto Cristóbal se casó con Consuelito Alcántara y siguió dedicado en cuerpo y alma a la imprenta. Le prestaba poca atención a su tímida esposa y tampoco le importaba demasiado el hijo que tuvo con ella, ni el que estaba en camino. Para él no eran más que algo que le había ocurrido mientras esperaba a que su patrona se diese cuenta de que él era su verdadero amor. Por eso le molestaba que doña Julia invitase a Consuelito a tomar chocolate en el patio de la imprenta, que le hiciese regalos a su hijo, que se preocupase por cómo avanzaba el embarazo. Veía en ello una suerte de conmiseración que le sacaba de golpe de esa falsa sensación de intimidad que tenía con doña Julia. Las atenciones con su familia le hacían sentir inferior. Veía los regalos como caridad, los cariños hacia su hijo como lástima, las meriendas con Consuelito como piedad. Eso le convertía en un empleado, sin más. Él, Cristóbal Zapata, el maestro de taller; él, que tan cerca había estado de ser el señor de esa casa. Para no atormentarse con ello, erigió un tupido velo con el que tapaba esa parte de su vida que le hacía sentirse incómodo y sólo atisbó una luz de esperanza cuando su esposa murió al dar a luz a una niña preciosa. Aquello conmovió a doña Julia que se deshizo por primera vez de su coraza de indiferencia para consolarle.

—Cristóbal, yo creo que lo mejor es que se quede usted en casa de sus suegros —le dijo mientras él lucía un gesto taciturno—. Ya he hablado con ellos y están de acuerdo. Más que nada por los niños, que son muy pequeños y no va a poder usted solo con ellos… ¡Con la cantidad de tiempo que se pasa aquí!

Cristóbal aceptó el ofrecimiento de la señora de utilizar el carro de la imprenta para hacer el traslado de sus enseres. Aceptó la compasión, los gestos afectuosos de su patrona y también la promesa de doña Julia de ser la madrina de su hija recién nacida. Para él eso era casi como ser familia, aunque ese falso parentesco llevase añadido el soportar que el pequeño Abel estuviese cerca de la niña. Si acercaban los rostros de los críos para que se diesen un beso baboso, Cristóbal se pasaba el día incómodo y cuando llegaba a su casa, le frotaba a la chiquilla la cara con una toalla húmeda, para eliminar el posible rastro de aquel hijo de pirata. Pero, como había adquirido destreza en evitar darle vueltas a lo que no le gustaba, se concentró en las ventajas. Lo mejor de que su hija fuese la ahijada de doña Julia era que le pusieron de nombre Julita, tal y como se habría llamado si hubiese sido el fruto del amor de ambos. Y así fue como él lo sintió desde entonces.

León disfrutaba con la compañía de su hijo. El niño tenía tendencia a llamarle Asad, su nombre en árabe, pero no había peligro porque todo el mundo creía que la media lengua del chiquillo le impedía pronunciar con claridad la palabra «padre». Se había creado entre ellos una relación íntima en la que la comunicación visual era fundamental. Con una sola mirada eran capaces de dialogar largo rato y un simple gesto les bastaba para entenderse. Su padre era el encargado de acostarle por las noches y le contaba el cuento de dos hermanos indios, aspirantes al trono, que se peleaban en una cruenta guerra civil. Para evitar que se derramase más sangre, un consejo de sabios decidió reproducir la batalla en un enlosado de teca, de tal forma que fuesen unas estatuillas, y no personas reales, las que sufriesen los rigores de la pelea.

—Y así nació el ajedrez, con la idea de evitar muertes —le decía León al niño—. Este juego es tan maravilloso que grandes personajes de la historia se han interesado por él. Por ejemplo el humanista Erasmo al que le encantaba pero que jamás pasó de ser un jugador mediocre porque tenía tendencia a filosofar entre movimiento y movimiento. Su contrincante aprovechaba eso y le ganaban siempre. Se enfadaba un montón —aclaraba León y Abel se reía—. Y a don Juan de Austria también le gustaba jugar... incluso Iván el Terrible, estando ya muy enfermo el pobre por culpa de la gota, le pidió a su favorito que jugase con él y cuando se dispuso a colocar las piezas, le temblaron las manos, se le nubló la vista y cayó muerto sobre el tablero.

—Jaque mate —dijo el niño.

—Bueno, no exactamente porque no habían empezado a jugar pero no vas muy despistado. Jaque mate viene de la expresión árabe *shah-mat*, que quiere decir «rey vencido».

Y fue así como Abel descubrió, en los escaques de aquel juego, un mundo en blanco y negro en el que cada cuadro podía significar la alabanza o la censura, la vida o la muerte. Las decisiones que uno tomaba jugando al ajedrez tenían sus consecuencias más adelante y había que estar dispuesto a aceptarlas, tal y como ocurría en la vida real. Padre e hijo se pasaban horas sentados frente a frente, callados, hipnotizados por esas figurillas misteriosas que, para nadie más que para ellos en la casa, tenían un significado especial.

La gente culpó a sus excéntricos padres de la actitud silenciosa, solitaria y arisca del niño, pero en realidad lo que ocurría era que a Abel la mayoría de las personas le importaban bastante poco. No las encontraba interesantes y por lo mismo consideraba absurdo perder el tiempo con ellas. Eran pocos los elegidos para entrar a formar parte de su mundo. Mamita Lula, preocupada porque se quedase tonto por ser hijo único, incitaba a Cristóbal para que trajese a sus hijos. El pequeño, al que llamaban Cristo para diferenciarlo del padre, había heredado su carácter retraído y más adelante heredó también el odio por Abel. Con pocos años, comenzó a poner excusas para no ir a la imprenta y pronto encontró otros amigos que le gustaban más que ese señoritingo, soso y remilgado.

Pero Julita era distinta. Tenía el pelo fino y suave, con unos ligeros rizos en las puntas y los ojos grandes del color del caramelo, en los que siempre parecía asomarse una pequeña lágrima trémula. Era dulce y cariñosa, incapaz de maldades ni travesuras. Cuando Abel la veía llegar, la aferraba del brazo para llevársela corriendo a la habitación del abuelo Nepu, que a esas alturas ya no recordaba su nombre ni su pasado ni que fue uno de los boticarios más destacados de la ciudad. Desde la muerte de su esposa, se sumergió en sí mismo hasta que se olvidó por completo de que tenía una familia y de que aquel niño de intensos ojos verdes que lo contemplaba con admiración era su nieto. El abuelo Nepu se pasaba el día enfrascado entre probetas, mezclando azufres e hidrógeno, repasando libros de fórmulas magistrales y cábalas. Distraía de vez en cuando los pucheros de la cocina para religar en ellos sus polvos y líquidos corrosivos y los hervía sobre un infiernillo fabricado por él mismo. Allí los dejaba borbotear hasta que comenzaban a oler a huevos podridos o hasta que se descomponía la base de la olla.

—Este hombre es un peligro —decían las sirvientas a escondidas—. Cualquier día prende fuego a la casa.

El anciano se alegraba cuando veía entrar a Abel y Julita en su habitación.

—¡Corred! Venid a ver el cielo —les decía apremiándoles—. Creo que hay gente paseando sobre la Luna.

Y les dejaba mirar las estrellas a través del artefacto extranjero en forma de canuto colocado bajo la claraboya del desván mientras hablaba de los entresijos que componían a los seres humanos. Músculos, vísceras, huesos, tripas y riñones, que ellos pensaban que eran pura invención del abuelo Nepu.

A veces, los niños subían solos al desván. Ya entonces tenía el encanto mágico que siguió conservando con el paso de los años. Allí trasteaban entre los ceremoniales trajes de caballero veinticuatro de don Diego López de Haro, entre los muebles arrumbados y las sillas cojas que se salvaron a medias del desastre del terremoto. Desenrollaban los mapas que León guardaba y en los que se podían ver territorios que ni siquiera aparecían en el *Theatrum Orbis Terrarum* de Abraham Ortelius y ojeaban los dibujos de tableros de ajedrez con sus piezas, movimientos y acotaciones que Abel sólo pudo llegar a comprender muchos años más tarde. Los niños desanudaban los atadillos con los pliegos de cordel que no habían llegado a venderse y Abel enseñaba a leer a la niña con ellos. Así supieron de las vicisitudes de los mártires del Japón, muertos a manos de los crueles infieles, los principales misterios del cristianismo entre los que se encontraba el de la Santísima Trinidad, la gravedad del pecado mortal y los llantos sin fin de las ánimas del purgatorio. Pero fue también gracias a los pliegos de cordel como se enteraron de cosas menos pías; los peores crímenes cometidos por los bandidos más sanguinarios de la zona, los amantes sin escrúpulos que dejaban compuestas y sin novio a las muchachas más honestas... El desván era su refugio infantil, el lugar en el que podían permitirse imaginar, vivir en otros lugares, otros mundos, escuchar el runrún de las ratas para intuir en ello mensajes secretos.

Nadie supuso nunca que Abel y Julita vivían entre dos aguas: la realidad aburrida de la planta de abajo, cuando se movían por AQUÍ SE IMPRIMEN LIBROS obedeciendo sin rechistar las instrucciones de los mayores, y el mundo maravilloso de arriba. A los ojos de los adultos, eran dos críos taciturnos que sólo perdían la compostura y ponían el grito en el cielo, berreando como si les estuviesen arrancando la piel a tiras, cuando los separaban.

Un buen día, doña Julia comenzó a preocuparse por la educación de su hijo. De repente cayó en la cuenta de que Abel era su relevo en la vida, el ser que heredaría la imprenta y que le permitiría prolongarse en el tiempo. El día que ella muriese, una pequeña parte de su cuerpo quedaría en este mundo convertida en Abel. Por eso comenzó a inquietarle que el chico no estuviese a la altura de las circunstancias y que la dejase en mal lugar.

—Necesita una educación —le dijo a su marido.

—Ya está educado. Es muy listo. Conoce a la perfección las letras. No creo que ningún niño de su edad sepa leer y escribir con tanta soltura como lo hace Abel —respondió León.

Él, que conocía bien a su hijo, sabía que su espíritu libre no estaba hecho para la rigidez de la escuela, que no sabría adaptarse a la severidad de las normas. Pero lo peor de todo era que, en el fondo de su corazón, León sentía un profundo dolor al pensar que pasaría muchas horas lejos de Abel.

—No hace falta que vaya a la escuela —concluyó con firmeza.

Y entonces doña Julia llamó al niño que vino cabizbajo, con sus ojos verdosos medio entornados. Su madre colocó una pluma, un bote de tinta y un papel en blanco sobre la mesa, acercó una silla, puso encima un cojín, levantó al niño por la cintura y lo sentó de golpe.

—Escribe tu nombre —le ordenó con voz firme, señalando el papel en blanco.

Abel se quedó mirando aquellos utensilios que alguna vez vio de lejos, respiró hondo, aplastó el papel bajo su mano derecha y con la izquierda aferró la pluma. La sumergió en el tintero hasta que se le hundieron las falanges y la llevó goteando hasta la hoja. Mientras garabateaba unos palos que querían semejar las letras de molde de los tipos móviles de la imprenta, atrapaba su pequeña lengua entre los labios, como si el esfuerzo lo estuviera matando. A doña Julia casi le da un ataque. Aseguró que en absoluto el taller de una imprenta era el lugar idóneo para que un niño aprendiese a dar sus primeros pasos por la vida.

—No sólo necesita aprender a escribir a mano ¡y con la mano derecha! —gritó señalándolo—. Es que además debe hacerlo con caligrafía elegante sin que al terminar cada palabra la pluma tenga el aspecto de un pájaro estrangulado en una tinaja de tinta. Además, tiene que relacionarse con otros niños. Siempre está resguardado por mamita Lula, entre adultos... o con Julita, que es muy linda pero no es más que una niña pequeña y de ahí no puede tomar ejemplo. ¡Tiene nueve años, por el amor de Dios! Debe aprender a defenderse en la vida. Creo que jamás he visto a un niño más solitario y aburrido que nuestro hijo. Esto no puede seguir así —sentenció doña Julia.

Al día siguiente apuntaron a Abel en la escuela del Salvador, la más cercana a la casa. Pocos eran los padres que podían pagar los cuatro reales mensuales que costaba la enseñanza y menos los que se podían permitir que sus hijos se liberasen de ayudar en casa. Abel tuvo que adaptarse a nuevos horarios. Entraba en clase a las siete de la mañana y allí se quedaba hasta las once. Después de comer regresaba y no salía hasta las seis y media de la tarde. Sin vacaciones veraniegas. En la escuela aprendió doctrina cristiana, media hora por la mañana y otra media por la tarde, a contar y hacer operaciones aritméticas, de reglas de tres y quebrados, a escribir con delicada caligrafía, a leer libros adecuados para la educación de los niños como el *Compendio histórico de la religión* de Pitón y el *Catecismo histórico* de Fleury que, por ser obras traducidas del francés, se consideraban más elegantes que las bazofias nacionales. Apenas tenía tiempo para ver a su amiga Julita y mucho menos para conocer a otras niñas porque en la escuela estaba taxativamente prohibida la mezcla de sexos.

Al niño Abel le costó adaptarse a las rutinas de los horarios escolares. Los madrugones y el olor al agua de colonia con la que mamita Lula le estiraba el remolino del pelo le provocaban náuseas. Los corredores de piedra de la escuela le daban escalofríos y la escalera de mármol, fatiga. Él, que se había pasado la vida moviéndose con libertad, haciendo y deshaciendo, campando a sus anchas en el mundo de los mayores, tuvo que domesticarse el alma y aprender a acatar la disciplina, en ocasiones incomprensible, de sus maestros. Su padre tuvo razón al predecir que no se amoldaría a la escuela.

Abel recordaría esos tiempos como una etapa oscura de su vida, en la que los arrullos de mamita Lula, las locuras del abuelo Nepu y las historias de su padre no lograron librarle de su tedioso día a día.

Enseguida cogió fama de raro entre sus compañeros. Estaban influidos en parte por las murmuraciones que escuchaban a los adultos en las que hacían referencias a su pintoresca familia y, por si eso fuera poco, su actitud no le ayudó mucho a hacer amigos. Había heredado de su madre el carácter orgulloso, el porte esbelto, el cabello castaño y ondulado, las manos de dedos finos y delicados y el gesto arrogante. La mezcla del color de ojos de sus progenitores, dio como resultado un tono verde mármol indefinido, en ocasiones dolorosamente claro, que le otorgaba cierto aire de misterio y reminiscencias de mar salada. La mayoría del tiempo lo pasaba pensando en las musarañas o dibujando en hojas sueltas las constelaciones que el abuelo Nepu le mostraba con el telescopio en las cálidas noches de verano. El resto de los niños de su clase fueron incapaces de perdonar sus extravagancias. Años más tarde, Abel llegó a la conclusión de que la personalidad de los individuos debe adaptarse a la sociedad con la que tienen que convivir, aunque ello suponga andar fingiendo. Dejó anotado en su diario personal, aquel que más adelante dio en llamar el *Libro sin nombre*, en una sección denominada «Filosofía de la vida» que, hasta los catorce años más o menos, el ser humano debe intentar ser igual de uniforme que el resto de los mortales; no salirse jamás de la norma, no ser el más alto, ni el más bajo, ni el más gordo, ni el más listo, ni el más torpe, ni tener las orejas de soplillo, ni bizquear. Decía que lo mejor a esas complejas edades era pasar desapercibido ya que, en el mundo adulto, estaba permitido e incluso era valorado ser original porque se tiene tendencia a apreciar a los excepcionales; pero hasta los catorce años, si se quiere sobrevivir en paz en la escuela, o se es un rufián indeseable al que el resto de muchachos teme, o se intenta ser uno más.

Pero Abel no tenía ni idea de eso en aquellos tiempos. Hasta que llegó a la escuela su único universo fue AQUÍ SE IMPRIMEN LIBROS y allí nadie le hizo sentir amenazado jamás. No sabía lo que era un chivato, ni entendía de bravatas, ni de insultos, ni de novatadas y se vio incompetente a la hora de capear la crueldad de sus compañeros. Jamás conversaban con él, no se sentaban cerca, le tiraban bolitas de papel en la clase, le insultaban en el descanso, se colocaban detrás de él cuando subían la escalera y le agarraban el tobillo para que cayese de bruces sobre los escalones. Como Abel no respondía a las provocaciones sino que se mantenía callado, se fueron envalentonando. Muchos de los que en un principio no le hicieron caso, se pasaron al bando de los agresivos para evitar convertirse ellos mismos en el centro de atención. Cuando se acercaba la hora de salida, a Abel se le ponían las manos frías y húmedas, su corazón se aceleraba, sentía retortijones de barriga y se le secaba la garganta, anticipándose al peligro. Procuraba tenerlo todo recogido antes de que el maestro les ordenase levantarse y, cuando lo hacía, salía del aula en silencio, con la mirada gacha y los libros echados al hombro. Una vez fuera, bajaba de dos en dos los escalones, se precipitaba al portón y corría calle abajo en dirección a la casa, sintiendo la tranquilidad de haber conseguido sortear el peligro un día más.

Debido al progresivo aumento de trabajo en AQUÍ SE IMPRIMEN LIBROS y a que el niño jamás les habló a sus padres de sus tormentos, nadie se dio cuenta de que la escuela le daba miedo. De no haber acontecido los lamentables incidentes que Abel de Montenegro describió con todo lujo de detalles en el *Libro sin nombre*, seguramente su desgracia se hubiera alargado en el tiempo.

Una mañana de junio, el maestro le pidió que le ayudase a recoger las cartillas de lectura que se habían quedado sobre las mesas para colocarlas en las estanterías de la biblioteca. Aquel retraso rompió con su habitual plan de escape impidiéndole salir antes que sus compañeros. Se entretuvo en la tarea todo lo que pudo imaginando que sus adversarios, cansados de esperar, ya se habrían marchado a sus casas. Pero se equivocó. Al salir, un grupo de cinco niños lo estaba aguardando. Ni siquiera le dio tiempo a echar a correr. Le rodearon y empezaron a humillarle pero, como él no parecía reaccionar, decidieron continuar insultando a su madre, y luego a su padre, y luego a su abuelo. Abel evitaba sus miradas y daba pasos a un lado y a otro, intentando sortearles. Uno de los muchachos le dio un empujón en el pecho mientras otro le ponía la zancadilla. Cayó al suelo de espaldas. Le quitaron los libros, le arrancaron las hojas de los cuadernos y le escupieron con desprecio llamándole a gritos «hijo del pirata». Abel notó que algo chocaba contra su boca y el instinto le obligó a cerrar los ojos y cubrirse el rostro con los antebrazos. Las pocas personas que pasaban por la calle en ese momento no hicieron nada por ayudarle.

—Cosas de críos —argumentaron mientras Abel aguantaba el vapuleo hecho un ovillo.

Tardaron un par de minutos en cansarse. Les resultó fastidioso hostigar a alguien que no hacía nada por defenderse. Poco a poco fueron aflojando la fuerza de los empellones hasta que uno de ellos propuso ir a la plaza de la Magdalena a tirarle piedras a los gatos.

Abel continuó quieto, sin incorporarse del suelo y sin atreverse a abrir los ojos, mucho rato después de dejar de escuchar los gritos y risas de sus enemigos alejándose calle abajo. Le dolía todo el cuerpo, pero más le dolía el amor propio. Se sacudió la ropa tragándose las lágrimas, recogió los libros, los amarró bien con la correa y se los echó al hombro. Sintió que le ardía el labio inferior, se le estaba hinchando por momentos, palpitaba al mismo ritmo acelerado de su corazón. Un hilillo tibio descendía de su ceja derecha y cuando se tocó se dio cuenta de que era sangre. Decidió lavarse antes de llegar a casa para no asustar a mamita Lula, pero al tomar el camino que lo llevaba a la fuente de la plaza de San Francisco, casi no pudo avanzar. Una muchedumbre abarrotaba las calles. El aire estaba inflamado del ambiente festivo de las noches de verbena.

—¿Qué ocurre? —le preguntó a una señora que se quedó mirando su cara tumefacta.

—¿No te has enterado, niño? —le respondió sorprendida—. Ha venido de visita el embajador de Marruecos y en su honor se celebra un desfile. Llevan anunciando su llegada desde hace un mes. Es la novedad de la temporada.

Hacía un tiempo que el nuevo monarca Carlos III intentaba quitarle importancia a las históricas desavenencias con el pueblo marroquí. Tenía sus propios intereses para ello. Por no incomodar a los más recalcitrantes, difuminó los episodios escabrosos de las relaciones entre los dos pueblos, reescribió las crónicas que defendían la enemistad *per saecula saeculorum* y reacomodó las fronteras de tal forma que la zona del Sahara, en la que un día se levantaba la Santa Cruz de la Mar Pequeña, quedase dentro de los confines del reino de España. Así consiguió que sus consejeros le secundaran en su idea de negociar un tratado de paz que permitiese a los españoles navegar y comerciar más allá del estrecho con la seguridad de que sus vidas serían respetadas. Al monarca se le ponían los pelos de punta con solo imaginar que el sultán Muhammad Ibn Abdallah pudiera dejarse deslumbrar por la pomposa afectación de los militares ingleses o que viese en la afición británica de tomar el té una suerte de hermanamiento entre los dos pueblos. Carlos III no podía permitir que los marroquíes no estuvieran de su parte en caso de un enfrentamiento entre España e Inglaterra. Para afianzar la amistad, el rey envió al padre Bartolomé Girón, famoso por su diplomacia y encanto, a la corte del sultán con un listado de ruegos y un saco de cacao de las Indias. Pretendía llevárselo a su terreno y convencerle de que era mucho más sano preparar brebajes con esa semilla que beberse el agua de hervir hierbas. El sultán no quedó muy convencido de lo segundo, pero parecía dispuesto a negociar lo primero, y por eso envió a Sidi Ahmet-el-Gazel, el embajador marroquí en la corte madrileña, para que hablase directamente con el monarca español y éste, tras la audiencia, le había invitado, junto a su numerosa comitiva, a recorrer los rincones más bellos de España, instando a las autoridades de cada ciudad para que no escatimasen en atenciones y lo tratasen como a un auténtico rey.

Adornaron la Giralda con banderas, gallardetes y cintas que salían del campanario y los balcones. El asistente ordenó emperifollar las calles por las que iba a pasar el cortejo de sedas con los colores patrios de ambos pueblos. Se levantó una tramoya teatral delante del ayuntamiento en la que aparecía un inmenso globo terrestre, las estaciones del año, los signos del zodíaco, todos los personajes conocidos de la mitología griega y romana y otros cuantos inventados. Los comerciantes aprovecharon el acontecimiento para pregonar lo productivo de sus negocios y levantaron un monumento efímero de estatuas bucólicas que danzaban entre flores, animales y grutas. Los sombrereros arrojaron gran cantidad de sombreros desde un arco provisional levantado por ellos mismos a la entrada de la calle Génova, los lenceros lanzaron cinta de seda dorada desde el arquillo del Almirantazgo y los toneleros y carpinteros se conformaron con adornar los arcos de Santa Marta y el palacio arzobispal porque consideraron que el lanzamiento de cualquiera de sus productos sobre los concurrentes podría provocar una desgracia.

Al embajador marroquí lo transportaban, sobre unas angarillas doradas, cuatro negros soberbios de torsos relucientes que se cubrían únicamente con calzones de raso verde con turbante a juego. Iban escoltados por dos elefantes, una jirafa y un león atado con correa. Tres preciosas jóvenes de almendrados ojos negros y sinuosas curvas portaban sobre cojines de terciopelo rojo rubíes del tamaño de puños que el embajador traía como muestra de cortesía. A través de las cortinas transparentes del palanquín, se podía distinguir la figura de Sidi Ahmet-el-Gazel recostado sobre almohadones de pluma de oca, comiendo uvas de una en una, atrapándolas con delicadeza con el dedo índice y el pulgar a ritmo de la fanfarria que iba justo detrás.

Abel llegó como pudo hasta la fuente de la plaza de San Francisco. Estaba muerto de sed. Le ardía el labio. Sorteó al gentío que no dejaba de jalear «¡Vivan los turcos!» y se agachó para lavarse le herida.

—Aparta, muchacho —gruñó un tipo de barriga prominente y nariz colorada que se le acercó con una jarra en la mano—. Esto no es para niños.

El hombre puso la jarra debajo de uno de los chorros de la fuente, la llenó hasta el borde y se la llevó a la boca. Apuró hasta la última gota de un solo trago. Después lanzó un sonoro eructo.

—¡Salud! —gritó entre las carcajadas de los que estaban a su lado y que comenzaban a imitarle.

Abel se fijo entonces en que, de cada uno de los cuatro caños que conformaban la fuente, surgía vino tinto, vino blanco y mistela. Sólo uno de ellos parecía arrojar agua. El niño acercó su boca al chorro translúcido y bebió con desesperación. Tardó unos instantes en comprobar que la quemazón de su labio aumentaba.

—Mirad el crío, ¡qué listo! —vociferó la mujer desgreñada que acompañaba al hombre panzudo—. Se ha ido derechito a por el aguardiente.

Abel pronto dejó de sufrir el fuego de su boca. El calor se le repartió equitativamente por todo el cuerpo y un cosquilleo dulce le dejó el labio y el alma adormecidos. Ya no había dolor: ni físico, ni espiritual. Sus infortunios en la escuela y la paliza de sus compañeros dejaron de parecerle trascendentales. Ya no se sentía tan deshonrado, ni tan triste, ni tan desdichado… ni tan cobarde. Le dio la risa y vio que todo el mundo reía con él. Todo era luz, color, música… lo último que recordaba fue que la señora de escote opulento y pelos revueltos que hacía fiesta junto al hombre de nariz colorada, le sacó a bailar al centro de la plaza al son del «¡Vivan los turcos!».

Lo llevó a casa uno de los clientes de la imprenta a eso de las tres de la tarde. Les contó que lo había encontrado tirado debajo de un árbol. Estaba junto a un cachorrillo escuálido de color chocolate con patas y hocico blancos que le lamía la cara.

—Creo que esto les pertenece —dijo el hombre dejando a Abel en brazos de su padre mientras el perrito esperaba en el zaguán, moviendo la cola alegremente.

A doña Julia y a mamita Lula casi les da una apoplejía cuando le vieron las magulladuras de la cara. Como el niño no estaba en disposición de contestar a sus preguntas, ambas se pusieron a elucubrar posibles motivos que le hubieran llevado a ese estado. Tras darle muchas vueltas, concluyeron que semejante desastre lo había provocado un grupo de salteadores salvajes y sañosos. Desnudaron al crío, le dieron la vuelta, lo bañaron, le miraron los morados y le pusieron azul de metileno en las heridas sin importarles los gestos contraídos del muchacho.

—Pero ¿qué te ha pasado? ¿Quién te hizo esto? —le gritaba su madre—. ¿Dónde están tus libros? ¡Di algo, por el amor de Dios!

—No quiero ir a clase esta tarde. Los chicos me llaman «hijo del pirata» —respondió Abel con los ojillos medio cerrados y el aliento aguardentoso.

—Por favor. ¡Lo que nos faltaba! Otro achispado en la familia —se lamentó doña Julia recordando la afición de su madre al licor de guindas.

—Si ya lo dice el padre Zacarías —argumentó mamita Lula impostando la voz para declamar con la mano izquierda apoyada en el pecho y la derecha en el aire—. «Es preciso implorar contra la inmoralidad pública, porque estas libertades y excesos de los saraos y festines, que la noche no pone término, nos abocan sin lugar a dudas a la descomposición moral de la aristocracia».

—Pero ¿qué dices? Anda, anda calla ya… que no tienes ni idea de lo que significa eso —le increpó doña Julia realmente enojada.

—Claro que sé lo que significa… no soy una taruga —respondió indignada—. Significa que vivimos en una ciudad de chuflas.

Le prepararon una tila, le pusieron una camisa de dormir limpia y lo metieron en la cama. Nadie se dio cuenta de que el perrito escuálido y pardo que protegió a Abel el tiempo que duró su aventura en la calle se había colado en la casa para atrincherarse bajo la cama del muchacho. Y allí se quedó, muy calladito, observando el ir y venir de las pisadas de los humanos.

León esperó pacientemente a que cayese el sol, a que todos se acostaran y apagaran las luces. Esa noche tenía un compromiso importante: su misión, que había permanecido suspendida durante casi diez años, le salía ahora de nuevo al encuentro. La visita del embajador marroquí y su audiencia con el rey habían despertado sus más hondos temores. ¿Vendría el embajador a reclamar la Giralda para su pueblo? Era muy posible. Los hermanos de San Juan de Acre le habían convocado aquella noche a una reunión de la máxima trascendencia. De nuevo la clandestinidad volvía a su vida. Se tumbó junto a su esposa y aguzó el oído para poder reconocer, por el leve murmullo de su respiración, el momento en el que se quedaba dormida. Entonces se incorporó despacio, salió de su cuarto y caminó hasta la habitación de Abel. Deseaba ver a su hijo antes de salir. El niño llevaba más de seis horas en la cama y su cuerpo se había deshecho ya de los efectos del aguardiente.

—¿Asad? —murmuró cuando vio entornarse la puerta y creyó reconocer la silueta de su padre.

—Estoy aquí.

—Tengo miedo.

León se sentó en el borde de la cama y lo abrazó con fuerza.

—Pues no debes tenerlo —le dijo—. Tú eres un guerrero. Vences a terribles ejércitos montado sobre los lomos de tu caballo, cuando jugamos al ajedrez.

—Es sólo un juego —se lamentó el niño tristemente—. En la vida real no tengo osadía. En el colegio soy sólo un simple peón. Nos insultan… a mamá, a ti y a mí, y yo no hago nada para defender nuestro honor. Los chicos pueden conmigo.

León detestó ver a su hijo derrotado. Se quitó la cadena en la que llevaba la cruz ochavada de oro que el Gran Maestre de la Orden de Malta le entregó antes de enviarle a Sevilla.

—Durante mucho, mucho, mucho tiempo, esta cruz me ha ayudado y me ha protegido. Creo que ahora la necesitas tú más que yo —le tranquilizó mientras la ponía alrededor del cuello de su hijo—. ¿Sabes lo que dice Philidor?

—¿Philidor? ¿El señor que ha escrito *El análisis del juego del ajedrez*?

—Ese mismo. Pues él, que sabe mucho de estas cosas, dice que los peones son el alma del ajedrez. —Abel no parecía muy convencido—. ¡Levántate! Vamos a salir. —León apartó de golpe las sábanas de la cama de su hijo.

—¿Adónde?

—Vístete deprisa y no hagas ruido, que como tu madre se entere nos mata.

Bajaron la escalera con los zapatos en la mano y las luces apagadas. Abel tenía prohibido pisar la calle cuando se ocultaba el sol, así que sentía en su interior la bullente sensación de estar quebrantando las leyes, aunque estuviera acompañado de su padre.

Salir de noche era peligroso. El ayuntamiento había impuesto una ordenanza que obligaba a los vecinos a colocar faroles en las ventanas de sus casas con la intención de que las calles no quedasen tan desamparadas en la madrugada. Pero los sevillanos no estaban para gastos, así que no la acataban. Bastante ruina venían arrastrando desde la funesta fecha en la que desapareció de la ciudad la Casa de la Contratación de Indias. Desde el momento en el que decidieron trasladar a Cádiz la institución encargada de impulsar y regular el comercio y la navegación con el Nuevo Mundo, la Casa Lonja se convirtió en un vacío depósito de tamaño gigantesco. La cercana Cruz de los Juramentos, en la que en los tiempos de bonanza los corredores y tratantes daban su palabra de la honorabilidad de sus trapicheos marinos, quedó como señal de un esplendoroso pasado comercial que no volvería. En Sevilla ya no había armadores, ni los navegantes de la Carrera de Indias se gastaban los cuartos en las tabernas. El puerto quedó como desamparado y los muelles parecían un almacén abandonado que olía a suciedad, a bosta de caballo y a pescado podrido. Los barcos que estaban atracados ya no eran los majestuosos galeones, ni las livianas naos, ni las graciosas carabelas de velas de lienzo que se henchían en medio del mar para lucir sus cruces rojas y que no las confundiesen con barcos musulmanes. Navíos soberbios y valientes que permitieron al señor Colón atravesar el Atlántico como si tal cosa. Las embarcaciones que ahora había en la dársena eran enclenques esqueletos de madera que descansaban sobre el lecho del río ladeadas, con el aspecto de estar echando la siesta. El puerto parecía un lupanar del tiempo de los romanos en el que las mujeres de mala vida, que ya no gustaban en la mancebía por ser viejas y desdentadas, ofrecían sus miserias a cambio de tres cuartos. Las calles de los alrededores, que antes acogían a capitanes, calafates, palanquines y comerciantes, ahora estaban tomadas casi en su totalidad por rufianes, y se hacía difícil encontrar a algún marinero de raza entre la sarta de borrachos. De vez en cuando la brisa llevaba río arriba el aroma salino del océano y eso hacía que los sevillanos recordasen que habían perdido el vital comercio de las Indias precisamente por no contar con salida al mar. Por si la ciudad no tuviese ya suficiente desgracia, en el campo hubo sequía y después llegó la plaga de pulgón y más adelante la peste aviar. Los más catastrofistas aseguraron que las mismas penalidades sufrió el pueblo de Egipto, siglos atrás, justo antes de que comenzaran las diez plagas.

Había demasiada escasez como para andar gastando luz, aunque eso significase que los maleantes pudieran campar a sus anchas en medio de la oscuridad nocturna. Los vecinos concluyeron que resultaba más rentable no salir de noche. A partir de las nueve, las calles quedaban tan desiertas que eran pocos los valientes que se atrevían a regresar a sus casas después de la tertulia sin la compañía de un criado que portase una antorcha encendida. Los únicos lugares que permanecían iluminados eran las imágenes de los santos fijadas en las paredes de las iglesias porque eran las cofradías las encargadas de costear los farolillos. Pero ese día era distinto. Las calles estaban plagadas de gente que iba o regresaba de la gran cena de gala con música y baile que se organizaba en el Alcázar en honor del embajador marroquí. Abel miraba boquiabierto el despliegue de lujo de la aristocracia, que hacía alarde de su poder económico. Los caballeros lucían casacas de terciopelo rojo, calzones cortos, medias blancas y zapatos con hebilla de plata, y las damas llevaban vestidos recamados en oro, mantillas de encaje y abanicos, que se movían a la misma velocidad que sus lenguas de doble filo.

Padre e hijo llegaron a la puerta del León cogidos de la mano. Se llamaba así precisamente por el azulejo que había sobre el arco y que representaba a un león coronado que sujetaba en su zarpa una cruz latina. A Abel le hacía gracia que la puerta llevase el nombre de su padre.

—Soy León de Montenegro —se presentó ante el hombre que vigilaba la entrada.

—Señor —el portero hizo una reverencia antes de apartarse para dejarles pasar—, lo están esperando.

—¿Estamos invitados? —preguntó el niño admirado.

—Y no sólo eso —murmuró León guiñándole un ojo mientras atravesaban el patio de la Montería—, somos invitados de honor —continuó diciendo mientras señalaba las paredes—. Mira bien este sitio. Cuando los musulmanes vivían en Sevilla lo llamaban *Mexuar.* Aquí era donde el sultán y sus visires atendían las peticiones de los súbditos.

A lo largo de todo el patio y por los jardines, se habían instalado tres mil focos de luz. Brillaban con tanta intensidad que parecía de día. Una orquesta de treinta instrumentos tocaba en el Salón de Embajadores y el sonido de sus compases podía escucharse en todas las salas con la misma claridad. La cena de gala se ofrecía dentro del Palacio Mudéjar, pero cada uno de los salones estaba repleto de mesas con viandas lo suficientemente cosmopolitas como para agradar a todos los invitados, fuera cual fuese el Dios al que adorasen. Había corderos en salsa de alcaparras, besugos sazonados con limón, queso de Flandes, perdices escabechadas y sin escabechar, liebres rellenas de manzana, dátiles de Túnez, cuarenta arrobas de dulces...

Abel se sintió intimidado. Aferró la mano de su padre, escondiéndose ligeramente tras él. Torcieron a la izquierda en dirección al patio de las Muñecas y allí el niño reconoció los oropeles y el turbante del embajador marroquí que estaba recostado sobre unos almohadones, flanqueado por los dos enormes negros de piel lustrosa que le daban aire y le espantaban los insectos con abanicos de plumas de avestruz teñidos de añil. Sobre la mesa que tenía justo enfrente, descansaban una pipa de agua y un tablero de ajedrez. A su derecha se sentaba un joven esbelto de porte aristocrático, con el cabello rubio peinado con estudiadas ondas y, a la izquierda, otro que vestía hábito religioso y que se levantó sonriente en cuanto les vio entrar.

—¡Por fin llegaste! —Le abrazó mirando de reojo al niño.

—Frey Dámaso… disculpe el retraso. Hemos tenido un contratiempo. Todo se ha complicado hoy —respondió León—. Le presento a mi hijo Abel. A partir de ahora vendrá siempre conmigo.

—Tu hijo… —suspiró Dámaso—. ¡Cómo pasa el tiempo!

—Sentémonos —le dijo el prior a León, señalando los enormes cojines—. Monsieur Verdoux y yo habíamos comenzado la discusión con el señor Sidi Ahmet-El-Gazel en francés, pero ahora que ya has llegado podrás hablar con él en árabe. Para que se sienta más cómodo.

El embajador marroquí miró al niño con curiosidad y le alargó un alfajor, que Abel cogió más por cortesía que por verdadero deseo.

—Escucha —le dijo su padre—. Es importante que hable con estos señores. Mientras tanto puedes entretenerte buscando una cosa. Este lugar se llama patio de las Muñecas porque camufladas en sus arcos hay unas caritas que parecen rostros de niñas pequeñas. Dicen que el que las descubre tendrá mucha suerte en su vida. ¿Quieres buscarlas?

—Sí —asintió Abel con el alfajor derritiéndose en su mano.

—¡Estupendo!

El niño comenzó a recorrer el patio repasando cada azulejo, cada arabesco de estuco mientras escuchaba a su padre dialogar con el embajador marroquí en una lengua indescifrable para él. Los cuatro hombres estuvieron así mucho tiempo, de vez en cuando movían alguno de los trebejos que había en el tablero, lo sacaban fuera, volvían a introducirlo, colocaban las piezas en la posición de salida y se enfrascaban de nuevo en la discusión. Hubo un momento en el que la partida pareció quedarse detenida. Entonces Abel se acercó hasta ellos. Se quedó de pie junto al tablero, mirando fijamente la jugada.

—Ya he encontrado las caras de las muñecas —dijo.

—Sin lugar a dudas serás un hombre afortunado —respondió León.

El embajador pronunció unas palabras en árabe y sonrió al chiquillo.

—El embajador te pregunta qué pieza moverías tú ahora —tradujo su padre—. Es el turno de las blancas —aclaró.

El tablero describía una situación comprometida para el bando blanco, el ejército negro avanzaba de forma implacable. Abel analizó la situación durante un instante mientras mordisqueaba el alfajor, que a esas alturas era ya una masa pegajosa e informe. Alargó la mano y con su pequeño dedo índice señaló desde lejos una de las piezas de marfil.

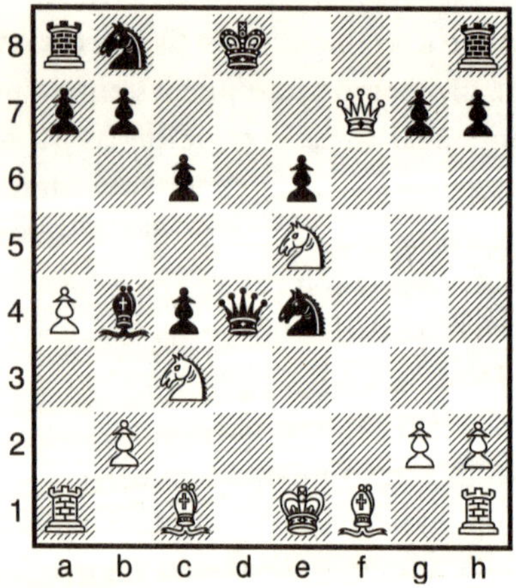

—¿Eso es un elefante? —preguntó extrañado.

—Sí. Hace mucho tiempo al ajedrez se le llamaba *Chaturanga* y no todas las piezas eran como las conocemos ahora —respondió su padre—. Nuestro alfil actual, que ahora es una especie de obispo, antes era un elefante. Por eso se le llama *alfil*, que significa *elefante* en persa. Con ese nombre pasó al mundo árabe y de ahí llegó hasta nosotros.

—Así que ¿este elefante es el alfil?

—Eso es.

Abel lo aferró fuerte con la mano limpia. Su padre le había explicado que, a finales de la Edad Media, comenzaron a apostarse fuertes sumas de dinero en las partidas de ajedrez. Fue entonces cuando se hizo necesario establecer unas normas que respetase todo el mundo antes de que la gente terminase a golpes por culpa de un equívoco entre jugadores. Una de ellas especificaba «pieza tocada, pieza jugada». El niño sabía que había que estar muy seguro del movimiento que se quería llevar a cabo antes de tocar la pieza porque, una vez rozada, no podría devolverla a la casilla de la que partió. Abel no dudó cuando, con resolución, colocó el elefante blanco en una atrevida posición que obligaba al enemigo a renunciar a su ataque, salvando por completo la partida para su rey.

—Ag5+. ¡Jaque! —sentenció el niño.

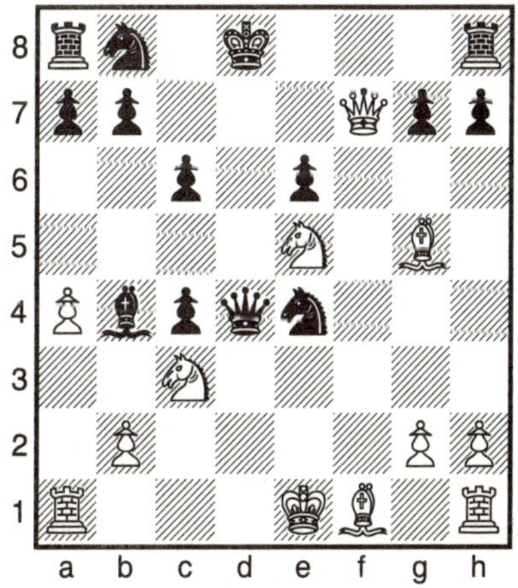

La comitiva marroquí se sobresaltó esperando la reacción del embajador. Sidi Ahmet-El-Gazel observó la jugada muy serio hasta que de pronto lanzó una sonora carcajada y acarició la cabeza del muchacho.

—Vaya, vaya… si nuestros hermanos no hubieran resultado ser unos ingenuos de mucho cuidado en la época de las Cruzadas y en lugar de confiar ciegamente en el mensaje de una paloma mensajera le hubieran plantado cara al sultán mameluco Baybars como ha hecho el niño, aún conservaríamos el Krak de los Caballeros —dijo el hombre de porte aristocrático antes de darle una chupada a la pipa de agua.

—Recuerde, monsieur Verdoux que esto es sólo una partida de ajedrez que alguien intentó relacionar con una batalla real… Olvidarlo es lo que puede provocar un auténtico conflicto, desvirtuar la esencia básica del pacto de Alfonso X el Sabio y…

—Indudablemente, León… por supuesto —cortó el francés haciendo aspavientos con la mano, quitándole importancia a su comentario—. ¿Qué le ha pasado al *garçon* en la cara? —le preguntó cambiando de tema, señalando con la barbilla el labio aún hinchado de Abel mientras expulsaba el humo de forma teatral.

—Ha tenido un problema en la escuela —respondió León. Al momento tradujo al árabe la última parte de la conversación.

El niño vio cómo su padre y el embajador marroquí lo miraban de reojo y supo que hablaban de él y de los motivos de su magullado rostro. Sintió una profunda vergüenza imaginando que en ese momento todos estaban pensando que era poco hombre; un cobarde incapaz de defenderse. Bajó el rostro y calló. Sidi Ahmet-El-Gazel se incorporó de su lecho de cojines y sedas y su séquito se precipitó nervioso a ayudarle, apartando mesas y sillas, acomodándole la capa mientras él caminaba en dirección a Abel. Acarició dulcemente la cabeza del crío y le lanzó una sonrisa indulgente antes de desaparecer por el fondo del Patio de las Muñecas, envuelto en aromas de incienso y mirra.

A León no le dio tiempo de enternecerse con el gesto del embajador porque las urgencias de sus correligionarios le envolvieron en una nube de preguntas, inquietudes y nerviosismos de modo que tuvo que hacerles el resumen de la conversación que había mantenido en árabe con su invitado. El embajador marroquí le había contado que el sultán Muhammad Ibn Abdallah tenía sus propios motivos para aceptar la negociación con Carlos III: un compromiso milenario entre los dos pueblos que no había terminado de saldarse y que les favorecía. Pese a pertenecer a una cultura de tradición oral, el sultán era consciente de que esa información transmitida de boca a oído generación tras generación era tan volátil como un suspiro. Pero esa circunstancia había cambiado en los últimos tiempos. Por casualidad había llegado a manos del sultán una copia de las capitulaciones con un recuento de las partidas jugadas que dejaba claro que Axataf ganó las tres partidas que le convertían en dueño absoluto de la torre más hermosa de Sevilla.

—El embajador marroquí le ha mostrado el documento al monarca. Al parecer Carlos III no sabía nada de la apuesta. Está muy sorprendido —aclaró León.

—Es lógico —señaló frey Dámaso con un claro gesto de preocupación—. Ese pacto se firmó hace cinco siglos. Un pacto de honor que no nos beneficia en absoluto. Sólo nuestra Orden guarda memoria de ello y me sigue avergonzando reconocer que hace dos siglos que desconocemos el paradero del documento que nos comprometimos a custodiar.

—Pues parece que ellos han encontrado una copia y un recuento de partidas que nos deja mal parados —apuntó León.

—¡Pero eso es imposible! —exclamó frey Dámaso—. Tal vez hayamos perdido los papeles que lo acreditaban, pero lo que está claro es que nunca se llegó a un resultado definitivo. ¡Ese recuento tiene que ser falso!

—Eso mismo le he dicho yo... —afirmó León—. Le he explicado que, según tenemos entendido, el pacto entre ambos reyes quedó truncado por circunstancias desconocidas. Ya fuera la muerte, o la desconfianza, o simplemente el desinterés por alguna de las partes...

Pero frey Dámaso había clavado la mirada en algún punto que estaba más allá de León, más allá de esa sala... para sumergirse en otro lugar y otro momento.

—Las batallas —murmuró—. Tiene que tratarse del recuento de batallas.

—¿Batallas...? —repitió León, extrañado.

Frey Dámaso hizo un gesto de impaciencia.

—Eso da igual ahora. Ya te lo explicaré más tarde. Ahora lo que importa es que puedas convencer al embajador de que se equivoca. ¡Ese recuento de partidas es erróneo! Debemos persuadirle de ello.

—Lo he intentado, frey Dámaso, pero el embajador insiste en que obran en su poder ambos documentos, tal y como ha informado al rey Carlos III. Ha añadido también que si nosotros aducimos que parte de esa información es... «falsa», deberíamos asimismo aportar pruebas escritas que sustenten nuestra afirmación. —El tono de León era tenso—. En cualquier caso, y dadas las circunstancias que han rodeado todo esto, ha accedido a concedernos un tiempo prudencial para que podamos refutar o aceptar los documentos que posee. Su intención no es provocar un conflicto con nuestra Corona, pero sí desea que se reconozca la realidad del pacto y de lo que está en juego.

Suspiraron aliviados. Tiempo: eso era lo que necesitaban. Tiempo para encontrar las capitulaciones perdidas, tiempo para dar con el auténtico recuento de resultados. Tiempo para defender lo que era suyo.

—¿Y Carlos III ha aceptado eso? —preguntó sorprendido monsieur Verdoux con su fuerte acento francés.

—Con algunas reticencias —explicó León—. Le dijo al embajador que estaba dispuesto a saldar antiguos compromisos siempre y cuando tuviese la certeza de que realmente se habían adquirido. Exigió comprobar la veracidad de la apuesta. Su Majestad quiere ver las capitulaciones.

—*Mon Dieu!* —suspiró monsieur Verdoux.

—El caso es que el embajador marroquí le explicó que nosotros, los hermanos de la Orden de San Juan de Acre de Sevilla, fuimos los encargados de custodiarlas y que las perdimos a comienzos del siglo XVI. Según parece, el monarca quiere hablar con nosotros para confirmarlo.

—No hay problema —dijo frey Dámaso con resolución—. Nosotros se lo confirmaremos. León, por favor, tienes que conseguir que nuestro invitado nos muestre los documentos que posee… antes de que se vaya. ¡Lo antes posible!

Ya casi no quedaba nadie en la calle cuando León y su hijo salieron de los Reales Alcázares. Estaba a punto de amanecer y el cielo parecía la paleta de un pintor enamorado: anaranjados, rosados, azules profundos, negros… Aún se podían intuir la luna y las estrellas, pero el sol amenazaba con surgir de un momento a otro.

—Te ha dicho algo de mí —musitó el niño mientras caminaba junto a su padre de regreso a casa.

—¿Quién?

—El embajador.

—Sí.

—¿Y qué te ha dicho?

De nuevo volvió a sentir el dolor de los golpes, pero no en el labio, sino en el alma. León sonrió.

—Me ha dicho que hay un proverbio árabe que describe a la perfección lo que te ha ocurrido hoy en la escuela. —Esperó un par de segundos antes de añadir—: El proverbio dice que la crueldad es la fuerza de los cobardes.

Abel también sonrió.

León abrió la puerta de AQUÍ SE IMPRIMEN LIBROS con la esperanza de que estuvieran aún todos dormidos, pero no tuvo suerte. Su mujer y mamita Lula lo esperaban sentadas en el patio con cara de pocos amigos. En una de las esquinas estaba el cachorro de color pardo sacando la tierra de una de las macetas sin que pareciera importarles lo más mínimo.

—¡El perrito! —exclamó Abel un segundo antes de que el animal se diera cuenta de la llegada de su amigo y se lanzase a sus brazos moviendo la cola sin parar, lamiéndole la cara.

Doña Julia montó en cólera. Jamás había discutido con León, y menos en ese tono, pero cuando despertó en medio de la noche, vio que su marido no estaba a su lado y que también su hijo había desaparecido, perdió los nervios. Por un momento le vinieron a la memoria las previsiones desastrosas de su madre cuando le aseguraba que ese hombre terminaría por abandonarla. Le decía que León era un pirata y que los piratas se guiaban por el mismo instinto que las cabras con la única diferencia de que ellas tiraban al monte y ellos, al mar. A doña Julia le dio rabia considerar la posibilidad de que realmente existiese otra vida después de la muerte y que los difuntos pudieran ver el día a día de las personas que quedaban en este valle de lágrimas. Si eso era así, seguro que su madre se estaría carcajeando de ella desde el más allá porque nunca se caracterizó por ser sutil ni por compadecerse con los desasosiegos de los demás. Casi podía escuchar su «te lo advertí» reverberando por los pasillos. Eso le llenaba de rabia. Poco después se le pasó pero, a cambio, le entró el pánico.

—¡Creí que os habían secuestrado!

Doña Julia le explicaba a gritos a su marido las etapas por las que había pasado a lo largo de esas interminables horas de angustia. Paseaba arriba y abajo del patio envuelta en un despliegue de «ya me lo decía mi madre», «seré el hazmerreír de todo Sevilla». Como León no respondía a sus ataques, pareció calmarse, pero entonces vio por el rabillo del ojo cómo su hijo se revolcaba por el suelo con el perro, entretenido, riéndose, totalmente ajeno a su disgusto.

—Que Abel desayune para irse a la escuela —le dijo llena de furia a mamita Lula—. Y saca a ese bicho pulgoso de casa inmediatamente.

—¡No! —gritó el niño aferrándose al cuello peludo, llorando con desesperación—. Si se va el perro me voy yo.

—¡Qué asco! No lo toques más… seguro que tiene pulgas. Lo quiero fuera ahora mismo.

Pero cuando mamita Lula se incorporó para acatar las órdenes de doña Julia, León la sujetó del brazo.

—El niño no volverá a la escuela. He encontrado un maestro francés perfecto para él que le enseñará en casa todo eso que quieres que aprenda —dijo León sin levantar la voz—. Ah… y el perro se queda en casa. No se hable más —sentenció antes de darse la vuelta camino de su alcoba.

Abel dejó anotado en el *Libro sin nombre* que ése fue el día en que comenzó a saber quién era realmente su padre.

Bañaron al perro en una tina de peltre y descubrieron que no tenía la piel de un color pardo tan oscuro como les había parecido en un principio y que además se trataba de una hembra.

—Podrías llamarla Canela —le sugirió mamita Lula.

—Se llama Turca —aclaró Abel mientras la secaba con una toalla.

Dos días después del enfrentamiento de sus padres, el niño se despertó acariciado por la luz del sol. En vez de llegar a la altura de la cómoda, llegaba hasta la cabecera de la cama. Eso significaba que eran más de las diez de la mañana de un día de diario cualquiera. Miró al suelo y allí estaba la Turca, mordisqueando una de sus zapatillas. Abel sonrió. Su padre se había salido con la suya. Se permitió remolonear un rato envuelto en las tibias sábanas hasta que se hartó y salió al pasillo un tanto preocupado por lo que pudiera encontrarse. Para su sorpresa, nadie dijo una palabra sobre el asunto. Abel escuchó el sonido de las máquinas de la imprenta funcionando con total normalidad. Su madre iba y venía dando órdenes a los empleados sin prestarle mayor atención, su padre le guiñó un ojo desde la puerta, mamita Lula intentaba arreglar el desastre que el ataque de la Turca había ocasionado en las hojas de la dama de noche y, cuando le vio levantado, le dio un beso en la frente, mi ángel precioso, y se dirigió a la cocina para llevarle el desayuno. Todo estaba tranquilo.

A eso de las cinco de la tarde, cuando en la ciudad todo el mundo sudaba la comida a la sombra, ahuyentando la flama a abanicazos, León regresó a la habitación de su hijo para sacudirle la modorra de la siesta.

—¿Sabes lo que es un secreto? —le preguntó con sonrisa inquietante.

—Una cosa que no se puede contar a nadie —respondió el niño con los ojos somnolientos.

—Muy bien. Pues hoy te voy a contar un secreto. Iremos a un lugar llamado San Juan de Acre. Tú formas parte de todo aquello y ya es hora de que lo conozcas. Pero no se lo puedes contar a nadie, ni a mamá, ni a mamita Lula. ¿Me comprendes?

El niño asintió con los ojos cerrados y volvió a acurrucarse para seguir durmiendo.

—Venga, leoncito, no seas perezoso. El embajador marroquí quiere verte de nuevo. Parece que le has gustado.

El calor era tan insoportable que ponía la piel de gallina, y no era a causa del brillo del sol. El cielo estaba totalmente encapotado, cubierto por nubarrones densos que parecían hechos de polvo de desierto y que dejaban el ambiente pesado como una losa de sepultura. En poco tiempo comenzaron a caer gotas gruesas y espaciadas, una lluvia caliente que parecía sopa de pollo. Cuando el agua tocaba las aceras, un vapor sibilino que olía a tierra mojada se pegaba al cuerpo como un sudario empapado. Apretaron el paso porque las nubes empezaron a ennegrecerse y a recolocarse, evolucionando del ronroneo al ronquido hasta que se transformaron en el preludio de la tempestad. Padre e hijo corrieron buscando guarecerse bajo los aleros de unas calles que Abel no había recorrido jamás y caminaron bajo ellos hasta llegar al edificio de la jurisdicción de San Juan de Acre.

Al niño le asombró la blancura deslumbrante de las paredes en contraste con el amarillo albero de los marcos de las ventanas y las puertas. Atravesaron un pasillo sombrío y de nuevo volvieron a enfrentarse a la luz del día porque salieron al claustro. Se escuchaba el sonido de las gotas de lluvia golpeando contra el tejadillo. Al fondo podía intuirse una pequeña huerta. Había jaulas con palomas colgadas de las paredes, bajo los soportales.

—Son palomas mensajeras —le aclaró León a su hijo cuando vio que se las quedaba mirando.

—¿Mensajeras?

—Las palomas mensajeras son unos animales maravillosos. El hombre ya las utilizaba tres mil años antes de Cristo. Gracias a ellas conocemos las noticias de muchas batallas históricas. Volaban largas distancias para anunciar a los gobernantes los triunfos y los fracasos de sus ejércitos.

—¿Puedo tener una? Seguro que a la Turca le vendría bien tener una paloma mensajera con la que poder jugar.

—No se te puede dar confianza.

Llegaron al vestíbulo del edificio principal de la Orden. Estaba presidido por una escalera majestuosa escoltada por vitrales alemanes con imágenes de la Sagrada Familia y san Miguel Arcángel vestido de guerrero, pertrechado de escudo y lanza, atravesándole el gaznate a un diablillo escuálido con cara de pánico. La escalinata se dividía en dos bajo un enorme escudo labrado en piedra gris. León eligió el tramo de escalones de la derecha para continuar subiendo y, al llegar arriba, se perdieron en un laberinto de pasillos penumbrosos. Abel intuía los huecos de puertas abiertas, habitaciones cubiertas de libros vetustos que olían a polvo y sabiduría de siglos. Daba la impresión de que en ese lugar se había detenido el tiempo.

Al final de los corredores volvió a aparecer la luz natural. Llegaron a lo que en las basílicas románicas se llamaba nártex, un atrio separado del resto de las naves, destinado a servir de recibidor de aquellos que no estaban bautizados. Allí los esperaba el embajador marroquí. Su vistoso atuendo destacaba entre la sobriedad de las sotanas del grupo de religiosos que lo acompañaba. De la pared norte colgaba una pizarra garabateada con una enigmática enumeración. Cada una de las entradas estaba precedida por una cruz o por una media luna. A Abel le recordó la escuela.

—¿Entiendes lo que pone? —Abel no se había dado cuenta de que el religioso que estuvo con ellos dos días antes se había situado justo a su lado.

—Sí —dijo orgulloso de sus conocimientos. Y empezó a leer en alto:

✞ 1248. Conquista de Sevilla. Rd2++
✞ 1262. Conquista de Niebla. Ca4++
☪ 1270. Octava Cruzada. Txf1++
☪ 1271. Krak de los Caballeros. e2
☪ 1279. El sitio de Algeciras. Ac7++

Cristianos 2 Musulmanes 3

—¡Maravilloso! —exclamó frey Dámaso—. Eres muy listo.

El niño asintió sonriente porque todavía no conocía la virtud de la modestia.

—¿Qué significa? —preguntó.

—¿Ves que detrás de cada fecha hay un nombre de una batalla y que detrás de ella hay un movimiento de ajedrez? —Abel asintió—. Pues son batallas reales muy sangrientas que alguien intentó relacionar con partidas de ajedrez. Y ahora, por desgracia, eso puede crear un gran conflicto que nos afecte a todos.

—¿Y qué es lo que ganará ese «alguien» con eso? —dijo el niño mientras se estremecía por culpa de la lluvia que había humedecido su ropa.

—¡Muy buena pregunta! Y la respuesta es complicada... —soltó frey Dámaso—. Ven, te secaremos un poco.

Abel miró en dirección a su padre, que estaba de nuevo enfrascado en una discusión con el embajador marroquí. El prior tomó su mano y lo sacó de la habitación para llevarlo a una cocina anexa. Con una toalla le enjugó el cabello, le echó una manta fina por encima de los hombros y puso a calentar vino dulce, aderezándolo con canela y una yema de huevo.

—Bébete esto o te resfriarás. —El niño le dio un trago y sintió una oleada de calor recorriéndole las venas—. Está bueno, ¿eh?

—Gracias, padre... No me acuerdo de cómo se llama, padre —murmuró Abel.

—No lo recuerdas porque no te lo he dicho. Mi nombre es Dámaso. Puedes llamarme padre Dámaso.

—Yo me llamo Abel de Montenegro. Puede llamarme Abel —respondió el niño aferrado todavía al vaso—. Y ¿usted se encarga de las bebidas? ¿Podría tomar otro poco?

Frey Dámaso se echó a reír.

—No, yo no me encargo de las bebidas. Soy el prior de esta comunidad y además soy escribano. Mi vida está dedicada a las letras. Las ordeno y las desordeno según convenga. Por ejemplo... dime una palabra complicada.

—Imprenta.

—Ésa es fácil. ¡Pintarme!

—¿Pintarme?

—Lo que he hecho se llama «anagrama» —aclaró frey Dámaso—. Cambio el orden de las letras de una palabra o de una frase y las convierto en otra palabra o en otra frase.

El niño se puso a contar las letras de la palabra «pintarme» y sonrió al darse cuenta de que estaban todas.

—Otra vez —dijo ansioso—. Ahora con... ¡Desorejado!

—Veamos. —Frey Dámaso movía la cabeza a uno y otro lado, como si se lo hubiese puesto muy difícil—. ¡Ya está!: «Ojeador sed».

El niño no paraba de reír.

—Quiero uno con mi nombre: Abel de Montenegro.

—Abel de Montenegro, Abel de Montenegro, Abel de Monte... ¡Nombre de angelote!

—Me gusta mucho.

—Ahora tú —le dijo frey Dámaso—. Haz un anagrama con mi nombre: Dámaso.

El niño se quedó un buen rato pensando, con el dedo cerca de los labios y un ojo medio cerrado. De pronto, cambió el gesto y sonrió.

—¡Masado! —exclamó dando un hipido, apurando el resto de vino caliente que le quedaba en el vaso.

—Maravilloso. Eres un chico listo. —Le quitó despacio el vaso de las manos—. Mejor que no bebas más, que eres muy pequeño y estas cosas en pequeña medida son buenas, pero en grandes se vuelven contra uno y le desbaratan la vida.

Pero ya era demasiado tarde y el chorrito de vino dulce con canela soltó la lengua de Abel que se lanzó a contarle con pelos y señales, con una oratoria dramática digna del propio Cervantes, sus desgracias escolares y sus infructuosos esfuerzos por eludir la crueldad de sus compañeros de clase. Frey Dámaso mientras tanto le preparaba una rebanada de pan con aceite y azúcar.

—Yo lo que quiero es ser buscador de tesoros —le aclaró el niño—, por eso no tenía sentido seguir yendo a clase... y ahora que mi padre manda en casa, pues ya no voy a ir nunca más.

—Vaya… buscador de tesoros nada menos. Ésa es una profesión bastante arriesgada, no sé si lo sabes. ¿Eres capaz de guardar un secreto? —le preguntó el religioso mirando a los lados y bajando el tono de voz de forma teatral. El niño asintió sorprendido ante la coincidencia de que todo el mundo le confiase enigmas ese día. Frey Dámaso le susurró al oído—: Yo busco un tesoro. En realidad, todos los que estamos aquí buscamos un tesoro… incluso tu padre. —Se llevó el dedo a los labios en señal de confidencia—. Pero no se lo puedes contar a nadie. Si eres capaz de guardar el secreto del tesoro, te dejaremos que nos ayudes a encontrarlo. ¿Quieres?

—Sí —musitó Abel reproduciendo el tono confidencial.

Entonces frey Dámaso se incorporó, cogió al niño en brazos para bajarlo del fogón, le tomó de la mano y juntos volvieron a caminar en dirección al nártex. Cuando llegaron, León ya se estaba despidiendo. Los dos hombres se miraban de frente, haciendo un gesto reverente con la mano derecha, tocándose primero el pecho, luego la boca y después la frente.

—*Salam aleikum* —dijo el embajador marroquí.

—La paz sea contigo —respondió León.

Abel observó la actitud cordial de los dos y supo reconocer el afecto de las personas que se respetan. Entonces Sidi Ahmet-El-Gazel clavó sus ojos en él y le sonrió con dulzura. El niño bajó la mirada avergonzado. Cuando la levantó, el embajador marroquí ya se había marchado.

7

El elefante de marfil

> CABALLERO: Juegas al ajedrez, ¿verdad?
> LA MUERTE: ¿Cómo lo sabes?
> CABALLERO: Lo he visto en los cuadros y lo he oído en las baladas.
> LA MUERTE: Sí, a decir verdad, soy muy buena jugadora de ajedrez.
> CABALLERO: Pero no eres mejor que yo.
>
> INGMAR BERGMAN, *El séptimo sello*

Cristóbal caminó cabizbajo en dirección a la calle Cuna. Cuando llegó a la altura del número tres, golpeó el llamador de bronce con forma de mano situado en medio de la puerta y esperó pacientemente, echándole un vistazo apático a la punta de sus zapatos. Aquel día estaba abatido. La lluvia le empañaba el espíritu. Fernando Álvarez abrió la puerta y se hizo a un lado para dejarle pasar, señalando la escalera que quedaba a la derecha del zaguán.

—Subamos a mi despacho —indicó—. Allí estaremos tranquilos.

El maestro de taller escrutó el patio desde el balcón del primer piso con ojos tristes y caminó sigiloso para no despertar de la siesta al resto de los habitantes de la casa. Su alianza con el Sabio Añejo debía mantenerse en secreto. La puerta del despacho estaba abierta y atravesó el umbral con confianza, sin pedir permiso, escuchando cómo a sus espaldas su anfitrión echaba la llave. Se trataba de una cámara espartana de suelo de madera, con una mesa de pino macizo en el centro sobre la que descansaba un tablero de ajedrez con sus trebejos junto a un tintero coronado por una pluma de faisán. El único lujo que parecía permitido en aquella estancia era un escudo de plata repujada que colgaba de la pared norte. En él se representaba una cruz griega con flores de lis en los extremos de sus brazos, esmaltada en gules: la cruz de Calatrava.

Cristóbal presentía que por fin iba a tomar una postura realmente activa en la importante misión de la que le habló el Sabio Añejo el día que se conocieron. Hasta entonces se había conformado con hacerle un parte, casi diario, de las idas y venidas de León: de sus escapadas nocturnas a la catedral, del horario de visitas a la Orden de San Juan de Acre, del tiempo que se pasaba pensando en las musarañas. Aquello le servía a Cristóbal para deshogarse, para sentir que no estaba parado en el centro del mundo dejando pasar el tiempo sin resistirse a su infame destino de vulgar empleado. Espiar a León le proporcionaba la cálida ilusión de ser él quien manejaba las riendas de su vida. Pero poco a poco la euforia se le fue diluyendo hasta que ese oficio de chivato se convirtió en costumbre. Se estaba estancando. Necesitaba emociones nuevas. Necesitaba más razones para seguir alimentando su odio. Además, las salidas intempestivas de León y sus misteriosas reuniones se espaciaban en los últimos tiempos, tanto que Cristóbal estaba perdiendo la esperanza de poder desenmascarar al maldito amigo de los infieles.

—Ya sabía yo que hacíamos bien al vigilar a ese filibustero —empezó a decir el Sabio Añejo—. Desde que llegó de Malta, comprendimos que traería problemas… —Hizo un gesto de desprecio—. Mi contacto me ha informado que «el pirata» ya ha llegado a un trato con ese musulmán que nos está visitando. Aún no entiendo por qué esta ciudad le ha recibido como si fuese un faraón. ¡Imbéciles! No se dan cuenta de que esos herejes nos están midiendo. Esperan a que bajemos la guardia para robarnos nuestras tierras y convertirlas de nuevo en al-Andalus. ¡Ni siquiera les importa que pretendan robarnos la Giralda!

—Imbéciles —repitió Cristóbal—. La Giralda es nuestra.

—Lo más bello de la torre es su tramo superior. Y esa parte está construida por manos cristianas. Hasta su nombre es cristiano. —Y estiró el dedo índice teatralmente para pronunciar—: Giralda... que le viene del Giraldillo, la veleta con la imagen de la Fe Victoriosa que la corona. Fe cristiana, sin duda.

—Sin duda alguna. —Se hizo un breve silencio—. Es una suerte que haya tantas personas afines a nuestra causa —continuó Cristóbal.

El maestro de taller tuvo de pronto la incómoda sensación de que el Sabio Añejo lo miraba con desprecio. Como si le hubiera rechinado en los oídos el comentario, como si realmente no le creyese parte de su selecto grupo. Que el escribano cogiera uno de los peones que había sobre el tablero de ajedrez para apretarlo en su puño no le ayudó a eliminar su desazón.

—El caso es que... —el Sabio Añejo pareció salir de su momentáneo ensimismamiento— volvemos a necesitarte, Cristóbal.

—Y yo estoy aquí para servirles.

—Su Majestad Carlos III se ha puesto en contacto con nosotros. El moro le habló de la apuesta. Y con la desfachatez que los caracteriza, presentó un recuento falso de resultados que los da a ellos como ganadores. —El rostro del Sabio Añejo se ensombreció al pensarlo—. Antes de acudir a esos bobos de San Juan de Acre, el rey nos ha preguntado si teníamos conocimiento de todo esto, ya que nuestra Orden estuvo presente en la toma de Sevilla y en la firma de las capitulaciones. Le hemos explicado que ese pacto fue un auténtico disparate, que nuestros hermanos se negaron a ser testigos de semejante atrocidad, que abandonaron la tienda de campaña en la que se estaba firmando el pacto y que fueron los miembros de la Orden de San Juan de Acre los únicos que estuvieron presentes y se hicieron responsables de heredar y continuar con esa pantomima. Además le hemos informado también que ese recuento de partidas se parece sospechosamente al recuento de batallas entre moros y cristianos acontecidas en los años posteriores a la toma de Sevilla... —El hombre calló al pensar en el papel que su Orden había desempeñado en ese recuento falso. La estratagema, que siglos atrás debió de parecer útil e inspirada, se volvía ahora contra ellos.

—¿Y qué ha respondido el monarca? —preguntó intrigado Cristóbal.

—No está dispuesto a arriesgar la paz de su reino por una apuesta de la que ni siquiera había oído hablar. Pero, como necesita que se firme el tratado con el sultán de Marruecos, le ha prometido a su embajador que estudiará el pacto siempre y cuando se encuentre el documento que lo certifica y en el que consta el recuento de las partidas ganadas y perdidas hasta el momento, según nuestro bando.

—Pero no se sabe dónde está.

—Efectivamente, estimado Cristóbal, y así debe continuar. El rey nos ha pedido que vigilemos de cerca todos y cada uno de los movimientos de los miembros de la Orden de San Juan de Acre. Al parecer ellos se han comprometido con el moro a encontrar el documento anexo a las capitulaciones y, si lo hacen, Carlos III se verá en la obligación de cumplir con su palabra. El rey en persona nos ha encargado la misión de destruirlo antes de que sea demasiado tarde, siempre con mucha discreción: no quiere enojar a los moros ahora que los necesita, y ya pensará en cómo convencerlos sin tener que arriesgar nuestro patrimonio.

—Por supuesto.

—No dejaremos que nos arrebaten la Giralda —concluyó el Sabio Añejo, como si se lo recordase a sí mismo.

—Desde luego que no.

—Que los musulmanes hace seis siglos ocupasen nuestras tierras no les da ahora ningún derecho sobre ellas…

—Eso está claro.

El Sabio Añejo suspiró sin entusiasmo.

—Tenemos que encontrar el documento antes que ellos y en eso estamos, pero... —volvió a suspirar— en el caso de que sean los de la Orden de San Juan de Acre quienes lo encuentren... Si se llega a jugar esa última partida… nuestro confidente nos ha informado de que el pirata se ha comprometido con el moro a determinadas cosas para que sea imposible que alguien malintencionado pueda corromper la última y definitiva partida. Al parecer, los dos contrincantes tendrán que demostrar que son los elegidos, los legítimos herederos de las capitulaciones. Para ello han de llevar consigo dos elefantes de un juego de ajedrez antiguo: uno de marfil y el otro de ébano y, además, el jugador que represente a los moros llevará colgada del cuello media luna de oro, y el representante de los cristianos, la cruz de la Orden de Malta.

—La cruz que tiene León —exclamó Cristóbal—. No se la quita jamás.

—Ésa será tu misión —continuó explicando el Sabio Añejo—. Tienes que conseguir ambas cosas. Tenemos que estar preparados, ¿comprendes?

Y, con la tranquilidad de quien ha planeado muchas intrigas, el Sabio Añejo le explicó paso por paso cómo había que hacerlo para no levantar sospechas.

Eran más de las nueve cuando León y Abel salieron de la jurisdicción de San Juan de Acre. El cielo había dejado de llorar pero, a cambio, el ambiente se quedó pesado y una tropa de nubes oscuras como panzas de burro cabalgaba rumbo al río. Si la luna y las estrellas tenían intención de salir esa noche de verano, seguramente no podrían verse porque un manto de tinieblas empezaba a envolver la ciudad, desplegándose desde el oeste. Padre e hijo caminaban de la mano sin hablar.

—¿Es verdad que buscas un tesoro escondido? —preguntó de pronto el niño, rompiendo el silencio.

León sonrió.

—¿Quién te ha dicho eso?

—El padre Dámaso. Y dice también que si no se lo cuento a nadie, yo también podré buscarlo.

—Pues si él te da su permiso, sin duda podrás.

Siguieron caminando.

—Y, ¿dónde hay que buscarlo?

—Si supiéramos dónde buscarlo, no estaría escondido, ¿no crees?

—¿Y por eso hablas con el embajador de Marruecos?, ¿él sabe dónde está el tesoro?

—No, él tampoco lo sabe —dijo en tono abatido—. Aunque también quiere encontrarlo.

Al llegar a la altura de la plaza de San Lorenzo, León y Abel se aventuraron por una brumosa calle sin iglesias, desprotegida de imágenes de santos que pudieran iluminar la noche con sus farolillos. El niño no había estado nunca allí y, muchos años más tarde, buscándola a conciencia, tampoco la supo encontrar. León no podía sacarse de la cabeza los detalles de la reunión que acababa de mantener. Ante la incredulidad que los caballeros de la Orden mostraron durante la cena en los Reales Alcázares, el embajador marroquí se comprometió a enseñarles la copia de aquel documento milenario que llevaban tantos siglos buscando y que estaba en poder de su pueblo. Se les pusieron los pelos de punta al hojear el anexo. En él aparecía un recuento de partidas jugadas, cada una de ellas precedida de una cruz ochavada o una media luna, dependiendo de si el ganador era el rey cristiano o el musulmán. Según ese inventario, Axataf y sus herederos eran los legítimos dueños de la Giralda. Quedaron desconcertados. El hermano Lorenzo, que con el paso de los años se iba afianzando cada vez más en su carácter falto de moderación, fue el primero en romper el silencio.

—¡Ese pergamino es una pamplina! —soltó con muy malos modos señalando con su dedo índice al embajador musulmán que por suerte no entendió una palabra, aunque sí le desconcertó la actitud agresiva del anciano.

—Espere, hermano —reclamó frey Dámaso sujetándole el brazo—. Reconozco este recuento. Las cosas se están complicando. Es lo que me temía.

—Por favor, aclárenos esto... se lo ruego —suplicó León.

Entonces frey Dámaso explicó que aquel documento anexo era una estrategia vergonzosa fraguada mucho tiempo atrás por sus rivales, los miembros de la Orden de Calatrava que desde el comienzo intentaron desvirtuar el pacto entre los reyes. Querían confundirlos, enemistarlos, querían que se llenasen de sospechas con el fin de acabar con esa apuesta que, según ellos, no era más que un arriesgado disparate, una muestra de debilidad impropia de un guerrero cristiano. La Orden de Calatrava comenzó a enviar recuentos anónimos en los que emparejaban batallas reales libradas entre los dos pueblos, con las partidas de ajedrez que ambos reyes jugaban. Identificaban a los peones con el ejército llano, las torres con los castillos, el alfil con el obispo, la reina con la Virgen de los Reyes... hasta que las partidas se convirtieron en réplicas exactas de las batallas.

Ahora ese documento estaba frente a sus ojos, con un recuento de 3 a 2 a favor de las medias lunas.

—León, tienes que contarle al embajador todo esto —señaló frey Dámaso—. Este anexo carece de autenticación. No figuran las firmas de los mandatarios. No prueba nada. Traduce mis palabras, tal y como yo las pronuncie, por favor.

Y comenzó a narrar la historia desde el principio, impostando la voz, como lo haría el padre que intenta dormir a su niño contándole una fábula.

En 1248, un príncipe cristiano y un rey musulmán se apostaron figurar para la posteridad como propietarios de la Giralda. Ganaría quien resultara vencedor de tres partidas. Las reglas que regirían aquel desafío quedaron plasmadas en un anexo de las capitulaciones de la toma de Sevilla. En la primera partida resultó ganador el príncipe cristiano.

Axataf desde el Magreb y el príncipe Alfonso desde Sevilla siguieron jugando, sorteando la distancia con la ayuda de palomas mensajeras. En la segunda partida, el bando cristiano volvió a ser más fuerte que su contrincante. Los caballos blancos asediaban angustiosamente al rey negro que recibió un espectacular jaque mate: Ca4++. Por tanto el recuento estaba dos a cero a favor de los cristianos.

El príncipe Alfonso, que ya era rey, decidió continuar con la labor de su padre: la conquista de los territorios peninsulares. Envió sus huestes a Niebla y sitió durante nueve largos meses a la población. Las gentes terminaron por desgastarse, sorprendidas por ese nuevo invento llamado pólvora que hacía estallar en mil pedazos lo que tocaba, y terminaron por rendirse ante la falta de alimentos. Al poco tiempo, Axataf recibió una carta anónima que emparejaba los finales de las partidas con batallas reales acontecidas entre los dos pueblos.

✞ 1248. Conquista de Sevilla. Rd2++
✞ 1262. Conquista de Niebla. Ca4++

Cristianos 2 Musulmanes 0

Ante la desagradable situación que la misiva provocó, el rey musulmán pidió explicaciones a Alfonso X. Estaba airado, convencido de que los cristianos estaban burlándose de ellos. El Rey Sabio le aseguró que desconocía quién pudo enviar esa inquietante carta, pero intuyó que era alguien interesado en corromper los términos de su pacto. Tras largas conversaciones, decidieron continuar con la apuesta y jugaron una nueva partida en la que resultó ganador el bando musulmán con el movimiento: Txf1++. De esa forma, el recuento quedaba dos a uno. Pero la confianza entre ambos reyes ya estaba herida…

En 1270, el rey de Francia, Luis IX, emprendió una cruzada contra los musulmanes pero no llegaron siquiera a combatir. La mayor parte del ejército se contagió de la peste que asolaba Túnez y el propio rey murió víctima de la enfermedad. Su hijo mayor, desesperado, firmó un tratado de paz con el sultán y regresó a Francia. Dos meses más tarde, Alfonso X el Sabio recibió un anónimo. Un pergamino en el que simplemente figuraba un recuento de batallas:

✞ 1248. Conquista de Sevilla. Rd2++
✞ 1262. Conquista de Niebla. Ca4++
☪ 1270. Octava Cruzada. Txf1++

Cristianos 2 Musulmanes 1

El Rey Sabio decidió no prestar demasiada importancia a esos anónimos y continuó con el juego a distancia. La siguiente partida, volvió a ganarla el bando musulmán. Fue entonces cuando el Krak des Chevaliers, la sede de la Orden del Hospital de San Juan de Jerusalén durante la época de las Cruzadas, sufrió el ataque del sultán mameluco Baybars. Utilizó una triquiñuela para despistar a sus enemigos. Envió una paloma mensajera al interior del castillo con un mensaje falso del gran maestre de la Orden hospitalaria en el que les pedía a los cristianos que se rindiesen ya que no podían enviarles ayuda. Y ellos así lo hicieron, perdiendo para siempre el Krak de los Caballeros.

Poco después, el rey castellano volvía a recibir un anónimo con la siguiente lista:

✞ 1248. Conquista de Sevilla. Rd2++
✞ 1262. Conquista de Niebla. Ca4++

☪ 1270. Octava Cruzada. Txf1++
☪ 1271. Krak de los Caballeros. e2

Cristianos 2 Musulmanes 2

El proyecto de reconquista de la península de Alfonso X el Sabio pasó por sitiar Algeciras, una plaza importantísima ya que la presencia de los benimerines en la zona podía provocar una nueva invasión de Castilla. Pero todo se complicó. El ejército cristiano se vio sorprendido por las altas temperaturas, la falta de agua y comida, la peste… debilitado, era incapaz de vencer a su enemigo. El rey se vio forzado a firmar una tregua con los benimerines y abandonar sus sueños de conquista de esa zona. Es entonces cuando recibió la nueva misiva.

✞ 1248. Conquista de Sevilla. Rd2++
✞ 1262. Conquista de Niebla. Ca4++
☪ 1270. Octava Cruzada. Txf1++
☪ 1271. Krak de los Caballeros. e2
☪ 1279. El sitio de Algeciras. Ac7++

Cristianos 2 Musulmanes 3

Alfonso X el Sabio se sintió agotado. Su primogénito, el que debía heredar su reino, murió en extrañas circunstancias y él, roto de dolor y, en contra de lo que estipulaba la ley, decidió que el heredero de la Corona sería su nieto. Alfonso X, gran amante de la cultura y de las ciencias, no consideraba a su segundo hijo, Sancho, digno de heredar el reino. Al joven nunca le había interesado el conocimiento, no sabía ni leer ni escribir, detestaba a los musulmanes y tenía tendencia a la bravuconería. Sancho se sintió defraudado, despreciado, así que decidió aliarse con algunos nobles. Les convenció de que su padre era un rey incapaz de gobernar con mano dura, más preocupado en crear escuelas de traductores y escribir poemas, que en luchar contra el enemigo musulmán, que en cualquier descuido podría intentar recuperar los territorios perdidos. Así que, en el año 1282 de la era cristiana, Alfonso X el Sabio se encontró ante la trágica sorpresa de que su propio hijo se había sublevado. Estaba entre la espada y la pared y decidió solicitar una entrevista con el sultán de Marruecos, Aben Yusef, para pedirle ayuda. Con gran pesar, decidió combatir contra su propio hijo justificando esa acción con la ya célebre frase: «Si mis fijos se facen mis enemigos non será ende mal que tome a mis enemigos por fijos».

Aben Yusef aceptó el encuentro. Admiraba al rey de Castilla porque era un gran luchador que había reanudado la idea conquistadora de su padre pero que, a la vez, era capaz de dejar atrás sus prejuicios para trabajar en favor de la fraternidad. Con ese afán tradujo al castellano la Biblia, el Corán, el Talmud, la Cábala y una colección de cuentos indios llamada *Calila y Dimna*. Ambos monarcas se citaron en Zahara, que por aquellos tiempos era una importante villa de frontera del reino nazarí. El encuentro se celebró en una explanada verde y florida. Estaban protegidos de las inclemencias del sol gracias a una carpa celeste bordada en oro, comprada en el zoco de Bagdad. La imagen de ese encuentro quedó reflejada en el *Libro de los juegos*. En ella ambos mandatarios aparecen sentados en almohadones de seda y plumas, frente a un tablero de ajedrez. Aben Yusef está representado como un venerable anciano de barbas blancas, pero su edad no le restaba agudeza, así que cerraron un beneficioso acuerdo para los dos: Alfonso X le entregaría un importante número de vacas castellanas para mejorar la raza de las nazaríes y, a cambio, el sultán le ayudaría a hacer frente a la rebelión de su hijo y le enviaría libros escritos en árabe en los que se hablaba de los conocimientos de su pueblo, que tanto interesaban al rey castellano. Poco pudo imaginar el Rey Sabio que esos mismos libros los encontraría su hijo Sancho en Jerez y que los utilizaría para reforzar ante sus seguidores la teoría de que su padre era un traidor que se aliaba con los musulmanes en contra de su propio pueblo.

Los dos reyes aprovecharon también para tratar el tema de las partidas de ajedrez. Ambos recibían los mensajes contradictorios que intentaban identificar batallas reales con las partidas que se habían estado jugando y juraron por su honor que ninguno de los dos tenía nada que ver en el asunto. Llegaron a la conclusión de que la única manera de certificar la verdadera esencia de la apuesta y la buena fe de ambas partes era con el pergamino anexo de las capitulaciones en el que aparecían las «reglas del juego» firmadas por ambos monarcas. Ésas eran las verdaderas cláusulas del compromiso. Fue entonces cuando Alfonso X el Sabio decidió protegerlas guardándolas en la jurisdicción de San Juan de Acre. En su fiel Sevilla. Ambos sabían que los anónimos eran falsos y que en realidad estaban empatados. Por tanto, debían concretar un lugar y una fecha para jugar la partida del desempate. Decidieron que sería después de sofocar la revuelta de Sancho y los nobles castellanos. Pero Sancho, el hijo de Alfonso X, a pesar de no ser demasiado culto sí fue un gran batallador que pasó a la historia con el sobrenombre de El Bravo. Consiguió el respaldo militar de la Orden de Calatrava, que antes fue leal a su padre y juntos corrieron la voz entre los nobles españoles de que el Rey Sabio había perdido el juicio y que se había hermanado con los musulmanes, poniendo en peligro el reino. Los caballeros de Calatrava certificaron que ellos estaban presentes el día de la firma de las capitulaciones, pero tergiversaron las cláusulas de la apuesta para ganar adeptos que apoyasen a Sancho. Mintieron porque consideraban que era un error por parte de Alfonso X mantener tan buenas relaciones con los musulmanes. Así, y para demostrar que el rey pretendía entregar la torre sevillana a los infieles, les mostraron la misma lista de batallas que los reyes recibían:

✞ 1248. Conquista de Sevilla. Rd2++
✞ 1262. Conquista de Niebla. Ca4++
☪ 1270. Octava Cruzada. Txf1++
☪ 1271. Krak de los Caballeros. e2
☪ 1279. El sitio de Algeciras. Ac7++

Eso puso a los nobles a favor de Sancho. El cual, por su parte, enterró el asunto y prohibió terminantemente que volviera a hablarse del tema. Con Sancho murió el pacto. Aquel pacto que a ningún rey cristiano le interesaría sacar a la luz, pero en el que estaba en juego el honor de un rey y de su pueblo.

El relato de los hechos consiguió convencer al embajador marroquí, aunque exigió que se comprometieran a buscar sin demora la copia cristiana de las capitulaciones. Y ellos así lo hicieron.

León repasaba todo eso mientras escuchaba los ecos de sus propios pasos acompasados con los de su hijo, retumbando por las calles de Sevilla. Como si el instinto le estuviese avisando de un peligro, se llevó la mano al bolsillo y atrapó aquel trebejo que le convertía en el elegido. Abel notó cómo la mano de su padre se cerraba en un puño.

—¿Qué tienes ahí? —le preguntó el niño.

—Es un elefante de marfil. Pertenece a un juego de ajedrez muy antiguo.

—¿Me lo dejas?

—Sí —respondió su padre depositándolo en la mano de su hijo—, pero tienes que tener mucho cuidado con él.

Abel lo aferró con emoción. Continuaron caminando sin cruzar palabra, uno junto al otro pero, a partir de ese momento, los hechos que se sucedieron aparecían borrosos en los recuerdos del niño. Se fueron difuminando en el transcurrir de los años que Abel de Montenegro tardó en plasmarlos en el *Libro sin nombre* y, cuando lo hizo, narró aquel plomizo atardecer de verano como una noche oscura, el bochorno como frío de tumba, las calles como una acuarela en la que un gigante loco hubiese lanzado un cubo de agua.

Recordaría siempre que iba despistado, sintiendo los contornos del elefante en su mano, pensando en lo que le había sucedido en los últimos días, admirado por lo que acababa de descubrir de su padre, emocionado por la promesa de encontrar un tesoro. Se le agolpaban las preguntas, una larga lista de porqués, cuándos y dóndes que se quedaron congelados en sus labios cuando sintió que su progenitor le daba un tirón del brazo para colocarlo detrás de él. En ese momento le vino a la boca el sabor metálico de la fatalidad. Escondido tras las piernas de su padre, intuyó la silueta oscura de un hombre que se aproximaba a ellos con la cara oculta bajo un capuz. Entre los pliegues de sus ropajes negros creyó ver un reflejo plateado.

—Dame todo lo que lleves —espetó el extraño con voz agresiva, amenazándolos con una navaja.

—Tranquilo, le daré todo el dinero que tengo —respondió León, protegiendo con su cuerpo a su hijo.

Durante los años en que León recibió su instrucción guerrera en el cuerpo de jenízaros, aprendió a defenderse de los ataques con violencia y también con calma, aprendió a negociar y a luchar hasta la muerte si era necesario. Pero nunca le enseñaron a enfrentarse al enemigo cuando caminaba junto a alguien que le importaba más que su propia vida. Miró para atrás por el rabillo del ojo y vio el rostro de su hijo totalmente demudado. Le temblaba el labio inferior y se aferraba con fuerza a las perneras de sus pantalones. El asaltante también miró a Abel. Lo agarró del brazo y lo sacó de su escondite, zarandeándole de un lado a otro.

—Ponte ahí que yo te vea, mocoso malcriado —le gritó.

—¡Bribón!, ¡bellaco! —berreó el niño, sacudiendo los puños y lanzando patadas al aire.

El hombre sacó su mano izquierda de debajo de las vestiduras y abofeteó la cara del niño, tirándole al suelo como un pelele. León entonces perdió el control que se había impuesto. Con una mueca de rabia en el rostro, apretó los dientes y se abalanzó sobre el atacante que, justo en ese momento, avanzó un paso y le clavó la navaja en el vientre una única vez. Los dos hombres se quedaron frente a frente y por un instante pareció que el tiempo transcurría lentamente. Abel, agachado en el suelo, vio cómo la navaja resurgía del cuerpo de su padre, las gotas escarlata recorriendo su filo, resbalando hasta el suelo, salpicando la tierra... León agarró la capucha del asaltante e intentó descubrirle el rostro. Y entonces el tiempo volvió a su velocidad normal. En apenas unos segundos el atracador se echó hacia atrás para no ser descubierto, lanzó un gruñido desgarrado de odio, rabia, resentimiento y cogió impulso para apuñalarlo tres veces más, ante la mirada aterrorizada de Abel.

León se apoyó en la pared que tenía justo detrás. Resbaló por ella hasta que cayó al suelo. El ladrón le abrió de un tirón la camisa para mirar con decepción su pecho. Le tanteó la ropa, les dio la vuelta a los bolsillos de su chaqueta, sacudió la bolsa de cuero que llevaba anudada en la cintura. El maleante no parecía interesado en el dinero, lo tiraba todo al suelo, incluidas las monedas.

—¿Dónde está?, ¿dónde está? —repetía con la respiración agitada.

Cuando no le quedó nada por registrar, lanzó una maldición, se dio la vuelta y echó a correr dejando tras de sí el rastro oscuro de su capa flotando en el aire.

León estaba aferrado a su estómago. Sentía la tibia sangre corriendo entre sus dedos. Sus años de estudios de anatomía y su experiencia en contiendas no le dejaron dudas. Se estaba muriendo.

—¡Ayúdenme! —gritaba Abel con los ojos inundados de lágrimas—. Mi padre está herido.

—Leoncito. Escucha —musitó León—. Hazme un favor...

Abel se arrastró hacia él.

—No olvides que te quiero mucho, leoncito.

—Y yo... y yo —balbuceaba el niño.

—Atiéndeme —dijo exhausto—, esto es importante. ¿Ese hombre te ha quitado el elefante?

—No —hipó Abel.

—Eso está bien. Escucha, ahora tú eres el que ha de buscar el tesoro. Tienes que guardar el elefante y la cruz que te colgué al cuello con mucho, mucho, mucho cuidado —murmuró, con voz cada vez más débil—. Algún día esos objetos te abrirán todas las puertas. Prométélo, ¡pro… mé… te… lo! —León sacó la voz de su interior en un último esfuerzo—. Promete que protegerás el elefante de marfil y la cruz de Malta.

—Lo prometo.

Abel cerró su puño aferrando el elefante. Tenía el presentimiento de que ese instante decidiría su vida.

Doña Julia pasó más de veinte horas seguidas llorando. A ratos lo hacía con aspavientos, a ratos como lo haría una criatura de pecho, a ratos con la mirada perdida, gimiendo sin lágrimas. Se atormentó recordando las cosas que le dijo a su esposo en la última discusión, pensando en el tiempo que había perdido de estar a su lado, en las caricias que no le había dado, en las veces en las que no le dijo cuánto lo quería, las noches en las que no se amaron por culpa del cansancio, confiando en que había tiempo de sobra, en que el hombre de su vida, su amor, su bucanero de ojos marinos, estaría junto a ella para siempre. De pronto sintió, de forma punzantemente palpable, en qué consistía la realidad de la existencia. El dolor se aferró de tal manera a su pecho que perdió la compostura y las buenas maneras. Lanzó los jarrones contra la pared, pisoteó las flores, volcó las estanterías, le dio patadas a las puertas y, por fin, terminó por el suelo gimiendo en un lamento triste que desgarraba el alma. El sufrimiento de su hija pareció sacar a Juan Nepomuceno momentáneamente de su habitual distracción. Rescató de uno de sus antiguos libros de boticario una receta indicada para tratar las rabietas de los perturbados difíciles y se la dio a beber disimulada en una copa de coñac. Eso la mantuvo dormida toda la noche.

—La vida se mide en tiempo, mamita querida… y el tiempo que se va, ya no regresa —le dijo a mamita Lula con la boca pastosa, poco antes de caer en brazos de Morfeo.

A falta de hombres de la familia que se pudieran hacer cargo de la situación, Cristóbal coordinó a los muchachos de AQUÍ SE IMPRIMEN LIBROS para organizar las liturgias de la muerte. Colgaron crespones negros en los balcones que daban a la calle Génova, encargaron ramos de claveles para colocar en todas las esquinas de la casa y pusieron la gran mesa de la imprenta en medio del patio, junto a la fuente. La cubrieron con una pieza de terciopelo negro y sobre ella pusieron el ataúd con los restos de León en cuerpo presente. Doña Julia se negó a que cerrasen la tapa porque la muerte, en lugar de ajar su piel, de trazar surcos azulencos bajo sus ojos agrietar sus labios, no hizo más que reafirmar su perfección. Lo acomodaron con las manos sobre el pecho, escoltado por cuatro cirios encendidos que dejaron efluvios de iglesia flotando en el ambiente durante varios días, vestido con una de aquellas casacas que su esposa encargó al sastre antes de la boda y que él jamás llegó a usar en vida.

La casa se llenó de gente. Entre los extraños destacó la centena de freires de la Sacramental de San Juan de Acre que desfilaron delante del féretro con la cruz de la Orden de Malta en el pecho y cara de consternación. Por un instante, doña Julia se preguntó qué harían aquellos hombres en su casa y de qué conocerían a su marido. Pero pronto dejó de preocuparse por eso. Cuando vio a León dentro de la caja no le alcanzó el dolor del alma para comprender que sin duda estaba muerto. Parecía dormido, un arcángel san Gabriel que Dios arrancó de la tierra negándose a renunciar a tanto encanto. Los simples mortales no lo merecían, suspiraba su viuda lanzándose sobre él, conmocionada por la desolación.

—No te vayas, Asad —le murmuró imperceptiblemente en el oído.

Cristóbal aprovechó ese momento para tomarla delicadamente de la cintura, acompañarla a una silla, atusarle los cabellos, asegurarle que no estaba sola, que nunca lo estaría mientras a él le quedase en el pecho un hálito de vida. Se llenó de emoción al sentir la frente de ella sobre su hombro, trémula por culpa del llanto. Nunca antes estuvieron más cerca; no sólo físicamente, también en espíritu. Experimentó la satisfacción de tener la certeza de que ella lo necesitaba, ahora más que nunca. Con el paso de los años, consiguió convencerse a sí mismo de que el amor pasional no era tan importante para crear una alianza feliz entre un hombre y una mujer. No le importaba que ella no estuviera enamorada de él; se conformaba con que lo necesitase. Así se lo explicó entre susurros mientras doña Julia gimoteaba sobre su hombro.

—No tiene que preocuparse por nada —le decía acariciándole la mano—, aquí estoy yo para encargarme de todo; desde los asuntos de la imprenta hasta del dolor de su alma. Yo la cuidaré. De momento, he hablado con los amables hermanos de la Sacramental de San Juan de Acre. —Señaló con la mirada a los religiosos que continuaban allí—. Me comunican que estarán dichosos de recoger a su difunto esposo en un sepulcro dentro de la propia jurisdicción. Me aseguran que será un sepelio muy bonito; todos los freires en dos filas, con cirios en las manos... le dirán seis misas, le rezarán cinco Paternoster y otras tantas avemarías. Yo creo que es una oferta de lo más...

Doña Julia se quedó en silencio. Dejó de llorar y levantó la cabeza. Miró a Cristóbal como si no lo conociera, con los ojos vidriosos y la barbilla temblorosa.

—Mi León no descansará en una capilla ajena. Esa gente no es su familia. Aún queda sitio en la catedral —protestó ella.

—Yo... yo... yo supuse que... —titubeó Cristóbal— al tratarse de la capilla funeraria del señor De Haro... no querría...

—¿Supuso? ¿Quién es usted para suponer? —dijo doña Julia, que de pronto pareció recobrar de nuevo la firmeza. Se enjugó la nariz con el pañuelo que aferraba en el puño y añadió—: Allí está mi madre y allí tengo dispuesto descansar yo misma cuando abandone este mundo. Llegado ese momento, quiero estar al lado de León. Quiero estar junto a él por el resto de la eternidad. Le agradezco mucho el interés en ayudarme pero ni usted ni esos señores son nadie para decidir dónde voy a enterrar a mi marido.

—Por supuesto, señora —dijo Cristóbal mordiéndose el labio inferior, sintiendo de nuevo ese desprecio sutil que le devolvía a la realidad de su relación con ella.

Siguieron sentados uno al lado del otro todo el tiempo que duró el velatorio. Ella no volvió a flaquear, ni volvió a llorar sobre su hombro, recuperó la postura rígida y guardó hasta el final la sobriedad por la que era reconocida. Cristóbal, entretanto, sí dejó escapar una imperceptible lágrima que se sacudió enseguida con el envés de la mano, para que no pudieran darse cuenta de su rabia.

Nadie prestó demasiada atención a Abel durante esos días. Fueron dos alguaciles los que llevaron el cuerpo de su padre y a él mismo hasta AQUÍ SE IMPRIMEN LIBROS el día del crimen y la figura del niño se diluyó por los corredores entre los gritos de doña Julia, los lamentos de mamita Lula, los escalofríos de las sirvientas y las explicaciones de los funcionarios. Por eso no se dieron cuenta de que el crío había llegado a casa con las manos manchadas por la sangre que intentó retener dentro del cuerpo de León. No se las lavó. Dejó que se le quedaran pegajosas y luego resecas. Mamita Lula le vio mucho más tarde sentado en el suelo, asomado a la barandilla del patio, con las piernas colgando entre los barrotes, consternado.

—¡Qué pena! —dijo.

Lo enjabonó, le preparó un vaso de leche al que añadió unas gotas del mejunje para perturbados que había elaborado el boticario para atontar a su madre y lo metió en la cama. Pero al niño no le hizo efecto el brebaje del abuelo Nepu. No podía dormir. Escuchaba el ronroneo de la casa, las idas y venidas de los hombres de la imprenta y de las sirvientas, los comentarios sobre el suceso. Le remordía la conciencia. Se sentía culpable por no saber comportarse como un hombre, por ser un cobarde, por dejarse pegar por sus compañeros de clase, por no haber impedido que el tipo de la navaja matase a su padre. Si cerraba los ojos, le volvía a la cabeza la figura umbría del asesino. Por un momento creyó conocerlo. Sólo vio de refilón el brillo opaco de un ojo atrincherándose tras la capucha de la capa, pero esa voz, ese olor a espanto, el rencor palpándose en el aire… Sintió un escalofrío. En la oscuridad de su habitación intuyó sombras amenazantes en los pliegues de las cortinas de terciopelo, escondidas en el armario, acurrucadas bajo la cama. Tenía miedo. Se levantó de un salto y avanzó a escondidas por los corredores seguido de la Turca, que caminaba tras él bostezando, medio dormida. Abel se iba apoyando en las paredes para que nadie pudiese verle desde abajo, rodeando el patio por el piso superior hasta llegar a la habitación de su abuelo Nepu. Abrió la puerta con mucho cuidado de no hacer ruido y se coló dentro. Apartó las sábanas muy despacio y se deslizó en la cama, con los pies helados. El anciano entreabrió los ojos.

—Mi padre está muerto —le dijo el niño para justificar la intromisión.

—Pobrecito niño huérfano —suspiró el abuelo.

A la mañana siguiente nadie, ni siquiera mamita Lula, se preocupó por Abel. Estaban demasiado atareados en consolar a la viuda, en atender a la comitiva de familiares, amigos, clientes de la imprenta y representantes de las mejores familias de la ciudad que no podían permitirse faltar al último adiós del pirata. Vieron al niño un instante, durante la inhumación, aferrado a la mano de su abuelo, pero no le prestaron atención. Cuando llegó la noche y todo el mundo se marchó, se dieron cuenta de que no estaba en su habitación. Tampoco encontraron a Juan Nepomuceno. Los buscaron por toda la casa, recorrieron las habitaciones una por una, los pasillos, miraron dentro de los armarios y debajo de las camas, en la despensa de la cocina. Nada. Ni rastro de ellos.

Un instante antes de que doña Julia sufriera un síncope, se

les ocurrió subir al desván. Allí vieron a la Turca sentada justo debajo de la claraboya del techo, mirando hacia arriba, moviendo la cola. El cristal estaba abierto y la escalera de mano descansaba en la pared. Cuando se asomaron al tejado encontraron por fin al abuelo y al niño. Habían desmontado el telescopio para sacarlo del trípode y poder otear el cielo con libertad. Estaban sentados sobre las tejas, el uno junto al otro, rodeados de gatos pardos que se mordisqueaban las orejas y jugaban a darse zarpazos sin sacar las uñas, lo que a todas luces indicaba que al día siguiente llovería.

—Pero ¿qué hacéis aquí? —les preguntó doña Julia al borde del llanto.

—Estamos viendo a papá y a la abuela con el telescopio —sonrió Abel—. Ahora se quieren mucho y están juntos en una estrella.

Una semana más tarde, los dos alguaciles que trajeron el cuerpo sin vida de León regresaron a la imprenta para informar a doña Julia de que habían atrapado al asesino de su marido. Al parecer se trataba de un tal Miguel Pérez, más conocido como Carmona el Lanero. Hacía tiempo que tenía atemorizada a toda la ciudad. Se trataba de un maleante caradura y cruel del que ya se habían escrito varios pliegos de cordel en los que se advertía a la población de su monstruosidad. Algunas de aquellas informaciones se habían estampado y distribuido precisamente en Aquí se imprimen libros.

—¿Es posible que se trate de una venganza por sacarle en los papeles? —preguntó doña Julia preocupada.

—No lo creo, ese hombre no sabía leer —aclaró uno de los alguaciles—. Lo más seguro es que se tratase de un simple robo —explicaron—. Salir a la calle se está convirtiendo en un serio peligro. Nosotros sabemos de lo que hablamos porque estamos habituados a las reyertas de los guapos.

—¿Guapos? —se extrañó ella.

—Sí, señora. Así se les dice a estos valentones de tres al cuarto. Heridas de navaja como las de su marido de usted son tan frecuentes que no termina un día de fiesta sin dos o tres heridos graves. En el hospital de San Hermenegildo ya no dan abasto y la gente le ha cambiando el nombre. Ahora lo llaman «el de los heridos». ¿Y sabe cómo llaman al sillón del hospital en el que curan las heridas de navaja? —el alguacil no esperó contestación por parte de doña Julia— «la silla de los guapos». ¿Qué le parece? Si ya le digo que la cosa se está poniendo fatal.

Le contaron que descubrieron a Carmona el Lanero en actitud sospechosa a pocas calles de distancia de donde atacaron a León. Cuando le dieron el alto, se resistió haciéndoles frente. Comenzaron a perseguirle hasta que se puso chulo y peligroso. Para evitar una desgracia se vieron obligados a dispararle.

—Alégrese. Falleció esa misma noche en la enfermería de la cárcel.

—¿Murió sin confesar? ¿Están seguros de que fue ese tal Miguel Pérez el que mató a mi marido?

—Completamente —le tranquilizaron—. Cuando lo detuvimos llevaba encima nada menos que un trabuco, dos pistolas, un puñal y una espada. Si eso no es suficiente confesión…

—Pero no tiene sentido —se extrañó doña Julia—. A mi marido no le robaron. Mi hijo asegura que el criminal le buscó en los bolsillos, en su bolsa de cuero… pero lo dejó todo tirado por el suelo. No se llevó nada.

—Mi querida señora, la mente de los maleantes es un misterio —replicó el alguacil con un suspiro de resignación.

Los deseos de León se cumplieron a rajatabla tras su muerte. La Turca se quedó en la casa y al poco tiempo ya nadie podía pasar sin escuchar el repiqueteo de sus uñas sobre el mármol del patio. Subía y bajaba los escalones de tres en tres a una velocidad vertiginosa, daba saltos espectaculares delante de mamita Lula cuando caminaba de la cocina al comedor con la fuente con las chuletas y le hacía agujeros a los calcetines con la misma maestría que las polillas. Hubo que prohibirle la entrada a la imprenta porque se descubrió como una amante del papel y en una ocasión desbarató una torre de impresos que esperaban en el suelo a ser encuadernados. Cuando terminó su desarrollo y se acomodó en lo que sería su tamaño definitivo, descubrieron que era de raza mediana, que tenía el pelo pardo y frondoso y las orejas puntiagudas.

—Tiene toda la pinta de ser un mixto lobo —le dijo a doña Julia uno de los clientes mientras observaba cómo Abel se revolcaba con la perra por el suelo—. Tenga cuidado no se vaya a merendar al muchacho comenzando por un pie. Ya se han visto más casos... mire usted que estos bichos nunca se sabe cómo van a reaccionar.

Pero la Turca nunca mordió a nadie, ni gruñó ni ladró. Alguna vez se puso a aullarle a la luna, pero lo hizo en contadas ocasiones, siempre que presentía una desgracia. Detestaba el calor. En las tardes de agosto, cuando los habitantes de la casa se atrincheraban en sus cuartos a la hora de la siesta con las cortinas echadas para que no se colase ni un ápice de luz solar, la Turca se metía en la fuente del patio a darle zarpazos al agua. Después se tumbaba dentro para tener la barriga fresquita y allí, mojada hasta el cuello, esperaba jadeante a que Abel se despertase.

Él tampoco regresó a la escuela. Doña Julia fue a hablar con sus maestros y les explicó que el niño había sufrido mucho al presenciar la muerte de su padre y que, ahora que estaba sola, lo necesitaba para que le ayudase en la imprenta. Pero eso no fue más que una excusa. A los pocos días de la muerte de León, se presentó en la casa monsieur Verdoux preguntando por la viuda. Le presentó sus respetos haciendo una teatral reverencia, le dio el pésame besándole el dorso de la mano y le reveló, con voz queda, que su marido había hablado con él antes del desdichado suceso para encargarle la educación de su hijo. Doña Julia lo consideró como la última voluntad de su malogrado León y recibió al maestro con los brazos abiertos. Así fue como monsieur Verdoux entró de lleno en la vida de la familia. Fue como abrir las ventanas y dejar entrar un torbellino.

—Tiene pinta de petimetre —sentenció Cristóbal la primera vez que le vio.

Demasiado original como para pasar desapercibido. Monsieur Verdoux era el único hombre que doña Julia y mamita Lula habían conocido preocupado por la última moda. Sabía de terciopelos, texturas y perfumes; era una delicia para las señoras sentarse con él a la hora del café para que las pusiera al tanto de los cotilleos franceses, que siempre parecían más refinados que los vulgares chismorreos españoles. Les hablaba de buenos modales, de no poner los codos en la mesa durante la comida, de utilizar el tenedor pequeño para el postre.

—Nada de cucharillas, *mes dames*. Esos cubiertos sólo sirven para darle vueltas al café y, como mucho, hacer equilibrios con ellos utilizando la punta de la nariz, jo, jo, jo...

Les daba lecciones de cómo rechazar elegantemente por carta la solicitud matrimonial de un hombre si no era de su agrado y las ponía al tanto del último grito en ligas, algo que escandalizó a más de una, «sí, sí, sí... ya me conozco yo a este tipo de mojigatas, doña Julia, pero tranquila que yo no digo ni mú, faltaría *plus*». Entraba en el salón con su ajetreo de pañuelos y rapé para alborotarlos a todos. Hablaba a voz en cuello de libertad política, de fraternidad y de igualdad entre los humanos que demostrasen un mínimo de inteligencia, rechazando de lleno a una sociedad dividida y defendiendo las nuevas teorías políticas sobre la separación de poderes del Estado.

—¡No hay derecho! —decía arengando a los hombres de la imprenta—. No se puede permitir esta extrema desigualdad social. Que los reyes no tengan la obligación de pagar impuestos es de una injusticia exorbitante. ¿Acaso no respiran nuestro mismo aire y beben el agua de los ríos comunitarios? Hay que acabar con el absolutismo y las dictaduras que se empeñan en no dar educación al pueblo. Lo que consiguen es engendrar generaciones y generaciones de súbditos brutos como merluzos, fáciles de manejar.

—Si su madre de usted… Dios la tenga en su bendita Gloria —le susurraba mamita Lula a doña Julia santiguándose cuando monsieur Verdoux no se daba cuenta—, se enterase de que ha metido a un insurrecto en casa, se revolvería en su tumba… y con razón —añadía.

Monsieur Verdoux usaba zapatos de charol con hebilla de carey, pantalones de media calza de terciopelo azul marino, camisas con encaje de chantilly, chalequillos de raso plateado y casacas de seda brocada de color gris perla. En pleno verano, cuando los mortales sudaban la gota gorda zarandeados por los cuarenta grados a la sombra, él se mantenía sereno, con su uniforme de ilustrado y un librito de poemas encuadernado en piel roja debajo del brazo. Cristóbal Zapata y sus amigos del Punta de Diamante se reían de él con la boca llena por citar a Montesquieu en francés cada dos por tres y levantar la taza de café con el meñique tieso como un palo. Pero en el fondo, el encargado de la imprenta sentía celos de él porque doña Julia lo consideraba el hombre más elegante que hubiera conocido jamás.

Monsieur Verdoux era un habitual de las tertulias que organizaba el asistente Pablo de Olavide. Había llegado a Sevilla desde el virreinato de Lima para instalarse en el Alcázar con la intención de doblegar al reaccionario pueblo sevillano. Quería que las gentes despertasen de la modorra del tradicionalismo, meterlas en la vereda de las nuevas ideas que sacudían Europa y que él había asimilado en la casa de verano de Voltaire. Acariciados por la brisa del río, Olavide y sus exquisitos amigos se reunían para discutir sobre política y para traducir obras francesas al castellano. Muchas de aquellas obras terminaron en las mesas de composición del negocio de doña Julia y fueron los primeros documentos ilustrados que se pudieron leer en Sevilla. Pablo de Olavide organizaba teatrillos, tertulias literarias, bailes de máscaras y óperas bufas. Creó la primera escuela de arte dramático que hubo en España de la que salieron actrices de la talla de Polonia Rochel y María la Bermeja, y encargó que se proyectase el primer plano de la ciudad. Soñaba con un mundo de igualdades sociales, de tolerancias religiosas, libre de supersticiones, en el que la injusticia se subsanase, en el que se eliminasen los privilegios de la Mesta, los abusos de los propietarios y la negligencia de los labradores. Quería solucionar el problema de las grandes masas de braceros y jornaleros que trabajaban a temporadas en los cortijos y olivares de los terratenientes. La mayoría maldormían en el suelo, alimentándose con pan y gazpacho hasta que las lluvias impedían las faenas y se veían obligados a entrar en Sevilla como una turba hambrienta que comenzaba pidiendo limosna a los transeúntes y terminaba por robarles la bolsa. Unos años más tarde, Olavide fue llamado a Madrid para rendir cuentas de unas acusaciones de herejía vertidas contra él por el Santo Oficio. Decían que defendía el sistema de Copérnico y que había prohibido que se tocasen las campanas a muerto en las colonias cuando se trataba de una víctima de la peste para que no se abatiese el ánimo de los pobladores. El proceso, la condena y el posterior encarcelamiento lo alejaron para siempre del Guadalquivir, el río que él mismo había adecentado. Así dejó al fin de invocar igualdad y fraternidad junto a sus amigos, y los nobles y latifundistas pudieron seguir viviendo tranquilos, recostados en sus poltronas.

Con la llegada de monsieur Verdoux, la imprenta se llenó de vida. Se volvió a jugar al ajedrez en la mesa de palisandro de León y doña Julia aprovechó la presencia de alguien tan elegante para servir la comida en la vajilla de plata, con sus diez candelabros y su salsera. Le gustaba volver a la rutina de ordenar platos especiales para alguien que los supiera apreciar. Sentía un inconfesable placer en acicalarse de forma especial para la cena, discutir sobre cosas tan intrascendentes como si la porcelana de Viena era mejor que la de Sèvres, o si resultaba ostentoso o no que todos los libros de una misma biblioteca tuviesen los cantos dorados. Doña Julia consideraba que observar la distinción de monsieur Verdoux a todas horas y en todas las circunstancias era un maravilloso ejemplo para Abel. Le preocupaba que, por la ausencia de un padre, la excentricidad del abuelo Nepu y los malos modales de los hombres de la imprenta, el chiquillo acabase convertido en un chabacano.

—Fíjate en él —le aconsejaba su madre—. Ponte la servilleta sobre las rodillas antes de coger los cubiertos. Alaba los trajes de las señoras. Camina derecho. Cariño... hazme caso. Verás cómo las muchachas perderán la cabeza por ti cuando seas mayor si te comportas como monsieur Verdoux.

—Seguro —replicaba con sorna mamita Lula—. Si se comporta como «mesié» Verdoux, se queda soltero como «mesié» Verdoux.

Abel se sentía observado, sumergido en un ambiente de sobreprotección en el que todo el mundo lo miraba con ojos de lástima por haber tenido que presenciar la muerte de su padre. Lo mimaron tanto que sus recuerdos anteriores al asalto se difuminaron. La visita a la jurisdicción de San Juan de Acre, el embajador marroquí, las palomas mensajeras, la búsqueda del tesoro... todo se fue desvaneciendo, se volvió borroso y a veces incluso dudaba haberlo vivido. Entonces recordaba la promesa que le hizo a su padre y se aferraba a la cruz de su pecho. Y pensaba en aquel elefante de marfil. Su único testigo. Había prometido protegerlo y consideró que no había mejor lugar para hacerlo que dentro de la capilla funeraria de la familia. El día del sepelio, cuando nadie lo miraba, pendientes todos del responso del sacerdote, de los lamentos de doña Julia, del aire que faltaba en ese espacio tan pequeño... el niño se soltó de la mano del abuelo Nepu y sacó de su bolsillo el elefante de marfil. La gente comenzó a salir y se quedaron solos. Abel aprovechó ese instante de intimidad para dejar el elefante en el interior del jarrón que adornaba una de las hornacinas, junto al pequeño altar de la cripta. Si alguien sabría protegerlo, ése era su padre.

La única persona más o menos de su edad con la que Abel se relacionó a partir de ese momento fue con Julita, la hija de Cristóbal. La niña tenía propensión al sacrificio. Sus abuelos se dieron cuenta de ello desde que era bien pequeña porque, con apenas cuatro años, se subía sobre la cama del matrimonio para quitarle los clavos y la coronita de espinas al crucificado de plata que presidía su lecho. Una vez eliminados los clavos, la figura se soltaba con facilidad de la cruz de madera de roble y entonces la niña se lo llevaba a su cuarto y lo arropaba en su cama, junto a ella, sin importarle que los brazos picudos se le incrustasen en el pecho.

—¡Pobrecito! ¡Le duele! —decía congestionada por el llanto cuando su abuela iba a buscarlo y volvía a colocarle la corona y los clavos.

Esta niña va para monja —decía el abuelo siempre que su padre no estuviese delante, porque Cristóbal le había cogido tirria a todo lo que insinuase misticismo.

El maestro de taller había comenzado a culpar a Dios de todas sus desgracias y, para vengarse de él, se negaba en redondo a acudir a misa. Detestaba el olor a incienso, los cirios, los curas, las cruces, los santos, las vidrieras y las iglesias. No le importaba hacer alarde de ello en tono bien alto, mientras caminaba por la casa con largos pasos, convencido de que Dios estaría escuchándolo y se avergonzaría de las injusticias que había cometido con él.

—No se puede decir eso —le reprendía su suegra preocupada—. Que los inquisidores de Triana tienen oídos en todas partes.

—Eso sólo lo digo aquí, ¿acaso van ustedes a acusarme? —se enfrentaba.

—Aunque no le oigan los inquisidores, esto que dice es muy feo y lo tendrán bien anotado para echárselo en cara en el más allá, el día que se muera. Al final los que van a pagar el pato son mis nietos.

Los suegros de Cristóbal se tranquilizaron cuando Julita fue creciendo y se dieron cuenta de que la niña había llegado a este mundo para purgar los pecados de su padre. Con seis años ya sabía bordar pañuelos de forma primorosa. Tenía tal destreza que era capaz de hacer tres al día. En cuanto los terminaba salía a la puerta de la casa de sus abuelos en busca de algún mendigo con mocos para regalárselo. Si alguna vez le daban una moneda, ella la echaba al cepillo de la iglesia; atendía el parto de los gatos de la calle y luego los subía al desván, de manera que el tejado estaba plagado de felinos perezosos, porque también se encargaba de guardarles las sobras de la comida. La dimensión de sus piedades fue en aumento según pasaban los años. Si alguien estaba herido o estaba cansando o era muy mayor para caminar sin ayuda, lo llevaba del brazo al hospital de la Caridad; si se encontraba a una prostituta con el labio roto por culpa de un puñetazo, al del Espíritu Santo. A veces, alguna de esas mujeres iban a buscarla a casa con un ramo de flores para agradecerle la atención, pero Julita le decía que se lo llevase a la Virgen, que ella sí que era buena.

Abel admiraba a la niña porque se mantenía firme en sus creencias, siempre confiando en sí misma y en lo que quería hacer con su vida. Eso le parecía el valor más grande que podía tener un ser humano. Lo mismo pensaba de su madre. Doña Julia se desenvolvía entre las prensas, los tipos móviles y la tinta como ningún hombre de la ciudad lo hizo jamás. Tenía alma de transmisora de historias y ésa era una cualidad de la que no se podía deshacer con facilidad. Estaba envenenada de letras, enferma de palabras para siempre. Por la imprenta estaba dispuesta a acostarse tarde y levantarse al alba, pelear con los proveedores o estudiar mejoras. Se había sacrificado, olvidando que era una mujer, haciendo oídos sordos a todos aquellos que le instaban a volver a casarse. Sólo los años que compartió con León de Montenegro supusieron un toque de originalidad en su existencia. Con el paso del tiempo, el recuerdo de esa pasión que la llevó a la locura, a navegar aferrada al vibrante cuerpo de su adonis marino, le parecía un sueño voluptuoso del que creía imposible que hubiera podido nacer Abel. Nada requirió tanta atención en la vida de doña Julia como velar por su negocio. Ni siquiera atender a su hijo. Enseguida se desligó de él obligándole a valerse por sí mismo, haciéndole sentir culpable si la necesitaba, sermoneándole sutilmente. Pero lo único que consiguió es que el muchacho se volviera temeroso de no estar a la altura. Vivía lleno de inseguridades.

Abel no se dio cuenta de ello hasta el día en el que por fin doña Julia confió en él por primera vez para dejarlo solo atendiendo la imprenta. Apenas tenía trece años pero recordaba perfectamente que le sudaron las manos cuando vio a su madre y a Cristóbal salir por la puerta. Por un instante sintió que ambos le estaban poniendo a prueba, convencidos de que algo saldría mal. El crío se pasó toda la mañana controlando minuciosamente cada movimiento de los trabajadores, atendiendo con fingida soltura el mostrador, ordenando estanterías, apilando papel... hasta que entró en la tienda un hombretón de brazos como remos para decirle que tenía orden de llevarse las tinas de tinta para rellenarlas.

—Mi madre no me ha dicho nada sobre eso —le explicó Abel.

—Pues usted mismo, señorito —soltó el hombre mientras se escarbaba con indiferencia los dientes con la uña del dedo meñique—. Pero si no me las llevo ahora, no podré venir hasta la semana que viene... y por lo que me dijo su madre, ya no le quedan existencias. Así que... yo no digo nada...

Abel se le quedó mirando durante un largo rato hasta convencerse de que su madre se enfadaría bastante si las máquinas tenían que quedarse paradas por su culpa. Y dio el visto bueno. El hombre se metió rápidamente en el almacén. Entraba y salía cargado con los bidones mientras los operarios de la imprenta continuaban en sus quehaceres, sin prestarle mayor atención. En cinco minutos terminó de cargar la carreta que tenía en la puerta y se marchó sin despedirse. Cuando Abel lo escuchó alejarse tuvo un presentimiento de estafa que le dio miedo reconocer como cierto. Les preguntó a los trabajadores de la imprenta si conocían al hombre que se acababa de marchar, pero nadie supo decirle quién era. Cuando su madre y Cristóbal terminaron sus recados y regresaron, Abel los esperaba irritado, furioso consigo mismo y con el mundo. Les explicó a trompicones lo que había sucedido mientras ellos comprobaban lo que faltaba sin decir ni una palabra. Abel esperó maldiciones, enfados… cualquier cosa menos el comentario agrio que su madre hizo y que ni siquiera estaba dirigido a él.

—Ya sabía yo que no se le podía dejar solo —le dijo con gesto de mártir a Cristóbal Zapata.

Por culpa de eso y de los rostros de desaprobación de Cristo y de algunos empleados que le hacían sentir como un niño mimado, Abel siempre tenía la sensación de que caminaba sobre arenas movedizas cuando entraba en AQUÍ SE IMPRIMEN LIBROS. Sólo se sentía seguro de sí cuando estaba con Julita. Por eso huía con ella en cuanto tenía ocasión.

En verano, después de comer, mamita Lula le obligaba a dormir la siesta, pero después se escurría corriendo por la escalera junto con la Turca, para encontrarse con la niña. Los tres caminaban buscando la sombra, comiendo rodajas de sandía tibia hasta que llegaban a la orilla del Guadalquivir. Allí los esperaba el abuelo de Julita que, pese a los años, seguía trabajando como maestro del agua. Los niños lo acompañaban en sus revisiones de las orillas del río, buscando personas en apuros a las que poder sacar del río. Le ayudaban a colocar una red de una orilla a otra con la que detener los cuerpos hinchados de los infelices por los que ya no se podía hacer nada. El maestro del agua enseñó a nadar a los chiquillos y los dejaba chapotear juntos pese a la normativa que señalaba claramente que las mujeres debían bañarse desde los Humeros hasta la puerta de San Juan y los hombres desde el husillo que estaba frente al almacén de la madera del Segura hasta el barranco de la cal vieja.

—Si son sólo niños —replicaba el abuelo cuando alguien le hacía un comentario al respecto.

También les enseñó a bucear. Se zambullían frente a la Maestranza y buscaban candelabros herrumbrosos, cajones de muebles viejos y relojes de carillón sin manillas ni vidrio porque los obreros que construyeron la plaza de toros se deshicieron de los desperdicios del vertedero que antes ocupaba ese espacio tirándolos al río. La Turca siempre los esperaba fuera del agua; le tenía pánico. Seguía con mirada atenta la evolución de las burbujas que le indicaban por dónde estaban los niños y les ladraba angustiada, deseosa de verlos salir de nuevo a la superficie. A veces la niña le hacía confidencias a Abel. Le contaba que la Virgen de la Esperanza de Triana, que por algo era la patrona de los marineros, se le presentaba por las noches para pedirle que rezase por los que se morían ahogados.

—¡Eso es mentira! —replicaba el niño—. La Virgen no se aparece así porque sí.

Pero Julita le daba su palabra de honor.

—Tiene los ojos grandes y negros y me acaricia el pelo —aseguraba.

Cuando comenzaba a atardecer y el sol le daba un respiro a los sevillanos, los niños regresaban a la imprenta. Entraban corriendo, cogidos de la mano, muertos de risa, camino de la cocina donde mamita Lula les preparaba una rebanada de pan con dulce de membrillo. Se la quitaban de las manos con el hambre feroz que da el haber retozado durante horas en el agua y subían al cuarto del abuelo Nepu. Por aquel tiempo, él ya era un viejito despistado, arrugado y sin dientes que mascaba el aire.

Los días que estaba lúcido, les hablaba de los años en los que trabajó en el hospital curando enfermedades terribles que dejaban a las personas flacuchas y amarillas. Otras veces ni siquiera recordaba quién fue. Entonces se inventaba cuentos en los que era capaz de situar en el mismo espacio y tiempo, en perfecta combinación y sin que se notase el fraude, a un hechicero de una tribu africana con un caballero de la Tabla Redonda.

Un día en que la Turca no había dejado de aullar, los niños subieron como todas las tardes a merendar con el abuelo Nepu. Lo encontraron sentado en su mecedora, con los ojos cerrados y media sonrisa en la boca. Parecía feliz.

—Abuelo —le llamó Abel sacudiéndole por los hombros—. ¡Abuelo!

No despertó. Julita enseguida se dio cuenta de lo que pasaba; se puso de rodillas y rezó. Rezó tanto que Juan Nepomuceno se fue derecho al cielo. Muchos años después, cuando Abel ya vestía como un hombre y a Julita dejaron de peinarle con trenzas, ellos siguieron subiendo al tejado para sentarse allí, el uno junto al otro, a otear el universo con el telescopio, rodeados de gatos pardos, buscando en las estrellas a todos los que se marcharon y que tanto querían.

Cristóbal veía cómo la amistad entre Abel y su hija se afianzaba con el paso de los años y por dentro le hervía la sangre. Por más que lo había intentado, fue incapaz de inculcar en la niña todo el aborrecimiento que él sentía por Abel. Sin embargo Cristo, su primogénito, que con doce años ya trabajaba en la imprenta, sí que había heredado su odio. Cristóbal se había encargado de envenenarlo poco a poco contándole la historia de que Abel era hijo de un pirata de tres al cuarto y que eso se notaba en su ineptitud. Había distorsionado la realidad y le daba a entender que, si realmente Dios fuese justo, tendría que ser él, y no Abel, el legítimo dueño de AQUÍ SE IMPRIMEN LIBROS.

Cristo creció convencido de que ser estirado y orgulloso como doña Julia era la actitud ineludible para hacerse rico. La maldecía por haberse casado con aquel pirata en lugar de hacerlo con su padre, convencido de que el resultado de esa unión sería él mismo. A esas alturas de la vida, Cristo ya no recordaba a su madre. Aborrecía a Abel por estar usurpando el lugar que le pertenecía; por confinarle a ese destino de aprendiz que determinaría su vida. Una noche soñó que la imprenta ardía por los cuatro costados y que él era el único capaz de salvarlos a todos mientras Abel se quedaba paralizado como un ratón asustado. Doña Julia tomaba entonces conciencia de que él era de verdad su digno heredero. Pasó así muchos años, admirándola y aborreciéndola en la misma proporción hasta el día en que tuvo que reconocer, al fin, que la jefa era incapaz de distinguirlo del resto de empleados de la imprenta. La mujer a veces hasta titubeaba antes de pronunciar su nombre; en cambio recordaba a la perfección el de su delicada hermanita. Ese día, se juró a sí mismo que esa familia pagaría con creces los desprecios que les habían infligido a su padre y a él. Juró amargar la vida de esa dinastía de piratas.

Y dedicó el resto de su vida a hacer todo lo que estuviese en su mano para conseguirlo.

MEDIO JUEGO

8

El espectro de un nazareno

> Cuando te ofrezcan tablas, intenta descubrir por qué tu contrincante cree que está en una situación desfavorable.
>
> Nigel Short

Tras la pérdida del monopolio de Indias, Sevilla se veía incapaz de remontar la postración económica. No había suficiente dinero, ni comida ni sanidad. Para intentar erradicar en alguna medida los abusos de ciertos usureros, decidieron tomar ejemplo de la iniciativa franciscana de conceder préstamos garantizados con alhajas y crearon el primer Monte de Piedad. En poco tiempo la puerta de la institución se llenó de gente que quería cambiar el anillo de compromiso, la medalla de oro del bisabuelo y el broche de la abuela, por unos maravedíes que les permitiesen llevarse algo a la boca ese día. Pero cuando se les acabaron las joyas, la miseria sustituyó lo que antes sólo era escasez y un torrente de más de cuatro mil mendigos inundó la ciudad. Las calles se llenaron de recién nacidos abandonados, de individuos que vivían entre basura, refugiados de las inclemencias del tiempo bajo tablas de madera, demandando un trabajo que ya no había, suplicando más adelante una limosnita por el amor de Dios. Los delitos se multiplicaron y, cuando llegaron a los mil quinientos detenidos, se dieron cuenta de que la cárcel se les estaba quedando pequeña.

A los que menos afectó la crisis fue a los aristócratas. Doscientas familias tenían el reino de Sevilla en sus manos, llenando el paisaje de casas-palacio, patios, caballerizas, criados y jardines que ocupaban manzanas enteras. En la plaza del Duque estaba la suntuosa mansión del duque de Medina Sidonia; en la calle Dueñas, la del de Alba; en la plaza de la Paja, la de Arcos... La mayoría de los títulos nobiliarios, traspasados de generación a generación, fueron comprados en tiempos de Felipe V y Carlos II por adinerados mercaderes extranjeros. Los dueños de la tierra, que llevaban nombres tan rimbombantes y foráneos como duques de Albuquerque o Bucarelli, aumentaban aún más su fortuna pagando un sueldo de hambre a los que trabajaban para ellos, que se apellidaban Sánchez o Pérez. Los jornaleros terminaron por perderle el interés a partirse el lomo removiendo unas tierras que no les pertenecían, sintiéndose peor tratados que las bestias de carga. Un rumor de desaliento y de cólera se cocinaba en su caldo, lentamente, amenazando con explotar en cualquier momento.

Pero la crisis fue un huracán que no llegó siguiera a despeinar a doña Julia. Su negocio de multiplicar y vender letras prosperó como nunca antes lo había hecho desde que se decidió a encuadernarlas. La erudición se puso de moda. En unos tiempos en los que la mayoría de los que vivían en el campo eran analfabetos, en las zonas urbanas se consideró el libro como signo de distinción y había aristócratas que se hicieron famosos por la calidad de sus bibliotecas. Con la ayuda de monsieur Verdoux, doña Julia se decidió a traducir los libretos de las óperas que se representaban en el teatro de la calle Carpio para venderlos antes de cada representación.

—Convendrá conmigo, *chérie* —le dijo el maestro francés

con afectación—, en que no tiene sentido escuchar durante dos horas a Orfeo gritando desesperado en italiano si uno no se entera de los varapalos que le está dando la vida. —Y propuso—: Tampoco está de más que traduzcamos del francés el *Diario de los sabios de París*... aunque también sería interesante imprimir un boletín con informaciones autóctonas.

Y desde ese momento AQUÍ SE IMPRIMEN LIBROS se hizo cargo de publicar la *Gaceta de San Hermenegildo* y el *Hebdomadario Útil Sevillano* que ofrecía noticias comerciales, religiosas y culturales y promocionaba los actos públicos de la Regia Sociedad de Medicina. Fue en parte gracias a monsieur Verdoux y a sus amigos ilustrados que la cultura en Sevilla se puso de moda.

Abel se había hecho mayor entre los adiestramientos de monsieur Verdoux y los chapoteos en el río junto a Julita. Su maestro le enseñaba a leer y escribir en francés; a comportarse delante de un embajador, de un rey o una princesa; a describir la textura, el color y el aroma de un vino utilizando términos como audaz o elegante y a manejar con habilidad todos los cubiertos, incluso esos que siempre se quedaban en el fondo del cajón del trinchero. Pero en lo que más hincapié hacía monsieur Verdoux era en el entrenamiento ajedrecístico. Para él, que un joven dominase los entresijos de ese juego era igual de trascendental que la lectura de los clásicos o el dominio de las leyes de la versificación, porque el ajedrez desarrollaba la capacidad de previsión, la prudencia, la perseverancia y el equilibrio del cuerpo y de la mente. Consideraba cada una de las piezas como una parte de la gramática, como un elemento de la lengua que daba, en cada partida, forma a palabras, frases, párrafos, hasta completar una elegía o una maravillosa novela de aventuras. Aseguraba que se podía conocer a la persona que se tenía delante con sólo saber el entretenimiento que le apasionaba y que todos aquellos que perdían sus cuartos en juegos de azar como los dados, los naipes o las apuestas eran unos pusilánimes buenos para nada, que preferían dejar su futuro en manos del destino. Para él los ajedrecistas eran los únicos que tenían valor para afianzar las riendas de su vida, convencido de que los seres humanos escribían su propia historia a fuerza de prudencia, coraje y perseverancia, aprendiendo a no desanimarse y esperando la oportunidad más favorable.

—Los amantes del ajedrez —suspiraba emocionado—, en ellos sí se puede confiar. A pesar de todo hay que tener cuidado. Entre los jugadores de ajedrez también hay distinciones —aclaraba—, que hay muchos que se conforman con las tablas. ¡Menudos merluzos! Un buen ajedrecista ha de tener los nervios templados, saber dominar sus impulsos, ser realista, tener memoria, voluntad, confianza en sí mismo y un buen toque de inteligencia. Sin eso, está perdido —decía.

Dividía a las personas en esforzados peones, briosos caballeros, firmes torres, sesudos alfiles, aguerridas damas y reyes imprescindibles. Los dos juntos se pasaban muchas horas jugando al ajedrez, observando la partida que se representaba en aquella piedra redonda que Abel recordaba haber visto desde siempre colgada en la pared del patio de su casa. A veces, monsieur Verdoux la observaba aparentemente emocionado.

—No hay precio lo bastante alto que no merezca pagarse por la cabeza del rey contrario —decía en tono pasional.

Pero el paso de los años hizo que los intereses de Abel empezaran a cambiar. Con el nacimiento de la barba se le acrecentó la timidez. Casi no hablaba, no miraba directamente a los ojos y en su ceño fruncido nadie supo reconocer su apocamiento. Todos terminaron confundiéndolo con mal genio.

—Igualito que la madre —dijeron algunos.

Caminaba medio encorvado porque el estirón le pilló por sorpresa y de pronto se vio convertido en un hombretón de anchas espaldas heredadas de su padre. Le daba apuro mirar a los hombres de Aquí se imprimen libros desde esa altura y mucho más darles órdenes porque se le agravó la voz. Le salía del fondo mismo de las entrañas convirtiendo cada frase que pronunciaba en un axioma severo, aunque la dijese con alguna de las pocas sonrisas que lucía en aquella época. Pero sobre todo le contrariaba hablar con Cristo, el hijo de Cristóbal Zapata. El muchacho llevaba poco más de tres años trabajando allí como aprendiz y caminaba por la imprenta con una portentosa entereza, desafiante, como si el negocio fuese suyo. Pese a ser cerca de dos años mayor que él y tratarse de un simple empleado, Abel era incapaz de sostenerle la mirada y su cercanía le hacía sentir incómodo. Cristo no se parecía en nada a su hermana Julita.

Por culpa de la concentración que le exigía el rencor, Cristóbal Zapata fue incapaz de darse cuenta de que su hija se estaba convirtiendo en una bella mujer. Las formas femeninas comenzaban a asomarle ya por las costuras de los vestidos. Julita tenía el cabello castaño y ondulado, la piel delicada, el talle breve y los ojos melosos y brillantes, con sutiles toques ambarinos. Resultaba adorable toda ella. Cariñosa, risueña, tranquila, siempre preocupada en consolar a los necesitados de la vida, a aquellos que se ensuciaban las manos buscando un rábano seco que poder llevarse a la boca, a los que habían tenido que enterrar a sus hijos muertos de frío envueltos en un saco de esparto, a las que vendían su cuerpo por una miseria para poder sobrevivir un día más. Iba todos los días a ayudar en el convento de Santa Isabel y allí se encargaba de atender a niños abandonados, a enfermos y ancianos con la misma dedicación que las monjas. Y ella misma hubiera tomado los hábitos de no ser por Abel.

Aquel verano se convirtió en un dulce tormento para ambos. Apuraban las horas en las que estaban juntos despegándose poco a poco de la niñez, intentando acomodarse en la edad adulta sin que el despertar a la realidad de la vida les hiciese sufrir demasiado. El maestro del agua seguía permitiendo que se zambullesen juntos en el río, pero los cuerpos de los muchachos habían cambiado, afinándose en algunas zonas, redondeándose en otras. Se dieron cuenta el día que iban buceando de la mano y sintieron un calor creciente en el estómago que nada tenía que ver con las altas temperaturas. Abel atrajo a Julita con suavidad y percibió la curva de sus caderas, el movimiento vibrante de sus piernas… Se pusieron frente por frente y juntaron los rostros para mimarse con la nariz y los labios, hasta que les faltó el oxígeno y salieron al exterior agitados. Por un tiempo infinito estuvieron flotando en el agua mirándose interrogantes, sofocados, sorprendidos por ese placentero descubrimiento, aspirando el aire con fuerza, hasta que se echaron a reír.

A partir de ese momento, la rutina de las tardes en el río cambió radicalmente. Bajo el agua se sentían protegidos de todo mal, sumergidos en un mundo en el que ellos eran los únicos habitantes y en el que estaba permitido acariciarse hasta el delirio. Se amaban, y eso se reflejaba en el brillo de sus ojos, en el color de los labios, en las sombras del rostro y en la risa floja. Doña Julia no se dio cuenta de nada, pero sí monsieur Verdoux, que notaba que su pupilo se le despistaba en las clases y perdía el gusto por discutir sobre música o criticar un poema. Pero lo que más le molestaba era su creciente desinterés por el ajedrez.

—Hoy no hemos jugado ni una sola partida —dijo un día al ver a Abel salir corriendo en busca de su amiga.

Entonces el muchacho paró en seco, se dio la vuelta y le respondió sonriendo:

—Ya no me divierte el ajedrez, maestro.

Y monsieur Verdoux se quedó pensativo, mirando la pared de la que colgaba la Piedra Postrera.

—*Hic latent ludi regulae* —musitó antes de cerrar cadenciosamente los ojos.

Monsieur Verdoux convenció a doña Julia de que no era muy refinado que Abel se bañase en el río como un renacuajo, medio desnudo, pisando descalzo sobre un suelo lleno de lodo y tostándose al sol como un jornalero de la patata. Como remedio para poder soportar el sopor canicular, la persuadió de que la solución más exquisita era traer desde Francia una bañera.

—Es la última moda —aclaró.

Desde que los musulmanes abandonaron la península, la costumbre de sumergirse en agua y enjabonarse levantaba suspicacias. La Iglesia aseguraba que era mucho más importante la limpieza espiritual que la corporal y que el baño frecuente era un vicio insano, además de un acto frívolo de lo más reprobable.

—Eso es porque la mayoría de los curas que lo dicen no viven en Sevilla —sentenciaba monsieur Verdoux—. Aquí les hacía yo pasar un mes de agosto... seguro que les devolvía la fe en los beneficios misericordiosos del agua fresca.

La bañera viajó desde Francia embalada en una monumental arca de madera que parecía el cajón de un prestidigitador. La conservaron y más adelante sirvió para guardar trastos en el desván y para acoger nidos de ratones. La tina estaba fabricada en hierro fundido, revestida de porcelana, con el exterior barnizado en rojo carmín y con unas patas doradas que recordaban zarpas de tigre. La colocaron en la habitación de doña Julia, disimulada detrás de un biombo. Cuando mamita Lula la vio por primera vez, se escandalizó.

—Este armatoste no podía ser más que invento de los franceses —dijo—. A saber qué actos depravados practican aquí. Nosotros no lo necesitamos. El agua ha de utilizarse en su justa medida... pero este chisme, con esos colores y esas patas... —protestó—. ¿Tan vanidosos somos?

Empezó a convencerse de sus ventajas cuando le explicaron que era mucho más indecente que Abel siguiera utilizando las corrientes del Guadalquivir para bañarse ahora que ya le estaba naciendo pelo en el pecho. Pero lo que terminó de persuadirla fue tomar su primer baño de sales. A partir de ese día mamita Lula se aficionó a bañarse todos los domingos a pesar de que, en ocasiones, el tamaño de su trasero complicara la inmersión.

Por el contrario Abel no terminaba de sentirse cómodo en la tina de patas de tigre. La utilizó pocas veces. Para la higiene personal prefirió seguir entendiéndose con la bandeja y la palangana de toda la vida. Refrescarse en la bañera requería la presencia de alguien que le echase el agua por su espalda desnuda, y ya comenzaba a padecer los efectos del recato. No estaba dispuesto a que, ni su madre, ni mamita Lula, y mucho menos cualquiera de las sirvientas, le viesen como Dios le trajo al mundo. En cambio no le daba vergüenza con Julita. Tenía con ella una relación de profunda complicidad consolidada por todos los años en los que habían compartido sueños, confidencias, temores y caramelos rechupados que se pasaban de una boca a otra en el tejado de la imprenta. Demasiado tiempo quitándose la ropa uno al otro a manotazos para ver quién se metía antes en el río, haciéndose cosquillas sin picardía en rincones del cuerpo prohibidos, riéndose hasta el agotamiento. Abel conocía de memoria todos y cada uno de los lunares del cuerpo de Julita mucho antes de que comenzase a sentir la insoportable punzada del deseo que le obligaba a lamerlos uno por uno. Por eso no sentía vergüenza. Para él su cuerpo y el de Julita eran uno solo. Soñaba con el día que ella cumpliese al fin los dieciséis años para poder hablar abiertamente de su amor a sus familias. Alimentaba la idea de una boda en la catedral con la bendición de la Virgen y de todos los santos; con comprarle un palacio, cubrirla de joyas, sedas y caricias, amarla despacio y a veces deprisa, hacerla feliz hasta el fin de sus días.

Pero mientras llegaba ese magnífico momento, los muchachos tuvieron que buscarle alternativas al amor porque a esas alturas les resultaba imposible contenerlo. Abel solía retirarse después de la cena excusando que quería leer algo y esperaba atento a que los ruidos de la casa le indicasen que todo el mundo se había acostado. Entonces, salía de la imprenta a escondidas, como mucho tiempo atrás lo había hecho su padre para otros menesteres. Atravesaba la plaza de San Francisco y llegaba a la calle

Sierpes, donde estaba la casa de los abuelos de Julita. De niño, aquella calle le daba miedo. Hasta los más afamados escritores hablaban de ella en sus obras porque era el escenario perfecto para montar cuentos de magia y misterio. En la calle Sierpes había tenido su tienda de naipes un francés jorobado llamado Pierre Papin, que era el principal proveedor de suministros de los tahúres y fulleros de la ciudad. Organizaba timbas de cartas en la trastienda. Allí se movía tal cantidad de dinero que la fama de su local se estaba extendiendo al otro lado del océano y desde las Indias llegaban marinos dispuestos a que les levantasen el oro que tanto les había costado ganar en las tierras de promisión. La calle Sierpes, entonces, se llenaba de maldiciones y peleas; de hombres que olían a salitre, sudor y alcohol, asustando a los niños y escandalizando a los mayores. Decían que la calle se llamaba así por una barbería que hubo allí muchos años antes cuyo dueño podía hacerse cargo, con la misma maestría, de un apurado de barba a navaja, de una sangría con sanguijuelas o de preparar una receta de boticario. El barbero tenía sobre el mostrador un frasco de vidrio con una serpiente enorme a la que la gente llamaba «sierpe» y de ahí acabó tomando el nombre la calle. Pero el abuelo de Julita dijo a los niños que eso era mentira y que la calle llevaba ese nombre por una cuestión mucho más escabrosa.

—Hubo un tiempo en el que aconteció en Sevilla un suceso inexplicable y siniestro —comenzaba a relatar el maestro del agua con voz grave—. Los niños de la ciudad desaparecían y no se volvía a saber de ellos.

—No les cuentes eso que los espantas —le interrumpía la abuela de Julita mientras doblaba las sábanas.

—¡Déjame, mujer, que así se espabilan y tienen cuidado cuando anden solos! —protestaba él para enseguida volver al tono de misterio—. La gente decía que los secuestraban los judíos, que usaban su sangre inocente para hacer bebedizos y que con sus huesecitos se hacían collares. —Abel y Julita se estremecían de miedo—. Otros decían que se los llevaban los moros a los palacios del rey de Granada y que allí los tenían trabajando como esclavos de sol a sol. Y otros que los piratas turcos remontaban el Guadalquivir en barcas y que entraban en la ciudad de noche para llevarse a los niños y venderlos en los mercados del Gran Sultán de Constantinopla.

—Constantinopla —protestaba su esposa que seguía guardando la ropa—. ¡Vaya usted a saber dónde queda eso!

Él la miraba de reojo, molesto, antes de continuar con su historia.

—Pero un glorioso día, un hombre vestido con una brillante armadura plateada y con el rostro oculto, se presentó en la casa del regente de la ciudad.

—¿No se le veía la cara? —preguntaba Abel.

—La llevaba cubierta con la visera.

—¿Qué es la visera? —preguntaba Julita.

—La parte del yelmo que cubre la cara. —El abuelo comenzaba a impacientarse porque las interrupciones le cortaban el ritmo de la narración.

—¿Qué es el yelmo? —preguntaba Abel.

—¡Bueno, ya está! —se revolvía el abuelo—. Llevaba la cara tapada y se acabó. El caso es que el misterioso guerrero preguntó qué recompensa obtendría si conseguía que no desapareciesen más niños. Le prometieron que le darían lo que quisiera y que además harían descuartizar a los responsables de tamaña salvajada en la plaza de San Francisco... o los mandarían quemar a fuego lento en el campo de Tablada.

—¡Qué barbaridad, por Dios! —exclamaba su mujer—. Luego que si Julita se despierta en medio de la noche chillando como una loca. Normal... con esos cuentos.

Pero el abuelo seguía con la historia.

—Así, el misterioso hombre del yelmo —Abel volvió a abrir la boca, pero el abuelo se le adelantó para puntualizar—, el hombre que llevaba la cara tapada, pidió que, a cambio del favor, le diesen la libertad, puesto que era un preso fugitivo. Como accedieron a su petición sin poner ninguna pega, les condujo hasta la Cárcel Real. Se dirigieron a uno de los calabozos y allí vieron un agujero mal tapado que daba a las cloacas. Al bajar descubrieron que se trataba de una galería abovedada de tiempos de los romanos. Caminaron con una antorcha en una mano y con la espada en la otra detrás del misterioso enmascarado hasta llegar al cruce de dos galerías. Calcularon las distancias y se dieron cuenta de que estaban bajo la calle Espaderos, que era como antes se llamaba la calle Sierpes —aclaraba el abuelo de Julita—. Allí, en el suelo, estaba el cuerpo sin vida de un monstruoso animal con una daga atravesándole la cabeza. Se parecía al cocodrilo que cuelga de la bóveda de la catedral, pero luego vieron que se trataba de una enorme serpiente, gruesa como un hombre y de más de veinte pies de largo.

—No existen serpientes de ese tamaño —comentaba con ironía la abuela de Julita.

—Sí existen. Ahí está la prueba de que existen —protestaba el abuelo.

—¿Qué prueba? Te lo estás inventando para asustar a los chiquillos.

—De eso nada. —Y continuaba—: El caso es que el enmascarado era uno de los presos de la cárcel que todas las noches salía y entraba por los conductos de las cloacas y fue así como descubrió al engendro y lo mató.

—Si el enmascarado salía todas las noches de la cárcel sin que nadie lo viera, ¿por qué no se escapó? —preguntaba Julita.

—Porque no —respondía molesto el maestro del agua mientras la abuela se reía por lo bajo.

—¿Y le vieron la cara al enmascarado? —preguntaba Abel.

—Melchor de Quintana y Argüeso se llamaba. Lo liberaron y le dieron un empleo para que no volviera a meterse en líos.

—Pero ¿le vieron la cara? —insistía el niño.

—¡Que sí!

Pese a que habían pasado ya muchos años, Abel seguía recordando con claridad esa historia y siempre recorría la calle Sierpes con el corazón encogido, creyendo escuchar a cada paso el sonido invisible y siseante de la serpiente comeniños. Sólo se sentía seguro cuando llegaba a la altura del naranjo que quedaba debajo de la habitación de Julita y trepaba por él. Ella lo esperaba con la ventana abierta, a oscuras. Ninguno de los dos hablaba para no despertar al resto de los habitantes de la casa. Se acercaban poco a poco, intuyendo la silueta de sus cuerpos en las sombras plateadas que arrancaba la luna. Se reconocían por el olor y el sabor de sus besos. Abel recordaría hasta el final de sus días aquel estremecimiento sublime del roce de su piel contra la de Julita, comparable a nada.

—¿Sabes? —le susurró él una vez al oído después de amarla—. Si me diesen a elegir entre estar contigo o eliminar por siempre el sufrimiento de los pobres… te elegiría a ti.

Ella se volvió para mirarle escandalizada.

—No digas eso. Reza. Pide perdón o nos sucederá alguna desgracia.

—De acuerdo —suspiró él dándole un beso en la frente.

Pero estaba agotado, y se quedó dormido.

Era Semana Santa y Abel no fue esa noche a la casa de Julita. En esos días, la muchacha insistía en guardar penitencia, ayuno y castidad, pero como él estaba acostumbrado a trasnochar, no podía dormir, y salió de la imprenta. Caminó cabizbajo en dirección al puente de Barcas, el único enlace entre la ciudad y Triana. Era un puente endeble, hecho con tablones de madera, que se sujetaba sobre barcas desniveladas. Muchos se quejaban de su incomodidad, pero los constructores tuvieron en cuenta las decenas de bestias de carga que tenían que cruzarlo en un sentido y en otro diariamente y que podrían resbalarse de estar el piso pulido. Las barcas se sujetaban al fondo del río con cinco anclas que pesaban nueve quintales cada una y se amarraban entre sí con maderos y cadenas de hierro para que pudieran resistir los flujos y reflujos de las aguas. Por el lado de Sevilla, el puente se abría en una glorieta rodeada de piedras y barandas de hierro. La añoranza de la infancia empujó a Abel hacia aquel lugar. Se sentó en uno de los bancos que había en la glorieta a mirar la corriente del río y recordó las tardes de calor, de chapuzones y de búsquedas de tesoros. Sonrió sin intuir siquiera que en ese preciso instante su vida estaba a punto de dar un vuelco.

—Buenas noches, leoncito —le susurró una voz grave, impostada, que surgía de las sombras.

Abel se incorporó de golpe. Se dio la vuelta forzando la vista, pero no pudo intuir más que la silueta fantasmal de un nazareno con la cara cubierta por el antifaz de su capirote. En los últimos tiempos, un bando municipal ordenaba a los vecinos que saliesen a la calle con una luz para evitar asaltos. Si la orden no se cumplía, estaba prevista una multa de seis ducados si el desobediente era una persona distinguida, o una pena de cárcel si se trataba de simple vulgo. Abel no llevaba la luz reglamentaria y el misterioso nazareno tampoco, así que la glorieta comenzaba a tomar la apariencia de la boca de un lobo. Intentó reconocer al menos la túnica de la cofradía pero, a esa distancia, su interlocutor era sólo un bulto oscuro en el que se intuían dos agujeros que suponía los ojos. A pesar de que ese hombre se esforzaba en transfigurar su voz, Abel lo sentía tremendamente familiar.

—¿Nos conocemos? —le preguntó.

—Yo sí te conozco. Te conozco bien. —Y se echó a reír sin ganas.

—El nombre que ha utilizado… —musitó Abel— sólo mi padre me llamaba así.

—Tu padre —el misterioso nazareno suspiró—, conocí a tu padre. Era tan… «fascinante». —Carraspeó y añadió—: Algunos lo consideraban un buscavidas.

Abel se incorporó de un brinco apretando los puños. No estaba dispuesto a permitir que ese desconocido mancillase su memoria. Por un momento le vino al recuerdo el ladrón de rostro oculto que le arrancó la vida a su padre; le volvió a la boca el sabor del miedo, de la rabia, el deseo de venganza… y avanzó hacía el nazareno con la mirada encendida. Pero antes de que pudiera dar un paso más, el hombre sacó su mano enguantada de debajo de la capa, frenándole en seco con el gesto.

—Tranquilo —dijo con una voz incómodamente serena—. Veo que heredaste su orgullo, ¿o es el orgullo de tu madre?

—¿Qué es lo que pretende? —gruñó Abel.

—Relajemos los ánimos, muchacho. Acepta el comentario sobre tu padre como un cumplido. No tengo intención de hacerte daño ni a ti, ni a tu familia, ni a la niña esa tan dulce que va contigo.

De pronto Abel sintió que el presentimiento de la desgracia le obstruía la garganta. La boca se le quedó fría y las manos le sudaban.

—¡Deje en paz a mi familia y a Julita! —soltó Abel apretando más los puños y avanzando el cuerpo en una actitud que quedó a medio camino entre el desafío y la cautela.

—¡Cuánto valor! En eso también me recuerdas a León de Montenegro —dijo con desprecio—. Vosotros no me interesáis en absoluto.

—Entonces, ¿qué es lo que quiere?

Se hizo un incómodo silencio.

—El elefante de marfil —musitó el nazareno con tranquilidad.

Abel recordó aquella figura de ajedrez que representaba al alfil; recordó su textura en las manos… una promesa hecha antes de la muerte.

—No sé de qué elefante me habla —mintió Abel, levantando mucho la barbilla.

—Leoncito, leoncito, leoncito —suspiró el desconocido

pronunciando cada palabra con paciencia—. No vamos a discutir sobre eso. Tú sabes que lo tienes y yo también sé que lo tienes... el problema es que no sé dónde. No me hagas perder más tiempo.

—No sé quién le ha dicho que tengo el elefante de marfil, pero el que lo haya hecho le ha engañado. Se lo aseguro.

El desconocido soltó una enorme carcajada que se quedó flotando sobre el Guadalquivir y que siguió durante un buen rato reverberando en ecos sordos. Por un momento pareció perder el aliento, como si se estuviese ahogando, hasta que retomó el tono condescendiente.

—El que dice una mentira —comenzó a hablar—, no tiene ni idea de la tarea tan ardua que ha asumido. Estará obligado a inventar veinte mentiras más para sostenerla. Mentir con verosimilitud es un arte y tú no llegas más que a aprendiz. —Volvió a reír sin ganas—. Primero me has dicho que no sabías nada de un elefante y ahora que tú no lo tienes. ¿En qué quedamos? No creas que soy un mal tipo, no pretendo que me lo entregues sin más. Sé que es un recuerdo, así que he pensado darte algo a cambio. Pero claro ¿qué podría ofrecerte? Tú, que lo tienes todo —dijo llevándose teatralmente el dedo a la barbilla como si estuviese pensando—. ¡Ya sé! Si me das el elefante de marfil, no ocurrirá nada malo. Todo seguirá como hasta ahora. Podrás continuar con tu vida regalada y con tu falta de ambiciones. ¿Qué te parece?

Abel se sintió ofendido por la descripción que el desconocido acababa de hacer de su vida. Le pareció terrible que, vista desde fuera, su existencia resultase tan simple.

—¿Es una amenaza? —preguntó.

—Amenaza es una palabra tan... ácida. Prefiero llamarlo trato. Y entonces, ¿cerramos el trato? —El nazareno le tendió la mano enguantada.

—¿Tan importante es ese elefante?

—Ese elefante es un peligro. —Retiró la mano en vista de

que la actitud del muchacho no indicaba que fuese a estrechársela—. De su buen uso dependen cosas muy importantes. ¿No te parece que es demasiada responsabilidad para ti? Si me lo das, yo podré hacerme cargo de todos estos aburridos asuntos.

—No puedo entregárselo porque lo he perdido —dijo Abel.

—El castigo del embustero es no ser creído, incluso cuando dice la verdad. Te repito que te conozco. Eres tan sentimental que jamás perderías el último recuerdo de tu padre.

—¿Quién es usted? —Abel estaba desesperado—. ¿Cómo sabe que es el último recuerdo de mi padre?

—Sé muchas cosas. Las sé porque soy muy curioso y porque te observo de cerca. Por el contrario tú vas por el mundo saciando tu hambre con entremeses en lugar de darle un buen mordisco al plato principal.

Abel volvió a sentirse dolido por el comentario.

—Supongamos que acepto su propuesta y le entrego el elefante de marfil. ¿Qué piensa hacer con él?

—Usarlo, por supuesto —concluyó—. Te doy un tiempo para que recapacites, leoncito, y decidas lo que te conviene. No olvides que estoy cerca. Siempre estoy muy cerca de ti. Volveremos a vernos.

Y entonces el extraño se dio la vuelta y dejó a Abel varado a la orilla del Guadalquivir. Escuchó el rumor del río que, por ser primavera, traía de los campos el olor de los naranjos en flor mientras avanzaba acuoso en dirección al océano.

A pesar del paso de los años, doña Julia conservaba toda su energía. Se sentía fuerte, capaz de llevar los negocios con mano firme y gesto imperturbable, contradiciendo a todos los que consideraban que discutir sobre transacciones comerciales no era labor de mujeres. La edad no le había engordado ni un ápice, ni siquiera le había hecho perder la rigidez de su espalda. Vestía de negro de los pies a la cabeza porque decía que era el color que mejor se ajustaba a su estado de ánimo; seguía peinándose con un moño alto y ya le asomaban algunas canas en las sienes. Se pasaba todo el día bregando en la imprenta con los empleados, que era lo que le gustaba hacer, y había olvidado por completo cómo se llevaba una casa. La mayoría de las veces no comprendía el lenguaje en el que hablaban las sirvientas y lo mismo le daba comer chuletas de cerdo que canelones de toronjas porque solía dar algún bocado frugal a mediodía. Sólo se sentaba a la mesa las veces que monsieur Verdoux se quedaba a almorzar. Doña Julia estaba tranquila porque confiaba en el buen hacer de mamita Lula para que no se deshilasen los bordados de las sábanas, ni se secaran las flores de los jarrones.

Pese a todo, Cristóbal puso mucho interés en que ella no terminase de dominar el negocio por completo. Siempre dejaba algún cabo suelto que únicamente él podía solucionar. Si alguien llegaba a Aquí se imprimen libros buscando un ejemplar atrasado, él se mostraba dispuesto a ir al almacén a encontrarlo.

—Los tengo catalogados por fechas, le va resultar difícil encontrarlo —le decía—. Lo traigo en un periquete, no se preocupe, señora.

Si había que demandar más urgencia a los proveedores, él se encargaba de hacerlo, menuda pandilla de ladrones, si no se les presiona con mano dura; si había que reparar alguna de las máquinas, él echaba a todos y se quedaba hasta la noche si hacía falta, manchado de tinta de pies a cabeza porque no hay que dejar estos aparatos tan delicados en manos de ineptos. Y así fue como Cristóbal Zapata se convirtió en un habitante silente en la casa. Muchas veces se quedaba allí hasta tan tarde y regresaba tan temprano por la mañana que doña Julia se acostaba y se levantaba teniéndolo presente. Le reía las gracias, hasta las que no eran graciosas, terminaba sus frases, recogía sus papeles, limpiaba sus plumas, rellenaba su tintero y le hacía oídos sordos a las burlas del resto de los trabajadores de la imprenta, incluso desdeñaba las miradas suspicaces de mamita Lula. Siempre tenía a flor de labios una frase amable para ella, siempre dispuesto a servirla. De vez en cuando, doña Julia salía de su distracción, levantaba los ojos de los papeles y se quedaba mirándolo con cara de extrañeza.

—¿Todavía está usted aquí, Cristóbal? Ande, váyase a casa.

Eso le sacaba de quicio, le arrancaba momentáneamente de la ensoñación idílica que su mente había creado en la que ella le adoraba en silencio y le amaba como un día amó a León. Esas palabras le devolvían a la realidad de vivir en casa de sus suegros, de la existencia anodina y simple que tanto detestaba. Pero pronto se le pasaba el ardor y aceptaba la orden de doña Julia. Se marchaba al Punta de Diamante y allí, entre copa y copa de vino, fraguaba nuevos encantos con los que convencerla de que él era el hombre de su vida. Preparaba con minuciosidad conversaciones para deleitarla durante la sobremesa haciéndolas pasar por tertulias casuales en las que narraba extraordinarias heroicidades protagonizadas por él.

—Ayer, cuando regresaba a casa, me cortó el paso un malhechor —le decía.

—¡Virgen Santísima! —exclamaba doña Julia.

—No se preocupe —decía él riendo, quitándole importancia—. Le agarré por la muñeca y le di una patada en el vientre. —Volvía a reírse sin ganas—. Se marchó corriendo... como alma que lleva el diablo.

—Vaya.

Como quien no quiere la cosa, Cristóbal le contaba que había caído en sus manos un libro en el que se hablaba del lenguaje de las flores y los frutos.

—Dicen que si una mujer recibe un clavel rojo tiene que entender que el hombre que se lo ha regalado siente por ella un amor puro y sincero... y que las dalias rojas dicen «Te amo»... lo mismo que los melocotones.

—¡Qué curioso! —respondía doña Julia sin levantar los ojos de los libros de cuentas—. ¿Sabrá usted, Cristóbal, de dónde viene este gasto? —le decía cambiando de tema.

Ella fingía no captar el mensaje de los claveles rojos y los melocotones porque Cristóbal le tenía los jarrones y los fruteros llenos de ellos. Prefería soslayar sus atenciones, convencida de que las cosas que no se hablan, no existen. Mientras no existieran, ella podría seguir con su vida sin sentirse incómoda al lado de Cristóbal Zapata. A veces mamita Lula le hacía alguna insinuación socarrona sobre las excesivas atenciones que le dispensaba su maestro de taller, pero ella le quitaba importancia.

—¡Cómo te gusta sacar las cosas de quicio! —le respondía a su ama de llaves—. Es un buen hombre… y muy trabajador. Está siempre que lo necesito y no pide salario de más. El resto de los impresores me envidian por tenerlo como maestro de taller. Seguro que muchos de ellos le pagarían el doble y sin embargo aquí está, a mi lado, por pura lealtad.

—Sí, claro… Lealtad —asentía suspicaz la criada negra.

Sólo cuando llegaba la noche, doña Julia se permitía un momento de debilidad que no dejaba ver a los ojos de los demás por una mera cuestión de orgullo. Se encogía, suspiraba y le pedía a mamita Lula que le friccionase los riñones con alcohol de romero para que se le aliviase el dolor del alma.

—El alma no está ahí, mi niña —le decía restregando sus grandes manazas por la espalda desnuda de doña Julia.

—Eso ya lo sé. Ahí tenemos músculos, huesos, venas, sangre…

—¡Qué locura! —refutaba mamita Lula—. Eso no son más que cuentos, se lo digo yo. De dónde para acá pueden caber tantas cosas en un cuerpito tan delgado como el suyo. Eso es un despropósito, hombre por Dios.

Y doña Julia se reía y le mostraba los dibujos de los tratados anatómicos de su padre el boticario, en los que aparecían hombres mostrando las entrañas impúdicamente.

—¡Qué asco!

—Pero no te da asco ver a los penitentes dándose azotes en la espalda —le replicaba doña Julia.

—No, eso no.

En aquellos días de Semana Santa, la imprenta había publicado una disertación que el doctor Valentín Nicomedes González y Centeno había pronunciado en la Real Academia de Medicina y que llevaba por título *Los graves prejuicios que inducen a la salud corporal las vapulaciones sangrientas*. El afamado doctor dejaba claro en su texto que la costumbre de los penitentes sevillanos de azotarse en público durante las procesiones de Semana Santa era una barbaridad más propia de bestias pardas que de seres humanos racionales. Ya se había institucionalizado la costumbre de la Carrera Oficial y un buen número de jóvenes caminaba en procesión por el medio de la calle Génova con la espalda descubierta y el rostro tapado por un lienzo blanco, flagelándose con unas disciplinas hechas con cuerdas de cáñamo en cuyas puntas se fijaban trocitos de hierro. Otras veces, utilizaban la «almeta», una especie de raqueta de madera revestida de pez en la que se incrustaban vidrios y con la que se golpeaban el pecho y la espalda, o el «cerote», una pelota de cera amarrada con una cuerda de hilo en la que se colocaban puntas de hierro. Algunos habían adquirido tal habilidad a la hora de provocarse sangre, que eran capaces de salpicar en la dirección que deseasen. Así, cuando veían a la muchacha de sus sueños admirando el paso de su Virgen, el penitente se azotaba a su lado con el fin de rociarle el vestido. La muchacha que llegase a su casa con el vestido más pringoso, era a todas luces la más bonita del momento.

Pero a doña Julia esas demostraciones amorosas, que en nada se parecían al cortejo visual y corporal al que la había sometido León años atrás, le ponían los nervios de punta. Se alegraba de que Abel nunca hubiese sentido la menor atracción por sacudirse latigazos en la espalda para impresionar a una chica cuando veía a aquellos muchachos sangrando por los cuatro costados, dejándose limpiar las heridas con vino caliente y romero, como si fuesen héroes del Olimpo. Por eso se sintió orgullosa cuando la alcaldía sevillana eligió su imprenta para hacer los carteles que se colgaron en todas las esquinas, en las plazas y en las puertas de las casas en los que se anunciaba el bando de prohibición decretado por Carlos III.

SE PROHÍBE A LOS HOMBRES AZOTARSE EN MEDIO DE LAS CALLES, PONERSE TRAJE DE DISCIPLINANTE, DE EMPALADO, GRILLOS O CADENAS. DEL MISMO MODO, SE PROHÍBE CUALQUIER OTRO ESPECTÁCULO SANGRIENTO SEMEJANTE BAJO PENA DE TENER QUE PAGAR VEINTE DUCADOS Y TREINTA DÍAS DE CÁRCEL

—Llévese unos cuantos y cuélguelos por ahí —le sugirió a Cristóbal Zapata ese día, antes de que el maestro de taller saliese por la puerta.

Él acató como siempre sus órdenes y caminó en dirección al Punta de Diamante con los panfletos enrollados debajo del brazo. Había quedado allí con sus amigotes para jugar a los naipes y discutir sobre los reveses de la vida, lo cual siempre derivaba en intentar ahogar las desdichas en alcohol. Pero las puñeteras flotan, como aseguraba uno de los parroquianos.

En pocos lugares del mundo se sentía Cristóbal tan cómodo consigo mismo como en el Punta de Diamante. La puerta de entrada era de madera noble, remachada con clavos de hierro, enmarcada por dos columnas de piedra con capiteles corintios. Eso despistaba a la mayoría de los que entraban por primera vez ya que, en lugar de encontrarse en el interior con un palacio romano, tropezaban con una fiesta en honor de Baco. El Punta de Diamante era un universo de humo de cigarro, vasos opacos, hombres como una cuba y mesas que desprendían el olor agrio de los muchos vinos derramados sobre ellas. Al fondo del local había un minúsculo tablao de maderas sueltas que aún tenía firmeza para soportar los zapateaos del tito Manuel que se sacudía de forma convulsa al ritmo de los rasgueos de guitarra de Pepe «er de Cai». A veces llegaban los alguaciles a altas horas de la madrugada con cara de pocos amigos a decirle al dueño que hicieran el favor de armar menos ruido, hombre por Dios que la gente decente tiene que dormir. Pero entonces el tabernero les buscaba una mesa libre y ellos terminaban por olvidar el perjuicio.

—Siéntense aquí, señores, cerca del tablao… y tómense una copita de vino, que invita la casa. Hoy viene a actuar una muchacha. —Cerraba los ojos con expresión de deleite—. Canela en rama, óiganme, canela en rama.

Fue en aquel tiempo cuando llegó al Punta de Diamante la niña Candela. Subía al escenario vestida con una falda larga y floreada de echadora de la buena ventura, con una camisa blanca que dejaba al descubierto sus hombros morenos y con un chalequillo demasiado estrecho, acomodado para insinuarle un inexistente pecho. Bailaba descalza, con aretes grandes y dorados colgados de las orejas y unas pulseras en sus tobillos que tintineaban de forma mágica a cada uno de sus movimientos, hechizando a los que habían bebido y despertando deseos concupiscentes en los que no. La niña Candela tenía el cabello negro, largo y rizado, un lunar falso junto a la boca y ojos de mora, pero cuando se liberaba de aquel disfraz de devorahombres, lo que quedaba era una sardinita escuálida de apenas doce años de edad que por el día se encargaba de la limpieza del Punta de Diamante.

—Ven aquí y siéntate —le dijo aquella noche Cristóbal a la muchacha cuando terminó su actuación—. Te invito a un vino.

—Muchas gracias, señor, pero no. Yo soy una artista —le respondió ella mirándole con arrogancia.

Cristóbal lanzó una carcajada socarrona.

—Los artistas también pueden beber —repuso él— y, si me apuras, mejoran cuando se echan una copita de vino al gaznate. Mira si no al tito Manuel; cuanto más bebe, más arte tiene el bribón.

La niña Candela posó con desgana sus enormes ojazos negros en el tito Manuel. Justo en aquel momento estaba solo, sentado a una mesa, con el dedo índice apoyado en el puente de la nariz y la mirada turbia, conversando con la frasca de aguardiente que tenía delante. Ella dejó caer los párpados lentamente antes de responder.

—No lo creo, señor. El vino alimenta el brío, pero no el arte; y yo el arte lo llevo en la sangre —dijo señalándose las venas de las muñecas—, no necesito tomármelo en vaso. Algún día mi nombre estará en los carteles de un teatro, con letras grandes… y se formarán colas porque las personas más importantes del reino desearán verme… Y las mujeres querrán ser como yo… y los hombres me enviarán flores y joyas a mi camerino… Algún día yo seré rica y famosa —sentenció antes de darse la vuelta y marcharse sin imaginar siquiera que, en un futuro, ella sería mucho más influyente de lo que preveía en aquel momento.

Cristóbal volvió a reírse ante el engreimiento de la muchacha, aunque en el fondo le molestó un poco que todas las hembras que le parecían interesantes le dieran mil vueltas en fortaleza, seguridad y valentía.

Aquél fue el primer año en el que Nuestro Padre Jesús del Gran Poder salía a las calles en la «madrugá» de Sevilla. Toda la ciudad quería ver las nuevas espinas de su corona y los seis angelitos que adornaban el paso, restaurados por Blas Mölner. Por eso Abel no podía caminar con rapidez. La bulla, esa oleada de humanos que se acumulaba cuando estaba próxima la llegada de la cofradía, le apretujaba, impidiéndole avanzar en línea recta. Era prácticamente imposible atravesar la barrera de piadosos. Estiraba el cuello intentando atisbar huecos entre el gentío, pero la avalancha humana se movía como una corriente de mar bravío. Para su desgracia, el lugar al que quería llegar estaba justo en dirección contraria al que le lanzaba la multitud. Sentía la angustia por el encuentro con el nazareno fantasmagórico aferrada a su garganta, enredada al perfume del incienso, mezclándose con el olor de la cera quemada. Avanzaba como en sueños, dejando a su derecha el cortejo de nazarenos que acompañaban al Señor, ocultos, silentes, cubiertos por completo con túnicas negras. Parecían réplicas exactas de su asaltante, envueltos en la bruma del humo, portando sus velas como ánimas del purgatorio. Abel tenía miedo de esos ojos que brillaban tras los orificios de los capirotes. Lo estaban observando. Percibía los empujones de la gente, el tufo acre de sus cuerpos, las lágrimas de las beatas, las voces que le gritaban «guapo» al Cristo y «bonita» a la Virgen, la locura festiva de los que se ponían a bailar delante del paso en contraste con el sufrimiento tallado en los rostros de las imágenes sagradas. Y amparado en la bulla, Abel podía sentirlo. Sentía al hombre que lo había amenazado.

Consiguió llegar hasta la puerta de la imprenta a eso de las dos de la mañana. Abrió intentando hacer el menor ruido posible y le emocionó el inconfundible aroma a miel de las torrijas que mamita Lula preparaba en Semana Santa para agasajar a los vecinos, a los empleados, a los negritos de la hermandad y a los pobres que pedían limosna en los alrededores de la iglesia. Caminó por los pasillos de puntillas, seguido por el paso cadencioso de la Turca, que, a esas alturas, ya estaba muy mayor. Subió al desván; el lugar en el que su madre guardaba las llaves de la capilla funeraria de los De Haro, en el cajón de uno de los armarios del fondo. Volvió a la calle justo cuando el Señor del Gran Poder atravesaba la plaza de San Francisco. Como pudo, se internó en la catedral sin dejarse apabullar por las tenebrosas luces de las velas que dibujaban sombras fantasmagóricas en las paredes. Avanzó buscando recovecos y oscuridad. No quería que nadie lo viera. Cuando llegó a la altura de la capilla, introdujo la llave en la cerradura y rezó para que no crujiese. Los goznes cedieron, entró y cerró por dentro.

Todo estaba tal cual lo recordaba: la cúpula marmórea y nervuda, las dos enormes lámparas de bronce iluminando un retablo de piedra que representaba a la Sagrada Familia, custodiada por dos angelitos orantes. Sobre el altar, cuatro candelabros con sus cirios, la imagen del san Juan Evangelista con cabello natural y la cruz de metal sujeta por un águila a punto de alzar el vuelo. Abel no era supersticioso, pero en ese momento creyó estar traicionando a los muertos. Miró a la derecha, allí estaban las letras doradas con el nombre de su padre, sobre la frialdad del mármol.

—Asad —murmuró acariciándolas—. Te he echado tanto de menos…

Recordó con nitidez el momento exacto en el que colocaron esa lápida y lo que había sentido, nueve años atrás. Levantó los ojos buscando la hornacina con el jarroncito en el que había escondido el elefante de marfil. Introdujo su mano por la estrecha boca del jarrón y sintió la textura del polvo acumulado y de las telas de araña. Un escalofrío le recorrió el cuerpo. Notó un bulto en el fondo y lo atrapó. Casi no podía sacar la mano con el puño cerrado. Al ponerlo cerca de la luz comprobó que efectivamente se trataba de su elefante, pero estaba envuelto en un pedazo de papel que él no recordaba haber puesto allí. Era una hoja arrancada de un almanaque; exactamente la que señalaba el 24 de junio. Reconoció, por el tipo de letra, que se trataba de un almanaque editado en la imprenta de su familia, pero el papel estaba ya amarilleando por los bordes. Alguien había aprovechado los márgenes, tanto por su parte frontal como por el envés, para escribir a mano unas notas, de tal manera que la hoja que envolvía el elefante de marfil, lucía así:

JUNIO

24

Martes

El Nacimiento de San Juan ~~Bautista~~.

orea

Santos: Teodgaro, Bartolomé,
confesores; Orencio, Farnacio, Eros,
Fermín, Ciriaco, Firmo, Longinos,
hermanos; Fausto, Agilberto, Agoardo,
mártires; Teodulfo, Simplicio,
Gunardo, *obispos*;
Iván, *eremita*.

indulgente era pío

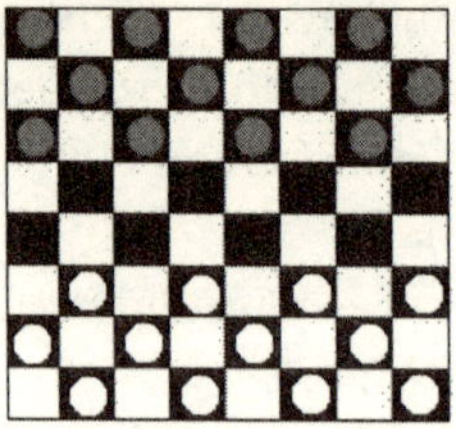

O

Abel tuvo miedo. Un miedo que nada tenía que ver con castigos divinos, ni con los muertos, ni con almas en pena. Tuvo miedo real. Salió lo más deprisa que pudo de la cripta, sujetando con firmeza el elefante de marfil con su mano derecha y el papel del almanaque con la izquierda. Se mezcló con la gente que esperaba a que la larga procesión de nazarenos vestidos de negro diese paso al Señor del Gran Poder. No tardó mucho en distinguirlo entre la multitud. El Cristo caminaba como en sueños, por encima de las cabezas de los fieles, meciéndose al ritmo de una melodía tristísima que desgarraba el alma. Se podía escuchar el rumor de su túnica al rozarle los tobillos, que parecía el sonido del deslizar de sus alpargatas sobre el camino que le llevaría a la muerte. Uno de los hombres que estaba en primera fila se puso a cantarle una saeta con los ojos llenos de lágrimas.

Ya estoy viendo al Gran Poder
que cuando asoma el maero
únicamente se oye

el pisar del costalero.
Yo soy mu pobre
yo mi corazón te pío
sólo salud pare mío
pa verte el año que viene.

Al Gran Poder le acariciaban las luces de los cirios, el humo del incienso, los rezos susurrantes de los creyentes, el peso infinito de la fe colectiva. Parecía cansado, dolorido. Atravesaba la nave de la catedral arrastrando la pesada cruz sobre el vaivén cadencioso de su túnica morada. Sólo fue un instante, pero Abel creyó que posaba sobre él su mirada y, por primera vez en toda aquella noche, se sintió protegido.

Justo entonces comprendió lo que Julita siempre intentaba explicarle. Aquello sobre la irresistible necesidad humana de sentirse escuchado por Dios.

9

Indulgente era pío

> El tablero es el mundo, las piezas el fenómeno del universo, las reglas del juego son lo que llamamos leyes de la naturaleza, y el jugador del lado opuesto se encuentra oculto a nuestra vista.
>
> THOMAS HUXLEY

Abel salió de la catedral cuando vio la sombra del Señor del Gran Poder alejándose, envuelta en su luctuoso caminar de sentenciado a muerte. Había ido en busca del elefante de marfil con la intención de sucumbir a la extorsión del misterioso nazareno, convencido de que entregárselo sería la solución para librarse de un peligro innecesario. El elefante de marfil no había significado nada en su vida, no le había favorecido ni perjudicado, no le hacía mejor persona y, en ese momento, no sólo no le sacaba de problemas, sino que le estaba complicando bastante la vida. Desde el día del entierro de su padre, no había vuelto a pensar seriamente en el dichoso elefante de marfil. Se había convertido en un detalle vago que quedó ahogado en la oleada de sentimientos que le inundaron aquel día de gritos, llantos, pena y remordimientos. Ahora que volvía a tenerlo en sus manos, recordó paso por paso los últimos instantes de la vida de su padre. Recordó la calle estrecha y solitaria, el presentimiento de la desgracia un segundo antes de que aconteciera, la certeza del peligro cuando vio al asaltante. Recordó el brillo de la navaja y su sonido sibilino al atravesar la carne. Recordó que el ambiente estaba pesado, que era casi de noche, que sólo distinguía tonos grises hasta que el escarlata de la sangre le tiñó las manos. Recordó las últimas palabras de su padre, la última promesa de llevar puesta siempre la cruz sobre su pecho, de proteger esa figurilla que ahora le ponía en aprietos. Pero, sobre todo, recordó que el desconocido registraba a su víctima de forma apresurada, olvidando el dinero.

En su casa se había repetido hasta la saciedad que a León de Montenegro le había matado un bandido de poca monta, un ratero que con las prisas se olvidó de llevarse la bolsa con las monedas. Pero de pronto fue como si saliese de una larga pesadilla, como si apartase de sus ojos una tupida venda que le hubiera tenido ciego durante todos esos años.

—No buscaba dinero —musitó.

Hasta esa noche, Abel pensó que nadie excepto él sabía de la existencia del elefante de marfil. Ahora estaba seguro de que había personas capaces de matar por aquel trebejo. Quizá los alguaciles se equivocaron y no fue Carmona el Lanero, sino el nazareno negro que le había asaltado aquella noche, el verdadero asesino de su padre. Un escalofrío le recorrió la espalda. Se quedó inmóvil mirando cómo el elefante y el papel del almanaque ocupaban por completo la palma de su mano. Aún no era capaz de relacionar ambas cosas; no comprendía en qué clase de laberinto estaba sumergido. Fue entonces cuando decidió que tenía que ir a casa de Julita. Necesitaba hablar con ella.

Pese a que el asistente Olavide había reorganizado el sistema de limpieza de Sevilla, aquella noche la ciudad estaba impregnada de una mezcla de olor a orines, incienso y romero; demasiado trajín nocturno, bebidas y compadreo. Antes de que Olavide llegase al poder, cada vecino se encargaba de adecentar las proximidades de su casa y de contribuir con un par de reales cada año a la recogida de basuras. Normalmente las familias depositaban sus inmundicias a la entrada de las calles y una vez al mes, a altas horas de la madrugada, aparecían dos alguaciles alumbrados por velas, guiando unos caballos que arrastraban tablones. Con ellos retiraban la porquería acumulada, pero la mayoría de las veces quedaban restos de podredumbre en las esquinas, en las curvas, en las callejas más estrechas y en los solares abandonados. El hedor entonces era un murmullo permanente de aguas menores y mayores de humano, gato o rata, de restos de verduras, pescados podridos y de carne corrompida. En los barrios más pobres, además de todo esto, se podían percibir las terribles pestilencias de la enfermedad, el hambre y el abandono que sólo se atenuaban si el cielo se compadecía de los sevillanos y enviaba un chaparrón de justicia que lavase la cara a la ciudad.

Abel llegó a la calle Sierpes tras lidiar de nuevo con la multitud fervorosa que lo mismo entonaba sentidas saetas a la Virgen pidiéndole ayuda para ser mejor cristiano, que le pegaba un empujón al prójimo para que no le incomodara a la hora de ver la procesión. Le tiró una piedrita a la ventana de Julita y esperó.

—¿Qué haces aquí? —susurró la muchacha desperezándose.

—Voy a subir. Me ha pasado una cosa increíble.

Abel trepó por el naranjo y se coló en la habitación casi sin aliento.

—Alguien nos vigila —le informó el muchacho como saludo.

—¿De qué estás hablando?

Entonces Abel le contó lo que acababa de recordar sobre la muerte de León. Le habló del embajador de Marruecos, de la partida de ajedrez jugada en los Reales Alcáceres, del extraño lugar al que su padre le había llevado al día siguiente, del religioso que le cuidó, de la cruz ochavada y el elefante de marfil que prometió proteger un instante antes de que su padre le cerrase los ojos a la vida. Le habló del entierro, de cuándo decidió esconder esa pieza que representaba al alfil en el panteón familiar, le aclaró que el elefante llevaba allí años sin que pareciera importarle a nadie.

—¿Por qué me dices todo esto? —preguntó la niña.

Y Abel le narró su encuentro con el misterioso nazareno, las amenazas, su entrada en la cripta. Se lo contó de forma acelerada y un poco confusa, hasta quedarse un momento en silencio. Respiró hondo, se metió la mano en el pecho y sacó el elefante y el papel del almanaque. Se los mostró a Julita.

—Esto es lo que ese hombre anda buscando. Estaba envuelto en esta hoja que te aseguro no es mía. Alguien ha entrado en la cripta de la familia y ha colocado este papel allí, no sé con qué intención.

Julita tomó la hoja del almanaque entre sus manos. La miró por delante y por detrás.

—Parece un mensaje en clave —dijo.

—Eso me ha parecido a mí —suspiró Abel—, pero no lo comprendo.

—Lo que hay dibujado por detrás es un tablero de ajedrez, ¿no? —señaló la niña rascándose la barbilla—. A ti te gusta mucho el ajedrez. Quizá sea algo simbólico, ¿no crees?

—Es posible. Recuerdo que fue entonces cuando me explicaron que, antiguamente, el elefante representaba a nuestro actual alfil. Y en el lugar en el que estuve, todos jugaban al ajedrez. Había una pizarra con una lista de nombres y movimientos y…

—Quizá el movimiento que representa el dibujo sea importante. ¿No te dice nada?

Abel volvió a tomar la hoja del almanaque entre sus manos.

—Hay un problema —aclaró—. No representa ninguna partida. Es el inicio, nadie ha comenzado a jugar.

—Bueno, a lo mejor eso quiere decir…

—Espera —interrumpió Abel—, hay algo más. Esto no es un tablero de ajedrez… bueno, sí lo es, pero las fichas indican que se está utilizando para jugar a las damas. ¡Espera!

Abel arrebató el papel de las manos de Julita. De pronto fue como si un rayo de luz entrase por la ventana. Volvió a mirar el papel, incrédulo.

O

Empezó a leer muy despacio.

—Damas O. Damas O. Dámaso. ¡Padre Dámaso! —exclamó—. Es el nombre del religioso que se quedó conmigo mientras mi padre hablaba con el embajador de Marruecos. Ahora lo recuerdo.

—Pues está al final del mensaje, lo que seguramente quiere decir que es la firma —dedujo Julita—. Ha debido de escribirlo él, pero ¿qué significará lo demás?

—Le gustaban los anagramas —continuó Abel como si estuviera recordando eso por vez primera—. Estuvimos jugando con las letras, cambiándolas de lugar, de un lado a otro, de tal manera que resultaran otra palabra, otra frase. Nombre de angelote —murmuró.

—¿Qué dices?

—Abel de Montenegro… si le cambias el orden a las letras de mi nombre puedes formar: nombre de angelote.

Julita sonrió y volvió los ojos al papel y le dio la vuelta.

—La hoja del almanaque señala el 24 de junio. Festividad de San Juan Bautista. Pero «Bautista» está tachado y debajo está escrito «creA», con la A en mayúsculas. Ha cambiado el orden... y dices que le gustaba jugar con las letras. —La muchacha estuvo un rato en silencio repasando el papel—. ¡San Juan de Acre! —dijo de pronto—. ¿Te suena San Juan de Acre? ¿Tu padre lo nombró alguna vez?

Le volvió a la cabeza el camino que recorrieron aquel fatídico día. Su padre le habló de ir a la jurisdicción de San Juan de Acre. Le había dicho que no le contase a nadie que iban a San Juan de Acre. De pronto sintió que le estaba fallando. Había estado a punto de traicionarle, había estado a punto de entregar a un extraño ese elefante de marfil por el cual León de Monenegro había perdido la vida. Había prometido a un moribundo proteger el elefante y estuvo a punto de no cumplir.

—Sí, me llevó a San Juan de Acre —murmuró.

—Abel. —Julita se puso muy seria para preguntar—: ¿En aquel lugar te hablaron de encontrar un tesoro?

Abel la miró sorprendido.

—¿Cómo sabes eso?

—Bueno, son sólo suposiciones. El convento en el que ayudo... el de Santa Isabel —aclaró—, el que está en la collación de San Marcos, ¿lo recuerdas? Pertenece a la Orden de San Juan de Acre y he escuchado cosas.

—¿Qué cosas?

—¿Sabes algo de las órdenes de caballería?

Julita le contó que, para conquistar Sevilla, el rey Fernando III el Santo se sirvió de las órdenes militares. El Temple, los caballeros de la Orden de San Juan de Jerusalén, los de Santiago y los de Calatrava solían luchar habitualmente con su hijo, el infante Alfonso. Al parecer los cristianos se encontraron con una ciudad bien protegida gracias a la extensa muralla albarrana que, unida a la defensa que suponía el río, convertían Sevilla en un reducto casi inexpugnable. Los sitiadores colocaron sus tropas en cada salida de la ciudad y el campamento base en Tablada, junto al Guadalquivir. Desde allí construyeron un puerto provisional para los barcos que serían utilizados para la toma de Sevilla. Querían dividirla en dos aprovechando el río para impedirles el abastecimiento de alimentos desde el Aljarafe. Los monjes guerreros de la Orden del Temple se situaron en la zona de San Bernardo, porque era el patrón de los Templarios, y desde allí se enfrentaron a los gazules, que eran los caballeros profesionales islámicos. El asedio fue muy duro y murió el maestre templario Martim Martins pero al final vencieron y, dos años después del asedio, la ciudad entregó las llaves al rey cristiano.

—En agradecimiento por los servicios prestados por los caballeros de las órdenes militares —continuó Julita—, el rey les entregó unas tierras y dejó constancia de ello en «los libros de repartimiento». En ese repartimiento les otorgaron grandes señoríos. Querían que esas zonas estuviesen protegidas en previsión de nuevas incursiones del islam. En el Compás de Sevilla había unas cien personas, caballos, carruajes, casas, corrales, área para el apacentamiento de las bestias, almacenes, depósitos de alimentos, salas de administración, capillas… La Orden Militar de San Juan de Acre que se instaló en Sevilla no es más que una fracción de las que se extendieron por el mundo cristiano tras la caída de Jerusalén —concluyó.

A pesar de lo que Julita le estaba diciendo, Abel no terminaba de creerlo.

—¿Cómo iba mi padre a formar parte de una Orden religiosa?

—Es posible. Hay hermanos seglares repartidos por todas partes —explicó la muchacha.

De pronto Abel se quedó bloqueado. Acababa de descubrir una parte oculta de su padre y se daba cuenta de que Julita sabía más sobre ello que él.

—Ahora sólo nos falta saber qué significa «indulgente era pío» —dijo Julita sacándole de su ensimismamiento, observando aún con curiosidad el papelito del almanaque que tenía entre las manos.

—Ya no importa. Iré a San Juan de Acre y le preguntaré al padre Dámaso —dijo Abel emocionado—. ¡Eres mi vida!

Julita lo miró con una sonrisa infinitamente tierna.

—¿Sabes? —respondió la muchacha—. No es cierto eso de que la familia se lleva en la sangre. En realidad tú eres mi auténtica familia.

Aún era noche cerrada cuando Cristo fue a buscar a su padre al Punta de Diamante. El muchacho había salido con su hermandad para hacer la estación de penitencia y llegó a la taberna con su túnica negra y su capirote debajo del brazo, justo cuando la niña Candela daba los giros finales de su danza de cíngara. Cristóbal Zapata palmoteó la espalda de su hijo, orgulloso. Pese a que no se consideraba un hombre religioso, el traje de nazareno siempre le había dado sensación de superioridad.

—Ponnos un par de vasos —le pidió al tabernero con voz pastosa.

—Ya es hora de cerrar —respondió él lacónicamente antes de ordenar a la niña Candela que los acompañase a la salida.

Cristo miró a la muchacha de arriba abajo y le guiñó un ojo. Ella hizo como que no lo había visto y les fue empujando hacia la puerta. Cerró dando un portazo en cuanto estuvieron fuera.

El padre y el hijo caminaron abrazados bajo las primeras gotas de lluvia. Cristóbal había bebido demasiado y avanzaba con dificultad. Ya estaban cerca de la casa cuando paró en seco para buscarse la llave en los bolsillos. Entonces, los dos hombres escucharon un ruido de ramas revueltas y repararon en que la ventana de la habitación de Julita estaba cerrándose. El maestro de taller y su hijo se agazaparon en el quicio de la puerta, justo a tiempo para ver una sombra descendiendo por las ramas del naranjo. Aquella imagen sacó a Cristóbal momentáneamente del influjo de la borrachera.

—Un ladrón —murmuró.

—No lo creo, padre —susurró Cristo—. Me parece que es Abel de Montenegro.

Eso despistó momentáneamente a Cristóbal Zapata. No alcanzaba a comprender qué hacía el hijo del pirata saliendo a horas intempestivas del cuarto de su niña, pero enseguida tomó conciencia de que Julita ya tenía edad para manchar sus calzones una vez al mes. Tragó su rabia con esfuerzo, sintiendo que el rencor le corría por las venas. Todas las mujeres de su vida se burlaban de él. Primero doña Julia y ahora su hija. Su propia hija. No... ella sí que no. No pensaba permitirlo. Ella le pertenecía. Sangre de su sangre mezclándose con la sangre de León. Ni hablar. No iba a permitirlo.

—Prefiero verla muerta antes que en los brazos de Abel de Montenegro —gruñó desesperado.

Subió los escalones de la casa de sus suegros de dos en dos, agarrándose a las paredes y al pasamanos. Recorrió el pasillo resoplando de furia, sudando de indignación, sordo y ciego de resentimiento, escuchando sólo los latidos de su corazón acelerado, con los ojos cubiertos por un velo de odio. Iba murmurando una retahíla apenas inteligible en la que despotricaba contra la casta de piratas y bandidos que robaban las mujeres de otros hombres. Abrió de golpe la puerta de la habitación de su hija justo cuando ella iba a arroparse con las mantas. El gesto se quedó en el aire. Antes de poder darse cuenta, sintió que su padre le arrebataba las sábanas de las manos y, dando una fuerte sacudida, las echó hacia los pies de la cama. Después, la agarró por la muñeca y la sacó de la cama de un tirón seco, dejándola en camisa de noche y descalza en medio de la habitación.

—¿Quién era ese hombre? —le chilló.

—¿Qué hombre? —preguntó la muchacha.

—No te hagas la tonta que lo hemos visto los dos —dijo

señalando a su espalda, convencido de que Cristo estaba detrás de él.

Julita miró en dirección a la puerta, pero allí no había absolutamente nadie.

—No sé de qué me habla, padre. ¿Ha bebido? Quizá lo haya imaginado…

A la muchacha no le dio tiempo a terminar la frase cuando escuchó un sonido sordo, hueco, estallando en mitad de su rostro. Una enorme fuerza la proyectó contra la pared de su habitación. Se vio de pronto sentada en el suelo. Su padre estaba de pie frente a ella, con el puño apretado y los ojos inyectados en sangre. Julita sintió algo húmedo recorriendo su labio superior y al tocarse se dio cuenta de que le sangraba la nariz. Para su sorpresa, estaba más asustada que dolorida.

—A ti te saco yo el nombre de ese malnacido a palos —le rugió Cristóbal dando un paso en dirección a ella.

Le vio acercarse con la mano en alto y, por instinto, se cubrió la cara con los antebrazos, convencida de que ése sería el último día de su vida. Pero el golpe no llegó. Escuchó la voz de su abuelo y, cuando levantó los ojos, se lo encontró plantado delante de su padre, sujetándole el brazo.

—¿Se puede saber qué hace, Cristóbal? —le gritó.

—Matar a esta desgraciada. Cuando he llegado he visto a un hombre saltar desde la ventana de su habitación. Sospecho quién es, pero quiero que me lo diga ella. —Volvió la cara para mirarla—. ¡Dímelo, desgraciada!

—Cristóbal, si durante todos estos años se hubiera molestado en conocer a su hija —le dijo su suegro—, se habría dado cuenta de la clase de persona que es.

—Una fulana es lo que es.

—Claro… y usted de fulanas entiende bastante, ¿verdad? —La voz venía de la puerta. Allí estaba su suegra hablándole con todo el resentimiento del mundo—. Las conoce a la perfección, y toda Sevilla sabe que las conoce… que las visitaba incluso cuando mi pobre hija aún estaba viva. Y ella también lo sabía. La hizo sufrir mucho. Ante sus amigos usted es el más divertido, el más juerguista... y con su mujer, que le amaba por encima de todas las cosas, era un ogro. Se pasa el día cocinándose en su propio veneno mientras finge que es buena persona y cuando llega a casa descarga su ira en los más inocentes... en los que sabe que no van a defenderse.

Fue entonces cuando Cristóbal se revolvió, zafándose del maestro del agua. Echó a andar en dirección a donde estaba su suegra, furioso, indignado, dando grandes zancadas, decidido a cerrarle la boca a bofetadas, «pero quién se cree esa mujer qué es, le hace falta una buena paliza porque está claro que éstas no nos respetan. Si su marido no ha tenido los arrestos suficientes como para darle un cachete en el momento adecuado, tendré que ser yo quien la eduque... desvergonzada... le enseñaré quién lleva los cojones dentro de las calzas». Avanzaba con el puño en alto, mordiéndose el labio inferior, pero no llegó a golpearla porque la fuerza de los terribles ojos de la mujer le frenaron el impulso un segundo antes de que el maestro del agua alcanzase a interponerse entre ellos para darle un empujón en el pecho que lo derribó.

Cristóbal cayó al suelo como un pelele. Intentó incorporarse pero le sobrevino una náusea que le llenó la boca de un desagradable sabor agrio y eructó tragándose el vómito, con los ojos vidriosos. Se levantó apoyándose en la pared y, cuando al fin pudo mantenerse en pie sobre sus dos piernas, miró a sus suegros como se mira a dos desconocidos. Recorrió con la vista la habitación de su hija; no parecía entender cómo había llegado hasta allí. Salió por la puerta trastabillando, sin decir ni una palabra, en dirección a su dormitorio. Creyó escuchar a lo lejos los insultos de su suegro y las maldiciones de su suegra, pero una tormenta horrible comenzaba a sacudir la ciudad y los truenos provocaban vibraciones en los vidrios, de forma que las voces quedaron ensordecidas. El pasillo por el que caminaba le parecía una boca de lobo que de vez en cuando dejaba filtrar, por las rendijas de las contraventanas, el aliento metálico de los relámpagos.

Encontró su habitación por puro instinto; reconoció enseguida el olor cálido de su guarida. Era un cuarto grande presidido por una cama de matrimonio cubierta con una colcha de rosetones de ganchillo blanco. Las paredes estaban adornadas con altarcitos de madera sobre los que descansaban imágenes del Sagrado Corazón, la Virgen con el Niño y san Juanito y san Francisco Javier. Normalmente, la suegra de Cristóbal aprovechaba sus ausencias para encenderles velitas pero, cuando él llegaba, las apagaba de un airado soplido, bramando que aquello no era alcoba de beata para convertirlo en un santuario. El armario era de dos cuerpos, con lunas ahumadas y, sobre la cómoda de violín, un incongruente juego de tocador compuesto de frascos para perfumes, espejo, peines y cepillos de plata anunciaba que en otro tiempo allí durmió una mujer. Sus suegros tuvieron la deferencia de dejarles la habitación grande cuando se casó con Consuelito y no encontraron fuerza para reorganizar la vivienda cuando ella abandonó este mundo.

Cristóbal Zapata ni siquiera se desvistió; sólo se quitó los zapatos y alcanzó la cama como el que intenta atrapar un espejismo. Lo último que recordaba era que las gotas de lluvia recorrían desenfrenadas los vidrios de las ventanas, que los relámpagos se reflejaban en el techo y que no tenía ni idea de en qué momento de la noche había perdido de vista a su hijo Cristo.

El cielo nocturno se cubrió con un manto de nubes, cumpliendo religiosamente con la tradición de la lluvia en Sevilla durante la Semana Santa. Daba igual que se entonasen plegarias para que el cielo respetase las salidas de los pasos, que se colocasen velas y cirios a Santa Bárbara bendita, que trae el sol y el trueno quita, que se rezasen rosarios, novenas o se hicieran promesas. Siempre llovía en Semana Santa.

Después de salir de casa de Julita, Abel echó a correr para evitar el aguacero con las ideas confusas respecto al significado real del elefante de marfil y el mensaje críptico escrito en el almanaque. Aún estaba conmocionado ante la posibilidad de que el misterioso nazareno tuviese algo que ver con la muerte de su padre; un padre que se había marchado de este mundo sin revelar sus secretos. Alzó la vista y vio la señal inequívoca de que continuaría lloviendo porque el cielo parecía un manto de terciopelo rojizo, como si algo allí arriba estuviese envuelto en llamas, o mucho peor, sangrando. Apretó el paso fingiendo que intentaba evitar el agua cuando en realidad escapaba de su propio espanto. De pronto, la fulgurante luz de un relámpago rabioso iluminó la calle como si fuese de día. Al instante, sintió en el estómago el retumbar del trueno. La tormenta estaba sobre él y no se veía un alma en las calles encharcadas y cubiertas de fango. Echó a correr recordando el camino que siguió años antes con su padre, también en un día de lluvia. Las preguntas se agolpaban en su cabeza: frey Dámaso le había dejado un mensaje en su escondite secreto. ¿Cuándo?, ¿cómo había podido entrar en la capilla funeraria de su familia? El agua le azotaba la cara obligándole a entornar los párpados.

Llegó a la altura de la calle de la Estrella y allí se topó con la tapia que circundaba el terreno de la jurisdicción de San Juan de Acre. Caminó hasta encontrarse con la primera entrada que vio, un portalón de madera con remaches dorados. No reconocía ese lugar pero aun así golpeó fuertemente con el aldabón, y esperó. Pasado unos instantes volvió a golpear. Nada. Le pareció escuchar el sonido de unos pasos en la calle y se dio la vuelta. Tras una de las esquinas, creyó ver el recorte negro del capirote de un nazareno. El corazón se le paralizó. Intentó relegar el miedo inspirando hondo, pero el aire se quedó atascado en su garganta reseca. Golpeó de nuevo el aldabón con urgencia.

Tranquilo, tranquilo, se decía a sí mismo. Pero no lograba serenarse. Las gotas de lluvia recorrían su rostro, le inundaban la boca, los ojos... se restregó los párpados y pudo ver que, en el umbral del portón, en la parte encalada, alguien había escrito con tinta y a mano, un minúsculo:

INDULGENTE ERA PÍO

No podía ser una casualidad. Antes de que pudiera recuperarse de la sorpresa, se sintió de nuevo observado. Todos los músculos de su cuerpo se pusieron en tensión y echó a correr siguiendo la línea de la tapia, hasta que llegó a otra entrada. Golpeó con fuerza y pegó el oído a la puerta intentando descubrir el sonido interior de pisadas que le indicase que alguien venía a abrirle, pero el rugido de los relámpagos era ensordecedor. Sacudió de nuevo el aldabón. Nadie le abrió. Volvió a ver otra inscripción en el quicio de la puerta:

INDULGENTE ERA PÍO

—¿Quién es Pío? —le gritó a la lluvia con desesperación.

Los relámpagos iluminaban los rostros siniestros de las gárgolas que, haciendo honor a su nombre, gargareaban desalojando el agua de los tejados, produciendo un sonido histriónico, como si estuvieran riéndose de su terror. En ese momento Abel tuvo la certeza de que el nazareno estaba allí; muy cerca. Se dio la vuelta y le vio parado en medio de la calle, mirándole con odio desde el interior de los dos puntos negros e insondables de los agujeros de su antifaz. Un relámpago fulguró en los contornos acharolados de su túnica negra, empapada por la lluvia. Y entonces Abel echó de nuevo a correr. Por un momento pensó huir a la imprenta y refugiarse allí, pero le vino a la mente la muerte de su padre, la posibilidad de que el nazareno de negro fuese su asesino. Estaba bastante lejos de casa. Tropezó, cayó, se levantó, siguió corriendo, rodeando el muro, hasta que se topó con otra entrada.

—¡Ayúdenme! —gritó mientras aporreaba la aldaba, sintiendo la presencia cercana de la sombra negra—. ¡Necesito ayuda!

Escuchó el crujir de la madera. La puerta comenzó a entonar una melodía de goznes cediendo que a Abel le sonaron a música celestial. Una ranura de luz cálida procedente del interior le acarició el rostro.

—¡Ah!... eres tú. Debí imaginarlo —dijo como saludo el hermano Lorenzo, aparentemente molesto—. ¿Qué quieres? Éstas no son horas ni maneras de...

Pero Abel ni siquiera esperó a que terminase la frase y entró de sopetón, haciendo que el religioso retrocediera torpemente. Ya en el interior, cerró la puerta detrás de él y se apoyó en ella jadeante, lleno de alivio.

—¡Qué desvergüenza! —protestó el anciano alisándose el hábito—. Casi me tiras al suelo.

—Discúlpeme, hermano, pero es una cuestión de vida o muerte. Estoy buscando al padre Dámaso —musitó sofocado con un hilo de voz antes de extenderle la hoja del almanaque.

—Igual de incorrecto que tu difunto padre... Dios lo tenga en su Bendita Gloria —dijo santiguándose—. La juventud cada vez está peor.

—Vengo a que me expliquen por qué «esto» —le mostró el trebejo con forma de elefante— está haciendo que un loco ataviado de nazareno me persiga.

Sin decir ni una palabra, el portero se dio la vuelta y comenzó a caminar por los pasillos con una lámpara de aceite en las manos mientras Abel lo seguía, intentando mantenerse dentro del círculo luminoso.

—¿Me puede contar algo sobre el elefante? —preguntó Abel, rompiendo el incómodo silencio.

—Que está hecho de marfil —respondió con desgana el hermano Lorenzo, abriendo la puerta que daba a la cocina y dejándole pasar al interior. Le tendió una silla y una manta. Le calentó un vaso de leche—. Espérate ahí, que ahora vuelvo.

Pero antes de salir, volvió a darse la vuelta para mirarle de forma suspicaz.

—No toques nada, que me doy cuenta, ¿eh?

—No, no…

Abel creyó recordar vagamente ese lugar: el olor a horno, a vino dulce, canela, yema de huevo. Se sintió seguro por primera vez en toda la noche. Sin lugar a dudas, ya había estado allí antes.

Mientras tanto, Cristo continuó un rato más parado en medio de la calle, bajo la lluvia, rumiando su rabia. Resoplaba con el corazón acelerado y las mejillas ardientes. Había seguido a Abel después de ver cómo se descolgaba del árbol que quedaba junto a la ventana de su hermana. Se arrepentía de no haberle partido la cara en la intimidad de la noche, camuflado bajo su túnica de nazareno. Notó una boqueada amarga de rencor hacia Julita, la única de los Zapata que parecía merecer la atención de los altivos Montenegro.

El prior llegó acompañado por el hermano Lorenzo justo cuando Abel acababa de terminar el vaso de leche y se arrebujaba en la manta.

—Siempre te veo en la misma situación, muchacho. Eres un imán para la lluvia.

Lo saludó con una deslumbrante sonrisa antes de darle un efusivo abrazo que en un principio dejó a Abel desorientado, pero que luego lo reconfortó. Ahora que tenía a frey Dámaso delante, hubiera dicho que por él no había pasado el tiempo. Seguía pareciendo un adolescente de cuerpo esbelto y expresión optimista que contagiaba serenidad. Sólo unas finas líneas alrededor de sus ojos y unas impertinentes canas en sus sienes insinuaban su edad real.

—Veo que has recibido mi mensaje sin problemas —le dijo señalando la hoja del almanaque que Abel aún tenía en su mano.

—No lo crea. «Indulgente era Pío» —dijo—. No conozco a ningún Pío, ni sé qué importancia puede tener que sea o no indulgente.

Frey Dámaso se echó a reír echando la cabeza hacia atrás.

—Creí que descubriendo el anagrama de Acre te darías cuenta —respondió el religioso.

—¿Cuenta de qué?

—«Indulgente era Pío» es otro anagrama: «Puerta del Ingenio». Es la indicación de la entrada en la que está la portería de la jurisdicción de San Juan de Acre. La puerta a la que tenías que llamar cuando llegases aquí era la «Puerta del Ingenio». Como en la infancia te hizo tanta gracia lo de los anagramas, supuse que seguirías practicando con ellos.

—Ya casi no recordaba lo que eran —se lamentó Abel.

—Pues sí que... —masculló el hermano Lorenzo para sus adentros—. ¡Menudo pánfilo! Estamos apañados...

—He tropezado con esta puerta por pura casualidad —confesó el muchacho—. Me asusta pensar qué me hubiera hecho el nazareno que quiere el elefante de marfil y que me está siguiendo si no llegan a abrir ustedes a tiempo.

Frey Dámaso se dio la vuelta para mirar alarmado al hermano Lorenzo.

—¡Ellos saben que tiene el elefante! —Se quedó un momento pensativo—. ¿Cómo han podido enterarse? Es terrible. Siempre pensé que el elefante de marfil estaba a buen recaudo.

—¿Ustedes sabían que este elefante es peligroso y aun así me han dejado tenerlo todos estos años? Y... y... y, ¿cómo sabían que lo escondí en la capilla de mi familia? —Abel balbuceaba sin que ninguno de los dos religiosos pareciera hacerle demasiado caso—. No sé cómo han conseguido entrar allí... las llaves...

Pero el hermano Lorenzo le interrumpió hablando como si

no le importase que Abel estuviera delante y pudiera sentirse ofendido.

—Siempre dije que dejar en manos de este muchacho melindroso un objeto tan trascendental era una demencia peor que la de doña Juana la Loca... que mire que estaba chiflada. Y que conste que lo digo con toda benevolencia y respeto por los difuntos. Dios la tenga en su Santa Gloria. Amén, Jesús.

—¿Cómo han podido enterarse de lo del elefante? —Frey Dámaso parecía preocupado—. ¿Desde cuándo lo sabrán? Nos lo han podido robar... hemos puesto la misión en peligro. Está claro que ellos tienen ojos y oídos en todas partes.

—¿Ellos? —preguntó Abel angustiado mirando a uno y al otro, dándose cuenta de que los dos hombres se lanzaban a discutir prescindiendo de él por completo.

—¿Cómo pudo confiar León en un niño para custodiar un objeto tan importante? —El hermano Lorenzo seguía su retahíla—. Claro que también se fiaba de ese infiel...

—No me gusta que llame infiel al embajador —suspiró el prior—. Era un amigo; un colaborador. ¡Gracias a su buen hacer hemos conseguido el tiempo que necesitamos! Además, el crío era muy avispado. Recuerde cómo jugaba al ajedrez con tan sólo nueve años.

—Sí, pero ahora al mozo no le interesa el ajedrez... está enamorado —pronunció las dos últimas palabras con socarronería—. Igual que su padre. Lo que yo decía; un pamplinas.

Abel suspiró agotado. Estaba claro que esa gente lo sabía todo de él. Su infancia, su juventud, lo que hacía, lo que sentía. No comprendía el porqué de tanto ataque.

—¿Me quieren explicar quiénes son «ellos»? —volvió a interrumpir Abel.

Los dos hombres se miraron interrogantes.

—No creo que sea necesario que lo sepas ahora mismo —exclamó el hermano Lorenzo.

—Pues al menos díganme qué tiene este elefante. ¿Qué le

hace tan especial? Si van a matarme por él, creo que merezco saberlo.

—El elefante de marfil es una especie de «autorización». —Frey Dámaso tomó las manos de Abel entre las suyas y le miró a los ojos—. Te voy a ser sincero. Tu padre era alguien muy especial. Quizá no lo sepas porque lamentablemente la vida no te dio demasiado tiempo para conocerlo. Pero yo puedo decírtelo, y soy de los que piensan que la excepcionalidad se hereda. —El hermano Lorenzo suspiró escéptico poniendo los ojos en blanco—. Hay algo excepcional en tu interior y por eso enviamos a monsieur Verdoux a tu casa para que se encargase de tu formación y que así estuvieras preparado física y espiritualmente para la importante tarea a la que estás destinado.

—Monsieur Verdoux… —murmuró Abel—. Él…

—Sí. Él es un caballero de nuestra Orden, al igual que lo era León. Estábamos muy cerca de ti el día del sepelio de tu padre. Tú eras el depositario del elefante de marfil, pero eras tan pequeño… queríamos asegurarnos de que lo protegías bien. Cuando vi que lo colocabas dentro de la capilla, en el jarrón de la hornacina… me pareció —frey Dámaso buscaba la palabra acertada— ¡genial! Sólo un niño podría encontrar un escondite tan adecuado. Entonces fue cuando pensé poner la nota en la hoja del almanaque, envolviendo el elefante. Aproveché nuestros contactos dentro de la catedral para conseguir las llaves. Estaba convencido de que el día que fueses a buscarlo sería el día en el que ya estarías preparado para unirte a nuestra misión. Nuestra búsqueda.

—Una misión por la que mi padre perdió la vida —espetó Abel—. Y ahora me están pidiendo que también me sacrifique yo por algo que ni siquiera comprendo. «¿Nuestra búsqueda?»

Frey Dámaso suspiró.

—Es una larga historia de siglos, así que creo que lo mejor será comenzar por el principio. Hubo un tiempo en el que la península Ibérica fue territorio musulmán. La llamaban al-

Andalus y la dividieron en reinos de taifas. Pero los cristianos no se resignaban a perder esas tierras, así que comenzaron a estudiar a sus adversarios para encontrar sus debilidades. Cuenta una leyenda que allá por el año 1078, el rey Alfonso VI de Castilla se encontraba con sus tropas asediando la ciudad de Sevilla. La presión fue tan angustiosa que llegó un momento en el que el rey al-Mutamid, sin ver otra solución posible, decidió retar al rey cristiano a jugar una partida de ajedrez con su favorito, Ibn Ammar. La apuesta era arriesgada: el ganador se quedaba con Sevilla.

—¿Se jugaron la ciudad al ajedrez? —preguntó sorprendido Abel.

—Eso dicen —respondió frey Dámaso—. Ibn Ammar era un gran jugador, así que ganó la partida. Entonces al-Mutamid le pidió a Alfonso VI de Castilla que respetase la ciudad. El rey cristiano era un hombre de honor así que no pudo negarse y abandonó la idea de continuar el asedio.

—¿Se marchó sin luchar?

—En ese momento sí, pero dos siglos después, Fernando III volvió con sus huestes a Sevilla junto con su hijo el príncipe Alfonso...

—Alfonso X el Sabio —aclaró el hermano Lorenzo.

—Efectivamente. Como bien sabes, querido Abel, los cristianos ganaron esa batalla...

Y frey Dámaso le narró entonces aquella historia de partidas y reyes, de honor y traiciones, que empezó cinco siglos antes con una apuesta entre reyes.

—¿Quién ganó? —preguntó Abel, fascinado por aquel complejo relato.

—Según lo que sabemos quedaron empatados a dos.

—Así que falta una partida por jugar.

—Efectivamente.

—¿Y a qué están esperando?

—Para poder jugarla tenemos que encontrar las reglas del

juego. El pacto original firmado por los dos reyes desapareció a comienzos del siglo dieciséis —le explicó frey Dámaso—. El monarca lo ha exigido así.

—¿Por qué? —preguntó Abel—. ¿No recuerdan las reglas?

—El caso es que la verdadera esencia de la apuesta se fue corrompiendo con el paso de los años. Hubo cartas cruzadas, anónimas, que relacionaban partidas de ajedrez con batallas reales. El último recuento decía algo así:

✟ 1248. Conquista de Sevilla. Rd2++
✟ 1262. Conquista de Niebla. Ca4++
☪ 1270. Octava Cruzada. Txf1++
☪ 1271. Krak de los Caballeros. e2
☪ 1279. El sitio de Algeciras. Ac7++

—Me acuerdo de esto —susurró Abel.

—Lo viste el día que asesinaron a León de Montenegro. Ese día el embajador marroquí estaba en Sevilla. Traía consigo el recuento falso que has visto, que su pueblo creía válido. Pero tu padre era un gran diplomático y consiguió que el embajador confiara en él y en nuestra buena fe.

Abel parecía interesado.

—¿Y qué pinta en todo esto el elefante de marfil? —preguntó.

—Si llega a jugarse la última partida, los contrincantes tendrán que cumplir con una serie de requisitos antes de comenzar. El jugador cristiano llevará colgada al cuello una cruz ochavada —Abel se tocó inconscientemente el pecho—, y el jugador musulmán, una media luna. Entrarán en una sala en la que sólo habrá un tablero de ajedrez en el centro. Todas las piezas estarán colocadas y sólo quedarán dos espacios vacíos. Faltarán dos alfiles: uno negro y uno blanco. Los elegidos han de llevarlos con ellos y, hasta que no los coloquen adecuadamente sobre el tablero, no dará comienzo la partida.

—Un alfil —musitó Abel.

—Sí, Abel, un alfil milenario que nuestra Orden ha custodiado depositándolo en las manos de los mejores jugadores, los más capaces. Pertenece a un antiquísimo juego de ajedrez único en el mundo. Es tan antiguo, que el alfil no se representa como un obispo.

—Un elefante de marfil —dijo el muchacho.

Había olvidado que lo tenía en su mano derecha. Bajó los ojos para mirarlo y se dio cuenta de que se había aferrado a él con tanta fuerza que tenía la silueta grabada en la palma.

—Y el jugador musulmán llevará un elefante de ébano. ¿Ahora lo entiendes, Abel? Si encontramos el documento original —suspiró frey Dámaso—, tú serás uno de los encargados de jugar la partida definitiva. Te necesitamos. Tú eres el elegido del bando blanco. Por eso monsieur Verdoux ha insistido tanto en tu formación ajedrecística.

—¿Me están obligando a unirme a su causa?

—Nadie te obliga a nada. Puedes elegir: o vivir una vida común, o dejar tu huella en la historia. Si nos eliges has de saber que exigimos dedicación plena. Consideraremos faltas graves la compra o la venta de cosas espirituales, la revelación del secreto, la cobardía y el hurto. Pero a cambio de tanto sacrificio, formarás parte de algo muy especial. —Abel lo miró atónito y frey Dámaso continuó hablando—. Cuenta una leyenda que un guerrero se encontró un día un huevo de águila, lo recogió del suelo y lo colocó en el nido de una gallina. El águila rompió el cascarón y vio a su lado a unos polluelos que creyó sus hermanos. Creció sin darse cuenta de que tenía diferente pelaje, que sus alas eran majestuosas, que su pico era fuerte... picoteaba la tierra en busca de insectos y semillas, y aprendió a huir cuando llegaba el zorro. Nunca llegó a volar... Cierto día, vio un ave majestuosa surcando la inmensidad del cielo azul y le preguntó a la gallina, que él creía su madre, cómo se llamaba aquel maravilloso pájaro. Ella le respondió que se trataba de un águila, y le pidió que dejara de mirarla porque jamás alcanzaría a ser como ella. El águila que se pensaba una gallina suspiró aceptando su destino y siguió picoteando el suelo en busca de gusanos y semillas. Murió convencido de ser una gallina. —Frey Dámaso se quedó callado, esperando que sus palabras hicieran el efecto deseado en Abel—. Te estoy mostrando tus raíces, te estoy explicando quién eres. Tienes ya dieciocho años, ¿no? ¿Quieres abrir tus alas y volar junto a nosotros?

El muchacho estuvo un buen rato en silencio. Le volvieron a la memoria los últimos instantes de la vida de su padre, las lágrimas desesperadas de su madre, el dolor que durante meses quedó flotando en el aire de la imprenta y que aún se podía respirar en los aniversarios de la desgracia. Pensó en Julita, en el miedo a que ella se sintiera alguna vez igual de desolada, en ese amor profundo, cálido, dulce y reconfortante que le hacía morir en cada despedida y renacer con cada encuentro. No estaba dispuesto a arriesgar todo eso por una causa milenaria, por muy honorable que fuera. A él, en ese momento, toda esa historia de reyes enredados en apuestas de ajedrez, le pareció muy ajena. Y entonces escuchó su propia voz por fuera de su cuerpo, como si no fuese él mismo el que acababa de pronunciar aquella frase.

—Lo siento —dijo estirando la mano para entregarle a frey Dámaso el elefante de marfil—. Estoy seguro de que encontrarán a alguien que pueda hacerse cargo de esta misión. Yo he de cumplir con otra en la que nadie puede sustituirme.

El hermano Lorenzo lanzó un gruñido.

—Si ya lo decía yo… de águila nada. Este muchacho tiene toda la pinta de ser una gallina… y clueca si me apuran.

Frey Dámaso sostuvo el elefante del marfil en la mano: aquella pieza, el símbolo del pacto, volvía a las manos de San Juan de Acre. Tal vez nunca hubiera debido abandonarlas, pensó. Durante siglos los miembros de su Orden habían preparado, en secreto, a sus freires. Pero León demostró ser más hábil que todos ellos pese a ser un caballero no profeso. Confió tanto en poder jugar la última partida... ¿Qué iban a hacer ahora?, se preguntó frey Dámaso. Los musulmanes insistían y sus demandas, aunque corteses, iban cobrando un tono más perentorio. Y quién era él para culparlos... Tuvieron mucha paciencia. Gracias a la hábil negociación de León habían conseguido que el embajador marroquí aceptase la condición que exigía Carlos III: encontrar las capitulaciones originales rubricadas por ambos mandatarios; además, accedieron a esperar hasta que el nuevo elegido, aquel niño de mirada reflexiva, tuviera edad de jugar. Durante esos años, los freires de San Juan de Acre no dejaron de buscar aquel documento. La hipótesis de que don Manuel de Haro se lo podía haber llevado al Nuevo Mundo desvió la búsqueda en esa dirección, pero el resultado fue otro completo fracaso en el que habían invertido unos años preciosos. En realidad, el embajador marroquí empezaba a expresar sus dudas de que los freires de San Juan de Acre estuvieran poniendo todo su empeño en encontrar las capitulaciones perdidas. ¡Y ahora aquel muchacho se negaba a aceptar el honor que le había legado su padre! Con un suspiro de pesar, frey Dámaso miró al techo y se encomendó al Señor.

Cuando Cristóbal Zapata despertó a la mañana siguiente, las brumas de la borrachera de la noche anterior aún no se habían disipado. Se incorporó sintiendo que su cabeza era más grande de lo habitual y que pesaba como una calabaza. Tuvo que quedarse un buen rato sentado en el borde de la cama, frotándose los ojos y mascando con desprecio su aliento pastoso. Se levantó para abrir las cortinas y le costó habituarse a la luz del mediodía mientras confirmaba que no lo había soñado; estaba seguro, vio a Abel de Montenegro descendiendo por el árbol que estaba junto a la ventana de su hija. Entonces le volvió al estómago el rencor fraguado durante años y se puso a recorrer su cuarto como una bestia enjaulada. El malestar de la resaca se unió al aborrecimiento. Caminaba de una esquina a otra ideando miles de torturas para ese hijo de pirata al que por momentos no podía distinguir de su padre. Su cabeza aturdida mezcló el enamoramiento de León y doña Julia con el de Abel y su hija, avanzó más allá en su tormento de hombre rechazado e imaginó susurros obscenos, olores secretos, caricias privadas, secreciones íntimas, sudor, saliva y explosiones de gozo que él jamás saborearía.

De la rabia pasó a la congoja. Se dio a sí mismo una terrible lástima y tuvo que tragar fuerte para no llorar. Se echó en cara haber permitido que Julita se criara junto a Abel, el hijo de un pirata que no tenía moral, ni escrúpulos, un malcriado consentido que creía que su clase social le permitía aprovecharse de muchachas humildes como su hija. Se pasó un buen rato golpeando las paredes, pateando los muebles, lanzando mil improperios, maldiciendo a una larga lista de antepasados bastardos, putas, malnacidos, que le habían traído a sufrir a un mundo de mierda. Desde el altarcito que había frente a su cama, el Corazón de Jesús le lanzó su beatífica mirada.

—¿Por qué?, ¿por qué?, ¿por qué? —le gritó enfrentándose a él, dejándose la voz.

Pero a la imagen parecía divertirle su sufrimiento y sonreía de una forma que a Cristóbal le pareció burlona. De un manotazo le tiró al suelo. La figura se hizo añicos. Entonces escuchó la voz de su suegro al otro lado de la puerta.

—Deje de montar escándalo, Cristóbal, y salga de una vez o llamo a los alguaciles.

Cuando abrió, se sorprendió al ver la cara tumefacta de su hija y de pronto le volvió el recuerdo nebuloso de su puño, el camisón inmaculado manchado de sangre, los ojos de miedo, los gritos…

—Lamento lo ocurrido anoche —comenzó a decirles a sus suegros que lo observaban sin hablar, con gesto desairado—, pero voy a solucionar la situación. Ya sé quién estaba ayer en la habitación de la niña. No hace falta que ella me diga el nombre. Los de su calaña se creen que pueden abusar de las hijas de los pobres impunemente. A ese sinvergüenza lo capo yo con mis propias manos.

—No, padre, por Dios —sollozó Julita.

—¡Tú te callas! —le gritó Cristóbal.

—¡El que se calla es usted! —le cortó el maestro del agua, serio como nunca—. Ayer fue la última vez que le pegó a la muchacha y que le levantó la mano a mi señora. Le hemos atendido como si fuese un hijo, aun cuando usted no fue en absoluto buen esposo para Consuelito. Le hemos dado un techo, nunca le faltó un plato sobre la mesa y una camisa limpia en el armario... hemos criado a sus hijos como si fuesen nuestros... Un hombre que se viste por los pies no paga todo eso con borracheras y bofetones. Un hombre de ley no pega a las mujeres. —El suegro bajó la cabeza y agregó—: Le quiero fuera de mi casa esta misma tarde.

10

Domingo de Resurrección

> He aquí la única verdad. Somos los peones de la misteriosa partida de ajedrez que juega Alá. Él nos mueve, nos detiene, vuelve a empujarnos, y al final nos arroja, uno a uno, a la caja de la nada.
>
> OMAR KHAYYAM, *Rubaiyat*

Cristóbal se sintió terriblemente abatido. Su vida era un asco. Se dio cuenta de que tenía ya cincuenta y dos años y que se le había escapado el tiempo ideando estrategias con las que librarse de su rival, fraguando planes de conquista, persiguiendo el futuro, convencido de que sus sueños verían la luz mañana. Su vida sería mejor mañana. En eso se le fueron pasando los días, las semanas, los años, porque «mañana», por definición, siempre terminaba convirtiéndose en «hoy». Jamás había disfrutado del «hoy» y sentía que era demasiado tarde para aprender cómo se hacía. Para todo había que estar adiestrado. Por si eso fuese poco, su hijo Cristo, la única persona en el mundo que parecía comprenderle, no estaba allí para consolarle.

Le echó un vistazo a ese cuarto matrimonial que nunca llegó a impregnarse de verdad de su esencia. El espíritu de la que por un tiempo fue su esposa, aquella muchacha anodina cuyas facciones le llegaban a la memoria desdibujadas, seguía presente en los altarcitos de los santos, en las velitas, en las cortinas de encaje y en la colcha de hilo. Aún había cabellos suyos enredados en el cepillo del tocador. En un momento de debilidad, Cristóbal se lo llevó a la nariz por ver si aún conservaba su aroma. En ese mismo instante se arrepintió de no haber hecho un esfuerzo por amarla. Sintió hambre de cariño, de arrullos conyugales, de confidencias y cotidianidad. Ya no podía echar el tiempo atrás. Maldito… maldito tiempo.

La boca se le llenó de sabor salobre y se puso a llorar. Se le escapaban las lágrimas de los ojos como goteras implacables en una noche de tormenta; una tras otra, tras otra… las apartaba a manotazos, con rabia, las enjugaba con los puños de la camisa, pero terminaron empapados y sin capacidad para absorber más humedad.

Comenzó a recoger sus bártulos sorbiéndose los mocos, despotricando contra León de Montenegro, ese individuo que había convertido su existencia en un completo descalabro. Por su culpa no pasó de ser un simple maestro de taller cuando todo indicaba que llegaría a dueño de una imprenta, por su culpa no tenía casa propia y había vivido todos esos años acogido en la de sus suegros, por sus tejemanejes de pirata la mujer de su vida no alcanzó a amarle. Ahora León de Montenegro se estaría riendo desde el más allá viendo como su hijo Abel repetía la historia arrebatándole a Julita, una mujer que le pertenecía. ¡Y encima se quedaba en la calle! ¡Tenía que haber matado a ese muchacho como a un conejo cuando aún era un mocoso! El mismo día de su primer cumpleaños, vociferaba. Hubiera deseado estrangularlo lentamente, regodeándose en su sufrimiento, saciando su sed de venganza, aplacando así su rabia. No lo había hecho por el compromiso que había adquirido con el Sabio Añejo de controlar cada uno de los movimientos del muchacho y por temor a que lo descubrieran. Doña Julia no se lo hubiera perdonado. Pero en esta ocasión era distinto. Esa afrenta era mucho más que un traspié con una tarta. La ofensa, el ultraje, la osadía cometidos por Abel de Montenegro sólo podían desagraviarse con la muerte.

Salió de la casa sin despedirse, dando un portazo, con sus pertenencias al hombro. La lluvia de la noche anterior había dado paso a un soleado día que le hacía daño en sus ojos de resaca. Recorrió la distancia que separaba la casa de sus suegros de la del Sabio Añejo, inundado por la rabia y, en ocasiones, asfixiado por la desolación. Un insoportable peso en el pecho le impedía respirar con normalidad y caminaba exhalando suspiros y boqueadas, como un pez fuera del agua. Llegó al portal, golpeó tres veces el aldabón y una sirvienta le abrió la puerta. Sin saludar, subió la escalera. Se conocía el camino de memoria.

—Voy a matar a ese hijo de Satanás —rugió como saludo.

Fernando Álvarez estaba sentado tras la mesa de su despacho. Redactaba una reseña que tenía que entregar al día siguiente en la imprenta sobre el descubrimiento del cuerpo de san Agustín. Cuando escuchó el gruñido, se quitó los quevedos de los ojos y miró a Cristóbal con resignación.

—Buenas tardes, ¿qué te trae por aquí?

—Ha llegado el momento que estábamos esperando. Yo mismo me encargaré de matarlo... con mis propias manos.

—Cristóbal, Cristóbal, Cristóbal —pronunciaba su nombre con voz muy baja y paciente—, eres demasiado visceral. Tienes que aprender a controlarte. Estos arranques de furia ya te han asaltado otras veces con resultados muy lamentables, ¿lo recuerdas? Ya sabes que, cuando estás en este estado de nerviosismo, eres incapaz de pensar con una mínima lógica y lo echas todo a perder. Ese muchacho no nos sirve de nada muerto, lo sabes... y menos ahora —carraspeó antes de continuar—. Tu hijo Cristo ha estado aquí esta mañana temprano. Me ha dicho que Abel de Montenegro entró ayer a altas horas de la madrugada en la jurisdicción de San Juan de Acre. Eso confirma nuestras sospechas. Ahora más que nunca debemos vigilarle, controlar cada uno de sus movimientos, observar con quién habla, adónde va… hemos de encontrar las reglas del juego y destruirlas antes de que las encuentren ellos. Abel de Montenegro es nuestra única pista. No debemos perderle de vista.

—Yo ya sé con quién habla, cómo pasa el tiempo y adónde va ese desgraciado —bufó Cristóbal incapaz de olvidar su agravio—. Va con nocturnidad a deshonrar a mi hija en mi propia casa… bueno, a la que era mi casa. Ya no tengo casa; mis suegros me han echado de allí.

El Sabio Añejo se levantó de la silla y se puso a pasear arriba y abajo del cuarto, como lo haría un actor sobre un escenario.

—Séneca decía que es más conveniente disimular que vengarse. ¿Cuánto te puede durar el placer si le das una puñalada mortal? Un minuto, dos… —puso gesto de aburrimiento—, eso es muy poco, amigo… realmente poco tiempo para una afrenta que abarca toda tu vida. Recuerda que la venganza es un plato que se elabora con cuidado, eligiendo los mejores condimentos, y que se cocina a fuego lento en los fogones del infierno. Piénsalo. Seamos inteligentes. Dale la vuelta a las cosas y busquemos la manera de aprovechar lo que ha ocurrido.

Mientras hablaba, se dirigió al fondo de la habitación y abrió la puerta de una especie de mueble trinchero. Sacó una botella de vidrio labrado, le quitó el tapón, sirvió dos vasitos de aguardiente y le tendió uno de ellos a Cristóbal. El maestro de taller se lo bebió de un trago, sintiendo cómo bajaba hasta su estómago, arañándole por dentro. Su anfitrión lo volvió a llenar.

—Si sigues mis indicaciones —continuó Fernando Álvarez—, el placer se alargará en el espacio y en el tiempo. No sólo te vengarás de ese muchacho que ha desflorado a tu hija, también lo harás de la memoria de León de Montenegro. Destruirás todo el trabajo al que dedicó su corta existencia… su razón de ser. ¿No te parece más refinado y satisfactorio así?

Cristóbal apuró el vaso. Ese trago le pasó mucho mejor que el primero, aunque los ojos se le pusieron acuosos y tuvo que toser para despejar la sequedad de su garganta. No estaba del todo seguro de compartir aquella opinión sobre el sublime gozo que proporcionaban las venganzas elaboradas. Siempre le pareció más varonil buscar el resarcimiento a base de puñetazos bien dados, piel tensa, pálpitos en las sienes y oleadas de sangre caliente. Aunque ese instruido hombre llevara años asegurándole que navegaban en el mismo barco, aunque lo calificase de colega, aliado o amigo, en el fondo de su alma Cristóbal Zapata siempre se sentía inferior cuando Fernando Álvarez le hablaba. El maestro de taller estaba acostumbrado a tratar con los machos robustos de voz aguardentosa del Punta de Diamante. Hombres de pelo en pecho que le apoyaban en sus ataques de ira, que lanzaban improperios y jaleaban sus exabruptos. Con ellos se sentía seguro de sí mismo, confiado; más hombre que nadie. Pero Fernando Álvarez le apocaba; con él se veía torpe, bruto, ridículo.

—¿No te parece más refinado y satisfactorio así? —repitió el Sabio Añejo un tanto preocupado por el largo silencio.

Y Cristóbal le dio la razón asintiendo con la cabeza, sin levantar los ojos del suelo, por no desairarle.

Doña Julia se había pasado la noche en blanco porque, pese a que era Semana Santa y la mayoría de los jóvenes se quedaba hasta tarde transitando las calles y persiguiendo imágenes de cristos y vírgenes sufrientes, su hijo no era de hábito trasnochador. A eso de las cinco de la mañana ya estaba desesperada de tanto recorrer el pasillo para asomarse a la habitación de Abel por ver si había regresado y ella no se había dado cuenta. Los ojos comenzaban a fallarle de tanto forzarlos escudriñando las sombras de las calles desde la ventana y se le echaron encima los peores pensamientos, recordando con nitidez el momento en que vinieron a avisarle de la muerte de su amado León. Cuando ya no pudo soportar más el desasosiego, golpeó la puerta de la habitación de mamita Lula y descubrió que ella también estaba despierta, completamente vestida y con un chal en los hombros, rezando el rosario. Las dos mujeres lamentaron que no fuese un día de trabajo normal para que los operarios de AQUÍ SE IMPRIMEN LIBROS pudieran salir a buscarle en cuanto llegaran, a primera hora de la mañana.

—Vamos a ponerle unas velas a la estampita de San Antonio, que es el patrón de las cosas perdidas... —sugirió mamita Lula— y de paso nosotras nos tomamos una tila.

—Si dentro de una hora no ha llegado, llamamos a los alguaciles —sentenció doña Julia.

Tuvieron que llamarlos. Llegaron a la casa envueltos en un alboroto de preguntas y palos en alto, ensuciando el mármol del patio con sus botas llenas de barro y asustando a la Turca, que les ladró como una posesa escondida detrás de una columna. Pero cuando las mujeres les explicaron que «el niño» desaparecido tenía dieciocho años, se carcajearon en su cara y las tranquilizaron asegurándoles que lo tendrían de vuelta en casa el Domingo de Resurrección. Se marcharon por donde habían venido, mofándose sin disimulo.

Pero eso no apaciguó a las mujeres y doña Julia decidió mandar a una de las sirvientas en busca de monsieur Verdoux, por ver si él podía ayudarlas. El francés llegó a la imprenta con su ajetreo de pañuelos, apoyándose en su elegante bastón con empuñadura de plata y, sin esperar un segundo, sacó del bolsillo de su chaleco un botecito de sales con el que controló los primeros síntomas del vahído de mamita Lula.

—¿Y me dice usted que Abel ha desaparecido? ¿Nadie sabe dónde está? —preguntó el maestro con preocupación, mientras le daba aire al ama de llaves.

—No regresó anoche —le explicó doña Julia—. Jamás había hecho algo parecido. ¡Jamás!

—Esperemos que no se haya enrolado en un barco para ir a hacerles la guerra a los araucanos —bromeó intentando quitarle gravedad al asunto.

—¡No diga eso, hombre, por Dios! —se santiguó mamita Lula, que ya comenzaba a recuperarse de su soponcio—. ¿Quiénes son los araucanos?

Fue justo en ese momento cuando Abel atravesó la puerta de AQUÍ SE IMPRIMEN LIBROS vestido de nazareno, con la túnica blanca de la Soledad de San Lorenzo y el antifaz negro bordado en blanco con la cruz ochavada sobre el pecho. Frey Dámaso le había aconsejado que al menos se quedase a pasar la noche en la jurisdicción de San Juan de Acre por si el misterioso nazareno aún estaba esperándole y le convenció de que se colocase el hábito de la hermandad vecina, que salía esa mañana a hacer estación de penitencia.

—Así pasarás inadvertido —indicó el religioso un tanto decepcionado mientras le acomodaba el antifaz.

—Lo siento —susurró Abel—. Siento no ser la persona que usted esperaba. Lamento no haber heredado la valentía y la entrega de mi padre pero, hasta que se demuestre lo contrario, sólo tenemos esta vida... y quiero cuidarla.

—Te deseo que seas muy feliz —le despidió frey Dámaso en la puerta de la jurisdicción, convencido de que no volvería a verle jamás.

Cuando Abel se quitó el capirote, las dos mujeres le abrumaron a preguntas, abrazos, besos, gritos de alegría y «ay mi niño» pero, pasada la primera oleada de júbilo, doña Julia le echó en cara el disgusto, la irresponsabilidad y la falta de consideración con los mayores. Le dijo que se estaba haciendo vieja, que no podía llevar el negocio sola, que esperaba un poco de apoyo, seriedad y dedicación por parte de su hijo, pobrecilla de ella, viuda por partida doble, siempre partiéndose el lomo trabajando día y noche mientras otras vivían mantenidas por sus maridos sin dar un palo al agua. Justo después de decir esa frase se puso a llorar como una Magdalena. Sintió pena de la descripción que acababa de hacer de una vida que más bien parecía sacada de uno de los folletines por entregas que se vendían en su imprenta. No tardó mucho en tranquilizarse. Le molestó profundamente descubrir que había heredado de su madre las mañas de abusadora. Y eso no le gustó. Sabía que fingirse ancianita desvalida que necesita a su hijo para mantener en pie el negocio, no iba a servir con Abel. Ni ella misma lo creía.

—Al menos dime lo que has estado haciendo toda la noche. ¿De dónde has sacado esta túnica? —le preguntó, ya más templada.

—Es una larga historia, madre, ¿verdad, monsieur Verdoux? —dijo el muchacho, mirando de soslayo a su maestro.

El francés pareció perder por un momento su elegante compostura, pero antes de que abriese la boca para contestar, apareció Cristóbal Zapata. Entró en el patio con la cabeza baja, saludando sin ganas.

—Necesito hablar con usted, señora —le dijo a doña Julia—. Es importante.

—Por supuesto, Cristóbal. Vayamos al salón.

La mujer le abrió paso señalando el camino con la mano, pero el maestro de taller se negó a atravesar el umbral de una habitación por delante de una dama. Una vez que ambos estuvieron dentro, esperó pacientemente a que ella le diera permiso para sentarse.

—¿Qué le ocurre? —preguntó.

—Yo… —masculló— he tenido un desencuentro con mis suegros.

El Sabio Añejo había ensayado con él el discurso que tendría que soltarle a doña Julia para conmoverla, ablandar su corazón y así avanzar un poco más en sus planes. Cristóbal recorrió la distancia que separaba las dos casas repasando minuciosamente cada palabra, la entonación de las frases y el gesto compungido, pero ahora, al tenerla de frente, era incapaz de encontrar el comienzo.

—Le veo nervioso, ¿pasa algo? ¿Quiere un poco de agua, un café…?

Balbuceando, Cristóbal Zapata comenzó a farfullar su lamentable situación. Su suegro le había echado de la casa sin más, «yo no hice nada, señora». Hablaba con los ojos puestos en el suelo, avergonzado y dolorido. Ahora no tenía dónde quedarse y quería preguntarle si estaría dispuesta a hacerle el enorme favor de alquilarle la habitación vacía del sótano.

—Pero ¿tan graves son los problemas con su suegro? Quizá yo pueda ir a hablar con él… interceder, yo…

—¡No! —gritó Cristóbal, levantándose de golpe de la silla—, prefiero que no lo haga. La verdad es que hace ya mucho tiempo que me siento mal viviendo en casa de mis suegros. —Volvió a bajar los ojos para mirarse la punta de los zapatos—. Si usted no quiere alquilarme el cuarto del sótano, lo entenderé. Quizá pueda encontrar algo por ahí… no sé…

Doña Julia se apiadó de él. En cierta manera se sentía responsable de las desgracias de ese hombre. Un instinto inexplicable, casi maternal, la obligada a velar por su bienestar. Siempre lo vio tan solitario, tan frágil, tan enfadado con el mundo… Se había pasado más de la mitad de su vida trabajando en AQUÍ SE IMPRIMEN LIBROS, encerrado entre las paredes de esa casa, defendiendo como ella misma el negocio. No podía permitir que, ahora que se estaba haciendo mayor, terminase durmiendo en cualquier fonda de mala muerte. Y, casi sin darse cuenta, sin pensarlo demasiado, le dio permiso para instalarse en la habitación del sótano. La misma que muchos años antes había ocupado León.

—No pienso cobrarle alquiler, Cristóbal —le dijo—. Ya es usted como de la familia.

El maestro de taller sintió, por primera vez en todo ese día, un poco de alivio. Ser como de la familia era casi como ser familia. Ser «como de la familia» era lo más cerca que jamás había estado de doña Julia. De momento se conformaba con eso y no estaba dispuesto a que nadie le robase ni un ápice del placer de aquel instante. Su mente jamás le hubiera permitido aceptar que lo que el amor de su vida sentía por él era simple conmiseración.

Todos se sorprendieron cuando doña Julia salió del salón con la noticia de que el maestro de taller se trasladaba a la casa. No quiso prestar atención a la cara de asombro de mamita Lula y de su hijo, evitando a conciencia sus miradas interrogantes. Para aliviar el silencio, dio la orden de que se sirviese el almuerzo.

—Mamita, prepara mesa para cinco que hoy comemos todos juntos... porque usted se queda, ¿verdad, monsieur Verdoux?

—Indudablemente. No me pierdo esta comida en familia por nada del mundo. Es más, me acercaré a la cocina para ver qué se «cuece» por allí —dijo antes de darse la vuelta a toda prisa, marcando más que nunca su acento, con media sonrisa picarona.

La frase del francés le quitó hierro al asunto porque mamita Lula comenzó a protestar mientras le seguía por el pasillo. Le sacaba de quicio que se internase en sus feudos. Según ella, sólo había dos posibles razones que obligasen a un hombre a entrar en una cocina: que fuera el albañil que instalaba el fogón, o el carbonero que traía el cisco, «póngame el saco al ladito de la despensa, muchacho, y no me ensucie el suelo». Al ama de llaves le importaba bien poco que él se llenase la boca presumiendo de ser uno de los socios fundadores de «el jardín de Lúculo», una agrupación de hombres amantes de la buena mesa. Su presencia en la cocina desestabilizaba el orden de los condimentos y el espíritu de las muchachas del servicio. Al francés le gustaba experimentar recetas, mezclar dulce y salado, poner a hervir la leche con clavo hasta que espumase, llenar ollas con mejunjes humeantes que terminaban arrojados a la calle con los malos modos de mamita Lula. Ambos entraban en fuertes discusiones porque monsieur Verdoux defendía que la buena mano en la elaboración de un plato no dependía del sexo, sino de la sensibilidad, y que se requería la misma lírica para armar un buen arroz con carne que para la medición acertada de un soneto.

—Los españoles somos ignorantes como zotes por haber expulsado del país con la misma alegría a los musulmanes y al aceite de oliva —sentenciaba—. ¡Cocinar con grasa de cerdo es una cochinada!, valga la redundancia.

—Pero ¿de qué está hablando? Si usted no es compatriota —le respondía indignada, sin tener en cuenta que ella había nacido en África.

Ese día, cuando al fin estuvieron sentados delante de la mesa, monsieur Verdoux untó pedacitos de pan con mantequilla, gastó bromas que sólo él reía y masticó cien veces cada bocado sin dejar de observar con malicia a Cristóbal Zapata. El maestro de taller se mantuvo en silencio durante toda la comida, concentrado en los bordados floreados del mantel, intentando atrapar una invisible miga de pan con la yema de su dedo índice, ajeno a las conversaciones de los demás. Fue entonces cuando Abel dijo algo sin importancia; algo sobre la lluvia de la noche anterior y las posibles goteras en el desván. Y el alma de Cristóbal pareció regresar de golpe a aquella habitación. Levantó los ojos y miró al muchacho con todo el odio del mundo durante muy poco tiempo; apenas un instante. Eso bastó. Nadie se dio cuenta del detalle; nadie excepto monsieur Verdoux.

Abel de Montenegro se echó la siesta después de comer y pasó el resto del día y toda la noche durmiendo. Estaba agotado. Le despertaron las luces matutinas del Domingo de Resurrección. Espantó la pereza con un café con leche con picatostes y enseguida se arregló para ir a buscar a Julita y contarle todo lo que había pasado. Las calles estaban abarrotadas de fieles que celebraban la fiesta más importante de los cristianos; esa en la que se conmemoraba que Jesús no había muerto remachado en una cruz, como creyeron sus verdugos, sino que logró sobrepasar los límites de la humanidad para convertirse en Dios, resucitando tres días después. Gracias a su sacrificio, se abrieron las puertas del Cielo para los creyentes. A Julita le gustaba esa fiesta porque con ella terminaba el dolor, la penitencia y el ayuno y comenzaba a celebrarse el renacer de la vida. Con el Domingo de Resurrección parecía inaugurarse la primavera y para confirmarlo, aquel día lucía un sol radiante.

Abel llegó a la altura de la calle Sierpes a eso de las once de la mañana. Llamó dos veces a la puerta pero nadie abrió. Eso no era muy habitual, así que miró por la ventana que daba a la calle. Como el sol hacía reflejos en los vidrios, se hizo sombra con las manos sin intuir ningún movimiento en el interior. Dio la vuelta a la esquina, se puso debajo del naranjo que en las noches le servía de escalera y tiró una piedrita.

—¡Julita! —gritó—. ¡Julita!

Nada. Esperó un buen rato en la puerta, pero cuanto más tiempo pasaba, más seguro estaba de que aquello era anormal. Siempre había alguien en la casa. Cuando las campanas de la catedral anunciaron las doce, se armó de valor y trepó por el árbol hasta la ventana de la habitación de su amada. Le entraron las dudas porque estaba atrancada y para entrar tenía que forzarla, pero se convenció de que la situación requería de decisiones valientes. Ya se explicaría más adelante. Prefería pasar esa vergüenza a la terrible incertidumbre que estaba padeciendo. Apartó las cortinas y las echó a un lado para que entrase la luz del sol y la sombra alargada de su cuerpo se dibujó en el suelo. Había algo que le incomodaba; un segundo después se dio cuenta de que era el indescifrable silencio reinante en la casa.

—¿Julita?

Recorrió las habitaciones de la planta superior y no encontró a nadie, así que comenzó a bajar la escalera con el corazón golpeándole contra el pecho. Llegó al patio interior y torció a la izquierda; el lugar en el que estaba el salón. Muchos años después, recordaría ese momento como el día en el que el alma se le endureció de golpe. De pronto los vio. Vio a Julita y a sus abuelos muertos en el suelo, pálidos, rodeados por un gran charco de sangre. Sobre la mesita descansaba la tetera, una bandeja con pastas y cuatro tazas con sus respectivos platillos. Abel sintió que el estómago se le contraía y no pudo dominar las arcadas que le obligaron a doblarse en dos y vomitar sobre la alfombra. Abrió la puerta principal de la casa y salió a la calle tambaleándose, inspirando el aire a bocados porque el olor metálico de la sangre se le había quedado atascado en las fosas nasales.

—¡Llamen a los alguaciles! —gritó antes de caer de rodillas y echarse a llorar con la cara atrapada entre las manos.

A pesar de que la capilla funeraria de la familia De Haro comenzaba a abarrotarse, doña Julia le ofreció a Cristóbal enterrar allí a su hija.

—Para algo soy su madrina —le explicó.

Pero el maestro del taller se negó en redondo. Alegó que no quería causar más problemas, aunque la verdadera razón de su negativa fue que no estaba dispuesto a que carne de su carne pasase la eternidad al lado de León de Montenegro. Pese a todo, doña Julia insistió en que el velorio se celebrase en el patio de la casa. Sacaron de la imprenta la mesa de composiciones y allí colocaron el ataúd de Julita. La habían vestido con el hábito de Santa Isabel, de forma que no podían verse las marcas de las heridas por las que se le escapó la vida. Su rostro estaba sereno, iluminado por una leve sonrisa. De no haberlo sabido, cualquiera hubiese dicho que sólo estaba dormida.

—¡Alguien la ha matado! —gritó Abel en una ocasión, perdiendo por completo la compostura.

Vinieron a recoger sus restos con un carro enviado por las hermanas de Santa Isabel. El cuerpo de Julita se enterraría en su convento como agradecimiento por todos los años que había servido fielmente a la orden de religiosas. Monsieur Verdoux, Abel, Cristóbal y su hijo Cristo llevaron a hombros el ataúd hasta el nicho abierto en una de las capillitas del templo. Caminaban silenciosos y sin lágrimas, escuchando el bisbiseo de las oraciones y los suspiros de las monjas.

Mucho tiempo después de haber terminado el responso por el eterno descanso de su alma, cuando ya no quedaba nadie, Abel continuó aferrado a las verjas de la capilla, ataviado de negro por fuera y por dentro del alma, conteniendo la náusea que le provocaba el olor dulzón de las flores. Estuvo así hasta que una de las hermanas fue a informarle de que se estaba haciendo de noche y que iban a cerrar las puertas.

—Váyase a casa, muchacho… que ella ya no sufre.

—No, el que sufre soy yo —replicó abatido.

Caminó despacio bajo un cielo anaranjado que se iba tiñendo de añil. Ya se comenzaban a vislumbrar las estrellas. Hacía frío, pero él no lo sentía. Lo único que cabía en su pecho era un insondable dolor al comprender que Julita ya no regresaría y que él aún era muy joven. Todos sus proyectos, su vida, sus sueños habían acabado encerrados en aquel ataúd, dentro de esa iglesia. Su cuerpo ya no valía nada sin el cuerpo de ella. Qué iba a hacer ahora con todos los besos que se le agolpaban en los labios, con las caricias que ensayaba en su propia piel para complacerla, con esas frases tiernas con las que la mecía en las noches para que se durmiera. Había reservado tanta pasión para sorprenderla en su noche de bodas, que ahora se le derramaba por la comisura de los labios, por el lagrimal de sus ojos, por las costuras de su camisa. Creyó morir ahogado en ese mismo instante. Ahora sólo le restaba esperar, entretenerse en este mundo de vivos hasta que le alcanzase el consuelo de la muerte que le permitiría volver a reunirse con su Julita. Y así lo creyó durante muchísimo tiempo.

Cuando llegó a la imprenta, los dos alguaciles que el sábado por la mañana habían atendido la demanda de doña Julia, estaban de nuevo allí hablando con Cristóbal y con Cristo. Sus investigaciones les habían llevado a pensar que la persona que había asesinado a sus suegros y a su hija era alguien conocido. No habían forzado la puerta y no faltaba nada de la casa, por lo que descartaban la posibilidad de un robo. Además, el servicio de café que había sobre la mesita del salón y las cuatro tazas, indicaban a todas luces que allí había otra persona más que contaba con la confianza de los finados.

—Hemos encontrado entre la ropa sucia un camisón de su hija manchado de sangre. ¿Sabe usted algo de eso? —le preguntó uno de los alguaciles a Cristóbal.

—No —mintió.

—Por el estado de los cadáveres, el médico ha dicho que lo más probable es que muriesen el sábado por la tarde. ¿Dónde estaba usted?

—Estaba aquí, haciendo la mudanza —se apresuró a aclarar doña Julia—. Se está instalando en el cuarto del sótano.

—¿Y su hijo?

Abel miró a Cristo con recelo.

—Estuve toda la tarde jugando a las cartas en el Punta de Diamante. Pueden preguntar allí si quieren —respondió con indiferencia.

—¿Quién querría matar a unas personas tan buenas? —les preguntó doña Julia a los alguaciles cuando se despedían en la puerta.

—A los abuelos les cortaron el cuello limpiamente, pero se ensañaron con la muchacha. La apuñalaron once veces en el pecho con un objeto punzante. Sin duda se trataba de alguien que sentía mucho resentimiento hacia ella.

Y entonces Abel contrajo el gesto y se dio la vuelta. Subió deprisa la escalera. La pena no le permitía seguir escuchando nada más.

En el tejado del desván, entre los que le parecieron los mismos gatos de su niñez, Abel de Montenegro se sentó a otear el cielo en busca de Julita; igual que hizo muchos años atrás, cuando murió su padre, en compañía del abuelo Nepu. Pero el telescopio que él recordaba como un objeto mágico que permitía ver de forma palpable a las personas que uno quería y que ya no estaban entre los vivos, lo único que le devolvía era una triste imagen opaca. Por más que limpió las lentes, no mejoró. Entonces se dio cuenta de que no era por culpa del cristal sino de sus ojos empañados de lágrimas.

Doña Julia y mamita Lula se declararon incapaces de contener tanta tristeza y decidieron llamar de nuevo a monsieur Verdoux para que fuese a consolar al muchacho. El maestro francés hacía mucho tiempo que se había convertido en uno más de la familia. Sus visitas ya no se limitaban a los horarios de clase; de hecho hacía ya bastante que Abel de Montenegro no recibía lecciones de él, pero su presencia en esa casa era fundamental para el buen funcionamiento emocional de sus habitantes. Ni siquiera anunciaba sus visitas. Ni doña Julia, ni mamita Lula sentían el compromiso de estar a su lado cuando llegaba. Normalmente atravesaba la puerta de la imprenta, asomaba la cabeza para saludar a los trabajadores y se dirigía al patio. Allí se sentaba a leer un libro o jugar al ajedrez consigo mismo, en la mesita de palisandro.

Cuando apareció, las dos mujeres le explicaron que Abel no había cenado, que había subido al tejado y que llevaba allí más de cuatro horas. Entonces monsieur Verdoux respiró hondo, subió la escalera, se alisó el chalequillo de raso y lanzó un grito en dirección a la claraboya del techo.

—¿No te da vergüenza, *garçon*? ¿En serio vas a permitir que trepe como un mono para poder hablar contigo? Lo tuyo no tiene excusa.

Se encaramó a la escalera de mano escandalizando con alaridos agudos. Cuando llegó arriba, exageró un traspié y lanzó un *mon Dieu* afeminado mientras caminaba en diagonal por el tejado, haciendo equilibrios. Eso provocó la primera sombra de sonrisa que Abel soltaba desde que descubrió el cadáver de Julita. Monsieur Verdoux se sentó a su lado.

—Nunca más amaré a nadie —suspiró el muchacho.

En aquel momento estaba convencido de que todo el amor que podía sentir un ser humano, él ya lo había sentido. Hizo un cálculo del tiempo que aún podría quedarle por vivir y le pareció terriblemente largo. Pensó que una buena solución sería quedarse dormido y despertar cuarenta años más tarde, cuando el dolor y la fuerza de ese amor se hubieran aplacado.

—¿Nunca más? Nunca más es demasiado, Abel —replicó monsieur Verdoux—. Es posible que nunca más dure… como mucho, unos cinco años, calculo yo. Y ese tiempo no estarás solo. Yo estaré a tu lado. *Nosotros* estaremos a tu lado —recalcó el francés mirándole de reojo para observar su reacción.

—«¿Nosotros?» ¿Se refiere a los freires de la Orden de San Juan de Acre?

—Sé que estuviste allí, que te lo explicaron todo… sé que te negaste a continuar la labor de tu padre. Pero ¿sabes, Abel? A veces el destino se impone a nuestros deseos de una forma cruel… A veces lo que ocurre en la vida, incluso la desgracia, es una señal.

—Pero ¿qué intenta decirme con eso? —gritó Abel indignado—. ¿Que está bien lo que le ha sucedido a Julita?

—¡No, no…! Por supuesto que no. ¡La muerte nunca debería visitar a los jóvenes! Pero sí creo que podrías aplacar tu dolor haciendo algo por los demás, cumpliendo las últimas voluntades de tu padre, llevando a cabo una misión milenaria, algo mucho más grande que tú y que yo, incluso que tu adorada Julita. Hazlo por ella. Seguro que no le gustaría que te quedases inmóvil al borde del camino.

Escuchar el nombre de la muchacha le hizo sentir un pellizco en el vientre. Quizá monsieur Verdoux tuviese razón. No tenía sentido sentarse a mirar las estrellas buscando en ellas un alivio a su desgracia. Quizá fuese su propio padre, incluso Julita, los que desde ellas le estuviesen indicando lo que tenía que hacer. No había ninguna razón para dejarse morir sin más. Aún tenía toda la vida por delante para cumplir con la promesa que le hizo a su padre en los últimos instantes de su estancia en este mundo. Sí, a eso se dedicaría hasta que le alcanzase al fin el alivio de la muerte.

—De acuerdo —dijo el muchacho asintiendo con la cabeza.

Monsieur Verdoux temió mostrar algún gesto de alegría que hiciera que Abel cambiara de opinión, así que se mantuvo sereno.

Abel miró al horizonte. La silueta esbelta de la Giralda se recortaba sobre el estrellado cielo sevillano. El dulzón aroma del azahar, de la dama de noche y del jazmín inundaba el ambiente. Hacía una maravillosa temperatura y la comparó con las lluvias y los fríos de semanas anteriores. Aquella belleza que descubría la primera noche en la que era consciente de la ausencia de Julita, le pareció placenteramente aterradora.

—Está bien —murmuró—. Pueden contar conmigo. ¿Qué he de hacer?

Entonces monsieur Verdoux le explicó todo lo relacionado con la Piedra Postrera, la manera como llegó hasta su casa y las sospechas de que fuese la pista definitiva que les conduciría hasta las reglas del juego.

—En estos últimos años a los freires de San Juan de Acre les dio por creer que las capitulaciones podían encontrarse en América, ya que fue allí donde murió don Manuel López de Haro, el encargado de custodiarlas. ¡Yo siempre pensé que era una idea descabellada! —Lanzó un bufido—. Pero ¿quién soy yo para decir nada? ¡Sólo un preceptor francés!

Se rió con sorna.

—Ahora, tras años de búsqueda por tierras lejanas, han vuelto a la teoría original... la que nunca debimos abandonar. ¡Y tenemos una oportunidad de oro para buscar en la catedral sin despertar sospechas!

Le dijo que los miembros de la Orden se habían enterado de que el cabildo catedralicio tenía previsto continuar con el enlosado del coro en cuanto terminase la Semana Santa.

—Vamos a participar en las obras —continuó—. Tuvimos acceso a los planos originales y ahora sabemos en qué lugar exacto de la bóveda colocaron la Piedra Postrera. Desde allí hemos trazado una línea perpendicular hasta el suelo. Estamos convencidos de que las capitulaciones están enterradas allí, justo debajo del lugar en el que estaba situada. Y voy a encontrarlas —concluyó con un indefinido brillo en sus ojos.

Doña Julia esperó hasta el día siguiente para hablar con Cristóbal. No dejaba de pensar en la espeluznante muerte de Julita y sus abuelos y en por qué los alguaciles podían haber sospechado de su maestro de taller. Ella no les había mentido. Realmente, la tarde del sábado Cristóbal la pasó instalándose en el cuarto del sótano, pero también era cierto que salió y entró en un par de ocasiones y que tuvo tiempo más que suficiente de ir hasta la casa de sus suegros. Quizá habían discutido y a Cristóbal se le fue la mano, quizá la niña se metió por medio y, sin querer... Cristóbal tenía tanto carácter...

Se enfrentó a él cuando todos los trabajadores se marcharon y se quedaron solos en la imprenta. Por un momento doña Julia dudó de la mejor manera de comenzar con esa delicada conversación y estuvo a punto de echarse atrás, pero sabía que la incertidumbre no la dejaría dormir tranquila, así que tomó aire y le miró directamente a los ojos. Hacía tanto que no reparaba realmente en él que hasta ese momento no se dio cuenta de lo delgado y avejentado que estaba. Parecía cansado, la piel de la cara estaba flácida, cérea. No se había afeitado y eso dejaba entrever las canas en su barba de dos días.

—¡Cómo pasa el tiempo! —murmuró la mujer.

En cambio para él doña Julia seguía luciendo hermosísima. Daba igual que de vez en cuando se permitiese el lujo de comprar los abrazos mercenarios de las jovencitas más agraciadas de la mancebía. No encontraba que ninguna de ellas tuviese su elegancia, su dignidad, su porte de reina. Nunca ninguna mujer sería como ella.

—Por usted no pasan lo años —suspiró él.

Doña Julia tuvo miedo entonces de que su maestro de taller malinterpretase aquel momento de intimidad. En realidad, por mucho que se lo negase a mamita Lula y a sí misma, siempre fue consciente de que Cristóbal sentía algo por ella. Algo que no sabía cómo definir y que en realidad no quería definir. Había conseguido salvaguardarse de ello manteniendo una actitud despistada, evitando conversaciones innecesarias, acercamientos absurdos, encuentros casuales. Siempre tuvo miedo de tener que escuchar, en un descuido, una declaración amorosa de boca de aquel hombre que tanto la había ayudado, que había atendido su negocio como si fuese propio, que la había respaldado en los momentos más complicados. No estaba segura de poder seguir trabajando con él después de rechazarlo, y quizá el orgullo de Cristóbal tampoco le hubiese permitido continuar en la imprenta. Y ya estaba mayor para encontrar otro empleo. Por eso doña Julia prefirió darse prisa en arrebatarle la intimidad a ese instante.

—Se lo preguntaré sólo una vez, Cristóbal —titubeó. No sabía cómo decirlo para que no sonase ofensivo—. ¿Tuvo usted algo que ver con lo sucedido en casa de sus suegros?

Él demudó el gesto y apretó los puños. De pronto sintió que toda la sangre se le agolpaba en las sienes y bajó la mirada avergonzado. Pero se dio cuenta que ésa no era la manera de hacer frente a una cuestión como aquélla. Nunca se consideró un hombre valiente. Más bien se había pasado la vida evitando situaciones incómodas, pero no se podía permitir contestar a esa pregunta con un respuesta tibia, así que levantó los ojos y se plantó ante ella como si estuviera enfrentándose a su primer encuentro desnudos, el día en el que se acababa el mundo.

—Tendría que pudrirme en el infierno si yo fuese la clase de persona que es capaz de arrebatarle la vida a su propia hija.

Sin decir una palabra más, se dio la vuelta, caminó en dirección a la puerta y salió sin despedirse.

11

Un mensaje indescifrable

> El ajedrez se trata de un duelo de un hombre contra otro, donde lo que es la personalidad del hombre queda comprometida. Cada jugador lucha contra su enemigo interior que es su torpeza o sus hallazgos.
>
> JUAN JOSÉ ARREOLA

Aquellos años hubieran podido pasar inadvertidos en el devenir de los tiempos de no ser porque doña Julia se empeñó en dejar una constancia clara y precisa de todo lo que ocurría en su casa y en el mundo. Ya que le había cogido el gusto a las palabras, los capítulos, los libros y las encuadernaciones, decidió organizar una carpeta con todos los documentos que consideró importantes. Los ordenaba por semanas. Hacía paquetitos con ellos, anudándolos con lazos de colores, siguiendo una rígida clasificación: primero las cuentas de la imprenta en azul, después las listas con las mercancías que entraban y salían en amarillo, las cartas recibidas con distingos entre laborales y personales en verde y en rojo, recortes de las noticias más importantes publicadas por la *Gaceta de San Hermenegildo* y el *Hebdomadario Útil Sevillano*, y un pequeño resumen escrito a mano por ella misma de lo que le acontecía a la familia durante la semana, en rosa. Continuó con sus rutinas, con el ajetreo de las máquinas, los trabajadores, los libros de cuentas, las peleas con los distribuidores que son todos unos bandidos, hatajo de sinvergüenzas.

Pero, pese a tanto trajín, doña Julia se sumió en la apatía. Pocos lo notaron porque jamás había expuesto emociones en público y el orgullo le impedía flaquear delante de testigos. Siguió guardando la misma actitud altiva y el mismo rictus imperturbable. La agitación la mantenía entretenida mientras el sol brillaba, pero cuando anochecía, se sentaba sola en el patio, se quedaba mirando fijamente a alguna planta y le daba por pensar en cosas malas. Se sentía vacía, no le encontraba razón a su paso por el mundo: ¿por qué estaba aquí? ¿Adónde pretendía llegar con tanto trabajo? ¿Por qué no era feliz? ¿Quién era realmente ese muchacho que se cruzaba de vez en cuando con ella por los pasillos de la casa y que la llamaba madre sin demasiada convicción? Se echaba en cara el tiempo que había desatendido a su hijo, segura de que Abel se estaba convirtiendo en un extraño porque no le tenía apego, porque ella no le limpió los mocos de pequeño, ni le puso paños fríos en la frente cuando le subía la fiebre. Había llegado la época de la cosecha y ella estaba recogiendo lo que había sembrado.

Por si eso fuese poco, la Turca se murió. Aquella perra a la que en un primer momento hubiera querido echar de la casa a escobazos, se había ganado su amor a pulso, a fuerza de ternura y fidelidad. El animal tenía la virtud de meterse en el bolsillo a las personas que le interesaban; ladraba con ira a los proveedores antipáticos mientras que era especialmente lisonjera con monsieur Verdoux.

—La devoción de los perros es totalmente incondicional... nada que ver con la de los volubles amantes humanos que se mueven a golpe de fogosidad —explicaba orgulloso el francés, acariciándole la testuz.

Doña Julia mimaba a la Turca como si fuese una criatura de pecho. Le permitía dormir sobre un almohadón de plumas de oca a los pies de su cama y le colocaba patucos en las patas los días más crudos del invierno. Le daba de desayunar café con leche migada y, a la hora del postre, la subía a su regazo para depositarle en la boca gajos de naranjas escarchadas, uno por uno, con la ternura que jamás utilizó con Abel. Quería tanto a la perra que encargó a un prestigioso pintor que las retratase juntas. El artista plasmó a doña Julia sentada en una de las sillas de madera repujada de la biblioteca, vestida de dama florentina con un traje de terciopelo rojo, con el cabello recogido en un moño bien alto y con un rosario de perlas en la mano izquierda. Con la cabeza apoyada en sus rodillas, mirándola con ojos soñadores, pintó a la Turca. En aquel momento ya debía de rondar los doce años, aunque en el retrato aparentaba ser un cachorro de podenco. El cuadro se colocó sobre la chimenea y allí se quedó, presidiendo el salón hasta que la amenaza de ser destruido el día que los infames vinieron a quemar los muebles y enseres de la casa se hizo patente, y hubo que esconderlo en el desván.

Pero la Turca se avejentó al poco tiempo. Doña Julia, que la consideraba imperecedera, no reparó en el pequeño detalle de que cada medio mes perruno equivalía a un año humano. Pasó de golpe de bajar corriendo la escalera para salir a la calle a volverse torpe y perezosa. Le salieron verrugas en la nariz y perdió el brillo de los ojos. Un día dejó de pedir su desayuno y sus naranjas escarchadas; lo cual resultaba muy sospechoso.

—La Turca está enferma —le comentó preocupada a mamita Lula—. No quiere comer.

—Eso es por el calor.

Dos noches después, doña Julia estaba sentada en el patio y vio que la perra intentaba levantarse torpemente. Buscaba apoyo para sus patas traseras que se resbalaban en el mármol; el esfuerzo la estaba agotando. Cuando al fin pudo incorporarse, avanzó un tanto tambaleante hasta su dueña y colocó la tostada cabeza en su regazo, en busca de una definitiva caricia. Doña Julia lo supo al instante y no hizo aspavientos para no aterrarle sus últimos minutos en la tierra. Le susurró que era una buena perrita, que la quería mucho, que la había hecho muy feliz, y así estuvo un buen rato, hasta que la Turca se quedó dormida para siempre.

Doña Julia se negó en redondo a deshacerse de su cuerpo tirándolo al río o enterrándolo en algún lugar inhóspito donde cualquier carroñero pudiera encontrarla. Decidió disecarla. Contrató los servicios de un taxidermista y, en un mes, el hombre les devolvió a la Turca de pie sobre un corcho forrado de musgo, con la pata delantera derecha levantada como si fuese un perro de caza y con unos inexpresivos ojos de vidrio castaño. La colocó en la imprenta, sobre su mesa, para que le acompañase durante la jornada laboral. Pero a los trabajadores les daba mal fario tener a un perro muerto de cuerpo presente vigilándolos durante todo el día y pasaban por su lado sin mirarla, con los dedos cruzados. Decidió cambiarla al patio y entonces fueron las chicas del servicio las que se espantaron.

—Es que mueve la cola, mi niña —le explicaba mamita Lula, que era de temperamento supersticioso y cuando le decían «culebra» ella se tocaba la cabeza respondiendo «lagarto, lagarto»—. Mírela, mírela... Si es que el animalito lo hace cuando usted no la mira.

Al final doña Julia se hartó de tanto aspaviento y decidió llevarla a la catedral, a la capilla del señor De Haro. La colocó sobre el altar, entre el crucifijo dorado y el libro de salmos, convencida de que también merecía pasar la eternidad como un miembro más de su familia. A fin de cuentas, aquella perra le había dado más cariño, devoción y alegrías que muchos de sus primos y tíos que ni siquiera le hablaban.

La muerte de la Turca fue la gota que colmó el vaso de su desánimo. Tuvo la mala idea de hacer las cuentas de la gente que faltaba: su padre alunado, su madre superficial, León, el gran amor de su vida... además no tenía amigas, sólo conocidas que, por si fuera poco, le parecían unas sosas. Le dio por llorar. Lo hacía a escondidas. Encontró en ese sufrimiento clandestino un inesperado placer, semejante al que sienten los que beben en soledad. Se regodeaba en la lástima que sentía de sí misma hasta que la boca se le ponía pastosa y los ojos se le encharcaban. Entonces corría a su cuarto y rebuscaba en el armario alguna de las camisas de León. Se tumbaba boca abajo en la cama, sobre ella. Aspiraba con ansia su olor a jabón, que ya nada tenía que ver con el olor del hombre que la había enamorado. Restregaba su rostro por la tela áspera, sollozando como una niña chica, hasta que se le secaban las lágrimas en un último estertor con el que ponía punto y final a su tarde de autocompasión. Entonces se levantaba y volvía a colgar la camisa en el armario, alisándola con las manos. Se lavaba la cara, se arreglaba el moño, y bajaba a cenar con la cabeza bien alta, sin que la mirada crítica de mamita Lula lograra doblegarla.

—Mire que flagelarse para purgar los pecados está bien si uno sufre, pero si se regodea penando, eso, eso es puro vicio... y del malo —le decía el ama de llaves porque tenía un sexto sentido para descifrar los sentimientos ajenos.

—¡Cállate, loca!

Pero como doña Julia no tenía vocación para el padecimiento, pronto se cansó de apiadarse de sí misma y pensó que la mejor manera de dejar de rumiar sus desgracias era compadecerse de las de los demás. Así que se fue a visitar a las monjas de la Orden de Santa Isabel y les explicó su intención de ayudar a los infelices.

—Es una idea maravillosa, señora Montenegro —le dijo la madre superiora, tomándole la mano entre las suyas. Y bajando la voz añadió—: Aunque es mejor que no les diga infelices. Preferimos llamarles necesitados.

—Yo les llamo como usted me diga, madre, siempre y cuando me mantengan ocupada después del almuerzo. —Y puntualizó—: De tres a cinco exactamente que es cuando no tengo nada que hacer.

Le prepararon una lista de tareas caritativas para entretenerla a lo largo de la semana. Los lunes le tocaba repartir la sopa boba a los pobres en el comedor. Terminó siendo la voluntaria que más rápido servía. Se ponía el delantal, se remangaba y comenzaba a coger escudillas y a servir a diestro y siniestro sin que nada lograse distraerla de su cometido.

—Me tendrías que ver —le decía a mamita Lula cuando llegaba agotada a la casa—. He terminado de servir los platos antes que nadie; no como esas lentas monjas que se entretienen con el vuelo de una mosca y se paran a sonreír a los pobres y a preguntarles que cómo les va la vida, que si les gusta la comida de hoy, que si qué tal han dormido…

De nada le servía al ama de llaves explicarle que esas personas no sólo estaban necesitadas de alimento del cuerpo, que también les hacía falta el alimento del alma. Para doña Julia si había que llenar un plato de comida, lo que se tenía que hacer era llenar el plato de comida y dejarse de monsergas.

Los martes organizaron en el convento un taller de costura para las mujeres y allí doña Julia se puso al día de los cotilleos de la ciudad llana, entre vainicas y pespuntes. Los miércoles había clases de aseo personal para las prostitutas. Le resultó muy instructivo porque se enteró que el trabajo de esas mujeres nada tenía que ver con aquel placer que ella había experimentado durante el tiempo en que León vivía. Los jueves despiojaba niños y los viernes rezaba el rosario con las monjas porque las religiosas de Santa Isabel estaban comprometidas con la causa de rogar por la Gloria Eterna de todos aquellos que no iban a misa y no oraban para sí mismos.

—Esto me parece una pérdida de tiempo —le decía entre rosario y rosario con voz muy baja a la madre superiora—. Los que no rezan a lo mejor no quieren ir al cielo, ¿quiénes somos nosotras para obligarles?

—¡Doña Julia, por favor se lo pido!

Pese a todo, ella no faltaba ni un día a sus obligaciones. Lloviera, hiciera calor o frío, era eficiente y trabajadora, pero en su actitud no había ni un ápice de caridad cristiana. Se tomaba aquello como un compromiso y eso le restaba valor a sus acciones ante los ojos del Señor, como le decía siempre la madre superiora, recomendándole que buscara otra labor más acorde con su personalidad en la que entretener el tiempo.

Monsieur Verdoux le propuso entonces que Aquí se imprimen libros se convirtiese en una especie de club social para los ilustrados de turno. Desde que el asistente Pablo de Olavide tuvo que alejarse de la ciudad para atender la llamada al orden del Santo Oficio, las puertas del Alcázar se cerraron y los intelectuales dejaron de tener un lugar en el que celebrar sus reuniones. A ella no le pareció mala idea; se correría la voz de que su negocio fomentaba la erudición y eso además mantendría su mente ocupada. Por las tardes, la casa se llenó de señores de orondas formas que fumaban puros de la fábrica de tabacos mientras filosofaban sobre el futuro del país. El patio bullía a golpe de proyectos culturales y sociales, teorías diplomáticas y ayudas a los menesterosos que dejarían el mundo hecho un primor, aunque en realidad nadie hacía el esfuerzo de llevar a cabo ninguno de los buenos propósitos, que terminaban diluyéndose por el hueco del patio, igual que el humo de sus cigarros.

También acudían, de vez en cuando, músicos, pintores, cantantes, actores y una miríada de poetas a los que doña Julia no supo nunca reconocer por sus nombres porque le parecían todos iguales: escuálidos, paliduchos, ojerosos, con los trajes demasiado estrechos, lanzando al aire suspiros afectados.

—De sobra es sabido —aclaraba monsieur Verdoux— que los sonetos y las rimas consonantes irremediablemente inundan el corazón de pasiones y dramas... y eso, sin duda, desmejora el aspecto físico.

—Sí, sí... el corazón lo tendrán repletito, pero está claro que el estómago lo traen vacío —rezongaba mamita Lula mientras rellenaba las bandejas con bocadillos y refrescos y veía cómo la despensa se vaciaba cada vez que les visitaban los trovadores.

Con el paso del tiempo, Cristóbal se conformó. Aceptó la situación en la que le había colocado la vida y se volvió resignado. De su ropero colgaban buenas prendas, llevaba dinero en el bolsillo, prácticamente regentaba la imprenta, vivía en la casa de doña Julia, comía a su mesa, era respetado por los empleados y su hijo estaba trabajando mano a mano junto a él. Lo que siempre había querido. Pero en el fondo de su alma, algo le susurraba que engañaba a todo el mundo. Se sentía como un truhán fracasado; el patrón de los mediocres. Sólo se encontraba cómodo si la persona con la que hablaba lo creía un señor. Por eso no dejaba que nadie le tomase confianza. Pensaba que las gentes enseguida se darían cuenta de que era un estafador. Si les daba el tiempo suficiente de conocerle, sabrían que no era más que el empleado recogido por la señora porque no tenía dónde caerse muerto. Deambulaba por la casa, serio, con la frente alta, ordenando a los empleados haced esto, recoged aquello, sois unos torpes, pandilla de inútiles. Con ellos se sentía fuerte y seguro. Pero cuando se cruzaba con alguno de los intelectuales o poetas protegidos de doña Julia, bajaba la cabeza, seguro de que si le miraban lo suficiente, se percatarían de que era un don nadie.

En los momentos de mayor angustia buscaba convencerse de que había conseguido colocarse en el lugar que en justicia le correspondía y que lo único que le separaba de ser el señor de la casa era compartir el lecho con doña Julia. Pero ese pequeño detalle le pesaba como una losa. No era tanto por el deseo de buscar el placer físico. A esas alturas sus urgencias amatorias ya no eran las de antes. Si sentía la necesidad de apretarse contra la carne de aquella hembra era por percibirla de su propiedad. No haberla poseído, no haberla estrechado entre sus brazos y lamido su boca, no haber sentido su mirada suplicando más placer bajo su cuerpo, le provocaba una gran frustración. Cuando ya no podía más, se encaminaba al Punta de Diamante para poder despotricar a gusto con los parroquianos de las malditas mujeres que eran todas, sin excepción, unas traicioneras, desagradecidas, que habían venido al mundo con el único cometido de destrozar la vida de los hombres. Ofendía a voz en grito a todos los seres del género femenino en general por no reconocer que en su mente estaba su patrona en particular. Así se pasaba un buen rato mientras buscaba el olvido en el fondo de un vaso de vino y, cuando creía haberlo encontrado, se iba a la mancebía a incrustarse en las entrañas de alguna desconocida a la que luego despreciaba por no ser doña Julia.

Por el contrario, su hijo Cristo parecía carecer de cualquier tipo de conflictos morales. Por aquellos años ya tenía cuerpo de adulto y actitudes de tarambana. La muerte de sus abuelos y de su hermana le dejó la casa para él solo. Su padre se había negado a volver a ella. Prefirió quedarse en la imprenta. Así Cristo tuvo vía libre para hacer y deshacer lo que le viniera en gana: se pasaba la vida riendo, nunca estaba triste y contaba los mejores chistes del mundo. Sabía imitar voces y tenía una interminable lista de amigos que le invitaban a beber y le reían las ocurrencias. En la imprenta era igual. Hubo una época en la que le dio por cantar con sentimiento gitano a cualquier hora. Levantaba una ceja entrecerrando los ojillos y encogía los hombros haciendo mohínes de angustia, incitado por las palmas y las risas del resto de los trabajadores. Le importaban poco las críticas de las mujeres de la casa.

—Estás haciendo el ridículo, muchacho —le decía doña Julia cuando lo escuchaba desgarrar «ayssss» por el negocio—. Ese arte se lleva en la sangre calé y según tu genealogía desciendes de la rama visigoda.

Pero a él le daba igual. Siguió mucho tiempo más con sus cantes y alguno terminó convencido de que era hijo de una bailaora de fandangos que andaba triunfando por Francia, tal y como él se había encargado de asegurar.

Cristo le tomaba el relevo a su padre en la barra del Punta

de Diamante pero en lugar de disparatar sobre las mujeres, lo que hacía era revolucionarles el alma con halagos y lisonjas. Según les explicaba a sus compadres de vinos, la mejor manera para conseguir los favores de una moza era haciéndola sentir única. Resultaba encantador para las señoritas de vida disoluta que frecuentaban la taberna. Él las revoloteaba alrededor, las miraba con porte de conquistador y les entregaba un clavel reventón que había birlado del jarroncito de alguna de las mesas. Se acercaba a Dolores la Flaca y ella sonreía nerviosa, tapándose la boca con la mano porque le avergonzaba su falta de dientes.

—Si Martínez Montañés hubiera visto esta cara tan preciosa, habría hecho otra *Cieguecita* —le decía mientras le sujetaba de la barbilla, haciendo alusión a la imagen de la Inmaculada que había en la catedral.

Tomaba a Juana la Coja de la cintura con la mano izquierda y con la derecha extendida, como si mirase si iba a llover, se ponía a cantar.

¡Yo tengo tres corazones!,
a mí no me afligen penas.
Yo tengo tres corazones:
uno pa llevá,
otro pa que lo aprisionen
y otro pa que tú lo tengas.

—¡Olé!, ¡olé! y ¡olé! —respondía ella picarona—. Pasa después por mi casa, que tengo una cosa que enseñarte.

Con eso él ya quedaba contento para toda la noche. De vez en cuando, Cristo desaparecía un par de días sin que nadie supiese en qué andaba metido. Su padre lo encubría convencido de que doña Julia no se daba cuenta de su ausencia, pero ella no era tonta, aunque prefería no entrar en discusiones. Siempre pensó que se escapaba por ahí con una de sus conquistas, una que parecía tenerle más hechizado que las demás. Una tal Candela.

La niña Candela creció y se estiró como una planta en esos años. Se acomodó en un hermoso cuerpo de mujer y ya no le hizo falta apretarse el chalequillo para que se le marcase el busto porque la naturaleza le cinceló formas de guitarra española. Se le profundizó la oscura mirada, tenía los labios rojos y jugosos, las piernas interminables y el cabello le caía en cascada sobre sus hombros morenos, que tenían el tono y el aroma de la canela en rama. Seguía adornándose con pulseras, aretes, anillos y colgantes, de modo que se sabía que andaba cerca por la hechizante sonajera que anunciaba su presencia. Y continuó con su idea de hacerse artista. Se inscribió en la escuela de actores que Pablo de Olavide fundó para adiestrar a los niños pobres, llenando de escándalo a los que veían el teatro como una afrenta a Dios. Como no podía mantenerse sólo con las monedas sueltas que le daban en el Punta de Diamante, la niña Candela compaginaba sus actuaciones con el trabajo en la fábrica de tabaco, donde hacía labores de tornera.

Cristo la consideró desde el principio como un reto; como intentar conquistar dos mujeres en una. La observaba moverse en el escenario, haciendo caracoles con sus manos morenas, arremangándose la falda entre sensuales contoneos, atolondrando con su sonrisa de maga a los parroquianos. Cristo quedaba tan hechizado como el que más cuando la veía bailar arrullada por los rasgueos de la guitarra y envuelta en el ambiente brumoso e insondable del humo de los cigarros. Vigilaba la afectación escénica de la muchacha con el mismo interés del lobo que acecha a la oveja. Terminó convencido de que su parpadeo coqueto y el movimiento rítmico de sus voluptuosas formas no eran más que un reflejo de lo que sería su actitud en el lecho. La imaginaba como una gata salvaje, llena de fuego, de oscilaciones y de besos húmedos; deseosa de atraparlo entre sus piernas. Pero todo cambiaba cuando Candela bajaba del escenario. Entonces se mostraba cortante, suficiente y arisca, despreciando las insinuaciones de los hombres con una elegante mezcla de burla y desdén que encendía aún más la pasión de Cristo.

Pese a todo, a la niña Candela le hacían gracia las maneras de don Juan del muchacho. A veces torcía ligeramente la comisura de los labios ante alguna de sus ocurrencias y dejaba que la piropease sin mirarle con mala cara porque sus galanteos tenían un toque gracioso mientras que los del resto le resultaban degradantes. Terminó por cogerle confianza y se acercaba de vez en cuando a la imprenta a la hora de la salida de los trabajadores sin que la mirada inquisidora de mamita Lula pareciera preocuparle en absoluto.

—Una señorita no debe ir buscando hombre como si estuviese en celo... no, señor —protestaba el ama de llaves.

—Déjala —le decía doña Julia mirando los hombros que Candela siempre llevaba descubiertos, asomados al escote de una blusa de color blanco inmaculado, sin importarle que fuese invierno o verano—, y ponle una taza de chocolate caliente que seguro que viene helada.

Por aquellos años la fábrica de tabaco era la industria sevillana y española más importante. No había jefe europeo que se preciase que no tomara sus decisiones envuelto en el velo de humo de un buen puro. Se corrió la voz de que los cigarros sevillanos tenían mejor sabor que los de ningún otro lugar en el planeta porque las cigarreras se levantaban las faldas y apoyaban el tabaco en sus muslos morenos para darles forma con la palma de la mano. A veces se veía a Cristo paseándose por la ciudad con un cigarro puro en la boca, saboreándolo como si fuese el mayor de los placeres porque para él no era el humo de la hierba seca, chamuscada y aspirada lo que llenaba sus pulmones, sino la esencia viva de las piernas firmes y curtidas de Candela.

Cuando la muchacha llegaba a la imprenta con su cascabeleo y su cabellera leonina ondeando al aire, desbarataba el orden erudito que los monótonos intelectuales y los románticos poetas habían tardado horas en componer. Se quedaban callados mirándola de soslayo. Su aspecto de indomable les impedía clasificarla.

—Pues sí, pues sí… —profería alguno para romper el incómodo silencio.

—Eso mismo digo yo —respondía otro.

Pero enseguida se ganó su confianza porque, mientras esperaba la salida de Cristo, les ofrecía el polvo de tabaco que en gran parte de Europa se consumía por las fosas nasales para provocar el estornudo. Ella lo llevaba en una cajita de metal que escondía en su liga. En Sevilla lo llamaban «tabaco cucarachero». Era de color rojo y sabía picante. Después de que todos lo cataran y estornudaran, se enfrascaban en la discusión de si aquello era mejor o peor que el rapé.

—Lo que venga de Francia con rotundidad ha de ser mejor —aseguraba alguno mirando a monsieur Verdoux en busca de constatación.

—No diga majaderías, hombre de Dios —respondía otro entre aspavientos—. Si el rapé es mucho más basto, oscuro y grueso que el nuestro. Donde esté el producto patrio…

—Pero no me negará que el nombre francés es mucho más fino. De «tabaco cucarachero» a «rapé» va un abismo.

—Ahí le voy a dar la razón. Las cosas que han de introducirse por la nariz no deberían tener nombres de insecto.

Y de esa manera consiguió la niña Candela meterse a los habituales de las tertulias de la imprenta en el bolsillo.

Doña Julia también cayó presa de sus encantos, pero por otras razones. Le gustaba la muchacha. La sentía como un reflejo salvaje de ella misma. Una mujer libre, dueña de su propia existencia que no necesitaba el dinero de un hombre para sobrevivir. A esas alturas doña Julia se había convencido de que la unión matrimonial sólo podría considerarse amor puro y sincero si ninguna de las dos partes tenía que depender económicamente de la otra. Además apreciaba el efecto que Candela causaba en Cristo. Ella era la única capaz de dominar a ese muchacho juerguista que hasta entonces no había demostrado ser capaz de sentar la cabeza. Por eso concluyó que la presencia de Candela les traería más beneficios que perjuicios. Siguió permitiendo que se paseara por la casa con su sonajera de pulseras, sus aspiraciones de tabaco cucarachero y sus miradas de hembra herida, pero se propuso adecuarle los modales, convencida de que a una persona bien educada se le abrían las puertas en todas partes.

—Esto te hará la vida más fácil —le aseguró.

Cuando doña Julia se enteró de que el horario de comidas de la muchacha se regía por la sensación de hambre de su estómago, puso el grito en el cielo. Le explicó que era fundamental para el buen funcionamiento corporal y mental organizar la vida en torno a determinados rituales preestablecidos. Decidió comenzar el adiestramiento de la joven citándola todos los días a la hora de la comida y de la cena. Le habló de la servilleta sobre las rodillas, de la diferencia entre plato llano, plato hondo y platillo de postre, no, no, encanto, cómo va a dar igual comer la sopa directamente del perol, pero qué cosas dices. Le aclaró que aspirar tabaco estaba bien para carreteros y buscavidas de mala muerte, pero que de ningún modo era la imagen deseable en una señorita tan linda como ella. Y puso todo su empeño en que aprendiese a leer y escribir.

—Al menos tu nombre, querida, sobre todo si quieres casarte con un muchacho como Cristo, que vive rodeado de letras del alfabeto —le dijo.

Candela la miró de soslayo, dudando si era conveniente o no explicarle que sus anhelos vitales no pasaban por el altar porque lo que ella quería realmente era ser artista. Tampoco le dijo nada de lo que pensaba sobre las cosas que doña Julia se empeñaba en enseñarle. Algunas le parecían una soberana pérdida de tiempo. Hasta entonces había sobrevivido sin problemas comiendo a salto de mata directamente de la cacerola, aspirando tabaco cucarachero e ignorando por completo qué eran las vocales, ni la dirección en la que se comenzaba a leer un libro. Pese a todo accedió a los antojos de doña Julia porque el empeño que esa mujer ponía en mejorarle la vida abrasó sus entrañas, conmoviéndola hasta los tuétanos. Era la primera vez que alguien se preocupaba por ella de forma totalmente desinteresada. Candela era mujer de grandes pasiones, incapaz de quedarse en las medias tintas. Odiaba con toda su alma o entregaba su corazón para siempre. Sin decir nada, se juró a sí misma hacer todo lo que estuviese en su mano para evitarle cualquier mal a doña Julia o a cualquier persona de su familia. En aquella época no imaginaba siquiera que muchos años más tarde tendría que cumplir esa promesa.

Monsieur Verdoux esperó a que a su pupilo se le calmase el alma antes de llevarlo de nuevo a San Juan de Acre. Unas semanas después de la muerte de Julita, ambos caminaban juntos bajo el cálido sol de la primavera rumbo a su destino de paladines, según le dijo el francés de forma solemne con un sorprendente acento andaluz que le salió de las entrañas y que dejó a Abel con la boca abierta.

—Como podrás imaginar, *garçon*, con la cantidad de años que llevo aquí, el tonillo gabacho lo conservo por pura coquetería —aclaró de forma jocosa.

Al llegar se encontraron la jurisdicción patas arriba. Los hermanos estaban atareados en la labor de encalar los muros del edificio principal. Se tomaban aquello como un ritual anual con el que pretendían reflejar la luz del sol y conservar así el frescor interior durante los días del inminente verano. Las paredes que ya estaban terminadas lucían resplandecientes, como enormes lunas llenas, pero las otras parecían parcheadas y los religiosos se afanaban en terminar la labor antes de que llegase la hora de vísperas. Verdoux y Abel tuvieron que esperar casi media hora a que frey Dámaso saliera a atenderles. Lo hizo con la cara tiznada de blanco y con guantes protectores en las manos. A Abel no le dio tiempo siquiera a saludar porque él se echó a sus brazos pidiéndole disculpas por la tardanza y mostrándole su alegría por haber decidido cambiar de opinión y unirse a la causa.

—Parece que fue la vida la que decidió por mí —susurró Abel lacónicamente.

—Lo importante es que estés aquí —le dijo palmeándole la espalda—. Nos dejaste muy desorientados con tu negativa, muchacho. Vayamos a la biblioteca. Todo se quedó en suspenso cuando te fuiste y hay algo importante que debemos hacer antes que nada.

Atravesaron el claustro y entraron en la cocina. Frey Dámaso tomó un candil de aceite que había sobre uno de los fogones, lo prendió y salieron por la puerta del fondo que daba al refectorio. Como no era hora de comer, estaba vacío. Avanzaron entre las mesas alineadas a las paredes hasta que llegaron al calefactorio, el lugar al que iban los freires para entrar en calor durante los días más crudos del invierno. Cuanto más se adentraban en los corredores, más mortecina se volvía la luz. De pronto se encontraron en una espaciosa habitación envuelta en un velo de penumbra dorada que olía a piel curtida, papel añoso y sabiduría de siglos. Era la sala de la biblioteca. Abel caminó boquiabierto por aquel mausoleo de letras intuyendo estanterías que se escondían tras otras estanterías y escaleras de mano para alcanzar volúmenes que se encaramaban en atalayas imposibles. Él, que por el lugar en el que se crió sabía valorar el libro como objeto y no sólo como soporte de sueños y sabiduría, observó admirado los *Libros Mayores de la Recibiduría de la Orden Militar de San Juan de Jerusalén* encuadernados con dos tablas forradas de pergamino y guarnecidos con punteras de bronce. Los tenían encadenados a los pupitres de maderas nobles para evitar extravíos. Frey Dámaso le pidió a monsieur Verdoux que sujetase el candil y sacó de su bolsillo un manojo de llaves. Eligió una y abrió con ella la vitrina en la que se guardaban los tumbos, unos volúmenes enormes de pergamino que recogían los privilegios. Los apartó con suma delicadeza y extrajo del fondo un pequeño saquito de terciopelo color vino tinto anudado en su parte superior.

—Lo escondí provisionalmente aquí la noche que lo trajiste —dijo mientras deshacía la lazada y sacaba el elefante de marfil del interior—. Me quedé tan desconcertado… estaba esperando encontrarte un sustituto antes de guardarlo en un lugar más seguro. Un lugar que sólo el elegido y yo pudiésemos conocer. —Se quedó mirando a Abel con satisfacción—. Ahora ya podemos ponerlo a buen recaudo. Vamos.

Frey Dámaso se dio la vuelta y caminó en dirección a una puerta que quedaba disimulada al fondo de la biblioteca, entre los archivos de la jurisdicción, que por estar forrados en piel se llamaban «becerros», y unas ediciones de lujo de los Evangelios encuadernados en marfil con relieves en esmalte, placas de oro y piedras preciosas. Abel y monsieur Verdoux lo seguían de cerca pero de pronto, el religioso se dio la vuelta.

—Discúlpeme, buen amigo —dijo dirigiéndose al francés con las manos extendidas para arrebatarle el candil—. Sabe que no es nada personal, pero creo que es fundamental para nuestra seguridad que lo que vamos a hacer Abel y yo lo hagamos solos. Cuantas menos personas sepan el lugar en el que escondemos el elefante, más protegida estará nuestra misión. Lo comprende, ¿verdad?

Monsieur Verdoux se quedó perplejo. Por un instante, Abel creyó ver en sus ojos celestes un reflejo de despecho y se sintió culpable. Hacía años que su maestro pertenecía a la Orden; le había dedicado media vida, talento, esfuerzos y, de pronto, llegaba él, un joven novato, y se convertía en el depositario de uno de sus mayores secretos. El muchacho bajó la mirada avergonzado.

—Pues claro que lo comprendo —espetó de repente monsieur Verdoux rompiendo el silencio—. Yo esperaré aquí leyendo... hummm... —Echó una ojeada a la estantería que tenía enfrente y agarró el primer libro que encontró—. *El libro de los reyes* —leyó en voz alta—. Éste me vendrá de maravilla. Así luego podré despotricar a mis anchas de la bruja esa de Jezabel.

Y se sentó en una de las butacas con aire distraído, haciendo caso omiso de la presencia de frey Dámaso y de Abel, como si realmente no le importase que lo excluyeran de aquel ritual.

—Vayan, vayan tranquilos —dijo sin mirarles, sacudiendo la mano en señal de despedida, mordiéndose el labio inferior y cruzando las piernas con garbo.

Atravesaron la puerta y se adentraron en un túnel cavernoso y azulado que olía a humedad y orines de gato. La única luz de aquel lugar era la del candil de aceite que frey Dámaso llevaba en su mano derecha. Abel caminaba pegado a su lado, temeroso de quedarse fuera de esa burbuja de luz protectora que le ayudaba a sobrellevar la presión de los siglos. De pronto su mente le jugó la mala pasada de distorsionar el espacio y el tiempo y sintió la presencia de su padre recorriendo muchos años atrás esos mismos pasillos, atrapado en ese misterio que él ahora comenzaba a intuir. Le invadió un momento de tristeza al pensar que la vida no le había dado la oportunidad de conocer esa extravagante historia de labios de su progenitor.

—Así que mi padre era caballero de la Orden de Malta —dijo de pronto, tragándose la angustia.

—Y mucho más. León de Montenegro era el doble de sabio de lo que puede ser cualquiera de los Hospitalarios de San Juan de Jerusalén porque él tuvo la oportunidad de ver las dos caras de la moneda. Verás; cuando sólo era un adolescente, los jenízaros se lo llevaron. Creció con ellos, aprendió su lengua, estudió sus costumbres, su religión, sus técnicas de guerra, su sabiduría... La vida le brindó la oportunidad de absorber lo mejor de cada cultura: la cristiana y la musulmana. Era caballero por partida doble; caballero en dos mundos. Su muerte supuso para nosotros una pérdida irreparable.

De pronto frey Dámaso dejó de caminar y se quedó mirando fijamente el muro. Golpeó con los nudillos los adobes húmedos que forraban el corredor hasta que uno de ellos le devolvió un sonido hueco. Entregó a Abel el candil y comenzó a mover aquel ladrillo de un lado a otro, haciendo palanca con los dedos. Poco a poco, fue cediendo, desencajándose entre rechinados arenosos. Logró sacarlo del todo y en la pared quedó un hueco alargado y profundo en el que cabía un brazo completo. Entonces sacó del bolsillo de la sotana el saquito de terciopelo en el que guardaba el elefante de marfil y lo introdujo en el vano de la pared. Tras eso, volvió a taparlo con el ladrillo y el muro quedó como al principio. No había señal alguna que indicase que aquel lugar guardaba un secreto. Abel miró a los lados en busca de algún indicador, pero no vio nada.

—¿Cómo encontraremos el elefante cuando queramos recuperarlo? —preguntó.

—Ya te he dicho que somos caballeros —respondió frey Dámaso—. Si te has dado cuenta, hemos tomado los corredores siguiendo un orden. Entramos por la puerta de la biblioteca y en la primera bifurcación hemos torcido en diagonal hacia la derecha, después hemos seguido recto, en la segunda bifurcación hemos tomado la de la izquierda en diagonal y hemos seguido recto, en la tercera hemos tomado la diagonal de la derecha y…

—Hemos seguido recto —interrumpió Abel—. ¡Hemos estado alternando el movimiento del caballo del ajedrez de derecha a izquierda!

—¡Muy bien!

—Pero ¿cuántas veces lo hemos hecho?

—Ocho veces. Ocho, como las puntas que tiene la Cruz de Malta que llevas al cuello, la misma cruz que lucían sobre el hábito negro los caballeros de la Orden Militar del Hospital de San Juan de Jerusalén. Ocho, como el número que aparece en el lema del escudo de Sevilla, que no es más que un criptograma compuesto de dos sílabas: NO8DO, y entre ellas un ocho que semeja una madeja de hilo.

—NO8DO —repitió en voz baja Abel.

—Sí. Cuando Sancho, el hijo de Alfonso X, se sublevó y consiguió el respaldo de la gran mayoría de los nobles españoles, sólo Sevilla fue leal al Rey Sabio. Para mostrar su gratitud a la ciudad, le permitió al consistorio que en el escudo apareciera el lema con las sílabas NO y DO, y entre ellas una madeja en forma de ocho, de tal manera que se lee así: «No madeja do», o lo que es lo mismo: «No me ha dejado». Sevilla no abandonó nunca a su rey —dijo frey Dámaso de forma solemne—. Así que ya lo sabes... si cuando tengas que recuperar el elefante de marfil yo no estoy contigo, no dudes. Sólo tienes que recordar esto: ocho veces el movimiento del caballo, comenzando por la derecha e intercalándolo con la izquierda, entrando desde la biblioteca.

Tras varios aplazamientos, comenzaron las obras de sustitución del enlosado del coro de la catedral. El deán Ignacio Ceballos dejó para tal fin en su testamento medio millón de reales y, aun así, el arzobispo tuvo que sufragar otra parte. En total, el coste ascendió a trescientos mil pesos. Tal y como le anunció monsieur Verdoux, un nutrido grupo de miembros de la Orden de San Juan de Acre estaba presente. En el transcurso de las siguientes semanas, Abel de Montenegro se convirtió en un experimentado observador de cada piedra, de cada barandilla, de los repujados de las sillas del coro, de las imágenes de los santos, de los crucificados. Recorrer aquel templo con la mirada activa era como leer la historia de la ciudad, de la cristiandad y de la humanidad al completo. El carácter definitivo que Abel ostentó el resto de su vida se fue forjando durante esos días, entre las paredes de piedra, hasta que él mismo se sintió como esas piedras: firme e inquebrantable. Aprendió a leer planos arquitectónicos y enseguida supo reconocer el lugar exacto del que cayó la Piedra Postrera el día del terremoto. Desde ese momento, todos los hermanos se mantuvieron atentos, a la espera de que las obras avanzasen lo suficiente como para llegar al sitio señalado; un punto determinado por una línea perpendicular trazada desde el techo.

Pero las obras se fueron alargando en el tiempo. Al cabildo se le iban ocurriendo nuevas ideas, agregaban diseños, imaginaban alegorías, detalles superfluos que dilataban las semanas convirtiendo esa espera en desesperación. Hasta que, por fin, una mañana, los obreros llegaron al límite del lugar que ellos estaban esperando. Cuando levantaron las losetas blancas y negras que debían ser sustituidas por el mármol bicolor que el cabildo había hecho traer desde las canteras de Macael, el jefe de obras, que era hermano laico de San Juan de Acre, ordenó parar hasta el día siguiente.

Frey Dámaso, monsieur Verdoux y Abel aprovecharon la clandestinidad de la noche para llevar a cabo sus planes. Entraron con sus herramientas por la puerta de los Palos, la puerta que León había utilizado años antes para colarse con la misma nocturnidad en el templo, y se dirigieron directamente al hueco vacío de baldosas que los obreros dejaron por la mañana. A pesar de que ninguno de ellos era de temperamento aprensivo, se sintieron apabullados por el olor a humedad de la tierra descubierta, la desolación de las obras y esa miríada de cruces, cirios y sepulturas que otorgaban al templo cierto aire de panteón descomunal. Monsieur Verdoux fue el primero en comenzar a cavar alumbrado por la tenue luz de un candil. Sus elegantes ropas contrastaban con su imagen esforzada. Se mordía el labio inferior y respiraba de forma apresurada.

—Ya continúo yo —dijo Abel quitándole la pala de las manos cuando vio que el rostro comenzaba a enrojecérsele.

Monsieur Verdoux se sentó al lado de frey Dámaso con el corazón acelerado, enjugándose la perlada frente con su pañuelo de hilo. Cerró los ojos y respiró profundamente. Justo en ese momento escuchó el sonido hueco y firme de la pala chocando contra algo. Los dos hombres se levantaron de golpe, apartaron a Abel y se arrodillaron frente a la pequeña zanja que estaba cavando. Entre la tierra revuelta, en el fondo, se entreveía una pequeña caja de madera del tamaño de un pliego. La sacaron a arañazos y la llevaron a la luz para poder observarla mejor.

—Es demasiado pequeña —protestó monsieur Verdoux—. Aquí no pueden estar las capitulaciones. De ninguna manera.

Abel sujetaba el candil por encima de la caja mientras que frey Dámaso intentaba abrir, sin aparente éxito, la pequeña cerradura oxidada. Decidió forzarla con uno de los escoplos que traía en su bolsa. Con sólo introducir el extremo de la herramienta, la madera cedió rápidamente. Bajo la dorada luz, surgió un amarillento pergamino con los bordes deshechos por la humedad y los años. Escrito sobre él con tinta rojiza había unas letras garabateadas a mano con caracteres góticos:

BNCHFN CD KZR RHDSD OZQSHCZR

—¿Qué significa esto? —preguntó Abel sorprendido—. ¿Es castellano?

—No tengo la menor idea. —Frey Dámaso estaba perplejo ante el descubrimiento.

—*Magnifique!* —exclamó monsieur Verdoux con desesperación—. Otra vez estamos perdidos.

A Abel el dolor por la muerte de Julita no le desapareció con el paso de los meses, pero se fue atemperando. Los primeros días sintió una presión en el pecho que apenas le permitía respirar. No había ni un solo minuto del día en el que la causa de su insondable tristeza no ocupara su mente, y en ocasiones también tenía que enfrentarse a la imagen de Julita muerta asaltándole a traición en medio de la oscuridad nocturna. La veía desmadejada en el suelo, rodeada de su propia sangre, pálida, ajena ya al mundo de los vivos; lejos de él. En esos instantes la existencia le pareció no tener ningún sentido. Pero poco a poco su mente empezó a darle pequeños descansos. Comenzó a sustituir aquella escena macabra por alguno de los recuerdos dichosos que conservaba de Julita y, casi sin darse cuenta, se descubrió a sí mismo un buen día sonriendo por algo absurdo, recuperando el apetito y con ganas de salir a pasear.

Decidió poner algo de orden en su vida. El bullente ambiente cultural de la imprenta le dio ideas y bríos. Le propuso a su madre seguir promocionando el negocio incluyendo grabados en los libros, en los pliegos de cordel y en las publicaciones periódicas. Para comprobar si estaban preparados ante semejante novedad, decidieron comprar una plancha de cobre sobre la que se talló el primer plano oficial de Sevilla, el que Pablo de Olavide había ordenado proyectar. De pronto la ciudad podía verse desde arriba, impresa en un papel, con los nombres de sus plazas y sus calles, con los edificios más destacados y las puertas de entrada, con el río sirviéndole de soporte cóncavo, como si fuese una mano gigante y acuosa que sostenía el mundo. Colocaron el mapa en la puerta de AQUÍ SE IMPRIMEN LIBROS esperando despertar la curiosidad de los transeúntes. Estaban convencidos de que todo el mundo querría tener la imagen de Sevilla, a escala de seiscientas varas castellanas, colgada en la pared de sus casas. Pero la respuesta no fue la esperada. No todos pudieron encontrar las similitudes entre su ciudad y aquel papel atravesado de rayas y nombres. La imaginación no les daba para tanto.

Abel no se desanimó. Siguió devanándose la cabeza, elucubrando actividades culturales, convencido de que era la mejor manera para no pensar en la ausencia de Julita. Y en esas puso en marcha el proyecto de editar el diccionario que había compuesto la Real Academia Española y que llevaba por título *Diccionario de la lengua castellana reducido á un tomo para su más fácil uso*. Estaba de acuerdo con monsieur Verdoux en que lo único que diferenciaba al ser humano de los animales era el buen uso de la palabra.

—Bueno —puntualizaba doña Julia—, en eso y en que los animales sólo matan por necesidad y no por placer... como hacen algunos humanos.

Abel pensó que no se podía permitir que la riqueza de un lenguaje tan maravilloso como el castellano quedase ensombrecida por culpa de una sarta de necios que no sabían utilizar los sinónimos. Lanzó una edición manejable del diccionario a precio económico para que la gente pudiera llevarlo en el bolsillo y consultarlo en caso de quedarse atascado con una palabra. Aquello le dio pie para acariciar la idea de organizar escuelas en las que adiestrar a los niños pobres que su madre atendía en el convento de Santa Isabel. Quería poner su grano de arena y abrir la mente de las nuevas generaciones, incluso las de los que no se lo podían permitir. Así se lo explicó a doña Julia, que en aquellos momentos se había comprometido con la madre superiora en ayudarla a convencer a las damas de alto copete de la ciudad de que era más fácil ganarse los favores de ultratumba que ofrecía la religión cristiana si gastaban su dinero en alimentos para los niños necesitados en lugar de despilfarrarlo en broches de oro para la Virgen.

—No sirve de nada que les deis de comer —espetó Abel ante la sorpresa de su madre—. Es pan para hoy y hambre para mañana. Lo que necesitan es cultura y conocimientos.

—¿Tú crees que les entrarán las letras con el estómago vacío?

—La educación es el alimento del alma —dijo él de forma solemne, dando por concluida la conversación.

Decidieron aprovechar que por las tardes las monjitas de Santa Isabel convocaban a las madres pobres a rezar el rosario a cambio de la sopa boba, para organizar meriendas ilustrativas con los niños. Mientras doña Julia les daba un pedazo de pan con membrillo y les frotaba la cabeza con anís verde para matarles los piojos, Abel abría el *Diccionario de la lengua castellana redu-*

cido á un tomo para su más fácil uso por la primera página y ponía en práctica su suposición de que si conseguían aprender de memoria todas las palabras que aparecían en el volumen, junto a su significado, ya estarían a la altura de Miguel de Cervantes. Los niños lo escuchaban por puro agradecimiento con las monjitas, pero se tomaban aquellas tediosas clases como el pago necesario a cambio del dulce de membrillo.

—Abanar —decía Abel intentando elevar la voz por encima del runrún de las mujeres rezando el rosario—. Hacer aire con el abano.

—¿Qué es un abano, señor? —preguntaba uno de los niños.

—Espérese, impaciente, que ya llegaremos a eso —y carraspeaba para continuar—. Abancalar. Formar bancales en un terreno.

—¿Qué son los bancales, señor? —se interesaba el mismo niño.

Abel tuvo aguante para contenerse durante unas semanas, pero el día que llegó a la altura de la H, perdió la compostura.

—Hitar —dijo—. Amojonar.

Los niños se echaron a reír enseñando sus encías peladas y atragantándose con el pan.

—Amojonar, amojonar, amojonar —repetían muertos de la risa.

—¿Qué es amojonar, señor? —preguntó el crío de siempre.

—¡Por Dios bendito! ¡Amojonar! ¡Amojonar!… ¡se escribe con A! ¡Con A! —vociferó Abel enrabietado—. Hace al menos dos semanas que dejamos atrás la A. No se puede hacer nada con criaturas tan ramplonas. Yo no puedo sembrar en un terreno baldío. La educación no es algo que se limite a esta hora de la tarde. Necesito que sus padres también se involucren porque yo solo no puedo… y menos si tengo que adiestrar escuchando de fondo el avemaría y el ñanñán de sus bocas, que al menos podrían mantenerlas cerradas para masticar… que no les enseñan ni modales ni nada de nada, por Dios bendito, si es que esto no son niños, son bestias pardas.

—Cariño —le explicaba su madre—. Los padres de estas criaturas no saben hacer la O con un canuto, ¿qué les van a enseñar? Bastante mérito tienen con mantenerles vivos. De qué les va a servir a estos críos aprender qué es un jamón si no lo van a comer nunca —atusaba a su hijo, mirándole con ojos de lástima—. ¿Por qué te empeñas en despertar su inteligencia? Cuanto más sabe un pobre, peor, cariño, más sufre, porque se da cuenta de lo que nunca podrá alcanzar. En el caso de los pobres, el desconocimiento es la felicidad.

Abel no estaba de acuerdo con las opiniones de su madre. Era de los que creían firmemente que el saber hace a las personas libres y seguras. Estaba convencido de que la cultura eliminaría de la faz de la tierra el hambre y la enfermedad, lo que derivaría en una sociedad feliz en la que no habría delincuentes porque todo el mundo tendría sus necesidades cubiertas. Las personas precisaban de algo más que un pedazo de pan y un cucharón de sopa; había que facilitarles armas que les permitiesen valerse por sí mismas. Y entre esas armas estaba la educación. Sin ella, el día que aconteciese una catástrofe como las inundaciones anuales, las heladas o la peste, si las monjitas no estaban para alimentarlos y cuidar de ellos como si fueran criaturas de pecho, no tendrían capacidad de reacción y terminarían muertos. Pero como su madre se encogía de hombros cuando le recordaba que la mayoría de las personas que acudían a los rosarios de la tarde lo hacían para llenarse el buche y no por fe, se cansó de nadar a contracorriente y decidió abandonar las meriendas ilustrativas con los niños.

Concentró su interés en las tertulias del patio y las lecturas de novedades literarias que llegaban de Francia o Inglaterra, a pesar de que cultivarse era un ejercicio peligroso. Precisamente fueron veintinueve cajas de libros franceses las que decidieron el trágico destino del asistente Olavide. Los señores inquisidores lo acusaron de estar afrancesando Sevilla y les pareció tan pernicioso que terminaron por procesarle y condenarle a prisión, alejándole para siempre de la ciudad. Pero ese escandaloso suceso no aminoró lo más mínimo el ansia de conocimiento de Abel de Montenegro. Se mantuvo firme en la certeza de que su sabiduría sería infinita si era capaz de aprenderse de memoria todas y cada una de las voces que figuraban en el *Diccionario de autoridades* junto a su significado, ya que de esa forma podría alcanzar a explicar con absoluta perfección sus sentimientos. Y comenzó a vérsele aferrado a él todo el día, bisbiseando, sintiendo que el espacio que cada entrada del diccionario ocupaba en su memoria era un espacio menos que le dejaba al dolor. Y una mañana se sorprendió al darse cuenta de que ya no sentía dolor; lo había ahogado en palabras.

12

El *Código de las siete partidas*

> Si quieres destruir a un hombre, enséñale a jugar al ajedrez.
>
> OSCAR WILDE

Pasaron las semanas y llegó el verano con su intenso sofoco de tardes caniculares. Por mucha limonada que mamita Lula sirviese en las tertulias, la mayoría de los filósofos, los artistas, los maestrillos y los sacerdotes de alma culta terminaban aplatanándose en el sopor de las sillas del patio, bostezando sin disimulo, abanicándose, apartando moscas o secándose el sudor con los pañuelos. Con tanto calor no se alcanzaban argumentaciones serias, según aseguraba monsieur Verdoux entre aspavientos.

—¡Santo cielo! Esta temperatura derrite las buenas intenciones.

Además se corrió la voz por la ciudad de que en AQUÍ SE IMPRIMEN LIBROS se servían limonadas y merengues a cambio de una elucubración sesuda y cada vez había más personas bebiendo y comiendo en el patio de la imprenta. En alguna ocasión se pudo ver por allí al Sabio Añejo con su eterna cara de sospecha, tomando nota de los comentarios más expeditos para luego reproducirlos de forma alarmista en sus recalcitrantes artículos entre «adónde vamos a llegar» y «esta ciudad se aboca sin duda al desastre». Doña Julia seguía editando los pesimismos de aquel hombre en el *Hebdomadario Útil Sevillano* a pesar de que no estaba de acuerdo con muchas de sus protestas y de que le parecía poco ético que sonsacase el material para sus informaciones enmascarado detrás de un seudónimo. Ella era demasiado buena en los negocios como para permitir que la moral le restase beneficios económicos y por experiencia sabía que las noticias dramáticas se vendían mucho mejor que las optimistas.

—A los seres humanos les encanta enfangarse en una sospecha de catástrofe hasta que se les encallan los dedos de los pies —decía ella siempre.

El verano ese año se alargó hasta bien entrado el mes de octubre, devorando el otoño sin que nadie se diese cuenta. De pronto una mañana comenzaron los fríos y las lluvias y mamita Lula anunció con solemnidad que ya había llegado el invierno. Puso las sábanas de franela y las frazadas sobre las camas y cambió el ritual de la limonada y los merengues de las tertulias por el chocolate y los picatostes con azúcar y canela. Eso aumentó aún más la afluencia de público. Si en el verano las sirvientas se quejaron del bullicio de la casa cuando se llenaba de desconocidos, de la cantidad de vasos, platos y cubiertos que tenían que fregar y de los ceniceros llenos de colillas, en invierno pusieron el grito en el cielo. Los hombres embarraban el mármol del patio con sus botas los días de lluvia y estorbaban a los operarios de la imprenta cuando intentaban llevar y traer los materiales del sótano. Además el frío comenzó a apretar y tuvieron que encargar un toldo para el ojo del patio. Como aun así la temperatura seguía insoportable, no les quedó más remedio que trasladar las tertulias al salón de la casa, al amor de la chimenea. Pero aquel espacio reducido pronto se cargó del humo de los cigarros. Por mucho que abrían las ventanas, el olor se quedaba pegado a las paredes, a las cortinas y a las tapicerías de los sillones, hasta que doña Julia se dio cuenta de que su retrato con la Turca comenzaba a amarillear y puso el grito en el cielo. Prohibió terminantemente que se fumara en el interior de la casa y eso incomodó a los intelectuales que consideraban condición indispensable para que les fluyesen las ideas la inspiración regular y frecuente de humo de tabaco. De nada sirvió que monsieur Verdoux les explicase que era una soberana estupidez gastarse los cuartos en aspirar hojas secas porque, al inconveniente de no poder fumar en el interior de AQUÍ SE IMPRIMEN LIBROS, se le unió la incomodidad por el espacio reducido del salón y las malas caras con las que comenzaban a atenderlos las muchachas del servicio. Fue entonces cuando el sacerdote Manuel María Arjona propuso que las reuniones se trasladasen a la casa solariega del marqués de Gandul ya que, además de contar con enormes estancias en las que poder celebrar las reuniones sin incomodarse los unos a los otros y sin tener que pedir la vez para ocupar una silla, también se podía fumar y las sirvientas eran amables y solícitas, no como esa criada negra que mira mal y de soslayo, no sabía usted que tiene un muñeco de vudú cuajadito de alfileres con el que dicen que provoca dolores de vientre a los que le incomodan, «uy, por Dios, por Dios, no me diga eso». Además la mansión del marqués de Gandul tenía un inmenso jardín con fuentes, con palmeras tan altas como la luna, con resistentes setos de adelfas y coloridos abejarucos que les librarían de los temidos colmenares de abejas cuando llegase la primavera y el verano.

A doña Julia le sentó tan mal que la fidelidad de sus tertulianos dependiese de su tolerancia a consentir que el salón de su casa se convirtiese en un fumadero, que se negó a asistir al nuevo centro de reuniones. Les retiró la palabra al sacerdote Manuel María Arjona, por dar la idea, y al marqués de Gandul, de puro coraje. A pesar de todo, tuvo que soportar que monsieur Verdoux y su propio hijo acudiesen a las tertulias sin hacer caso de sus gestos reprobatorios. De vez en cuando también les acompañaba frey Dámaso. En esas ocasiones el francés se empeñaba en adentrarse en los vericuetos insondables de la teología discutiendo si era más o menos sensato confiar en la razón en lugar de hacerlo en la religión porque, según él, la misión del ser humano era tomar las riendas de su propia vida sin esperar que viniese Dios a solucionarle los problemas.

—Lo que usted propone, monsieur Verdoux —le censuraba alguno de los tertulianos—, tiene un tufo a ateísmo que echa para atrás.

—En absoluto, caballero —respondía él sin perder su inalterable actitud—. Creo en Dios… soy un deísta convencido. De lo que no me fío es de la interpretación que le damos los humanos a su palabra. La religión manejada por los hombres es lo que no me inspira confianza. Disculpe si molesto con esta afirmación a vuestra reverencia —decía mirando directamente los ojos del prior, esperando que aquel comentario iniciase el debate entre ellos—. No me imagino a Nuestro Creador preocupado por nuestras vulgaridades diarias. ¡No seamos cómodos, señores míos! Hemos de luchar para mejorar nuestra enclenque condición con la ayuda de la ciencia. ¡Bien nos satisfacemos la vida gracias a las artes! Para eso no le pedimos la ayuda a Dios.

—¿Acaso no se da cuenta, monsieur Verdoux, de que la ciencia es incapaz de dar respuestas a las cuestiones claves que inquietan a los seres humanos? —le respondía entonces frey Dámaso—. El significado de la existencia. ¿Por qué merece la pena vivir? ¿Cuál es nuestra misión en este mundo?

—¿Y usted considera que la religión sí que las responde? —rebatía él con petulancia—. Ni en miles de vidas encontraríamos respuestas en la religión porque la religión a lo único que nos invita es a confiar en «la fe». Ahí se sustenta todo. ¡La fe! La razón al menos intenta encontrar soluciones, poco a poco… buscando aprender de cada error. La religión es pura imposición y arrogancia. Es como decir que se ha encontrado la respuesta a todas esas preguntas que nos torturan el alma, pero que jamás nos la darán.

Y así se enfrascaban en eso durante horas, con un afán inagotable. Los demás tertulianos terminaban aburridos porque no les permitían argumentar. Creaban un universo aparte hasta que los otros dejaban de prestarles atención y formaban corrillos para discutir temas menos conflictivos en los que sí se tuvieran en cuenta sus valoraciones.

La discrepancia llegaba a su punto álgido cuando monsieur Verdoux perdía los nervios. Era entonces cuando Abel se preguntaba por qué el francés llevaba años entregado a la causa defendida por una institución religiosa si parecía debatirse entre la fe y la reflexión. Llegó a la conclusión de que en realidad lo que le gustaba a su maestro era la porfía, medirse con el adversario como cuando jugaba al ajedrez, batirse en duelos verbales, defender una causa hasta que su rival quedaba rendido, sin argumentos. Cuando lo lograba, parecía confundido por lo fácil que había resultado y se buscaba otro opositor que considerase a su altura intelectual con el que comenzar una nueva lid. Detestaba perder. Pero, pese al pequeño defecto de su terquedad, al francés le llovían las invitaciones a los acontecimientos sociales. Su edad era el secreto mejor guardado del reino. Abel calculaba que debía de rondar los cuarenta años porque sus estudiadas ondas rubias comenzaban a clarear y guiñaba ligeramente los ojos para mirar lo que le quedaba lejos. Aun así, el halo de misterio que siempre le acompañaba y su porte aristocrático despertaban el interés de un gran número de damas. Los padres de las jovencitas lo consideraban un buen partido porque se rumoreaba que en Francia poseía tierras y un castillo; además encontraban tremendamente refinado que sus nietos heredasen un apellido que obligaba a las personas a pronunciarlo poniendo boquita de piñón. Las solteronas y viudas también le echaron el ojo. Veían en él a un hombre culto, elegante, que siempre tenía una galantería en la boca y que además estaba a la última en moda francesa. Era delicioso invitarlo a comer porque se preocupaba por preguntar los nombres de los platos que se iban servir; celebraba, poniendo los ojos en blanco, el sabor de la carne, qué delicia, tan tierna como la mantequilla, y le recomendaba a la cocinera alguna nueva especia que seguramente mejoraría la sazón de la salsa de alcaparras. En las sobremesas recitaba a Molière en su lengua materna, seguía conservando el espigado cuerpo de huesos largos y manos delicadas de los veinte años y siempre olía a un perfume que él aseguraba era el mismo que usó Caterina de Médici y que sólo se podía adquirir en la Officina Profumo-Farmaceutica di Santa Maria Novella, en Florencia. Llevaba ya muchos años en Sevilla, pero nunca nadie le escuchó hablar de su familia ni de su infancia, y a muy pocos les concedía el honor de invitarles a su residencia. Sin embargo era seguro que monsieur Verdoux tenía un talento natural para el ajedrez, las matemáticas, las ciencias y la filosofía. Además, después de encontrar aquel extraño pergamino escrito con grafía latina enterrado en el suelo de la catedral, descubrieron que también tenía talento para descifrar mensajes ocultos. Monsieur Verdoux no se separaba de él. Se pasaba el día dándole vueltas a la cabeza hasta que se supo de memoria el orden de las incomprensibles letras y podía enumerarlas con la misma soltura con la que recitaba el abecedario. Hasta que un buen día lo vio tan claro que se preguntó cómo no se había dado cuenta antes. Estaban sentados en el salón cuando, de pronto, se levantó de un salto y corrió en dirección a la imprenta. Tomó una hoja en blanco y escribió sobre ella el alfabeto latino al completo.

—¿Qué es lo que está haciendo? —le preguntó Abel.

—Un momento... creo que ¡ya lo tengo! —exclamó—. Es muy sencillo. Esta frase es como una caja fuerte. En el momento en el que tengamos la llave podremos abrirla.

—No sé de qué me está hablando, ¿una caja? ¿Una llave? ¿Qué?...

Monsieur Verdoux le explicó que el devenir de la historia había obligado a algunos hombres a encontrar estrategias con las que conseguir que sus mensajes quedasen ocultos a los ojos de los enemigos.

—Es el arte del disimulo —le dijo con voz misteriosa—.

Hay muchas maneras de cifrar un mensaje… y creo que ya sé cuál se ha utilizado aquí.

—¿En serio?

—Por supuesto —dijo orgulloso mostrándole el papel en el que había estado garabateando el abecedario—. Fíjate bien.

A B C D E F G H I K L M N O P Q R S T V X Y Z

BNCHFN CD KZR RHDSD OZQSHCZR

Como Abel no parecía comprender lo que le intentaba mostrar, monsieur Verdoux siguió explicando.

—Es una técnica sencilla. Consiste en escribir el mensaje que se quiere ocultar utilizando la letra que, por orden alfabético, queda a la izquierda de la letra que en verdad se colocaría. Así para poner HOLA se tendría que escribir: GNKZ. ¿Me sigues?

Abel entonces arrebató el papel de las manos de monsieur Verdoux y empezó a garabatear encima.

—Vaya —susurraba mientras iba sustituyendo las letras, siguiendo la pauta que le había dado el maestro francés, sorprendiéndose de que esa oración inconexa comenzase a tomar forma delante de sus ojos—. ¿Lo he hecho bien? ¿Esto es lo que realmente pone? —preguntó al terminar.

Monsieur Verdoux le dio la vuelta a la hoja. En ella leyó:

A B C D E F G H I K L M N O P Q R S T V X Y Z

BNCHFN CD KZR RHDSD OZQSHCZR

CÓDIGO DE LAS SIETE PARTIDAS

—Sin duda alguna. Está perfecto —le dijo el francés sonriendo.

13

Olé

> Al jugar al ajedrez entonces, podemos aprender: Primero previsión… Segundo, prudencia… Tercero, cautela… Y al final, aprendemos del ajedrez el hábito de no ser desanimados por apariencias malas presentes en el estado de nuestros asuntos, a esperar un cambio favorable, y perseverar en la búsqueda de recursos.
>
> BENJAMIN FRANKLIN

En los cinco años siguientes, Abel de Montenegro se afianzó en lo que sería su definitivo cuerpo de adulto. Era muy delgado y mucho más alto que la media de los jóvenes de su edad, lo cual le acomplejaba y hacía que nunca mirase a las personas directamente a los ojos por miedo a que eso, unido a su estatura, las apabullase. Tardó mucho en salirle la barba y cuando lo hizo, fue una pelusilla débil, poco uniforme, que se arremolinaba en algunas zonas de sus mejillas, dejando calvas en otras. Tenía el cabello de color avellana, suave y ondulado, y los ojos eran una mezcla del celeste intenso de su padre y los tonos castaños de su madre. A veces, cuando les daba directamente la luz del sol, brillaban inmensamente verdes y, en la oscuridad de los atardeceres, tenían el color de la miel de tomillo. En realidad Abel de Montenegro era tímido hasta la médula, pero intentaba disimularlo creciéndose ante la adversidad. Por eso se obligaba a sí mismo a leer en voz alta en las tertulias, a ofrecer su opinión sin que nadie se la hubiera pedido o a saludar con cortesía a las pocas damas que entraban en la imprenta, aunque siempre lo hacía con la mirada gacha. Se le veía reír en contadas ocasiones, sólo delante de los íntimos, y sin enseñar los dientes. Terminó por coger fama de arisco.

—De tal palo… —murmuraban las cotillas—. Igualito a su madre.

Aprendió el oficio de impresor con soltura y cada día se hacía cargo de más responsabilidades. Su carácter seco iba bien para el trato con los proveedores o cuando se necesitaba llamar la atención a alguno de los empleados. Solamente perdía la aparente seguridad cuando tenía que dirigirse a Cristóbal Zapata o a Cristo. Nunca se lo dijo a su madre porque no tenía pruebas de ello, pero en el fondo de su alma sentía un pálpito de animadversión cuando los tenía cerca.

Abel de Montenegro tampoco descuidó ni su compromiso con la Orden de San Juan de Acre ni las partidas diarias de ajedrez con monsieur Verdoux, pero desde que lograron descifrar la frase escrita en el pergamino que encontraron en la catedral, las cosas se complicaron. Por muy prometedor que sonase, el *Código de las siete partidas* no hacía referencia a ninguna clave, ni a un juego, ni a la apuesta legendaria que a mediados del siglo XIII hicieron dos mandatarios. Al parecer, el *Código de las siete partidas* era un libro antiquísimo redactado por Alfonso X el Sabio con la intención de unificar las leyes del reino. Aunque no sólo trataba de aspectos jurídicos; entre sus páginas también se hablaba de filosofía, moral y religión. Nada que ver con el ajedrez. Cuando frey Dámaso les informó de aquello, monsieur Verdoux y Abel se sintieron bastante defraudados.

—Pero ¿cómo no va a tener que ver con las capitulaciones y la apuesta? —protestó el maestro con más acento francés que nunca—. *Código de las siete partidas. Mon Dieu!*

—Se llama así porque el libro está dividido en siete secciones —aclaró frey Dámaso.

—¿De verdad que ese libro no tiene nada que lo relacione con las reglas del juego? ¿Seguro que no es una pista? —preguntó Abel—. No me parece razonable que alguien se moleste tanto en enterrar ese pergamino cifrado si no pretendía lanzar un mensaje.

A los dos hombres les pareció acertada la reflexión de Abel y se quedaron un momento en silencio.

—Se me ocurre una cosa —interrumpió de pronto el prior—. Hay muy pocas copias originales del *Código de las siete partidas*. Tengo que informarme bien, pero creo que una de ellas está aquí, en Sevilla, dentro de la Biblioteca Colombina. Pediré los permisos necesarios y entraremos a buscarla. Quizá encontremos alguna nueva pista entre sus páginas.

—Estoy enamorado, madre —anunció de sopetón Abel un sábado a la hora de la comida, y de la sorpresa a mamita Lula se le cayó la cucharada de habichuelas que estaba a punto de llevarse a la boca.

Doña Julia había perdido cualquier tipo de esperanza de que su hijo llegase alguna vez a interesarse por la vida matrimonial. Creía que los piadosos freires de la Orden de San Juan de Acre con los que se juntaba lo tenían embaucado contándole historias del fin del mundo, entreteniéndole los fines de semana dentro de la jurisdicción y persuadiéndole de los beneficios de la castidad. Acabó convencida de que Abel había heredado de ella la apatía por el frenesí amoroso porque nunca dio muestras de preocuparse por las pasiones mundanas que revolucionaban el cuerpo y el alma de los otros hombres de su edad. Jamás se emborrachó, no se gastaba los cuartos jugando al naipe o a los dados, no le interesaban las peleas de gallos, no miraba de reojo a las muchachas que se cruzaban por su lado, y mucho menos se atrevía a entablar con ellas una conversación frívola. Doña Julia intuía que a su hijo le llamaban la atención deleites más elaborados. Le gustaba la música, leer, las largas charlas en las tertulias, subir al desván para seguir oteando el cielo con el telescopio del abuelo Nepu, a pesar de que ya no estaba tan seguro como antes de poder vislumbrar en el firmamento a los seres queridos que se habían marchado. Además de sus partidas con monsieur Verdoux, pasaba mucho tiempo embrollado en otras en las que se retaba a sí mismo. Tratándose de ese juego, era capaz de dividirse y jugar alternativamente de un lado a otro del tablero sin tener predilección por ninguna de las dos partes, de la misma forma en la que muchos años antes lo hiciera su padre. Todas las noches, antes de acostarse, dedicaba un rato a escribir las impresiones de ese día en aquellas hojas que más adelante conformaron el *Libro sin nombre*. Adoptó también la exquisitez culinaria de monsieur Verdoux y le acompañaba una vez a la semana a «el jardín de Lúculo» en donde unos cuantos hombres, que jamás habían puesto un pie en la cocina, discutían hasta que se les hinchaban las venas de la frente sobre la mejor manera de elaborar salsas tártaras, tortas de bizcocho con vino, dulces cándidos y peregrinas de leche. Después de la cháchara, Abel llegaba a la casa con el estómago de punta y la boca llena de agua. Iba directamente a buscar a la cocinera y la reñía porque no utilizaba las especias que él le había recomendado. Se lanzaba sobre los peroles para echar tomillo en el cordero, más canela al arroz con leche, orégano al queso… hasta que de la cocina surgía tufillo a mercado persa, como decía su madre.

—No te metas entre los fogones —refunfuñaba doña Julia—. Me pones a la muchacha de los nervios y luego mezcla churras con merinas. Cualquier día morimos envenenados. Ése no es sitio para hombres.

—¿Cómo que no es sitio para hombres? —protestaba él—. ¿Acaso piensa que en los conventos no cocinan hombres? Pues sí, cocinan hombres y mucho mejor que algunas mujeres. Esta chica que tenemos trabajando aquí es una inepta, ¡por Dios bendito! Hace la comida sin mimo, ni sapiencia, únicamente para llenarnos el buche, como si fuésemos pollos de corral. El alimento es otra cosa —decía levantando la mano, como si estuviera acariciando el aire—, es un placer excelso, diáfano, un placer de los sentidos que entra por los ojos y acaricia los paladares, trepa por las fosas nasales y revitaliza el cuerpo y el alma —añadía de pronto—. ¿De cuándo acá no se bate la mantequilla que se le echa a los bollitos del desayuno?

Fue por detalles como ésos por los que doña Julia concluyó que los placeres de la carne femenina no le llamaban la atención. No cayó en la cuenta de que, tal y como le había pasado a ella con León, Abel era un hombre complicado, al que había que conquistar con detalles que los demás suelen pasar por alto. Un hombre difícil de enamorar pero, por lo mismo, difícil de desenamorar si Cupido alcanzaba su corazón.

—Estoy enamorado, madre —repitió—, y quiero casarme.

—¿Quién es ella? —preguntó—. ¿La conozco?

—Se llama Rosario. Es hija del marqués de Gelo, un habitual de las tertulias literarias —le dijo en un escueto resumen.

—¿Cuándo vas a presentármela?

—Cuando me la presenten a mí —espetó antes de llevarse otra cucharada a la boca sin que el detalle de no conocerla le pareciese un inconveniente.

Rosario era una excéntrica, y quizá por eso precisamente llamó la atención de Abel. Pasaba las tardes en las tertulias organizadas por el sacerdote Manuel María de Arjona en las que la mayoría de los participantes estudiaban teología. Casi siempre ella era la única mujer. Pese a todo, no tenía reparos en recitar ante los muchachos sus creaciones literarias, con el texto sujeto con la mano izquierda, dándose impulso con la mano derecha. Ideaba obras de teatro en las que las protagonistas eran doncellas deshonradas que buscaban limpiar su honor disfrazándose de caballeros y retando a su traicionero amante a un duelo de espadas del que, por supuesto, siempre salía vencedora la dama. Escribía sonetos de amor apasionados con todo el elenco de dioses de la mitología griega y romana juntos y revueltos, sin que le importasen los ataques de los puristas que se empeñaban en asegurar que eso era pura aberración. Rosario era impermeable a las críticas, soportaba las miradas de reojo, las sonrisas mal disimuladas, los corrillos que dejaban de hablar cuando ella se acercaba. Sólo una vez se la vio enfadada: el día que alguien le comentó que debería elegir un seudónimo de hombre para firmar sus obras ya que así le resultaría mucho más fácil verlas publicadas.

—Si alguien es tan inepto como para juzgar las letras por el sexo con el que nació el que las escribió, prefiero que no me lean —sentenció hecha un basilisco.

Abel se fijó en Rosario un día de calor intenso, en el jardín de la casa del conde de Gandul. Se había quitado los zapatos y sumergido los pies en la fuente, ante el sobresalto generalizado que consideró aquello una provocación.

—Las muchachas de hoy en día son todas unas desvergonzadas —se escuchó murmurar.

Si ella lo oyó, desde luego no hizo ningún caso. Se mantuvo indiferente, haciendo círculos con los pies en el agua y repasando el pasaje que acababa de leer con ojos críticos. A partir de ese día, Abel se mantuvo a la expectativa, mirándola por el rabillo del ojo cuando llegaba sola canturreando. Se sorprendía a sí mismo sonriendo cuando la veía avanzar a saltitos, tropezando con las piedras porque no era muy diestra caminando, cuando arrancaba una florecilla y se la colocaba encima de la oreja. Todos esos detalles le habían granjeado una buena fama de alocada, y con razón, como decía frey Dámaso, pero eso era precisamente lo que a Abel le hacía gracia de la muchacha. Descubrió en ella esa virtud que tanto admiraba y que había reconocido en muy pocas personas: la seguridad de saber lo que se quiere hacer con la propia vida. Ni él mismo estaba seguro de disponer de esa capacidad. Le gustaba la determinación de Rosario. Siempre le habían deslumbrado los que eran capaces de luchar por sus sueños sin que les influyesen las opiniones contrarias de los demás. Estaba convencido de que la mayoría de los seres humanos tenía tendencia a criticar a aquellos que hacen lo que ellos no se atreven a hacer.

Una vez que reconoció ante sí mismo que las tertulias se habían convertido en algo especial porque ella estaba allí, se relajó. Decidió permitirse admirar el brillo de los ojos castaños de Rosario, la espesura de sus pestañas, la aparente suavidad del cabello de color oro viejo, los mechones que se le escapaban del recogido y que rozaban su cuello cuando reía con toda la boca, enseñando sus blancos dientes. Admitir que la amaba fue el siguiente paso y, una vez aceptado eso, la conquista se convirtió para él en un problema menor que le llevaría al éxito si conseguía marcarse unos plazos. Se puso a indagar en su vida. Se preocupó en informarse de cuándo era su cumpleaños, el de sus padres y el de sus hermanas porque, de una forma que él no podía comprender, el sentimiento amoroso por Rosario salpicaba al resto de su familia. E hizo un estudio completo de su carta astral utilizando la teoría de Isaac Newton que decía que los doce nombres de las constelaciones zodiacales rendían homenaje al mito de Jasón y los argonautas. Como Rosario había nacido bajo la influencia de Aries, ella era el propio vellocino de oro y así la veía él, dorada, custodiada por un dragón que espiraba llamas. Un signo de fuego que convertía a las personas en luchadoras, comunicativas y optimistas. Abel se enteró de que la habían bautizado en la iglesia de El León y fue hasta allí para acariciar la pila bautismal, sintiendo que el agua que había contenido ese recipiente acarició en una ocasión su cabeza. La seguía hasta su casa, escondiéndose tras las esquinas para averiguar sus gustos.

Así fue como supo de su afición a las almendras garrapiñadas y los merengues y desde ese momento le envió una caja diaria de cada cosa sin decir de parte de quién eran, simplemente con una nota que con caligrafía monástica rezaba:

Su rendido admirador

Como eso no pareció surtir efecto, comenzó a escribirle anónimas cartas de amor con letras de imprenta porque, pese al esfuerzo que su madre hizo cuando era pequeño, seguía entendiéndose mucho mejor con la caja de tipos que con la pluma y el tintero. En sus misivas le describía lo conturbado de su ánimo desde el momento en el que distinguió su fastuoso semblante surgiendo de la frondosidad botánica del vergel del señor marqués. Le alababa el cacumen, la quintaesencia y la donosura que habían terminado por entretejer una cota en la que se quedó aprehendida su voluntad. Abel dejaba las notas amorosas camufladas en las cajas de las garrapiñadas y se mantenía a la expectativa. Observaba a la muchacha por ver si reconocía en sus gestos que al fin su insistencia estaba dando frutos. Buscaba en sus ojos el brillo del amor, la chispa del anhelo, la languidez de las almas embelesadas. Pero las reacciones de Rosario no le aclaraban nada, porque el guiño de sus párpados lo mismo podía significar seducción que cortedad de vista y su aparente distracción, una más de sus rarezas. No estaba seguro de que esa leve sonrisa que entreveía a veces, ese movimiento de labios imperceptible a los demás, fuese interés por él o que sencillamente le había venido a la memoria un pensamiento gracioso, y es que tenía tendencia a hablar sola.

—Querido Abel —le explicó frey Dámaso con paciencia infinita—. No pongo en duda la inteligencia de la muchacha pero ¿crees de verdad que puede comprender lo que le escribes si utilizas con ella palabras que el propio Antonio Nebrija tendría que consultar? ¿Cómo va a saber que eres tú el que le llena la casa de garrapiñadas y merengues si miras al suelo cada vez que pasa cerca de ti y ni siquiera firmas las cartas que le envías?

Una tarde de septiembre, Abel se sentó a leer en un banco de la placita que quedaba frente a la casa de Rosario, como hacía todos los domingos de los últimos tiempos. Al cabo de media hora, vio salir a su amada acompañada por sus padres y decidió seguirles con discreción. Tomaron el camino que llevaba a la Maestranza. Un grupo de filósofos que consideraba las corridas de toros una salvajada alegando que regocijarse viendo sufrir hasta la muerte a un ser vivo significaba que las personas seguían manteniendo los mismos instintos que las guiaban en la época de las cavernas consiguió, años antes, una Real Orden para que se aboliesen los espectáculos taurinos. Pero el fervor que la población sevillana le profesaba a una diversión que combinaba sacrificios de sangre, matanza de animales y fiesta de humanos, era muy difícil de contener. Ante las airadas protestas de los más tercos, el rey cedió y volvió a permitir las corridas de toros en la Maestranza. Cuando se quisieron dar cuenta, los cinco años de prohibición habían deteriorado hasta tal punto la plaza que tuvieron que reconstruirla edificando de material el exterior y la tercera parte de las gradas. Aquélla era la corrida con la que se iba a inaugurar la temporada de toros y todo el mundo quería estar presente. La algarabía colectiva comenzó la noche anterior. Pocos durmieron en sus casas. Invadieron las calles próximas a la plaza haciendo ruido y alboroto con el objeto de coger buen lugar para presenciar el encierro. Incluso el propio clero hizo un llamamiento desde los púlpitos animando a la población a que disfrutase del espectáculo taurino en lugar de empecinarse en acudir al teatro.

—Pero eso es porque el teatro, además de divertir, culturiza —aclaraba monsieur Verdoux—. En los toros el regocijo se mide por la cantidad de sangre que salpique. De la plaza se sale igual de borrico que se entró... y eso no ocurre con el teatro.

Además aquella tarde toreaba Costillares, el famoso torero sevillano al que llamaban «el favorito de la aristocracia» porque las gentes de alto copete perdían la cabeza por él y por sus verónicas.

Por un momento, Abel y Rosario se quedaron uno al lado del otro frente a la puerta del Príncipe. Ella pareció suspirar y él entonces intentó esbozar un saludo, pero abrieron la entrada y el tumulto los arrastró al interior. Los padres de Rosario se sentaron en primera fila de barrera. Abel, justo enfrente, con todo el redondel por delante. Costillares comenzó el paseíllo ante el clamor popular con su tipito de torero envuelto en el nuevo traje que él mismo había diseñado y que consistía en chaquetilla bordada con galones de oro, calzón de seda y faja de colores. Por un momento a Abel le pareció una verbena ambulante. El toro tendría que estar ciego para fallar en una diana tan vistosa. Pero no le prestó mayor atención a su pensamiento porque le preocupaba más forzar la vista para distinguir a su amada entre el ir y venir de los espectadores y los vendedores de almohadillas y chufas. Rosario estaba preciosa con mantilla de encaje blanco y con un abanico de raso color marfil en la mano derecha. Abel, que hasta entonces no había prestado mayor atención al esclarecedor lenguaje de los abanicos que ayudaba a los enamorados y amantes en sus conversaciones secretas, se esforzó por recordarlo. Pero la distancia que los separaba y su mala visión con el ojo derecho le complicaban las cosas. Lo único que podía vislumbrar con claridad a esa distancia era el movimiento acelerado de las manos de Rosario, abriendo y cerrando el abanico con brío, provocando un revuelo de encajes a su alrededor. Guiñó los párpados, forzando un poco más la vista.

El abanico cerrado, colgando de la mano derecha, significaba que deseaba novio.

—Desea novio —musitó esperanzado.

Costillares recibió al toro de rodillas y la gente gritó entusiasmada. Durante el tercio de varas, movió el capote como un molinillo y el toro recibió, sin clemencia, una serie de puyazos en el morrillo por parte del picador. Los puristas dijeron que eso venía bien para medir la bravura del astado y su disposición a la embestida, pero Abel pensó que tanto pinchazo no servía más que para dejarlo tullido y facilitar la labor del matador.

Pasarse el abanico por la frente como si se arreglara el cabello, quiere decir: Me acuerdo de ti.

—Se acuerda de mí.

El público vitoreaba a Costillares, que se movía de un lado a otro de la plaza con la barbilla levantada, caminando de puntillas, con sonrisa triunfal, atolondrando al toro con los resplandores de su chaquetilla dorada. Suerte de capotes, verónicas, lances, olé con olé y olá… banderillas, más puyazos, sangre y mugidos de dolor, sangre y más sangre.

Abanicarse deprisa quiere decir: Te amo.

—¡Me ama! —suspiró Abel.

Y justo en ese momento, ocurrió la escena que pasó a formar parte del repertorio de los romances de ciego convertida en leyenda, ligeramente tergiversada. Al parecer Rosario estaba apoyada sobre la barrera abanicándose con toda la rapidez que le permitía su mano derecha cuando Costillares dejó el toro en manos de sus subalternos, que aprovecharon para lucirse haciéndole quites entre banderilla y banderilla. El matador se acercó hasta ella con una ceja levantada y el culillo apretado, convencido de que ninguna mujer en su sano juicio se quedaría impasible ante la atención de un tipo que se jugaba los cuartos con un astado. Con un quite de lo más taurino, le arrebató a la joven el abanico de las manos, sonrió a Rosario mientras ella lo miraba atónita, pidió su espada y, sin el trapo de la muleta, se dirigió al toro entre los murmullos del público que se preguntaba qué es lo que pretendía hacer el maestro. Costillares llevaba la espada en su mano izquierda y con la derecha abrió el abanico. Con un solo golpe de muñeca citó al animal, que cayó en su trampa y se dejó torear con el abanico como muleta. La gente estaba al borde de la conmoción; gritaban olé y aplaudían a ritmo de pasodobles. Lleno de orgullo, Costillares entró a matar y, tras una estocada certera, el toro cayó a la arena envuelto en un estertor de sangre y muerte ante el clamor del público, que terminó de perder la compostura. Tiraban a la plaza claveles, gallinas vivas, hogazas de pan, ristras de chorizo, de morcilla serrana... bramaban «¡torero!, ¡torero!, ¡valiente!, este chico es una maravilla, maestro, como usted ninguno, ¡qué faena, Santo Cielo!, ¡qué faena! Pero si ha toreado con un abanico»... Le cogieron a hombros y le dieron la vuelta al ruedo tras recibir las dos orejas y el rabo.

Cuando terminaron de aclamarle, Costillares se desembarazó con elegancia de sus admiradores y se dirigió de nuevo al lugar que ocupaba Rosario. Pidió a su mozo que le trajese algo para escribir, y en la misma tabla de la barrera, como si fuese una mesa, garabateó sobre el abanico estas palabras:

Yo no firmo abanico sin historia.

Joaquín Rodríguez,
«Costillares»

La miró con sonrisa de orgullo y extendió su mano izquierda para que recogiese el abanico ensopado de sangre que él sujetaba entre las dos orejas y el rabo recién amputados. Cuando Rosario vio los trofeos al lado de su abanico de raso, como si se tratase de un ramo de flores ensangrentadas, no pudo contener las arcadas. Vomitó y después se desmayó. La gente dio por sentado que fue por la emoción del momento.

Abel la vio desvanecerse en la distancia. Corrió sorteando a la gente y pidiendo permiso hasta que llegó a su altura.

—Abel de Montenegro, para servir a Dios, a ustedes y a su

arrebatadora descendiente —dijo presentándose formalmente a sus padres.

Y, con la urgencia que se requería en ese tipo de situaciones, sacó la ampollita con espíritu de amoníaco aromático que siempre llevaba en el bolsillo del chaleco por recomendación de monsieur Verdoux. Sujetó a Rosario por la nuca con su mano izquierda y le pasó el frasco por debajo de la nariz. En un instante, ella pareció recuperar el color. Abel fue lo primero que vio cuando abrió los ojos, aún medio atolondrada.

—¿Usted es el que me está cortejando? —preguntó como si estuviese saliendo de un sueño.

—¡Rosario! —le reprochó su padre y luego sonrió a Abel intentando disculparla—. Seguro que la niña aún no está del todo despierta. ¡Qué lástima!

Pero ella continuó hablando.

—¿Cree de verdad que «cacumen» es el mejor adjetivo con el que halagar a una mujer?

Sacar a Rosario del desmayo en la plaza de toros le abrió las puertas de su casa. Abel entonces se afanó en la labor de cortejarla como Dios manda. Todas las tardes iba a buscarla con un ramo de flores para acudir juntos a las tertulias. Le llevaba también cartas de amor que ella leía con actitud crítica, tachando algunas expresiones y sugiriendo otras nuevas porque, cuando tomaron suficiente confianza, Rosario le informó que las palabras no sólo eran entes abstractos compuestos por la esencia de un sueño, también eran imágenes y sonidos, y su aspecto externo era tan importante como la presencia física en los seres humanos. Le explicó que términos como «encantadora», «perfidia» o «almibarado» eran mucho más adecuados para completar una epístola sentimental o un poema romántico que «retrechera», «asechanza» o «melifluo», aunque viniesen a significar la misma cosa.

—Y ya que nos estamos cogiendo tanta confianza —le dijo

Rosario un día—, quiero que sepa que no intentaba enviarle mensajes secretos con el ajetreo de mi abanico el día de la corrida. En realidad, hasta el momento en que me desperté del desmayo yo a usted no lo había visto. Me daba aire por ver si apagaba el sofoco que me estaba provocando la visión de tanta sangre.

Abel no se sintió decepcionado con la confesión, más bien lo contrario. Consideró el asunto de los toros como una auténtica oportunidad porque le había permitido acercarse a su amada. Pese a todo, tuvo tiempo de aprender a convivir con los celos porque se enteró de que el torero Costillares, convencido de que Rosario se había desmayado por la impresión de tener cerca a un matador tan valiente como él, se decidió a cortejarla formalmente y le enviaba ramos de claveles y estampitas con imágenes taurinas dedicadas. Pero, por suerte para Abel, la muerte y la sangre no la impresionaban lo más mínimo.

—Admiro a los hombres por su capacidad de hacer más alegre la vida, no por su destreza para matar —le explicó.

Le aclaró que su sueño era ser escritora y que tenía un gran interés por conocer Aquí se imprimen libros. Cuando entró allí por primera vez, sus ojos se iluminaron y comprendió que no había para ella un lugar mejor en el mundo. El olor a tinta la dejó conmocionada. Le pidió que le enseñase el funcionamiento de la imprenta, que le explicase paso por paso el recorrido que hacía un manuscrito desde que llegaba allí hasta que alcanzaba a convertirse en un libro. Ella escuchaba sin perder ni un solo detalle mientras Abel se extendía en los pormenores, haciendo aspavientos, enseñándole cada una de las máquinas, la caja de tipos móviles, el almacén... Supo que en ese preciso instante fue cuando Rosario comenzó a mirarlo con la admiración de una enamorada.

Anunciaron su compromiso oficial en una fiesta que se celebró en casa del marqués de Gelo. Asistieron más de doscientos invitados, entre ellos el propio Costillares, que felicitó personalmente a los novios besando con pasión la mano de la futura esposa. Doña Julia bailó y rió como no lo había hecho desde hacía años y mamita Lula no dejó de llorar. Comunicaron que se casarían para la primavera. Pasaron todo el otoño y el invierno compaginando las visitas a las casas de ambos con las tertulias en casa del marqués de Gandul y con los románticos paseos que daban acompañados por una carabina puesta por la madre de Rosario, que se mantenía inamovible entre los dos para evitar el qué dirán. Les gustaba caminar por la orilla del río, entre la Torre del Oro y la desembocadura del Tagarete, en el paseo de álamos que llamaban de la Bella Flor.

En aquellos meses Abel le contó muchas cosas sobre su vida, sus miedos y sus sueños, pero no le habló de Alfonso X el Sabio, ni de la apuesta, ni de la Giralda porque creyó que el conocimiento de esos detalles podría complicarle mucho la vida, incluso ponerla en peligro. Por eso Rosario no se enteró de que frey Dámaso llevaba meses organizándolo todo. Había confirmado que uno de los ejemplares del *Código de las siete partidas* se encontraba en la Biblioteca Capitular y consiguió un permiso especial para que Abel, monsieur Verdoux y él pudieran revisar los fondos bibliográficos. Aquel recinto ideado para hospedar cultura, fundado tras la conquista de Sevilla, se fue enriqueciendo a lo largo de los años gracias a la donación de obras de la colección privada de Alfonso X el Sabio. Siglos más tarde Hernando Colón, el segundo hijo del almirante que conquistó el Nuevo Mundo, un humanista preocupado por la cultura, cedió a Sevilla sus más de quince mil volúmenes y la Biblioteca Capitular y la Colombina se fundieron en un mismo espacio en 1552.

Pero cuando los tres hombres entraron en el edificio, se sintieron defraudados. Aquel lugar de sabiduría que durante siglos había dado forma a una de las colecciones humanistas más importantes del Renacimiento, languidecía entre goteras y telarañas. La producción intelectual de las más brillantes mentes que habían pisado la tierra; sus tratados, manuscritos, mapas, partituras musicales, narraciones de viajes al Nuevo Mundo... se amontonaban junto a las paredes sin orden ni concierto. Al ver aquel desbarajuste se dieron cuenta de la ingente labor que les iba a suponer encontrar el *Código de las siete partidas*, si es que conseguían dar con él. La humedad había destrozado las estanterías y muchos libros estaban ilegibles, llenos de moho, inútiles incluso para hacer una fogata. Gran parte de los volúmenes que habían conseguido sobrevivir al estropicio fueron trasladados a la Nave del Lagarto, junto al patio de los Naranjos, para protegerlos. El cabildo metropolitano acariciaba desde hacía años la idea de restaurar el edificio y cumplir de una vez por todas con las condiciones que el señor Hernando Colón redactó en su testamento. En él dejaba bien claras las obligaciones y compromisos que tenía que asumir el que heredase sus libros. En un principio, sólo estarían en depósito y mencionaba las rentas que debían dedicarse a comprar nuevas obras, a la conservación de los libros y al salario que cobrarían las personas encargadas de custodiarlos. Explicaba también la forma y el lugar en que tenían que colocarse los volúmenes: en una sala grande y propia, dentro de cajones y puestos de canto, con su título y signatura a la vista, distribuidos por facultades o materias, protegidos de las inclemencias del tiempo. Ordenó y detalló incluso que, cada seis años, un sumista debía viajar a Nápoles y recorrer todas las librerías para descubrir novedades y comprarlas. Desde allí tendría que ir a Roma, Pisa y Florencia, donde haría lo mismo hasta llegar a Venecia, donde alquilaría un barco que lo trajese de vuelta a Sevilla.

Cuando frey Dámaso se enteró de todo eso, vio el cielo abierto. Se le ocurrió la idea de ofrecer al cabildo metropolitano que la Orden de San Juan de Acre se hiciese cargo de las últimas voluntades de Hernando Colón. Como nadie en su sano juicio quería involucrarse en una misión tan titánica, aceptaron con los ojos cerrados. Dos semanas más tarde la biblioteca se llenó de hombres que lucían la cruz ochavada sobre sus pechos. El Krak de los Caballeros al completo fue vaciando sala por sala, espantando a los ratones que hacían nido entre los pergaminos, aplastando a las cucarachas que se comían los papeles, limpiando desconchones, tapando humedades, leyendo de pe a pa cada documento. Abel les ayudaba, pero pasaban las semanas sin un solo descubrimiento que les ofreciese una alegría. Y aún tardaron mucho tiempo más en encontrar algo que los sacó de su monotonía.

Abel pasó los siguientes meses navegando entre los nervios de la inminente boda y la búsqueda del *Código de las siete partidas.* Se dio cuenta de que los preparativos del enlace no le competían en absoluto cuando su futura suegra, su madre y mamita Lula le excluyeron por completo de sus conversaciones. A él no le importó; en realidad no comprendía nada de lo que decían, parecían hablar en chino. Hasta ese momento jamás imaginó que podía haber tanta variedad de encajes: encaje fino de Beny, encaje de ñandutí, punto de Venecia, de Bruselas, punto Colbert. Y al parecer también había que tener en cuenta las flores que adornarían la iglesia. Un descuido en ese sentido resultaba mortal de necesidad, según le explicó la madre de Rosario. Nada de claveles amarillos, que significaban desdén; ni de geranios, que significaban tristeza; ni de lirios del valle, que anunciaban que la novia era tonta; ni de narcisos, que proclamaban su egoísmo... Aquél era un mundo de percepciones femeninas que él no llegaba ni a rozar. En vista de su torpeza, no le permitieron tomar una sola decisión.

—¿Puedo hacer algo para ayudar? —preguntó derrotado.

—Con que desplaces tu cuerpo hasta la iglesia a la hora prevista harás más que suficiente —concluyó su madre.

Decidió entonces que, si no se podía encargar de la boda, podría planear lo que venía después. Eso le pareció mucho más estimulante. Recordó que sus abuelos tenían una casa en Carmona a la que no acudía desde que era un niño y pensó que sería un buen momento para visitarla. Cuando llegó quedó desolado. Las malas hierbas se habían adueñado del terreno. El pozo ni siquiera se veía, los muros estaban desconchados y una parte del tejado se había hundido. Pese a todo, gracias a la fuerza que le imbuía el amor, no perdió la esperanza de recuperar la casa para su descanso tras la boda y su luna de miel y aprovecharla en un futuro como residencia de verano. Contrató a un grupo de trabajadores para que se encargasen de reforzar las vigas, cambiar los marcos de puertas y ventanas, reparar los deterioros de paredes y techos y conseguir que el pozo volviera a tener el aspecto saludable de su juventud. No tuvo reparos en gastar dinero en eso porque lo vio como algo que disfrutaría mucho tiempo. Encargó vidrieras de colores para las ventanas, azulejos con esmaltados moriscos para las paredes, mármoles para los suelos y las columnas de la entrada, picaportes repujados en dorado, una fuente con cisnes para el patio con un mecanismo que permitiese que el agua del pozo fluyera dentro de la casa con soltura. Contrató a unos jardineros que sembraron rosales, hierbabuena, damas de noche y limoneros. Compró muebles de roble, candelabros de bronce, alfombras persas... Los vecinos se enteraron de que la casa del señor Juan Nepomuceno volvía a llenarse de gente y fueron corriendo a comadrear. La encontraron tan pretenciosa que la miraron de soslayo y un murmullo generalizado la rebautizó como el Cortijo de las Jácaras porque, ni era un cortijo, ni era ya de Juan Nepomuceno. Concluyeron que los nuevos inquilinos eran unos petulantes y se negaron a relacionarse con ellos.

A Rosario todo eso le dio igual. No se preocupó por nada y dejó los detalles de la boda en manos de su madre, de doña Julia y de mamita Lula. Tampoco le interesaron demasiado los tejemanejes que se traía su futuro marido en el Cortijo de las Jácaras. Lo único a lo que pareció prestar atención fue a la imprenta. Se pasaba el día metida allí, observando el trabajo de los obreros, escuchando las máquinas, deleitándose con el producto terminado. Abel no imaginaba en absoluto en aquel momento que ella estaba fraguando una idea. En los años siguientes, su esposa se convertiría en una revolucionaria de las letras al empeñarse en editar la primera revista femenina de la ciudad que llevó el nombre de *La invencible rosada*. En ella se hablaría de música, conciertos, exposiciones, moda. Tendría una sección de escritos en los que se buscaría aportar soluciones a los problemas domésticos porque, según Rosario, era necesario concienciar a las mujeres de que debían aspirar a ser colaboradoras inteligentes en la obra magna encomendada a los hombres.

—La mujer es sostenedora del hogar y salvaguarda de sus hijos —sentenciaba con el dedo en alto.

—Igual de loca que Abel —murmuraba mamita Lula por los pasillos—. Son tal para cual.

Se casaron un día de primavera, en la catedral, ante la presencia de más de doscientos invitados y otros tantos curiosos que no se quisieron perder el enlace de la hija del marqués de Gelo con el hijo del pirata. Cristóbal Zapata, invitado por doña Julia especialmente, se puso para la ocasión el único traje decente que tenía, pero ella no le dirigió ni una mirada durante toda la ceremonia. Los recién casados se fueron de viaje a la recién arreglada casa de Carmona. Abel abrió la puerta de una patada con su novia en los brazos y subieron a trompicones la escalera. Ella no paraba de reír. No podían imaginar que estaban repitiendo el mismo ritual que años antes siguieron los abuelos de Abel y más tarde sus padres. Todos ellos habían comenzado su vida matrimonial entre las paredes de aquella casa. No se dieron cuenta de que los muebles estaban cubiertos con trapos para evitar que cogiesen suciedad, ni que las camas no tenían sábanas, ni que aún olía a pintura y a novedad; estaban demasiado ocupados en olerse el uno al otro. Llegaron a la habitación principal por puro instinto, como ya lo hicieron en su día doña Julia y León, y allí se amaron primero con desesperación y luego dulcemente hasta quedar extenuados, porque ése era el efecto que esa casa provocaba en los enamorados. Años después, las paredes del Cortijo de las Jácaras siguieron acogiendo amores. Amores fugitivos, clandestinos, desesperados. Pero eso fue más adelante.

FINAL

14

El valor de las damas

> El ajedrez nos recuerda que el mundo es un conjunto de posibilidades casi infinitas y que hay que decidirse por una.
>
> LUIS IGNACIO HELGUERA

Mamita Lula debía rondar los setenta años cuando murió. Nadie conoció nunca la fecha de su cumpleaños, ni su edad exacta pero, al hacer el cálculo, llegaron a la conclusión de que rondaría los catorce años el día que el padre de doña Julia la compró en el puerto, recién atracado el barco de esclavos. Su muerte coincidió con la terrible inundación que arrancó de cuajo el puente de barcas dejando Sevilla y Triana incomunicadas. Llovió como si fuera a caerse el cielo durante tres días y, al cuarto, las nubes negras comenzaron a licuarse y el sol volvió a brillar haciendo que las gentes se asomaran a las ventanas con los ojos entrecerrados por haber soportado tantos días de oscuridad y llantos. Parecían caracoles asustados mostrando sus antenas después del chaparrón. Pero no tuvieron demasiado tiempo para lamentarse; había que darse prisa en contabilizar a la familia, recuperar los enseres que el agua no había deteriorado, limpiar los suelos de barro, lijar las puertas y repintarlas, comprar nuevos colchones. El asistente se empeñó en colocar marcas en las paredes de los edificios más destacados. Quería que en un futuro se tuviera constancia de hasta dónde había llegado la locura del Guadalquivir y que los foráneos no creyesen que era pura exageración sevillana; sí, sí, caballero, hasta aquí llegó, ya le digo que a punto estuvo de llevarme la corriente; me salvé de milagro.

Mamita Lula estaba acostumbrada a que ver las crecidas anuales del río y ya no le impresionaban. Por eso no la echaron en falta cuando los hombres de la imprenta se afanaron en colocar los protectores sacos de arena en la puerta, nada más comenzar el aguacero. En los últimos tiempos, el ama de llaves había perdido el interés por salir a chismorrear al mercado y ya no reñía a las chicas del servicio con el mismo brío que antes. Se sentaba emitiendo quejas y sujetándose los riñones y le costaba levantarse como una flecha, como hizo siempre, para recoger los platos tras la comida.

—Déjalo, mamita, que ya los recogerá la muchacha —le decía doña Julia cuando la veía hacer el intento de incorporarse, apoyando su enorme manaza en el borde de la mesa.

Y se acomodaba en la silla, medio pensativa después del postre, sintiendo cómo el calorcillo del azúcar le corría por las venas, hasta que le entraba el sueño y daba una cabezada. Doña Julia, entonces, le sacudía el hombro y le decía que se marchase a dormir la siesta a su cuarto. Allí se quedaba hasta bien entrada la tarde, sin que nadie se atreviese a molestarla.

Pero ese día, cuando dieron las nueve de la noche y el agua del río ya había inundado las calles de Triana, doña Julia se sorprendió de que mamita Lula no estuviese bregando por la cocina. Preguntó por ella a las muchachas, a Cristóbal Zapata, a Rosario y a su hijo, pero nadie la había visto en toda la tarde, así que decidió subir a su habitación. Doña Julia no solía entrar en los dominios del ama de llaves. Sentía que el espacio comprendido entre aquellas cuatro paredes no le pertenecía; que era justo que, tras tantos años de entrega ininterrumpida, mamita Lula tuviese un lugar en el mundo en el que poder sentirse la dueña y señora.

Ascendió por la escalera con el candil en la mano, escuchando el lamento de la lluvia en el tejado, sorteando los cubos que habían colocado para contener el agua de las incipientes goteras. Entró en el pasillo oscuro y estrecho que conducía al cuarto de mamita Lula; al llegar a la altura de la puerta, levantó el puño para golpearla, pero la ansiedad pudo con ella y directamente giró el pomo. La lluvia seguía sonando. Al abrir sintió un escalofrío que le puso la piel de gallina, como si un dedo helado le recorriese la espina dorsal desde la nuca hasta la cintura. Aun así no tuvo miedo porque salió a recibirle el aroma a bizcocho de naranja, el inconfundible olor de la piel de mamita Lula que desde niña le inspiraba tranquilidad. La lluvia golpeaba y golpeaba los cristales. El tenue círculo de luz dorada que proporcionaba la llama no era lo suficientemente brillante para abarcar toda la habitación. Según iba avanzando, descubrió la cómoda de cuatro cajones sobre la que reposaban un crucificado y dos palmatorias de plata, una silla labrada, la mesita de noche junto a la cama cubierta por una colcha de ganchillo. Y el sonido de la lluvia cada vez más intenso, más gris y más triste. Un relámpago iluminó el cielo, irrumpiendo inclemente por la ventana. Por un instante, toda la luz del mundo se coló en la alcoba de mamita Lula, y fue cuando la vio. Vio el cuerpo grande de la mujer que la había criado sentado en la mecedora, con el echarpe de lana sobre las rodillas. Tenía los ojos cerrados y la sombra de una sonrisa atrapada en los labios; ni una sola arruga atravesaba su rostro. Doña Julia caminó hacia ella despacio, con la certeza de que algo malo había pasado, rogando para que le fallase la intuición y que estuviese equivocada.

—Mamita… mamita, ¿estás bien?

Entonces se llevó la mano a la boca para interrumpirle el paso a un sollozo que se quedó allí, atrapado en su pecho. Un sollozo que ni siquiera lo pudo liberar el día de su propia muerte.

Tardó un buen rato en avisar a los demás porque consideró que le debía un último momento a solas, un último momento de agradecimientos, caricias y ternura. Se dio cuenta de que lo había estado aplazando por culpa de las prisas del día a día, por culpa de la extraña vergüenza que le producía mostrar sus sentimientos más íntimos, convencida de que mamita Lula ya sabía que la quería y que no hacía falta decírselo. Pero no, en ese preciso instante supo que se contradecía a sí misma. Ella, que llevaba toda la vida comprando y vendiendo palabras, no había sabido valorarlas en su justa medida, incapaz de ver que no sólo hacía falta demostrar el amor, también había que verbalizarlo.

Se sentó al lado de mamita Lula con el rostro atravesado de lágrimas silenciosas que corrían densas, igual que la lluvia en el cristal de la ventana. La tomó de la mano y se lanzó a la tarea de explicarle lo que había significado para ella a lo largo de todos esos años. Le dijo, entre moqueos, que la sentía como su verdadera madre, porque de esa señora encopetada que la echó al mundo sólo recordaba las órdenes de sentarse derecha, de no mostrar los dientes al reír y no señalar con el dedo. Le acariciaba las sienes mientras le contaba que su cabello crespo le pareció, desde niña, una montaña de espuma negra y que ahora sus canas eran como hilillos de plata, trazando sinuosos caminos en su cabeza, iluminando su rostro. Le agradeció que sus dulces manos oscuras hubiesen tenido la misma habilidad para hacerle trenzas cuando era pequeña, para atenderla en el parto o para criarle a su hijo.

—Me vas a hacer mucha falta, mamita… tú bien sabes que soy incompetente para dirigir un hogar. No sé nada de ornamentos, ni de limpieza, ni de cocina. No tengo capacidad ni paciencia para aprenderme el nombre de todas estas muchachas desgarbadas que trajinan por la casa y que son flojas y torpes, incapaces de hacer nada solas si no estás tú para reprenderlas. No conozco las plantas del patio, ni sé cuándo hay que regarlas. Si tú no estás se van a morir todas. No entiendo a los pájaros de las jaulas, no sé qué les echas de comer… eso que una vez me contaste que había que hacer para que cantasen más bonito. La verdad es que cuando me lo dijiste no te presté atención; estaba con alguna tontería de la imprenta y oí que murmurabas algo de refilón, algo así como que el verderón cantaba más melodioso porque le diste a comer… Le diste... Dios, ¡no lo recuerdo! —protestó doña Julia llena de rabia apartándose las lágrimas con el envés de la mano—. ¿Qué le diste al verderón para que cantase mejor? ¡No puedes irte sin decírmelo! ¡No puedes irte! Cuántas cosas me he perdido, mamita. Cuánto te voy a echar de menos… Cuánto... Cuánto...

Y entonces el llanto de doña Julia se desbordó por los pasillos, alcanzó el patio y se desparramó en todas direcciones, como si se tratase de un aullido de lobo herido. Así fue como el resto de la casa se enteró de que mamita Lula había muerto.

Los funerales por mamita Lula no se pudieron celebrar hasta tres días después por culpa de la inundación. En el fondo a doña Julia le vino bien porque eso le daba tiempo a organizarlo todo con esmero sin que las prisas le escatimaran un solo detalle. Quería que el último adiós de su ama de llaves fuese recordado por toda la ciudad. En su interior sentía la necesidad de agasajar a la muerta, convencida de que así podría liberarse de los remordimientos. No dejaba de reconcomerse pensando que no le había demostrado su amor a mamita Lula con suficiente fuerza mientras estaba viva y eso la hacía llorar amargamente de pronto, como si la asaltase un ataque de histeria, aunque enseguida volvía a recomponerse para continuar con los preparativos fúnebres. Encargó un ataúd de madera de roble con remaches en bronce. En él colocó un colchón de plumas de oca forrado en terciopelo escarlata porque la fallecida sufría de dolores de espalda y no le parecía bien que se pasase el resto de la eternidad tumbada sobre la dura madera. Cuando fue a buscar en su armario un traje adecuado que le sirviese de mortaja, se dio cuenta de la poca ropa que mamita Lula tenía. Apenas tres vestidos negros colgaban de las perchas; todos iguales, brillantes en los codos de tanto repasarlos con la plancha. Miró debajo de la cama, por ver si allí había algún baúl, pero lo único que encontró fue un muñeco de fieltro medio apolillado, atravesado por alfileres.

—Así que... era verdad… —musitó sin poder evitar una sonrisa.

Como no tenía ganas de que una bagatela como ésa ensuciase la memoria de mamita Lula, escondió el muñeco en su propio armario y se rindió a la evidencia de que en casa no encontraría un atuendo adecuado con el que su ama de llaves pudiese pasar la eternidad. Y por eso decidió comprarle una mantilla de encaje, unos guantes de raso y una túnica amplia y cómoda en tono violeta, que era su color preferido. Como ropa interior, le colocó las enaguas negras que sólo se ponía para las grandes ocasiones y que de tanto almidonarlas ella presumía que se podían tener solas de pie. Cuando estuvo lista, le colocó en la mano izquierda un ramo de margaritas amarillas. Mamita Lula siempre dejó constancia de su interés en entregarle un ramo de flores a la Señora de los Ángeles en el mismo momento en el que atravesara las puertas del cielo. En la mano derecha le puso un abanico de carey, porque era de temperamento caluroso.

Organizaron el velorio en el patio de la imprenta y la casa se llenó de negros y mulatos llegados de todos los rincones de la ciudad. La comitiva desfiló por las calles de Sevilla con el ataúd cargado sobre los hombros. Un séquito de plañideras a sueldo lloraba justo detrás y no dejó de hacerlo hasta que llegaron a la catedral. Pese a que la Hermandad de los Negritos había reservado un espacio en el templo para acoger sus restos, doña Julia se empeñó en llevarlos a la capilla funeraria de los De Haro convencida de que en ese lugar terminaría ella también y que, si mamita Lula estaba a su lado, la muerte no le daría tanto miedo. Como la cripta ya comenzaba a estar muy concurrida, doña Julia ordenó sacar de su sarcófago a la difunta esposa de su primer marido, que a esas alturas ya era un montoncito de huesos. Los metieron en una urna de mármol de más o menos medio metro de longitud y unos cuarenta centímetros de ancho y los depositaron, sin mucho ceremonial, tras el altar. En aquel lugar privilegiado que había dejado vacío la primera inquilina de la capilla funeraria, sepultaron a mamita Lula. Sobre su lápida, doña Julia hizo grabar su verdadero nombre de pila, con el que la bautizaron al llegar a Sevilla y que nunca había utilizado. Tras él colocó el apellido de don Juan Nepomuceno, «Gil de la Sierpe», la fecha del fallecimiento y un epitafio que decía:

Toda la oscuridad del mundo, jamás podrá apagar su luz.

Días después doña Julia le encargó a Josef de Thena y Malfeito, profesor de Jurisprudencia de la Universidad de Sevilla, que escribiera una canción fúnebre describiendo el desastre de la inundación. El hombre le dio el lúgubre título de «Llanto de Sevilla» y decía así:

El bravo Betis sube
y ella más congojosa se contempla.
No se aparta la nube,
la lluvia contumaz nada se templa,
tan oculto el sol rubio,
que parece, amenaza otro diluvio.

Aquí se imprimen libros vendió miles de aquellos pliegos. Como siempre que había una desgracia en la ciudad, las personas lo utilizaron como amuleto para leerlo cuando tenían miedo o para que les protegiera guardándolo en la cartera o debajo de las camas. Los ciegos lo aprendieron de memoria y lo cantaban en las esquinas con voz llorosa. Y así fue como el infortunio que vivió Sevilla el día de la inundación se alargó en el tiempo, hasta convertirse en leyenda.

Cuando monsieur Verdoux, frey Dámaso y Abel al fin encontraron entre los miles de documentos, manuscritos, libros, incunables y mapas, el *Código de las siete partidas*, sólo tuvieron tiempo de sorprenderse. Se habían pasado más de cinco años adecuando una sala a la manera que había exigido Hernando Colón, haciendo inventario, removiendo los más de quince mil volúmenes que conformaban la biblioteca para colocarlos en su lugar correspondiente, dentro de cajones, distribuidos por materias, de canto con el título y la signatura a la vista, protegidos de posibles deterioros, tal y como rezaba el testamento. Incluso habían cumplido la voluntad de adquirir cada seis años novedades literarias en Italia y viajaron a Nápoles, a Roma, a Pisa, a Florencia y a Venecia. Revolvieron el pasado hojeando la *Historia rerum ubique gestarum* en la que el papa Pío II describía Asia y las confrontaciones entre las ciudades cristianas y turcas, el *Imago mundi* que explicaba los secretos de la astronomía, la cosmografía, el conocimiento del mundo y las diversas partes de las tierras habitadas y el *Libro de las Profecías,* en el que Colón intentaba demostrar que el descubrimiento del Nuevo Mundo ya fue profetizado en los textos bíblicos. Todos y cada uno de aquellos libros encerraba la esencia de un misterio y, en muchas ocasiones, Abel tuvo que recordarse a sí mismo que lo que estaban buscando era el *Código de las siete partidas* porque se daba cuenta de que, cuando los tenía entre las manos, la mente escapaba de su cuerpo y se dejaba llevar por sus páginas. Y en ese estado podía perder semanas.

Fue Abel el que lo descubrió cuando ya casi habían perdido la esperanza de encontrarlo. Estaba oculto bajo un ejemplar del *Libro de horas de Isabel la Católica.* En la portada se podía ver un escudo de Castilla y León y un título: *Las siete partidas.* Cuando lo leyó, sintió un escalofrío y llamó a gritos a frey Dámaso y a monsieur Verdoux. Se echaron al suelo y comenzaron a hojearlo como desesperados. En un principio parecía ser lo que ya sabían; un código alfonsino que recopilaba leyes medievales. Abel conocía de sobra la historia de la imprenta en Sevilla. Sabía que en la ciudad habían funcionado en el siglo XVI tres imprentas, entre ellas la que perteneció a la familia de López de Haro, una de las más prolíficas de la ciudad y germen de AQUÍ SE IMPRIMEN LIBROS. En los primeros veinte años del siglo XVI salieron de aquel taller más de trescientas ediciones, entre libros epistolares y laicos. Incluso una expedición franciscana que partió hacia un lugar del Nuevo Mundo conocido como Bimini, antes de que le cambiasen el nombre por otro que insinuaba vergeles y exuberancia, les encargó dos mil ejemplares de una cartilla para enseñar a leer a los indios.

—Esta edición es posterior a 1490 —dijo Abel, para continuar explicando—: ¿Ven la marca tipográfica? Esto es como la marca que se les hace a los toros de lidia para saber a qué ganadería pertenecen. Cada uno de los libros que salían de la imprenta de la familia de López de Haro en aquellos años llevaban este sello: un árbol de cuyo tronco nacían dos brotes. De cada brote colgaba un escudo con las iniciales L y H.

Junto al sello aparecía una frase cuya tinta estaba prácticamente diluida por el paso de los siglos.

> Don Manuel López de Haro, caballero de la Orden de San Juan de Acre, impresor desta ciudad, dejó este libro en la Biblioteca Capitular de la catedral de Santa María de la Sede de Sevilla para uso e provecho de todos sus prójimos, rogad a Dios por él.

—Entonces no hay duda. Don Manuel López de Haro, el hombre que se comprometió con la Orden de San Juan de Acre a guardar las reglas del juego en un lugar seguro, el mismo que colocó la Piedra Postrera en el techo de la catedral poniéndonos en la pista de este libro... él fue quien imprimió este ejemplar y el que lo donó a la biblioteca. —A monsieur Verdoux le brillaban los ojos.

—¿Será posible que las capitulaciones estén aquí? ¿Las habremos encontrado al fin? —musitó frey Dámaso.

Pasaron las páginas una por una. El texto estaba impreso en dos columnas, con letra gótica de dos tamaños y con dos tintas: roja y negra. Tenía titulillos estampados en las cabeceras y al final de cada página siempre aparecía la marca del impresor. Se fijaron en la excelente calidad del papel, que había logrado soportar el vapuleo del abandono y del paso de los años con relativo donaire.

—Es absolutamente maravilloso —murmuró Abel con admiración porque se había criado entre libros y sabía valorarlos en su justa medida—. Los caracteres están perfectamente nítidos... la composición, la regularidad, la perfección de las iniciales grabadas... creo que es una de las mejores obras impresas de todo el siglo XVI.

Pese a todo, a partir de la mitad, el libro se desbarataba. Comprobaron que las hojas comenzaban a ondularse por culpa de la humedad. Cuanto más avanzaban, más deterioradas estaban hasta que llegó un momento en el que tuvieron que cuidarse de no desgarrarlas porque algunas se habían quedado pegadas unas a otras. La parte final estaba completamente echada a perder. El moho y la pátina del tiempo habían transformado el último cuadernillo en un todo compacto y ennegrecido.

—Creo que aquí se ve algo —dijo Abel separando las páginas con sumo cuidado.

Al final del todo, se podía intuir la sombra de unas letras. Una C capitular abría una frase que desfallecía para volver a surgir con un «y compromisos» y terminar en «de Sevilla».

—Quizás... —murmuró frey Dámaso mientras forzaba la vista, intentando eliminar con el dedo índice el velo de moho que ocultaba las grafías—. Creo que la primera palabra es «capitulaciones».

—¿Pone «capitulaciones y compromisos de la ciudad de Sevilla»? —preguntó Abel dubitativo.

—Sí, ¡es maravilloso! —exclamó frey Dámaso.

—¿Tenemos que alegrarnos? —preguntó monsieur Verdoux, un tanto irónico—. Por lo que yo veo, este documento está deteriorado. Las demás páginas a partir de esta están pútridas e ilegibles. No se puede hacer nada con ellas.

—Pero eso es lo de menos —aclaró el religioso—. Claro que tenemos que alegrarnos; por supuesto, ¡claro que sí! Eso quiere decir que el señor López de Haro hizo copias de las capitulaciones y las añadió al final de los ejemplares del *Código de las siete partidas* que salieron de su imprenta.

—¡Claro! —exclamó Abel—. De hecho, desde 1505, en su imprenta se comenzaron a emitir pliegos de cordel en los que aparecían grabados con matriz de madera. En aquel momento él tenía en su poder las capitulaciones con las reglas del juego. Pudo hacer un grabado con ellas…

—… e incluirlo al final del *Código de las siete partidas*. —Frey Dámaso concluyó la frase emocionado.

—Bueno, bueno, señores —interrumpió monsieur Verdoux—. Intentemos mantener la calma. Están ustedes adelantando acontecimientos y emocionándose con conjeturas. En primer lugar no sabemos si realmente este cuadernillo ilegible —sujetaba el libro con los dedos índice y pulgar y gesto de desagrado— contiene las capitulaciones de Sevilla con los términos de la apuesta. Y aunque así fuera, está completamente deteriorado. Si le llevamos este documento al rey, nos echará con viento fresco… desde luego con toda la razón del mundo.

—Pero es posible que existan más copias de este libro que se conserven en mejores condiciones. Es un volumen de muy buena calidad. Si se ha archivado en un lugar seco, sin agresiones externas, con cuidado, tal vez… —señaló Abel.

—Tal vez, tal vez... —rezongó de nuevo monsieur Verdoux aparentemente molesto—. También «tal vez» sea posible que el señor López de Haro no incluyese en todos los ejemplares del *Código de las siete partidas* que salieron de su imprenta ese último cuadernillo. Tengan en cuenta la anotación del comienzo. Este libro es el que él donó personalmente a la biblioteca. Incluso, aunque hubiera hecho más copias en las que incluyese el cuadernillo, se trataría de libros con más de tres siglos de antigüedad. ¿Qué posibilidades hay de que sigan existiendo? Y es más, ¿qué posibilidades hay de que, si siguen existiendo, los encontremos?

Los tres hombres quedaron envueltos en un incómodo silencio. Monsieur Verdoux tenía razón. Encontrar un *Código de las siete partidas* editado a comienzos del siglo XVI por la imprenta de Haro era como intentar buscar una aguja en un pajar.

—Además —el francés volvió a hablar—, no sé si se han dado cuenta, pero estamos hablando de una posible copia hecha por el señor López de Haro; el hombre que en aquellos momentos tenía el documento original.

—Sí, efectivamente —señaló frey Dámaso—. No creo que haya inconveniente en que le mostrásemos una copia de esta categoría al rey. Menos es nada. Con ese documento y nuestra palabra de caballeros de que esa apuesta realmente se llevó a cabo yo creo que...

—Vuestra reverencia no me entiende. Lo que intento explicarle es que, si esto es una copia, el documento original sigue perdido. Volvamos al origen de todo. —Abel y frey Dámaso se quedaron mirándolo sin comprender hasta que monsieur Verdoux no pudo resistirlo más y exclamó—: ¡La Piedra Postrera! La Piedra Postrera colocada en la bóveda de la catedral el 10 de octubre de 1506 es la que nos trajo hasta aquí. Una piedra labrada que contiene una partida de ajedrez dentro de otra partida de ajedrez y que claramente nos indica una jugada: Rd2++. Dos caballos y un rey blancos dando jaque a un rey negro. Tu padre tenía razón —dijo señalando a Abel—, esa jugada es la pista.

—¿Adónde quiere llegar? —preguntó el prior.

—Creo que la Piedra Postrera realmente nos ofrece la fórmula para encontrar el documento original; el que se firmó en Tablada el día de la toma de Sevilla, allá por el 1248. Pero lo hace de una manera mucho más sutil y elaborada que proponiéndonos trazar una línea perpendicular imaginaria desde el techo de la catedral hasta el suelo. Demasiado sencillo... hasta a un niño se le hubiera ocurrido eso —añadió monsieur Verdoux pensativo—. Ahora estoy seguro de la agudeza de don Manuel López de Haro. Él también barajó la posibilidad de que se nos ocurriera trazar la dichosa línea perpendicular. Por eso nos dejó la pista del pergamino para que buscásemos la copia que él mismo había impreso y donado a la Biblioteca Capitular. Esto simplemente es un sucedáneo para palurdos... discúlpenme si les ofendo.

—No, no lo hace, querido amigo —dijo frey Dámaso—. Y es posible que usted tenga razón, pero no voy a dar de lado esta señal. Creo que debemos continuar en el camino que ese libro nos ha marcado. Intentaré averiguar si la imprenta de López de Haro editó en esos años más *Códigos de las siete partidas* como éste y si alguno continúa aún «vivo» en alguna parte. Si quiere que le diga la verdad, no nos quedan muchas opciones más.

Monsieur Verdoux se quedó ensimismado, mirando al suelo mientras Abel y frey Dámaso atravesaban la puerta de salida de la biblioteca con el libro entre las manos.

Rosario supo desde mucho antes de dar el «sí quiero», que había un lugar reservado para ella en AQUÍ SE IMPRIMEN LIBROS, y se sintió muy afortunada por ello. Hasta que conoció al que se convirtió en su marido, siempre pensó que sus deseos vitales más profundos, sus sueños y aficiones, serían difíciles de llevar a cabo por ser una mujer. Todo el mundo se lo recordaba a diario, a pesar de que ella se resistía aceptarlo. Pero el destino le había facilitado las cosas poniendo a Abel de Montenegro en su camino. No le importó que la imprenta estuviese llena de hombres de mediana edad que la miraban como si fuese una intrusa en su mundo de letras. Se sentía muy respaldada por su suegra. Además se hizo amiga de Candela, que pasaba mucho tiempo en la casa desde que la contrataron como artista de verdad y al fin pudo dejar el trabajo en la fábrica de tabaco. La muchacha comenzaba a despuntar dentro del mundo de la farándula. Su nombre se escuchaba en boca de la flor y nata de la sociedad sevillana y no había reunión nocturna que no terminase en el local teatral de Santa María de Gracia, viendo su actuación. La presencia cercana de dos mujeres tan fuertes también dio firmeza a Rosario.

Entre ella y Candela decidieron no dejar que doña Julia se hundiese tras la muerte de mamita Lula y trazaron un severo horario de trabajo. La convencieron de que no abandonase las buenas obras de las tardes en el convento de Santa Isabel, pero a la vez la enredaron en el proyecto de crear una revista femenina que Rosario se empeñó en llamar *La invencible rosada*. Nuera y suegra se levantaban al amanecer y desayunaban juntas en el patio, doña Julia se ponía a repasar cuentas en la imprenta mientras ella redactaba los sueltos que se publicarían en la siguiente entrega de la revista. Cuando llegaba Candela, las tres se afanaban con la caja de composición, montando las páginas con el tesón de las hormiguitas, porque ninguna de ellas lo había hecho antes de forma profesional y se requería bastante paciencia y concentración.

—¿Necesitan ayuda las señoras? —les preguntaba Cristo de vez en cuando, haciendo una genuflexión burlona y mirando a Candela de soslayo con ojos de fuego—. Aquí está un hombre para lo que quieran. No tienen más que chasquear los dedos y allí me tienen, a sus pies.

Y entonces Candela, que hacía ya tiempo que había dejado de encontrar sandunguero a Cristo y que en ocasiones ni siquiera recordaba que gracias a él conoció a doña Julia, le replicaba que no necesitaban los favores de un hombre porque lo que estaban intentando era componer una revista para mujeres, hecha únicamente por mujeres.

Fueron a hablar con la hija de uno de los clientes de la imprenta que dibujaba con bastante soltura y la contrataron para que ilustrase la portada y los artículos de moda, decoración y cocina. Pese a los vaticinios desastrosos de la mayoría, consiguieron sacar la revista con razonable asiduidad. Poco a poco las sevillanas empezaron a interesarse por la edición, aunque fue más por ver en lo que andaba metida la excéntrica de doña Julia que por informarse. Compraban la revista para luego comentar entre ellas. Al final, la sociedad femenina se dividió en opiniones. Algunas estaban encantadas con las recetas de bizcochos, los relatos cortos de damas en apuros y la lista de espectáculos. Pero las que habían barrido su personalidad con sus propias escobas, tirándola después al cubo de la basura, se adhirieron al discurso de sus maridos y exclamaban entre alharacas que desde cuándo para acá se había visto que la mujer tuviera que entenderse con las letras, si eso era cosa de hombres. En lo único que todas estaban de acuerdo era en que, si sus esposos se enteraban de que habían posado los ojos por un instante en alguna de las líneas de *La invencible rosada*, les darían una buena azotaina, por libertinas.

La cosa se complicó aún más cuando Candela propuso introducir una sección de efemérides en la que se hiciese un recuento de los logros alcanzados por las féminas a lo largo de la historia de la humanidad. Gracias a eso las sevillanas supieron que, a comienzos del siglo XVII, un grupo de indias iroquesas se negaron a mantener relaciones carnales con sus esposos hasta que no les otorgaran el derecho de decidir si su tribu debía librar una guerra o no, y también que en 1776, en la colonia inglesa de Nueva Jersey, se autorizó por accidente que las mujeres votasen porque pusieron la palabra «personas» en lugar de «hombres» en la normativa. En el artículo firmado por Rosario se hacía un alegato a la capacidad intelectual femenina asegurando que todos los seres humanos eran también personas y, como tales, capaces de decidir su destino y el del mundo que dejarían en herencia a sus hijos.

Aquello organizó un verdadero revuelo en la ciudad. Los hombres se alarmaron pensando que sus esposas podrían seguir el pernicioso ejemplo de las iroquesas, expulsándoles de los lechos conyugales a la mínima, a pesar de que la mayoría no tenía ni idea de quiénes eran las iroquesas o en qué lugar del globo quedaba su tribu. El Sabio Añejo, que a esas alturas ya había alcanzado gran fama nacional por su recalcitrante espíritu tradicional y antiilustrado, sufrió una pataleta y dejó de escribir para AQUÍ SE IMPRIMEN LIBROS. Se marchó a la competencia y redactó un artículo lanzando pestes de la imprenta de doña Julia y de las locas con las que se codeaba, que se pensaban igual que los hombres, por Dios Santo, si de sobra era sabido que la mujer era lerda por naturaleza. Si seguían así, terminarían por abocar la humanidad al desastre, como ya venía él advirtiendo los últimos treinta años.

Cuando Abel se enteró del revuelo que su madre, Candela y su esposa habían organizado, puso los brazos en jarras. Les dijo que si querían buscar ejemplos históricos de buena conducta femenina se fijasen en la mujer del César, que no sólo era honesta, sino que también lo parecía. Argumentó que se estaba convirtiendo en el hazmerreír de Sevilla por culpa de la dichosa revistita rosada, que todo el mundo comenzaba a dudar de quién llevaba realmente las calzas en esa casa, que había descubierto a los trabajadores de la imprenta cuchicheando a sus espaldas y que él no era hombre de los que se dejasen arrastrar de la nariz, ¡hasta ahí podíamos llegar!

—La axiomática y expansiva prueba de que el ajetreo que te traes no es fructuoso en absoluto la tienes en nuestra ausencia de hijos. ¡No engendramos por tu culpa! —acusó a su esposa apuntándola con su dedo índice, con su característico ceño fruncido, antes de salir dando un portazo.

Las tres mujeres se quedaron en silencio durante un rato, hasta que Candela tomó la palabra.

—Si he interpretado bien lo que ha dicho (que no estoy del todo segura, discúlpeme doña Julia pero yo es que a su hijo cuando abre la boca y entresaca esos palabros no lo entiendo ni para atrás), lo que quiere es que dejemos de imprimir la revista. Cree que es la responsable de su falta de descendencia.

—Sí, eso mismo he entendido yo —certificó Rosario conteniendo un bostezo con el envés de la mano.

—Va listo si piensa que vamos a dejar la revista —añadió doña Julia antes de preguntar—: ¿Os apetece un té con bizcocho?

—Por supuesto.

Y se sentaron en el patio a planear los contenidos del siguiente número de *La invencible rosada*.

En los años siguientes el mundo pareció convulsionarse, empezando por América y continuando por Francia. La Revolución tomó fuerza porque el pueblo se sentía oprimido y las ideas ilustradas sobre la división de poderes y la soberanía del pueblo echaron raíces en la mente de los descontentos. Al fin los ciudadanos alcanzaron a admitir que el derecho de gobernar del rey no derivaba de Dios, como él mismo aseguraba. De ser así, Dios debía de ser bien cruel para enviar un representante que se comportaba como un auténtico cretino, gastándose el dinero de las arcas públicas en pomposas fiestas mientras sus súbditos se morían de hambre en cualquier callejón de París. El desconsuelo y el enojo se desparramaron sacudiendo los pilares del absolutismo. Estaban desesperados. Exigían que todos los seres humanos tuviesen las mismas oportunidades porque, mientras que la nobleza y el clero eran los dueños de la quinta parte de las tierras, el pueblo llano se limitaba a cultivarlas. Una asamblea se encargó de buscar soluciones y decidió que lo mejor era traspasar el poder de la Iglesia al Estado, eliminó su derecho al diezmo, confiscó sus bienes y promulgó una legislación que convertía a los miembros del clero en simples empleados. Pero eso no mejoró la situación y cada vez había más hambre, enfermedades, ira. Multitudes exacerbadas comenzaron a perseguir a los privilegiados; los linchaban en las plazas públicas, ante el regocijo del pueblo. Carretones llenos de nobles cabalgaban insaciables hasta el nuevo invento francés llamado guillotina, el último grito en máquinas para ejecutar. Aseguraban que podía cercenar un cuello con tanta rapidez que al ajusticiado no le daba tiempo a darse cuenta de que estaba muerto y podía ver con sus propios ojos, durante unos segundos, su cuerpo sin cabeza, con las manos atadas a la espalda, arrodillado sobre un tocón de madera. Obligaron al rey francés Luis XVI a firmar la *Declaración de los derechos del hombre*, en la que se certificaba que todos eran iguales y, acto seguido, lo decapitaron junto a su esposa María Antonieta. Ya nadie estaba a salvo.

El resto de los monarcas europeos se echaron a temblar pensando en la posibilidad de que los aires revolucionarios se extendiesen a sus reinos. Les preocupada que terminaran arrebatándoles la poltrona que llevaban años justificando con su tiranía, sometimiento y derechos de sangre. Sevilla también se puso en alerta. El Sabio Añejo explicaba en sus artículos que las ponzoñosas ideas revolucionarias no sólo se hallaban tras las fronteras; los afrancesados estaban intentando introducirlas, sutilmente, con prometedoras palabras de igualdad, fraternidad y legalidad, en charlas políticas, en círculos culturales y en envenenadas literaturas. En poco tiempo, AQUÍ SE IMPRIMEN LIBROS, las tertulias en casa del marqués de Gandul y las personas que las frecuentaban, fueron tachados de sospechosos y afrancesados en los círculos más rancios de la ciudad.

Pero en la imprenta no tuvieron mucho tiempo para prestarles atención a los desvaríos del mundo, ni para preocuparse demasiado por los comentarios velados porque, nada más comenzar la primavera, se dieron cuenta de que Rosario estaba embarazada. Había tardado tanto en quedarse en estado que ya no lo esperaban y la noticia les pilló a todos por sorpresa, incluso a ella misma. Para evitar que la futura madre tuviera que enfrentarse a cualquier tipo de sobresaltos derivados de la situación política, Abel decidió que lo mejor era que se marchasen a descansar a la casa de Carmona.

—Lo deseable para ti en este afable trance femenino es dejarte de ajetreos y respirar el aire puro del campo. Reposar, escuchar los pajaritos por la mañana, recoger flores… —le dijo Abel sujetándola con delicadeza de la mano, como si fuese un jarrón de porcelana china que pudiera quebrarse en el momento menos pensado.

—Hijo, yo creo que tú te has hecho una idea equivocada del campo —le advirtió doña Julia—. Aún es época de lluvias, se enfangará el camino, llenaréis la casa de barro con las botas… Y en cuanto empiece el buen tiempo… —dijo poniendo los ojos en blanco— eso es lo peor. Saldrán las arañas, las cucarachas, los mosquitos y los bichitos estos… ¿cómo se llaman? Esos que tienen unas tijeritas en el culo… Aquello, aquello se llena de bichos con el buen tiempo. Tardaréis días en espantarlos a todos; si es que lo conseguís. Al final vais a echar de menos el bullicio de Sevilla. Ya lo veréis. Marcharse a Carmona en pleno mes de marzo es una auténtica locura.

—Y usted debería venirse con nosotros, madre —interrumpió Abel—. ¿Qué hace aquí? Puede dejar a Cristóbal a cargo de esto. Yo vendré cada quince días para comprobar que todo está en orden.

—Venga con nosotros —le suplicó Rosario—. No quiero que nos separemos.

Los pucheros de su nuera y el temor a la casa vacía que sentía desde que mamita Lula se marchó, terminaron de convencerla.

El viaje tardó en ultimarse más de una semana. Las mujeres llenaron los pasillos superiores y el patio de la imprenta de baúles y cestos con la ropa de cama, las toallas, las mantas, las colchas, los manteles, las servilletas, los trajes de verano por si hace calor, los de invierno por si hace frío, libros de recetas, libros para entretenerse, el canasto de costura con telitas, agujas e hilos para preparar ropita para el niño... Tuvieron que alquilar tres carros para que pudieran ir todos, porque las muchachas del servicio también se fueron con ellos. Estuvieron más de dos horas terminando de instalar los trastos en los coches. Abel estaba al borde de la desesperación.

—Pero, por Dios bendito, si no hace falta que llevemos tantas cosas. La casa está perfectamente equipada. Lo dejé todo listo, yo...

—Si son cuatro tonterías de nada... —le explicaba su madre quitándole importancia— pero absolutamente necesarias, eso sí.

Abel tuvo que rendirse a la evidencia de que aquélla era otra de las cosas que no terminaba de comprender de las mujeres. De nuevo él estaba excluido de ese ritual.

Salieron de Sevilla por la Cruz del Campo y tardaron más de cinco horas en llegar a Carmona. Vistos desde la distancia, parecían una caravana de artistas itinerantes, de los que iban de pueblo en pueblo a instalar sus carpas y hacer felices a las gentes. Cuando por fin llegaron al Cortijo de las Jácaras, su madre no pudo reconocer la casa. Mientras las muchachas se ocupaban de abrir las ventanas y los armarios, quitar las sábanas de los muebles, vestir las camas y preparar la cena, Abel le fue mostrando a su madre las novedades lleno de orgullo.

—Parece otra —reconoció doña Julia.

Con el trajín de instalarse no se dieron cuenta de que, dentro de los límites de la propiedad había un par de niños observándoles, escondidos tras unos zarzales. Llevaban toda su vida jugando en aquel lugar que ellos consideraban suyo. Les gustaba correr entre los matorrales, bañarse en el pilón y beber agua fresca de la fuente. Por las tardes llenaban sus barrigas con los higos, las brevas y las naranjas que allí crecían salvajes, dejadas de la mano de Dios. Después se echaban a dormir debajo de los árboles, hasta que les hacía la digestión y comenzaban de nuevo. La llegada de la familia vino a desterrarles de sus dominios. Los críos vieron con tristeza cómo su lugar de juegos se llenaba de baúles, de ruido y desconocidos e intuyeron, con inteligencia, que aquéllos eran los verdaderos dueños de su adorada tierra y ellos solamente unos advenedizos. El más pequeño se quedó muy serio, pensativo, mirándoles con sus oscuros ojos de noche; negros como su cabello revuelto.

—Vámonos —le dijo su hermano con gesto resignado, tirando de su mano.

Ninguno de los dos superaba los ocho años de edad, pero tenían el suficiente conocimiento sobre la vida como para saber que el mundo tenía dos caras y que a esos desconocidos les había tocado vivir en la cara buena. También estaban seguros de que ellos nacieron en la mala y que, si querían salir de ella, tendrían que luchar mucho.

Las vacaciones que comenzaron en marzo no daban muestras de aburrir a las mujeres llegado agosto. Para sorpresa de Abel, a su alborotadora esposa le cambió el carácter con el embarazo, igual que le pasó a su madre muchos años antes. Se olvidó por completo de *La invencible rosada* y se pasaba el día sonriendo, con las mejillas sonrosadas, preparando pan con sus propias manos. Se fabricó ella misma una escoba enorme con las clavellinas que crecían cerca de la casa y barría el porche muy despacio, canturreando, meneando la enorme barriga con cadencia. Olisqueaba flores con mueca de felicidad y se sentaba al fresco del jardín cuando caía la tarde, hasta que la luna se quedaba muy alta en el cielo. Era incapaz de ver el lado oscuro de la vida en el campo. No hacía caso de los impertinentes mosquitos, de las cucarachas que se metían en el botijo si no le ponían un trapo en el agujero, de las salamanquesas que trepaban por las paredes de la casa y que al más mínimo descuido se colaban por las ventanas. No le importaba tener las manos llenas de arañazos de los rosales, ni que le estuviesen saliendo pecas en la cara por culpa de sol. Estaba dichosa de la vida, más aún cuando invitaron a Candela a que pasara un tiempo con ellas. Acababa de regresar de Madrid donde su último papel en *Las armas de la hermosura* de Calderón la estaba llevando a las cumbres del éxito. Como ya había predicho muchos años antes, las mujeres más elegantes de la corte querían imitarla. Intentaban que sus cabellos fuesen igual de espesos, su mirada igual de penetrante, sus curvas igual de pronunciadas. Los hombres le llenaban el camerino de cartas de amor, flores y joyas. Ella siempre aceptaba las flores, que luego dejaba en alguna iglesia porque le provocaban estornudos, pero invariablemente rechazaba las joyas.

—No quiero que piensen que me están pagando por adelantado algo que nunca les daré.

En la intimidad del campo, Candela abrió su corazón a doña Julia y Rosario. Les contó de su desdichada infancia junto a una madre enferma y un padre borracho que le pegaba el día que no abusaba de ella. Les explicó que en un par de ocasiones tuvo la intención de dejarse morir para que terminasen allí sus miserias, pero algo más fuerte que ella, una voz interior, le empujaba a luchar con uñas y dientes. Un día que su padre se puso especialmente iracundo, escapó de la casa. Vagó por las calles durante días hasta que llegó a la puerta del Punta de Diamante y el dueño se apiadó de ella. A cambio de limpiar, cantar y bailar le ofreció comida y techo.

—Nunca estaré con un hombre. Podrán verme desde lejos. Pero ninguno me tocará jamás —sentenció mirándolas con los mismos ojos gitanos que utilizaba para irradiar frenesí al subirse a un escenario.

Doña Julia y Rosario conocieron así la historia de Candela. Comprendieron que, bajo la fachada de mujer fuerte y segura de sí misma, se escondía una niña asustada que siempre tendría presente a aquel primer hombre, aquel hombre que la engendró, el mismo que debería haberla protegido, ese que fue incapaz de controlar sus instintos de animal y que la trató como a un objeto de su propiedad sobre el que aliviar sus bajas pasiones. A Candela le rompieron el corazón de niña y cuando se hizo adulta se dedicó a repartir los pedazos. Odiaba tanto a los hombres que se empeñó en enamorar a todos los que se le acercaran y, cuando los veía agonizantes, llorando por las esquinas, rogando un poco de su afecto, ella los despreciaba y se quedaba muy atenta, escuchando cómo también a ellos se les desgarraba el alma. Se vengaba con las únicas armas que siempre manejó con soltura.

—Candela es la mujer con peor fama que conozco y también la más casta —le confesó doña Julia a Rosario antes de irse a dormir aquella noche.

Habían calculado que el alumbramiento tendría lugar en octubre, así que pensaron abandonar Carmona a comienzos de septiembre para que Rosario pudiese dar a luz en Sevilla, en la tranquilidad de Aquí se imprimen libros. Abel se adelantó para tenerlo todo listo y las mujeres se quedaron solas en ese reino particular que ellas habían creado junto con las sirvientas de la casa.

Fue en una de esas tardes de siesta canicular cuando Rosario sintió un fuerte dolor. En un primer momento lo atribuyó a que había estado comiendo melón tibio después del almuerzo pero, cuando intentó incorporarse, un reguero de agua se deslizó entre sus piernas y supo enseguida que la criatura tenía intención de adelantarse. Aún le dio tiempo a agarrarse el vientre y caminar a trompicones hasta la habitación de su suegra a la que despertó chistándole al oído.

—Doña Julia, disculpe que le moleste, pero creo que ya viene.

—¿Quién, querida? —respondió ella medio dormida antes de que Rosario lanzase un grito de dolor y se acuclillase en el suelo.

Fue niña. Nació minúscula, pálida y sin soltar una sola lágrima. En un principio pensaron que estaba muerta y todas las mujeres, incluidas las muchachas del servicio, lanzaron un mudo sollozo. Por fortuna para ella, Candela se había encargado de atender el parto. Como estaba poco habituada a dejarse vencer por el desánimo, tumbó a la criatura sobre la cama y le lanzó un par de soplidos en su minúscula boquita mientras le frotaba los bracitos y el pecho con determinación. De pronto, la niña lanzó un par de hipidos, arrugó la nariz y comenzó a emitir una especie de toses que más tarde se convirtieron en un fuerte llanto que abrió sus pulmones al mundo.

Años después, las mujeres recordarían aquel día como «el del milagro». La historia del alumbramiento se fue tergiversando y hubo un momento en el que ni ellas mismas supieron qué era cuento y qué realidad, aunque concluyeron que no tenía ninguna importancia. Dijeron que ese día se podía intuir que algo extraordinario iba a suceder porque por la mañana hubo una tormenta de verano y, en lugar de caer agua, llovieron sapos y ranas. También contaron que Candela sacó de su interior sus raíces gitanas y que le leyó la mano a la niña. En ella vio que sería dulce, delicada y muy inteligente y que el destino de sus antepasados vendría a buscarla para complicarle la existencia.

—¡Pero eso es terrible! —dicen que exclamó su madre.

Candela la tranquilizó asegurándole que saldría airosa de esa trampa y que a cambio la vida, para compensarla, le pondría muy pronto la felicidad de un amor arrebatador que le abrasaría el alma.

15

Guiomar

> El ajedrez es un gran juego. No importa cuan bueno sea uno, siempre hay alguien mejor; no importa cuan malo sea, siempre hay alguien peor.
>
> ISRAEL ALBERT HOROWITZ

Como la niña había nacido tan delicada, les dio miedo que no alcanzase a llegar viva a Sevilla y que se tuviese que pasar la eternidad vagando por el limbo. Por eso no esperaron siquiera la llegada de Abel y la bautizaron en Carmona, en la iglesia Mayor de Santa María. Fue una ceremonia sencilla, sin mucho protocolo, en la que sólo estuvieron presentes las muchachas del servicio, Candela, doña Julia, el sacerdote y un par de monaguillos que ellas no podían reconocer, pero que eran los dos niños que habían pasado sus tardes en el Cortijo de las Jácaras hasta que la llegada de la familia les espantó la diversión. Rosario tuvo que quedarse en la casa, como dictaba la tradición de que las recién paridas no asistiesen a los bautizos, pero lo organizó todo para que Candela fuera la madrina. Según ella, era una cuestión de justicia ya que sus trucos de gitana habían conseguido salvarle la vida a su hija. Les pidió también que le pusieran Guiomar, nombre de poetisas perseverantes y musas literarias que además significaba «guerrera fuerte». Le parecía que, ese cuerpecito recién llegado al mundo con aspecto de sardinita escuálida, necesitaba todo el vigor que pudieran imbuirle, incluso el impalpable que flotaba en un nombre.

Cuando el agua bendita cayó sobre la pelona coronilla de Guiomar, ella cerró los ojos y los puños con ímpetu y se puso a llorar enrojecida, arrugada, mostrándole al mundo sus encías peladas. Ventura, el monaguillo más pequeño, se acercó para acariciarle el rostro, más por curiosidad que por ternura. Se puso de puntillas para observarla mejor con sus inmensos ojos negros y percibió el aroma del campo en el que había nacido. Le vino a la memoria el dulzor de la fruta madura y tibia que sorbió entre mordiscos en las tardes de verano, el romero, el tomillo y la hierbabuena que azotaban sus pantorrillas cuando corría junto a su hermano por el Cortijo de las Jácaras. Sintió deseos de esconder su naricilla en el hueco del cuello de aquel ser liviano. Guiomar entonces, atrapó el dedo del niño y cerró el puño con una firmeza inusitada, como si fuera la tabla de salvación que le iba a permitir permanecer en el mundo y no quisiera que se alejase de su lado. En aquel momento nadie podía imaginar que, muchos años después, se aferraría con la misma desesperación al cuerpo de Ventura.

Pasó un mes y Abel se dispuso a apurar a las mujeres porque no daban muestras de querer regresar a Sevilla. Ellas le explicaron que el viaje era demasiado agotador para una criatura tan pequeña y delicada, que el aire fresco del campo le sentaría mucho mejor que el de la ciudad. Aquello le disgustó. Que su madre, su mujer y su hija estuviesen tan lejos le obligaba a vivir entre dos lugares y a responsabilizarse, por primera vez de forma adulta, de la imprenta, escatimándole tiempo a su compromiso con la Orden de San Juan de Acre. Además le incomodaba que no le tuvieran en cuenta para nada, que no consultaran con él sus decisiones, como si ese grupo de mujeres hubiera creado una asociación privada y secreta de la que él estaba totalmente excluido. Le parecía mal el nombre que habían elegido para su hija. Hubiera preferido que la llamasen Julia, como la abuela; como Julita. Julia le parecía perfecto porque el recorrido que el aire hacía dentro de la boca mientras se pronunciaba le recordaba al sonido de las arpas. Se lo explicó a Rosario y ella le dio la razón, «es precioso ciertamente eso que cuentas del arpa, querido», le dijo. Pero también le recordó que no tuvo mucho tiempo de pensar nombres y que él no estaba delante para consultarle; en definitiva, que su proposición llegaba demasiado tarde. Abel no volvió a hablar del tema. Tampoco estaba seguro de que le hubieran pedido su opinión de haber estado presente el día del bautizo y no quiso darle más vueltas al asunto. Dedujo que aquél era otro de los rituales femeninos en los que no era fundamental su intervención.

—Mejor que no se llame como yo, cielo —le dijo su madre acariciándole la cabeza para consolarle—. Así no nos haremos líos con los nombres.

Esperaron a que pasaran los meses y que Guiomar mostrase un atisbo del carácter enérgico de la abuela, del talante valiente que el significado de su propio nombre debía infundirle. Pero, por el contrario, la niña era apacible y silenciosa, como Candela predijo. Se entretenía sentada en el suelo del porche, vestida como una muñeca, preocupada por no ensuciarse el vestido de organza. No importaba lo mucho que pudiera entusiasmarle una golosina, una fruta, un juguete… si alguien extendía su mano para que se lo entregara ella parecía no disponer del innato egoísmo infantil y lo cedía sin disgusto.

La única vez que se la vio contrariada fue cuando regresaron a la ciudad, más de un año después de su nacimiento. Tuvo que aprender a subsistir sin el aire que olía a romero, sustituir las hierbas y las flores que crecían a su libre albedrío en la plenitud del campo por los geranios que se apretaban en el calabozo de los tiestos. Intentar comprender por qué en Carmona los pajaritos podían volar libremente entre los árboles y en Sevilla tenían que vivir encerrados en las jaulas del patio. Y ella misma se sintió como esos pajarillos. Pasó de trastear a sus anchas por el terreno del Cortijo de las Jácaras, con sus torpes andares patizambos, a ver cómo su espacio se limitaba al cuadrado patio de mármol de AQUÍ SE IMPRIMEN LIBROS. No la dejaban entrar en la imprenta por si se lastimaba con las máquinas, controlaban si se acercaba demasiado a la escalera, por si la bajaba rodando, si entraba en la cocina, no fuera a quemarse con el fogón, si se asomaba a la puerta de la calle, no la atropellase un carro como le pasó a la bisabuela. Por si eso fuese poco, desde que mamita Lula faltaba de la casa, sucedían extraños e inexplicables fenómenos que despertaron las suspicacias de los habitantes de la casa. Comenzaron a desaparecer cosas. Primero el atizador, la pala, la escobilla y las tenazas de la chimenea que doña Julia había encargado a la fundición y que tenían los agarradores de bronce labrado. Los buscaron por todas partes, pero no los volvieron a ver. Más tarde, se perdió el camafeo de ágata que la madre de Rosario le regaló el día de su boda y una mantilla de blonda con volante. Después echaron en falta seis cucharas, uno de los candelabros de plata y un perrito de porcelana de Sèvres que monsieur Verdoux les había traído de Francia. Lo primero que Abel pensó era que las criadas les estaban robando. Se dispuso a observarlas de cerca, pero no encontró nada sospechoso, y menos cuando ellas mismas comenzaron a asustarse con el misterio de las desapariciones. Les decían que escuchaban ruidos de pasos en el desván a la hora de la siesta, que se esfumaba el pan de la panera y que los tarros de la despensa aparecían volcados sobre el fogón, con todo su contenido desparramado. Musitaban entre ellas que el fantasma del ama de llaves muerta era el responsable de tanto descalabro. Reconocían sus mañas de hechicera.

—Señora —le decían entre temblores a doña Julia—, estamos seguras de que es mamita Lula la que nos anda vigilando. Nos da sustos para que no desatendamos el trabajo.

—Pues hace bien —respondía ella.

Abel no le prestó demasiada atención a la conjetura del fantasma centinela convencido de que se trataba de supersticiones de ignorantes hasta que, una mañana, nada más levantarse, se dio cuenta de que la Piedra Postrera había desaparecido. Estuvo colgada en el patio desde que tenía uso de razón y ahora en su lugar sólo quedaba el clavo con el que se sujetaba y una sombra circular, más clara que el resto de la pared; testimonio de su ausencia. Abel se llevó las manos a la cabeza; no sabía qué pensar.

—¡Alguien ha entrado a robar! —le espetó como saludo a monsieur Verdoux, en cuanto le vio atravesar la puerta de su casa, a la hora del almuerzo.

—Tranquilo, sosiégate —le respondió con una flema tan pasmosa que más parecía británica que francesa—. ¿Qué ha sucedido?

—¡Se han llevado la Piedra Postrera! ¿Qué vamos a hacer?

—¿La Piedra? ¿Nada más? —preguntó levantando una ceja, sorprendido—. ¿Desaparece una piedra y tú pones el grito en el cielo? ¡Qué rarito eres! Alégrate que no se hayan llevado el dinero y las joyas… o de que no os hayan degollado, como le ocurrió a esa amiguita tuya… ¿cómo se llamaba?

—Julita —respondió Abel con los ojos bajos.

—Vamos, no te preocupes por la Piedra Postrera. Ahora ya no nos sirve de nada. Frey Dámaso está buscando las reglas del juego en otra parte… y ya sabemos lo que ponía. Por lo demás… tranquilízate. Seguro que se trata de ladrones de reliquias. Ya sabes que muchos de estos duques y condes famosos que plagan nuestra ciudad están locos por decorar sus jardines y sus patios con piedras viejas.

Pero Abel no se calmó. Cambió la cerradura de la entrada a la imprenta, dispuso que los clientes desconocidos no tuvieran opción de acceder a la vivienda e instaló verjas en todas las ventanas que daban a la calle. Por su parte doña Julia, que jamás había mostrado predisposición a creer en apariciones, también se asustó. No lo reconoció ante nadie. Como hizo siempre, mantuvo ocultas a los ojos de los demás sus debilidades pero aprovechó un momento de intimidad para ir a buscar a su armario el muñequito de fieltro atravesado de alfileres que encontró debajo de la cama de mamita Lula. Lo envolvió en un trapo y se fue caminando con él hasta la Torre del Oro. Desde allí lo tiró con toda la fuerza que pudo al Guadalquivir y esperó un buen rato. Quería estar segura de que la corriente se lo llevaba, que no quedaba atrapado en alguna rama de la orilla. Siguió mirando el agua hasta que el atadillo con el muñeco se convirtió en un lejano punto que se alejaba entre ondulaciones, camino de Sanlúcar.

Tras esa especie de exorcismo, la cotidianeidad regresó a AQUÍ SE IMPRIMEN LIBROS. Doña Julia se relajó respecto a sus obligaciones en la imprenta. Su hijo Abel y Cristóbal Zapata eran capaces de llevar perfectamente el negocio sin su presencia constante, así que se concentró con más fuerza que nunca en su labor piadosa en el convento de Santa Isabel y en recopilar, junto a su nuera, artículos para que *La invencible rosada* saliera al menos una vez al mes. Doña Julia se esforzó además en arreglar sus desavenencias con el marqués de Gandul. Quería llegar a un acuerdo para conseguir que, en el patio de la imprenta, se volvieran a reunir los intelectuales de la ciudad para celebrar tertulias literarias una vez por semana. Estaba convencida de que aquel ambiente sería muy beneficioso para la formación de Guiomar.

Pese a que mantenía su mente ocupada la mayor parte del día, desde que se fue mamita Lula, doña Julia sentía como si le faltase la mano derecha. La casa le parecía un desastre. Intentó buscar otra ama de llaves, una sustituta con el mismo talento. Buscó una mujer robusta, de carácter firme, que supiera lo que se hacía, pero ninguna le parecía lo suficientemente eficiente. En aquellos tiempos desfilaron por la imprenta un ingente número de chiquillas que duraban lo que un suspiro. La que estaba al tanto de cuándo había que podar las rosas, no sabía encender la cocina; la que les hablaba a los pájaros mientras les limpiaba las jaulas, no se enteraba de que ella, los viernes, sólo tomaba un vaso de leche para cenar.

—Estas torpes no saben que hay que poner romero en los armarios para que la ropa huela a campo —se la escuchaba protestar por los pasillos—, ni que el gazpacho lleva un toque de naranja amarga para que sepa a Sevilla.

Rosario le explicó que la culpa no era de las muchachas. Todos esos detalles de los que tanto se quejaba no tenían importancia; se podían enseñar. Lo que realmente echaba de menos era la presencia de mamita Lula. Ella era imposible de sustituir.

—Es así la vida, doña Julia. El que se va ya no vuelve —le dijo.

—No puedo creer que no vaya a verla nunca más —suspiró ella.

Desde ese momento, Rosario decidió tomar las riendas de la casa. Se levantaba temprano por las mañanas para abrir las cortinas, echarles comida y agua a los pájaros de las jaulas y organizar el desayuno. Cuando estaba todo sobre la mesa, despertaba a su suegra y a su hija. Vestía a Guiomar con organzas y lazos rosados, la peinaba forzando las débiles ondas de su pelo con un hierro caliente hasta que terminaban por convertirse en rizos y esperaba junto a ella a que terminase su vaso de leche y su pan con miel, labor que le podía ocupar más de una hora. El resto de la mañana la dedicaba a preparar el siguiente número de su revista femenina mientras vigilaba a la cocinera y a las muchachas del servicio. Después de comer, si no se complicaba nada y hacía buen tiempo, salía con su suegra y su hija a dar un paseo.

Cuando Candela regresaba de alguno de sus viajes de artista, se instalaba en Aquí se imprimen libros. Entonces aprovechaban para convencer a Abel para que las llevase al teatro o a la ópera. Llegaba exhausta, con regalos para todos, envuelta en encanto, arrastrando tras de sí una corte de admiradores que ella rechazaba con tanta elegancia que alguno hasta le dio las gracias. Incluso se comentaba que el hijo de un prestigioso abogado madrileño se había tirado al Manzanares desesperado porque ella no le hacía caso. Por fortuna el río traía tan poca fuerza que el muchacho lo único que consiguió fue tragar un poco de agua. Lo sacaron a flote con la ropa y el orgullo empapados, pidiendo a gritos que le facilitasen una pistola con la que destrozarse el corazón para no sentir tanto dolor.

Por aquel tiempo frey Dámaso debía de rondar los sesenta años, pero aún conservaba su aspecto juvenil. No había engordado, ni se le había caído el pelo, le brillaban los ojos como a un chiquillo y mostraba entusiasmo ante cualquier novedad. Formaba, junto con monsieur Verdoux, un dúo ingenioso. Podían estar horas discutiendo de forma acalorada de cualquier asunto, por muy trivial que fuese. Los que no les conocían, se asustaban al ver el disgusto del religioso y la pomposa afectación del francés pero, al cabo de poco tiempo, descubrían alguna mirada irónica, alguna palabra sobrentendida, algún gesto de complicidad que revelaba que estaban disfrutando de lo lindo con su particular trifulca.

—Pues sí, sí, monsieur Verdoux. Dirá usted lo que quiera, pero la presencia de fósiles marinos en la cima de las montañas es la prueba irrefutable de que las historias narradas en la Biblia son históricamente rigurosas y no pura literatura plagada de metáforas, como usted propone. Está claro que esas zonas estuvieron bajo el agua. Así que no hay duda: Noé construyó un barco y el diluvio universal anegó la Tierra.

—*Mon Dieu!* Aún me sorprende que la inteligencia de vuestra reverencia no le haya permitido encontrar una explicación más sencilla a eso de los caparazones. ¿No es más lógico pensar que fueron los humanos que atravesaron esas rutas durante las peregrinaciones, las cruzadas y los períodos de comercio, los que se deshicieron de las conchas de esos mariscos después de haberlos cocinado al jerez con ajito picado? —decía él riéndose a mandíbula batiente.

Monsieur Verdoux ya se había amoldado a la molicie sevillana pese a que, de vez en cuando, hacía alguna escapadita a Francia de la que regresaba cargado de regalos, sin soltar prenda de lo que había hecho o a quién había visitado. Seguía conservando su legendaria delgadez pero le salió barriguita por bajar el jamón serrano a golpe de cervecita fresca y por haber sustituido elegantes pastas de té por churros con chocolate a la hora de la merienda. Además seguía como nadie el ritmo de las seguidillas con su bastón de mango de plata entre olés y «arsas», que cada vez pronunciaba con mayor acento andaluz.

Desde que se toparon en la Biblioteca Capitular con el *Código de las siete partidas*, frey Dámaso estuvo siguiendo la pista a la tirada completa de aquel libro. Pero era una misión realmente complicada. Hizo el recuento de todas las bibliotecas que estaban en funcionamiento en el país y después escribió a cada uno de los responsables de las mismas, pidiéndoles el favor de que enviasen el listado de sus fondos. Quería encontrar en ellos un *Código de las siete partidas* editado en la imprenta del señor López de Haro, a comienzos del XVI. Pero no todas las bibliotecas estaban catalogadas y, además, las comunicaciones por tierra eran muy lentas: más aún en esos tiempos revueltos. Se les pasaban los meses, y los años, esperando una respuesta; jugando al ajedrez en encuentros que compaginaban entre el patio de AQUÍ SE IMPRIMEN LIBROS y el Krak de los Caballeros, comportándose como un grupo de amigos que se reunían sin más, por el placer de gozar de la mutua compañía. Por momentos, aquella complicidad que rozaba la familiaridad les hacía olvidar lo que en origen les había unido. Pero entonces llegaba alguna carta musulmana preguntando, indagando, exigiendo... y esa falsa tranquilidad se turbaba, devolviéndoles a la realidad de sus destinos.

Gracias a la atención que le prestaban, al tumulto perenne de una casa en la que entraban y salían religiosos, trabajadores, sirvientas… y a su facilidad para inventar, la infancia de Guiomar transcurrió divertida, como una nube de algodón en la que ella flotaba segura, sin miedo a nada. Abel le dedicaba a su hija la atención que jamás le dedicó a nadie. A ojos de los demás, Abel de Montenegro era un tiparrón esbelto de huesos largos y mirada verdosa que vivía al abrigo de unas pobladas y oscuras cejas que le hacían parecer perpetuamente enojado. Lucía desde siempre la misma cabellera leonina de canas en las sienes que no perdía fuerza con el paso de los años y que intentaba dominar, sin éxito, a golpe de peine y agua. Caminaba con largas zancadas dando órdenes a los empleados, y su vozarrón amargo solía retumbar por las paredes de la casa tan firme e imperturbable que alborotaba a las golondrinas del patio y marchitaba los geranios. Su altura superior a la media le obligaba a mirar a la gente por encima del hombro y eso, unido a la tozudez con la que defendía sus ideas en las tertulias, le granjearon fama de prepotente. Pero al lado de la niña se convertía en un ser tierno, cariñoso, angustiado si le subía la fiebre, impresionado ante cualquier progreso en su educación, aunque simplemente fuese que ese día había aprendido a abrocharse los zapatos. Aprovechó que Guiomar lo miraba también con ojos de admiración, aceptando cada una de sus frases como si fuesen un credo, para imbuirle su pasión por el diccionario enciclopédico. Se podía escuchar a la niña a la hora de la comida pronunciando palabras indescifrables con media lengua de trapo.

—¿Estás segura, cariño, de que esto es un perulero? —le preguntaba la abuela señalando las vasijas de barro de la cocina.

—Claro —respondía ella sin darle mayor importancia mientras su madre negaba resignada con la cabeza.

Su padre le abrió las puertas al mundo escondido del desván que, por culpa de muchos años de abandono, se había convertido en el mausoleo lúgubre de los objetos olvidados por la familia. La penumbra de la estancia sólo quedaba rota por la luz mortecina que entraba por la claraboya circular del tejado, cuyo cristal estaba opaco, lleno de churretes y suciedad. Las motas de polvo quedaban suspendidas en el aire, otorgando a ese espacio el aspecto del bosque encantado que aparecía invariablemente en todos los cuentos. Abel volvió a recuperar el interés por soñar despierto y por los mapas de mundos perdidos. Enseñó a su hija a mirar el firmamento con el telescopio del abuelo Nepu y por fin consiguió localizar de nuevo la estrella en la que habitaban las personas que se habían marchado al cielo. Y se la mostró a ella. El desván era para la niña su lugar preferido de la casa y le importaba poco que en verano pudiese alcanzar con facilidad temperaturas de horno. Guiomar encontraba en el amontonamiento de muebles viejos, en los baúles y papeles impresos, en las sombrereras, en los percheros de los que colgaban desfallecidos abrigos, la magia de un mundo aparte, accesible sólo para la única habitante menor de diez años en una casa de adultos ajetreados. Allí subía a leer y allí vivían sus amigos invisibles. En el desván ella no era una tímida y solitaria niña sino una artista flamenca que zapateaba con una boa de plumas delante del espejo de pie movible traído de Venecia con motivo de la boda de sus padres. El desván era su gran secreto, y estaba a tan sólo diez peldaños de su habitación.

Cuando llegaba la noche, a Abel le gustaba subir a arroparla antes de que se quedase dormida.

—Cuénteme un cuento, padre —le decía Guiomar.

Y entonces él la miraba con los ojos medio entornados, poniendo voz de misterio.

—¿Qué cuento prefieres, Guiomar? ¿Uno para niños pequeños y llorones, o uno de mayores?

—De mayores.

Él sonreía orgulloso, carraspeaba y comenzaba a hablarle de hermosos muchachos secuestrados por los jenízaros, de bisabuelas gruñonas aficionadas a echarse al gaznate aguardiente de guindas, de antepasados excéntricos que reconocían almas de muertos en las estrellas y de partidas de ajedrez que se alargaban en el tiempo en las que poderosos reyes se apostaban lo que más querían. Abel de Montenegro contaba esas historias en primera persona, como si realmente hubiera estado presente en cada una de ellas porque, de tanto imprimir letras, se le había quedado alma de narrador. Describía con dilación los colores, sabores, tactos y efluvios de mil batallas, hasta el punto de que, cuando hablaba de los dos arcabuzazos que dejaron inútil el brazo izquierdo de don Miguel de Cervantes en Lepanto, la niña podía sentir el fuego mordiente de los proyectiles introduciéndose en sus entrañas. Eso confirmó la sospecha de Guiomar de que su padre era un ser inmortal, indestructible y legendario. Cuando Rosario se enteró de que las pesadillas nocturnas de su hija estaban relacionadas con las historias que su marido le contaba antes de ir a dormir, le prohibió que se acercase a ella a partir de la hora de la cena.

Un buen día, Abel decidió que Guiomar ya tenía edad suficiente para recibir lecciones enciclopédicas, y no sólo las lecciones de la vida que aprendía en la casa. Estaba seguro de que la cultura era igual de fundamental para la existencia de las mujeres que para la de los hombres. Pese a todo, se negaba en redondo a que fuese a ninguna escuela, por muy buena fama que tuvieran. Los recuerdos de su experiencia educativa infantil aún estaban presentes en su cabeza. Por eso solicitó los servicios de monsieur Verdoux, que aún disponía de la misma predisposición y paciencia con los críos que demostró en su juventud. Gracias a él Guiomar, que hasta entonces había vivido despreocupada paseándose a sus anchas y sin horarios por los corredores de la casa como un fantasmita tenue, aprendió a hablar francés, a tocar el piano, a caminar recta con el diccionario sobre la cabeza, a remover la taza de café levantando el dedo meñique, a aceptar que todos los seres humanos son iguales y que merecen tener las mismas oportunidades y los mismos derechos. Pero lo que no pudo dominar monsieur Verdoux fue la tendencia de la niña a volar con la imaginación. Se pasaba el día como alunada, y por las noches caminaba en sueños. Tuvieron que colocar un cascabel en el pomo de su puerta para saber cuándo se levantaba y atraparla antes de que se cayese por la escalera. Se la encontraban en mitad del pasillo a las tres de la mañana, con los ojos vidriosos y el pelo revuelto, con su muñeca preferida aferrada con la mano izquierda y chupándose el pulgar derecho. Había que acompañarla de nuevo a la cama con mucho cuidado porque el doctor les dijo que si en ese trance se despertaba, podía asustarse y morir de la impresión.

—Esta niña ha heredado todas las extravagancias de la familia —decía Rosario preocupada.

—Y de los que no eran familia —respondía Abel porque la niña también había adoptado a los gatos del tejado y les subía comida y agua todos los días, como hacía Julita en su infancia.

Vedú, como la niña llamaba a su maestro francés porque su media lengua le impedía pronunciar con corrección algunas palabras, decidió un día instruirle en los rudimentos del ajedrez. Quería que desarrollase su mente y aprendiese a hacer proyectos. Le quitó el polvo a la mesita taraceada que su abuelo León encargó como regalo el día que se casó con doña Julia, y le enseñó cuál era la finalidad y los movimientos básicos de las piezas. No tenía intención alguna de que aquello se convirtiese en una pasión para Guiomar. Él se adhería a la creencia de que las mujeres no estaban dotadas para ese juego. Sólo pretendía que la muchacha se entretuviera y que, con el tiempo, tomase la suficiente soltura como para poder retarla y no aburrirse demasiado mientras la vencía. Pero la niña pronto se descubrió como una excelente jugadora. Con seis años ya era capaz de poner en apuros a su padre y con ocho consiguió vencerle a él, su maestro. Tenía espíritu y ansias de ganadora, algo de lo que Abel carecía. Guiomar detestaba perder. Monsieur Verdoux se quedó conmocionado al percatarse de ello y, desde ese momento, comenzó a adorarla. Le pareció que Guiomar era la única niña del mundo con carácter de guerrera. Rosario discutía mucho con él por eso. Opinaba que ese juego no era ético.

—El ajedrez es una manera disimulada de guardar resentimiento. Es la versión de un duelo disfrazado de pasatiempo inofensivo. ¡Es jugar a ser Dios! —protestaba la madre—. Manejar a nuestro antojo un mundo pequeño, decidir el destino de otros, tomar parte en una batalla… no puede ser instructivo para una niña tan pequeña —le decía, preocupada por los crecientes avances de su hija.

—Quizá nosotros no seamos más que eso —suspiraba él de forma enigmática—, piezas de ajedrez sobre el gran tablero del mundo. Quizá unos dioses gigantes estén manejándonos desde ahí arriba, poniéndonos en aprietos, riéndose de nosotros…

Guiomar pasó muchas horas de su infancia jugando al ajedrez con monsieur Verdoux, pero también consigo misma. Desarrolló una firme disciplina para no hacerse trampas porque el ajedrez la divertía muchísimo. Estaba de acuerdo con su maestro en que se podían vivir más peligros recorriendo los escaques blancos y negros de un tablero que navegando de polizón en un barco de corsarios caribeño.

Fue Candela la que se encargó de mostrarle a Guiomar, cuando la niña tenía sólo siete años, las diferencias entre una caricia sincera y una malintencionada.

—Se parecen bastante, solcito, así que tienes que estar bien atenta —le decía—. Se nota aquí —y le señalaba la boca del estómago—. Si tú sientes que un manoseo es malo, sin duda es porque es malo. Fíjate en las manos de los hombres. Allí radica su verdadera personalidad.

Con el paso de los años, Candela había olvidado por completo quién le había presentado a la familia y, cuando entraba en la imprenta, saludaba a Cristo sin pasión, como si fuese uno más de los muchos empleados que rondaban la casa. Él sentía entonces una punzada en el alma y la odiaba con todas sus fuerzas, aunque Candela ni siquiera lo imaginaba. Observaba indignado, desde algún rincón, cómo se había convertido en una señora inalcanzable de manos enguantadas y baúles de piel. Apenas se podía distinguir ya a la muchacha delgada que enseñaba los hombros y los tobillos morenos en el Punta de Diamante. Sólo de vez en cuando se vislumbraba la fuerza de su raza en sus ojos perfilados y el inalterable lunar cerca de la boca que ella nunca olvidaba dibujar. Cristo la odiaba porque el odio y la envidia caminan de la mano y no podía dejar de envidiar a Candela. Se le habían quedado grabados en lo profundo de su alma los resentimientos de su padre y sentía celos por verla disponer de lo que consideraba suyo. Tanto como la odiaba a ella, se odiaba a sí mismo por ser él quien le abrió la puerta. Esa casa era el lugar en el que más tiempo había pasado, y antes que él su padre. Sin embargo su territorio se circunscribía a la imprenta y al sótano. Ir más allá sólo era privilegio de los más cercanos a la familia.

Una mañana vio a Candela sentada como una señora en uno de los butacones tapizados en terciopelo verde del salón grande, rodeada de muebles de madera de roble, bruñidos, cubiertos por tapetes de hilo. La chimenea alicatada con azulejos en tonos amarillos y azules que representaban a las musas griegas y, sobre ella, el retrato de doña Julia con la Turca en el regazo, presidiendo la habitación. Aquel salón encerraba en sí mismo toda la esencia de la familia: libros elegantemente encuadernados, alfombras de cálidos colores, figurillas de marfil, vitrinas repletas de bandejas de plata que hacían juego con los candelabros... Él nunca había entrado allí. Jamás le dieron permiso para poner un pie en el salón grande. En cambio Candela disfrutaba de ese espacio con total naturalidad, con la pequeña Guiomar frente a ella, esa niña a la que él también odiaba por pura inercia, por llevar la sangre de Abel de Montenegro. Estaban entretenidas con un juego de palmas. Tenían que seguir el ritmo de una canción chocando las manos y, cuando se confundían, ambas se echaban a reír como locas. Candela hacía cosquillas a la niña, y ella se encogía y gritaba emitiendo un sonido agudo que a Cristo se le clavaba en los tímpanos como si fuesen cristales. Tuvo que taparse los oídos con las manos para poder soportarlo.

Esa misma tarde, a la hora de la siesta, vio a Guiomar caminando sola por el pasillo superior. Cristo había pisado en contadas ocasiones las plantas de arriba de la casa. Recordaba que, cuando era aún un niño, subió al desván alguna vez con su hermana Julita y con Abel, antes de que comenzara a encontrarles tediosos. También subió el día de la inundación al escuchar el grito de doña Julia anunciando que mamita Lula estaba muerta. Pero nunca se había permitido subir sin ser invitado. Serían más o menos las cuatro de la tarde y todo el mundo dormía. Al parecer, la niña se despertó y avanzaba bostezando, frotándose los ojos. Iba descalza, vestida con su delicado camisón blanco de puntillas monacales color vainilla, con los rizos tostados sujetos por un lazo. Cristo escuchó el leve rozar de sus pisadas en el suelo y levantó la mirada. Desde el patio tenía la perspectiva de los pies desnudos de la niña, podía ver los talones, la fragilidad de los tobillos. Por un momento, creyó intuir la curvatura de sus pantorrillas y sintió una punzada en el vientre.

—¡Chist! —le chistó desde abajo con gesto severo—. ¿Qué haces ahí?

Guiomar, que tenía aún edad para sentirse intimidada por una voz firme de persona mayor, se puso colorada. Cristo jamás se había dirigido a ella directamente, nunca le había lanzado una sonrisa, ni le había pellizcado las mejillas, jamás le había guiñado un ojo, siempre se había mostrado indiferente, hasta el punto de que ella pensaba que era transparente para ese hombre. Se quedó mirándolo, aferrada con las dos manos a las verjas de la barandilla.

—No tengo sueño —dijo la niña susurrando para no despertar al resto de la casa.

—Pues tienes que dormir —respondió él en el mismo tono,

intentando mostrar una sonrisa amigable que no pasó de mueca agarrotada—. Venga, te llevaré a la cama.

Cristo tragó el nudo de rencor, temor y codicia que se le había aferrado a la garganta y subió la escalera con el corazón acelerado, sabiendo que ése no era su lugar, que tendría que dar explicaciones si alguien lo descubría allí. Cuando llegó arriba, la niña lo esperaba, aún agarrada a la barandilla. La miró desde su altura. Era tan pequeña y débil que podría tomarla en brazos y lanzarla por el hueco del patio en menos de un segundo. Antes de que chocase contra la fuente, él ya estaría abajo. Nadie se enteraría. Nadie le culparía. Puso su brazo izquierdo en la espalda de la niña y el derecho por detrás de sus rodillas y la cogió como un recién casado coge a su esposa. Pesaba muy poco, sentía bajo su mano las finísimas costillas que podía fracturar con sólo cerrar los dedos. Al tenerla tan cerca, percibió el aroma a jabón de Marsella y ropa limpia que desprendía y un velo de dolor le empañó los ojos. Se quedó mirándola, le temblaban las piernas y la barbilla.

—¿Tienes frío? —preguntó la niña.

—Vamos a la cama —dijo él con determinación.

Recorría el pasillo ahogado por la ansiedad, con miedo a ser descubierto, excitado por la caricia del camisón de la niña en sus muslos. Llegó a la habitación infantil y rosada, el lecho parecía un merengue y depositar a esa criatura encima fue como ponerle una guinda al pastel. Las rodillas de Guiomar quedaron expuestas y Cristo estiró su mano para bajarle la ropa aunque en su fuero interno sabía que lo que de verdad deseaba era palpar sus piernas. Aferró el borde del camisón y descendió rozando su delicada piel hasta llegar a los pies desnudos.

—Te gustan las cosquillas. —No era una pregunta, Cristo recordó la risa de la niña jugando con Candela.

Entonces cogió el pie de Guiomar con una delicadeza infinita y comenzó a acariciarlo despacio, con la palma de la mano. Cerró los ojos y agachó su cabeza hasta alcanzar el empeine, recorriéndolo con la boca entreabierta, jadeando. Atrapó entre sus labios los minúsculos dedos y deslizó su lengua por ellos, sintiendo que aquello le estaba conduciendo a un callejón sin salida.

—Esta caricia es mala, señor —le escuchó decir a la niña de pronto, con una firmeza inusitada.

Él salió entonces de su ensoñación. Alzó los ojos para mirarla. Estaba seria y ceñuda, con un gesto que le recordó un poco al que ponía Abel cuando se enfadaba. Y entonces se levantó para salir corriendo de la habitación, con la sangre hirviendo, con la garganta seca, las manos temblorosas y el alma llena de resentimiento. Bajó los escalones de dos en dos y salió corriendo a la calle. Llevaba tanta prisa que no se dio cuenta de que monsieur Verdoux estaba sentado en el patio. El maestro francés tenía mala vista pero le pareció ver salir a Cristo del cuarto de Guiomar. Ése no era su lugar en absoluto. Por eso decidió que, a partir de ese momento, estaría muy pendiente de los pasos de ese hombre.

16

El Escorial

> Te sientas frente a un tablero y repentinamente tu corazón brinca. Tu mano tiembla al tomar una pieza y moverla. Pero lo que el ajedrez te enseña es que tu deber es permanecer ahí con calma y pensar si realmente es una buena idea o si hay otras ideas mejores.
>
> Stanley Kubrick

La noticia de que Napoleón Bonaparte había organizado una expedición para ocupar Egipto causó cierto revuelo entre los hombres que se reunían en la imprenta, siempre atentos a lo que sucedía en el mundo. Se decía que aquel mes de mayo de 1798 Napoleón viajaba con un buen número de científicos, amantes del arte y egiptólogos que llegaron al país de los faraones para observarlo todo con sus escrutadoras miradas de sabios. Exigieron a los autóctonos que pusieran las pirámides patas arriba en busca de tesoros mientras ellos se protegían del abrasador sol africano bajo la sombrilla, abanicándose con un paipay, bebiendo limonada y procurando no caminar demasiado por el desierto para que no se les llenasen los zapatos de arena. Gracias a eso, tiempo después pudieron plantar un obelisco en pleno centro de París y llenaron el Louvre de escribas sentados, momias, jeroglíficos y esfinges.

Egipto era una provincia otomana y Napoleón dedujo que eso no les convenía en absoluto para sus intereses comerciales ya que se encontraba justo en medio de la ruta con la India. Para facilitarse la labor de entrada, Bonaparte lanzó una proclama en la que se presentaba a sí mismo como el libertador del pueblo egipcio, oprimido por el yugo otomano. Como sabía que eso solo no bastaría, habló con los ulemas y se puso a alabar los preceptos del islam públicamente asegurando que intentaba reunir a la gente sabia y culta de todo el mundo para establecer un gobierno que él mismo se encargaría de dirigir guiándose por los principios descritos en el Corán. Pero la maniobra no resultó porque el pueblo egipcio siempre vio a los franceses como una fuerza de ocupación.

El Krak de los Caballeros se enteró de los planes de Napoleón antes que nadie porque, antes de entrar en Egipto, la expedición recaló en la isla de Malta. El Gran Maestre de la Orden les contó que los hombres de Bonaparte habían llegado al monasterio en el que se crió el padre de Abel, haciéndose pasar por inocentes corderitos. Les pidieron permiso para amarrar sus buques en el puerto y repostar agua pero, una vez dentro, se comportaron como lobos hambrientos. En menos de cuatro días, los doscientos sesenta y ocho años de gobierno de la Orden Militar de San Juan en Malta terminaron. Expulsaron a los religiosos y se apoderaron de la isla, las tierras, las rentas, las iglesias, el palacio, las joyas y las monedas. Napoleón ordenó fundir la plata y convertirla en lingotes para que fuese más fácil de transportar y pidió que se redactase un inventario en el que figuraran los bienes y patrimonios del tesoro de la Orden. Se llevó con él a Egipto todo lo que cabía en su barco.

—¡Los hermanos no se han defendido! —exclamó Abel

más sorprendido que enfadado—. Son una Orden militar, podrían…

—No podían hacer nada —interrumpió frey Dámaso—. Los caballeros tienen prohibido por norma alzar las armas contra otros cristianos. No les ha quedado más remedio que abandonar la isla.

Meses después de que se enterasen de la entrada de Bonaparte en Egipto, frey Dámaso se presentó en la imprenta, sudoroso. Había venido corriendo desde la jurisdicción.

—El correo… me ha llegado una carta. Buenas… buenas noticias —dijo jadeante, aferrándose el pecho porque apenas podía respirar—. Tenemos… tenemos que ir a buscarlo cuanto antes.

—¿Buscar qué? —preguntó Abel sujetándole del codo para acercarle hasta una silla del patio.

—El libro. El *Código de las siete partidas*… Hay uno más.

—¿Y dónde está? —preguntó Abel intrigado.

—En la biblioteca de San Lorenzo del Escorial.

Las comunicaciones con Madrid estaban aseguradas por las postas de correo que dos veces a la semana atravesaban Sierra Morena. Un día sí y otro también, sorteaban los peligros de las emboscadas de bandoleros que, a golpe de trabuco y navaja, convencían a los más pintados de que les cediesen sus pertenencias. Viajar a Madrid costaba nueve reales y medio por cabeza y se tardaba unos cinco días en llegar, en los cuales sólo se hacían paradas para refrescar las caballerías, comer y dormir. Los carruajes salían de la plazuela de la Venera los miércoles y los sábados a las once de la noche. El lugar exacto estaba señalado con un cartel en el que se podía leer APEADERO DE CARRUAJES. Estaba protegido por una marquesina de madera que los mendigos utilizaban para dormir en las noches de lluvia hasta que llegaba el funcionario de turno para espantarlos con una maldición y un cubo de agua fría.

Frey Dámaso, monsieur Verdoux y Abel llegaron al monasterio de El Escorial un martes al mediodía. Desde que entraron en Madrid no había parado de tronar, pero cuando lograron sortear los bosques de pinares y llegaron a lo más alto del monte Abantos, las nubes se difuminaron y un tímido sol de otoño llenó las agujas de los pinos de brillantes perlas de lluvia. Desde allí pudieron ver el enorme panteón rodeado por un convento que surgió del corazón de Felipe II. Quedaron sorprendidos por su perfecta simetría. Más tarde se enteraron de que todo en El Escorial era puro embuste. Las puertas más majestuosas, las que parecían entradas principales indicadas para recibir a príncipes y reyes, estaban ideadas para la servidumbre. Accedieron al palacio por una de las esquinas del edificio. Allí los esperaba el bibliotecario, un monje jerónimo llamado fray Isidoro. Tras indicarles cuáles serían sus aposentos y dejar que se acomodasen, les guió por el edificio.

—Aquí donde lo ven —comenzó a explicarles—, esta construcción está perfectamente estudiada. Cada uno de sus pasillos, sus túneles, sus salas, están concebidos con una única intención: ser el nuevo templo de Salomón.

—¿Cómo dice? —preguntó sorprendido frey Dámaso.

—Felipe II tenía fama de rey oscuro, pero en realidad fue un hombre del Renacimiento. Creó universidades, hospitales, fue protector de los grandes místicos, sacó de la cárcel a san Juan de la Cruz… incluso santa Teresa de Jesús le daba consejos espirituales. El rey tardó más de veinte años en ver su gran obra terminada. Gastó en este monasterio más de cinco millones de ducados. Era un gran coleccionista de arte y a lo largo de su vida recopiló muchos, muchos libros que conservamos en nuestra biblioteca —dijo mirándoles de reojo mientras atravesaban corredores y salas porque sabía que ése era el lugar que les interesaba—. Cuando la vean, se sorprenderán al comprobar que muchas de esas obras tienen que ver con la cábala.

—¿La cábala? —repitió Abel.

—Sí. Una de las principales corrientes de la mística hebraica que busca en los cinco primeros libros de la Biblia el significado de la verdad.

Atravesaron la basílica y allí les contó que Felipe II ordenó colocar sobre las puertas gigantescas figuras que representaban a los constructores del templo de Jerusalén. El monarca había marcado las normas de aquel lugar, trazando paralelismos. En el templo de Salomón el pueblo se quedaba en el atrio, desde donde veían el altar sin poder sentarse y, en El Escorial, la basílica no tenía bancos. Además las piedras que se utilizaron para su construcción se trajeron labradas desde la cantera, como narraba la Biblia.

Caminaron hasta que vieron algo que llamó su atención. En el trasaltar, la luz que entraba por una ventana se reflejaba en el sagrario y dibujaba en el techo un arco iris. Los hombres se quedaron boquiabiertos, admirándolo.

—Simboliza la paz entre Dios y los hombres —señaló fray Isidoro—. La alianza para que el mundo no sea destruido.

Atravesaron el patio de los Reyes ansiosos por alcanzar la biblioteca. Sabían que se trataba de una auténtica joya. La llamaban Salón de los Frescos porque la bóveda de cañón que la coronaba estaba ornamentada con pinturas alegóricas que representan las siete artes liberales: Gramática, Retórica, Dialéctica, Aritmética, Música, Geometría y Astrología. En los laterales del salón, se abrían amplios ventanales que daban a la sierra de Guadarrama por el poniente y al patio de los Reyes por oriente. Las paredes contaban con una poderosa estantería de estilo clásico-renacentista elaborada en caoba, cedro y ébano. El suelo estaba pavimentado con mármoles blancos y pardos que combinados semejaban los escaques de un tablero de ajedrez.

—Tengo que decirles —fray Isidoro tomó la palabra— que no sé si lograrán encontrar lo que andan buscando. El 7 de junio de 1671 el monasterio sufrió la desgracia de un incendio que supuso un duro golpe para la biblioteca.

—¡Otro incendio! —exclamó Abel.

—¿Se perdieron muchas obras? —preguntó frey Dámaso preocupado.

—Pese al esfuerzo humano por sofocar las llamas, se malograron más de cuatro mil códices. Durante el incendio, el procedimiento para salvar los libros fue simple y llanamente apartarlos lanzándolos lejos… cuanto más mejor. Una vez sofocado el fuego, los códices se hacinaron en una sala, y se quedaron allí, perfectamente desordenados más de medio siglo. Eso produjo también un cierto proceso de deterioro en los volúmenes. A algunos les faltan páginas, otros tienen las tapas carcomidas… No sé si el que ustedes buscan estará íntegro aún.

—Nos hacemos cargo —señaló Abel recordando el trabajo que habían llevado a cabo en la Biblioteca Capitular.

—Por fortuna —continuó hablando fray Isidoro—, en 1725 llegó hasta nosotros, como una bendición, el padre Ventura de San José, que dedicó un cuarto de siglo a reordenar, reclasificar y recatalogar todos los volúmenes. En total, el nuevo inventario aporta la cifra de cuatro mil quinientos ejemplares. Fueron los «supervivientes del incendio».

Mientras les iba explicando eso, les llevó hasta la estantería donde se encontraba el *Código de las siete partidas*. Fray Isidoro aproximó una escalera y lo sacó con delicadeza. Se lo entregó a frey Dámaso.

—Les dejo solos con él —dijo.

Esperaron a verle desaparecer por la puerta del fondo antes de abrir la cubierta. En la primera página aparecía el sello en forma de árbol de cuyas ramas pendían las iniciales L y H. No había duda de que se trataba de un libro editado por la imprenta de López de Haro, pero en ese ejemplar no había ninguna dedicatoria, como ocurría con el que encontraron en Sevilla.

—*Mon Dieu!* Cuánta incertidumbre. Me va a dar un patatús

—exclamó monsieur Verdoux rompiendo el silencio—. Vayamos directamente al último cuadernillo y dejemos de observar cada una de las páginas con lupa.

Frey Dámaso sonrió con preocupación y le tomó la palabra. Sin más preámbulos abrió el libro por el final, con los dedos temblorosos. Y allí estaba, en la última página, perfectamente legible, el recuento de partidas y los nombres de ambos reyes:

✞ Rd2++
✞ Ca4++
☪ Txf1++
☪ e2

Cristianos 2 Musulmanes 2

Frey Dámaso se aferró al libro y comenzó a caminar de un lado a otro, dándole la vuelta a las páginas anteriores a ésa. Monsieur Verdoux y Abel lo observaban con ansiedad. De pronto, el religioso se quedó parado y los miró con lágrimas en los ojos.

—¡Las tenemos! —exclamó—. Al menos ahora podemos demostrar a los marroquíes que éste es el recuento real... que el otro no es más que una burda manipulación...

Monsieur Verdoux le miró con ojos dubitativos.

—¿De verdad lo cree? No me malinterprete vuestra reverencia —se apresuró a añadir al ver el rostro desconcertado de su amigo—. Estoy igual de emocionado que todos al ver este papel, pero...

—Ya sé lo que quiere decir —replicó frey Dámaso, cuya voz denotaba menos entusiasmo que unos segundos antes—. Esto no es más que una copia que don Manuel hizo del documento original. No tiene más valor que el de demostrarnos que estamos en el buen camino...

—Sí —concluyó Abel—. Al menos nos servirá para dar alguna noticia a nuestros contrincantes musulmanes...

Frey Dámaso suspiró: por unos momentos había creído ver el final de la búsqueda… pero sus compañeros tenían razón.

—De cualquier modo —añadió, tozudo—, informaré al rey de este hallazgo.

Los otros dos asintieron, más por no quitarle la ilusión que por otra cosa. Habían dado un paso más, sí, pero quedaba aún mucho trecho por recorrer.

17

La fiebre amarilla

> El hombre va como los peones, de casilla en casilla, sin poder atrapar a la dama.
>
> FRANCISCO DE QUEVEDO

Aquel verano doña Julia decidió retrasar su viaje al Cortijo de las Jácaras. En las tertulias había nacido la idea de sacar la primera revista literaria de la ciudad a la que pensaban dar el título de *Correo literario y económico de Sevilla*. Todos los días la casa se llenaba de hombres como Alberto Lista, José María Blanco-White o Manuel María de Mármol con sus propuestas. Prefirió que Abel se tomase un descanso, que acompañase a Rosario y Guiomar al campo y que lo preparasen todo para cuando ella llegara. Lo que no podía imaginar era que esa decisión iba a costarle la vida.

La epidemia de fiebre amarilla llegó en un barco procedente de Cuba y comenzó a sentirse en Triana. Cogió a todos los médicos por sorpresa porque se trataba de un mal que olía a amazonía y trópicos y en Europa estaban más acostumbrados a tratar con la peste. En apenas cuatro meses, Sevilla entera sucumbió a la enfermedad. Como únicas medidas profilácticas decidieron incomunicar a los contagiados y cerrar el teatro. Pero se negaron a suspender las misas en las iglesias, prohibir reuniones para rezar el rosario, organizar rogativas o celebrar procesiones para implorar el auxilio divino. En vista de que esas manifestaciones religiosas no llamaron la atención de Dios, que no hizo nada para evitar el avance de la epidemia, la población decidió constituir una misión en la que predicadores fervorosos exhortaban a la oración y a la penitencia. A partir de ese momento se sucedieron sin interrupción novenas, octavarios y quinarios, funciones de iglesia y procesiones devotas. Algunos comenzaron a culpar de la desgracia a los pecados de los sevillanos, que en los últimos tiempos estaban alocados con el teatro, la ópera, los carnavales... subyugados por corrientes intelectuales que llegaban desde Europa.

El terror desatado por la enfermedad era tan grande que hubo sacerdotes que se negaron a auxiliar espiritualmente a los contagiados. La gente se enfadó tanto que una turba enfervorizada intentó incendiar la parroquia de San Vicente porque el cura no atendía la insistente demanda de los fieles. El convento de Santa Isabel, en el que doña Julia trabajaba como voluntaria, fue en uno de los pocos que no se desentendieron de los enfermos. Crearon unas Juntas de Piedad que se ofrecían para el traslado de cadáveres, mientras que los hermanos de la Caridad recorrían las calles solitarias solicitando limosna para los necesitados. Doña Julia se empeñó en ayudar a las hermanas, más por el compromiso adquirido de antemano que por verdadero deseo de socorrer al prójimo.

—Váyase, señora, que esto es contagioso y usted no tiene edad —le decía la madre superiora cuando la veía arremangada sujetando la amarillenta cabeza de los enfermos para que bebiesen un poco de agua—. Usted ya ha hecho bastante.

—¿Me está llamado vieja? —preguntaba indignada—. A mí no me dice ninguna monja lo que tengo o no que hacer —y seguía a lo suyo.

Los contagiados tenían fiebre, escalofríos, dolores musculares, dolores de cabeza y perdían las ganas de comer. Los que empeoraban terminaban sus días entre vómitos, dolores abdominales y hemorragias nasales hasta que dejaban de orinar y les llegaba la muerte en menos de diez días. Doña Julia se afanaba en darles agua, colocarles paños húmedos en el cuerpo para que les bajase la fiebre, ayudaba a las monjitas a fumigar los pasillos y las salas del convento con ácido sulfúrico y nítrico para frenar el avance de la enfermedad... Odiaba tanto la muerte que se enfrentaba a ella con rabia y desesperación. Jamás pudo llegar a comprenderla y perdía la cuenta de las horas que se pasaba en el convento. Se quedaba allí hasta bien entrada la tarde; acababa agotada física y mentalmente, por eso no pudo reconocer los primeros síntomas de la enfermedad y pensó que se trataba simplemente de cansancio. Uno de esos días, llegó a la casa casi de noche. Sentía ardor en las mejillas y le dolían las piernas, pero le apetecía sentarse frente a la chimenea, aunque estuviese apagada. Cristóbal Zapata aún trasteaba en la imprenta y ella se sentía tan sola que le pidió que la acompañase. Él accedió con un leve asentimiento, con la mirada baja.

Se sentaron delante del hogar como no lo habían hecho nunca. Ella recostada sobre el diván de terciopelo y Cristóbal enfrente. Por un momento, el maestro de taller la observó obnubilado. El reflejo de las velas dibujaba sombras doradas en su rostro aún hermoso para él. Ahogó un suspiro al pensar lo rápido que el tiempo había pasado. Pese a todo, se dio cuenta que jamás había perdido la esperanza de que ella le amase algún día, aunque ahora ya no fuera la espiga altiva y sublime que hacía que le hirviese la sangre cuando pasaba por su lado. Esa frescura había desaparecido y lo que quedaba frente a él era una abuela que aún retenía la elegancia de antaño.

—¿Podría hacerme un favor, Cristóbal? —pregunto ella interrumpiéndole los pensamientos.

—Por supuesto. Ya sabe que estoy a su entera disposición.

—Me gustaría que fuese a la bodega y que buscase una botella de vino... del bueno... ese que monsieur Verdoux trajo de Burdeos. Y traiga dos copas.

Bebieron la primera de un trago, sin formalismos, y en la segunda se permitieron hacer un brindis y degustarlo. Cuando la terminaron, doña Julia estiró la mano y pidió que volviera a servirle. Tenía los ojos vidriosos y las mejillas sonrojadas.

—No debería... —susurró Cristóbal.

—Lléneme la copa, Cristóbal... ya soy mayorcita —sonrió ella mirándole de forma maternal—. Es usted tan formal... Siempre cuidando de mí. ¿Qué hubiera hecho yo si no le hubiese tenido a mi lado? ¿No le ha resultado tedioso pasarse la vida ayudándome?

Él bajó los ojos silencioso, mientras le servía el vino. Ella siguió hablando.

—No se lo he dicho nunca pero se lo agradezco. —Suspiró—. Viuda por partida doble... Apenas me di cuenta la primera vez, pero la segunda... ¡Dios! Fue tan doloroso... ¿Sabe, Cristóbal? Me dolía tanto el corazón cuando murió León que pensé que no iba a poder seguir viviendo. No tenía ganas de levantarme, ni de ver a nadie, sólo quería estar al lado de mi esposo. Pero gracias a gente como mamita Lula y usted conseguí mantenerme a flote. Gracias —repitió antes de beber otro trago de vino.

Cristóbal continuó callado.

—Sé que la gente murmuraba a mis espaldas —siguió diciendo doña Julia, apoyando la copa en su frente, sintiendo alivio con su frescor—. La hija de un boticario que se casó con el próspero impresor, que enviudó y que después se casó con un pirata, ¿no es así como llamaban a León? —No esperó respuesta y volvió a beber—. Luego no he dejado de estar presente en sus chismorreos de mercado, en sus cotilleos... siempre mirándome por ser capaz de hacer lo que nunca se atrevió a hacer nadie. Sin embargo usted no me juzgaba... siempre fiel... ahora pienso que fui muy egoísta porque jamás le pregunté cómo se sentía, si se encontraba bien, si era feliz… ¿Era feliz, Cristóbal?

—Déjelo ya, por favor —musitó él.

—Cuénteme algo de su vida. ¿Echó mucho de menos a su esposa cuando murió? ¡Dígame!

—Por favor, ¡cállese! —Cristóbal se levantó de la silla para marcharse pero, al pasar por el lado de doña Julia, ella le retuvo sujetándole del antebrazo.

—¿Qué le ocurre? Se ha pasado la vida cuidando de mí, ayudándome para que no me cayese, convertido en mi sombra… y ahora que le tiendo mi mano, ¿no quiere aceptarla? Parece que esté huyendo de mí.

Comenzaron a resbalar por las mejillas de Cristóbal unas imperceptibles lágrimas. Sintió pánico de que ella se diese cuenta y se zafó de su mano para marcharse a llorar a su cuarto, como un niño.

Dos días después, doña Julia ya no podía levantarse de la cama. En cuanto las sirvientas y los empleados de la imprenta se percataron de que la señora estaba enferma, abandonaron la casa, igual que ratas en un naufragio. Sólo quedó Cristóbal para atenderla, porque Cristo también se negó a quedarse allí. En los últimos momentos, el maestro de taller se mantuvo a su lado, como siempre, a los pies de ese lecho que él quiso compartir con ella. Le ponía toallas húmedas y le sujetaba la frente cuando vomitaba, le preparaba sopa de pollo y vigilaba su sueño. Estuvo así varios días hasta que la vio amarilla, con el cabello húmedo, los ojos hundidos en las cuencas y los labios resecos, llenos de costras. Entonces supo que ésos eran sus últimos momentos en la tierra y se sentó a su lado, para acompañarla también en ese trance.

—Nunca eché de menos a mi esposa porque nunca la amé —le dijo de pronto, convencido de que era la última oportunidad que tenía de abrirle su corazón. Doña Julia entreabrió los párpados—. No merezco su agradecimiento. Todo lo que hice, lo hice por egoísmo, por estar junto a usted, por hacerme más valioso a sus ojos. Si no podía habitar su cuerpo, al menos quería habitar su mente, ¿no lo comprende? La amo… siempre la he amado, y siempre la amaré. —Enterró la cabeza entre las manos y aspiró de forma ahogada. Fue entonces cuando ella se percató de que estaba llorando.

—Oh, Cristóbal, cuánto lo siento —susurró conmovida. Levantó su brazo con mucho esfuerzo y acarició el cabello ya escaso del hombre.

Él sintió los finos dedos en su cabeza. Aquellos maravillosos dedos que tanto había deseado, aquellos que alguna vez rozó sin que ella pareciera darse cuenta en el trajín del trabajo diario. Un irrefrenable impulso le obligó a atrapar su muñeca. Se llevó la mano de la mujer que había amado durante toda la vida a la boca, y besó la palma con desesperación.

—La amo, la amo —murmuraba él sin dejar de besarla—. Siempre la he amado, desde que la conocí el día que don Diego López de Haro la trajo a la imprenta para presentarla como su nueva esposa. Por eso lo hice. Cuando don Diego murió, pensé que podría conquistarla… pero apareció él. ¡Él! —sollozó—. ¡Dios! Nunca pensé que usted le aceptaría. Yo era la persona que siempre estaba a su lado, la que le ayudaba, en la que podía confiar su vida y su negocio. ¿Por qué lo elegía a él? —Seguía besando la mano de doña Julia—. Ese pirata la engañaba. Salía a escondidas por la noche… no era trigo limpio, tenía secretos, todo el mundo lo sabía, todo el mundo menos usted. Por eso tuve que hacerlo. No fue fácil, yo nunca había matado a nadie… y nunca lo he vuelto a hacer.

—¿Matar? ¿Matar a quién? —balbuceó ella. Y entonces reaccionó—. León —susurró.

Cristóbal sintió que la mano de doña Julia se cerraba en un puño. Levantó la cabeza. Tenía su mirada fija en él, una mirada incrédula, vidriosa.

—Usted lo mató —masculló.

—Lo hice por nosotros —se justificó el maestro de taller—.

Sin él estábamos mejor... mucho mejor. ¡Hemos estado mucho mejor!

Doña Julia intentó incorporarse, pero sintió que no tenía fuerzas. Unos estertores le sacudían el pecho y comenzó a convulsionarse, echando espuma por la boca. Cristóbal apartó las sábanas, desató los lazos del camisón a tirones, sintiéndose él también muy fatigado. La llamaba por su nombre de pila, sin formalismos, como siempre había deseado llamarla. Julia, Julia... amor. Pero no reaccionaba. La tenía frente a él pero estaba como muerta; quizá ya estuviese muerta. Sacudió el cuerpo de su amada, frotando su espalda, zarandeándola, intentando expulsar la maldita fiebre amarilla a golpes si hacía falta, Julia, Julia... hasta que se dio cuenta de que ella ya llevaba demasiado tiempo con los ojos cerrados, inerme, silenciosa, y él mismo se sintió morir. Un nudo de angustia se aferró a su pecho, una agonía amarga que le impedía respirar. Se tumbó a su lado en la cama, el lugar que por derecho le pertenecía... le había pertenecido siempre. Estiró la mano para rozar la cara apagada de su amor. Una última caricia.

—Te quiero, Julia —susurró.

Como si se tratase de palabras mágicas, ella pareció recobrar por un instante el sentido y abrió los ojos sin brillo; los ojos de una muerta. Volvió la cabeza y lo miró inexpresiva. Entonces levantó el brazo con mucho esfuerzo y apartó de un manotazo, insólitamente vigoroso, la mano de Cristóbal. Después, cerró de nuevo los párpados y murió.

A Abel le dio igual que le recordasen que era un completo error enterrar a los que habían muerto de fiebre amarilla en los templos. Encargó una urna de plomo de tres milímetros de espesor y otra de mármol rojo, metió en la primera el cadáver de su madre y ésta en el de mármol, convencido de que así sería imposible que saliese la enfermedad. Se negó en redondo a que la persona que le había traído al mundo descansase en una fosa común cuando ella misma se había tomado tanto trabajo en juntar en la capilla de la catedral a todas las personas que fueron importantes en su vida. La colocó entre León y mamita Lula, bajo la atenta mirada de vidrio de la Turca. En el fondo de su corazón supo que había hecho lo correcto.

Pero no todos los muertos corrieron la misma suerte: la enfermedad había causado tantas bajas que los sevillanos no tenían más opción que amontonar los cadáveres en las puertas de la ciudad, de donde los recogían las Juntas de Piedad para apilarlos en carros alquilados por el ayuntamiento. Los llevaban hasta dos fosas comunes improvisadas: una en el Prado de San Sebastián, junto a la ermita del santo, y otra en la Macarena, cerca de la de San Onofre.

La epidemia de fiebre amarilla que sacudió la ciudad de Sevilla se cobró más de quince mil vidas. El ayuntamiento gastó un millón de reales en ácido sulfúrico y nítrico para fumigar las calles y las viviendas. Las familias sacaron de las casas los muebles, camas, sábanas, mantas, colchones, toallas, ropa y enseres personales de los fallecidos y lo quemaron todo en una pira que ardió con fragor de infierno, pero que todos vieron como un fuego purificador.

Cuando el Sabio Añejo se enteró de que doña Julia había abandonado el mundo de los vivos, se dirigió a la imprenta. Entró como una exhalación. Tenía prisa, quería registrar la casa antes de que llegase Abel de Carmona para encargarse del sepelio. Encontró a Cristóbal solo, abatido, con muy mal aspecto, rodeado de botellas vacías, bebiendo a morro de una de ellas. A Fernando Álvarez poco le importó su sufrimiento. Le miró de soslayo y, sin saludarle siquiera, comenzó a recorrer las habitaciones una por una, abriendo y cerrando puertas, cajones, armarios... estaba convencido de que Cristóbal fue un incompetente a lo largo de todos esos años; seguro de que en esa casa se escondía lo que él llevaba años buscando.

—¡Váyase de aquí! —le gritó Cristóbal cuando escuchó los ruidos y pudo reconocerle entre la bruma del alcohol.

—¡Cállate, estúpido! Es nuestro momento.

—Ya no hay momentos. ¡Ella ha muerto! Ya no hay nada, nada, nada…

Cristóbal se incorporó de la silla trastabillando hasta llegar a la altura de Fernando Álvarez, que en ese preciso instante rebuscaba en uno de los cajones del trinchero. El maestro de taller le aferró del hombro obligándole a darse la vuelta, sujetándose a las solapas de su casaca para no caer.

—¡Váyase de aquí! Ésta es mi casa… la casa de Julia y la mía…

—Estás borracho —le dijo Fernando Álvarez con desprecio, intentando zafarse de él. Pero el maestro de taller no le soltaba.

—¡Por su culpa!… por lo que me vi obligado a hacer siguiendo sus indicaciones, ella ha muerto despreciándome. ¡Salga de esta casa! —le dijo con voz pastosa antes de escupirle en la cara.

Fernando Álvarez se limpió el rostro con gesto de repugnancia y le obedeció. Se dio cuenta de que ese hombre estaba lo suficientemente loco como para matarle allí mismo. No podía imaginar que ya le había matado sin darse cuenta; de una forma sutil. Una semana más tarde, Fernando Álvarez murió de fiebre amarilla sin que muchos llegaran a saber que tras él se escondía el popular y recalcitrante Sabio Añejo.

Uno de los carros de las Juntas de Piedad recogió el cadáver de Cristóbal Zapata. Murió cinco días después que doña Julia, también en la imprenta, en su humilde habitación del sótano. Estaba solo. Lo enterraron en la fosa común del Prado de San Sebastián sin mucha parafernalia porque el sacerdote que leía el responso no tenía ánimo para improvisar panegíricos por gente a la que no conocía de nada. Y además le daba miedo contagiarse de los muertos.

Cristo estuvo presente viendo cómo la tierra cubría el cuerpo de su padre. Se mordió el labio inferior apretando los puños.

Y lo sintió. Pudo percibirlo recorriendo su cuerpo. Lo sintió como un fuego abrasador que le cegaba; un sentimiento mucho más fuerte que dolor de perder a un padre, más vivo y poderoso que la amistad o el amor o la pasión. Eso era el odio.

Como la epidemia de fiebre amarilla coincidió con los albores del nuevo siglo, las anotaciones que a partir de entonces se hicieron en el *Libro sin nombre* se dividieron en dos apartados: lo que había ocurrido antes y lo que ocurrió después de la muerte de doña Julia. Abel tuvo que asumir por fin la total responsabilidad de AQUÍ SE IMPRIMEN LIBROS porque era más que evidente que ya no podría consultar con su madre las decisiones importantes. Lo primero que hizo, antes de que su mujer y su hija regresaran del campo, fue abrir las jaulas del patio para que los pájaros escapasen volando de esa desolación. Nunca le gustó coartar la libertad de aquellos a los que la naturaleza había dotado de alas. Además tuvo miedo de que entre sus plumas se pudiera esconder algún miasma de la enfermedad porque, hasta ese momento, ni un solo médico era capaz de explicar de qué manera se contagiaba. Hizo sacar a la calle todos los muebles, incluidas las máquinas de la imprenta y los trastos del desván, a pesar de que nadie había subido allí en los últimos meses. Quemó, en una apocalíptica hoguera que organizó frente a la puerta de la imprenta, las toallas, las sábanas, las frazadas, las cortinas, los manteles, las alfombras persas y los colchones. Encargó un ajuar nuevo, sencillo y sin complicaciones, porque no entendía nada de porcelana, puntillas y bordados. Roció el interior de la casa y los enseres con vitriolo, y contrató una cuadrilla de obreros para que pintaran las habitaciones y los pasillos y encalasen el patio y la fachada. Después amontonó el mobiliario en el patio, sin orden ni concierto. Por más que se concentró, fue incapaz de recordar cuál era el lugar del trinchero, cuál el de la mecedora o el de la cómoda de violín, a pesar de que cada uno de ellos había ocupado el mismo espacio desde que él llegó al mundo. Cuando lo hubo arreglado todo, dejó la casa. Cerró la puerta con siete llaves, atravesándola con una tranca de hierro que aseguró con un candado, y revisó una por una la firmeza de las cancelas de las ventanas. No quería que nadie entrase a robar aprovechando su ausencia. Sevilla sufría la convalecencia de la fiebre amarilla soportando la miseria y el abandono de los que lograron sobrevivirla. Los alguaciles tenían la orden de vigilar las propiedades privadas de los piadosos con dinero mientras éstos iban a las iglesias a rogar para que no les desvalijaran. Los salteadores llevaban la cuenta de las casas en las que había sucumbido la familia al completo y, sin miedo al contagio, se adentraban antes de que pudiese aparecer alguien reclamando las pertenencias de los finados. El temor irracional le dio paso al egoísmo, la bellaquería y la poca vergüenza; el respeto por lo ajeno se saltó a la torera, como si la ley y la moralidad también se hubiesen disipado con el vitriolo y el ácido nítrico. En el mercado de las gradas se podían encontrar candelabros de plata grabados con el escudo de armas de los señores de Fernández de Santillán, que habían fallecido dos semanas antes, o la mantelería bordada con las iniciales de los Tellos, cuya casa fue saqueada mientras ellos aún agonizaban en sus camas. Abel se sintió conmocionado ante tanta degeneración y una mueca de rabia se reflejaba en su rostro cada que vez que venían a contarle una de esas historias. Era incapaz de aceptar que las personas carecieran de escrúpulos en situaciones de dolor y que aprovechasen las desgracias ajenas para su beneficio. Prefirió mirar para otro lado y decidió marcharse al Cortijo de las Jácaras, junto a su esposa y su hija, hasta que todo eso pasara.

Tuvieron que esperar cuatro meses para poder escuchar la ansiada noticia de que la epidemia de fiebre amarilla había remitido. Regresaron a Sevilla en plena Navidad. Nada más abrir la puerta de la casa, Rosario y Guiomar quedaron desoladas, y no sólo por la falta de doña Julia, también porque su hogar tenía el penoso aspecto de un buque fantasma navegando a la deriva, envuelto en la niebla. Aquel lugar, que en otros tiempos estuvo lleno de color, de visitas, de parloteos de sirvientas, de sesudas reflexiones de intelectuales famosos, de cantos de jilgueros y de olor a chocolate, ahora lucía decadente y opaco. Los geranios de los tiestos del patio se habían marchitado. Sus hojas pardas taponaban el desagüe de la fuente de la que ya no fluía agua, sólo unos berretes de óxido que, como lágrimas de sangre, se deslizaban desde el grifo hasta el suelo, sorteando las cagarrutas de los pájaros y los caracoles despistados. En los salones, los cristales de las ventanas filtraban la luz mortecina de un invierno que se presentó gris, a juego con el ánimo de los habitantes de la ciudad. La cocina, en la que antes flotaban aromas capaces de revolucionar los jugos estomacales, ahora estaba cubierta de una gruesa costra de hollín y grasa que costaría arrancar.

La familia caminó haciendo el recuento de la añoranza. Sus pisadas retumbaban por los corredores desnudos y la escalera. Visto desde el primer piso, el patio parecía una prendería con todos los muebles amontonados, medio cubiertos por sábanas polvorientas, como fantasmas desmayados. En los techos había cercos de humedades y algunos postigos se habían descolgado de las ventanas. Pero, por fortuna para Abel, Rosario había absorbido el carácter inquebrantable de doña Julia y se negó en redondo a dejarse doblegar por la melancolía.

—Esto hay que ponerlo en marcha inmediatamente —dijo con determinación.

Contrató a un par de hombres fornidos que les ayudasen a ubicar los muebles en su lugar, compró flores y pájaros y consiguió poner en marcha la fuente de los ángeles rollizos. Dos días después gorgoriteaba al ritmo del trinar de los jilgueros. Contrató a una nueva corte de muchachas para el servicio, convencida de que serían igual de torpes que las anteriores y que tendría que andar detrás de ellas para que no estuvieran ociosas, pero no le importó porque ya había pasado por eso y se sentía preparada para enfrentarlo. Después fue a casa del marqués de Gandul y le propuso volver a compartir las tardes de tertulias, convencida de que devolver la actividad cultural a AQUÍ SE IMPRIMEN LIBROS sería bueno para recuperar la normalidad.

Al ver a su mujer tan predispuesta, Abel también se dejó invadir por los aires de evolución. Aquéllos fueron los tiempos en los que invitó a la casa al catalán Mariano Cubí, que estaba divulgando la ciencia frenológica por los pueblos de España. Abel se adhería a la creencia de que existía una relación directa entre el espíritu y la materia y que se manifestaba a través de las distintas regiones del cerebro. Estuvieron más de un mes discutiendo sobre el tamaño de los cráneos, haciendo dibujos y diseños para intentar explicar a la población en qué consistía la novedosa técnica. Como no todo el mundo llegaba a asimilar el extravagante concepto de las protuberancias cerebrales y su relación con las personalidades humanas, Abel convenció a Cubí para que encargase a la fábrica de La Cartuja de Sevilla un busto de loza de tamaño manejable en el que se detallaran las habilidades que se sustentaban en cada una de las áreas de la cabeza. Por supuesto Abel pidió que le fabricasen un duplicado para su uso personal y pasaron mucho tiempo palpando la calva cuadriculada. Se unió a ellos monsieur Verdoux. Los tres se enfrascaban en discusiones eternas sobre los tamaños y formas de los cráneos, observando con actitud docta la cabeza de todo el mundo. Llamaban a las muchachas del servicio y las miraban muy serios, rascándose la barbilla.

—¿Me permite que tantee un momento su interesante cabeza, buena mujer? —le preguntaba el señor Cubí con cortesía a la cocinera.

Ella entonces asentía un tanto desconfiada, viendo cómo los tres hombres la sentaban en una silla y se le echaban encima como una pandilla de lobos acosando a un cordero.

—¿Lo ven, señores?, lo que yo les decía —explicaba Cubí orgulloso señalando su frente—. Este tipo de protuberancias indica que el individuo en cuestión tiene propensión a desempeñar oficios de cochero. Como se trata de un espécimen hembra, no le ha quedado más remedio que dedicarse a... ¿qué labor desempeña usted en esta casa? —le preguntaba a la cocinera, que se levantaba espantada para alejarse lo más rápido posible de esa sarta de chiflados.

Pronto se corrió la voz entre el servicio de que el señor Abel y sus amigos se dedicaban a la adivinación y la hechicería.

Adquirió lo más moderno en máquinas para la imprenta y buscó operarios que supieran utilizarlas. No quiso saber nada de los anteriores. Los consideraba unos desagradecidos traicioneros por abandonar a su madre cuando más los necesitaba, después de todo lo que había hecho a lo largo de su vida por ellos y sus familias. El único de los antiguos empleados que quería conservar era Cristo. A pesar de que nunca estuvieron muy unidos, consideró que le debía un favor: su padre fue el único que se quedó junto a doña Julia cuando ella enfermó y esa lealtad le había costado la vida. Se sentía en deuda con él y le parecía acertado contar con alguien que ya hubiera trabajado en los buenos tiempos de AQUÍ SE IMPRIMEN LIBROS, así que fue a buscarlo. Sabía que lo encontraría a la hora de la partida de cartas, en el Punta de Diamante. Cuando lo tuvo enfrente quedó sorprendido. Hacía sólo unos meses que no lo veía pero, por su aspecto desastrado, parecían haber pasado años. Lo vio sentado y solo, en el fondo de la taberna, con un catavino vacío en las manos, escrutando el infinito con sus pequeños ojos enmarcados de arrugas. Tenía el rostro céreo y descolgado, rodeado de una cabellera áspera, plagada de canas. Su camisa lucía cercos de sudor bajo las axilas y, cuando Abel estuvo lo bastante cerca, intuyó un olor rancio, como de transpiración de días. No había en la apariencia del Cristo que tenía delante nada que recordase al Cristo conquistador de cantes jondos y jaranas, vestido a todas horas como un pincel, con la sonrisa perpetua atrapada entre los labios.

—Voy a reabrir la imprenta —le dijo—. Me gustaría que volvieras a trabajar para nosotros. Necesito alguien que conozca bien el oficio y a nuestra clientela. —Esperó una respuesta durante un instante, pero continuó hablando porque sólo se escuchó el silencio—. Ahora que tu padre no está... te ofrezco su puesto con el mismo salario, el mismo horario, las mismas condiciones... incluso podríamos hablar de un aumento si...

Cristo le interrumpió.

—¿Podría ocupar la habitación del sótano? —dijo sin mirarle siquiera.

Abel pareció titubear un momento.

—Desde luego... ya te he dicho que te ofrezco el puesto de trabajo con las mismas condiciones que tenía tu padre.

—Pues delo por hecho. Ya tiene maestro de taller —respondió Cristo antes de pedir una nueva jarra de vino.

Frey Dámaso había tenido que olvidarse por un tiempo del recuento de partidas que encontró en el Escorial para dedicar todo su esfuerzo a hacer frente al caos que la fiebre amarilla sembró en San Juan de Acre. El templo estaba tan abandonado que tuvieron que pasar los cultos a la Capilla de la Estrella. La muerte minó el número de hermanos de forma dramática pero, mientras la mayoría de los religiosos se dedicaban a dejarse vencer por el abatimiento, la apatía y el desánimo, él se consagró a espantar la desgracia purificando la jurisdicción desde los cimientos; tanto física como espiritualmente. No le prestaba atención a su edad, a su cansancio o a la petición de tregua que de vez en cuando le suplicaban sus huesos. Si él no tiraba de ese carro, nadie lo haría. No estaba interesado en ganarse la admiración de sus hermanos, ni siquiera pensaba que sus esfuerzos pudieran estar anotándose en algún lugar y que terminaría recibiendo su recompensa en el más allá. Lo único que quería era borrar de su vista y su memoria aquel estropicio, como si se tratase de un mal sueño.

—Dejaré la jurisdicción tal y como estaba —repetía con determinación.

Pero pocos lo creían. Los religiosos más jóvenes, la savia nueva que estaba destinada a heredar San Juan de Acre, fueron los primeros en sucumbir a la enfermedad porque, empujados por su vocación recién estrenada, se dedicaron en cuerpo y alma a atender a los enfermos, sin preocuparse por su propia salud. Más de un centenar terminaron muertos. Los más viejos, los que lograron sobrevivir, se avejentaron todavía más. Engordaron, se les cayeron los dientes y el pelo y se entregaron a la consternación convencidos de que aquel desaguisado formaba parte del plan divino y que, por eso mismo, era inútil oponer resistencia a Sus designios.

—El día que nos levantemos sin ganas de superar las adversidades estaremos muertos —proclamaba frey Dámaso para animarles.

—Déjelo... se necesitaría un ejército para poner en pie de nuevo esta jurisdicción —respondían apáticos.

Cuando remitió la cruel epidemia y los carretones cargados de muertos se convirtieron en un traqueteo lejano, frey Dámaso se dispuso a poner en conocimiento del embajador marroquí el recuento de partidas que habían encontrado en la biblioteca de San Lorenzo del Escorial. El documento no dejaba lugar a dudas; aún faltaba una partida por jugar. Le comunicó que tenía previsto viajar a Madrid para entrevistarse con el nuevo monarca y recordarle la promesa que su padre les hizo años atrás. Pero aquél no era un buen momento para que Carlos IV se pusiera a pensar en partidas de ajedrez milenarias porque ni siquiera sabía en qué consistía ese juego. Bastante tenía con intentar que el país no se contaminase de las absurdas ideas de la Revolución francesa que un grupo de fariseos andaba propagando por toda Europa, poniendo en entredicho el axioma de que el rey es la ley, la teoría del derecho divino del poder real y la actitud paternal del monarca con sus súbditos, desquiciando el sentido común e intentando dar al pueblo llano la razón, la igualdad y la libertad, cuando estaba claro que el ciudadano de a pie no sabía ni sonarse los mocos sin ayuda. Por si eso fuese poco, Carlos IV tenía que soportar las coplillas perversas que circulaban por las calles de la villa que hablaban del carácter disoluto de su esposa, al parecer consecuencia de las enseñanzas que le transmitió el pernicioso abad de Condillac. En ellas se coreaba, a ritmo de tanguillo, que la reina se refocilaba con el primer ministro Manuel de Godoy y que ambos en comandita manejaban el cotarro sin contar apenas con el monarca.

—Vuestra reverencia debe entender que vivimos momentos de gran tribulación —explicó el rey Carlos IV a frey Dámaso cuando lo tuvo delante—. Mi buen Manuel se ha visto obligado a firmar un convenio con Napoleón para que éste pueda disponer libremente de la escuadra española. Eso nos involucra en un nuevo conflicto contra Gran Bretaña. También le hemos declarado la guerra a Portugal por ser aliado británico. —Suspiró aparentemente abatido—. Y la destrucción de nuestra flota en la batalla de Trafalgar lo ha complicado todo de una manera terrible. La sucesión de guerras ha dejado la Real Hacienda malparada. Mis ministros están intentando arreglar esta situación, pero la amenaza revolucionaria les paraliza. Las reformas atentan contra la preeminencia de la nobleza y la Iglesia —dijo mirando de soslayo a frey Dámaso—. Y eso va en contra del orden natural. ¿Cómo pretende vuestra reverencia que me preocupe por no sé qué partida de ajedrez? —preguntó el monarca con cara de hastío sin siquiera mirar la copia del recuento de partidas que le mostraba—. Sigan buscando ese texto original firmado por el rey Alfonso y, cuando lo encuentren, ya hablaremos.

Según pasaban los años, Guiomar se fue afianzando más y más en el carácter reservado pero tenaz que insinuó desde que era una criatura. Como su padre se había negado en redondo a que acudiese a la escuela y era hija única, Guiomar desconocía por completo lo que era relacionarse con niños de su edad; en cambio en el mundo de los adultos se manejaba con total maestría. Su rutina comenzaba por la mañana, después de desayunar. Entraba en AQUÍ SE IMPRIMEN LIBROS con la actitud tediosa de los trabajadores viejos.

—¿Qué me toca hoy? —le preguntaba a su padre frotándose los ojos y bostezando, como desinteresada, porque actuar así la hacía sentirse importante.

Él fingía disgustarse por su tardanza haciéndole ver que era absolutamente necesaria su presencia y que la imprenta sin ella no podía mantenerse en pie. Entonces cogía un taburete, le decía que se sentase y le traía una caja enorme con tipos metálicos manchados de tinta reseca, una bola de borra y un recipiente con cerveza templada.

—Tienes que limpiar todas las letras. Una por una. Hasta que queden bien brillantes… y las vas guardando cada una en su caja. Todas las aes, juntas, luego las bes, luego las ces… así hasta la zeta. Este trabajo es trascendental, ¿crees que podrás hacerlo? —le decía muy serio.

—Por supuesto —respondía ella derrochando responsabilidad.

Entonces Abel ya sabía que la tendría entretenida toda la mañana y que su mujer y él podrían dedicarse con tranquilidad a poner de nuevo en marcha la imprenta. Pretendían ampliar más el negocio editando enciclopedias y las últimas novedades en manuales de ajedrez, relanzando *La invencible rosada* y dando salida a las voces ilustradas que se reunían en el patio en un periódico al que llamarían *Correo literario y económico de Sevilla.*

Las tardes en que había tertulias, Guiomar se sentaba en uno de los rincones más apartados del patio con su cuaderno de dibujo y escuchaba los solemnes discursos de los señores mientras bosquejaba a carboncillo sus caras rechonchas. En un principio intentó plasmar lo que veía con el máximo realismo pero, poco a poco, comenzó a exagerar los rasgos de sus modelos dramatizando arrugas, aumentando lunares, agigantando calvas, envolviendo todos sus bosquejos en la bruma que desprendían los cigarros puros que se fumaban mientras filosofaban. Abel, que en un principio parecía encantado con que su hija tuviera las mismas inclinaciones artísticas que Velázquez o Murillo, se escandalizó al ver la evolución de los dibujos. Opinó que aquellos retratos eran pura aberración y que había que quitarle a Guiomar la idea de seguir garabateando deformidades en su cuaderno no fuese a terminar perturbada, o peor aún, que se corriese la voz de que tenían una hija alunada y quedase para vestir santos.

—Nuestros invitados se sentirán ofendidos si se ven representados como si hubiesen nacido con acondroplasia —exclamó airado.

Pero Rosario le quitó importancia al asunto diciendo que no tenía ni idea de lo que era la acondroplasia, que aún quedaba mucho para pensar en casarla y que además encontraba el punto de vista creativo de Guiomar muy interesante. Tanto fue así que, a partir de ese momento, comenzó a incluir sus dibujos en alguna de las entregas de *La invencible rosada.*

De su presencia perenne en las tertulias, Guiomar aprendió que, para que un diálogo se preciara de serlo, era fundamental escuchar con respeto y comprender al otro antes de verter las propias opiniones y que había que pensar antes de hablar porque una palabra inadecuada podía herir más que una puñalada en el corazón. A veces tenía la sensación de ser capaz de sentir lo que los demás sentían. Y eso se hacía extensible a otros muchos aspectos de la vida. Era perceptiva. No tuvo la oportunidad de conocer a mamita Lula en persona, pero había escuchado a su abuela nombrarla tanto que terminó por saber al dedillo cada detalle de su formidable anatomía: el color chocolate de su piel, los ojos con textura y brillo de azabache, el cabello de espuma negra, los labios rojos y gruesos, las manos robustas que acariciaban y amasaban pan con igual destreza, su olor a cáscara de naranja recién mondada. Estaba al tanto de los comentarios de las muchachas del servicio, que aseguraban que el fantasma del ama de llaves continuaba en la casa. Y ella misma podía intuir su benefactora presencia. Soñaba con ella. A veces, cuando caminaba dormida por los corredores de la casa, se cruzaban las dos y dialogaban en sueños. Mamita Lula era la que le avisaba de los cambios climáticos, la que le advertía de que algo malo pasaría si no doblaba la servilleta en tres cuando terminaba de comer, la que le robaba a escondidas prendas de su armario para tener un recuerdo de ella. El día que le habló a monsieur Verdoux de su relación con aquel espíritu del más allá, el maestro francés puso el grito en el cielo. Le dijo que una cosa era admitir la existencia en entes intangibles como Dios y los santos y otra muy distinta asegurar que mamita Lula seguía paseando tranquilamente por la casa.

—Pero ¿es que no te he enseñado nada? Hay que ser racionales, *chérie*. ¿Cómo puedes creer en espíritus? Y, ¿cómo es eso de que te quita prendas de tu armario? —exclamó indignado—. Los fantasmas, por definición, carecen de manos... y sin manos no se pueden coger las cosas. Eso lo sabe todo el mundo.

Pero Guiomar, a ese respecto, no le hacía mucho caso. Se sentía bien pensando que algo intangible e inexplicable se encargaba de custodiarle la vida. Era de temperamento emotivo. Se enternecía hasta el llanto por cualquier menudencia y de los libros sacaba la mayor parte de las ideas que luego rememoraba, transformándolas a su gusto hasta que no era capaz de separar lo que era la historia real y lo que ella había inventado. Sus amigos de la infancia nunca fueron de carne y hueso. Vivían agazapados tras los renglones de una página, susurrándole hazañas con el aliento salobre de mil mares, hablando de países que sugerían trapicheos de mercado oriental, patas de palo y bellaquerías. Nunca faltaba a las citas con su mundo fantástico de papel, letras y tapas de cartón decorado. Tenía propensión a soñar despierta. Su mundo interior estaba plagado de seres mitológicos y de ballenas que se comían a los hombres para vomitarlos después en una ola sobre la playa. Su madre le prohibió que leyese la Biblia. Consideró que era mucho mejor para su salud espiritual que fuese una ignorante catequística a que anduviese todo el día sufriendo por el pobre Isaac que casi muere a manos de su padre, o el afligido Judas, mamá, qué lástima, que no le quiere nadie y seguro que no lo hizo con mala intención.

Pero enseguida encontró a alguien que se encargó de llenar ese vacío de letras dramáticas. En cuanto comenzó a estirarse y tomar formas de mujercita, monsieur Verdoux se hizo cargo de alimentarle el sentimentalismo con truculentas novelas escritas en francés que ella escondía bajo los pomposos vestidos de sus muñecas de loza porque las portadas estaban ilustradas con escenas de damas desfallecidas en brazos de apuestos galanes. Guiomar dedujo, con muy buen criterio, que eso molestaría terriblemente a su padre. Uno de aquellos libros que, pese a haberse publicado veintitrés años antes seguía escandalizando a los gobiernos que habían prohibido su venta por inmoral, narraba la historia de Valmont, un seductor libertino empeñado en ganarse los favores de la señora de Tourvel, mujer pura y religiosa. Pese a la inicial resistencia de la dama, Valmont terminaba conquistándola gracias al inestimable poder de las palabras. Una vez que ella le entregaba cada uno de los poros de su piel, el hombre la rechazaba incapaz de reconocer que cayó en su propia trampa y que se había enamorado hasta el corvejón. Al final, el seductor disoluto moría lamentándose por haber destruido lo que más amaba. Aquella historia provocó en Guiomar inclinaciones noveleras que acrecentaron su atolondramiento. Concluyó que amar de verdad implicaba sufrimiento, largas ausencias, ansiedad, malos entendidos, verdades a medias, celos y desesperación; nada que ver con esa plácida complicidad en la que vivían inmersos sus padres.

Monsieur Verdoux adoraba a la muchacha. Se había creado entre ambos una alianza inquebrantable alimentada por la admiración mutua y las pasiones compartidas. Guiomar era el único ser que habitaba en esa casa a la que de verdad le interesaba el ajedrez de la misma entusiasta manera que a él. Podían pasar las horas muertas jugando en la mesita de palisandro de León. Ensayaban aperturas, estrategias y ataques que aprendían de los libros que el maestro encargaba en Francia. Si el juego no se desarrollaba como ellos querían, no tenían ningún reparo en comenzar de nuevo desde la posición inicial porque monsieur Verdoux se había preocupado en enseñarle que la paciencia nunca estaba de más cuando el fin era derrotar al adversario. Le insistía mucho en que el ajedrez exigía cierta rabia interior, un afán de triunfo muy superior al que se debía sentir con el resto de los juegos ya que, a la más mínima desviación, si se caía en el error de considerarlo un simple entretenimiento, el ajedrez perdía su carácter de batalla.

—Lo bueno del ajedrez es que nos recuerda que el mundo es un abanico de posibilidades casi infinitas desplegado ante nuestros ojos —le decía a Guiomar—. Y hay que tener el valor y el coraje de decidirse por una. El que tiene miedo de apoderarse del reino enemigo, es que no merece poseerlo —sentenciaba con solemnidad.

Monsieur Verdoux ya debía de rondar los sesenta años y sus rizos, que antes refulgían en tonos dorados, ahora parecían de plata vieja. Pese a que su cabellera había perdido el carácter leonino, aún se peinaba para atrás, con patillas hasta el comienzo de las mandíbulas. Llegaba a AQUÍ SE IMPRIMEN LIBROS para el almuerzo cargado de libros, apoyándose en alguno de sus elegantes bastones que hacía ya un tiempo que había comenzado a utilizar por necesidad y no por vanidad, como le ocurría antes. Por haber limitado su dieta a jamón serrano y gambitas de Huelva, su pie derecho no le daba tregua. Se le hinchaba y había ocasiones en las que apenas podía caminar sin sufrir terribles dolores.

—Es la enfermedad de los reyes —le decía a Rosario cuando ella le acercaba un escabel para que colocase la pierna en alto.

—Por supuesto… usted no podía pillar un tabardillo pintado o una tiña de la ingle. ¡Menuda vulgaridad!

Guiomar se sentaba frente a él a la hora en la que todo el mundo estaba echando la siesta y ambos se ponían a chamullar en francés mientras sonreían mirando de reojo a las sirvientas que luego iban a quejarse a Rosario. Repasaban libros y se sabían de memoria pasajes completos de las obras de Voltaire, pese a que monsieur Verdoux decía que la mayor parte de la gente era incapaz de comprender sus principios morales. En las tardes que hacía buen tiempo y que la pierna le daba un respiro, se iban a pasear a la orilla del río. Fue en esas conversaciones relajadas, vertidas en la intimidad que les brindaba el cielo abierto, en las que Guiomar empezó a armar en su cabeza la biografía de monsieur Verdoux, porque él jamás hablaba de su pasado. Cuando ella le preguntaba si no echaba de menos regresar a su Francia natal ahora que se estaba arraigando allí la igualdad, la legalidad y la fraternidad, él le respondía que en Sevilla estaba su destino y que contra eso no se podía luchar. De vez en cuando deslizaba algún sutil comentario sobre antepasados aguerridos, títulos nobiliarios robados por familiares traicioneros y escudos de armas con muchos leones y almenas, lo que dio pie a la muchacha para situarlo a la misma altura de los héroes legendarios que aparecían en sus cuentos. Lo quería cada día más.

Un día en que monsieur Verdoux no había ido a comer a la casa y sus padres se habían marchado a las tertulias del marqués de Gandul, Guiomar se sentó sola a terminarse el postre junto a la fuente del patio, mientras leía una de sus novelas. Estaba tan ensimismada con la historia, llevándose a la boca de vez en cuando los trozos de melón que tenía en el plato, que no se dio cuenta de que Cristo se había levantado de la siesta y subía la escalera del sótano. Cuando la vio quedó paralizado. La luz del sol caía perpendicular sobre el cabello suelto y ondulado de la muchacha otorgándole reflejos de cobre. Su piel tenía el color y la consistencia del marfil pulido y sus tupidas pestañas parecían acariciar las páginas del libro que sujetaba delicadamente sobre sus rodillas. Sintió un pellizco ronco en el vientre y le volvió a la boca el sabor tierno de los pies de aquella niña, que un día pisaron su lengua. Pero ya no parecía una niña. Se le había afinado la cara, el cuello, la cintura... pudo ver cómo las costuras de su vestido estaban tensas a la altura de las axilas. Sin duda ya le estaría naciendo el pecho. La muchacha sujetaba una tajada de melón y la sorbía distraída, atrapándola con deleite entre sus labios color rojo sangre, emitiendo un sonido apenas perceptible que a él le recordó al de los terneros cuando succionaban las ubres de sus madres. Tragó con fuerza, intentando pasar el hambre que le estaba llenando la boca de agua. Miró a los lados y no vio a nadie.

—¿Eh? ¿Cuántos años tienes ya? —le preguntó.

Sorprendida levantó la vista, aún con el trozo de fruta a medio morder sujeto con el índice y el pulgar. No le había oído llegar y le extrañó que se dirigiese a ella porque jamás le hablaba.

—Voy a cumplir catorce.

—¿Qué comes?

—Melón.

—Parece muy dulce, ¿me das un trozo?

Se quedó callada. No sabía qué responder. Cristo caminó hacia ella y se sentó en el borde de la fuente. Quedaron frente por frente y él avanzó la mano para retirarle un mechón de cabello de la mejilla.

—Entonces qué, ¿me das un poco o no? —le preguntó intentando mostrar una sonrisa amigable.

Guiomar hizo el ademán de soltar el libro y coger el plato para ofrecérselo, pero Cristo le aferró la muñeca con la que ella aún sujetaba la fruta y se la llevó a la boca, cerrando los ojos con deleite. La muchacha sintió en las puntas de sus dedos el calor húmedo de la saliva del hombre.

—Ahora ya sé cómo saben tus labios —le dijo con sonrisa de zorro, sin soltarle la mano, masticando con lujuria.

Justo en ese momento se escuchó el sonido herrumbroso de

la puerta del zaguán abriéndose y Cristo se incorporó de golpe. Monsieur Verdoux entró quejándose del calor, maldita ciudad que sólo tiene dos estaciones: invierno y verano, y no nos permite lucir ropa de entretiempo. Pero antes de que siguiera hablando escuchó la voz de Cristo dándole las buenas tardes mientras pasaba por su lado con la cabeza gacha, saliendo a toda prisa a la calle. El maestro francés se quedó un momento confuso, buscando explicaciones en el rostro azorado de Guiomar.

—¿Estabais solos, *chérie*? —le preguntó a la muchacha con cara de preocupación.

—Sí.

Ella se miró la muñeca. Tenía las uñas de Cristo marcadas en la piel.

—¿De qué te hablaba semejante gañán?

—Pues… de nada, Vedú —dijo ella aún conmocionada—. Me pidió una tajada de melón.

Entonces monsieur Verdoux volvió los ojos de nuevo a la puerta para asegurarse de que Cristo se había marchado y un velo de aversión le empañó la mirada.

18

Tiempo de bandoleros

> En la vida, como en el ajedrez, las piezas mayores pueden volverse sobre sus pasos, pero los peones sólo tienen un sentido de avance.
>
> JUAN BENET

La primavera del año en el que Guiomar cumplía los diecisiete, Candela llegó hasta AQUÍ SE IMPRIMEN LIBROS convertida en la estrella definitiva. La última obra que había protagonizado era de Calderón de la Barca y llevaba el sugestivo título de *El golfo de las sirenas*. Mezclaba canto y declamación, lo que permitió que Candela se luciese en todas sus vertientes. Fue un éxito absoluto. Ella representaba a una sensual Circe que a poco consigue que Ulises caiga en la tentación de sus encantos melodiosos tras atarle a un poste con los oídos descubiertos. Por fortuna, antes de que la lujuria consiguiera vencerlo, llegaban los criados del héroe para salvarle vendándole los ojos y taponándole los oídos con cera de abeja. El público se rompía las manos aplaudiendo. La obra recaló en todas las ciudades de la geografía nacional, culminando en Madrid por exigencia del propio monarca, que no se la quería perder. Organizó un festejo al que asistieron cuatro mil personas entre amigos de la corte, diplomáticos y embajadores y en el que, además de la representación, se ofreció un banquete y juegos ecuestres. Los cronistas del momento lo llamaron «Fiesta de la Zarzuela».

Cada vez que Candela regresaba a Sevilla se instalaba en la casa y la imprenta se convertía en un escándalo de gritos, abrazos, besos y cuenta-cuenta de las mujeres. Llegaba cargada de regalos para todos y los pasillos se atestaban de baúles, de sombrereros, cajas de zapatos, estuches de maquillaje, de joyas que costaba días organizar. Había que hacer equilibrios para no tropezar con los bultos si no se quería terminar rodando escaleras abajo. Como toda la ciudad tenía ganas de conocer a la artista en persona, se formaban largas colas a la entrada del negocio y los clientes de toda la vida olvidaban a lo que venían si ella les saludaba con una de sus caídas de pestañas. Las sirvientas se despistaban admirándola y haciéndole preguntas y los trabajadores no daban pie con bola cuando escuchaban el rítmico golpeteo de sus pisadas sobre el suelo de mármol.

—¡Esto no puede ser!, por Dios bendito, Candela —le dijo Abel con el ceño fruncido—, me aturdes a los empleados.

Así que decidieron adelantar el verano y marcharse al Cortijo de las Jácaras a mediados de mayo. Rosario y Candela partieron antes que nadie. Querían tenerlo todo listo porque ese año también iría con ellos monsieur Verdoux para que el carácter de Guiomar no se volviera bucólico. Por culpa de asuntos de última hora, Abel decidió quedarse en la imprenta al menos hasta el mes de julio, así que el maestro francés, Guiomar y una de las cocineras, viajaron solos hasta Carmona dos semanas después, tomando el camino de la Cruz del Campo.

Guiomar recordaría por siempre que ese día de primavera el campo olía a flores y tomillo mezclados con las sutiles notas acres de las caballerías. Hacía calor, pero una dulce brisa se colaba por las ventanas del carruaje. Se puso a mirar el horizonte, soñando despierta, como ya había hecho muchas veces. Vio pasar el paisaje plagado de olivos grisáceos, de jaramagos amarillos y flores de cardo moradas. Ese invierno había llovido lo suficiente para que toda la vegetación luciera esplendorosa y sintió un deseo infinito de llegar a su destino para contemplar el jardín del lugar en el que había llegado al mundo y que su madre llenaba de rosas, claveles y damas de noche. Suspiró relajada. Cerró los ojos y se quedó dormida. No supo cuánto tiempo estuvo así hasta que le despertaron unos gritos.

—¡Sooo! —le escuchó decir al cochero.

El corazón de la muchacha se aceleró. La ruta que tomaban se había llenado en los últimos tiempos de bandoleros con trabuco que asaltaban los caminos para robar el dinero de los ricos y entregárselo a los pobres. Algunos los llamaban los héroes del pueblo. Cuando el carruaje frenó se hizo un penoso silencio. Guiomar se aferró a la mano de la cocinera, que estaba sentada a su derecha, y vio con desasosiego los ojos espantados de monsieur Verdoux, que se secaba la frente con su elegante pañuelo de hilo. De pronto la portezuela se abrió y un hombre con barba de varios días, camisa blanca desabrochada y pañuelo rojo anudado en la cabeza les mostró una enorme navaja, invitándoles a descender con una incongruente sonrisa de amabilidad, ayudando a las señoras para que no tropezasen con el pescante. Cuando estuvieron fuera, se dieron cuenta de que el asaltante no estaba solo. Un grupo de unos seis hombres montados a caballo los apuntaban con sus trabucos. Les ordenaron que se quedasen de pie junto al carruaje, pegados unos a otros, quietecitos y sin moverse si no querían tener un disgusto, «ozú».

—¡El cielo tenga compasión de nosotros! —exclamó la cocinera santiguándose.

—Bueno —añadió monsieur Verdoux en tono irónico—, más que el cielo, quienes deben tener compasión de nosotros son estos amables señores. ¿Qué es lo que desean? —preguntó con toda la dignidad que la situación le permitía.

El bandolero no contestó. Mostró una hilera de dientes picados y lanzó una carcajada. Se puso a caminar delante de las damas, mirándolas de arriba abajo, midiendo la cantidad de joyas y la calidad de los vestidos, hasta que señaló con la navaja a Guiomar.

—Señorita, usted se viene con nosotros.

No sirvieron de nada las protestas airadas del maestro francés, el desmayo de la cocinera, ni la temerosa resistencia de la muchacha porque, de un tirón certero, el bandolero la subió a la grupa de su jaca. El animal comenzó a galopar. Lo último que Guiomar vio, antes de adentrarse en la espesura de un bosque cercano, fue a monsieur Verdoux intentando inútilmente acertar a los asaltantes tirándoles piedras mientras les llamaba *trou du cul* en su lengua materna. Siempre había dicho que para insultar con refinamiento no había nada mejor que el idioma de madame de Pompadour.

Cabalgaron durante una interminable hora en la que el hombre no le dirigió la palabra; sólo, de cuando en cuando, se ponía a silbar o tarareaba alguna copla a la que cambiaba la letra. Guiomar observó con pesar el mismo campo que había atravesado unos minutos antes, el que provocó en ella una infinita sensación de paz y que en ese momento se había convertido en un camino lleno de angustia. No supo dónde la llevaban hasta que vio de lejos una especie de barranco y reconoció sus contornos ocres. Se trataba de las cuevas de la Batida, unas antiguas canteras de la época de los romanos que dominaban la vega de Carmona y de las que se extraían sillares para los edificios monumentales de la zona. No quedaban muy lejos del Cortijo de las Jácaras, pero sus padres nunca le dejaron visitarlas porque tenían fama de que allí iban los bravucones a batirse en duelo.

Llegaron hasta una explanada donde la hicieron descender del caballo. Le ataron las manos y los tobillos con una cuerda y la encadenaron después a una enorme roca que quedaba frente a la cueva más grande. Guiomar sabía que era habitual que los bandoleros exigieran el pago de dineros a los terratenientes, y también que se estaba poniendo de moda secuestrar a jóvenes de clase alta para pedir después un rescate, pero jamás imaginó, ni en sus sueños más escabrosos, que algo así le pudiera pasar a ella. No era lo mismo horripilarse con una aventura novelera en la tranquilidad de su hogar que vivirla en propias carnes. Tenía miedo y sed. Aquellos hombres la miraban con ojos concupiscentes. Por si fuese poco, imaginaba la preocupación de sus padres y no dejaba de pensar si ya se habrían enterado de su ausencia y qué iban a hacer para resolver la situación. Aquellos pensamientos la estaban llenando de angustia y sentía una fuerte presión en el pecho que casi no le permitía respirar. Escuchó una algarabía de caballos y hombres que se acercaban a las cuevas haciendo ruido, entre risas y gritos de saludo. De pronto uno de ellos, el más joven, que galopaba a lomos de un caballo negro y reluciente, se quedó mirándola. Descendió de un brinco, se acercó a una cesta de manzanas que había junto a la entrada de la cueva, cogió una de ellas y la mordió con codicia sin quitar los ojos de Guiomar.

—¿Quién es? —preguntó señalándola con el mentón a uno de los hombres que se afanaba en hacer fuego.

—La hija del dueño del Cortijo de las Jácaras. Es su única hija, así que nos darán unos buenos cuartos por ella —respondió.

El muchacho se acercó a Guiomar con la manzana aún en sus manos, luciendo una sonrisa burlona de blanquísimos dientes que hacían contraste con su cara morena. Cuando la tuvo enfrente le preguntó cómo se llamaba, pero ella no respondió. Lo único que hizo fue estirar mucho el cuello, levantando la barbilla y girando la cabeza con dignidad hacia el lado contrario al que él estaba.

—A lo mejor no nos dan nada por esta señorita tan refinada —dijo en alto para que todos lo escucharan—. Está muy flaca... además creo que se le ha comido la lengua el gato.

Los demás se carcajearon de forma escandalosa.

—Tengo sed —espetó ella, molesta.

—Hummm… sí que sabe hablar. —Se acercó para mirarla de cerca con los ojillos medio cerrados, como si la estuviese examinando—. ¿Cómo se llama?

—Tengo sed —repitió.

El muchacho le tendió la manzana mordida que tenía en la mano. Guiomar apartó de nuevo la cara y él se echó a reír.

—Dadle agua, o un poco de cerveza o vino o… lo que quiera —les gritó mientras se alejaba en dirección a una de las cuevas.

Guiomar pasó el resto de la tarde analizando las actitudes de sus captores, sus movimientos y la manera de relacionarse entre ellos. Concluyó que el muchacho que le había ofrecido la manzana, al que llamaban «Marqués», era el jefe de la banda. Cuando comenzó a caer la noche, acercaron morcillas y chorizos a la hoguera. Pronto un delicioso olor a carne a la brasa, inundó el aire. A Guiomar se le llenó la boca de agua. Aquella mañana no había desayunado por miedo a marearse con los movimientos del carruaje, así que llevaba sin probar bocado más de veinticuatro horas. El muchacho pareció leer sus pensamientos y se acercó a ella con un plato de chorizos asados, pan y una jarra de vino. Le desató las manos y le tendió la comida, pero antes de que ella pudiera cogerla, la apartó.

—¿Cómo se llama? —dijo él pronunciando las palabras muy despacio.

Aquella pregunta hizo que la invadiera un orgullo irracional que no reconocía como propio y que supuso habría heredado de su abuela porque, pese a su hambre, volvió a negarse a decir su nombre. El Marqués se sentó a su lado y se puso a comer del plato que ella acababa de rechazar, saboreando cada bocado y haciendo aspavientos y comentarios sobre lo delicioso que estaba. Guiomar lo miraba de reojo.

—No crea que no admiro su cabezonería —le decía él entre bocado y bocado—. Me gusta porque me recuerda a mí pero, ¿sabe, señorita remilgada? —le dijo señalándola con un trozo de pan—, tiene dos opciones: o pronunciar despacito las cinco o seis letras que compongan su nombre y saciar su apetito, o seguir en sus trece y no cenar esta noche. Le advierto que a mí los desafíos me divierten muchísimo y el nombre antes o después terminaré por averiguarlo. Usted decide.

Estuvieron un minuto en silencio, uno al lado del otro, muy juntos.

—Siete —dijo ella de pronto.

—¿Cómo?

—Mi nombre. Tiene siete letras: G-u-i-o-m-a-r —deletreó—. Me llamo Guiomar de Montenegro.

Él la miró un instante y de golpe volvieron a su recuerdo los juegos en el Cortijo de las Jácaras, los tiempos de monaguillo, el bautizo de Guiomar. Guiomar. Cuando escuchó pronunciar ese nombre siendo un chiquillo, dentro de la iglesia de Santa María de Gracia, le pareció el sonido de una oración.

—Guiomar —musitó antes de recuperar su irónica actitud.

Se levantó dando un salto e hizo una pomposa reverencia sin borrar la sonrisa de sus labios.

—Señorita Guiomar, me llamo Ventura Marqués, conocido por los amigos como el Marqués de las Veredas y por los enemigos como «el bandolero bellaco». Tengo el honor de recibirla a usted en mi humilde morada en la que no falta ni el frescor de la primavera, ni el sonido de los pájaros, ni el murmullo del arroyo. —Extendía los brazos a la derecha y a la izquierda para mostrarle sus posesiones—. Todo lo que ve, hasta donde alcanzan sus encantadores ojos, es mío… y lo que vea cuando cierre los párpados, también —añadió haciéndole un pícaro guiño.

Le entregó el plato con la comida y la jarra de vino y se puso a caminar en dirección a la cueva principal mientras recitaba en voz alta, con un ritmo improvisado y volviendo de vez en cuando la cabeza para mirarla.

—Guiomar, su voz me sabe a sal y sus cabellos a espuma. Guiomar inventó el mar y yo la luna…

El bandolero que la había atado a la piedra le trajo un jergón para que se acostase. Allí pasó la noche, viendo la silueta de Carmona recortándose en la oscuridad estrellada, sin poder conciliar el sueño. Antes de que las luces del alba comenzaran a asomarse en el horizonte, sintió que alguien se acercaba a ella.

—Silencio. No haga el más mínimo ruido. —Enseguida reconoció la voz grave del Marqués de las Veredas—. Voy a soltarla.

Abrió el candado con el que estaban sujetas las cadenas y la ayudó a incorporarse. Caminaron sigilosos en dirección al lugar en el que estaban los caballos, ensilló uno de ellos y la ayudó a subirse a horcajadas en la grupa. Cabalgaron un buen rato hasta que Guiomar decidió romper el silencio.

—¿Por qué me ha soltado?

—No me pareció cortés hospedar a una señorita tan distinguida como usted de esa manera… encadenada a una piedra. ¿Qué pensaría de nuestra hospitalidad?

—¿Y no tendrá problemas con sus «amigos» por haberme liberado?

—Parece que no tenga ganas de reunirse con su familia —respondió el bandolero, sorprendido de la reacción de Guiomar, pero acto seguido aclaró—: Les diré que me desperté temprano, que vi que había conseguido escapar y que salí en su busca.

—No le creerán.

—Creerán lo que yo les diga que crean —concluyó él.

Volvieron a quedarse callados.

—Le recompensaré —dijo ella de pronto.

Él paró el caballo en seco y se dio la vuelta para mirarla.

—¿Dice eso en serio?

—Por supuesto —aseguró Guiomar con firmeza—. Cuando lleguemos, mi familia le dará…

—Lo que yo espero conseguir de usted no me lo puede dar su familia —le interrumpió él, pronunciando cada palabra muy bajo. Era la primera vez que Guiomar lo veía serio.

La muchacha tardó un rato en reaccionar y, cuando lo hizo, se revolvió indignada e intentó levantar la mano para darle una bofetada que él detuvo en el aire.

—¡Ayúdeme a bajar! —exigió Guiomar—. No sé con qué clase de damas suele tratar, pero le aseguro que yo no soy de ésas. Es usted un ser despreciable, sin escrúpulos, ni vergüenza, ni recato, ni educación, ni… ni…

—¿Algo más? —preguntó él recuperando la sonrisa.

—¡Bájeme! Me iré andando hasta mi casa.

—No sea malcriada —dijo él con gesto de hastío—. No sabrá en qué dirección caminar. —La señaló con el dedo índice advirtiéndola de forma burlona—: Se la comerá un lobo antes de que llegue… como a la niña esa del cuento... la de la caperuza roja.

—Aquí no hay lobos.

—¿Está segura? Ande, tranquilícese, que le va a dar una congestión.

Siguieron cabalgando sin cruzar una palabra hasta que Guiomar vio dibujarse la silueta pétrea y familiar del puente romano. Sólo tenía que atravesarlo. Estaba cerca del Cortijo de las Jácaras. Cerca de su casa.

—La dejaré aquí —dijo él sujetándola del brazo para sostenerla mientras descendía del caballo.

—¿Quiere entrar a tomar algo? ¿Un refrigerio quizá?

Guiomar se dio cuenta de lo absurdo de su amable ofrecimiento según lo estaba pronunciando. Ese hombre era un bandolero, el jefe de la cuadrilla que la había secuestrado. Él la miró con los ojos entornados.

—Creo que me veré obligado a rechazar su encantadora invitación —dijo con fingida galantería antes de echarse a reír.

Ella se quedó quieta, de pie junto al caballo, con la vista levantada. Con las luces del alba, la piel aceitunada del muchacho parecía de metal y sus ojos negros brillaban como dos estrellas. Se quedaron mirando el uno al otro por un interminable instante, sin miedos, ni ironías y el mundo pareció detenerse para observarles. Entonces un gallo cantó a lo lejos rompiendo el hechizo del amanecer y Ventura tiró de las riendas del caballo para que diese la vuelta.

—Me parece usted muy divertida —le escuchó decir Guiomar antes de desaparecer cabalgando en pos del horizonte.

El secuestro de Guiomar marcó para la familia el punto de inicio de lo que más tarde sería conocido como la Guerra de la Independencia española. Aquel mismo verano, Fernando, el hijo del rey, se conjuró contra sus padres incitado por su preceptor y por un amplio grupo de nobles que llevaban años empeñados en quitarse de en medio a Godoy, el primer ministro de Carlos IV, y según todos, amante de la reina. Cuando el monarca se enteró, casi le dio una embolia. Quiso juzgar a su hijo con la mayor rigidez posible pero terminó por ablandarse a cambio de que le confesase los nombres de sus cómplices y le pidiera perdón a su madre. Pero aquello sólo era uno de los indicios de que las cosas no iban bien. El tribunal que juzgó a los conspiradores terminó por absolverlos porque también estaba a favor de forzar la abdicación de Carlos IV. El pueblo estaba asustado. La mala situación económica sacudía a los más necesitados. El hambre se convirtió en un mal endémico que campaba a sus anchas entre los que no pertenecían a las clases privilegiadas. Ancianos y niños enfermos, cubiertos de harapos, comidos de moscas, ateridos de frío en invierno y muertos de calor en verano, se agotaban destripando terrones de sol a sol para poder acallar, a la caída de la tarde, el sufrimiento de sus estómagos con una sopa de rábanos. Las mujeres se levantaban al amanecer para irse a trabajar al campo con sus hijos pequeños amarrados a la espalda. Algunas dejaban un momento de recoger patatas para ir a dar a luz bajo un olivo, en cuclillas, tragándose los gritos de dolor, sin la ayuda de nadie. Cuando conseguían ponerse de nuevo en pie, regresaban a su labor porque el descanso puerperal era privilegio de las damas ricas. En los recovecos de las serranías andaluzas comenzaron a instalarse algunos hombres que se veían empujados a robar por los caminos para superar la miseria en la que les habían sumido el abandono de las autoridades y las desigualdades sociales. Tenían que esconderse en los bosques, entre la maleza, en lo más profundo de las cuevas, esperando el amparo de la noche, que era cuando aprovechaban para acercarse a sus casas y llevar a sus madres algo de dinero con el que poder alimentar a las familias. La literatura de cordel los llamaba proscritos, guapos, bandidos, valentones, contrabandistas, forajidos, pero sus fechorías siempre terminaban envueltas en un halo de aventura que emocionaba hasta los tuétanos porque a la gente le gustaba soñar que, por una vez en la vida, los desfavorecidos terminaban convertidos en héroes. De cuando en cuando se corría la voz de que los alguaciles habían conseguido atrapar a alguno de ellos y una indignación sorda se extendía como la espuma. Sabían que las autoridades no iban a permitir que aquellos hombres aclamados por el pueblo siguieran alimentando quimeras. Eso significaba que terminarían sus días muertos a palos dentro de cualquier calabozo o ahorcados en medio de la plaza, esperando a que los cuervos les arrebañasen los huesos o que algún alma caritativa se sintiese lo bastante asqueada de verles oscilando de una cuerda, como frutos podridos prendidos aún al árbol, y decidieran descolgarlos. Por si eso fuese poco, se corrió la voz de que Godoy les estaba sirviendo el país a los franceses en bandeja de plata y eso suscitó la angustia, la desconfianza y una buena dosis de humillación. Daba igual que las ideas de la Revolución francesa pretendieran eliminar las clases sociales e igualar a los seres humanos ante la ley sin importar su alcurnia o su posición económica. Se trataba de diablos extranjeros, como decían los hombres de la cuadrilla de Ventura Marqués, y ante eso no se avenían a razonamientos. Él, por su parte, se pasaba el día hablando de justicia, de eliminar de una vez por todas la miseria que se había cebado precisamente en las personas que trabajaban la tierra y que le daban vida al país. No se sentía un criminal por dedicarse al bandolerismo. Estaba convencido de que era el mundo el que le había arrojado en los brazos del contrabando, del robo y de la extorsión.

—Dios es el responsable de mis actos. ¿Qué clase de padre pone en apuros a uno de sus hijos y da facilidades a otro? No se puede juzgar a una persona que pasa hambre con el mismo rasero que se juzga a un rey —decía.

Desde muy pequeño había madurado esa idea de la injusticia divina y fue el único de los monaguillos que se atrevió a planteárselo al cura que lo recogió cuando sus padres murieron. Llegó un momento en que fue incapaz de aceptar que había una razón incuestionable para que el orden del mundo estuviese establecido de ese modo y sólo sentía respeto por los mártires cristianos, capaces de dar su vida por un ideal, aunque él considerase que era un ideal equivocado. Eso le valió una zurra con los flagelos que le dejó la espalda marcada. Esa misma noche se escapó y jamás regresó a la iglesia. Se instaló en las cuevas de la Batida y, de vez en cuando, se acercaba a Carmona para abastecerse de alimento para el cuerpo y compañía para el espíritu. El cura le había enseñado a leer y escribir y le gustaba informarse por los pliegos de cordel de la situación que vivía el país. Se acaloraba elucubrando en el bar del Coplillas con los campesinos y con el maestro sobre cómo devolver la dignidad a los más humildes. Detestaba la desvergonzada superioridad de los terratenientes que sólo se preocupaban por los hombres si éstos eran capaces de trabajarles las tierras por cuatro reales, olvidándoles si enfermaban o si terminaba la temporada de labor. Con tanto énfasis defendía sus ideas de justicia e igualdad que terminó convirtiéndose en una especie de mesías y pronto un grupo de hombres decidió unirse a su causa de robar a los ricos para entregárselo a los pobres.

—Si el mundo no se repartió de forma equitativa, tendremos que encargarnos nosotros de hacerlo —les sermoneaba lleno de convicción.

Lo único que pareció hacerle tambalear la seguridad fue Guiomar. Los hombres de la cuadrilla se dieron cuenta antes que nadie, porque la excusa de que una muchacha tan endeble logró zafarse de las cadenas hacía agua por todas partes. No le dijeron nada cuando llegó contando la historia de que había perdido su rastro a la altura del puente romano. Se quedaron mirándolo de forma socarrona y él se echó a reír. No hizo falta más.

Dos días después era domingo, y Ventura Marqués sintió el deseo irracional de volver a verla. Sabía que era peligroso, que la joven podría delatarle, pero decidió que por alguien como ella bien merecía la pena arriesgar la vida, e incluso el alma. Se apostó a primera hora cerca de la puerta de la iglesia de Santa María, al amparo de dos calles, pero hasta las once, Guiomar no apareció. Iba acompañada por su madre y Candela; las mujeres no paraban de hablar, pero la muchacha parecía ajena a la conversación. Caminaba despistada, con la mirada baja, con el rosario de plata y el misal aferrados a su mano derecha. Ventura Marqués esperó a que todo el mundo estuviese dentro de aquel templo, al que no regresaba desde que era un niño, para atravesar el umbral.

La iglesia separaba a sus feligreses por sexos por si el demonio, en su afán de amargarles la vida a los pecadores católicos, tenía la intención de tentar su veleidosa carne precisamente en la casa del Señor. En los bancos de la derecha se sentaban los hombres y a la izquierda las mujeres. Ventura tardó un rato en acostumbrar los ojos a la penumbra y localizar a la muchacha. Cuando lo hizo, buscó un lugar discreto y se quedó de pie, entre las columnas, para poder observarla con libertad. Guiomar fue a confesarse. Se arrodilló ante la celosía y le habló al sacerdote de su falta de concentración, de la desobediencia a sus padres y las desatenciones a sus rezos. Se inventó un par de pecadillos veniales al darse cuenta de que aquella confesión estaba perdiendo interés porque le pareció intuir un bostezo del religioso. Pero no se atrevió a contarle que la noche anterior había pecado de pensamiento. Un pellizco en el vientre la despertó en medio de un sueño voluptuoso en el que cabalgaba a la grupa de una jaca negra, aferrada a la cintura firme de un forajido, con la cabeza recostada sobre uno de sus hombros. Le pareció demasiado vergonzoso tener que explicar por qué pensaba que era un sueño que merecía penitencia.

—Tres padrenuestros y tres avemarías —le dijo el sacerdote con voz de tedio.

Guiomar se incorporó persignándose y caminó en dirección al banco donde estaban su madre y Candela musitando sus oraciones con el gesto cariacontecido y las manos entrelazadas. De pronto sintió la presión de una mirada, levantó ojos y se encontró con la sonrisa de su bandolero. No podía creerlo. Avanzó sin dejar de observarle, aún sorprendida de que estuviera allí, sonriéndole de ese impertinente modo. Estaba tan ofuscada que tropezó con el reclinatorio y tuvo suerte de estar ya cerca de Candela que la sujetó de la mano evitando que terminase por el suelo. Creyó escuchar una risa que venía de la dirección en la que él estaba. Sintió una tremenda vergüenza. Se pasó el resto de la misa con el corazón acelerado, enrollando y desenrollando el rosario de plata sobre su dedo índice, sin atreverse a girar la cabeza. Cuando salió, miró en todas las direcciones, pero él ya no estaba.

Desde ese día se lo encontraba en todas partes. Ventura se confió. Estaba seguro de que, si ella tuviera la intención de delatarle, ya lo habría hecho. Así que la seguía con tranquilidad a la iglesia, al mercado, se apostaba cerca del Cortijo de las Jácaras y dejaba que su yegua bebiese agua del arroyo. Guiomar lo veía por la ventana. En un principio estaba ofendida, pero poco a poco comenzó a buscarle con la mirada, a desesperarse si se retrasaba, a entristecerse si no lo encontraba. Hasta que un día se decidió a ir hasta el final de la verja; un lugar imposible de ver desde la casa. Se paró allí y fingió entretenerse cortando flores. Él no tardó en aparecer.

—¿Acaso me está siguiendo? —preguntó ella con mucha dignidad.

—¿Acaso me está esperando? —respondió él con su inagotable sonrisa.

Desde aquel día comenzaron a encontrarse en ese rincón apartado, protegidos por los limoneros, cada uno a un lado de la verja que cercaba la propiedad de los Montenegro. Aun a esa distancia, Guiomar podía intuir el aroma a monte de Ventura Marqués, que le recordaba al tomillo y al romero de aquella tierra. Tenerlo cerca era como regresar a casa. Cada día avanzaban un poco más en sus conversaciones. Se hicieron un recuento de sus vidas. Así fue como Guiomar supo que los padres de Ventura fueron labradores hasta que murieron envejecidos por la escasez de comida, la enfermedad y el miedo al terrateniente. Supo también que pasó su niñez jugando junto a su hermano en el Cortijo de las Jácaras, que el cura de Carmona sintió lástima de ellos y los acogió para que no se criaran en la calle, que les enseñó a hacer de monaguillos y que, gracias a eso, Ventura estuvo presente el día de su bautizo.

—¿De verdad? —preguntó incrédula.

—De verdad —respondió él—. Eras pequeña y arrugada como un garbanzo, te tendí mi dedo y lo agarraste con mucha fuerza. Ahora no podrías hacerlo.

—Claro que podría —aseguró Guiomar.

Él ofreció su mano desafiante y ella la agarró dispuesta a apretarle con todas sus fuerzas, hasta que se arrepintiese de haberla retado. Pero toda su resolución quedó eclipsaba cuando sus pieles se rozaron. Aquello fue una conmoción. Ese pequeño espacio del mundo que quedaba atrapado entre sus manos, se convirtió en el paraíso terrenal. Pasaron las siguientes semanas cosquilleándose los dedos mutuamente mientras se miraban a los ojos y hablaban del campo, de la vida en las cuevas, de la imprenta y de las damas en apuros que aparecían en las novelas de monsieur Verdoux. Guiomar le enseñó a jugar al ajedrez y Ventura no comprendió cómo había podido organizar a sus hombres durante ese tiempo sin conocer la filosofía de esa batalla en miniatura. Le encantaba que las piezas tuvieran valor en su conjunto, que cada una cumpliera una importante misión dentro del juego. Eso le pareció tremendamente igualitario. No se cansaba de que Guiomar le descubriese la importancia de decidirse por una apertura española, inglesa o siciliana; que le hablase de gambitos y enroques o de valientes peones que alcanzaban la octava fila y se convertían en reinas que vencían al enemigo. Dedujo que lo representado en el tablero podría aplicarse a la vida real y aprendió la importancia de la previsión, de la prudencia, de la confianza en uno mismo, de la espera de la oportunidad y el análisis del contrario.

Pero pronto hacer manitas de forma vehemente resultó más un tormento que un alivio. Se les enredaban los suspiros en el pecho; la garganta se quedaba seca; las manos, frías; las rodillas, flojas, y el estómago, en un puño. A Guiomar le dolía el alma, aunque era incapaz de saber a qué era debido y lo único que le calmaba era estar al lado de su amado. Dejó de conformarse con compartir con él las tardes y comenzó a salir a escondidas en medio de la noche. Había organizado un estudiado ritual para que nadie de la casa descubriese su secreto. Se retiraba temprano, después de cenar, y hacía tiempo, con paciencia de santa, a que sus padres, Candela y monsieur Verdoux terminaban con la tertulia en el porche delantero. Cuando se acostaban y todo quedaba a oscuras y en silencio, saltaba por la ventana de su habitación, que daba a la parte posterior de la casa. Su amado la esperaba cerca del puente romano, a lomos de su yegua. La veía venir corriendo, entre las matas, envuelta en reflejos de luna y estrellas, con el rostro arrebolado por el temor a ser descubierta y el amor recién estrenado. La atrapaba por el brazo y la subía a la grupa. Juntos cabalgaban en dirección a las cuevas. Cuando llegaban, se sentaban con el resto de la cuadrilla delante de la hoguera. Allí hablaban de emboscadas a los franceses y de honores mancillados. De vez en cuando, Guiomar se daba cuenta de que los hombres se quedaban callados. No decían nada, pero intuía que, para ellos, tenerla allí era un peligro, aunque nunca se atrevieron a decirlo abiertamente.

Una noche de luna llena, Ventura Marqués la llevó a conocer el resto de las cuevas. Algunas tenían antiguos dibujos en las paredes, otras parecían enormes salones de baile con capacidad suficiente para doscientas personas. Llegaron a la entrada de la que quedaba escondida tras una enorme higuera. Había que descender pero una vez abajo, la temperatura era deliciosa, sin el bochorno de la noche de agosto. Ventura extendió su manta en el suelo y cogió la mano de la muchacha para ayudarla a sentarse, después encendió un candil de aceite. Guiomar había deseado tanto estar a solas esa noche con él que sintió miedo de que pudiera descubrirlo en sus ojos, así que bajó la mirada. Aun así, podía entrever las sombras doradas que la luz de la llama dibujaba en el rostro moreno de su amado y casi le faltó la respiración. Él se tumbó boca arriba sobre la manta, con la camisa blanca abierta, dejando al descubierto su torso. Ella se mantuvo inmóvil, sentada con la espalda muy recta. Miró al exterior. Podía ver el cielo estrellado entre las hojas de la higuera. Estiró su dedo índice y lo puso sobre la nariz de Ventura, descendiendo por sus labios hasta llegar a la curvatura de su barbilla.

—¿No te da miedo estar sola aquí conmigo? —preguntó él.

—Ya no.

Ella abrió entonces la mano y la posó en el pecho desnudo de él. Ventura suspiró y le aferró la muñeca.

—Creo que no debes continuar. No imaginas lo que esto me hace sentir. —La voz del bandolero era apenas un susurro.

—Perdón.

—Soy lo peor —protestó compungido—. Te traigo aquí y luego te alejo. Sé que no te merezco, pero no dejo de buscarte. —Se incorporó para quedarse sentado, abrazado a sus piernas, con el mentón apoyado en las rodillas—. Pero no puedo evitarlo, Guiomar. No puedo vivir sin verte, sin tu sonrisa, sin los rizos de tu pelo… sin eso pierdo las fuerzas.

Guiomar se acercó para enfrentarse a él. Tomó su rostro entre las manos y el muchacho cerró los ojos. Le acarició los párpados con los índices y los labios con los pulgares, sintió su respiración acelerada. Se le hizo un nudo en el estómago. Fue entonces cuando Ventura se acercó lo suficiente para que pudieran compartir el aire de esa cueva. Él podía sentir el olor del campo en el que ella había nacido y que le recordaba su infancia. El olor de la hierba, de la fruta. Y se acercó más. Sus labios entreabiertos se juntaron y cayeron exhaustos, rendidos de pasión contenida, de hambre y sed del otro. Se besaron durante horas, deseando que el alba jamás llegara. Mientras duró aquel maravilloso verano y la realidad de las personas que eran les obligó a separarse, convirtieron la cueva de la higuera en su particular cámara nupcial.

Ella le juró amor hasta la muerte. Él, que era más realista y sabía que las diferencias sociales eran las que decidían los destinos, le juró entre suspiros que pondría a su disposición todo su amor hasta que ella ya no le amase. Ventura Marqués compró un candado y le entregó una llave a Guiomar el día antes de que su familia decidiera que tenían que regresar a Sevilla. Él se quedó con la otra.

—Pondré este candado en la verja de la Cruz del Campo —le explicó—. Si a lo largo de este invierno te comprometes con otro, simplemente ábrelo y yo comprenderé que ya no somos nada.

—No pienso amar a nadie más que a ti —le aseguró Guiomar con determinación.

—Recuérdalo. Abre el candado si dejas de amarme. No quiero estar aquí si el verano que viene llegas casada con otro.

El día que la familia Montenegro dejó el Cortijo de las Jácaras para volver a la cotidianeidad del invierno en Aquí se imprimen libros, Guiomar lloró todo el rato sin que sus padres, Candela o monsieur Verdoux conociesen la razón de su desdicha. Cuando llegaron a la altura de la Cruz del Campo, la muchacha se asomó por la ventanilla del carruaje. Sabía que Ventura Marqués les había estado siguiendo todo el camino. Se veía a sí misma como protagonista de una novela amorosa: desdichada, compungida, separada de su amor por culpa de crueles fuerzas contra las que no podía luchar. Vio a su amado colocando el candado en el lugar convenido. Mientras se alejaban, ella le lanzó un beso. Él lo atrapó en al aire y se lo llevó al corazón con lágrimas en los ojos. No estaba segura porque la distancia ya era grande, pero creyó leer en sus labios un «esperaré».

19

¡Guerra!

> El hombre es un frívolo, una criatura engañosa y, como un jugador de ajedrez, se preocupa más por el proceso de obtener su meta que de la meta por sí misma.
>
> Feodor Dostoyevsky

Poco podía imaginar Guiomar que los enemigos de su amor estaban lejos de ser el tiempo y la distancia porque, hasta entonces, los intereses políticos y las trifulcas por el poder fueron un breve párrafo que leía sin prestar demasiada atención si surgían de casualidad en las obras de teatro de damas en apuros. Ahora que tenía un enamorado de carne y hueso, se acrecentó su ensimismamiento, la languidez de sus ojos y la lentitud de sus movimientos. Nada más llegar a Sevilla, contó los meses, las semanas, los días que restaban para la llegada del verano y empezó a arrancar una por una las hojas del almanaque con actitud lacrimosa. El estómago se le llenaba de mariposas cuando pensaba en la tibieza del cuerpo de su bandolero y por eso comenzó a comer como un pajarito hasta que se quedó en los huesos y le salieron sombras oscuras bajo los ojos. Todos pensaron que estaba aquejada de una grave enfermedad, así que decidieron consultar con un doctor que frecuentaba las tertulias de AQUÍ SE IMPRIMEN LIBROS. Tras examinarla, concluyó que padecía pelagra y que sólo se curaría comiendo huevos crudos y bebiendo la disolución de una cucharadita de bicarbonato de bismuto cada tres horas.

—Como no siga mis instrucciones al pie de la letra terminará demente, arrancándose los pelos uno a uno, en completo orden lineal. Dos días más tarde de quedarse calva, el Señor la llevará con Él a la Gloria —concluyó ante la mirada sobrecogida de Abel y Rosario.

Como Guiomar sabía que su enfermedad nada tenía que ver con males del cuerpo, se tragó los huevos crudos y el brebaje, por tranquilizar a sus padres, y decidió seguir amando a Ventura Marqués con la misma fuerza, pero alimentándose mejor para no levantar sospechas. El amor la transformó. Dejó de encontrar interesantes las historias que narraban otros y prefirió recuperar el hábito de subirse al tejado a rememorar, entre los maullidos de los gatos perezosos, su propia historia. Cuando llegaba la noche, la oscuridad de su alcoba le traía recuerdos de cuerpos enlazados, de respiraciones compartidas, de susurros y humedades, y entonces tenía que acariciarse hasta que un golpe de delirio le secaba la garganta. Avivó durante el otoño y comienzos del invierno su sentimiento, olvidando los detalles menos delicados e idealizando los momentos de pasión, hasta que el Marqués de las Veredas se convirtió en un ser prácticamente perfecto, inmune a la distancia y al olvido. En un par de ocasiones se acercó hasta el templete de la Cruz del Campo con el corazón encogido, muerta de miedo por si él había quitado el candado que indicaría que su amor había terminado. Cuando al fin veía allí aquel pedacito de hierro solitario en el que ella basaba toda su esperanza, colgando de la verja, suspiraba aliviada y regresaba a casa dichosa, como si fuese la propia voz de Ventura la que le susurraba al oído que aún la amaba.

Pero no le dio tiempo a desesperarse más soñando con el idílico reencuentro que se produciría en verano porque la situación política del país trastornó los planes de la familia. Godoy firmó en otoño el Tratado de Fontainebleau por el que el rey de España permitía a los franceses atravesar el país con sus tropas con el propósito de hacerle la guerra a Portugal. El emperador de los franceses estaba molesto. Había prohibido el comercio de productos británicos en el continente europeo y los lusos se empeñaban en llevarle la contraria. Los españoles observaron atónitos cómo más de sesenta mil soldados se paseaban como si tal cosa por las ciudades más importantes del país con sus cañones y sus bayonetas, portando banderas con colores azules, blancos y rojos, haciéndose los dueños de las calles, exigiendo atenciones y ocasionando exagerados gastos de manutención. Napoleón, que no daba puntada sin hilo, quiso aprovechar la situación. Hacía tiempo que tenía en mente derrocar la monarquía de los Borbones convencido de que cualquier pueblo con dos dedos de frente estaría deseando librarse de una dinastía que había demostrado una ilimitada bajeza moral. Pero estaba equivocado. España era el lugar de nacimiento del Tenorio, la cuna del fuego en la mirada y de la navaja en la liga. Allí las pasiones se llevaban al límite, ya fuese para amar o para guardar fidelidad patriótica a una causa; aunque sólo fuese por llevar la contraria. Napoleón pensaba que a los españoles les seduciría la idea de ser los propios dueños de su destino, como había ocurrido en su país. Pero no se dio cuenta de que tenían alma de súbditos y que estaban dispuestos a dar la vida por sus soberanos, aunque éstos fuesen unos pusilánimes que llevaban años chupando del bote mientras las gentes se morían de hambre. Al final, tanto uniforme francés atochando las calles terminó por abrumar a la población y pronto se corrió la voz de que los franceses querían apoderarse del país. La propia familia real, temiéndose lo peor, se retiró al Palacio Real de Aranjuez convencidos de que si las cosas empeoraban, podrían escapar sin problemas en dirección a Sevilla y desde allí coger un barco para huir a América. Napoleón obligó a los reyes a ceder la corona española a su hermano José Bonaparte y eso terminó de desatar las iras de la población. El odio se fue extendiendo como una oleada, hasta convertirse en un clamor popular que estalló el 2 de mayo de 1808 en Madrid. Las atrocidades de ese día y el siguiente quedaron inmortalizadas por las hábiles manos de Goya en unos cuadros en los que los protagonistas no eran héroes mitológicos ni ejércitos sobre lustrosos caballos blancos, sino hombres y mujeres normales incentivados por la fidelidad y la ira, siguiendo las consignas de: «¡A por ellos, que se llevan a nuestros infantes!» y «¡Muerte al francés!». El pueblo acababa de hacer su elección: ¡Guerra!

Abel comprendió que, tal y como se estaban precipitando las cosas, su familia estaría más segura en el Cortijo de las Jácaras. Envió allí a su mujer y a su hija, junto con gran parte de la servidumbre, mientras él se quedaba en Sevilla acompañado por monsieur Verdoux y frey Dámaso, intentando poner orden en la locura que se había producido tras el alzamiento popular. En las reuniones del patio de AQUÍ SE IMPRIMEN LIBROS ya no hablaban de temas literarios, e incluso la búsqueda de las capitulaciones, que parecía haber entrado en un punto muerto, dejó de ser tema de conversación entre Abel, frey Dámaso y monsieur Verdoux. Aunque seguían aguardando la aparición de algún otro *Código de las siete partidas* que contuviera una revelación importante, lo principal en esos días era la política. Los intelectuales, que no se dejaron llevar por las inflamadas proclamas populistas, se reunían en la imprenta y discutían soluciones. Mientras la mayoría de la gente se ofuscaba en echar a los gabachos lo antes posible, aquellos a los que llamaban despectivamente «afrancesados», defendían la monarquía de José Bonaparte porque afirmaban traería consigo los aires renovadores de la revolución. Muchos eran personas educadas, comprometidas, cultas, intelectuales y funcionarios preparados, con la profunda convicción de que podían construir una sociedad basada en la razón, la justicia y la libertad. Algunos eran de sobra conocidos en las tertulias de AQUÍ SE IMPRIMEN LIBROS. Gente como José Marchena, Félix José Reinoso, Alberto Lista, incluso eclesiásticos como el sacerdote José María Roldán y el obispo auxiliar de Sevilla, que habían logrado sortear la censura de los Borbones y absorber el espíritu ilustrado. Pero eran una minoría dentro de una sociedad dividida entre los que defendían el absolutismo y querían que regresara Fernando VII, al que llamaban «el Deseado», convencidos de que la mejor forma de gobernar un pueblo era entregando todo el poder a una única persona a la que había que obedecer sin cuestionarse nada; y los liberales, que defendían las ideas revolucionarias pero no aceptaban que las trajeran los franceses. Ambos se oponían por completo a la ocupación.

Abel se entregó a la elaboración de un reglamento sobre la libertad de imprenta así como la defensa de los derechos del hombre y del ciudadano, la existencia de un solo fuero para toda clase de personas en causas civiles y criminales y la prohibición de la tortura, dando importancia a la enseñanza y a la necesidad de la instrucción pública. Él y muchos de sus compañeros de tertulia redactaron un manifiesto en el que asumían su responsabilidad en dirigir la guerra y reconstruir el Estado tras ella. Se agruparon en lo que se dio en llamar junta que más adelante constituirían la Junta Suprema Central Gubernativa, con sede en Sevilla, que tomó el poder en nombre del rey cautivo ante el vacío dejado por las instituciones tradicionales. Argumentaron mucho sobre el futuro político del país porque sus ideas se dividían en dos posturas. La primera la defendía Jovellanos y sus seguidores, que proponían restaurar las normas previas al absolutismo. La segunda propuesta era la que más gustaba a Abel: defendía la redacción de una Constitución que reconociese los derechos y libertades de los ciudadanos e instituyese un sistema político que limitase los privilegios de la monarquía y crease cuerpos representativos.

Pero para Guiomar el comienzo de la guerra no fue tan dramático porque le permitía adelantar su llegada a Carmona y reencontrarse antes de lo previsto con su bandolero. El amor la había vuelto egoísta y ciega a la hora de considerar lo que significaba ese conflicto que ponía el país patas arriba. Había soñado tanto con el momento en el que sus miradas volvieran a cruzarse que se sorprendió de su propia reacción porque, cuando estuvieron al fin frente por frente, se sintió extrañamente torpe. Ventura le pareció mucho más alto, más delgado, con la piel más bronceada, el cabello más negro y ensortijado y los ojos de un color negro mucho más profundo de lo que recordaba. Se ruborizó y no se echó a sus brazos como había supuesto que haría. Un impulso absurdo la obligó a tenderle la mano de manera formal. Él la miró un segundo con gesto burlón.

—Pero ¿qué haces? Esto me pasa por enamorarme de señoritas remilgadas —le dijo antes de rodearle la cintura con su fuerte antebrazo y besarla con pasión en los labios.

A partir de ese día, Guiomar retomó sus rutinas de comportarse con normalidad en casa para que nadie pudiera imaginar la secreta e inquietante vida nocturna que se traía entre manos. Se pasaba el día sentada en el porche delantero, bosquejando pajaritos en su cuaderno de dibujo, bordando florecillas silvestres en las esquinas de delicados pañuelos de hilo y leyendo poemas de elevados sentimientos que, comparados con los suyos, le parecían de lo más insulsos. Esperaba con ansiedad la llegada de la cena y soportaba con paciencia de santa las interminables sobremesas durante las que su madre se alargaba en explicaciones de la vida en el campo, las preguntas de qué andará haciendo tu padre y los planes para el siguiente día, hasta que comenzaba a cabecear delante de su tacita de tila. Justo en ese momento, Guiomar aprovechaba para aconsejarle que se acostase. La acompañaba a la cama y se cercioraba de que todas las luces de la casa estaban apagadas. Entonces se iba a la habitación y esperaba junto a la ventana la llegada de su amor mientras escuchaba el concierto nocturno de los grillos y las cigarras. Cuando veía la figura de su bandolero de romance recortándose en las sombras de plata con las que la luna bañaba el campo, salía por la ventaba agarrándose a las ramas del limonero. Ventura Marqués la esperaba en el mismo lugar, detrás de la verja, al abrigo de los matorrales, a lomos de su jaca morena y valiente que desprendía aromas de libertad.

Pero, pese a que el amor les daba fuerzas suficientes para continuar con su extenuante rutina, ya no podían verse todos los días. La banda del Marqués de las Veredas, junto con otros grupos de hombres civiles armados únicamente con palos y machetes, se habían convertido en la resistencia que combatía a los franceses a falta de un ejército español digno de ser llamado así. Sus tácticas, que en un primer momento pudieron parecer frágiles, pronto se descubrieron como sumamente efectivas. Ventura aplicaba sobre el terreno los conocimientos de ajedrez que Guiomar le había enseñado. Gracias a ellos era capaz de adivinar las debilidades de su enemigo e imaginar los siguientes pasos que pensaba dar, de modo que siempre lograba adelantarse a sus intenciones. Terminó cogiendo fama de estratega visionario. Aprendió que a los franceses les aplatanaba el tórrido calor del sur, que los entresijos de las sierras les despistaban sobremanera y que la actitud fiera y arrogante de los españoles terminaba por apabullarlos. Supo aprovecharse de los recursos de los que disponía. Estar en clara desventaja numérica le parecía una nimiedad porque sus hombres conocían el terreno que pisaban, hostigaban con rápidos golpes de efecto a las tropas enemigas, y luego se dispersaban, como si fuesen un mal sueño, envueltos en polvo, entre los peñascos, dejando a los gabachos mirando el horizonte con cara de pasmarotes, preguntándose si el ataque que habían sufrido era real. Las habilidades de la banda del

Marqués de las Veredas corrieron de boca en boca gracias a las coplillas que los niños cantaban en las plazuelas:

Cuando Ventura Marqués
monta a caballo
tiemblan los franceses:
¡ya llega el diablo!

Por eso el ejército español decidió nombrarle capitán de caballería, con el cometido principal de impedir la comunicación y suministro del ejército francés en las zonas cercanas a Sevilla. Desde ese momento, la banda del Marqués de las Veredas interceptaba correos, convoyes de víveres, dinero y armas. Los gabachos pronto se vieron sobrepasados por esa cuadrilla que comenzaba a resultar tan incordiarte como un grano en el trasero. Tuvieron que destinar a un general única y exclusivamente para intentar controlarlas y ofrecieron una sustanciosa recompensa a aquel que entregase a alguno de sus miembros; vivo o muerto. Guiomar casi se desmayó del susto cuando se enteró de la amenaza a la salida de la misa del domingo.

—Estás en peligro —le dijo a Ventura con lágrimas en los ojos en cuanto pudo tenerle de nuevo entre sus brazos.

—Los franceses sí que corren peligro —respondió él seguro de sí mismo.

Pactaron un silbido especial con el que le avisaría de que estaba al otro lado de la verja las noches en las que podía escapar de sus obligaciones. Aquellas esperas de días eran para Guiomar peores que cualquier mala noticia. Vivir en la incertidumbre de no saber si volvería a ver a su amor le destrozaba el alma. Se acostaba vestida, dispuesta a salir corriendo si escuchaba el silbido. Cuando lo oía, el corazón se le ponía en la boca, abría la ventana de su cuarto y descendía el árbol con la garganta reseca. Ventura la recogía, la montaba a la grupa de su caballo y, mientras cabalgaban en dirección a las cuevas de la Batida, él aferraba la mano de la muchacha contra su pecho, besándola de vez en cuando. Guiomar entonces, sumergía su nariz en la musculosa espalda de Ventura, se pegaba a su cuerpo y sentía un indescriptible cosquilleo de placer que se transformaba en dolor cuando llegaban a su destino y él la ayudaba a bajarse. Corrían a la cueva de la higuera buscando la intimidad que les permitiese explorarse con las lenguas, morderse los labios, beberse mutuamente, entrar y salir del cuerpo del otro como perros por su casa, gimiendo, aspirando el aire a bocados, pronunciando sus nombres entre susurros angustiosos que les desgarraban el alma. Cuando al fin conseguían saciarse del cuerpo del otro, ella se recostaba sobre el pecho moreno del muchacho y le preguntaba qué había hecho los días que habían estado separados. Y entonces él le hablaba con rabia de la guerra. Le contaba que el país se convulsionaba en un desatino de muerte, hambre, duelos y llantos inconsolables de niños que se quedaban sin padres. Le habló de los valientes hombres y mujeres que estaban dispuestos a dar su vida por la causa. Le narró la historia de una tal Agustina que puso patas arriba a los franceses en Zaragoza consiguiendo con su bravura que se batieran en retirada. Describió la historia con tanta pasión que Guiomar sintió una punzada de celos y una buena dosis de preocupación. Él parecía sentirse atraído por las emboscadas, el peligro y la osadía en la misma medida que ella ansiaba compartir una tranquila vida a su lado, aspirando su olor montuno. A la muchacha le daba miedo que esa fascinación por el riesgo le empujase a estar en primera línea de fuego y que en una de esas escaramuzas terminaran por quitarlo de en medio descerrajándole un disparo en el pecho. Y es que el Marqués de las Veredas estaba convencido de que el desbarajuste en el que estaba sumergido el país no se podía arreglar de forma pacífica y que la única forma de recuperar España era a través del derramamiento de sangre. Se apasionaba tanto con sus razones que los ojos se le llenaban de brillo y a ella le costaba trabajo desprenderse del hechizo de su mirada para intentar explicarle que las teorías de igualdad, fraternidad y legalidad que defendían los franceses no se alejaban mucho de lo que él consideraba justo para su pueblo. Quería hacerle entender que si algo había aprendido en las tertulias de la imprenta era que el diálogo posibilitaba el arreglo de los conflictos y favorecía el respeto que debían tenerse los humanos por el simple hecho de serlo. Guiomar creía que recurrir a las armas para dirimir desacuerdos era la demostración palpable de que la humanidad había fracasado.

—Monsieur Verdoux asegura que todo se puede conseguir con la educación y la cultura... y frey Dámaso piensa que la violencia no lleva a ninguna parte... y mi padre dice que una de las primeras decisiones de José I fue abolir el tribunal de la Inquisición. Y eso, desde luego, me parece estupendo porque... —intentaba explicarse la muchacha.

—Lo que me faltaba por oír —le interrumpía él—. Esto me pasa por juntarme con señoritas —protestaba—. Tus referencias son un francés, un cura y un afrancesado. ¡Estamos buenos!

Ella se enfurruñaba, cruzaba sus brazos delante del pecho y le daba la espalda exigiéndole que la llevase a casa. Pasaban un par de semanas sin verse y, cuando Guiomar sentía que su corazón estaba a punto de pararse por culpa del tormento de la ausencia de Ventura, escuchaba el silbido pactado junto a la verja y bajaba corriendo al encuentro de su amor sin recordar siquiera por qué habían peleado.

Cuando llegó el invierno, la situación política del país no había mejorado en absoluto, así que Abel prefirió que su mujer y su hija continuasen en el campo. En ese momento los amantes tuvieron que enfrentarse a un nuevo problema que nada tenía que ver con las ausencias de él, las emboscadas a los franceses o las discrepancias de sus opiniones. Con el mal tiempo, sus retozos en la cueva de la higuera se complicaron por culpa del frío, la lluvia y el fango. Fue entonces cuando a Guiomar se le ocurrió que podrían encontrarse dentro del propio Cortijo de las Jácaras porque su madre dormía profundamente gracias a las infusiones de tila que tomaba antes de ir a la cama, y además comenzaba a tener problemas de oído. Siguieron valiéndose del ritual de los silbidos nocturnos. Cuando Guiomar lo escuchaba, cerraba con llave la puerta de su cuarto, abría la ventana y respondía con otro silbido para indicarle que no había peligro. Él ataba la jaca a un árbol y saltaba la verja. Se deslizaba como una sombra entre los árboles frutales y trepaba en busca de su amada.

La primera vez que Ventura puso los pies en la alcoba de Guiomar quedó conmocionado. Le pareció la habitación de una princesa. Olía a esencia de lavanda y bálsamo de benjuí y estaba decorada en tonos blancos y rosados, con flores frescas en la mesita de noche y tapetitos de hilo protegiendo los muebles. La cama parecía un tálamo nupcial, salpicada de almohadones rellenos de plumas de oca bordados con las iniciales de la muchacha. Él jamás había dormido en una cama como ésa. El máximo lujo al que aspiraba era descansar sobre una manta zamorana en una tibia noche de verano y que le atrapase el sueño contando las estrellas y escuchando el croar de las ranas. De pronto se sintió indigno de una mujer así y tuvo el irracional deseo de marcharse de allí antes de que ella se diese cuenta de lo poco que tenía para ofrecerle. Pero entonces se vio reflejado en los ojos de Guiomar y olvidó por completo las diferencias sociales y los prejuicios. Sintió de nuevo la fuerza de ese amor maravilloso que les obligaba a buscarse una y otra vez en contra de las mezquinas razones que pudieran encontrar para no estar juntos. Cayeron los dos en la cama diciéndose dulzuras, alumbrados por la luz dorada de las velas. Esa noche descubrieron lo que era hacer el amor con tranquilidad, retozar en la ternura de un colchón, unir la caricia de sus manos con la de las sábanas de hilo y fingir que eran dos recién casados. En las siguientes semanas, la intimidad del cuarto de Guiomar les permitió caminar desnudos sin tenerse vergüenza. Aprendieron a reconocer cada una de las curvas de su anatomía, sus lunares secretos, las manchas de nacimiento, las partes íntimas en las que el cuerpo se volvía más vulnerable y rosado. Ventura la amaba cada noche que se veían como si fuese la última, y ella misma lo sentía así cuando las luces del alba rozaban el horizonte y tenían que despedirse. La muchacha se asomaba a la ventana mientras él descendía por el limonero; desnuda, con el cabello ondulado, largo y suelto, adoptando la actitud dramática de Julieta en la escena del balcón. Lo veía dirigirse al horizonte a lomos de su jaca negra hasta que se convertía en un punto apenas perceptible. Entonces se pasaba un buen rato sollozando con desesperación, oteando el infinito, lamentando su desgraciada suerte. Había heredado de su abuela el placer inconfesable de regocijarse con el tormento.

Así les llegó de nuevo el buen tiempo pero ellos hicieron caso omiso porque no tenían intención de regresar a los encuentros furtivos en las cuevas de la Batida. Se habían acostumbrado a amarse con comodidad y además, a pesar del paso de los meses, o quizá precisamente por eso mismo, no terminaban de saciarse de pasión. Estaban las veinticuatro horas del día pensando el uno en el otro y en su siguiente encuentro en ese refugio maravilloso que les mantenía a salvo del bien y del mal. Había días en los que Ventura ni siquiera podía esperar a que llegase la noche cerrada para regresar al lado de Guiomar. Todo parecía tan natural y plácido que poco a poco perdieron la prudencia. Fue prácticamente un milagro que las muchachas del servicio no se diesen cuenta jamás de las entradas y salidas del Marqués de las Veredas. Pudieron disfrutar tranquilos hasta el desafortunado día en el que la labor de amarse les agotó tanto que las luces del amanecer no terminaron de despertarles.

Rosario se había levantado temprano aquella mañana. Como hacía buen tiempo, le pidió a la muchacha que le sirviese el desayuno en el porche delantero porque le gustaba tomarse el café y los picatostes viendo el campo. En eso estaba cuando escuchó un relincho cercano. Se levantó temerosa y se acercó caminando despacio hasta la verja. Allí vio un caballo desconocido, ensillado, amarrado a uno de los árboles. Un gemido se le quedó prendido en la garganta. Echó a correr en dirección a la casa, convencida de que su hija estaba de nuevo en peligro. Subió la escalera lo más deprisa que pudo, con el corazón golpeándole en el pecho con fuerza; una oleada de sangre le sacudió la cabeza y se sintió mareada. Por un momento temió perder el sentido. Cuando intentó abrir la puerta de la habitación de Guiomar y vio que estaba cerrada con llave se echó a temblar. Escuchó ruidos en el interior, sonidos de pisadas aceleradas, murmullos, la ventana abriéndose… las muchachas del servicio acudieron alertadas por los gritos de Rosario y todas juntas intentaron forzar la cerradura golpeándola con un candelabro, con la escoba… hasta que Guiomar abrió desde dentro con el camisón puesto del revés y el pelo alborotado.

—¿Qué ocurre? —preguntó desperezándose y fingiendo un bostezo—. ¿A qué viene todo este revuelo?

Las mujeres se asomaron al cuarto y vieron que la ventana estaba abierta, con las cortinas revoloteando como fantasmas asustados sacudidos por el viento. A lo lejos, escucharon los cascos de un caballo que galopaba a toda velocidad. Rosario miró a su hija, en un principio con gesto interrogante, pero cuando se dio cuenta plena de la situación se llenó de ira. Frunció el ceño, se dio la vuelta y ordenó a las muchachas que preparasen el equipaje.

—¡Nos volvemos a Sevilla! —anunció dando dos palmadas—. Y rapidito.

Guiomar se negó en redondo a confesar el nombre de su amante a pesar de lo mucho que su madre la amenazó con decírselo a su padre. La muchacha se pasó el trayecto que separaba Carmona de Sevilla llorando, hipando y sorbiéndose los mocos, pensando que no volvería a ver a Ventura, que él no sería capaz de encontrarla, o peor aún, que pensaría que le había abandonado y quizá dejase de amarla. Pero a Rosario no le conmovieron los llantos de su hija. Estaba dolida por la falta de confianza, se sentía burlada, sola, cansada de la maldita guerra, olvidada por su marido, harta de no poder regresar a la imprenta, frustrada por no continuar con sus proyectos. Inconscientemente culpó de todas sus desgracias a su retiro forzoso en el campo y a esa díscola hija suya. Cuando llegaron a Sevilla iba dispuesta a recitarle a su marido lo que había pasado pero al ver su rostro de preocupación, se dio cuenta de que las locuras del amor juvenil en realidad eran una bendición en un momento en que había que apartar el odio a machetazos. Así que le explicó a Abel que regresaban porque se aburrían de estar solas en el campo y echaban de menos la ciudad, la imprenta y a él; algo que tampoco era incierto. Pese a que Abel se alegró de tenerlas de nuevo cerca, enseguida les contó, con el rostro compungido, que las cosas se estaban complicando para ellos. El periódico madrileño *Espíritu de los mejores diarios*, publicó una lista con los nombres y apellidos de unas veinte personas a las que acusaban de afrancesadas. Aseguraban, en un lenguaje de lo más alarmista, que eran una amenaza para la nación, la patria y el legítimo rey Fernando VII. En esa lista aparecían los nombres de Abel y de monsieur Verdoux.

—Es curioso —le dijo a su esposa con gesto compungido—, los que más defienden el regreso del absolutismo y la represión están sirviéndose de la libertad de prensa que yo insisto en incluir en la Constitución para escribir artículos sediciosos e insultantes sobre mí. Deberíamos plantearnos que la libertad de expresión tiene que terminar justo donde comienza el derecho a respetar el honor de otro ser humano.

—¿Y cómo se lo ha tomado monsieur Verdoux? —le preguntó Rosario preocupada.

—Pues no sabría decirte —respondió Abel—. Estos días anda más bien apático.

El día de la muerte de su esposa, Abel de Montenegro no se encontraba en casa. Se había entregado a la causa de poner en pie la primera Constitución Española con una pasión desaforada. Ni su mujer ni su hija, que lo conocían bien, le vieron jamás tan entusiasmado con nada. Se pasaba el día discutiendo soluciones, organizando encuentros, planeando citas, viajando de un lugar a otro porque las Cortes se trasladaron de Sevilla a la Isla de León. Aparecía por la imprenta como una exhalación y apenas hablaba con ellas. Se quedaba un par de días, lo justo para solucionar los problemas más acuciantes, y volvía a desaparecer por semanas.

Fue en una de esas noches, estando las dos solas, cuando sucedió todo. Rosario llevaba ya un par de semanas comportándose de un modo extraño. No le preocupaba buscar contenidos para el siguiente número de *La invencible rosada*, organizó sus armarios, sus collares, su tocador. Le regaló sus perfumes a la cocinera y le desveló a Guiomar el lugar en el que escondía la caja con sus joyas más valiosas; las que había heredado de su abuela y de su madre y que por fortuna habían sobrevivido a la tendencia manilarga del fantasma de mamita Lula.

—Cariño —le dijo a su hija—. Guárdalas bien. Tengo la sensación de que, tal y como están las cosas, quizá tengas que utilizarlas para algo más importante que para lucirlas en una cena.

A Guiomar aquello le pareció raro, pero no le prestó mayor atención. Estaba demasiado preocupaba buscando la forma de ponerse en contacto con Ventura porque hacía más de seis meses que no sabía nada de él y se temía lo peor. Hizo el inventario de las cosas de valor que había en la casa y las subió al desván, tal y como su madre le había pedido que hiciera. No volvieron a hablar del asunto pero Rosario continuó apática. Apenas mantenía una conversación que superase las veinte palabras, enseguida perdía el hilo y se quedaba callada, mirando al infinito. A veces amanecía con los ojos hinchados y cuando Guiomar le preguntaba, ella respondía que no había dormido bien esa noche.

Curiosamente, la mañana de su último día se despertó jovial. Desayunó más fuerte que otros días, regó las plantas tarareando una canción inventada y le dio de comer a los pájaros del patio mientras les decía lindezas. Atendió a los pocos clientes de la imprenta con una sonrisa en la boca y, a la hora de la comida, felicitó a la cocinera por su manjar blanco. Meses más tarde Guiomar llegó a la conclusión de que todo era una puesta en escena para marcharse dejando un buen sabor de boca en los que le rodeaban porque, en realidad, Rosario estaba herida de tristeza desde hacía ya mucho tiempo. Su marido parecía haber perdido el interés por ella y sentía que poco a poco AQUÍ SE IMPRIMEN LIBROS también languidecía. Desde que el nombre de los Montenegro apareció en la lista de los afrancesados, algunos clientes los abandonaron y un par de muchachas del servicio prefirieron irse a cocinar y limpiar para personas más patrióticas. Sólo permaneció fiel la cocinera porque era demasiado vieja y sabía que no la admitirían en otra casa. Sin Abel, sin el frenético movimiento de la imprenta, sin el ajetreo de controlar a la servidumbre y sin la exquisita alegría de monsieur Verdoux, la casa, con sus paredes tan blancas y su silencio sepulcral, parecía un hospital desvencijado.

Esa noche estaban terminando de cenar, cuando Rosario sintió una presión en el pecho que la obligó a encogerse.

—¿Le ocurre algo, madre? —preguntó Guiomar preocupada.

Rosario tardó un rato en responder.

—Estoy cansada —musitó.

—Venga. —Guiomar se quitó la servilleta de las rodillas y la ayudó a levantarse tomándola por el brazo—. La acompañaré a su habitación.

Pero no llegaron. Cuando estaban subiendo la escalera, Rosario se agachó, quedando primero sentada sobre los escalones. Después terminó por tumbarse.

—¿Qué le pasa? —repetía Guiomar nerviosa, desatándole los botones del vestido que aferraban su cuello.

Su madre la agarró deteniéndola y le miró a los ojos.

—Me estoy muriendo —aclaró con incomprensible calma.

—No.

—Dime quién era ese hombre que saltó desde tu ventana.

Nunca habían vuelto a hablar de ello.

—Ahora eso no importa, madre. —Guiomar estaba asustada.

—No dejes que me vaya de este mundo sin saberlo, por favor te lo pido, hija mía. ¿Le amas?

—Sí.

—¿Y él a ti?

—Sí.

—¿Y por qué no ha pedido tu mano?

—Es muy complicado, madre. Está en peligro. Les hace la guerra a los franceses. Vive escondido. No sé dónde está ahora —dijo envuelta en lágrimas.

Rosario suspiró.

—¡Cuánto daño le hace la guerra al amor! —Hablaba de forma acongojada—. No permitas que os separen… no te quedes sola. Busca a tu amor.

—Madre... —sollozaba Guiomar.

—Dile a tu padre que él es lo mejor que me ha pasado en la vida.

Y entonces cerró los ojos y murió.

Por fortuna para Guiomar no tuvo que enfrentarse en completa soledad a la muerte de su madre. Hacía un par de semanas que Candela había regresado a la ciudad y con el dinero que había ahorrado a lo largo de los años compró el teatro de la calle San Eloy y una casa señorial en la plaza de San Francisco. Mientras que el pueblo llano sufría las miserias del conflicto, escapando de las bombas y las penurias como ratas asustadas, sacudido por un cúmulo de desgracias que, como decía el refrán, nunca venían solas y que trajeron sequías para el campo, epidemia de disentería para los humanos, fiebre del fango para los pollos, gabarro para las vacas y la enfermedad de la punta negra para el trigo, Candela fue la única que pareció salir beneficiada con la guerra. Su espectáculo en Madrid se llenaba cada noche de franceses deslumbrados que encontraban en su piel aceitunada y en sus formas de ánfora la esencia pura de ese país que ellos intuían peligroso y sensual en iguales proporciones. Candela supo manejarse inteligentemente y no malgastó el dinero que ganaba a espuertas en joyas y fruslerías que simplemente servían para encandilar. Llevaba años cultivando la idea de regresar a Sevilla y montar un teatro que pudiera acoger igual una zarzuela, una comedia, una tragedia griega o un espectáculo de minués y contradanzas. Ella sería la directora. Con el paso de los años se le había aplacado el deseo de subirse al escenario. Su cuerpo seguía hermoso y era capaz de contonearse con la misma frescura de los veinte, pero los rizos negros parecían ya de plata vieja y alrededor de los ojos le aparecieron unas finas arrugas que ella encontraba muy atractivas y que consideraba le imprimían carácter. Además se había vuelto sibarita. Le gustaba que le sirviesen el desayuno en la cama: picatostes con chocolate, zumo de naranja y una rosa rosa sobre bandeja de plata. Se veía incapaz de salir de casa sin depositar, tras el lóbulo de sus orejas, una gota del carísimo perfume que uno de sus muchos admiradores le traía de París, y la única alhaja que se permitía llevar encima era un sobrio y elegante collar de perlas que ella aseguraba había pertenecido a una marquesa. Y exigía que la llamasen señora. Se mantuvo siempre superficial, inmune a las pasiones, deseos o enamoramientos que provocaba. Jamás se conmovió con una declaración de amor, ni aceptó una caricia y no sintió urgencias lúbricas en sus carnes, a pesar de que cosechó fama de devoradora de hombres porque en el fondo los seres humanos eran simples e incapaces de ver más allá de las apariencias. Su coraza fue indestructible incluso para aceptar el afecto de las mujeres que trabajaron con ella. Nunca tuvo una amiga de verdad, sólo conocidas. Únicamente abrió su corazón una vez, y fue a la familia Montenegro. Por eso, cuando su ahijada fue a buscarla para decirle que Rosario había muerto, se entregó en cuerpo y alma a ayudarla.

Eso evitó que Guiomar tuviera que organizar sola los funerales, porque tardaron dos días en localizar a Abel de Montenegro. Lo único que la muchacha parecía tener claro era que las temperaturas aún altas de septiembre aconsejaban un enterramiento rápido. Recordó la capilla funeraria de la catedral y se acercó para ver si aún había sitio para un muerto más. Cuando Cristo se enteró que Candela estaba de nuevo en la casa ayudando a la muchacha, se ofreció a encontrar un féretro y un arca de piedra exentos de lujos, pero dignos. Guiomar se conformó porque no estaba muy segura de cuáles eran los deseos de su madre en ese sentido. Se dio cuenta de que jamás habían hablado abiertamente de la muerte.

Candela la aferró de la mano mientras se escuchaba el oficio de difuntos. Eso la reconfortó. Cuando salieron de la catedral Guiomar se sentía mareada por culpa de la pena, la oscuridad, la falta de aire y el olor a cera e incienso del templo. Un grupo de hombres y mujeres que no conocía, avanzaron hacia ella para darle el pésame y sólo entonces se soltó de la mano de Candela. Ése fue el momento que Cristo aprovechó para acercarse a la famosa artista, intentando recomponer la pose de galán que recordaba que un día la hizo sonreír.

—Hola, Candela. Te he traído esto —dijo tendiéndole un ramo de flores silvestres que parecían robadas de algún jardín cercano—. Estás maravillosa. Los años no te han restado un ápice del encanto que tenías a los quince. ¡Qué bien lo pasamos juntos! ¿Recuerdas?

Ella lo miró extrañada. Le vino a la memoria una lejana reminiscencia de juventud; en realidad nada significativo. En cambio sintió con mucha fuerza un profundo desprecio por ese hombre que aprovechaba un entierro para lisonjearla.

—Mejor deje el ramo en la tumba de la difunta, caballero —respondió antes de darle la espalda y echarse a caminar con aquella gracia de gitana de raza que ni el tiempo, ni toda la altivez del mundo podrían arruinar.

Abel de Montenegro recordaría para siempre lo que hacía antes de que vinieran a darle la noticia. Estaba contento porque las Cortes iban a reunirse por primera vez en la Isla de León y aquella circunstancia se celebró desde primera hora de la mañana con una procesión, una misa y la petición del obispo de Orense de que los hombres ilustres que estaban allí reunidos cumplieran fielmente su labor histórica. Abel se sentía orgulloso. La Constitución por la que tanto estaba luchando, parecía más cercana que nunca y eso significaría al fin la justicia y la tranquilidad para el pueblo; el avance hacía el progreso que España merecía. Estaba seguro de que en pocos meses conseguirían devolver las aguas a su cauce y retomar su vida. Tenía ganas de llegar a casa y darles la buena noticia a su mujer y a su hija. Precisamente estaba pensando en ello cuando alguien vino a susurrarle la desgracia al oído. En un principio no lo pudo creer. Le parecía imposible. Rosario, su Rosario... no, no podía ser. Ella era fuerte como una roca. Un problema del corazón le dijeron. Eso era absurdo. No le dio tiempo a darle más vueltas al asunto porque un grupo de amigos le tomó del brazo y lo sacaron de la sala en la que estaban festejando. Él se dejó guiar sin oponer resistencia. Le montaron en un carruaje en dirección a Sevilla dándole instrucciones al cochero para que se diese prisa. Aun así el camino le pareció interminable. Se les hizo de noche. La luz de las estrellas iluminaba el campo y por momentos tuvo la sensación de que todo eso era un sueño y que pronto despertaría al lado de su esposa. El cielo se fue tiñendo de naranja con las luces del alba, poco antes de llegar a su destino. Sólo habían parado en un par de ocasiones para refrescar las caballerías pero, pese a todo, no alcanzó a estar presente en el funeral de su esposa.

Cuando entró por la puerta de la imprenta, Guiomar se lanzó a sus brazos llorando. Eso le hizo sentirse aún más culpable.

—Nunca debí dejaros solas. No me lo perdonaré jamás —repetía.

Miró a su alrededor. La casa estaba como dormida. No se escuchaba el ruido de las prensas, las charlas de las muchachas del servicio, los trinos de los jilgueros. Todo parecía detenido. Una terrible sensación de soledad vino a inundarle el corazón. Lo único a lo que podía aferrarse, lo único que le pareció real en ese momento, era su pequeña Guiomar de la que llevaba tanto tiempo alejado que le asustó no reconocerla porque, de pronto, le pareció una mujer ajena a él. Le entraron unas terribles ganas de llorar pero se contuvo porque los hombres no lloraban, al menos no delante de sus hijas, así que se mordió el labio inferior y cerró los puños con rabia hasta que se le quedaron las uñas marcadas en las palmas de las manos. Recorrió la casa de arriba abajo sorprendido por aquel silencio y por ese eco que quedaba flotando en el aire tras las pisadas. Y entonces su hija le explicó que Rosario quiso subir las cosas importantes al desván, y a él le pareció bien. Lo que hubiera decidido su esposa estaba bien.

Se sintió responsable de lo que había pasado. Había alejado a su mujer y a Guiomar de su lado durante casi dos años. Apenas se preocupaba de la imprenta, de modo que los empleados no lo tenían en cuenta y era Cristo el que manejaba aquel negocio familiar en el que su madre había desgastado la vida. Se dio cuenta de que, en realidad, jamás se involucró realmente con ninguna causa, ni siquiera con aquella a la que se comprometió con su padre. Si Julita no hubiese muerto, sin la insistencia de monsieur Verdoux y de frey Dámaso, haría tiempo que se habría desvinculado del ajedrez y de aquella dichosa apuesta que a él le parecía lejana y absurda, porque jamás pudo sentirla como algo propio. Estaba demasiado desbordado con su propio sentimiento para poder identificarse con el sentimiento de los otros.

Abel tuvo razón al pensar que no se lo perdonaría jamás. A partir de entonces, en la oscuridad del resto de las noches que pasó en este mundo, cuando las angustias se volvían más tormentosas, recordaría que, el día que se celebraba la primera reunión de las Cortes, él estaba con sus colegas brindando con manzanilla sin imaginar siquiera que, en ese mismo momento, Rosario se estaba muriendo con el corazón destrozado.

20

El *Libro sin nombre*

La vida es demasiado breve para el ajedrez.

LORD BYRON

Del Ajedrez se ha dicho que la vida no es lo suficientemente larga para él, pero eso es culpa de la vida, no del Ajedrez.

WILLIAM EWART NAPIER

Tuvo que pasar un año y medio para que se promulgase la Constitución, pero a Abel le pareció una eternidad. Las gentes entonaban coplas, seguidillas, villancicos, fandangos... en los que hablaban de patrias oprimidas, de reyes deseados, de mandatarios franceses a los que cambiaban el nombre para ridiculizarlos convirtiéndoles en Malaparte o Pepe Botella, canciones que ensalzaban el valor del pueblo y de los guerrilleros y que daban el parte de guerra, haciendo el recuento de las bajas. A Abel le pareció tan interesante que ordenó confeccionar para la imprenta un cancionero de la invasión francesa que más adelante sirvió para que Candela organizase un espectáculo musical.

Fue el día de San José de 1812 cuando las Cortes Generales de España publicaron lo que sería el primer texto constitucional del país. A pesar de la resistencia francesa, un nutrido grupo de hombres cultos entre los que había religiosos, abogados, médicos, escritores, filósofos, marineros, nobles, catedráticos y militares, consiguieron alcanzar un acuerdo por el que se decretaba la soberanía nacional, la división de poderes, la igualdad de los ciudadanos ante la ley, el reconocimiento de los derechos individuales y el catolicismo como única religión permitida. El poder ejecutivo recaía en la figura del rey Fernando VII, porque no se cuestionaron en ningún momento su eliminación y lo declararon único y legítimo soberano de la nación española a pesar de que en sus prerrogativas tenía importantes restricciones.

La entrada en vigor de la Constitución dio esperanzas al pueblo. Habían tenido sus dudas pero aquello les ayudaba a confiar en que el milagro por el que habían estado rezando comenzaba a vislumbrarse. Pronto los elegantes soldados franceses comenzaron a inquietarse, a vigilar con mayor atención su retaguardia y a disimular sus banderas si había muchos españoles cerca. Mientras tanto, los viejos, las mujeres y los niños que les habían combatido a chinazos, invadieron las calles de todas las ciudades del país a ritmo de flautas y tamboriles, coreando algunas de las proclamas que Abel había publicado en su cancionero e inventando otras muchas nuevas. Las muchachas más desvergonzadas se atrevían a acercarse a los impávidos soldados franceses, contoneándose sandungueras, mientras les cantaban aquello de que

Con las bombas que tiran los fanfarrones
se hacen las gaditanas tirabuzones.

Los hombres también se unieron a la fiesta. Se abrazaron llorando, riendo, gritando… se llenaron de dicha entre cantes, bailes y vino fino, que era como en ese lugar se celebraban las alegrías. Cuando el desfile improvisado pasó por delante de AQUÍ

SE IMPRIMEN LIBROS, Candela y Guiomar salieron a mezclarse con la gente. Pasaron toda la noche recorriendo las calles, dejándose inundar de aquella alegría contagiosa que logró introducirse en las casas de los que menos se manifestaron a lo largo de esos años. El mismo monsieur Verdoux, que siempre se mantuvo silencioso por una simple cuestión de cortesía con sus compatriotas, sintió un pellizco de júbilo. Tal vez ahora que la Constitución había salido adelante Abel volvería a prestarles atención. Aunque en su fuero interno hacía tiempo que sabía que Abel de Montenegro, aquel muchacho al que había prácticamente criado, educado, en el que había volcado todas sus esperanzas, aquel hombre sobre el que creía tener una influencia enorme, no era el candidato idóneo para jugar partida alguna. Darse cuenta de ello primero le deprimió, pero luego la tristeza dejó paso a la furia. Se lo llevaban los demonios recordando el tiempo que había dedicado a inculcar en ese muchacho las ansias de triunfador indispensables para ganar esa partida y, de pronto, lo veía allí, derrotado, débil, pusilánime. Pasó varias horas recorriendo el pasillo de su casa, dando golpes en el suelo con su bastón de empuñadura de plata, resoplando de furia, maldiciendo en castellano, porque estaba realmente enfadado y los insultos en su lengua natal habían perdido para él toda la capacidad de desahogo.

•

La Constitución fue como un talismán para los españoles. Tres meses después de promulgarla, Napoleón comenzó a retirar sus tropas de la península Ibérica. Las necesitaba para poder invadir Rusia. Las guerrillas, entre las que se contaba la banda de Ventura Marqués, hostigaron a los franceses de tal forma que consiguieron expulsarlos de Andalucía y el futuro rey Fernando VII, al ver que su pueblo se resistía al invasor con uñas y dientes y le esperaba con los brazos abiertos, se envalentonó y forzó a Bonaparte a negociar. Un año después, firmaron el Tratado de Valençay por el que Napoleón le devolvía a Fernando VII su trono y todos los territorios y propiedades que tenía en 1808. A cambio, el nuevo monarca se comprometía a aceptar la paz con Francia, desalojar a los británicos y no tomar represalias contra los afrancesados.

Cuando el pueblo se enteró de que su Rey Deseado regresaba, se llenó de entusiasmo patriótico. Volvieron a ocupar las calles, esta vez con la satisfacción de la labor cumplida; orgullosos de ellos mismos, henchidos de satisfacción. Los hombres y las mujeres de los estratos sociales más humildes se sintieron, por vez primera en la historia, trascendentales. Sin su resistencia, esfuerzo y lealtad, a esas alturas el país entero estaría comiendo *escargots* con pinzas y con el meñique levantado, en lugar de sorber ruidosamente caracoles. Enseguida tomó de nuevo fuerza la casta de los cortesanos; una raza aparte que sentía un placer indescriptible sirviendo de felpudo a quien considerasen superior, cual perrillos falderos. La mayoría de ellos pensaban que el aire regio se contagiaba y que su valor como personas se medía por la cordialidad con la que le tratase el rey, la reina o cualquiera de sus mocosos infantes. Los balcones de todo el país se llenaron de banderas rojigualdas, se compusieron himnos exaltados para las bandas, se programaron desfiles con los que honrar a los pusilánimes soldados que, sin la ayuda de las guerrillas, hubieran resultado incompetentes a la hora de defender su patria. Guiomar comprendió que los seres humanos no habían cambiado mucho con el paso de los años y que, tal y como pasaba en tiempo de los romanos, podía someterse a todo un pueblo si se lograba deslumbrarlo con oropeles y proclamas pegadizas. De Napoleón se dijo que era enano, cabezón y feo; y de su hermano, que le gustaba empinar el codo. Esos infantiles insultos provocaban en la mayoría un delicioso cosquilleo vengativo y muchos cronistas, no contentos con ese pueril resarcimiento, se empeñaron en borrar el paso del rey José I por el trono español de los libros de historia.

El día que Fernando VII regresó a España le esperaba un representante de la Regencia con la Constitución debajo del brazo. Según el artículo ciento setenta y tres no se le reconocería como rey hasta que no jurara fidelidad al texto. Pero él se negó. Se sentía respaldado por un manifiesto firmado por sesenta y nueve diputados que rechazaba el trabajo de las Cortes. Dos meses después de su llegada, Fernando VII promulgó un decreto que restablecía la Monarquía tradicional y declaraba nula y sin efecto la labor de las Cortes de Cádiz. Instauró de nuevo el tribunal de la Inquisición, prohibió la libertad de prensa, las diputaciones y los ayuntamientos constitucionales, volvió a establecer los gremios, devolvió las propiedades confiscadas a la Iglesia y ordenó que se cerraran las universidades porque enseñaban a pensar, y eso no era bueno para el monarca; un pueblo aborregado era mucho más fácil de controlar. Además, muchos de los profesores fueron expulsados del país, tildados de afrancesados; la peor de las acusaciones en esos momentos. Y es que el rey Fernando VII no cumplió sus promesas de respetarles, pese a que lo único que habían intentado era mediar de forma pacífica entre los absolutistas y los liberales. Al final se habían granjeado el odio de todos. El rey dio su palabra de que podrían quedarse en España sin represalias y que se respetarían sus derechos adquiridos pero en pocas semanas comenzó a confiscar sus bienes. Muchos terminaron sus días en un presidio de Ceuta o de Melilla y otros fueron desterrados. Entre ellos había religiosos, miembros de la nobleza, periodistas, militares, juristas, escritores que habían compartido tardes de tertulia con Abel en el palacio del marqués de Gandul y en el patio de AQUÍ SE IMPRIMEN LIBROS. Los pocos que se negaron a exiliarse, aparecieron días después muertos y sus cadáveres arrastrados por las calles.

Al capitán Ventura Marqués y a toda su cuadrilla de antiguos bandoleros, tampoco les fue demasiado bien. Cuando se dieron cuenta de que Fernando VII reinstauraba el absolutismo, se rebelaron y volvieron a las armas, pero esta vez contra las tropas realistas. El rey también tomó medidas contra ellos. Les consideró enemigos liberales sin tener en cuenta que gracias a la resistencia y el valor de esos hombres, había vuelto a encasquetarse la corona española. Les puso en busca y captura. Guiomar tuvo que aprender a sobrellevar el día a día sin saber si el amor de su vida estaba vivo o muerto. Hacía tanto tiempo que no lo veía que su historia comenzó a difuminársele y, en ocasiones, tenía que hacer un verdadero esfuerzo por recordar el color de sus ojos, el sabor de su piel o el sonido grave de su voz cavernosa. De vez en cuando, se acercaba hasta la Cruz del Campo para asegurarse de que el candado seguía allí, que su amor no fue un sueño provocado por apasionadas lecturas; para asegurarse que él aún la amaba. Pero, a pesar de que el candado nunca desapareció, no le aportaba ningún consuelo. Su permanencia podía tener mil significados y no todos eran buenos. A veces tropezaba con carteles pegados en las paredes de las calles más transitadas de la ciudad en los que aparecía el dibujo de una cara masculina que quería semejarse a la de Ventura Marqués, pero que tenía el gesto mucho más contraído, la mirada más huidiza, los labios menos carnosos. Debajo siempre aparecía una cifra en reales que cada vez era mayor. Habían puesto precio a su cabeza. Cuando Guiomar veía uno de esos carteles, lo arrancaba inmediatamente, sintiendo en el fondo de su alma una sensación agridulce: si lo seguían buscando era porque estaba vivo, pero cuanto más dinero ofreciesen, mayor sería el interés que los cazarrecompensas pondrían en atraparlo. Su corazón se conmocionaba cada vez que escuchaba la noticia de que había un bandolero encerrado en una jaula ignominiosa en alguna plaza, o que los soldados habían abatido a una cuadrilla o, peor aún, que los habían ahorcado y descuartizado. Siempre temía que vinieran a darle la mala noticia de su muerte, pero eso no ocurrió. En ocasiones escuchaba su silbido en medio de la noche o le llegaban noticias de que los habían visto en alguna sierra, robando el dinero a los ricos para entregárselo a los pobres. Y entonces se llenaba de esperanza.

Como la mentira y el engaño tienen las patas muy cortas, a

Fernando VII pronto se le vio la costura y el pueblo comenzó a sentirse decepcionado. De llamarle a gritos «el Deseado», lo rebautizaron como el Rey Felón. Esa misma España que se había burlado de los franceses sobrellevando su sometimiento a fuerza de ironías, hizo lo propio con él. Se burlaban de su única ceja y de su mentón prominente, que algunos llamaban quijada. Como prohibió terminantemente hablar de la Constitución, porque se negaba a admitir que ese texto hubiera existido, los gaditanos, con mucha guasa, la llamaron la Pepa, por haberse firmado el día de San José. Y así el grito de ¡viva la Pepa! se convirtió en uno de los símbolos de la liberación del pueblo, aunque los absolutistas siempre lo usaron como sinónimo de barullo, desgobierno y picardía.

Guiomar recordó a la perfección, hasta el final de sus días, el sentimiento de desamparo que sintió cuando murió su padre. Hasta ese momento nunca se había parado a pensar en la posibilidad de que fuese mortal. Desde que Guiomar se dio cuenta de ello, Abel estuvo situado en ese punto de edad indescifrable de los hombres que no hacen concesiones, que no se achican ni se encorvan con el tiempo, esos que no se quejan de dolores de espalda ni de otras zarandajas. Pero Guiomar sabía que tras esa fachada de autoridad se escondía un soñador empedernido capaz de conmoverse hasta el llanto en momentos íntimos.

Creció segura de que no faltaría jamás, hasta que llegó el mal día en el que comenzó a languidecer a ojos vista, como ocurrió con su madre. En apenas unas semanas, Abel de Montenegro rompió con el estricto horario que mantuvo toda su vida, que pasaba por despertar antes del canto del gallo para arreglarse como un pincel y entregarse al trabajo. Él, que siempre fue amante de la oratoria distendida, dejó de interesarse por discutir sobre lo humano y lo divino con monsieur Verdoux.

—Estoy mayor para porfiar —decía para justificarse, abandonando la sobremesa—. Me voy a echar una siesta.

—*Mon Dieu!* —se burlaba entre cacareos el maestro francés con su afectado acento parisino—. «La siesta.» La única palabra que el ilustre idioma castellano ha exportado al mundo entero. Eso dice mucho de nuestro carácter.

—Te recuerdo, maestro —le replicaba Abel mientras subía la escalera camino de su alcoba—, que tu distinguido trasero vio por primera vez la luz al otro lado de los Pirineos.

—¡Cuánta impertinencia! Restregarle a uno sus orígenes cuando se sabe de sobra que los seres humanos son del lugar en el que está su cajita de rapé… y la mía lleva años en Sevilla y olé. Déjalo que se desahogue, *chérie*. —Monsieur Verdoux señalaba con su dedo meñique muy estirado a Guiomar mientras sujetaba la taza de café antes de darle el primer sorbo—. Siempre ha sido un cabezota que se toma todo a la tremenda. No se entera de que la vida no es más que una sucesión de accidentes y que, por lo mismo, cada cual es de donde le viene en gana… con independencia del lugar en el que su madre le echara al mundo.

Pero Abel ya no tenía fuerzas para seguir luchando, y mucho menos desde que se enteró de que el nuevo rey había dado orden de perseguir también a los liberales. Les acusaban de estar apoyados por el ejército y por los burgueses y de pertenecer a organizaciones secretas como la masonería. Por si eso fuese poco, que el nombre de los Montenegro apareciese en la lista de «afrancesados» que publicó el *Espíritu de los mejores diarios*, no trajo más que problemas y se escucharon rumores de que tenían la intención de incautar el Cortijo de las Jácaras. Aquello deprimió aún más a Abel, hasta el punto de que dejó de salir de la casa. La falta de sol le debilitó la piel, que terminó por adquirir tono de enfermo, dejando traslucir los itinerarios de las venas y las protuberancias marfileñas de las articulaciones. Por si fuera poco perdió el apetito, algo muy alarmante en él, que siempre presumió de gozar con los placeres de la carne asada.

—Soy un buen hombre —decía—: honrado, trabajador, generoso. Fui fiel a mi señora... y no envidio a nadie. Me puedo permitir el pecadillo venial de la gula, ya que soy prácticamente perfecto en todo. Me he pasado la vida evitando las tentaciones de los pecados capitales.

—¿Perfecto en todo? ¡Qué modesto, padre! ¿No se le llama a eso soberbia? —preguntaba Guiomar con fingida inocencia, sólo por hacerle rabiar.

—¿Soberbio yo? Cría cuervos... ya no hay respeto a los mayores, ni vergüenza, ni nada, no hay... —Y se alejaba farfullando mil improperios, dándole la espalda mientras ella le recordaba entre risas que eso se parecía mucho a la ira y que había manifestado dos de los siete pecados capitales en menos de un minuto.

Pero hasta su legendario mal genio también se esfumó en los últimos tiempos, y dejó de parecer ese ser mitológico que su hija recordaba. Se encorvó tanto que su altura habitual descendió y hasta los niños podían mirarle de frente a los ojos. Monsieur Verdoux le trajo uno de sus bastones porque caminaba por los corredores con una mano sobre sus riñones y la otra aferrada a las paredes, arrastrando los pies y el alma como si acabara de echarse todo el peso del mundo sobre los hombros. Pero cuando se lo dio, se lió a darle trancazos a la mesita del salón hasta que terminó por destrozarla mientras vociferaba que él no era ningún anciano para tener que utilizar apoyos. Ésa fue la última vez que le vieron recuperar su antiguo vigor. Poco después, el agotamiento y la pesadumbre pudieron con él y dejó de levantarse de la cama. Entonces Guiomar comprendió que iba a dejarla.

La noche del 5 de agosto de 1815 después de cenar, Guiomar subió al cuarto de su padre dispuesta a leerle alguna historia. Le llevaba un vaso de leche en el que había disimulado una yema de huevo para darle más sustancia. Estaba enfrascado en la lectura de un antiquísimo libro llamado *Código de las siete partidas* redactado por Alfonso X el Sabio allá por el 1256, del que habían editado una copia ilustrada en los talleres de la imprenta. Abel de Montenegro se ocupó personalmente de componerlo con el mismo lujo que empleaba con los libros que le encargaba el cabildo para la catedral. Lo encuadernó en tonos tostados y doró el canto con delicadeza utilizando pinceles de pelo de marta, clara de huevo y arcilla de Armenia, bruñéndolo después con una piedra de ágata y cincelándolo con volutas y guirnaldas. Guiomar nunca entendió el interés de su padre por ese mamotreto de misterioso título que evocaba juegos y símbolos por descifrar, pero que en realidad hablaba de las leyes que afectaban a la Castilla de cinco siglos atrás. Aun así, Abel indagaba entre sus letras como un sabueso en busca de presa y a Guiomar le pareció alentador que aún le emocionase la lectura. Le arrebató el libro de las manos sin decir palabra y tomó aire para empezar a leer, pero antes de que pudiera pronunciar la primera frase, él sujetó las cubiertas de la obra y se la llevó al regazo.

—Ya no me hace falta darle más vueltas a estas páginas, Guiomar. Las respuestas no están ahí y no creo que me alcance la vida para seguir buscándolas. Me comprometí a hacer algo... hace de eso muchos años. Y ese compromiso me pesa mucho. No quiero continuar. Estoy cansado. Tendrás que sustituirme —dijo llevándose los brazos al cuello para quitarse la cadena con la cruz de oro que siempre llevaba consigo—. Ten, ponte esto.

—¡No diga tonterías, padre!

Guiomar le sujetó las manos, atrapándolas entre las suyas, negándose a aceptar la cadena. Le mostró una sonrisa indiferente, intentando quitarle importancia a su terrible sentencia, pero entre sus labios lo único que quedó fue un rictus de angustia. Miró para otro lado; no quería escucharle, no quería que continuase hablando con ese tono que Guiomar percibía definitivo. Él suspiró.

—Cariño, el seso humano no está preparado para almacenar tantos recuerdos como los que yo guardo. Por suerte tengo la imprenta y he puesto todo lo importante por escrito. Eso me ha dejado espacio en la cabeza para las cosas cotidianas. Pese a todo, últimamente avanzo como entre nieblas por mis pensamientos, ¿me explico? —Volvió a suspirar—. A veces he sentido tentaciones de llegar a anciano, pero si he de hacer algo quiero hacerlo bien… ya me conoces. No quiero llegar a viejo por pura vanidad. Además echo de menos a tu madre. La vida me hace daño, Guiomar. Así que me muero —dictaminó con una rotundidad inaudita para alguien que aseguraba estar agonizante.

—¡No! —gritó ella soltando sus manos.

Guiomar se levantó de golpe de la cama. Le dolía que estuviera buscando excusas para marcharse. Por experiencia sabía que siempre se salía con la suya y Abel de Montenegro llevaba años empecinado en creer que moriría el mismo día de su cumpleaños; el 5 de agosto. Por eso se asustó. Era día 4 y su padre era lo suficientemente obstinado para cumplir con una predicción como esa sólo por llevar la razón.

—Decir esas cosas trae mal fario —protestó Guiomar dándole la espalda.

—Tienes que escucharme —musitó.

Abel decía que hablar bajito era la única manera de conseguir que los demás prestaran atención y que asimilaran con claridad las palabras importantes.

—Tenemos un compromiso. Se trata de una responsabilidad peligrosa que pensé que podría concluir yo solo. Pero veo que no me queda otra que contártelo todo porque antes o después, *ellos* vendrán a pedirte que les ayudes y tienes que estar preparada. No quiero que te pillen por sorpresa.

—*¿Ellos?* —replicó Guiomar porque aquello sonaba a desvarío de enfermo—. Padre, ya está bien. Me está asustando.

—Cuando me vaya —continuó sin prestar atención a sus quejas—, abre la caja fuerte que hay en el desván. La llave está en el escritorio. Tendrás que concluir tú misma la historia del *Libro sin nombre.*

—*¿Libro sin nombre*? —Guiomar abrió la boca para soltar una carcajada que sonó a respiración oprimida—. ¿De qué habla? Está delirando, padre. Debe de tener fiebre… a ver —y le tocó la frente con fingida tranquilidad, sin mirarle a los ojos por miedo a lo que podía encontrar en ellos.

Guiomar no le dio tiempo a que siguiera hablando. Rozó su mejilla con los labios, le arropó y se dio la vuelta deprisa. Estaba huyendo de su lado. Tenía el sentimiento irracional de que él no se moriría si no tenía tiempo de despedirse del todo.

—Le dejaré descansar —musitó Guiomar, mientras empujaba el picaporte.

—Abre la caja fuerte del desván, allí está todo explicado —le escuchó decir antes de cerrar la puerta—. Ponte la cruz y pide a frey Dámaso y a monsieur Verdoux que me disculpen. Cumple la promesa por mí, cariño.

La tila que Guiomar se tomó antes de acostarse no surtió efecto, así que no pudo dormir bien en toda la noche. Se mantuvo en un duermevela confuso que en ocasiones la hizo creer que aún era una niña y que la extraña conversación que había mantenido con su padre era uno más de sus cuentos. Se levantó afiebrada. Bajó a la cocina arrastrando los pies y encendió el fogón en el rescoldo de las brasas del día anterior, que aún continuaban tibias. Poco después llegó Dolores con el pan y la leche. Era una muchacha muy joven, la única que se había mantenido fiel y seguía trabajando para ellos junto con la cocinera. Guiomar le encargó que preparase el desayuno de su padre y se sentó abatida en uno de los taburetes mientras la observaba trajinar por la cocina. Dolores sacó del estante la bandeja de plata y el mantelito de hilo con remates en guipur, vertió la leche en el cazo, abrió los molletes y los puso a tostar. Removía con brío el chocolate al mismo tiempo que le contaba un cotilleo sobre la vecina riéndose con toda la boca y quejándose del calor.

—Vaya veranito que llevamos. Fíjese, fíjese, señorita… que

me lleven los demonios si le miento —le dijo sacándola de su sopor, poniendo delante de sus narices la mantequera—, si hasta la manteca está medio «derretía». ¡Tan temprano! —Guiomar asintió un poco aturdida.

La muchacha organizó sobre la bandeja la servilleta, la taza con el chocolate, los cubiertos, la jarrita de leche y los molletes y se dispuso a tomar el camino de las habitaciones superiores tarareando una seguidilla que hablaba de ojitos mentirosos del color del azabache.

—Se lo llevaré yo —dijo Guiomar levantándose como un resorte, arrebatándole la bandeja de las manos.

—Claro, señorita... como quiera. —Notó que la miraba de reojo, un tanto extrañada.

Subió la escalera con el corazón apretándole el pecho. Vaciló un momento antes de abrir la puerta. Tomó aire y la empujó despacio. Tardó un rato en acostumbrarse a las penumbras y, cuando lo consiguió, avanzó arrastrando los pies por miedo a tropezar con algo y acabar tirando la leche. Llegó a la altura del escritorio; el lugar en el que descansaba la cabeza frenológica de loza que Abel de Montenegro utilizó durante muchos años para determinar la condición y el talento de las personas. Ya se había cansado de ella, pero aún descansaba sobre la mesa del escritorio, con gesto de serenidad imperturbable. En la penumbra, Guiomar pudo intuir su eterna sonrisa de Monalisa y su mirada burlona. La apartó con cuidado para que no cayese al suelo y sintió sus fríos labios besando su antebrazo. Un escalofrío le recorrió la espalda. En el espacio libre, depositó la bandeja con el desayuno y se aproximó a la ventana para abrir los postigos. Una luz impertinente entró cortando los cristales, anticipando la desgracia. Guiomar no quería mirar en dirección a la cama de su padre y estuvo un buen rato con la frente apoyada en el pesado terciopelo de las cortinas, que olían como a tiempos pasados. Se mantuvo inmóvil, casi sin respirar por miedo a hacer ruido, con el oído atento a la más mínima señal de vida, pero lo único que escuchó fue el murmullo inclemente de la ausencia que estaba aprendiendo a reconocer. Sintió una lágrima tibia resbalando por sus mejillas. No le hizo falta darse la vuelta para tener la certeza de que su padre ya no estaba con ella.

El funeral de don Abel de Montenegro fue un acontecimiento social y no por el número de amigos que hubiera podido cosechar a lo largo de su vida, ni siquiera por la considerable cantidad de clientes de la imprenta. Lo que realmente atrajo el interés del gentío fue la curiosidad por saber cómo conseguirían meter a una persona más en la abarrotada capilla funeraria de la familia. Sevilla era una ciudad acostumbrada a la presencia profusa de la muerte por culpa de las habituales riadas y por la peste que de vez en cuando asolaba a la población, por eso el subsuelo de los conventos, iglesias, alcázares y palacios estaba plagado de fallecidos célebres. A los humanos de menos alcurnia se les buscaba un emplazamiento en los terrenos que rodeaban la ermita de San Sebastián o en las cercanías de Triana, pero ninguno de esos lugares contaba con las mínimas exigencias de lujo y boato indispensables para una ciudad como Sevilla. Por eso las autoridades comenzaban a hablar de construir un cementerio acorde con la última moda europea en una de las huertas que lindaba con el hospital de San Lázaro. Aún se trataba de un proyecto así que, de la noche a la mañana, Guiomar se vio en la tesitura de encontrar espacio para su padre en aquella señorial capilla emplazada dentro de la catedral, pese a que siempre le pareció que ocupaban esa cripta de forma ilegítima. Aguantó con estoicismo el trajín de pésames, apretones de mano y no somos nadie de una fila interminable de personas que no recordaba haber visto jamás. Se mantuvo firme gracias a la cálida presencia de monsieur Verdoux, que se apretaba contra su cuerpo asintiendo con gesto lúgubre a los comentarios y dando sutiles empujoncitos en los hombros de los que se paraban demasiado tiempo delante de la muchacha. A pesar de los años, monsieur Verdoux seguía manteniendo el mismo porte elegante, con sus zapatos de hebillas plateadas, sus calzas, su casaca de terciopelo negro y aquel cabello ondulado al que el tiempo había otorgado el mismo brillo de la plata. Mientras todos sufrieron con los rigores del agosto sevillano, él se mantuvo inalterable, enjugándose de vez en cuando la frente con su pañuelo de pura seda china que sacudía con desenvoltura.

—¿Puedes creer que una cosa tan primorosa la engendren unos repulsivos gusanos dentro de sus barrigas? —le susurró en el oído, guiñándole un ojo con picardía en un momento en el que la vio flaquear.

Guiomar siempre se había sentido segura cerca de monsieur Verdoux. Escuchó con atención los servicios fúnebres en los que el oficiante habló de un hombre ilustre de bondad infinita y ternura sin igual, admirado a lo largo de toda su vida por sus vecinos, amigos, familiares; sin duda alguna un excepcional ciudadano. Eso hizo que recordase que todo se les había puesto en contra: que la gente cuchicheaba de ellos, que las muchachas del servicio les habían abandonado y que pocas personas estaban interesadas ya en comprar las letras que se vendían en su negocio. Guiomar pensó que si el más allá realmente existía y su padre estaba escuchando el responso, se estaría carcajeando abiertamente, y con razón. Después, acompañaron el ataúd hasta una tumba provisional en la que reposarían sus restos a la espera de que Guiomar encargase una ampliación de la lujosa capilla, como monsieur Verdoux le recomendó.

—*Chérie*, tu familia tiene clase... un linaje de siglos. Y del paso por esta tierra hay que dejar constancia pétrea, como hacían los faraones egipcios... esos que caminaban de lado. Tú sabes de los que te hablo, ¿verdad? Romper con la tradición es de mal gusto —le dijo palmeándole la espalda mientras ella asentía con gesto compungido—. Te voy a presentar a un arquitecto que es un artista, ¡qué digo un artista! Es el Vivaldi del mármol —concluyó.

No estaba convencida de que su padre aceptase un despilfarro económico de esa categoría. Abel de Montenegro era de los que pensaban que la cebada iba a parar al rabo de los burros muertos, pero en un momento como ése no quiso discutir con nadie y mucho menos con monsieur Verdoux, que tenía temperamento de porfiador.

El agotamiento de un día de pésames había sustituido al dolor por la pérdida de un ser querido. En aquel momento Guiomar aún no era consciente de que la muerte de sus padres era una cosa definitiva. Mientras se preparaba una tila, entró de nuevo en su habitación y escarbó en los objetos que Abel había llevado como talismanes en vida y que ahora descansaban en una pequeña bandeja que había sobre el escritorio. Su anillo de boda, la cadena de oro de la que colgaba la cruz ochavada que siempre llevó al cuello, el reloj de plata con tapadera labrada que monsieur Verdoux le trajo de Francia y que él consideraba el mejor invento del mundo porque permitía a los hombres llevar el tiempo en el bolsillo del chaleco. En uno de los cajones estaba la llave de hierro de la misteriosa caja fuerte. La agarró casi sin pensarlo y comenzó a subir la escalera en dirección al desván con la lámpara de aceite en la mano. Al abrir la puerta aspiró el inconfundible aroma a madera encerrada y polvo acumulado de aquella estancia que había acogido los juegos de su niñez. Por desgracia, la fuerza de la edad le fue quitando el misterio y poco a poco dejó de subir allí. Supuso que el desván era ahora el paraíso para todo tipo de bichos indeseables. Detrás del espejo descascarillado, había un sendero marcado con pisadas sobre la suciedad del suelo que llevaba directamente a la caja fuerte. Estaba atrincherada entre los trastos arrumbados, camuflada gracias a su color verde musgo, que apenas se diferenciaba de la tonalidad gris abandono de las paredes. Le llegaba a la altura de la cintura. Le quitó el polvo de la parte superior con la palma de la mano y quedó a la vista la decoración de guirnaldas y frutas rojas y amarillas en las esquinas. Con cuidado introdujo la llave en la cerradura esperando resistencia pero, pese a su aspecto añoso, el pasador cedió con facilidad. Estaba claro que era lo único que se había manipulado en esa habitación a lo largo de los años. Abrió la portezuela y dentro encontró unos planos que, a la tenue luz de la lámpara, le parecieron del interior de la catedral, de su subsuelo y de algunas calles de Sevilla. No había nada más. Se arrodilló delante de la caja fuerte y agachó la cabeza para atisbar en la oscuridad. Sólo vacío. Ni rastro del *Libro sin nombre* del que le había hablando su padre. Introdujo la mano hasta el fondo porque el halo de la lámpara no iluminaba el final. Tanteó a ciegas, con cuidado, temerosa de rozar algún insecto o peor aún: una rata. Avanzaba con la cabeza casi metida dentro de la caja, pero no encontró nada. Estaba vacía. Se incorporó jadeante; había estado conteniendo la respiración por no aspirar el polvo del suelo. Puso los brazos en jarras. Su padre dijo que tenía que estar ahí. Calculó la distancia entre el fondo de la caja y el suelo. No coincidían. Golpeó con los nudillos la madera y un sonido hueco le alentó a palpar en los laterales hasta que tropezó con una especie de ranura. Introdujo los dedos y tiró hacia arriba. Cedió dando paso a un hueco que hurgó en la oscuridad. Pronto percibió el carácter inconfundible de los libros bien encuadernados, el cosquilleo aterciopelado de las cubiertas de los textos con clase. Atrapó el ejemplar como quien atrapa un tesoro y lo sacó a la luz. Pesaba mucho, las páginas no estaban numeradas pero calculó que debía de sobrepasar las mil. Sopló la leve capa de polvo que empañaba la portada y el color escarlata ardió como un amanecer de verano. Abel de Montenegro solía encuadernar los libros en tonos tostados para crear uniformidad cromática en la biblioteca, pero estaba claro que ese volumen se había concebido para destacar sobre los demás. Cerca del borde de la cubierta se extendía un intrincado labrado hecho con pan de oro, semejante a las yeserías moriscas que adornaban algunos salones de los Reales Alcázares. Acercó la lámpara al libro para investigarlo a fondo. No había nada escrito en su parte exterior, ni en la portada, ni en la contraportada. Nada. Ese ejemplar no tenía nombre. Lo abrió al azar, aspirando el olor característico de la tinta mezclándose con el de las páginas fabricadas con pasta de papel. Reconoció el tipo de letra que utilizaban en la imprenta para los documentos especiales y que su padre mandó confeccionar al estilo de las de Pierre Simon Fournier, un impresor francés amante de las grafías cuyo interés principal se centraba en intentar armonizar la letra romana y la cursiva de tal forma que se acercasen a la moda imperante de la caligrafía del momento.

—Las letras y las mujeres se miden por los mismos parámetros de belleza —pregonaba con picardía Abel de Montenegro delante de sus amigos de las tertulias—. Las dos deben tener curvas y ser vistosas.

Guiomar abrió el libro por la primera página y en lugar de un título, una fecha, el nombre de un autor o el año de la impresión, lo que encontró fue una pregunta escrita a mano. Era la letra de caracteres góticos con la que su padre redactaba sus cartas. Allí estaba, destacando sobre la primera página en blanco, rasgándola en diagonal con tinta negra:

¿Dónde están las reglas del juego?

Aquella frase era desconcertante. ¿A qué juego se refería? ¿Al ajedrez? Quizá se trataba de un acertijo que había que descifrar leyendo aquel libro sin título: el *Libro sin nombre*. Guiomar sintió un cosquilleo recorriéndole la espina dorsal, ese que siempre sentía al tener entre sus manos un libro atractivo. Tenía la certeza de que sus páginas cambiarían su vida y, sin esperar más, volvió a cerrar con llave la caja fuerte y bajó la escalera con el volumen aferrado al pecho hasta su habitación. Lo dejó sobre la mesilla de noche mientras se desvestía y se ponía el camisón, mirándolo de reojo, ansiosa y a la vez cobarde, disfrutando de ese momento de expectación. No podía sacarse de la cabeza aquella pregunta. La respuesta tenía que ser lo suficientemente importante para que Abel de Montenegro la escribiese en la primera página de una obra en la que no figuraba ningún otro encabezamiento:

¿Dónde están las reglas del juego?

Se metió en la cama con el libro sobre su regazo y se fue directamente a la segunda página. Comenzó a leer el texto escrito con letra de imprenta. La primera línea decía así:

El terremoto del 1 de noviembre de 1755 decidió
el destino de los Montenegro.

21

El descubrimiento

> ¡Por fin el octavo cuadro!, exclamó Alicia... ¡Oh, cómo me alegro de haber llegado aquí! ¿Y qué es esto que tengo en la cabeza?, dijo escandalizada mientras se lo quitaba y lo colocaba en su regazo para descubrir de qué podía tratarse. Era una corona de oro.
>
> LEWIS CARROLL, *A través del espejo*

Guiomar no había tenido tiempo de terminar de leer el *Libro sin nombre* y ponerse al día de la historia de su familia cuando se enteró de que las amenazas de arrebatarles el Cortijo de las Jácaras se iban a hacer realidad. En los papeles en los que les avisaban de la expropiación inscribieron el terreno con solemnidad con ese nombre inventado por las gentes de Carmona para hacer chanzas. Le advertían que pensaban quedarse con las tierras, así como con el edificio y su contenido, que incluía cuberterías de plata, árboles frutales, vajillas de porcelana de la China, fuentes de piedra, suelos de mármol, muebles de maderas nobles y vidrieras de colores. Aquello fue la gota que colmó el vaso de la desesperación de Guiomar. Se echó a llorar y se encerró en la casa. Cuando monsieur Verdoux y Candela fueron a buscarla, alertados por Dolores y la cocinera, la encontraron como alunada, sentada en la mecedora del patio, con los ojos enrojecidos. Al verlos se derrumbó. Sentía una tremenda lástima de sí misma. Les habló del duro golpe que le estaba asestando la vida, arrebatándole lo que más quería en el mundo: sus padres, el lugar en el que nació y Ventura Marqués. Para ellos fue una sorpresa descubrir que la muchacha estaba enamorada y que, además, la separación de ese bandolero perseguido por la justicia parecía ser lo que más daño le hacía. Intentaron calmarla buscando junto a ella soluciones a ese remolino de acontecimientos en el que parecía haberse sumergido. En primer lugar Candela le dijo que, tal y como se estaban poniendo las cosas, era más que posible que el monarca tuviera también la intención de arrebatarle la imprenta. Por eso decidieron subir todo lo que considerasen de valor al desván, incluidas las joyas de Rosario que guardaron en la caja fuerte convencidos de que, si venían a desahuciarla, sería mucho más fácil sacarlo todo con rapidez si estaba reunido en un único lugar. Pasaron los siguientes días acumulando allí arriba las vajillas, los jarrones, los relojes de pared, los libros y el retrato de doña Julia; ese en el que Guiomar nunca fue capaz de reconocerla del todo y que parecía surgido de los pinceles de Jacopo Carrucci. En él aparecía con un rosario de cuentas de nácar en una mano, vestida con tules y terciopelos, con el cabello recogido en un intrincado moño salpicado de perlas, con la perra Turca en su regazo y el gesto fervoroso de una Inmaculada de Murillo. Hacía mucho que doña Julia había muerto, pero bastaba cerrar los ojos para verla de nuevo en todo su esplendor, alta, delgada, con su largo cuello de cisne y su mirada severa, habituada a ingeniárselas en un mundo de hombres. Guiomar la recordaba más parecida a una Salomé de Tiziano.

Cuando concluyeron que ya no quedaba en los pisos inferiores nada más que mereciese la pena proteger, Candela le propuso a Guiomar viajar juntas hasta Carmona para intentar solucionar el asunto de la incautación del Cortijo de las Jácaras. Le confesó que, con la marcha de los franceses, temió que su próspero negocio teatral se viniese abajo, pero curiosamente ocurrió todo lo contrario. Con el regreso de Fernando VII, Candela se había convertido en una especie de símbolo de la mujer española fuerte y segura que se enfrentó al enemigo extranjero atolondrándole con su garbo, su gracia y su caída de pestañas.

—No hay un negocio más fructífero que el de la diversión, ni mejores clientes que los ricos. Da igual la ideología que defiendan. Los tengo en el bote, cariño —le aclaró—. No te imaginas la cantidad de hombres influyentes que besan el suelo por el que piso. Tranquila. Iremos a Carmona y moveré algunos hilos. ¿Quién sabe? Incluso puede que logremos dar con tu bandolero. Ya verás, mi cielo —dijo besando la frente de su ahijada—. Ya has tocado el fondo y ahora sólo queda dar una patada para subir de nuevo a la superficie. Sé lo que es eso. Confía en mí. Todo saldrá bien.

Planearon salir a primera hora de la mañana, pero antes de preparar el equipaje, Guiomar fue a hablar con monsieur Verdoux para explicarle sus intenciones y pedirle un favor. Quería que se hospedase en AQUÍ SE IMPRIMEN LIBROS el tiempo que ella estuviese fuera.

—Me sentiré más tranquila si te quedas vigilándome la casa y la imprenta —le dijo—. No es que no me fíe de la cocinera, de Dolores o de Cristo, pero…

—No te preocupes, *chérie* —le interrumpió él con su habitual encanto—. Tú pide por esa boquita de almendra garrapiñada y yo te obedezco.

—¡Cuánto te quiero, Vedú! —Guiomar se lanzó a sus brazos—. No sé qué haría sin ti. Si no fuera porque mi cuerpo y mi alma pertenecen a Ventura Marqués, te convencería para que me pidieras matrimonio… y te diría que sí —se burló.

—¡Vaya nombre para un bandolero! —se rió con retintín monsieur Verdoux antes de despedirse de ella.

Carmona era lo bastante pequeña para que enseguida se corriese la voz de que la señorita Montenegro había regresado a poner orden al Cortijo de las Jácaras. A la segunda noche de su llegada, creyó escuchar un silbido y el corazón se le paralizó. Había soñado tantas veces con que eso ocurría que no estaba segura de que fuese una realidad. Abrió los ojos en la oscuridad de su alcoba y se mantuvo quieta, sin respirar, temiendo que un leve roce de las sábanas le impidiese oír con atención. Y esta vez sí escuchó claramente el familiar silbido. Saltó de la cama y abrió la ventana de su habitación. Allí estaba él, a los pies del limonero, mirándola. Guiomar bajó la escalera descalza; iba llorando. Abrió la puerta principal y se tiró a sus brazos gimiendo de miedo, hipando como un bebé, apartándose de él de vez en cuando para asegurarse de que se trataba de su Ventura, que no era un sueño, que estaba vivo y allí, junto a ella. Lo dejó pasar mientras le acosaba a preguntas sin apenas esperar a que él respondiera, ofreciéndole comida, bebida, diciéndole lo mucho que lo adoraba, lo mucho que lo había echado en falta... En un momento de debilidad, pensó arrastrarlo hasta su alcoba y amarlo hasta que llegase el alba, como en los viejos tiempos, pero decidió hacer las cosas bien y despertó a Candela para presentárselo.

El Marqués de las Veredas se quedó una semana escondido en la casa y por primera vez tuvieron un poco de tiempo para conocerse en el día a día. Supieron lo que era comer juntos, irse a dormir y despertarse juntos. A Candela no le importó que se comportaran como marido y mujer sin haber pasado por la vicaría. Ella había exigido siempre que la dejaran tranquila con su conciencia y ofrecía lo mismo a los demás. Se instaló en la alcoba más alejada para dejarles intimidad, convencida de que necesitaban saciar la sed acumulada en tanta ausencia. Los seis primeros días, los enamorados disfrutaron de la dicha de ese reencuentro con la desesperación de los que saben lo valioso que es disfrutar del momento presente. Retozaron como cachorros en la cama de ella, volviendo a repasar sus lunares, sus curvas, sus zonas rosadas. Guiomar se dio cuenta entonces del paso del tiempo. El pecho de Ventura se había ensanchado, la piel de su rostro estaba curtida por el sol, la barba le nacía mucho más tupida, sus manos raspaban, encallecidas de tanto sujetar las bridas del caballo y de manejar navajas y trabucos. Estaba en la cama con un hombre. Un hombre firme y seguro que nunca llegaba a pertenecerle del todo porque siempre había una misión que cumplir, un débil al que defender, un déspota del que vengarse. Ella lo había conocido así, y así lo había aceptado. No podía quejarse.

—Te he echado tanto de menos... —le dijo al oído exigiéndose a sí misma no rogarle que se quedase a su lado.

—Eres mi hogar —le susurró él—. Mi refugio. Por muchos problemas que surjan; pese a los impedimentos… ten por seguro que siempre encontraré el camino para llegar a ti.

Pero les espantaron la dicha la mañana del séptimo día. Un grupo de alguaciles se presentó en el Cortijo de las Jácaras y golpeó la puerta principal dos veces; con agresividad. Antes de que Candela terminase de abrir, le dieron un empujón que casi la tira al suelo. Traían una orden para registrarlo todo. Ella se puso a insultarles a voces, intentando alertar con sus gritos a Guiomar y Ventura. Cuando la escucharon, no les quedó ninguna duda de lo que estaba ocurriendo. Se vistieron a toda prisa. Apenas tuvieron tiempo de despedirse.

—¿Cuándo volveremos a vernos? —preguntó ella desesperada.

—Ya te lo he dicho. Siempre regresaré. Eres mi hogar.

Y Guiomar supo que lo decía de verdad.

Pusieron la casa patas arriba. Abrían las puertas a patadas sin importar que no estuviesen cerradas con llave. Sacudieron las mantas, las sábanas, acuchillaron con saña los colchones, inspeccionaron la despensa metiendo los dedos en la miel y pellizcando los molletes del desayuno. Voltearon los cajones, sacaron los libros de las estanterías y los tiraron al suelo. Los dejaron allí, despatarrados. Tres horas más tarde estaban agotados de tanto destrozar y no encontrar nada.

—Exijo que me digan qué es lo que andan buscando —protestó Candela con los brazos en jarras—. Tengo amigos influyentes. Esto es un ultraje.

—Alguien ha denunciado que en esta casa se esconde un bandolero peligroso —le respondió uno de los alguaciles antes de darle un bocado a una manzana que acababa de coger del frutero—. Ventura Marqués. ¿Lo conocen?

—¿Tenemos acaso aspecto de relacionarnos con bandoleros? —preguntó Candela muy digna.

Dos semanas después, aún se preguntaban quién había podido hacer la denuncia. Ellas eran las únicas que sabían que Ventura estaba allí y comenzaron a temerse que alguno de los miembros de su propia cuadrilla fuese el que había dado el chivatazo.

Por fortuna aquel viaje no fue en balde y todo les salió bien. Gracias a los contactos de Candela, consiguieron salvar el Cortijo de las Jácaras y su contenido, de la expropiación. Además, Guiomar había vuelto a tener entre sus brazos a Ventura y todas las dudas que había estado acumulando durante su separación se disiparon como nubes de verano. Cuando lo vio partir, sintió pena y miedo, pero le quedó en el alma el regusto de la conformidad. Era su hogar… él se lo había asegurado. Regresaría… antes o después. Y ella lo estaría esperando.

De momento, y durante el viaje de vuelta a Sevilla, Guiomar se sumergió en el legado escrito que le había dejado Abel, en parte para intentar que la separación de Ventura le doliera menos y en parte porque intuía que ese *Libro sin nombre* iba a cambiar su vida.

Nadie se pudo explicar cómo entró aquel grupo de salvajes en Aquí se imprimen libros. Monsieur Verdoux contó más tarde que él estaba leyendo en el patio cuando escuchó un murmullo creciente procedente de la calle. Las voces entonaban consignas que no llegaba a entender porque estaban envueltas en ecos. No le dio demasiada importancia; vivían tiempos difíciles. Siguió leyendo hasta que escuchó alto y claro un grito de «muerte a los franceses». Por un instante la boca se le quedó fría, los huesos de las rodillas se le ablandaron y tuvo el presentimiento de la desgracia. Escuchó el familiar chirrido de la verja del zaguán al abrirse y, en menos de cinco segundos, se vio rodeado por una turba enfervorizada que gruñía como una manada de lobos rabiosos. Lo miraban con los ojos inyectados en sangre, blandiendo palos, arremangados hasta los codos y sólo entonces monsieur Verdoux se dio cuenta de que habían dejado de gritar y que el silencio era atronador.

—¿Qué les pasa, amigos? —dijo intentando mostrar seguridad, con su encantadora sonrisa atrapada entre los labios—. ¿Acaso piensan que un anciano como yo puede resultar peligroso?

No vio venir el primer golpe, lo único que sintió fue un terrible dolor en la nuca que le hizo caer de la silla.

—¡Vas a morir, gabacho de mierda! —le escuchó decir a una de las mujeres.

Le escupieron en la cara, y él cerró los ojos. Se echaron a reír. Alguien le levantó en vilo y le agarró por detrás. Le sujetaron los brazos a la altura de los codos, pese a que no hacía falta paralizarle porque no se resistió. Un hombre frente a él comenzó a darle puñetazos en el estómago hasta que se cansó. Luego le tomó el relevo otro y luego le siguió otro y luego otro y... hasta que monsieur Verdoux cayó de nuevo como un muñeco desmadejado, con el conocimiento perdido.

Cuando Guiomar y Candela llegaron a Sevilla ya había pasado todo. Por los vecinos se enteraron de que un grupo de exaltados entró a robar en AQUÍ SE IMPRIMEN LIBROS pensando que no había nadie. La mala suerte quiso que monsieur Verdoux y Cristo estuviesen dentro. Encontraron al maestro francés tirado en el suelo de mármol del patio. Tenía varias costillas rotas, la ceja partida y magulladuras por todo el cuerpo, además de la fuerte contusión en la cabeza que preocupaba mucho a los médicos. Le habían atendido en el hospital de Santa María del Buen Suceso, pero el francés se había empeñado en trasladarse a su casa a pesar de que los doctores le aconsejaron lo contrario. De todos modos la peor parte se la había llevado el maestro de taller. Al parecer, los ladrones sorprendieron a Cristo en su cuarto del sótano y allí mismo le abrieron la cabeza. No pudieron hacer nada por él. Cuando lo descubrieron estaba tumbado sobre un enorme charco de su propia sangre; igual que encontraron a su hermana Julita muchos años antes.

Guiomar corrió hacia la casa de su maestro en cuanto se enteró de lo sucedido. Ardía en deseos de verlo, de estar a su lado y también, la verdad, de contrastar lo leído en el *Libro sin nombre* con la única persona que parecía haber vivido aquella fascinante historia desde los tiempos de su abuelo León.

La muchacha del servicio, una joven sobria que Guiomar no conocía de nada, abrió la puerta de la casa de monsieur Verdoux y la dejó pasar con un leve movimiento de cabeza, indicándole en qué dirección caminar. Las dos mujeres avanzaron sin hablar por un pasillo infinito, de techo abovedado, decorado con frescos de angelotes regordetes que tapaban sus vergüenzas con vendas ridículas. Dividiendo el espacio había pequeñas columnas salomónicas que se enrollaban sobre sí mismas, como prendas a medio escurrir tras la colada y que servían para sostener bustos de damas afectadas y efebos con el torso desnudo. Guiomar contempló los cuadros que salpicaban las paredes de paisajes bucólicos, de escenas mitológicas, de personas que posaron para el pintor con gesto circunspecto, seguramente con la intención de pasar a la posteridad como gente seria. Pensó que quizá fueran los retratos de parte de la familia de monsieur Verdoux; tal vez su padre, la hermana, un abuelo noble que le dejó toda su herencia... Se sintió egoísta al descubrir lo poco que se había interesado por conocer a fondo a su maestro, su protector de toda la vida. Nunca se preguntó cómo vivía, quién le cosía los botones a sus levitas de terciopelo o lavaba sus delicadas medias de hilo.

Guiomar había estado en contadas ocasiones en esa casa. Alguna vez la trajo su padre, cuando era pequeña, y aún recordaba a la perfección la sensación de que el tiempo se detenía en ese lugar. Una delicada luz dorada lamía los muebles de maderas nobles, los marcos repujados de plata, los tapices con solera de lustros que cubrían las paredes y representaban rendiciones territoriales en países lejanos. La biblioteca de monsieur Verdoux no seguía la misma jerarquía que doña Julia impuso en AQUÍ SE IMPRIMEN LIBROS que se basaba en colocar los volúmenes en estricto orden alfabético buscando la uniformidad en sus tamaños y en el color en sus lomos. Allí los estantes se abarrotaban de textos, tratados, manuales, obras encuadernadas y sin encuadernar que reclamaban su espacio empujándose unos contra los otros, en ordenado desorden. Junto a la ventana del salón había una mecedora con escabel brocado de estilo francés en la que el maestro se sentaba a leer y, en una de las esquinas, un escritorio en caoba sujetaba una escribanía de plata y marfil. En aquel lugar se respiraba magia, misterio, ocultación. Siempre que Guiomar estuvo allí tuvo la sensación de que monsieur Verdoux no se encontraba cómodo con su presencia. Fueron los únicos momentos en los que ella vio tambalearse su delicadeza innata para dar paso a un ser desconocido, alguien que se ponía nervioso y respiraba de forma agitada, un tanto quisquilloso.

—No toques eso, Guiomar, *chérie*... que lo rompes y es de China, ¿sabes dónde está China, capullito de alhelí? —le decía si se acercaba a alguna de sus figurillas de porcelana—. Vámonos ya, que estoy cansado de estar en casa.

Siempre reservó con mucho mimo su intimidad, por eso ella ni siquiera reparó, hasta ese momento en el que caminaba por el pasillo, que jamás había puesto los pies en el dormitorio de su maestro. Estaba sorprendida de que la curiosidad no le hubiera alcanzado para preguntarse cómo sería el lugar en el que descansaba y soñaba.

Cuando Guiomar entró en la alcoba, monsieur Verdoux yacía sobre la cama, engalanado como un delfín versallesco a punto de ser coronado. Lucía batín de seda brocada en tonos celestes por el que sobresalían las chorreras de un camisón de lino y se cubría la cabeza con una especie de bonete en terciopelo marino ribeteado con cordoncillo dorado. Todo ello muy acorde con su habitual estilo barroco pero por completo incongruente con el escenario que le rodeaba. Su habitación era un cuarto simple, casi monacal, en el que flotaba el aroma del carísimo perfume que él llevaba años encargando en la Officina Profumo-Farmaceutica di Santa Maria Novella, en Florencia.

—Es el que usaba Caterina de Médici, una extravagancia carísima que le hace sentir a uno más alto, con los ojos más grandes y los pies más pequeños —proclamaba cuando le preguntaban, riendo sin ganas, frívolo como siempre.

Pero en aquel momento esa distinguida esencia de reina francesa perdía toda su fascinación al mezclarse con el olor a sudor encerrado, a remedios médicos y bacinilla sin vaciar.

Un chifonier sin adornos ni pátinas sujetaba un fanal con una talla de san Francisco Javier y, sobre la mesilla de noche, había una palmatoria de plata, una Biblia muy ajada y un crucifijo de espejo enmarcado en madera dorada. Aquellos emblemas religiosos tan cerca de su lugar de descanso, resultaban incongruentes con el discurso que había defendido toda la vida; ese en el que aseguraba que la Biblia estaba plagada de trolas alegóricas y de que había que entenderse con Dios sin simbologías de por medio.

—¡Vedú! —exclamó Guiomar corriendo a su lado y arrodillándose junto a la cama. Le temblaba la voz por la emoción.

Aún podían verse en el rostro de monsieur Verdoux las marcas de la paliza. La hinchazón había descendido dando paso a leves marcas azuladas bajo los ojos y tenía una cicatriz en una ceja. Él la miró: los años parecían habérsele echado encima al mismo tiempo que los golpes.

—*Chérie!* —Le acarició los cabellos con gesto distraído—. ¿Has visto cómo se las gastan por aquí?

Guiomar sonrió a su pesar: Verdoux seguiría siendo el mismo hasta el final.

—¿Cómo estás? ¿Qué han dicho los médicos?

—¡Qué van a decir ésos! —rezongó el francés con voz débil, en un intento por quitarle hierro al asunto—. Nada que merezca la pena escucharse, *chérie*. Prefiero que me cuentes tú. ¿Qué tal por Carmona?

Guiomar le habló del cortijo salvado, de la ayuda de Candela y de su encuentro amoroso truncado. Se lo contó todo mientras pensaba que, junto con Candela, él era la única persona que le quedaba de su infancia. La idea le oprimió el corazón y tuvo que hacer un esfuerzo para no romper a llorar allí mismo: por su niñez perdida, por sus padres muertos. Y por lo que había leído en el *Libro sin nombre*. Le habló entonces del testamento escrito por Abel, y de la responsabilidad que éste parecía depositar sobre sus hombros.

—¡No quiero saber nada de eso! —sollozó Guiomar—. Quiero llevar una vida normal. Casarme con Ventura. Darle hijos...

—¡No digas tonterías, niña! Tu destino no puede ser el de una mujer corriente. Las mujeres no tienen maña para el ajedrez, y sin embargo a ti no hay hombre que te aventaje. Ni en eso, ni en otras muchas cosas, *chérie*. Bien lo sabes.

El hombre se quedó callado. Guiomar seguía arrodillada a su lado, pero las siguientes palabras de su maestro le encogieron el corazón.

—No hay nada más importante que cumplir con el destino de uno. Y el tuyo es estar preparada para jugar esa partida de ajedrez, no perder el tiempo retozando con un bandolero de tres al cuarto. Ya sé que ahora no lo ves, pero con el tiempo me lo agradecerás.

Guiomar le miró sin comprender.

—¡No pongas esa cara! —masculló el francés—. Alguien tenía que apartar a ese bandolero de tu vida antes de que la echaras a perder. Me lo pusisteis fácil: una simple denuncia fue suficiente.

Ella se apartó de la cama como si la hubieran abofeteado. Él suspiró con afectación y se removió entre las sábanas. No la miraba. Sus ojos estaban perdidos en algún lugar del techo.

—Ay… —Parecía dolorido—. Jamás en mi vida conocí una familia con tanta tendencia al sentimentalismo como la vuestra. Dejarse guiar por el instinto es más propio de los animales que de las personas. Te lo dije muchas veces; el pensamiento es el que determina los sentimientos. Hay que aprender a controlarse. El amor no trae más que problemas y desasosiegos. ¿No lo leíste en las novelitas que hice llegar a tus manos? Los enamorados acaban sufriendo, ¡piensa en la pobre madame de Tourvel! Y en tu caso además es inoportuno. Si estás pendiente de ese bandolero no te concentrarás en la partida. El amor está bien para los simples… esos que llegaron al mundo para hacer de comparsa. Pero los seres humanos inteligentes como nosotros debemos manejarnos con otra escala de valores. Cuando nacemos nos dan una balanza y con ella en la mano nos pasamos la vida. ¿Qué prefiero… —dijo haciendo ademán de sostener la balanza y de comenzar a pesar en ella decisiones—, ir hoy a la misa de ocho o a la de doce?… pesa más la de ocho porque así me queda toda la mañana libre. O bien… ¿ser una mujer fuerte que sabe manejar su propia vida y quedarme soltera… o casarme con un fornido bandido que me anulará a cambio de un par de gozosos revolcones?

—No sabes lo que dices —dijo Guiomar—. ¡Estás loco…!

—¿Loco? —Su rostro se contrajo en una mueca que mezclaba dolor y asombro—. Todo lo he hecho por ti… por nosotros, por nuestro bien. ¡Y ahora me llamas loco! Lo estuve pensando y llegué a la conclusión de que no es fácil resistirse al embrujo del amor... y menos a tu edad. No te sientas avergonzada. Quien a los suyos se parece, honra merece, ¿no es así el dicho popular? Tu padre era igual que tú. A punto estuvo de estropear mis planes cuando se enamoró de aquella niña... ¿cómo se llamaba? —preguntó con desinterés chasqueando los dedos—. La hija de Cristóbal Zapata... ¿cómo se llamaba?

Guiomar recordó la historia que tantas veces se había contado en su casa y que Abel había recogido también en el *Libro sin nombre.* Aquel misterioso asesinato sin resolver con el que se seguía asustando a los niños de la ciudad.

—¿Julita?

—Julita. —Suspiró, como si le acabase de quitar el nombre de la punta de la lengua—. Un ser tan pequeño, tan insignificante, sin ningún talento especial y aun así estuvo a punto de echar por tierra mi labor de años. No me quedó otro remedio que eliminarla.

—¿Eliminarla? —gritó Guiomar—. ¿Qué quieres decir?

Pero no le contestó, simplemente comenzó a relatar una historia. Su voz era cavernosa y parecía languidecer por momentos, pero enseguida retomaba el pulso y continuaba narrando lo que a todas luces él consideraba la gran misión de su vida. Monsieur Verdoux le dijo que había nacido en un pueblo francés llamado Morimond, entre el país de Champagne y el ducado de Lorena. En aquel lugar, escondido entre viñedos, había una abadía cisterciense. Por bula papal, el abad de Morimond era el protector espiritual de la Orden de Calatrava. La familia de monsieur Verdoux era pobre. Su padre y sus hermanos mayores se partían el lomo vendimiando y pisando las uvas con las que la abadía fabricaba al año unas cuantas botellas de aquel licor pálido y espumoso que se había hecho famoso en la corte inglesa y al que algunos llamaban vino del diablo por el efecto revoltoso que provocaban sus burbujas. Todo parecía indicar que el destino empujaba a monsieur Verdoux a convertirse en un campesino más. Y seguramente así hubiera terminado sus días de no ser porque, desde muy pequeño, se descubrió como un gran observador. Era inteligente. Se colaba en la abadía y preguntaba a los monjes por la vida, trasteaba en la biblioteca, ayudaba en la cocina... terminaron por tomarle afecto y le enseñaron a leer para que no se aburriera, a hablar y escribir en latín, a pedir las cosas por favor y dando las gracias, y a jugar al ajedrez. Aquello fue para él lo mejor de todo. Sintió que ese juego desafiaba su mente mucho más que cualquier circunstancia a la que tuviera que hacer frente en la vida real. Ponía a prueba su concentración, su deducción, su perseverancia y su temple. Llegó a obsesionarle de tal manera que era capaz de jugar con los ojos vendados porque ordenaba las piezas en un tablero perpetuo que llevaba en la imaginación. Los religiosos de la abadía quedaron maravillados con su destreza. Aquel muchacho parecía capaz de beberse a sorbos los conocimientos y consideraron que abandonarle a su destino de labriego sería un tremendo error.

Pronto dejó de ir a almorzar a casa de sus padres, y luego no fue a cenar. Más tarde le permitieron quedarse a dormir dentro de la abadía, en una de las celdas vacías. Poco a poco, terminó desprendiéndose de su familia. Los encontraba brutos y torpes. Por más vueltas que le daba, no alcanzaba a comprender cómo era posible que llevasen su misma sangre. Los veía muy distintos a él. Reconocer el parentesco que los unía le hacía sentirse indigno, así que un día les retiró el saludo. Comenzó a desdeñarlos hasta que logró no ver ni oír a aquellos individuos que destripaban terrones junto a los muros. Y entonces se liberó. Aún no había pronunciado sus votos eclesiásticos cuando un día el abad vino a contarle una increíble historia sobre una partida de ajedrez milenaria: dos reyes jugándose una torre que estaba enclavada en un lugar tan exótico como Sevilla. Tuvieron que hacerle un mapa para indicarle en qué parte del mundo quedaba eso. Un mes después, tomaba el camino de aquella ciudad con más de mil reales de plata en su bolsa y una misión. Debía buscar a un hombre llamado Fernando Álvarez, conocido como el Sabio Añejo por sus recalcitrantes escritos, secretamente hermano seglar de la Orden de Calatrava. Él le diría lo que tenía que hacer.

El Sabio Añejo le enseñó a chapurrear en español y a asimilar sin sobresaltos las explosiones viscerales de llantos y cantes de los sevillanos, algo nuevo para él, que era originario de un país en el que se valoraba controlar el júbilo y apechugar dignamente con el dolor. Le explicó que su ayuda era fundamental porque, al ser totalmente desconocido en aquella ciudad, nadie sospecharía de él. Le dejó bien claro que su labor consistía en encontrar las reglas del juego y destruirlas. Según el testamento del rey Alfonso X el Sabio, los freires de la Orden de San Juan de Acre eran los encargados de custodiar los términos de la apuesta. Gracias a una cuantiosa donación, en muy poco tiempo monsieur Verdoux se ganó a su prior, frey Dámaso. Le aceptaron en la Orden como caballero no profeso y lo dejaron entrar a la jurisdicción donde se movió como perro por su casa. Pronto compartían con él sus secretos, le invitaban a sus reuniones y encontraban más que útiles sus habilidades ajedrecísticas, valorando su elegancia, su cultura, su saber estar... Se hizo imprescindible.

—El día que conocí a tu padre —rememoró monsieur Verdoux—, había resultado un día muy esperanzador para mí. El embajador de Marruecos estaba invitado en Sevilla. Los freires de la Orden de San Juan de Acre intentaban demostrarle que las cartas en las que aparecían batallas reales relacionadas con aquella antigua apuesta, no tenían nada que ver con ellos. Tu abuelo, León de Montenegro, era el encargado de negociar con el embajador porque era el único que hablaba árabe. Pero tardaba mucho en venir, así que fui yo el que comenzó a dialogar con él en francés. —A monsieur Verdoux le brillaron los ojos—. Esa misma noche apareció tu abuelo con tu padre de la mano… un mocoso de apenas diez años que realizó una jugada sublime, magnífica, inmejorable —parecía emocionarse con cada palabra—, sin necesitar apenas concentración, sujetando un dulce en una mano… no recuerdo de qué tipo de dulce se trataba —dijo quitándole importancia a ese detalle—. Lo mordisqueaba a la vez que movía la pieza… sin vanidad… inocente… ¡Una jugada perfecta! Y en ese momento comprendí que mi papel en esta historia podía ir más allá que el de simple comparsa del Sabio Añejo. Si por fin, y a pesar de todos nuestros desvelos, se jugaba esa partida, yo quería estar presente y, ya que no podía jugarla, al menos podría adiestrar al elegido.

Se quedó en silencio, como si estuviera viajando en el tiempo para colocarse en el pasado y poder narrar aquel instante con la mayor nitidez posible. Entonces cerró los ojos y su rostro se llenó de profundas arrugas; el bonete que en un principio le daba sensación de majestuosidad, se torció ligeramente, y Guiomar pudo ver que su antigua melena leonina, esa que él peinaba dejando ondas alborotadas en el cogote, era ahora una pelusilla blanquecina que apenas tapaba su calva.

—Cuando tu abuelo León me pidió que me encargase de la educación de tu padre —continuó—, vi el cielo abierto. Me entregaba un pedazo de barro que yo podría modelar a mi antojo. Conseguiríamos lo que estábamos buscando sin mancharnos siquiera las manos. Estaba tan cerca de frey Dámaso que, si se encontraban las reglas del juego, yo tendría la oportunidad de destruirlas y si, por cualquier razón no podía hacerlo, tenía la opción de influir en tu padre y convertirlo, sin que él se diese cuenta, en uno de los nuestros. —De nuevo el maestro francés parecía muy cansado—. Por supuesto nunca le hablé de la apuesta, ni de las partidas, ni de las reglas del juego, ni de la importancia del elefante de marfil. Me centré en prepararle para que fuese un ganador. Después, sólo me restaba esperar a que creciera y que jugase la última partida. —Levantó el puño recobrando las fuerzas—. Entonces la última batalla estaría librada.

Nosotros seríamos los vencedores y la Giralda sería el símbolo eterno de nuestra victoria. —Pero enseguida su brío pareció apagarse—. Lo que son las cosas… a tu padre le pasó con el talento con el ajedrez como a los chicos de los coros. Esos muchachos de voces maravillosas que terminan cantando como sapos cuando llegan a la pubertad. A Abel de Montenegro le llegó Julita Zapata. ¡Qué nombre tan vulgar!, ¿verdad, *chérie*? —preguntó con el mismo desparpajo con el que contaba un cotilleo de la vecina—. Un día tu padre me dijo que ya no le interesaba el ajedrez… así, sin más. Creí que se me paralizaba el corazón. Él era el que debía jugar la última partida, él era el depositario del elefante de marfil… Y no le interesaba el ajedrez, decía —repitió indignado—. ¿Cómo era eso posible? ¿Cómo no iba a interesarle el ajedrez? Un juego de reyes, una batalla, una lucha… ay. Ya te lo dije en su día: «El que tiene miedo de apoderarse del reino enemigo es que no merece poseerlo». —Pareció recuperar momentáneamente la compostura—. Y entonces lo vi claro. ¡Tenía que hacerle reaccionar! ¡Recordarle la promesa que le había hecho a su padre! Así que fragüé un plan.

Monsieur Verdoux le contó que aprovechó la Semana Santa, cuando las calles de Sevilla se atestaban de nazarenos que cubrían sus rostros con capirotes y antifaces. Se hizo con una túnica de la hermandad del Gran Poder y esperó a que llegara la noche de su salida. Oculto tras su disfraz, siguió los pasos de Abel de Montenegro hasta que se quedó solo y vio la oportunidad de acercársele. Impostando la voz, disimuló su acento francés para amenazarle, exigiéndole que le entregase el elefante de marfil.

—Tu padre estaba tan asustado que fue incapaz de reconocerme. ¿Puedes creer que lo había escondido en la capilla funeraria de Haro? —dijo con sorpresa—. ¡Tan retorcido como siempre! En fin… la estratagema funcionó en parte: tu padre llevó el elefante a la jurisdicción y allí le explicaron todo: la verdad de tu abuelo, su pasado, la promesa, la misión… ¡todo! Pero Abel no quería ni oír hablar de sus compromisos y responsabilidades por culpa de esa niña... ¿Julita? —preguntó con desgana, y sin esperar respuesta añadió—: Tenía que librarme de ella... no había otra solución.

—Fuiste tú... —La frase quedó a medio camino entre la pregunta y la afirmación. Guiomar lo miraba incrédula.

—Fue un sacrificio necesario, compréndelo. No era más que un peón. Un peón que molestaba porque pretendía llegar a reina. Hubiera preferido no tener que hacerlo, de verdad. Ya sabes lo que me disgusta la sangre... si hasta las chuletas las tengo que comer muy, muy hechas porque me da repelús que se me llene el plato de ese líquido rojizo cuando les clavo el tenedor... tú lo sabes. —Suspiró aparentemente asqueado—. *Quel dommage!*

Y entonces narró cómo se había dirigido a la casa de los abuelos de Julita con la inocente intención de explicarles que Abel estaba destinado a algo mucho más elevado que casarse y tener hijos. Llamó a la puerta. Le dejaron pasar porque le conocían de sobra y le invitaron a tomar café. Cuando trajeron la bandeja de pastas y estuvieron todos sentados alrededor de la mesa, monsieur Verdoux comenzó a hablarle a Julita de la maravillosa preparación de Abel, de su entrega a una causa milenaria, de la imposibilidad de comprometerse seriamente con nadie por lo que le rogaba... no... no, ¡le exigía!, que dejase en paz al muchacho. Pero ella no le escuchó. Le dijo que se metiera en sus asuntos y se levantó de la silla sin permitirle siquiera dar un sorbo a su taza que aún humeaba sobre la mesa, señalándole la puerta con muy malos modos.

—¡Qué falta de clase, *chérie*! Si la hubiera visto, tu padre se habría desenamorado al instante. ¡Seguro! ¿Puedes darme un poco de agua, por favor? —rogó, mirando al chifonier sobre el que descansaba una jarra llena y un vaso.

Guiomar pensó no atender su súplica, pero se dio cuenta de que negarle el agua era un castigo muy débil. Además necesitaba saber cómo continuaba la historia; la historia de la familia, la historia sin final del *Libro sin nombre*. Monsieur Verdoux tenía que seguir hablando para poder colocar la palabra fin. Llenó el vaso y se lo tendió sin ningún apego. Él la miró descorazonado. Intentó rozar la mano de la muchacha con su dedo índice, pero ella se apartó antes de que pudiera lograrlo. Monsieur Verdoux sorbió el agua como un pajarito y carraspeó antes de continuar hablando.

—Me dio mucha rabia que una chiquilla de tres al cuarto me echase con viento fresco, como si tal cosa —dijo—. Mis esfuerzos de años, tirados por la borda. No lo pensé… la verdad. De pronto vi un abrecartas sobre uno de los muebles. Lo cogí sin pensar… en serio, *chérie*. La siguiente imagen que recuerdo es la de esa muchacha sujetándose a las solapas de mi casaca, intentando no caer al suelo, con el abrecartas clavado en el pecho. Lo saqué y se lo clavé otra vez y otra vez y… bueno, no sé cuántas veces más. —Parecía sincero—. Es extraña la sensación de ver morir a alguien, sobre todo cuando eres tú el que le arranca la vida. Los ojos se van quedando sin luz, hasta volverse opacos y tristes. —Bajó el tono de voz, casi como si fuese un rezo, pero enseguida retomó la fuerza de la narración—. No me dio tiempo a mucho más. Sus abuelos se me abalanzaron y les di dos tajos certeros. Ni se dieron cuenta de nada. Se ve que le cogí el tranquillo a matar.

El tono con que Verdoux había dicho aquella última frase le arañó el alma. ¿Quién era ese hombre?

—¡Dios!, eres un monstruo… —balbuceó ella.

—Deberías estarme agradecida —protestó, ligeramente indignado—. Si no hubiera matado a esa muchacha tu padre no habría conocido a tu madre y tú no existirías… o quizá sí… pero no como eres… no sé. Estoy mayor para intentar imaginarme lo que hubiera pasado.

Monsieur Verdoux le explicó que, después del crimen, se asustó mucho. No sabía qué hacer. Estuvo un rato dándole vueltas a la cabeza, paseando arriba y abajo entre los cadáveres, hasta que logró ordenar en su cabeza, paso por paso, la manera más adecuada de actuar. Lo primero era librarse de las pruebas, quitarse la casaca manchada de sangre y salir de allí. La tiró al río junto con el abrecartas que le había servido de arma homicida. Caminó con el corazón acelerado hasta su casa, rezando para que nadie le hubiera visto, ensayando excusas por si venían los alguaciles a preguntarle, «por qué iba yo a matar a esa encantadora gente, por favor, si eran como de mi propia familia... quién será el desalmado... si es que esta ciudad cada vez es más peligrosa». Pero no tuvo que ponerlas en práctica. El principal sospechoso fue Cristóbal Zapata y, a falta de pruebas que lo señalaran directamente, el crimen quedó sin resolver. Y monsieur Verdoux consiguió lo que quería: Abel de Montenegro se interesó por la misión.

—Era perfecto, absolutamente perfecto. Tu padre volvía al redil y yo volvía a desempeñar un papel importante en la historia. —Bajó de nuevo la voz—. Pero pronto tuve que dejar de engañarme: Abel no era lo suficientemente bueno jugando al ajedrez. Incomprensiblemente, los años le habían ido borrando el talento. Se interesaba por mil cosas... se despistaba. —Se puso a enumerar—. Que si los diccionarios, la enciclopedia, las tertulias, la revista de mujeres de tu madre, la cabeza frenológica... ¡Una sarta de estupideces! No alcanzaba el nivel necesario para jugar una partida como ésa. No... ni hablar. Si él jugaba la última partida, corríamos el riesgo de perder... y eso era inconcebible. Cuando caí en la cuenta de ello me entristecí: sentí furia, amargura... Tantos años perdidos... Su elección como depositario del elefante de marfil había sido un error.

La sospecha creció en ella como una mala hierba.

—¿Le hiciste algo a mi padre? —gritó—. ¿Tuviste algo que ver con su muerte?

Monsieur Verdoux contrajo el rostro como si aquella acusación le hiciera daño realmente.

—¿Cómo puedes pensar que le haría algo a Abel? Si en este mundo hubo alguien al que considerar mi hijo, fue a él.

—Suspiró—. Pero compréndeme, si quería vencer tenía que cubrir todos los frentes, estudiar todos los posibles movimientos a seguir… igual que en el ajedrez. Y encontrar las capitulaciones se nos estaba complicando. ¿Recuerdas mis viajes a Francia? ¿Cuando te traía libros y esos caramelos con forma y sabor de violetas que tanto te gustaban?

—Sí.

—Bueno, en realidad no eran viajes de placer. Regresaba a Morimond para darle cuentas al abad de nuestros progresos. Le explicaba que éramos incapaces de encontrar las dichosas reglas del juego, que no me separaba del lado de frey Dámaso, que lo tenía vigilado y que estaba seguro de que los freires de la Orden de San Juan de Acre estaban tan perdidos con ese tema como lo estábamos nosotros… pero el abad no terminaba de convencerse. Pensaba que quizá desconfiaban de mí, que me mentían. O tal vez sospecharon que, en el fondo, yo ansiaba que se jugara esa partida y estar en ella. En fin… Decidieron seguir la pista de las capitulaciones desde que se firmaron allá por el año 1248 y no desde que el señor López de Haro se hizo cargo de ellas, como planteaba frey Dámaso. Llegaron a la conclusión de que era más que probable que las tuvieran guardadas bajo siete llaves en la isla de Malta, en la sede central de la Orden de San Juan.

—Pero eso es absurdo —protestó Guiomar—. De ser así, ¿por qué iban a seguir buscándolas?

—Eso mismo les dije yo. Pero no se convencían. Pensaban que quizá fuese una treta para despistarnos… para sacarlas a la luz en el momento más favorable para ellos. Y entonces lo llamaron a él.

—¿Él?

—Napoleón Bonaparte —aclaró monsieur Verdoux—. Por aquel entonces ya estaba considerado como un héroe pero era de costumbres fijas, le gustaba regalarse pequeños placeres y uno de ellos era el champagne que se fabricaba en la abadía.

Solía visitarla al menos una vez al año. El abad un día le contó la historia de la apuesta y él, que por aquel entonces ya tenía en mente invadir Egipto para proteger los intereses comerciales franceses y cortar la ruta de acceso del enemigo británico a la India, se ofreció a ayudarnos... y de paso ayudarse a sí mismo. Le dije al abad que no estaba seguro de que eso fuese una buena idea, que no le tendría que haber contado a Napoleón esa historia, que era un gran estratega y que era muy posible que quisiera las capitulaciones para negociar con ellas y conseguir así su objetivo de conquistar Egipto. —Le dio otro sorbo al vaso de agua—. Pero el abad no me escuchó y le ayudaron en la financiación de su viaje. Ay, *mon Dieu!* Cuando los hombres de Napoleón llegaron a la isla lo destrozaron todo. Expulsaron a la Orden de Malta y arrasaron con el tesoro. Pero no hallaron nada. Yo tenía razón. Si no éramos capaces de encontrar las capitulaciones reales antes que los de San Juan de Acre y no nos quedaba más remedio que jugar la última partida, lo mejor era que yo hiciese todo lo posible por estar presente. Y poco después tu padre murió. Yo no tuve nada que ver. Se fue él porque quiso. Tan cabezota como siempre. —Monsieur Verdoux miró a Guiomar fijamente a los ojos—. Me dolió mucho su muerte, mucho... tienes que creerme. Pero ya sabes que soy un hombre práctico y que tiendo a encontrarle la parte buena a las cosas. Hay que mirar al frente de forma optimista, ¿no? Que tu padre no estuviese te convertía en la única esperanza, la única que podría enfrentarse a una partida como ésa. Y tú eres mucho mejor jugadora que Abel, Guiomar. Sobre ti puedo depositar toda mi confianza... Puedo morir tranquilo. Si tienes que sentarte frente a ese tablero, jugarás como yo te enseñé y harás que me sienta orgulloso de ti. El ajedrez es como un duelo a espada, pero lo que se mide en esa pugna no es la agilidad de un cuerpo, sino la voluntad, el intelecto del ser humano. —De pronto, sus ojos vidriosos de enfermo comenzaron a brillar febriles, mientras levantaba el puño—. Vencer en una partida de ajedrez es como saciar la sed guerrera que todos llevamos dentro. Los pacíficos pretenden hacernos creer que el ajedrez es inofensivo. ¡Mentiras! Mienten, Guiomar, mienten porque son unos cobardes. Al ajedrez se juega para vencer y si no... no se juega.

Guiomar lanzó un suspiro hastiado. Era muy complicado comenzar a odiar a quien se había querido tanto. Pero de pronto se hizo evidente que el monsieur Verdoux que ella amaba, su Vedú, no era un monsieur Verdoux al completo. Como una enorme luna había estado toda una vida ocultando una parte importante de sí mismo; precisamente la parte que hacía que ella confiase en otro ser humano. Había fingido ser durante años la persona que su padre y ella deseaban que fuera. Y no la persona que en realidad era. Había destrozado sus vidas, y era poco lo que ella podía hacer entonces para castigarle.

—Lo siento —mintió Guiomar para hacerle daño—, para mí el ajedrez es sólo un pasatiempo.

—Un pasatiempo —repitió él cabizbajo—. Te has pasado la vida «pasando el tiempo», soñando, imaginando... el mundo es mucho más complicado, sucio y sórdido, mademoiselle. Lo has pintado todo de rosa y quizá la culpa sea únicamente mía. Yo he fomentado que seas una niña de veinticinco años que no se ha enterado de nada de lo que ocurría a su alrededor.

Y entonces monsieur Verdoux le desveló que era Cristo, y no el fantasma de mamita Lula, el que llevaba años despistando sutilmente los enseres de la casa y los materiales de la imprenta para malvenderlos, intentando cobrarse con miserias la terrible ofensa que él consideraba que la familia Montenegro les había infligido. El hijo del maestro de imprenta era igual que su padre, demasiado simple para disfrutar con una venganza sutil y elaborada. Por eso ninguno de los dos había podido servir con un mínimo de utilidad al cometido de la Orden de Calatrava. Por más que el Sabio Añejo intentó aprovechar la incursión de aquellos dos hombres en AQUÍ SE IMPRIMEN LIBROS, no pudo sacar más que migajas, informaciones sesgadas, pequeños detalles, descripciones llenas de vísceras, porque ambos vivían dominados por instintos básicos: comer, dormir, amar, odiar… odiar, odiar. El hambre y la sed de venganza de esos dos hombres no se saciaban con madurados planes en los que la familia Montenegro, y todo lo que les importase en el mundo, terminasen destrozados para la eternidad. No… Cristóbal Zapata y Cristo se conformaban con una mala mirada, con ocupar un espacio de la casa, aunque fuese el cuarto del sótano. Acallaban su desazón momentáneamente robando pertenencias de alto valor sentimental, o soñando con arrancarle la virginidad a bocados a la nieta de León de Montenegro.

—Sí, *chérie* —le dijo a Guiomar cuando vio la expresión de sorpresa en su rostro al escuchar las últimas palabras—. Supongo que no lo recordarás… quizá eras demasiado pequeña para darle importancia a que uno de los trabajadores de la imprenta entrase en tu cuarto. Nunca dijiste ni has dicho nada que haga sospechar que te acuerdas.

Poco a poco fue sacando de la memoria de la muchacha un episodio infantil y lejano que iba surgiendo un segundo antes de que monsieur Verdoux terminase cada frase. Guiomar recordó de pronto la mirada vidriosa, mezcla de miedo y deseo, de un hombre que rozaba sus rodillas. El calor jadeante de una boca recorriendo sus pies. ¿Lo había vivido realmente, o fue sólo un sueño? Era real… sí. Fue Cristo.

—Sí —recalcó monsieur Verdoux con desprecio—. Ese depravado… y no creas que con el paso del tiempo se reformó y dejó de espiar tus intimidades, *au contraire!* Ambicionaba encontrarte en paños menores tras las puertas entreabiertas; yo veía cómo te miraba. Sus ojos recorriendo obscenamente tu cuerpo, poseyéndote sin ponerte la mano encima, pero… pero… —titubeó un momento—, necesitaba pruebas, no bastaba con que yo lo acusase sin más, así que me dispuse a seguirle sutilmente, sin que él se diese cuenta. Y entonces descubrí algo sorprendente. Un día le vi metiéndose en el bolsillo un abrecartas de la imprenta. Una fruslería sin importancia, pero sospeché inmediatamente de él. Aproveché tu viaje al Cortijo de las Jácaras y la intimidad que eso me proporcionaba para bajar a su cuarto. Me puse a rebuscar entre sus repugnantes pertenencias, convencido de que encontraría algunos de los objetos robados. Y efectivamente fue así. Pero además, ¿sabes lo que guardaba? —No esperó a que Guiomar le contestase—. ¡Vaya!... me incomoda hasta expresarlo en voz alta. —Cerró los puños con rabia—. En uno de los cajones de su cómoda escondía ropa interior tuya... con tus iniciales bordadas. Y tú tan inocente, pensando que era el fantasma de mamita Lula quien te robaba cosas del armario. Era él, ¡él! ¿Qué clase de perversiones imaginaría? Es indignante. ¡No me digas que no merecía que le abriesen la cabeza como si fuese un melón de agua!

Guiomar sintió una terrible vergüenza. No quería seguir escuchando sus delirios de viejo indispuesto. La hacían sentirse sucia.

—Abrirle la cabeza... —musitó como un eco.

—No pude evitarlo —le interrumpió monsieur Verdoux—. Estaba tan irritado por lo que acababa de descubrir que se me cerraron los ojos y los oídos. Y no sé cómo apareció de pronto en el quicio de la puerta. ¡Menudo susto me dio! En un principio me miró sorprendido al descubrirme en su cuarto, pero enseguida se dio cuenta de que yo tenía tus... —Volvió a titubear, convencido de que la alusión a su ropa íntima molestaría a Guiomar—. Bueno, que aún las tenía en las manos... así que debió de sentirse desenmascarado. Pero en lugar de mostrar arrepentimiento, se puso terco. No quiso dar explicaciones, me llamó viejo loco... me ordenó que saliese de su habitación, empezó a darme empujones sujetándome por el brazo, zarandeándome. Pero ¿quién se había creído que era? ¡Echarme a mí! Lo mismo que quiso hacer su hermana muchos años antes. —Suspiró y guardó silencio antes de continuar su narración en voz muy baja, como si fuese algo ajeno a él, sin dar muestras de ninguna emoción especial—. Así que le golpeé con el bastón… con ese, no sé si lo recuerdas…, ese que compré en la calle del Aire… que tú me acompañaste. El que tiene la empuñadura de plata con forma de cabeza de caballo, ¿lo recuerdas? Ese que…

—Oh, ¡ya basta! —protestó Guiomar con cara de hastío—. Sé cuál es. No te entretengas en eso, por favor.

—Claro, *chérie*, claro, tienes razón… si es que me pongo a divagar y no termino. En fin… que le golpeé con él hasta que la cabeza se le… bueno, te ahorraré los detalles escabrosos. A fin de cuentas todo sucedió en tu casa y ya lo sabes… más o menos. El caso es que, al verlo allí, muerto, en el suelo, rodeado de sangre, me volvieron a asaltar los mismos temores que tuve cuando aconteció el lamentable suceso de su hermana y sus abuelos. —Pronunció la última frase como si él no fuese el responsable de aquellas muertes—. Por suerte no había nadie en la casa. Tú te habías marchado con Candela a solucionar los asuntos del Cortijo de las Jácaras y ya no quedaban sirvientas que quisieran atender a los «afrancesados». Así que me puse a buscar la forma de librarme del cuerpo, de limpiar la sangre… de nuevo la sangre. ¿Sabes que la sangre huele, *chérie*? Un olor apestoso, como férreo. ¡Qué asco! —Se quedó un momento en silencio—. Pero fíjate lo que son las cosas. No tuve demasiado tiempo de quebrarme la cabeza con eso porque ya se encargaron otros de quebrármela. —Abrió la boca como si fuese a soltar una carcajada, pero lo que surgió fue el ronquido de un estertor de moribundo—. Aún no me explico cómo pudieron entrar. Imagino que ese bufón de Cristo se dejó la puerta abierta, porque de pronto arremetieron como una avalancha. ¡Qué miedo pasé, *chérie*! Golpes y más golpes, sin parar, sin tregua ni piedad… a un pobre hombre que no puede defenderse… y de pronto la oscuridad. Cuando desperté todo el mundo consideró que era un milagro que un anciano como yo hubiese logrado sobrevivir teniendo en cuenta que Cristo era mucho más joven y había sucumbido a la paliza de esos malnacidos. ¿Te das cuenta? No hay mal que por bien no venga. Todos pensaron que fueron los asaltantes los que mataron a Cristo. Cada vez estoy más convencido de que la fortuna está de mi parte.

—¿También fue Cristo el que robó la Piedra Postrera? —atajó Guiomar, harta de escuchar el tono festivo con el que monsieur Verdoux justificaba sus crímenes.

—No, no… qué va. Claro que no. Él jamás hubiera imaginado que esa piedra podría tener ningún valor. —La miró a los ojos y aclaró—: En cambio yo sí podía sacarle partido… al menos eso pensaba. Por eso quería tenerla en mi poder y estudiarla pulgada a pulgada… por si se nos había escapado algo. Sí —aclaró—, fui yo el que se la llevó aprovechando la ola de objetos que desaparecían misteriosamente de la casa. No sabes cuánto me divertí aquellos días planeando malicias. Esas palurdas muchachas del servicio estaban convencidas que en la casa había un fantasma. Así que, sin que se diesen cuenta, escondía las cosas, volcaba los tarros de la despensa, le daba la vuelta al cucharón y metía el mango dentro de la sopa… Era entretenidísimo. Le iban con el cuento a tus padres de que mamita Lula les estaba haciendo la vida imposible desde el más allá. —Sonreía con picardía—. Cuando el ambiente estuvo lo suficientemente caldeado me llevé la Piedra Postrera y, por supuesto, todas las sospechas recayeron en el fantasma. ¿Quién iba a desconfiar de mí habiendo un fantasma juguetón en la casa?

Nadie había desconfiado de él, pensó Guiomar asaltada por un súbito sentimiento de náuseas. Ni sus padres, ni ella… Todos habían creído que aquel hombre culto, amanerado, amante de la polémica de salón y de la buena mesa era un ser bondadoso. ¿Cómo habían podido estar tan ciegos?

—¿Dónde está la piedra? —preguntó Guiomar tragándose la rabia, mirando hacia los lados de la habitación como si la buscara; intentando aparentar indiferencia.

—No deberías preocuparte por ella… ¿No has dicho que

prefieres olvidar todo este asunto y dedicarte a darle hijos a ese hombretón? —respondió él con ironía.

—Devuélvemela.

—¿Para qué la quieres?

—Es de mi familia. Me pertenece.

—En realidad no, *chérie*. Pertenece a la catedral y, si nos ponemos exquisitos, se podría decir que no pertenece a nada ni a nadie, que es patrimonio del mundo y, estando así las cosas, ¿quién mejor que yo para ser su depositario? Tú no comprendes el significado de esa piedra, no entiendes su mensaje, no sabes descifrarla.

—¿Y tú sí? —le preguntó Guiomar indignada.

Monsieur Verdoux inspiró con orgullo.

—Bueno... al principio no. La observé tanto... durante tanto tiempo. Tu abuelo León de Montenegro supo desde el primer momento que la vio, que en ella estaba la clave para encontrar las reglas del juego. *Hic latent ludi regulae* —pronunció con solemnidad—. Las reglas del juego están aquí, decía esa misteriosa frase. ¿Aquí? ¿Dónde? ¿Dónde podían estar? Una piedra labrada colocada en el techo de un templo en el que se podía ver a dos mandatarios: uno cristiano y otro musulmán, jugando una partida de ajedrez sobre un tablero que estaba dentro de otro tablero... y podríamos seguir así hasta el infinito. —Los ojos le brillaban febriles, con la fuerza de sus años más jóvenes—. Dos bandos, dos ejércitos, dos colores enfrentados desde siempre. Condenados a no encontrarse jamás, como la noche y el día, la luna y el sol, el marfil y el ébano... como el mármol blanco y el mármol negro con el que se enlosan los suelos de las catedrales. Aguerridos caballeros que acompañan al rey y a la reina para la eternidad. —Cerró los párpados como evocando—. Y esa torre gigantesca... protegiendo cada esquina del tablero... y nosotros, viles y simples peones blancos y negros, caminando por un tablero gigante, también en blanco y negro, rezando a nuestro Dios... o al Dios de otro... ¿O es el mismo Dios? Quién sabe...

—Devuélveme la piedra —le exigió, cansada de escuchar sus desvaríos.

Monsieur Verdoux parecía dolorido por no haber conseguido bajar la guardia de Guiomar, por su actitud agresiva y tozuda. Se quedó en silencio, con la mirada turbia. La muerte le acechaba y, de repente, sintió miedo. Miedo de morir solo. Miedo de tener que rendir cuentas de sus actos en el otro mundo.

—¡Ya sabes que en el fondo nunca he podido negarte nada! —Suspiró. Su voz era ya un hilo frágil—. La piedra está en el comedor. La escondí detrás del trinchero. Supuse que a nadie se le ocurriría mirar detrás de ese mueble.

Guiomar se dio la vuelta dispuesta a marcharse sin decir ni una palabra más, llena de rabia pero, antes de alcanzar el picaporte, escuchó a sus espaldas la voz que mimó su niñez. Le suplicaba que no le dejase morir solo. Aquella voz deliciosa carente de erres que el maestro francés había utilizado para espantar sus miedos, la misma con la que sacó la cara por ella ante sus padres ocultando sus travesuras, la misma que era igual de competente para discutir de política y recitar poemas de amor. Guiomar intentó con todas sus fuerzas no atender a su llamada y cerrar la puerta tras de sí, dando un portazo. Pero no pudo. Se dio la vuelta y le vio allí tumbado en su cama, anciano, desvalido, mirándola con ojos suplicantes y no encontró el resentimiento necesario para odiarle de verdad. Por un instante, alcanzó a comprender las razones por las que obró así. Por mucho que monsieur Verdoux se vanagloriase de estar situado en un escalafón superior de la raza humana, muy por encima intelectualmente de Cristóbal Zapata y su hijo, en realidad era igual que ellos: un hombre arrebatado por sus convicciones. No importaba realmente cuáles eran los valores que cada uno defendiera. Odiarle exigía de Guiomar mucha más concentración que amarle... y ella no tenía constancia para perpetuar las cosas que le desagradaban. Eso sí, tampoco pensaba darle la satisfacción de quedarse a su lado.

—Vedú —le dijo utilizando por primera vez en ese día el

apelativo cariñoso con el que le bautizó siendo niña—, ahora mismo no puedo estar contigo.

Pero antes de cerrar la puerta le dirigió una última mirada, en la que intentó expresar toda su decepción y su desagrado. Él pareció no hacerle el menor caso, y sus labios se entreabrieron en una sonrisa maliciosa y agónica antes de decir:

—Rd2++. Ahí está la solución...

Guiomar se marchó sin volver la vista atrás: no podía respirar.

22

Las reglas del juego

En su grave rincón, los jugadores
rigen las lentas piezas. El tablero
los demora hasta el alba en su severo
ámbito en que se odian dos colores.

JORGE LUIS BORGES, «Ajedrez»

Guiomar llegó a casa agotada y se sentó un rato en la mecedora del patio, aquella en la que le gustaba desayunar a mamita Lula y que milagrosamente se había salvado del saqueo de los vándalos. Realmente le hubiera gustado que el alma benefactora de esa mujer extraordinaria que no llegó a conocer fuese la responsable de alborotarles la vida, haciendo desaparecer las cosas de la casa. Sonrió con resignación. Se dio cuenta de que era mucho más feliz cuando creía en esas quimeras que la mantenían inmersa en un mundo mágico, casi infantil, en el que sabía manejarse con total naturalidad. Las verdades que había tenido que escuchar ese día lo habían dislocado todo. Ahora tenía sobre su regazo la piedra redonda que tantos quebraderos de cabeza dio a su familia. Recorrió con su dedo índice aquellas letras grabadas que su abuelo, León de Montenegro, creyó que encerraban un mensaje susceptible de ser descifrado.

HIC LATENT LUDI REGULAE

Rd2++

Rd2++. Un simple movimiento de ajedrez que podía indicar el lugar exacto en el que estaban escondidas las reglas del juego.

Guiomar suspiró y se levantó de la mecedora. Subió la escalera decidida a llenar de agua jabonosa la bañera de patas doradas y sumergirse en un reparador baño con el que intentar librarse de la pesadumbre que se le había fijado a la piel. Cuando terminó, se atrevió a visitar de nuevo el desván con el pelo aún mojado. Ahora que regresaba, le pareció más pequeño, viejo y desmañado de lo que recordaba. Las cortinas de tela adamascada, que en otros tiempos refulgían en chispeantes dorados, semejaban telones de teatro abandonado y el telescopio del abuelo Nepu, con el que se podía seguir el rastro en el cielo de los familiares difuntos, languidecía bajo la enorme claraboya circular que tenía los cristales atravesados por churretes de óxido y mugre. Y una sábana medio roída protegía parcialmente el retrato de doña Julia. En el techo del desván apenas se podían ya atisbar las vigas de ébano que su padre hizo traer de la India porque habían quedado ocultas tras una bóveda de telas de araña, y descubrió agujeros rodeados de serrín en la parte baja del enorme cajón de madera que muchos años antes sirvió para transportar la bañera de hierro fundido con patas en forma de garras que había soportado los chapoteos de tres generaciones de Montenegros. Se alegró de haber subido las cosas de valor allí. Los asaltantes no llegaron tan arriba.

Guiomar quería poner orden en los mapas, los pliegos de cordel, los diagramas de partidas de ajedrez, los dibujos, los libros de administración de la imprenta, las cartas de amor y las de guerra. Ya podía ponerle fin al *Libro sin nombre*, aunque todavía no había pensado en un buen título para él. Creyó que organizar la historia de su familia la ayudaría también a perdonar y admitir que los seres humanos no son lo que son; son lo que les enseñan a ser. Tenía la certeza de que los episodios que sus antepasados protagonizaron muchos años antes de que ella llegase al mundo cumplían un papel fundamental en la historia de la humanidad y que, por lo tanto, bien merecían quedar reflejados en un libro en el que intentaría colocar un final feliz. Sabía que para los Montenegro el valor de la sangre se equiparaba al de la tinta. Guiomar siempre se mantuvo a salvo al otro lado de las letras, sometiéndose al poder de sugestión de las palabras estampadas; a la maestría de los escritores que detenían el corazón a golpe de puntos suspensivos, los que hacían música con los símbolos describiendo la sensualidad de tactos y sabores que sólo podían ojearse, los que sumergían a sus obnubilados leyentes en un universo único, personal, inexpugnable. Ella siempre sintió admiración por los escritores.

Tardó un buen rato en decidir qué criterio seguiría para organizarlo todo, hasta que llegó a la conclusión de que lo mejor era hacerlo cronológicamente. Repasó las fechas dividiendo la historia por años, haciendo atadillos con lo ocurrido en 1766, 1790, 1800… Lo que no estaba datado lo dejó aparte con la idea de regresar un día al desván con tiempo, revisarlo de nuevo y deducir, por lo que se contaba, a qué año pertenecía. Encerró los papeles que consideró más importantes en la caja fuerte cuya cerradura aún ronroneaba con docilidad cuando se giraba la llave dentro. Cuando terminó de acomodarlo todo, apartó el telescopio, apoyó la escalera de mano en la claraboya y subió al tejado; ese lugar mágico desde el cual el abuelo Nepu era capaz de contactar con los seres queridos que vivían en el más allá.

Durante los días siguientes, Guiomar intentó olvidar las cosas terribles que le había contado monsieur Verdoux, pero aquellas palabras crueles, sin sombra de remordimiento, seguían regresando a su mente: arrogantes, altivas, malvadas. Reaparecían en sus pesadillas de una forma tan insistente que, tras una semana sin dormir como Dios manda, se levantó a medianoche y fue en busca de los atadillos que conformaban el *Libro sin nombre*. Se puso a leerlos, con la esperanza de que la voz de su padre, que le hablaba desde esas líneas, disipara la voz de Verdoux y, sin quererlo, se vio atrapada de nuevo en aquella historia de amores y búsquedas... El misterio se apoderó de ella y se propuso resolverlo costara lo que costase. ¿Dónde estaban las capitulaciones? ¿Sería capaz ella, Guiomar de Montenegro, de encontrar lo que muchos llevaban siglos buscando?

Invirtió innumerables horas llevada por una energía ávida, casi obsesiva, y repasó todos los datos, todas las pistas infructuosas que habían seguido los miembros de San Juan de Acre. Releyó durante días el *Libro sin nombre*, hasta casi aprenderlo de memoria, en busca de una pista, algo que hubiera pasado desapercibido hasta entonces. Un anochecer, agotada y de malhumor, apartó con desánimo todos los papeles y optó por subir al tejado. Se sentó sobre las tejas, junto a los gatos pardos y vagos que se lamían con desgana las patas delanteras para luego quitarse las legañas. Suspiró y observó la hermosa ciudad. El cielo refulgía en tonos anaranjados, con ligeros toques de azul, y el olor de la dama de noche empezaba a impregnarlo todo. Estaba cómoda, aferrada a las rodillas, sintiendo el frescor del atardecer. Sevilla se extendía ante ella como un pequeño mundo en miniatura. Desde allí podía ver la curva sinuosa del río custodiado por la Torre del Oro; una atalaya que en tiempos de los musulmanes servía para proteger la entrada al puerto gracias a una fuerte cadena que cruzaba de una orilla a otra. Una torre árabe defendiendo una entrada.

A esa hora de la tarde, los rayos solares acariciaban la Giralda y su piel se volvía cobriza, como la piel de las mujeres bonitas del sur que habían heredado de otros pobladores los ojos almendrados, azabaches y morunos. Un campanario cristiano descansando sobre un alminar musulmán. La Giralda, la razón de una pelea. La excusa para pelear. Cómo iba a imaginárselo ella. Ella que tenía el corazón dividido. Una torre en una de las esquinas de la catedral. Una torre en la parte norte… fue justo en ese momento cuando volvieron a los oídos de Guiomar las palabras de monsieur Verdoux, que tantos esfuerzos había hecho por sofocar.

«Rd2++. Ahí está la solución.»

¿Qué había querido decirle con eso?

«Esa torre gigantesca… protegiendo cada esquina del tablero.»

Y entonces, casi sin creerlo, lo vio todo claro. El mundo se extendió ante sus pies. Las personas iban y venían de un lado a otro, como pequeños trebejos manejados por la mano omnipotente de Dios.

«Nosotros, viles y simples peones blancos y negros, caminando por un tablero gigante, también en blanco y negro.»

Al fin todo parecía sorprendentemente simple. Los nervios se le aferraron al estómago, la sangre le golpeaba las sienes. Bajó del tejado, dejó el desván y descendió la escalera a toda velocidad. Salió de la imprenta de golpe y puso los pies en la calle. Una ráfaga de viento tibio le sacudió el rostro empujándole en dirección a la catedral. Caminó por las gradas nerviosa, dejando a su izquierda la puerta del Bautismo, porque estaba cerrada. Entró al templo por la puerta de la Asunción y miró a la izquierda. En aquella esquina estaba la iglesia del Sagrario y, presidiéndola, una vidriera que representaba a santa Justa y santa Rufina con la Giralda en el centro, protegiéndola del terremoto que marcó el destino de los Montenegro.

—Una torre. En la esquina… en el oeste —murmuró Guiomar.

Corrió hacia la derecha; la otra esquina del templo. Tuvo la impresión de que se cruzaba con alguien, pero no prestó demasiada atención. Su cabeza avanzaba más rápido que sus piernas. La capilla de San Laureano.

—Otra torre.

Siguió caminando. De frente, la capilla del Mariscal; allí estaban de nuevo las santas, sujetando una Giralda. Esta vez eran figuras de loza junto a una torre de madera.

—Otra torre, en una esquina. ¿Cómo no me di cuenta? —se reprochó a sí misma.

Seguía recorriendo la catedral a grandes zancadas, con el corazón acelerado, con la certeza de que estaba muy cerca y también con mucho miedo de estar equivocada. Dejó a la izquierda el panteón de la familia De Haro, donde estaban enterradas tantas personas queridas. Justo enfrente quedaba la capilla Real. Se asomó a la verja temblando. Allí yacía el cuerpo incorrupto de san Fernando que se mostraba piadosamente a los sevillanos cada 30 de mayo, ante la atenta mirada de la Virgen de los Reyes. Una reina. Y, sobre los arcos de acceso al coro y la sala capitular, dos tondos con los bustos de Garci Pérez de Vargas y Diego Pérez de Vargas, los dos caballeros que lucharon junto a san Fernando.

«Aguerridos caballeros que acompañan al rey y a la reina.»

Y él, Alfonso X el Sabio, el amante del ajedrez, de las letras y las estrellas… vigilando, siempre vigilando.

«¿Cómo no lo vi antes? —farfulló—. Estaba tan claro…»

A la izquierda de la capilla Real quedaba la Giralda, la torre de la discordia. Formidable para los humanos, diminuta para la mano de un Dios. Cuatro esquinas, cuatro torres.

Echó a correr en dirección al crucero. Hacía más de medio siglo que de allí cayó aquella piedra redonda que pasó años adornando la pared del patio de Aquí se imprimen libros antes de que monsieur Verdoux la robara. Guiomar miró hacia arriba. La cúpula enorme parecía absorberla, como si su cuerpo ya no fuese su cuerpo y flotase por encima de los bancos, las columnas… allí estaban las figuras altas del retablo creadas en diferentes tamaños para que el visitante las viese en perspectiva desde el suelo. Casi podía rozar el rostro del Cristo del Millón y, sin aliento, vio la planta rectangular perfecta de aquel templo gótico, bañado por la luz dorada de las velas. Hasta entonces sólo había percibido la catedral por su contorno exterior, pero ahora se daba cuenta de que eso era sólo una carcasa. Había que mirarla con ojos de gigante, desde arriba, para comprenderlo. El suelo del templo era un lienzo incierto formado por mármoles negros y blancos: se decía que los enlosados góticos representaban la lucha entre el bien y el mal.

«Dos colores enfrentados desde siempre. Condenados a no encontrarse jamás, como la noche y el día, la luna y el sol, el marfil y el ébano... como el mármol blanco y el mármol negro con el que se enlosan los suelos de las catedrales.»

La catedral de Sevilla se había construido sobre el rectángulo de la mezquita que vino a sustituir, siguiendo los parámetros de la construcción gótica. Pero si se ampliaban los muros norte y sur de tal manera que se formase un cuadrado perfecto con la planta del edificio, éste quedaría dividido en casillas idénticas delimitadas por las columnas.

Si se tenía en cuenta que, para jugar una partida de ajedrez, el cuadrado que queda al lado de la mano derecha tenía que ser blanco, y comenzaba a alternarlos, la planta del templo formaba un tablero.

Se dio cuenta de que su abuelo León tenía razón. Un acoso al rey negro, un sacrificio de la reina, los caballos colaborando en el asedio seguidos por el alfil, que no podía ser otro que don Remondo, el primer obispo de Sevilla. Todo conducía a un prodigioso mate: Rd2++. Eso quedaba justo delante del espacio que la reina blanca ocupa al comienzo de la partida. Según el plano mental que Guiomar había elaborado, eso quedaba detrás del trascoro.

Se acercó al escaque preciso y se agachó para golpearlo con los nudillos. Sonaba hueco. Creyó escuchar los murmullos de los fantasmas de la catedral de Sevilla ululando por las paredes, y sintió la caricia fría del aliento de Alfonso X el Sabio rozando su cuello. Ya no quedaba nadie en el templo excepto ella. Miró a ambos lados y vio un atril de hierro sujetando uno de los *Libros de Canto*, en el interior del coro. Retiró el pesado volumen y envolvió la base del atril con su basquiña para amortiguar el sonido. Golpeó con todas sus fuerzas el mármol negro hasta que una de las esquinas se quebró; entonces aprovechó el hueco de aquella ranura para hacer palanca con la parte superior del atril hasta que terminó de ceder. Y lo vio.

Allí estaba, enrollado sobre sí mismo. Lo había protegido del paso del tiempo una caña hueca que le servía de cobertura. Lo habían buscado tantas personas, en tantos lugares… y siempre estuvo allí, jamás salió de catedral, descansando en Rd2++. Guiomar se sentó en el suelo, leyó cada una de las capitulaciones en voz alta y grave, intentando otorgarle a ese documento y a las personas que alguna vez tuvieron que ver con él, la dignidad que merecían. El abuelo León, su padre Abel, frey Dámaso… y aquellos mandatarios que jamás imaginaron que su apuesta llegaría tan lejos. Acarició la firma del rey Fernando y de Alfonso X el Sabio sintiendo cómo una lágrima de emoción recorría su mejilla. Anexo al documento se hallaba el recuento de partidas: dos ganadas por bando. Enrolló de nuevo el pergamino, mientras en su cabeza seguían resonando las palabras de monsieur Verdoux: «No puedes escapar a tu destino, *chérie*». Y, a su pesar, supo que era verdad.

✞ Rd2++
✞ Ca4++
☪ Txf1++
☪ C4++

Cristianos 2 Musulmanes 2

Las cosas suplicadas e que Vuestras Altezas, el infante Don Alfonso y el rey Don Fernando III, dan y otorgan al cadí Abu-el Asan, conocido en el mundo cristiano como Axataf, una vez rendida la ciudad de Isbiliya en alguna satisfacción por el padecimiento de abandonar en la mesma la torre alminar de la mezquita mayor. Son las que siguen:

Primeramente, que Vuestras Altezas Don Fernando III y el infante Don Alfonso, como legítimos señores que son de la dicha tierra de Isbiliya y de lo que en ella se halla, en su magnánima generosidad, fazen dende agora el trato de retar al cadí Abu-el Asan, conocido en el mundo cristiano como Axataf, al honorable juego del ajedrez.

Plaze a Sus Altezas. El Prior de la Orden de San Juan de Jerusalén.

Otrosí, que el infante Don Alfonso en nombre del pueblo cristiano y el cadí Abu-el Asan, en el del pueblo musulmán, jugarán dichas partidas estableciendo por este pacto que quien primero ganare tres dellas fuere considerado legítimo dueño de la torre, pudiendo decidir sobre su conservación, arreglo, traslado o destrucción.

Plaze a Sus Altezas. El Prior de la Orden de San Juan de Jerusalén.

Otrosí, que las mencionadas partidas se jugarán a distancia utilizando para ello el correo o las palomas mensajeras, que podrán alargarse durante semanas o incluso años.

Plaze a Sus Altezas. El Prior de la Orden de San Juan de Jerusalén.

Otrosí, tanto el rey Don Fernando III y el infante Don Alfonso, como el cadí Abu-el Asan, fazen desde agora compromiso deste pacto de honor para durante su vida. Si en vida dellos ninguno ganara, deberá facer la elección de las personas que hubieren de continuar con el compromiso.

Plaze a Sus Altezas. El Prior de la Orden de San Juan de Jerusalén.

Otrosí, si llegado el momento, cada uno de los jugadores contare entre sus victorias dos, la siguiente partida habrá de jugarse en persona.

Plaze a Sus Altezas. El Prior de la Orden de San Juan de Jerusalén.

El infante Don Alfonso y el rey Fernando III, y el cadí Abu-el Asan se comprometen a honrar este pacto y para dar prueba dello hacen constar sus nombres al pie deste documento, en la villa de Sevilla, a XXII de diciembre del año del nacimiento de Nuestro Salvador Jesucristo de MCCXLVIII.

Yo, el Rey don Fernando III

Yo, el infante don Alfonso

Yo, el cadí Abu-el Asan

Por mandado del Rey e del infante Don Alfonso:
El Prior de la Orden de San Juan de Jerusalén.

23

La partida final

> No se puede luchar por la victoria si en el fondo del corazón lo que se busca son las tablas.
>
> ANATOLI KÁRPOV

En cuanto las capitulaciones llegaron a manos de los freires de San Juan de Acre, los acontecimientos avanzaron a una velocidad sorprendente. Parecía extraño que una apuesta que llevaba casi seis siglos en el aire fuera a quedar zanjada en fecha próxima. El rey Fernando VII, con enormes reticencias, no tuvo más remedio que dar por bueno el documento que le presentó emocionado frey Dámaso, acompañado por el nuevo embajador de Marruecos. Juntos, sin embargo, decidieron añadir una nueva cláusula al documento original. La siguiente partida sería la definitiva fuera cual fuese el resultado, y en ella se decidiría el final de este compromiso centenario. El ganador sería el propietario de la Giralda a todos los efectos: podría hacer con ella lo que quisiese. Si la partida acababa en tablas, los dos gobiernos se comprometían a buscar una solución satisfactoria para ambas partes. Pero la mirada de Fernando VII a frey Dámaso no admitía dudas: no podían perder.

Guiomar recorrió junto al prior de la Orden de San Juan de Acre los mismos corredores por los que pasó Abel el día que le contaron la historia de Alfonso X el Sabio y la apuesta de la Giralda. Tomaron el candil de aceite y salieron por la puerta del fondo de la cocina, la que daba al refectorio. Aún continuaban allí las largas mesas alineadas que ya apenas se llenaban de hermanos a la hora de la comida. Pasaron a la biblioteca que estaba como siempre envuelta en penumbra, oliendo a piel curtida, a papel añoso y a sabiduría de siglos. Recorrieron las filas de estanterías, vitrinas y pupitres, hasta alcanzar la pequeña puerta del fondo, entre los archivos de la jurisdicción y las ediciones de lujo de los Evangelios. Se adentraron de nuevo en el túnel cavernoso, tomando la primera bifurcación, torciendo en diagonal hacia la derecha, después recto, en la segunda bifurcación a la izquierda en diagonal, recto, la diagonal de la derecha…

—Aquí es —dijo frey Dámaso.

Golpeó con los nudillos los ladrillos húmedos, hasta que uno de ellos sonó hueco y lo sacó. Introdujo el brazo, y allí estaba, la bolsita de terciopelo rojo que protegía el elefante de marfil.

—El elefante de marfil —murmuró Guiomar como si acabara de reencontrarse con un viejo amigo.

—Sí —respondió el prior—. Esto es lo único que nos faltaba para completar nuestro equipaje. Tuyo es. No hace falta que te recuerde lo que está en juego… Debemos ganar.

Salieron de Sevilla un sábado a primera hora de la mañana. Los muelles seguían inundados de su habitual dejadez; esa en la que los barcos se mecían a la espera de un capitán que les ordenase zarpar en busca de aventuras. Embarcaron en un navío de la jurisdicción; el único de porte noble que había en el puerto. Nada más zarpar, desplegaron sus velas en las que aparecía la cruz ochavada. Guiomar sintió entonces una cierta tranquilidad. Navegaron despacio por el río, escuchando el crujido de la madera y las voces de los pájaros que les seguían. Notaron la cercanía del océano antes de verlo porque el barco duplicó su carácter orgulloso, como si se tratase de un caballo de pura sangre que galopaba sobre las olas. Guiomar cerró los ojos y aspiró el aroma salino. La suerte ya estaba echada.

Antes de bajar del barco, cuando atracaron en Marruecos, obligaron a Guiomar a cubrirse con un jimar y le aconsejaron no llamar la atención. Frey Dámaso, pese a su avanzada edad, se manejaba con soltura por el puerto. Alquilaron unos caballos y llegaron cabalgando hasta Tetuán. El prior le explicó que el nombre de esa ciudad significaba «los manantiales» en beréber. Al parecer, durante mucho tiempo, sus recovecos fueron guarida de piratas hasta que un ejército español destruyó por completo la ciudad y se llevó a sus habitantes como prisioneros.

—Nos dirigimos al palacio del califa —dijeron.

Cuando llegaron, Guiomar no pudo evitar que todo aquel lugar le recordara a los Reales Alcázares de Sevilla. Los patios, las yeserías, los azulejos, las fuentes… Era casi como visitar la casa de unos familiares. Les hicieron pasar a una sala que tenía la bóveda cuajada de estalactitas doradas y azules, sujeta por columnas, que se unían formando arcos lobulados. El aire olía a incienso y se podía escuchar el sonido cantarín de la fuente. Un grupo de hombres vestidos con túnicas les esperaban. Guiomar percibió una expresión de sorpresa cuando la vieron.

—Ella es Guiomar de Montenegro —la presentó el prior con solemnidad—. La depositaria del elefante de marfil.

Los hombres abrieron mucho los ojos y se lanzaron a murmurar entre ellos en árabe, mirándola de cuando en cuando, sin ningún disimulo, señalándola hasta que se sintió incómoda.

—A lo mejor todo esto es un error —susurró entre dientes a sus acompañantes.

—Ya no hay vuelta atrás —dijo el lugarteniente intentando aparentar tranquilidad.

Los representantes de la Orden de San Juan le habían explicado que los contrincantes con los que tendría que enfrentarse eran algo parecido a ellos mismos, pero en el mundo musulmán. Una especie de monjes guerreros llamados derviches que vivían en pobreza mendicante y que eran ascetas e indiferentes a las posesiones materiales. Pasaban la mayoría del tiempo dedicados al estudio y el aprendizaje de la religión. El lugarteniente le había pedido a Guiomar que llevase consigo el *Libro sin nombre* y, cuando el ambiente hostil se relajó ligeramente, frey Dámaso aprovechó para explicarles que Abel de Montenegro había muerto y que Guiomar era su hija, su heredera, la legítima depositaria del elefante de marfil. Fue entonces cuando se vio obligada a contar su historia, convencida de que podría hechizarlos con el poder de sugestión de sus palabras. Empezó el relato como si fuese un cuento, como si lo viese desde fuera, comenzando por el desastre del día del terremoto. En una semana había concluido y los musulmanes quedaron convencidos de que ella era la persona adecuada para jugar la partida.

Su contrincante era un hombre alto de ojos preocupantemente atrayentes; negros como la noche. Cuando llegaron a la sala en la que se iba a jugar, todo estaba dispuesto y una corte de curiosos rodeaba la mesa que sujetaba el tablero. Sobre él descansaban treinta piezas de ajedrez. Las dos que faltaban tenían que llevarlas los jugadores como muestra de que ellos eran realmente los verdaderos depositarios. La señal de que la partida comenzaba era colocar el elefante de marfil y el elefante de ébano en sus puestos. En cuanto lo hicieron, los mirones salieron de la estancia y los jugadores se quedaron solos.

El corazón de Guiomar le dio un vuelco. La imagen de la Giralda vino a su mente: en sus manos estaba ganarla para siempre o perderla definitivamente. Se percató de que hasta entonces el ajedrez había sido un mero juego intelectual, no algo que conllevara consecuencias concretas. Había percibido un cierto grado de hostilidad en el ambiente y comprendió que, igual que ella, aquel hombre de ojos oscuros estaba decidido a ganar.

Respiró hondo y atrapó el peón que estaba delante de su rey avanzando dos casillas.

Su contrincante la imitó, pero sólo avanzó una.

Los peones quedaron frente por frente, al igual que ellos. Guiomar levantó la vista y allí estaban sus ojos insondables. Ella continuó la partida moviendo otro peón. Él la imitaba, hasta que Guiomar sacó uno de sus caballos blancos y entonces vio al elefante de ébano, paseándose con elegancia en diagonal por el tablero. Una gota de sudor recorrió su espalda. El silencio era abrumador. Los ojos de Guiomar estaban fijos en el tablero y su mente analizaba los movimientos de su oponente, decidida a aprovechar el menor error, consciente de que él haría lo mismo. Sin poder evitarlo recordó los consejos de monsieur Verdoux le dio durante los años de aprendizaje: su maestro, aquel turbio personaje al que no conseguía ni odiar ni perdonar, le había inculcado el afán de victoria. ¡Ganar! Ganar a toda costa... Perder era deshonroso, y sobre todo era símbolo de debilidad. ¡El ajedrez es como la vida! Un escalofrío le recorrió la piel: guerras, luchas, batallas... personas sacrificadas como peones a manos de reyes sin clemencia que los exponían a la muerte en nombre de la mera codicia o el afán de poder. Y precisamente entonces, mientras ella se veía asaltada por una sensación de vértigo, su oponente cometió un error. Guiomar se sorprendió. Capturar el caballo blanco con la dama habría sido una jugada mucho mejor. Hasta su contrincante pareció darse cuenta cuando ya era demasiado tarde. Entonces ella le miró a los ojos y vio en ellos una sombra de inquietud, casi imperceptible.

Guiomar respiró hondo y, antes de mover de nuevo, pensó en su padre. ¿Qué habría hecho Abel de Montenegro en su lugar? Lo ignoraba. Pero de repente comprendió que la respuesta estaba en ella misma, en el fondo de su corazón. En sus manos estaba ganar la partida: vencer a su oponente, derrotarlo, zanjar el trato que siglos atrás habían hecho dos hombres que amaban una misma tierra, una misma torre. Dos pueblos que parecían condenados a enfrentarse eternamente, a no entenderse jamás. Y entonces lo decidió: no ganaría ni perdería. La Giralda figuraría para la posteridad como una torre mestiza, el antiguo alminar de una mezquita desde donde el muecín convocaba a los mahometanos en las horas de oración. Un alminar que se elevó aún más en el Renacimiento para escoltar a una catedral majestuosa y albergar las campanas con las que el sacerdote llamaba a misa a los cristianos. Dos arquitecturas de diferentes orígenes perfectamente ensambladas, para una torre que llevaba más de seiscientos años entregada a una misma causa: hacer que los fieles alabasen a un Dios. En un mundo gobernado por reyes, caballeros y alfiles, ella, un simple peón, decidiría la partida. Cómo se lo tomarían dichos reyes no era cosa suya, pensó. ¡Que buscaran ellos la forma de entenderse!

A partir de ese momento Guiomar tuvo una sola idea en mente y en ella concentró todos sus esfuerzos: forzar las tablas.

Dos horas después su contrincante levantó sus inmensos ojos morunos del tablero: en su rostro se dibujaba el desconcierto. Ambos parecían abocados a las tablas por jaque perpetuo, y los dos lo sabían.

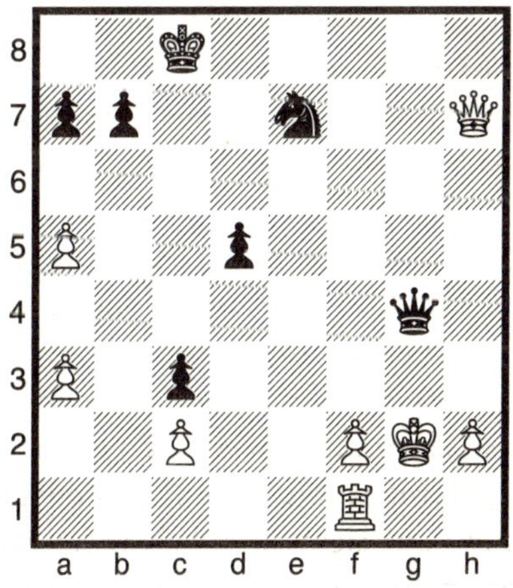

Dg4+

—*Salaam aleikum* —dijo él—. La paz te deseo.

—*Aleikum as salaam* —respondió ella—. Te deseo la paz.

Inmediatamente después, el jugador del bando musulmán se levantó y desapareció de la sala. Simpatizantes de uno y otro bando entraron en la sala para dejar constancia escrita de lo que acababa de ocurrir y que no hubiera más confusiones.

Guiomar mantuvo la calma y no dijo ni una palabra. Sabía que acababa de hacer algo importante.

Epílogo

Guiomar volvió a colgar el cartel de AQUÍ SE IMPRIMEN LIBROS en la puerta de la imprenta. En algún momento del viaje pensó en venderlo todo, alejarse de los malos recuerdos, ir en busca de Ventura para rogarle que se volvieran egoístas y olvidadizos; de esa manera podrían abandonar el país sin remordimientos. Cuando llegó a su casa la encontró agotada, como su propio estado de ánimo. Los críos de la ciudad aprovecharon que estaba vacía para ensayar su puntería con los vidrios del escaparate y de los pisos superiores, así que la fachada parecía un enorme rostro desdentado que la miraba con ojos de lástima. Vio las cortinas ondear lánguidas, igual que las enaguas de una anciana mendiga con cada golpe de viento y, al entrar en el patio, se dio cuenta de que la naturaleza, mucho más sabia que el género humano, buscaba su liberación de los tiestos escalando las columnas en dirección al cuadrito de cielo del tragaluz. Pero esa aparente desolación se le diluyó al sentir de nuevo el olor de su hogar: esa mezcla de geranios, cera para muebles y tinta. Entonces comprendió que tenía una responsabilidad, que lo peor que le podía pasar a un ser humano era vivir huyendo de la vida, y decidió afrontarla tal y como se la habían servido. Era quien era y eso no podía cambiarlo la distancia: no podía irse. Se marchitaría lejos de aquella ciudad arrebatada que igual festejaba con cantes la muerte y la vida, no podría vivir sin el runrún de las máquinas de la imprenta acompasando su corazón. En eso se parecía a doña Julia. El destino la obligaba a lanzar letras al mundo, aunque tenía la certeza de que el libro más trascendente que podía salir de las prensas de su negocio ya estaba impreso, le había bautizado como el *Libro sin nombre* y ella era la única persona que lo había leído al completo. Decidió guardarlo en la caja fuerte del desván, junto al resto de los secretos de la familia.

Monsieur Verdoux se equivocó al decir que el espíritu retozón de mamita Lula no estaba presente en aquella casa. Guiomar aún podía sentir el frufrú de sus enaguas por los pasillos, el cálido aire africano que apagaba las lamparillas de aceite que por descuido se quedaban encendidas, la mano grande y áspera acariciándole la mejilla un segundo antes de quedarse dormida, protegiéndola, como hizo siempre. Descolgó las cortinas y abrió las ventanas para que entrara la luz del sol sevillano, que tenía la virtud de exorcizar las tristezas. Limpió los cristales, barrió los suelos de hojas muertas, abrillantó los muebles y le sacudió el polvo a la cabeza frenológica que aún mantenía su sonrisa sibilina. Pero ya no le impresionaba, así que le guiñó un ojo.

—El alma de las personas está dentro de su cráneo —decía siempre Abel de Montenegro. Y tenía razón.

Dos semanas más tarde, el cabildo catedralicio anunció solemnemente que los batientes de madera de roble de la puerta del Perdón se sustituirían por los originales almohades que llevaban más de cinco siglos arrumbados en los sótanos del edificio, entre un camarín lleno de casullas apolilladas y las pías reliquias del mártir fray Estanislao Doliente, que se hallaban bajo la sospecha de no ser más que huesos de pollo. Después de que se terminaron las lluvias de abril, se organizó el pomposo reemplazo. Una delegación encabezada por el sultán de Marruecos se trasladó a Sevilla. Se instalaron en los Reales Alcázares y les trataron con el mismo boato con el que medio siglo antes se recibió al embajador marroquí. El día señalado lucía un sol radiante. Hacía mucho tiempo que la ciudad no se preparaba para un acontecimiento tan refinado. La muchedumbre atónita ocupaba la totalidad de las gradas y las calles de los alrededores. Se apretujaban en los balcones, se subían al tejado, se encaramaban a los pilares de piedra, como si fuese Semana Santa. Se vistieron con sus mejores galas, convencidos de que estaban presenciando un momento memorable. Un grupo de alguaciles tuvo que utilizar la fuerza bruta para conseguir que la gente hiciese un pasillo por el que pudiera desfilar el grupo de veinte hombres, entre cristianos y musulmanes, que se encargó de trasladar la pesada puerta almohade a hombros. Caminaban marcando el paso al ritmo de unos tambores traídos del desierto expresamente para eso, que sonaban con tal intensidad que provocaba dolor de vientre.

Hasta ese momento muy pocas personas tuvieron la oportunidad de ver aquella puerta de cedro forrada con láminas de bronce en todo su esplendor. La pátina del tiempo la había cubierto de un barniz aceitunado que dejó ocultos su original tono rojizo y las letras cúficas grabadas en la lancería de su superficie. Cinco siglos y medio antes, el príncipe Alfonso X el Sabio decidió sustituirla porque pensó que no sería adecuado que en la entrada principal a un templo cristiano apareciese la frase:

El poder pertenece a Alá y La eternidad es de Alá

Sobre todo si se tenía en cuenta que atravesándola se encontraba el sahn musulmán con la pila para las abluciones. Por si eso fuese poco, la puerta tenía dos enormes aldabones en forma de palmetas almohades decorados con composiciones de tema vegetal con las aleyas del Corán *al-Nur* y *al-Hiyr*. Pero a esas alturas ya nadie en la ciudad era capaz de traducir lo que ponía y por eso no se escandalizaron.

Tardaron más de seis horas en volver a instalar la puerta en su lugar original guiándose más por instinto que por la indicación de las bisagras que, con el paso de los siglos, parecían haber variado de situación. Cuando terminaron, las más de diez varas de altura de las planchas de bronce lanzaron un suspiro de alivio, como el que regresa a casa tras un largo viaje. El obispo, vestido de gala, se acercó entonces con su hisopo y lo sacudió a diestro y siniestro sobre la puerta murmurando su letanía mientras la banda tocaba una marcha procesional. Justo en ese momento, el sol se reflejó en la superficie de la puerta recién pulida y la gente tuvo que apartar la vista para que el brillo no les causara una ceguera definitiva. Los que estaban más al fondo aseguraron que era de oro y empezaron a acercarse porque querían tocarla. Se organizó una fila que atravesaba la calle Albaicería y llegaba hasta la plaza de San Francisco. No pararon hasta que todo el mundo pudo tenerla bien cerca.

El cabildo esperó con paciencia a que a la gente se le agotase el interés y el tumulto se desvaneciese. Sólo entonces, la comitiva cristiana y la marroquí se adentraron en el patio de los Naranjos, ese lugar que llevaba siglos escuchando rezos en árabe y luego en castellano; el espacio más antiguo de toda la catedral. Allí, vigilados por la orgullosa mirada de la Giralda, firmaron el documento que daba por consumado el pacto iniciado siete siglos atrás con un resultado de tablas. En él se podía leer que los mandatarios de ambos reinos reconocían y aceptaban el mestizaje de su torre, la relación que les unía y sus raíces comunes y que, para sellarlo, habían colocado la antigua puerta del Perdón, desde donde se veía la Giralda. Su Giralda.

La población no estuvo presente en aquel último trámite. Ni siquiera se enteró. Ellos no consideraron necesario informarla de aquello. Después de la firma, guardaron el documento en los archivos de la Biblioteca Colombina. Y allí se quedó.

Guiomar observó la celebración del hermanamiento sentada junto a los gatos perezosos, en el tejado de la imprenta. El sol del ocaso se reflejó en su rostro mientras los hombres firmaban los papeles y le ponían punto y final a esa absurda discusión. Todos parecían felices y se preguntó cuánto tiempo duraría esa dulce tregua. La vida parecía una danza que ya se había bailado muchas veces, y de nada servía forzar nuevas piruetas y giros porque sería la misma danza por siempre. Sin duda la historia tenía que ser así. No había que darle más vueltas.

Guiomar estaba convencida de que, de vez en cuando, sentiría miedo o tristeza o soledad, pero que podría llenarse de fuerza recordando que una vez hizo algo grande. Mientras tanto, decidió esperar la llegada de Ventura, convencida de que antes o después las aguas volverían a su cauce. Él encontraría la forma de regresar, lo sabía porque le dijo que ella era su refugio. Y decidió que juntos escribirían su propio libro, quizá una continuación de aquel libro sin nombre que guardó en el desván, ese que comenzaba con la descripción de un terremoto. Un terremoto acontecido exactamente el primer día de noviembre de 1755… el día que se decidió el destino de los Montenegro.

Bibliografía

Aguilar Piñal, Francisco, *Historia de Sevilla: el siglo XVIII*, Universidad de Sevilla, Secretariado de Publicaciones, Sevilla, 1982.

—*La catedral de Sevilla*, Ediciones Guadalquivir, Sevilla, 1991.

Mena, José María de, *Tradiciones y leyendas sevillanas*, Plaza & Janés, Barcelona, 2008.

Romero Gómez, Juan Antonio, *Los templarios en el reino de Sevilla*, La Máquina China Editorial, Sevilla, 2009.

Ros, Carlos, *Los fantasmas de la Catedral de Sevilla*, Rosalibros, Sevilla, 2004.

Nota de la autora

Me gustaría aprovechar estas páginas para comentar ciertos detalles de la trama que, aunque tal vez parezcan invención, son rigurosamente ciertos, así como para señalar ciertas licencias que me he tomado con la verdad histórica en aras de la creación literaria.

El terremoto que da inicio a la novela ha pasado a la historia con el nombre de «Gran terremoto de Lisboa» por ser la ciudad en la que más daños causó. Aunque duró pocos minutos, fue devastador para la ciudad: en una población que se estimaba en doscientas treinta y cinco mil personas se contabilizaron más de cincuenta mil víctimas mortales. El terremoto en sí destruyó la mayor parte de los edificios pero además provocó un incendio que terminó de arrasar la ciudad. Por si eso fuese poco, al encontrarse el epicentro en el océano Atlántico, a unos doscientos kilómetros al sudoeste del cabo de San Vicente, en la falla Azores-Gibraltar, se produjo un terrible maremoto que azotó las costas portuguesas, la zona del golfo de Cádiz y el norte de África. La escala sismológica de Richter, que clasifica la intensidad de los terremotos dependiendo de su poder destructivo, no existía en aquellos años pero, por estudios posteriores, se ha llegado a la conclusión de que pudo tener una magnitud de 9.0, lo que le sitúa en la categoría de gran terremoto con destrucción total de las comunidades cercanas y puede compararse con el tsunami que sacudió el océano Índico en 2004.

Pese a que Lisboa fue la ciudad más afectada, el seísmo se sintió en toda Europa occidental, en el norte de África e incluso al otro lado del Atlántico. En España se contabilizaron unas cinco mil víctimas mortales, pero el mayor índice de daños lo sufrieron las provincias de Huelva (donde murieron más de seiscientas personas que faenaban en sus embarcaciones), Cádiz y Sevilla.

En Cádiz el mar se retiró de la playa más de dos kilómetros. Cuando el gobernador lo vio, ordenó el cierre de las murallas de la ciudad lo que permitió que se salvasen muchas vidas porque el agua regresó en forma de una gigantesca ola de unos treinta y cinco metros de altura que desplazó los bloques de diez toneladas de piedra que componían las murallas a unos cincuenta metros de distancia, inundando Cádiz hasta tres veces.

La violenta ola remontó el río Guadalquivir y llegó hasta Sevilla, pero fue el seísmo en sí el que se cobró nueve víctimas mortales en esta ciudad. Quedaron en ruinas más de trescientas casas y otras cinco mil sufrieron graves destrozos. Se vio afectado el edificio del Alcázar, la Casa de la Contratación, la Cárcel Real, la Alhóndiga, la catedral, las iglesias del Salvador, Santa Ana, San Julián, San Vicente, San Martín, San Isidoro y los conventos de Regina, San Francisco, San Antonio, San Agustín, San Alberto, San Juan de Dios, la Trinidad y la casa profesa de la Compañía.

En la catedral se estaban entonando los kiries de la misa capitular cuando comenzó el seísmo. El movimiento hizo tañer solas las campanas de la Giralda y se desplomó sobre las bóvedas del crucero el barandaje de piedra que adornaba el exterior. Las personas que estaban dentro del templo, como doña Julia y mamita Lula en la novela, corrieron hacia las puertas, gritando despavoridas, atropellándose las unas a las otras de forma que un niño murió aplastado. El sacerdote entonó el *Te Deum* y caminó en dirección a la Casa de la Lonja (actual Archivo de Indias) seguido por algunos fieles, donde concluyó la eucaristía. En ese mismo lugar se elevó tiempo después un monumento conmemorativo erigido en acción de gracias por los pocos daños que causó el terremoto. Lo llamaron «Templete del Triunfo» y en la actualidad da nombre a la plaza.

A finales de ese mismo mes las imprentas de Sevilla ya habían estampado unas cincuenta relaciones de sucesos narrando los avatares del seísmo. Las relaciones fueron el primer formato periodístico de la historia y en ellas se contaban las noticias del momento. Se vendían por una cantidad muy baja y los ciegos de la ciudad las aprendían de memoria para cantarlas por las esquinas.

Como anécdota, es preciso añadir que *La Gaceta de Madrid* (germen del actual *Boletín Oficial del Estado*) sólo publicó una escueta nota sobre el terremoto del que paso a transcribir las primeras frases por lo curioso del orden de prioridades de la prensa de la época:

> Los Reyes nuestros Señores consiguen la más perfecta salud en su Real Palacio del Buen Retiro, adonde se restituyeron de el de S. Lorenzo el Sabado primero de este mes por la tarde con motivo de un considerable Temblòr de Tierra, que el mismo día à las diez, y diez minutos de la mañana se experimentó en aquel Real sitio, haviendo durado por espacio de cinco á seis minutos; pero felizmente no ha causado novedad en la importante salud de sus Magestades (...).

La imprenta de los López de Haro (descrita en esta novela) existió realmente. Fue fundada en 1675 por Tomás López de Haro y a lo largo de los años sus herederos publicaron sesenta y cuatro comedias, treinta y cinco entremeses y cuarenta y siete relaciones. Existen muchos documentos originales en la Biblioteca General de la Universidad de Sevilla que demuestran que, al menos desde 1752, era la responsable de la misma la viuda de Diego López de Haro. Ella dirigía la imprenta cuando se editó una de las más populares relaciones de sucesos que describieron el terremoto de Lisboa. Está escrita en forma de romance y se convirtió en un talismán protector. Las gentes la llevaban en los bolsillos, junto al corazón, e incluso la colocaban bajo las camas, convencidos de que si la tenían cerca nada les ocurriría. Se sabe que en aquellos años era habitual que las viudas de los impresores se hiciesen cargo de las imprentas de manera activa. El caso de la viuda de Diego López de Haro no era excepcional. También era habitual que terminasen casándose con el maestro de taller.

Cabe decir que la imprenta fue uno de los negocios más fructíferos de Sevilla desde comienzos del siglo XVI, momento en el que el impresor alemán Jacobo Cromberger eligió la ciudad para instalarse porque la navegabilidad del río Guadalquivir la convertía en el lugar ideal para desarrollar una actividad comercial ya que en aquellos años el transporte por tierra era lento y caro. Otra ventaja que ofrecía Sevilla era el monopolio del comercio con las Indias. Se tienen noticias de que Cromberger vendió en 1512 dos mil «cartyllas de enseñar a leer» a una expedición franciscana que partió para evangelizar a los indios del Caribe. Éste es el primer contacto conocido entre la letra impresa y el Nuevo Mundo. Que Sevilla contara con la catedral gótica más grande del mundo también era conveniente: el cabildo catedralicio encargaba habitualmente, mediante contrato, grandes ediciones de obras litúrgicas, lo que daba como resultado que las máquinas de los impresores estuvieran en funcionamiento de forma regular durante largos períodos de tiempo. Eso aseguraba la entrada de dinero, ya que era costumbre que las autoridades de la iglesia dieran un adelanto antes de comenzar el trabajo.

Pese a que la industria editorial sevillana perdió en el siglo XVIII parte de su pujanza, hay constancia de que siguió vigente y que era dirigida por personas destacadas en la sociedad del momento. La mayoría de las imprentas se circunscribían a los alrededores de la catedral: calle Génova (actual avenida de la Constitución), Siete Revueltas, Correo Viejo, calle Armas…

La fiebre amarilla de América, o *Typhus Icteroides*, de trágicas consecuencias en la novela para la saga de los Montenegro, fue una epidemia que asoló realmente Sevilla a mediados de agosto de 1800. Comenzó en Triana y el río Guadalquivir fue la vía de infección, desde donde el contagio se extendió a las zonas de los Humeros, San Lorenzo, San Vicente... hasta propagarse por toda la ciudad. No se conocía ningún remedio para luchar contra esa enfermedad así que, como medidas sanitarias, se resolvió incomunicar a los contagiados y cerrar el teatro. Por contra, los predicadores exhortaban a la oración organizando bendiciones públicas desde la Giralda, rezos de rosarios, rogativas y procesiones multitudinarias que no hicieron más que favorecer los contagios.

Como cada día sucumbían sevillanos a centenares, pronto se vieron desbordados. No les quedó más opción que amontonar los cadáveres en las puertas de la ciudad adonde los venían a recoger unos carros contratados por el ayuntamiento para trasportarlos a dos fosas comunes improvisadas en el Prado de San Sebastián y en la Macarena. Pero las personas acomodadas no aceptaban que les privasen de la tradición de enterrar a sus muertos en los templos, negándose a que sus seres queridos descansaran para toda la eternidad junto a la plebe. Eso introdujo el mal en las iglesias, el lugar al que la gente acudía a pedir salud.

La ciudad quedó paralizada. Los médicos y los predicadores estaban extenuados. Los vecinos dieron muestras de solidaridad creando Juntas de Piedad que voluntariamente se ofrecían para el traslado de cadáveres y los hermanos de la Caridad recorrían las calles suplicando limosna para los necesitados. Pero no todo fueron actos loables; también hubo quien cedió al miedo. Más de mil ciudadanos huyeron, entre ellos las autoridades civiles que abandonaron sus obligaciones dejando Sevilla en manos de dos beneméritos capitulares. También hay noticias de que una turba indignada intentó quemar la parroquia de San Vicente porque el cura no atendía la demanda de los fieles.

Según el censo oficial, más de quince mil personas sucumbieron a la fiebre amarilla (aproximadamente un tercio de la población sevillana del momento). Además de las irreemplazables vidas humanas, la epidemia le costó a la ciudad un millón de reales en ácido sulfúrico y nítrico con el que fumigaron las viviendas y los enseres personales que se salvaron del fuego purificador.

Otro aspecto que quizá extrañe a más de un lector es el hecho de que en el siglo XVIII existieran esclavos en Sevilla. Lo cierto es que la ciudad fue durante un tiempo un destacado mercado de compraventa y exportación de esclavos negros. La mayoría procedía de Guinea, Senegal, Gambia, Níger, Berbesi o Río Verde. Normalmente eran capturados por portugueses que los llevaban a Sevilla por vía marítima-fluvial hasta el «puerto de Mulas». Una vez allí, podían embarcarlos rumbo a otros mercados o encadenarlos y conducirlos hasta las gradas de la catedral para venderlos. El precio dependía del sexo, la edad y el estado físico en el que se encontraran. Según un censo realizado por funcionarios eclesiásticos en 1565, había una proporción aproximada de un esclavo por cada catorce personas libres.

Poseer esclavos en Sevilla era un signo de distinción. Las mujeres solían destinarse a atender las labores domésticas, ser amas de cría o servir a las monjas. Los hombres ayudaban en los talleres, en las caballerizas o en los jardines. Los dueños sevillanos los trataban con deferencia y, en ocasiones, se fraguaba una relación íntima que les convertía en confidentes y amigos... casi de la familia. Hay casos documentados en los que se habla de ellos con admiración, respeto y cariño. Un ejemplo es el de la esclava negra de la condesa de Santa Gadea, fallecida en 1735 a la que enterraron, tras celebrar las honras fúnebres por sus heroicas virtudes, en el panteón familiar. Por tanto, el entrañable personaje de mamita Lula, a pesar de ser ficticio, no se encuentra alejado de la realidad social de aquellos tiempos.

La Iglesia de la época aceptaba la existencia de esclavos con absoluta normalidad ya que, en la propia Biblia, san Pablo pide a los esclavos que obedezcan en todo a sus amos y a los amos que den a los esclavos lo que es justo y equitativo. Quizá por eso los religiosos hicieron muchos esfuerzos para protegerlos desde el comienzo y, en 1393, el arzobispo sevillano Gonzalo de Mena decidió fundar un hospital que no sólo se preocupara por su salud sino también por su adoctrinamiento cristiano. Se amplió hasta convertirse en una Hermandad a la que terminaron perteneciendo todos los negros de la ciudad. A mediados del siglo XVI tomó como advocación a la Virgen Nuestra Señora de los Ángeles y el Santísimo Cristo de la Fundación y hasta mediados del siglo XIX sólo participaban en ella negros y mulatos, como nuestra mamita Lula. En la actualidad se la conoce como Hermandad de los Negritos, está situada en la calle Recaredo y es una de las hermandades más antiguas y destacadas de Sevilla. Recorre sus calles la tarde del Jueves Santo.

El lector se preguntará también qué hay de verdad y qué hay de ficción en lo referente al pacto entre Alfonso X y el cadí Axataf. Ciertamente, uno de los mayores objetivos que Fernando III el Santo se propuso conseguir durante su reinado fue la conquista de Sevilla. Para ello se hacía acompañar por destacados nobles, por las órdenes militares, así como por su propio hijo Alfonso (que más adelante sería conocido como Alfonso X el Sabio). El príncipe ya era por aquellos años un destacado guerrero además de un hábil diplomático pero, sobre todo, era un hombre inquieto, interesado en todo tipo de artes y ciencias. Una de sus grandes pasiones era el ajedrez. De hecho, conquistar Sevilla requería la estrategia de este juego: una flota que cortase el aprovisionamiento por el río, tropas avanzando por tierra, los rezos de don Remondo y la ayuda de la Virgen de las Batallas. El asedio de Sevilla duró dos años, durante los que las tropas castellanas estuvieron instaladas en Tablada. Desde allí podía verse la torre de la mezquita, que muchos autores aseguran servía como observatorio astronómico. Quizá por eso el príncipe Alfonso, estudioso de la astronomía, se interesó tanto por ella. Cuentan las crónicas que, cuando los musulmanes le entregaron las llaves de la ciudad al rey Fernando, le pidieron el favor de permitirles derribar la hermosa torre de su mezquita, envidia de las naciones árabes y fuente de inspiración para los artistas. No querían sufrir la vergüenza de verla en manos cristianas. Entonces el príncipe Alfonso levantó la voz para decir: «Por un solo ladrillo que falte de ella, mandaré cortar las cabezas de todos los moros de Sevilla». Y nadie la tocó. La historia de la apuesta entre el entonces infante Alfonso y Axataf es pura invención: la torre, que más adelante sería conocida como Giralda, se quedó en su lugar y el éxodo de los musulmanes sevillanos se llevó a cabo de forma tranquila. Según crónicas de los vencidos, el rey cristiano les concedió un plazo para que organizaran su traslado y el de los objetos mobiliarios que pudieran llevar. Al expirar el plazo, la población dejó la ciudad, que permaneció vacía durante tres días. El rey Fernando hizo acompañar a los emigrantes por un destacamento armado hasta la zona de seguridad musulmana.

El 30 de mayo de 1252 murió en Sevilla Fernando III, conocido como el Santo. Fue sepultado en la capilla Real de la catedral; el mismo lugar que en otro tiempo fue una mezquita, el mismo en el que sería enterrado años más tarde su hijo Alfonso X. Sobre su tumba se hizo grabar en hebreo, árabe, latín y castellano la siguiente inscripción:

> Aquí yace el muy honrado rey Fernando que conquistó y libertó a toda España. Fue el más leal, el más franco, el más humilde, el más respetuoso hacia Dios, el más servicial con los demás, y el que siempre supo honrar y pagar muy bien a sus amigos.

Tras la conquista de Sevilla, Fernando III el Santo donó determinados territorios a las Órdenes militares que habían colaborado con él. No se trataba simplemente de un acto de agradecimiento; con ello también pretendía mantener ciertas zonas de riesgo protegidas de posibles intentos de ataque del islam. Esas Órdenes fueron la de Santiago, la de Calatrava y la de San Juan de Jerusalén (conocida también por Caballeros de Malta). A estos últimos se les entregaron varias propiedades entre las que se incluía la puerta de San Juan (llamada del Ingenio) que dio origen al priorato de San Juan de Acre en Sevilla. Esta hermandad, que desempeña un papel tan trascendente en la novela, dependía de los freires de la Orden de los Caballeros Hospitalarios. El edificio del priorato hacía las veces de residencia, oficinas, juzgado y prisión. Hoy en día no quedan restos de él y su espacio está ocupado por las calles Guadalquivir, Mendigorria, Pizarro, Álvaro de Bazán, Clavijo, Santa Clara y Lumbreras.

La regla de la Orden indicaba que podían ser hermanos los hombres y las mujeres sevillanos honrados de buena fama y que no fueran moriscos, ni mulatos, ni penitenciados por la Santa Inquisición. Pertenecieron a ella personajes muy destacados de la ciudad, entre los que se contaban plateros, jueces, clérigos, letrados, caballeros de la Orden de Malta y escribanos que entraban gratuitamente en la hermandad a cambio de su trabajo altruista. Por ello, resulta absolutamente ajustado a la realidad histórica que alguien como León de Montenegro, el Pirata, pudiera unirse a ella. Cabe destacar que las hermanas pagaban más que los hombres al ingresar porque no ejercían cargos en la junta y estaban exentas de la petición de limosna.

El *Código de las siete partidas*, que con tanto ahínco buscan los protagonistas de la novela, fue realmente ordenado redactar por Alfonso X el Sabio durante su reinado con el fin de conseguir una cierta unidad política en el reino de Castilla. No hay nada en ese libro que se relacione con el mundo del ajedrez. Aunque sí que se habla de este juego en el *Libro de ajedrez, dados y tablas* ordenado también por Alfonso X y cuyo único ejemplar original se conserva en la biblioteca del monasterio de San Lorenzo del Escorial. Se trata de un códice ricamente ilustrado, que dedica una tercera parte de sus páginas a diferentes juegos de mesa y el resto al ajedrez. Incluye la descripción de más de cien partidas acompañadas de diagramas explicativos.

Lo único que se conserva actualmente en Sevilla de la antigua mezquita almohade es el conjunto formado por la puerta del Perdón, el muro almenado ritmado por estribos en el que está insertada, el patio de los Naranjos y la Giralda. La puerta del Perdón era el acceso principal al templo en aquellos tiempos ya que, desde ella, se enfilaba a su nave central y al *mihrab*. La mejor perspectiva para admirarla es desde la calle Hernando Colón. Desde allí se ve su cara externa; un gran arco de herradura que hoy en día presenta un conjunto de yeserías renacentistas añadidas en 1522. También son de esa época las estatuas de barro cocido que la flanquean y que representan a san Pedro, san Pablo, el arcángel san Gabriel y la Virgen Anunciada. La parte superior está coronada por un relieve que muestra la expulsión de los mercaderes del templo y, más arriba, el cuerpo se remata con una espadaña. Sin embargo, si se observa la puerta del Perdón por su cara interior (la que da al patio de los Naranjos), se puede ver el aspecto con que la concibieron los alarifes almohades: cubierta de ladrillos, con un imponente tejaroz, rematado por un cuerpo con arcos lobulados, paños de sebka y, en el centro, una ventana geminada coronada con merlones en escalera.

Pero quizá lo más interesante de la puerta del Perdón sean los batientes de grandes dimensiones, de madera de cedro revestidos de chapas de bronce. Presentan un interesante repertorio decorativo compuesto por motivos de lacerías llamadas de «lazo de ocho» con inscripciones en caracteres cúficos que repiten versículos del Corán: «El poder pertenece a Alá y La eternidad es de Alá». Ocupan un lugar preferente dos admirables aldabas trabajadas a cincel y decoradas con ataurique denominado «palmeta almohade» que contienen varias aleyas del Corán, concretamente *al-Nur* y *al-Hichr*. Con sus más de ochocientos años, esas aldabas eran las piezas en uso más antiguas de toda la orfebrería sevillana, pero hace un tiempo fueron retiradas para evitar su deterioro y sustituidas por unas réplicas modernas. En la actualidad se pueden ver las originales en el museo de la catedral. Dicha puerta jamás fue sustituida, siempre ha estado en el mismo lugar, por lo que el epílogo que cierra la novela y pone fin a la apuesta entre cristianos y musulmanes es fruto únicamente de mi imaginación.

Pese a que el bandolerismo ha existido siempre, la imagen del bandolero que todos conservamos en la mente es la del hombre que recorría las serranías con pañuelo en la cabeza y trabuco en la mano durante los siglos XVIII y XIX en busca de justicia para su pueblo oprimido. Esa imagen, en la que se inspira Ventura Marqués, el enamorado de Guiomar, se fraguó sobre todo durante la guerra de la Independencia, momento en el que se acuñó el término «guerra de guerrillas» para designar una táctica en la que grupos pequeños y dotados de gran movilidad acosaban a fuerzas muy superiores, atacándolas en sus puntos más débiles, dificultando sus movimientos y bloqueando su línea de aprovisionamiento.

Por eso la figura del bandolero adquiere una dimensión filantrópica: es el patriota ideal que se resiste al yugo extranjero. Y la manera en la que muchos de ellos murieron no hacía más que alentar la leyenda: carteles de busca y captura, descuartizamientos públicos, balazos a traición... el perfecto héroe popular que alimenta las leyendas. Pero también hay quien le quita romanticismo al asunto asegurando que el bandolero no era más que un extorsionador que robaba, asaltaba y mataba.

El elefante de marfil, la pieza que da título a la novela y que se convierte en el símbolo que debe poseer el jugador elegido por el bando cristiano, corresponde realmente a lo que ahora conocemos como alfil. Los nombres de las piezas del ajedrez, tal y como los conocemos en la actualidad, se fijaron durante el Renacimiento. La palabra castellana «alfil» proviene del árabe «elefante» y a su vez de la palabra «marfil». Dio paso al italiano *alfino* y al *aufin* francés que más adelante fue reemplazado por *fou*, que significa «bufón». Esto tiene su origen en los juegos precursores del ajedrez, ya que tanto en el *chaturanga* indio, como en el *chatrang* persa, los alfiles estaban representados por elefantes. Sin embargo, en otros países, el papel simbólico de la pieza dentro del juego fue determinante a la hora de decidir su nombre. Por su proximidad al rey y a la dama al comienzo de la partida, se le consideró un consejero real. Como en la sociedad medieval este papel lo solía ostentar un alto mandatario de la Iglesia, en algunos países europeos el elefante fue reemplazado por un obispo con mitra y de ahí el *bishop* (obispo) inglés o el alemán *laufer* (mensajero). Otras veces tienen una especie de ranura en la cabeza a modo de una hucha, que representa el poder económico, tan importante también para el mantenimiento de un reino. El elefante (alfil) no era una pieza muy poderosa en el pasado. Se desplazaba en diagonal, adelante y atrás, pero sólo de dos en dos casillas, aunque podía saltar por encima de cualquier otra pieza que se encontrara en el camino (algo que en la actualidad sólo puede hacer el caballo). En el ajedrez moderno el alfil ya no cuenta con las limitaciones de las dos casillas y puede recorrer el tablero al completo.

Se ha discutido mucho sobre el origen del ajedrez. Mientras que la gran mayoría acepta la teoría de que surgió en la India en el siglo VI, también hay documentos que otorgan ese carácter al *senet* que se jugaba en Egipto tres mil años antes de Cristo como antepasado real. Se han encontrado trebejos muy similares a los utilizados en la actualidad en el interior de algunas pirámides, y en Tebas hay pinturas murales que representan al faraón Ramsés III jugando. Lo que sí parece cierto es que las rutas comerciales de la sal, de las especias y de la seda propiciaron su expansión.

Lo que nadie pone en duda son los paralelismos que existen entre la estrategia del juego del ajedrez y la táctica militar. Por ello no es de extrañar que, en la novela, los miembros de la Orden de Calatrava intentaran confundir el recuento de partidas introduciendo una lista sesgada de batallas. No he querido abrumar a los lectores con detalles ajedrecísticos, pero sí me gustaría dedicar unos párrafos a describir dos de las partidas que aparecen en la novela. Se trata de partidas jugadas realmente por grandes profesionales y que fueron seleccionadas tanto por su semejanza con las batallas reales narradas, como por la belleza estética de las mismas, que les valió el honor de formar parte de la historia del ajedrez.

La primera (representada en la Piedra Postrera) refleja un acoso continuo al rey negro. Tras el sacrificio de Dama, los caballos colaboran en el asedio, seguidos por la participación del alfil y finalizando con el movimiento del rey blanco, que concluye en un espléndido mate.

Lasker, Ed - Thomas, G

Londres, 1912

1.d4 f5 2.Cc3 Cf6 3.Cf3 e6 4.Ag5 Ae7 5.Axf6 6.e4 fxe4 7.Cxe4 b6 8.Ce5 0-0 9.Ad3 Ab7 10.Dh5 De7 11.Dxh7+ Rxh7 12.Cxf6+ Rh6 13.Ceg4+ Rg5 14.h4+ Rf4 15.g3+ Rf3 16.Ae2+ Rg2 17.Th2+ Rg1 18.Rd2# 1-0

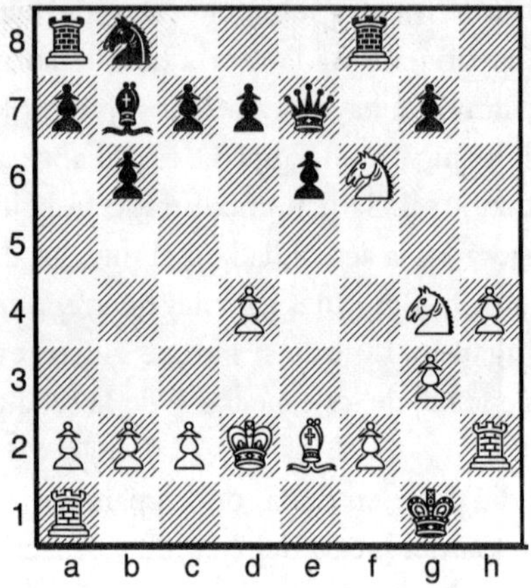

Rd2+

La segunda (con la que se pone fin a la legendaria apuesta entre reyes) está considerada las tablas más brillantes de la historia del ajedrez.

Mijaíl Tahl era campeón mundial y Bobby Fischer, aspirante al título. La partida fue una lucha encarnizada, un duelo táctico de alto nivel que acabó en tablas por jaque continuo.

Pasó a la historia el diálogo entre los dos jugadores una vez terminada la partida:

—No juega mal —le dijo Fischer a Tahl al finalizar la partida.

—¡Caramba! —respondió el campeón del mundo—, es la primera vez que usted lo reconoce, y si me hubiera ganado afirmaría que jugué como un genio.

Fischer, Robert James - Tahl, Mijaíl

Leipzig, 1960

1.e4 e6 2.d4 d5 3.Cc3 Ab4 4.e5 c5 5.a3 Aa5 6.b4 c×d4 7.Dg4 Ce7 8.b×a5 d×c3 9.D×g7 Tg8 10.D×h7 Cbc6 11.Cf3 Dc7 12.Ab5 Ad7 13.0–0 0–0–0 14.Ag5 C×e5 15.C×e5 A×b5 16.C×f7 A×f1 17.C×d8 T×g5 18.C×e6 T×g2+ 19.Rh1 De5 20.T×f1 D×e6 21.R×g2 Dg4+ ½–½

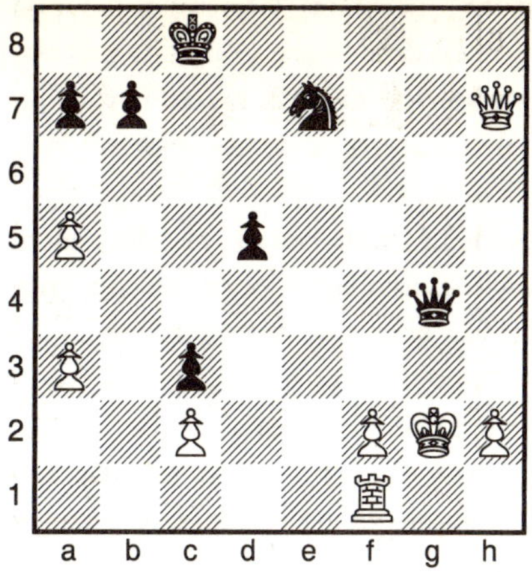

Dg4+

Me he tomado la licencia de tergiversar un poco la cronología de la ciencia frenológica para poder incluirla en el período de tiempo que abarca mi novela. Me parecía interesante destacar que en España la frenología tuvo un gran éxito gracias a que un barcelonés llamado Mariano Cubí, a quien Abel de Montenegro invitó a su casa, se sintió atraído por ella y comenzó a estudiarla. Fascinado, viajó por los pueblos de España dando conferencias, escribió compendios, artículos… hasta publicar en 1844 su *Manual de frenología* sirviéndose de sus observaciones de cráneos humanos en cárceles y psiquiátricos.

Para finalizar (aunque no en último lugar), quiero aprovechar este espacio para dar las gracias a las personas que me han ayudado en la composición de esta novela:

A Juan Antonio Vázquez, ajedrecista y monitor-instructor de ajedrez para niños, por su asesoramiento en escaques, trebejos, estrategias y partidas legendarias. Sé que una escritora puede resultar irritante cuando intenta adecuar su historia a «la historia». Gracias por tanta paciencia.

A mi editora, Ana Liarás, la primera persona que posa sus ojos en mis novelas desde hace ya más de tres años. Gracias por confiar en mí, por leerme con esa atención que permite ver cosas en mi obra que yo ya no percibo, por impulsarme a ser mejor en cada frase…

A Mohamed el Mouden, gran periodista, estupendo compañero de radio y mejor amigo. Conocerle confirma mis sospechas de que son más las cosas que nos unen que las que nos separan. Gracias por despertar mi curiosidad por la cultura árabe y por darme tan buenos consejos para la elaboración de esta obra.

A Juan Antonio Gago, mi cicerone en Carmona. Hace tanto que somos amigos que no le hizo falta escucharme demasiado para saber cuáles eran los escenarios que andaba buscando. Gracias por soportar mis ajetreos con la cámara fotográfica, mi cuadernillo de notas y mis protestas y chillidos de chica de ciudad cuando nos adentramos por campos de culebras amenazadoras, cortijos abandonados y misteriosas cuevas. Seguro que la gente reconocerá el Cortijo de las Jácaras y la guarida del Marqués de las Veredas en el perfil de la bella Carmona.

A Mariano Alda y a Antonio Rodríguez Almodóvar que encontraron para mí el mapa del tesoro, que no es otra cosa que el primer plano de la ciudad de Sevilla, el que ordenó elaborar Pablo de Olavide. Nunca imaginé que fuera una labor tan complicada conseguirlo.

Mi agradecimiento al padre Eugenio Jesús Oterino, mi asesor en temas bíblicos y tratamientos eclesiásticos. Él siempre me dice que tengo un ángel. En realidad se equivoca, tengo varios… él es uno de ellos.

A Urbano Lissen por abrirme las puertas de la cartuja de Sevilla y hablarme de la inquietante historia de la cabeza frenológica.

Y gracias también a todo el personal de Random House Mondadori por su exquisita profesionalidad.